레베카

R

대프니 듀 모리에

이상원 옮김

H
현대문학

1

지난밤 다시 맨덜리로 가는 꿈을 꾸었다. 저택으로 이어지는 길 입구의 철문 앞에 섰지만 굳게 닫힌 탓에 들어갈 수 없었다. 철문에는 쇠사슬이 가로걸리고 자물쇠가 채워져 있었다. 문지기를 소리쳐 불렀지만 대답이 없었다. 녹슨 철문 틈새로 들여다보니 문지기 집은 오랫동안 버려졌던 듯한 모습이었다. 굴뚝에서 연기도 나오지 않았고 작은 격자창은 깨어져 쓸쓸히 입을 벌리고 있었다.

그 순간, 꿈속에서 흔히 그렇듯 신비로운 힘을 발휘해 철문을 뚫고 안으로 들어갔다. 길은 본래 그랬듯 구불거리며 내 앞으로 이어졌다. 하지만 앞으로 나아가면서 무언가 달라졌다는 것을 깨달았다. 내가 아는 그 길이 아니었다. 처음에는 제대로 상황을 파악하지 못했다. 하지만 낮게 뻗어 내린 나뭇가지를 피해 고개를 숙였을 때 비로소 깨달았다. 자연이 서서히 자기 자리로 돌아온 것이었다. 그 길고 집요한 손가락이 슬금슬금 길 안까지 파고들어와 있었다. 과거에도 위협적이었던 숲이 마침내 승리를 거둔 것이다. 검은 숲은 거침없이 길을 침범했다. 너도밤나무의 헐벗은 흰 가지들이 내 머리 위에서 뒤엉켜 기묘한 무늬를 그렸는데 그 모습이 마치 교회의 아치 지붕 같았다. 내가 알지 못하는 다른 나무들도 있었다. 너도밤나무와 닿을 듯 가까운 곳에서 앉은뱅이 떡갈나무와 비틀린 느릅나무들이 무질서하게 솟아올랐고 괴상하기 짝이 없는 덤불과 풀도 무성했다.

길은 이제 실오라기처럼 가늘어졌다. 자갈이 깔리고 군데군데 잔디와 이끼가 자라났던 본래 모습은 찾을 길 없었다. 나뭇가지들이 낮게 드리워져 길을 방해했다. 옹이투성이인 뿌리는 해골의 발톱처럼 보였다. 그 난마 같은 혼란 속에서 우리 시대의 상징이었던 식물이 눈에 띄었다. 푸른 꽃송이의 우아함으로 칭송받았던 수국이었다. 하지만 보살피는 손길이 없어진 지금 수국은 꽃 없이 무시무시하게 키만 컸고 옆에서 자라난 이름 없는 기생식물과 다를 바 없이 시커멓고 추했다.

한때 우리가 오가던 길이었던 그 실오라기는 이리저리 구부러지며 계속 이어졌다. 잃어버렸다 싶을 때도 있었지만 그때마다 쓰러진 나무 아래에서 혹은 겨울비가 만든 진흙탕 건너에서 실오라기는 다시 나타났다. 길은 내가 알던 것보다 훨씬 길었다. 나무가 무성해지면서 길도 몇 배로 늘어난 모양이었다. 길만 미로처럼 이어질 뿐 내가 찾아가려는 그 저택은 끝내 나타나지 않을 것 같았다. 그러다가 갑자기 불쑥 저택이 보였다. 사방으로 뻗은 관목 때문에 시야가 막혀 있었던 것이다. 나는 그 자리에 멈춰 섰다. 심장이 두방망이질을 쳤고 두 눈에는 눈물이 차올랐다.

맨덜리, 우리의 맨덜리였다. 늘 그렇듯 여전히 고요하고 비밀스러운 모습이었다. 회색 돌벽이 달빛을 받아 빛났다. 창살로 나누어진 창에 푸른 풀밭과 테라스가 반사되었다. 세월도 그 돌벽의 완벽한 대칭을 깨뜨리지는 못한 셈이었다.

테라스는 잔디밭으로 연결되고 그 잔디밭은 바다까지 이어졌다. 그쪽으로 몸을 돌리자 달빛 아래 펼쳐진 은빛 바다가 보였다. 바람 한 점 불지 않는 잔잔한 호수 같은 모습이었다. 꿈속에서 본 그 바다에는 수면을 일렁이게 만드는 파도가 없었고 맑고 창백한 하늘을 가로막는 구름도 없었다. 나는 다시 저택 쪽으로 돌아섰다. 저택은 마치 우리가 어제 떠난 양 변하지 않은 모습이었지만 정원은 정글의 힘에 굴복한 듯했다. 철쭉은 1.5미터나 자라난 채 고사리와 뒤엉켰고 이는 다시 이름도 없는 잡종 관목들, 비천한 출신을 아는 듯 뿌리로 파고드는 그 관목들과 섞여 드는 상황이었다. 라일락은 너도밤나무와 짝을 지었지만 우아함과는 거리가 먼 사악한 담쟁이덩굴이 이들을 꽁꽁 감아 묶는 바람에 죄수나 다름없었다. 버려진 정원에서 제일 좋은 자리를 차지한 담쟁이는 풀밭 위를 구불구불 기어 다녔고 조금만 더 있으면 벽을 타고 올라갈 태세였다. 또 다른 잡종 식물도 있었다. 오래전에 땅속에 묻혀 잊혔던 그것은 이제 담쟁이와 함께 추악한 모습으로 변성해 한때 수선화가 만개하던 부드러운 잔디밭을 공격하는 중이었다.

돌격대장 격인 쐐기풀은 온 사방에 퍼져 있었다. 테라스 안쪽을 파고들고 오솔길을 뒤덮는가 하면 집 창문까지 뚫고 뻗어갈 기세였다. 줄기가 축축 늘어진 가시투성이 쐐기풀 숲을 지나다닐 수 있는 것은 토끼뿐이리라. 하지만 나는 가뿐하게 길을 벗어나 테라스로 들어섰다. 꿈속이니만큼 쐐기풀에 물러설 이유는 없었다. 황홀경에 취한 내 발걸음을 멈추게 할 수 있는 것은 없었다.

달빛은 환상을 묘하게 부채질한다. 꿈속의 환상이라 해도 말이다. 거기 잠자코 서 있자니 저택은 빈 껍질이 아니라 전과 똑같이 살아 숨 쉬는 존재로 여겨졌다.

창문에서 불빛이 새어 나왔고 커튼은 밤바람에 부드럽게 흔들렸다. 서재 출입문은 우리가 떠날 때처럼 반쯤 열려 있을 것이고 가을 장미가 꽂힌 테이블의 화병 옆에는 내 손수건이 놓여 있을 것이었다.

그 방은 우리 존재의 증거를 품고 있으리라. 책장에서 뽑혀 나와 쌓인 책 더미, 버려진 신문지, 담배꽁초가 담긴 재떨이, 우리 머리에 눌렸던 곳이 움푹 들어간 채 의자 위에 아무렇게나 놓인 쿠션들, 다 타서 숯이 되었지만 아직도 연기가 피어오르는 벽난로의 장작……. 아, 재스퍼, 우리 재스퍼도 있지. 진실한 눈과 강인한 턱을 가진 그 녀석은 바닥에 길게 몸을 뻗고 누워 있다가 주인의 발소리를 들으면 꼬리를 흔들어 바닥을 탁탁 치곤 했다.

갑자기 구름이 달을 가렸다. 검은 손이 얼굴을 덮어버린 것처럼. 그와 함께 환상도 사라졌고 창문의 불빛도 꺼졌다. 마침내 눈앞에 황폐하게 버려진 빈집이, 과거의 속삭임이라고는 전혀 느낄 수 없는 공간이 나타났다.

집은 무덤이었다. 우리의 두려움이나 고통은 모두 폐허 아래 묻혀버렸다. 부활은 없을 것이다. 깨어 있는 시간 동안 맨덜리를 생각할 때면 그렇게 끔찍하지 않았다. 두려움이라고는 없이 살았던 곳, 그런 모습을 그리기 때문이었다. 여름의 장미 정원, 해 질 녘에 노래하던 새들, 밤나무 아래에서의 차 한잔, 아래쪽 풀밭에서 전해지던 파도 소리…….

또 만개한 라일락과 행복의 계곡을 떠올릴 것이었다. 그 모두가 파괴되는 일 없이 영원했다. 손상될 수 없는 기억이었다. 하지만 꿈속에서는 모든 것이 망가지고 말았다. 구름이 달을 가리면서 그렇게 되어버렸다. 꿈꾸는 사람들이 대개 그렇듯 나도 내가 꿈꾼다는 것을 알고 있었다. 현실의 나는 맨덜리에서 수백 킬로미터 떨어진 낯선 땅, 허름한 호텔 방에서 잠을 깰 것이다. 그리고 한숨을 내쉬며 돌아누워 강렬하게 내리쬐는 햇살과 맑은 하늘이 꿈속의 부드러운 달밤과 어쩌면 그렇게도 다른지 어리둥절해할 것이다. 우리 둘 앞에는 하루가, 틀림없이 아주 길고 별다를 것 없는, 그리고 전에는 미처 몰랐던 평온으로 가득 찬 하루가 놓여 있겠지. 우리는 맨덜리에 대해 말하지 않을 것이고 나도 꿈 이야기를 털어놓지 않을 것이다. 맨덜리는 더 이상 우리 것이 아니기 때문이다. 맨덜리는 이제 없다.

2

우리는 두 번 다시 돌아갈 수 없을 것이다. 과거는 아직도 너무나 가깝다. 뒤로 밀쳐놓고 잊어버리려 했던 것들이 다시 떠오른다. 두려움, 근거 없는 공포를 가라앉히려 안간힘을 쓰면서 느끼는 (이제는 다행히도 진정되었지만) 내밀한 불안감 같은 것이 어느새 삶의 동반자가 되었다. 전에도 그랬듯이 말이다.

그는 감탄스러울 정도로 인내심이 강하다. 기억이 떠오를 때조차도 불평하는 법이 없다. 나는 그가 겉으로 드러내는 것보다는 훨씬 더 자주 기억을 떠올릴 것이라 생각한다.

갑자기 길을 잃고 당황한 듯한 모습을 보여줄 때, 보이지 않는 손이 깨끗이 거둬 가기라도 한 듯 표정이 다 사라지고 여전히 아름답긴 해도 차갑고 공식적이며 생명력 없는 얼굴이 나타날 때가 바로 그렇다. 그는 줄담배를 피워댄다. 불붙은 채 땅바닥에 떨어져 나뒹구는 담배꽁초들은 꽃잎 같다. 그는 아무 의미 없는 말을 급하게 열심히 내뱉는다. 나는 고통을 겪은 인간이 더 강하고 좋아진다고, 그리하여 세상에서 살아남으려면 불의 시련을 이겨내야 한다고 믿는다. 역설적으로 들릴지 몰라도 우리는 바로 그 불의 시련을 최대한 겪어낸 셈이었다. 우리는 공포와 고독, 그리고 대단히 큰 좌절을 알게 되었다. 모든 사람은 살면서 고난의 순간을 맞게 된다. 자기를 괴롭히는 악마를 만나는 것이다. 그리고 결국에는 맞서 싸워야 한다. 우리는 승리했다. 아니, 최소한 그렇게 믿고 있다.

악마는 더 이상 우리를 괴롭히지 않는다. 우리는 위기를 극복한 셈이지만 그렇다고 상처조차 남지 않은 것은 아니다. 재앙에 대한 그의 예감은 처음부터 정확했다. 수준 낮은 연극에 등장하여 과장되게 소리를 질러대는 여배우처럼 우리는 자유를 위해 크나큰 대가를 치렀다고 말할 수도 있을 것이다. 하지만 내 삶의 멜로드라마는 이미 충분했고 그래서 현재의 평화와 안전을 보장받을 수만 있다면 나는 내 오감까지도 기꺼이 포기할 작정이다. 행복은 획득하는 소유물이 아닌, 생각의 문제이고 마음의 상태다. 물론 지금의 우리에게도 절망의 순간은 찾아온다. 하지만 시계로 잴 수 없는 시간이 영원으로 치달을 때 나는 그의 미소를 보면서 우리가 함께 있다는 것, 함께 걸어간다는 것, 어떤 의견 차이도 우리 사이의 장벽이 되지 못한다는 것을 깨닫곤 한다.

이제 우리는 서로에게 아무 비밀도 없다. 모든 것을 공유한다.

작은 호텔은 따분하고 음식도 형편없으며 하루하루가 별 차이 없이 흘러가지만 다른 선택은 없다. 큰 호텔로 가면 그가 아는 사람들을 너무도 많이 만날 것이다. 우리는 둘 다 단순한 삶의 가치를 인정한다. 그래도 때로는 지루하다. 물론 지루함은 두려움의 좋은 치료제이기는 하다. 반복되는 일상 속에서 나는 소리 내어 책 읽는 능력을 연마했다. 그가 인내심을 잃고 안절부절못하는 유일한 때는 우편배달이 늦어지는 경우이다. 우편배달원이 오지 않으면 우리는 영국에서 오는 우편물이 도착할 때까지 또다시 하루를 기다려야 하기 때문이다. 무선통신도 시도해보았지만 잡음이 너무 심해 그냥 우편을 기다리기로 했다. 일주일 전에 열린 크리켓 시합 결과가 어떻게 되었는지 궁금해하면서 말이다.

시범 경기나 권투 시합, 심지어는 당구 경기까지도 우리에게는 권태를 잊게 해주는 구세주이다. 학생들의 스포츠 경기, 개들의 달리기 경주, 먼 나라에서 벌어지는 갖가지 괴상한 대결들까지, 그 모두가 우리의 갈증을 채워준다. 한참 오래된 자연 생태 잡지라도 얻게 될 때면 나는 이 무심한 섬에서 당장 영국의 봄철 풍경으로 날아간다. 나는 초크 스트림에 대해, 하루살이에 대해, 초록 풀밭에서 자라는 사슴에 대해, 맨덜리에서 그랬듯 숲 위를 선회하는 까마귀들에 대해 읽는다. 가장자리가 닳아버린 잡지에서 젖은 흙 냄새가 난다. 황무지 토탄의 싸한 냄새, 왜가리 배설물에 하얗게 핀 이끼가 축축하게 젖은 모습이 떠오른다.

한번은 숲 비둘기에 대한 기사도 보았다. 그 기사를 큰 소리로 읽고 있자니 나는 어느새 맨덜리의 깊은 숲에 서서 비둘기를 올려다보는 듯했다. 뜨거운 여름날 오후에 그토록 편안하고 청량한 비둘기 울음소리를 듣는 것이다. 그 평화는 재스퍼가 축축한 코를 바닥에 대고 킁킁거리며 나를 찾아오면서 깨지고 만다. 성찬식을 앞두고 손을 씻는 노부인처럼 비둘기들은 깜짝 놀라 날개를 크게 퍼덕이며 숨었던 곳에서 날아올라 멀리 나무 위로, 내게는 보이지도 들리지도 않는 곳으로 사라져버린다. 그러고 나면 새로운 고요가 찾아온다. 나는 왠지 불편해진 마음으로 더 이상 햇살이 나뭇잎들 위에 그림을 그리지 않는다는 것을, 나뭇가지들이 한층 더 어두운 색깔을 띠고 그림자도 길어졌다는 것을 깨닫는다. 집에는 홍차와 신선한 나무딸기 열매가 준비되었으리라. 나는 앉아 있던 아늑한 풀숲에서 몸을 일으키고 치맛자락에서 해묵은 낙엽 찌꺼기와 먼지를 털어낸 후 재스퍼에게 휘파람을 불며 집으로 돌아간다. 서둘러 걸음을 옮기면서도, 흘깃 뒤를 한 번 돌아보기를 잊지 않으면서 말이다.

숲 비둘기에 대한 기사 하나가 과거를 그토록 선명하게 떠오르게 하다니 얼마나 신기한가. 소리 내어 기사를 읽던 나는 중간중간 말을 더듬기까지 했다. 그의 얼굴에 떠오른 우울한 표정을 눈치챈 나는 갑자기 입을 다물고 페이지를 넘겨 크리켓 시합 내용을 다룬 무미건조한 기사를 찾아냈다. 런던 케닝턴의 크리켓 경기장에서 미들섹스 팀이 거듭해 멋진 공을 쳐냈다는 소식이었다. 그런 기사를 찾아낸 것이 얼마나 다행이었는지! 몇 분 안에 그의 얼굴은 평온을 되찾았고 혈색도 되돌아왔다. 그는 열띤 어조로 서리 팀의 불운을 비웃어댔다.

우리는 과거로의 퇴각을 면했고 나는 교훈을 얻었다. 영국에 관련된 뉴스는 좋았다. 스포츠나 정치는 괜찮았다. 하지만 상처를 줄 수 있는 기사는 나 혼자만 읽어야 한다. 그런 것은 나 혼자만의 비밀스러운 즐거움이 되었다. 온갖 색깔과 냄새, 소리들이, 비와 철썩거리는 물소리가, 심지어 가을 안개나 물결 냄새조차 맨덜리의 기억을 불러오고야 만다. 족보 연구에 몰두하는 사람들이 있다지만, 그래서 도저히 연결되지 않을 것 같은 혈연관계를 확인하는 재미로 나라 곳곳을 오가며 여행을 한다지만, 내 취미는 그보다 더 흥미진진하다. 나는 영국 시골에 대해서는 모르는 것이 없다. 영국 곳곳의 황무지 소유주가 누구인지, 그 아래 소작인들은 누구인지 이름도 다 안다. 얼마나 많은 뇌조가 죽었는지, 자고새나 사슴은 몇 마리나 사냥총에 희생되었는지 알고 있다. 송어는 어디서 자라는지, 연어는 어디서 뛰어오르는지도 안다. 나는 모임마다 참석하고 여행길마다 따라다닌다. 사냥개 새끼들을 훈련시키는 사람 이름까지도 안다. 곡식의 상태, 통통한 소 한 마리의 값, 돼지가 걸리는 수수께끼 같은 병도 다 흥미로웠다. 지적인 활동이라 말하기는 어려운 소일거리였지만 어떻든 나는 그런 소식을 읽으면서 영국의 공기를 호흡했고 용감하게 그 반짝이는 하늘을 마주 볼 수 있었다.

관목이 우거진 포도밭이나 무너진 돌 더미 따위는 아무 문제도 되지 않는다. 원하기만 하면 나는 얼마든지 자유로운 상상력을 발휘해 젖은 울타리에서 허브잎을 딸 수 있기 때문이다.

환상은 부드럽고 다정하다. 그 덕분에 우리는 슬픔과 후회를 이길 힘을 얻고 스스로 선택한 유배 생활의 고통을 누그러뜨린다.

환상들 덕분에 나는 오후 시간을 즐기며 기분 전환을 한 후 웃는 얼굴로 차 마시는 시간을 맞이할 수 있다. 우리 주문은 늘 똑같다. 버터 바른 빵 두 쪽과 중국차. 남들 눈에는 영국에서의 습관에 매달리는 답답한 사람들로 보이리라. 몇백 년 동안 햇볕이 내리쬔 이 더할 나위 없이 깨끗한 발코니에서 나는 맨덜리의 오후 4시 30분을, 서재의 벽난로 앞에 차려진 찻상을 생각한다. 서재 문은 1분도 어김없이 열리고 차, 은 쟁반, 주전자, 눈처럼 흰 식탁보의 움직임은 한결같이 정연하다. 귀를 축 늘어뜨린 재스퍼는 케이크가 놓이는 걸 보면서도 무심한 척한다. 우리가 실제로 먹는 양은 극히 적지만 찻상 위는 늘 푸짐하다.

달콤한 시럽이 뚝뚝 듣는 핫케이크가 눈앞에 보이는 것만 같다. 바삭한 토스트, 갓 구워내 뜨거운 스콘, 속에 뭘 넣었는지 알 수 없지만 맛이 좋았던 샌드위치, 그리고 아주 특별했던 생강 빵도 떠오른다. 입에서 녹아버리는 카스텔라, 과일 사탕절임과 건포도가 터질 듯 가득 든 빵도 생각난다. 굶주린 가족이 한 주 내내 먹을 수 있을 정도로 넉넉한 음식이었다. 결국 남은 음식들이 어떻게 되는지는 알지 못했다. 때로 그 낭비가 걱정스럽기도 했다.

하지만 남은 음식의 행방에 대해 댄버스 부인에게 감히 묻지는 못했다. 그랬다면 아마 비웃는 듯 차가운 눈길로 나를 바라보며 오만한 미소와 함께 "돌아가신 드윈터 부인께서는 그깟 일에 신경 쓰지 않으셨지요"라는 대답이 나오지 않았을까. 댄버스 부인이라. 지금은 어디서 뭘 하고 있을까? 파벨은 어떻게 되었을까? 내가 제일 처음 불안감을 느끼게 된 것은 댄버스 부인의 얼굴 표정 때문이었던 것 같다. 난 본능적으로 레베카와 비교당하고 있다고 생각했다. 그리고 칼날처럼 날카로운 그림자가 우리 사이에 드리워졌지……

이제는 다 끝나고 지나가버린 일이다. 나는 더 이상 시달리지 않는다. 우리는 둘 다 자유롭다. 충성스러운 재스퍼조차 떠나버렸고 맨덜리는 더 이상 존재하지 않는다. 꿈속에 보일 때에도 맨덜리는 깊은 숲속에 파묻힌, 텅 빈 껍질 같은 모습이다. 잡초가 무성하고 새 떼는 제 세상을 만난 듯 활개 친다. 때로는 소나기를 피하려던 방랑자가 용감하게 집 안으로 들어갈 수도 있으리라. 하지만 그 침입자에게 맨덜리의 숲은 친절을 베풀지 않는다. 해변 한구석의 작은 돌집을 찾아 들어간다 해도 무너진 지붕 사이로 가는 빗줄기가 새어 들며 요란한 소리를 낼 것이다. 돌집 안의 그 긴장된 분위기는 아직도 여전할까? 길모퉁이라 해도 마찬가지이다. 자갈길을 뚫고 자라난 나무들 때문에 해가 진 다음이라 해도 쉬기에 적당한 장소는 아닐 테니. 버석대는 나뭇잎들은 이브닝드레스를 입은 여인이 조심스럽게 움직이는 듯한 소리를 낼 것이고 갑자기 몸을 떨며 떨어져 흩어지는 나뭇잎들은 여인의 다급한 발소리 같으리라. 자갈길 위에 떨어진 나뭇잎은 굽 높은 새틴 구두의 발자국이고 말이다.

이런 것들을 기억하다가 나는 어느새 발코니에서 내다보이는 풍경으로 되돌아와 안도하고 있다. 그 반짝이는 풍경에는 그림자가 전혀 없다. 포도밭은 햇살 아래 가물거리고 부겐빌레아꽃은 먼지와 함께 희게 빛난다. 언젠가는 애정 어린 눈으로 그 풍경을 바라보게 될지도 모를 일이다. 지금 이 풍경은 사랑까지는 아니더라도 자신감을 불러일으킨다. 자신감은 아주 중요하다. 내게는 조금 늦게 찾아온 감정이긴 하지만 말이다. 마침내 나를 대담하게 만든 것은 그가 내게 의존하고 있다는 깨달음이었으리라. 낯선 이 앞에서 보이는 망설임, 수줍음, 소심함이 이제 상당 부분 사라졌다. 이제 나는 처음으로 맨덜리에 도착했던 그때, 세련과는 거리가 멀지만 모두의 마음에 들고 싶은 열망이 가득했던 그때의 모습과는 꽤 다르다. 댄버스 부인 같은 이들에게 내가 그토록 나쁜 인상을 남기게 된 것은 분명 내 미숙한 몸가짐 때문이었으리라. 레베카의 뒤를 이은 내가 그들에게 어떻게 보여야만 했을까? 그때의 내 모습이 보인다. 직모 단발에 화장기 없는 앳된 얼굴, 잘 안 맞는 코트와 스커트에 직접 만든 상의를 걸치고 수줍은 망아지 같은 어색한 모습으로 밴호퍼 부인 뒤를 따라 걷는 모습 말이다. 부인은 나를 대동하고 점심을 하러 가는 중이다. 키 작은 몸이 하이힐 위에서 균형을 못 잡고 기우뚱거린다. 프릴이 잔뜩 달린 블라우스는 거대한 젖가슴을 강조해준다. 새로 산 커다란 깃털 장식 모자가 비스듬하게 머리 위에 얹혀 넓은 앞이마를 드러내고 있다. 한 손은 여권, 일정 수첩, 브리지 점수책 따위를 넣는 커다란 가방을 들었고 다른 손은 필수품이나 다름없는 손잡이 달린 안경을 들었다. 남들의 사생활을 가차 없이 파헤치는 그 안경 말이다.

부인은 식당에 들어서서 늘 앉는 창가에 자리를 잡고 돼지처럼 작은 눈에 안경을 들이댄 채 좌우를 살핀다. 곧 안경을 내려 검은 리본 줄에 대롱대롱 매달아놓은 채 한숨을 내쉰다. "도대체 유명 인사라고는 하나도 없군. 호텔에 숙박비를 깎아달라고 해야 할 판이야. 대체 내가 여기 왜 왔겠어? 급사 애들이나 보려고?" 그러고는 웨이터를 불러댄다. 높고 날카로운 목소리가 날카로운 톱날처럼 공기를 가른다.

오늘 우리가 머무르고 있는 작은 식당은 몬테카를로 코트다쥐르 호텔의 거대하고 휘황찬란한 식당과 얼마나 다른지. 잘생긴 손으로 가만히 귤껍질을 까면서 가끔씩 눈을 들어 내게 미소 짓는 지금의 동반자, 그리고 보석으로 장식된 뚱뚱한 손으로 라비올리가 산처럼 쌓인 접시를 공략하며 혹시라도 내 식사가 더 잘 나온 것은 아닌지 경계하며 확인하는 눈길을 던지던 밴호퍼 부인은 또 얼마나 다른지. 그런 걱정은 아예 할 필요가 없었는데도 말이다. 진작에 내 열등한 지위를 파악한 눈치 빠른 웨이터가 한 시간 반 전에 누군가 뷔페에서 남기고 간 듯한 괴상한 모양의 햄과 우설 요리 접시를 내 몫으로 가져왔던 것이다. 어째서 모두들 약속이나 한 듯 내게 이토록 불친절할까? 밴호퍼 부인과 어느 시골 여관에서 묵었을 때도 그랬다. 여종업원은 내 벨 소리에 달려오는 일이 없었고 신발도 가져다주지 않았다. 아침이면 차디찬 차를 침실 문 밖에 던져놓곤 했다. 정도는 덜하다 해도 코트다쥐르 호텔에서도 마찬가지였다. 때로는 그 무심함이 억지웃음이나 공격성을 담은 친밀감으로 변하곤 했고 이 때문에 로비로 내려가 우표를 사는 것 조차 어떻게든 피하고 싶은 곤욕스러운 일이 돼버렸다. 나는 한없이 어리고 미숙한 존재로 보이는 것이 분명했다. 나 역시도 스스로를 그렇게 느꼈다. 너무 미숙하고 민감한 존재에게 공기 중을 가볍게 떠도는 많은 말들은 하나같이 날카롭게 가시가 돋친 것이었다.

나는 그 햄과 우설 요리를 똑똑히 기억한다. 괴상한 마름모꼴에 물기라곤 없이 바짝 말라붙어 전혀 구미가 당기지 않는 요리였지만 거부할 용기는 없었다. 우리는 침묵 속에서 식사를 했다. 밴호퍼 부인은 음식에 집중하는 것을 좋아했기 때문이다. 턱을 따라 소스가 줄줄 흘러내리는 걸 보니 라비올리가 퍽 마음에 드는 모양이었다.

부인의 모습은 더더욱 입맛을 떨어지게 했기 때문에 나는 눈길을 옆으로 돌렸다. 지난 사흘 동안 비어 있던 우리 옆 식탁에 누군가 자리를 잡으려는 참이었다. 호텔 지배인이 특별히 정중한 태도로 새 손님을 안내하고 있었다.

밴호퍼 부인은 포크를 내려놓고 안경을 들었다. 부인이 손님을 얼마나 뚫어지게 바라보는지 내가 다 얼굴이 붉어질 정도였다. 하지만 손님은 그 눈길을 의식하지 못한 듯 메뉴를 펼쳐 보았다. 밴호퍼 부인은 안경을 찰칵 접더니 내 쪽으로 몸을 뻗고 속삭였다.

작은 두 눈이 기대감으로 빛났고 목소리는 한껏 낮췄다 해도 너무 컸다.

"맥시밀리언 드윈터 씨야. 맨덜리 저택 소유주지. 너도 물론 들어본 곳이지? 좀 아파 보이지 않니? 아내가 죽은 후 충격에서 벗어나지 못했다고들 하더군……."

3

밴호퍼 부인이 그토록 지독한 속물이 아니었다면 오늘날 내 삶이 어떻게 되었을지 궁금해진다. 내 삶이 마치 바늘에 달린 실처럼 부인의 자질에 달려 있었다고 생각하면 우습기도 하다. 부인의 호기심은 병적, 아니 광적인 수준이었다. 처음에 나는 사람들이 부인의 등 뒤에서 수군대며 비웃거나 부인이 등장하자마자 황급히 방을 나서는 모습, 심지어는 정식 출입구가 아닌 뒷문을 통해서라도 자리를 피하려는 모습을 보고 충격을 받았다. 주인의 고통을 덜어주기 위해 대신 매 맞는 아이와도 같은 심정이었다. 이미 여러 해 동안 코트다쥐르 호텔을 찾아온 밴호퍼 부인의 유일한 (브리지 게임만 빼고 말이다) 소일거리는 몬테카를로에 온 유명 인사들이 다 자기 친구라 주장하는 것이었다. 설사 우체국에서 딱 한 번 마주친 사이라 해도 말이다. 부인의 이런 버릇은 이미 악명이 높았다. 부인은 어떻게든 상대에게 자기소개를 했고 상대가 미처 위험을 감지하기 전에 객실로 초대했다. 그 공격 방식은 갑작스럽고도 철저했기에 빠져나갈 길은 없었다. 코트다쥐르 호텔에서 부인은 로비와 식당 사이 중간쯤에 놓인 소파를 자기 것인 양 차지하고 바로 그 자리에서 식후 커피를 마셨다. 호텔을 드나드는 사람들이 지나칠 수밖에 없는 곳이었다. 먹잇감을 유인하는 일을 내게 맡기는 경우도 종종 있었는데 그럴 때면 나는 내 임무를 증오하며 책을 빌려주겠다든지, 좋은 상점을 알려주겠다든지, 공통의 친구가 떠올랐다든지 하는 말을 전하려 로비를 가로질러야 했다. 명사들은 모두 부인의 손쉬운 먹잇감인 듯했다. 일단은 신분이 가장 중요했지만 신문에 한 번이라도 등장한 인물이라면 모두 부인의 관심 대상이었다. 작가, 화가, 배우, 심지어는 평범한 이들까지 인물동정란에 등장하기만 했다면 되는 것이다.

그 잊을 수 없는 오후는 바로 어제 일처럼 또렷하다. 이미 여러 해가 지났지만 말이다. 그때 부인은 예의 그 소파에 앉아 안경을 입가에 대고 두들기며 골똘히 생각에 잠겼다. 새 손님을 공략할 방법을 고민하는 것이 분명했다. 새 손님이 식당에서 나오기 전에 식사를 마치고 소파에 자리를 잡기 위해 달콤한 후식까지도 서둘러 끝낸 참이었다. 갑자기 부인이 내 쪽으로 고개를 돌렸다. 작은 눈이 반짝 빛났다.

"어서 위층으로 올라가서 조카가 보낸 편지를 찾아와. 신혼여행

사진과 함께 보내온 편지 알지? 자, 당장 가져오라고."

계획이 완성된 것이다. 조카는 자기를 소개하기 위한 도구가 될 것이었다. 언제나처럼 부인의 계획을 도와야 하는 내 처지가 원망스러웠다. 마술사의 조수인 양 소품을 대령한 뒤 얌전히 앉아 다음 지시를 기다려야 하는 처지 말이다. 새 손님은 부인의 관심을 반가워하지 않을 것이 분명했다. 점심을 먹으면서 부인이 떠들어 댄 정보, 열 달쯤 전에 신문에서 읽고는 나중을 위해 기억해둔 풍문 섞인 이야기로 미뤄보건대 어리고 세상 경험 없는 내가 보기에도 그는 자기 세계에 누군가 불쑥 뛰어드는 것을 반기지 않을 듯했다. 그가 왜 몬테카를로의 코트다쥐르 호텔을 찾았는가는 우리가 상관할 문제가 아니었다. 밴호퍼 부인을 제외하고는 모두가 그 점을 이해할 것이다. 부인은 재치나 배려 따위는 몰랐다. 남들의 소소한 사생활 이야기야말로 부인에게는 삶의 의미나 다름없었고, 이 새 손님은 부인의 분석 대상이 되어주어야만 했다. 나는 부인의 책상 서랍에서 편지를 찾아냈지만 곧바로 로비로 내려가지 않고 잠시 꾸물거렸다. 새 손님에게 다만 몇 분이나마 평온한 시간을 확보해주려는 마음 때문이었던 것 같다.

뒷문을 통해 식당으로 들어가 새 손님에게 위험을 경고할 만큼의 용기가 내게 있다면 얼마나 좋을까 하는 생각이 들었다. 하지만 습관의 힘은 너무 강했고 또 막상 새 손님 앞에 선다 해도 어떤 말을 해야 할지 알 수 없었다. 결국은 다시 밴호퍼 부인의 옆자리로 돌아가 앉을 수밖에 없었다. 지루한 이야기로 짜인 넓은 그

물망을 활짝 펼친 채 만족스러운 모습으로 앉아 있는 거대한 거미 같은 부인에게로.

생각보다 오래 지체한 모양이었다. 로비로 돌아가보니 새 손님은 이미 식당에서 나온 후였고 그를 놓칠까 봐 걱정이 된 부인은 편지를 기다릴 것도 없이 직접적인 소개를 감행한 상황이었다. 새 손님은 부인과 나란히 소파에 앉아 있었다. 나는 부인에게 다가가 말없이 편지를 내밀었다. 새 손님은 지체 없이 일어섰고 자신의 성공에 흥분하여 얼굴이 상기된 밴호퍼 부인은 내 쪽을 보며 말했다.

"드윈터 씨도 우리와 함께 커피를 드실 거야. 웨이터에게 커피 한 잔을 더 부탁하고 오렴." 새 손님에게 내 지위를 분명히 알리려는 듯 무심한 어조였다. 어린 데다가 중요하지도 않은 인물이니 대화에 끼워 넣을 필요는 전혀 없다는 의중을 전달하려는 것이다. 부인의 그런 어조는 일종의 자기방어였다. 혹시라도 내가 자기 딸로 오해된다면 우리 둘 다에게 지극히 당혹스러울 것이다. 내가 얼마든지 무시해도 될 존재라는 부인의 의중이 감지되면 숙녀들은 만나는 인사와 헤어지는 인사를 겸해 가볍게 고개를 끄덕였고, 신사들은 안심하며 안락한 의자에 다시금 몸을 기대곤 했다.

그러므로 새 손님이 여전히 일어선 채 직접 웨이터를 손짓해 부르는 모습은 놀랍기 그지없었다.

"저는 생각이 달라서 죄송합니다만," 그가 입을 열었다. "두 분모두와 함께 커피를 마셨으면 싶군요." 정신을 차리고 보니 어느새 그는 내가 늘 앉던 딱딱한 의자에, 그리고 나는 밴호퍼 부인의 옆

자리 소파에 앉아 있었다.

부인은 잠시 예상 밖의 상황에 경악하는 듯했다. 하지만 곧 평소 모습을 회복하고 나와 테이블 사이 공간에 뚱뚱한 몸을 욱여넣어 그가 앉은 의자 쪽을 향한 뒤 조카의 편지에 대해 열심히 떠들기 시작했다.

"식당에 들어오시자마자 바로 알아봤답니다. 그리고 생각했지요. '아니, 저분은 빌리의 친구 드윈터 씨 아냐. 빌리가 신부와 함께 찍은 신혼여행 사진을 보여드려야겠군' 하고요. 자, 보세요. 이쪽이 새색시 도라랍니다. 정말 예쁘죠? 가느다란 허리에 눈은 또 얼마나 큰지요. 팜비치에서 일광욕을 하는 모습이에요. 보다시피 빌리는 신부에게 푹 빠져버렸답니다. 제가 당신을 처음 보았던 클래리지 가문의 파티에서 빌리와 도라도 처음 만났지요. 물론 당신은 저같이 늙어빠진 여자는 기억 못 하겠지만 말이죠."

부인은 살짝 미소 지으며 묻는 듯한 눈길을 보냈다.

"아니요. 아주 잘 기억하고 있습니다." 그가 대답했다. 그리고 부인이 첫 만남 때의 일들을 줄줄이 늘어놓기 전에 담뱃갑을 건네고 담배에 불을 붙여줌으로써 잠시나마 그 입을 다물게 만들었다. 그리고 성냥의 불을 불어 끄면서 "팜비치 신혼여행에 특별히 관심이 가지는 않는군요"라고 말했다. 나는 플로리다라는 곳이 그에게는 참으로 안 어울린다고 생각했다. 그는 성벽으로 둘러싸인 15세기의 도시, 자갈 깔린 좁은 골목길이 이어지고 뾰족탑이 솟았으며 모두들 모직 타이츠에 앞이 뾰족한 신발을 신고 다니는 그런 곳에 어울리는 사람이었다. 왠지 모르게 그의 얼굴은 중세의 느낌을 풍겼다. 미술관에서 본 '익명의 신사' 초상화가 떠올랐다. 영국식 트위드 재킷 대신 검은 바탕에 목과 손목에 레이스가 달린 옷으로 바꿔 입히기만 하면 먼 과거, 망토 두른 남자들이 낡은 건물 그림자 속에 서 있고 좁은 계단이 지하 감옥으로 이어지며 결투용 칼이 쨍 소리를 내던 그 과거에서 오늘날의 우리를 내려다보는 그림 속 주인공으로 손색이 없을 듯했다.

그 초상화를 그린 화가가 누구였는지 나는 기억을 더듬었다. 전시실 한쪽 구석에 걸린 초상화 주인공의 시선은 짙은 색 액자를 넘어서 나를 쫓아다녔지⋯⋯.

부인과 손님은 한창 이야기를 나누는 중이었다. 어느새 나는 대화의 흐름을 놓쳐버린 셈이었다. "아니, 20년 전만이 아닙니다. 그런 게 즐거웠던 때는 한 번도 없었답니다." 손님이 말했다.

밴호퍼 부인이 만족스럽다는 듯 큰 소리로 웃었다. "맨덜리 같은 저택을 가졌다면 빌리도 팜비치에서 놀고 싶지는 않았을 거예요. 마치 동화 속 같은 곳이라고, 그 이상 표현할 말이 없는 곳이라 하더군요."

부인은 잠시 말을 멈췄다. 상대가 미소 짓기를 바라는 눈치였지만 손님은 담배만 피웠다. 양 눈썹 사이 미간에 살짝 주름이 잡혔다.

"사진으로 맨덜리를 보았답니다. 정말이지 멋지더군요. 아름다운 장소가 무수히 많다고 하던 빌리의 말도 생각나네요."

손님은 계속 침묵했다. 고통스러운 침묵이라는 점이 누가 보든

명백했다. 하지만 부인은 들어가서는 안 되는 구역을 마구 짓밟고 돌아다니는 머리 나쁜 염소처럼 말을 이어나갔다. 민망한 마음에 나까지 얼굴이 붉어졌다.

이에 아랑곳없이 부인의 목소리는 점점 더 커졌다. "물론 영국 신사들은 자기 집에 대한 마음을 제대로 표현하지 않죠. 자랑이 될까 봐 말입니다. 맨덜리에도 악단용 발코니가 있다면서요? 값비싼 귀한 그림들도 있겠죠?" 부인은 내 쪽을 바라보며 설명했다. "드윈터 씨는 겸손하셔서 말씀을 안 하시겠지만 그 아름다운 저택은 노르만 정복 시절부터 드윈터 가문 소유이지. 악단이 자리 잡고 연주하는 발코니가 특히 보석같이 아름답다고들 해. 왕족들도 자주 맨덜리를 찾았다던데요, 그렇지요, 드윈터 씨?"

너무 지나치게 나가는 것 같았다. 하지만 예상 외로 손님은 즉각 대답을 했다. "애설레드* 이후로는 없었습니다. 느림보라는 별명으로 불렸던 분이지요. 사실은 그 별명도 맨덜리에서 만들어졌습니다. 항상 저녁 식사에 늦었거든요."

부인이 제대로 한 방 먹은 셈이었다. 나는 부인의 낯빛이 변할 것으로 생각했다. 하지만 놀랍게도 부인은 손님의 말을 곧이곧대로 받아들였다. 이번에도 한 대 얻어맞은 아이처럼 몸부림쳐야 하는 것은 부인이 아닌 나였다.

"아, 그랬나요?" 부인이 중얼거렸다. "전 역사 지식이 짧아서요.

---

* 10세기 말의 잉글랜드 왕

영국 왕 이름은 다 헷갈리는군요. 어떻든 재미있는 이야기네요. 딸 애한테 편지로 알려줘야겠어요. 딸애는 공부를 좋아하거든요."

잠시 조용해졌다. 나는 다시금 얼굴이 붉어지는 것을 느꼈다. 나는 너무 어렸다. 그것이 문제였다. 좀 더 나이가 있었다면 손님과 눈길을 마주치고 미소를 지어 보임으로써 부인의 무례한 행동에 대해 무언의 위로와 공감을 표시했으리라. 하지만 나는 수치심에 사로잡혀 고통을 참아내고 있을 뿐이었다.

손님은 내 불편한 마음을 알아차린 모양인지 내 쪽으로 몸을 굽혀 커피를 더 하겠느냐고 부드럽게 물었다. 내가 고개를 저으며 거절한 후에도 그는 생각에 잠겨 나를 바라보았다. 부인과 내가 어떤 사이인지, 비슷한 부류로 묶어 넣어도 될지 고민하는 모양이었다.

"몬테카를로에 오니 어떠신지요? 아니, 어쩌면 그런 생각은 전혀 안 하실지도 모르겠군요?" 손님이 말했다. 나를 대화에 끼워 넣으려는 배려에 나는 그야말로 홍당무가 되고 머릿속이 텅 비고 말았다. 어쩐지 인공적인 장소라는 바보스러운 대답을 채 끝내기도 전에 밴호퍼 부인이 말꼬리를 낚아챘다.

"복에 겨운 거지요. 몬테카를로를 구경할 수 있다면 남들은 눈알이라도 뽑을 텐데 말입니다, 드윈터 씨."

"그럼 목적을 달성하지 못하게 되지 않습니까?" 손님이 미소 지었다.

부인은 어깨를 으쓱해 보이고는 거대한 담배 연기 구름을 내뱉었다. 손님의 말을 제대로 이해하지 못한 듯했다. "저는 매년 몬테카를로를 찾는답니다. 영국의 겨울 날씨는 견디기 어렵거든요. 당신은 어쩐 일이지요? 늘 오시지는 않았던 것 같은데. 카드놀이를 하러 오셨나요? 아니면 골프 클럽을 챙겨 오셨나요?"

"아직 모르겠습니다. 급하게 떠나왔거든요."

다시금 과거의 기억이 떠올랐는지 신사의 얼굴은 어두워졌고 살짝 주름이 잡혔다. 눈치 없는 부인은 계속 지껄였다. "물론 맨덜리의 안개가 그리우시겠지요. 또 봄이 되면 전혀 다른, 화려한 모습으로 변할 테고요." 손님은 손을 뻗어 재떨이에 담배를 비벼 껐다. 눈빛이 약간 흔들렸다. 잠깐이나마 나와는 상관없는 그의 개인적인 면을 엿본 듯했다.

"그렇습니다. 맨덜리도 그때가 최고죠." 그는 짧게 대답했다.

한순간 침묵이 찾아왔다. 불편한 침묵이었다. 나는 손님 쪽을 곁눈질하면서 '익명의 신사' 그림과 정말 비슷하다고 생각했다. 망토를 걸치고 한밤중에 비밀스럽게 복도를 지나가는 사람 말이다. 밴호퍼 부인의 목소리가 날카로운 벨 소리처럼 내 생각을 갈랐다.

"여기서도 아는 분을 많이 만나실 것 같군요. 올겨울은 아주 지루한 편이지만 말입니다. 유명 인사가 별로 없거든요. 미들섹스 공작도 요트를 타고 오셨지요. 아직 저도 찾아가지 않았습니다만." 내가 알기로는 한 번도 만나본 적이 없는 사람이었다. "넬 미들섹스 부인도 물론 아시겠지요. 정말 매력적인 분 아닙니까. 둘째 아이는 남편 소생이 아니라고들 쑥덕거리지만 저는 안 믿어요. 얼마나 사랑스러운 분인지. 참, 캑스턴 가문과 히슬롭 가문의 결혼이 성사되지 않았다는 소문이 사실인가요?" 부인은 이런저런 온갖 소문들을 계속 이야기했다. 거기 등장하는 이름들이 손님과 아무 상관 없고 따라서 관심도 없는 일들이며 손님의 반응이 점점 차가워진다는 점을 깨닫지 못한 채 말이다. 하지만 손님은 단 한 번도 끼어들거나 시계를 보지 않았다. 정중하게 행동하려고 작정한 사람처럼 말이다. 한번 부인을 바보로 만들었으니 또다시 공격하기보다는 거리를 유지하기로 한 모양이었다. 마침내 그를 해방시켜준 것은 양재사가 밴호퍼 부인을 기다리고 있다는 급사의 전갈이었다.

그는 의자를 뒤로 밀며 바로 일어섰다. "저 때문에 지체하지 마십시오. 요즘은 패션이 어찌나 빨리 바뀌는지 자칫하면 위층으로 올라가시는 동안에도 달라질지 모릅니다." 그가 말했다.

부인은 말 속의 가시를 알아채지 못하고 칭찬으로만 받아들였다. 그리고 함께 승강기 쪽으로 걸어가면서 말했다. "이렇게 이야기 나눌 수 있어 즐거웠습니다. 드윈터 씨. 당신을 좀 더 알게 되었군요. 제 방에 한번 오시지요. 안 그래도 내일 저녁에 손님들이 오실 텐데 함께 뵈면 어떨까요?" 나는 시선을 돌렸다. 핑곗거리를 찾는 그의 모습을 보고 싶지 않았기 때문이다.

"죄송합니다. 내일 저는 소스펠에 갈 생각입니다. 언제 돌아올 수 있을지 모르겠군요." 그가 대답했다.

우리는 벌써 승강기 앞에 도착한 지 한참이었지만 부인은 자꾸 시간을 끌었다.

"호텔에서 알아서 좋은 방을 드렸다고 생각합니다만, 어떻든 절반은 비어 있는 상태니까요, 혹시라도 불편하신 점이 있다면 야단을 치셔야 합니다. 데려오신 시종이 짐을 풀어놓았겠지요?" 참견하기 좋아하는 부인의 성향을 감안한다 해도 이는 좀 지나친 관심이었다. 손님의 얼굴에 안 좋은 기색이 살짝 스쳐 지나갔다.

"시종은 없습니다. 혹시 부인께서 해주실 의향이 있는지요?" 그가 조용히 말했다.

이번에는 제대로 효과가 있었다. 부인은 얼굴이 붉어져 잠시 어색하게 웃었다.

"글쎄, 저는……." 부인은 말을 하다 말고 갑자기 내 쪽으로 돌아섰다. "드윈터 씨에게 필요한 일이 있다면 네가 해드리면 되겠구나. 넌 여러모로 할 줄 아는 것이 많으니까."

잠시 침묵이 흘렀다. 나는 당황하여 뻣뻣하게 선 채 손님의 대답을 기다렸다. 손님은 조롱과 조소를 담아 살짝 미소 지으며 우리를 내려다보았다.

"친절하신 제안입니다만 저는 가문의 전통을 따르고 싶습니다. 혼자 하는 여행이 제일이라는 거죠. 아마 들어보신 적이 없을 테지만."

그러고는 부인의 대답도 듣지 않고 몸을 돌려 사라졌다.

"재미있는 사람이군." 승강기를 타고 올라가면서 부인이 말했다. "저렇게 갑자기 가버리는 건 일종의 유머가 아닐까? 남자들은 저런 괴상한 행동을 한단 말이야. 어느 유명한 작가는 내 모습을 보면 늘 뒷문으로 사라져버리곤 했지. 아마 나한테 관심이 있었지만 드러내기는 쑥스러웠던 모양이야. 물론 그때 나는 지금보다 훨씬 젊었지."

덜커덩하며 승강기가 멈췄다. 우리 방이 있는 층이었다. 급사가 승강기 문을 열어주었다. "오해 말고 듣도록 해. 오늘 오후에 너는 너무 나서더구나. 대화를 독점하려 드는 통에 당황했어. 아마 신사 분도 그랬을 테고. 남자들은 그런 일에 질색하거든." 부인이 복도를 따라 걸으면서 말했다.

나는 아무 대답도 하지 않았다. 적당한 대답이 없었던 것이다. "이런, 겨우 그 말에 골이 나버린 거야?" 부인이 웃으며 어깨를 으쓱했다. "어떻든 난 네 행동에 책임을 지는 입장이고 또 너로서는 엄마뻘 되는 사람의 조언을 당연히 받아들여야 하는 거야. 자, 이제 도착했군." 부인은 콧노래를 흥얼거리며 양재사가 기다리고 있는 침실로 들어갔다.

나는 창가 자리에 앉아 오후의 풍경을 내려다보았다. 햇볕은 아직도 밝게 내리쬐었고 기분 좋게 바람이 불었다. 30분 후면 브리지 판이 벌어질 것이고 창문을 꽁꽁 닫은 채 중앙난방을 최대로 가동하겠지. 나는 내가 비우게 될 재떨이에 대해 생각했다. 립스틱 자국으로 얼룩진 담배꽁초들이 초콜릿 크림과 뒤범벅된 모습 말이다. 단순하고 행복한 가정에서 자란 사람에게 브리지는 그리 익숙한 놀이가 아니었다. 게다가 부인의 친구들은 나와 게임하는 것을 지루해했다.

아직 어린 나 때문에 부인들은 온갖 스캔들과 추문 이야기를 속 시원히 펼쳐놓지 못했고 그 답답한 느낌은 내게도 전해졌다. 남자 손님들은 예의상 관심을 꾸며내며 내게 역사나 그림에 대해 질문을 던지곤 했다. 내가 학교를 마친 지 얼마 되지 않았을 테니 그런 화제를 던져줘야 한다고 판단하는 모양이었다.

나는 한숨을 내쉬고 창가를 떠났다. 햇빛이 찬란했고 바다는 경쾌한 바람이 만드는 흰 파도로 뒤덮였다. 하루인가 이틀 전에 지나왔던 모나코의 어느 시골이 떠올랐다. 자갈 깔린 광장 옆에 기울어진 집 한 채가 서 있는 곳이었다. 무너져가는 지붕 위쪽 높은 곳에 뚫린 아주 좁은 창문이 보였다. 중세 사람이 머물 법했다. 나는 책상에서 종이와 연필을 꺼내 창백하고 날카로운 인상의 남자를 그렸다. 음울한 눈, 높이 솟은 코, 냉소를 담은 듯한 입술에 끝이 뾰족한 턱수염을 덧붙였다. 오래전에 살았던 화가가 그랬듯 목 주위에 레이스도 그려 넣었다.

누군가 문을 두드렸다. 급사가 메모를 들고 온 것이다. "부인은 침실에 계시는데요." 내가 말했지만 급사는 고개를 저으며 내게 온 메모라고 했다. 봉투를 열어보니 종이 한 장이 들어 있었다. 낯선 필체였다.

'용서하십시오. 오늘 오후에 퍽 무례했습니다.' 이게 다였다. 서명도, 인사말도 없었다. 하지만 봉투에는 내 이름이 똑똑히 적혀 있었다. 철자가 정확했다. 흔치 않은 일이었다.

"답장을 하시겠습니까?" 급사가 물었다.

나는 종이에서 눈길을 들었다. "아니요."

급사가 가버린 뒤 나는 종이를 주머니에 넣고 다시 그림을 그리기 시작했다. 하지만 어찌된 일인지 아까처럼 재미있지 않았다. 그림 속 남자의 얼굴은 경직되어 생동감이 없었고 레이스 목깃과 턱수염은 어색했다.

4

브리지 파티가 끝난 이튿날 아침, 밴호퍼 부인은 목감기 증세를 호소했다. 체온도 38.8도나 되었다. 의사에게 연락했더니 당장 달려와 독감 진단을 내렸다. 의사는 부인에게 "제가 허락할 때까지 침대에 누워 계십시오. 심장 소리가 좋지 않습니다. 푹 쉬셔야 나아질 겁니다"라고 말했고 내 쪽을 보면서 "부인께는 간호사가 필요합니다. 당신은 부인을 자리에서 일으키지도 못할 것 같군요. 간호사는 2주 정도 고용하면 될 겁니다"라고 덧붙였다.

나는 어이없는 제안이라고 생각했지만 놀랍게도 부인은 의사의 말을 따랐다. 아마도 간호사를 찾고 고용하는 번잡스러움, 사람들의 동정, 친구들의 방문과 편지, 꽃 선물 등을 즐기려는 모양이었다. 슬슬 몬테카를로도 지겨워지는 참이니 아파 누운 것이 기분 전환인 셈이었다.

간호사는 주사를 놓고 가벼운 마사지를 해주며 식사를 관리해 준다고 했다. 간호사가 도착하고 내가 침실을 나올 즈음에는 이미 열이 떨어지기 시작했고 제일 좋은 가운을 걸치고 리본 달린 나이트캡을 쓴 채 베개에 기대앉은 부인은 한껏 행복한 모습이었다. 나는 냉소적이었던 생각을 살짝 반성하면서 부인의 친구들에게 전화를 걸어 그날 저녁으로 예정되었던 모임을 취소하고 점심을 먹으러 내려갔다. 평소보다 30분 이른 시간이었다. 1시 전에 점심을 먹는 사람은 없었으므로 식당이 텅 비어 있을 것이라 생각했다. 실제로 식당은 비어 있었다. 우리 옆자리만 빼고 말이다. 예기치 못한 상황이었다. 전날 만났던 손님은 소스펠에 있으리라 생각했기 때문이다. 그 손님 역시 우리와 마주치지 않을 작정으로 일찍 내려온 것이 분명했다. 벌써 식당을 반쯤 가로지른 상황이라 돌아설 수도 없었다. 전날 승강기 앞에서 헤어진 후 처음 보는 셈이었다. 저녁 시간에는 그가 식당에 나타나지 않았기 때문이다. 아마도 지금 때 이른 식사를 하는 것과 같은 이유였으리라.

나는 어찌할 바를 몰랐다. 좀 더 나이 든 어른이라면 어떻게 행동할지 알았을 텐데 말이다. 나는 정면을 바라보며 자리로 가서 앉았고 냅킨을 펼치면서 아네모네가 꽂힌 화병을 건드려 쓰러뜨리고 말았다. 서투른 몸가짐이 여지없이 드러난 셈이었다. 쏟아진 물이 테이블보를 적시고 내 무릎으로 흘러내렸다. 멀리 서 있는 급사는 아무것도 보지 못한 모양이었다. 다음 순간 옆자리의 손님이 마른 냅킨을 들고 다가왔다.

"젖은 식탁에 앉아 있으면 안 돼요. 식욕이 다 떨어져버릴 테니. 자, 이리로 나와요." 그가 무뚝뚝한 어조로 말했다.

손님이 테이블보를 뭉쳐 올리자 비로소 문제가 발생했다는 것을 알아차린 웨이터가 달려왔다.

"괜찮아요. 아무 문제 없어요. 저는 혼자 왔는걸요." 내가 말했다.

그는 말이 없었다. 웨이터가 화병과 꽃을 치우기 시작했다.

"거긴 그냥 놔두고 여기 이쪽에 자리를 만들어요. 숙녀분은 나와 함께 식사할 테니까." 갑자기 손님이 웨이터에게 말했다.

당황한 나는 그를 올려다보았다. "아, 아니에요. 그럴 수 없어요."

"왜 안 된다는 거죠?" 그가 말했다.

나는 핑곗거리를 생각하려 했다. 그는 나와 식사하고 싶지 않은 것이 분명했다. 그저 예의상 권유할 뿐이다. 나는 그의 점심을 망치고 말 것이다. 나는 용기를 내어 솔직하게 말하기로 했다.

"예의를 갖추실 필요 없어요. 친절은 감사하지만 웨이터가 테이블보만 바꿔준다면 저는 아무 문제 없습니다." 나는 사정하듯 말했다.

"전 예의를 갖추는 것이 아닙니다. 저와 함께 식사를 해주셨으면 합니다. 화병을 쳐서 넘어뜨리는 실수를 저지르지 않았다 해도 그렇게 청했을 거예요." 내가 여전히 미심쩍다는 표정을 지었는지 그가 미소 지었다. "절 믿지 않으시는군요. 자, 신경 쓰지 말고 와서 앉으십시오. 원치 않으면 굳이 이야기는 하지 않으셔도 좋습니다."

우리는 자리에 앉았다. 그는 메뉴를 건네더니 아무 일 없었던 것처럼 다시 포크를 들고 전채 요리를 먹었다.

그 무심한 태도에 나는 마음이 편해졌다. 대화하지 않고 식사를 해도 아무 문제 없는 것이다. 긴장할 필요는 없었다. 역사에 대한 질문은 나오지 않을 것이었다.

"당신 친구는 어디 간 건가요?" 그가 물었다. 나는 독감 이야기를 했다. "안됐군요." 그는 이렇게 말하더니 잠시 뜸을 들인 후 "제 메모를 받으셨지요. 스스로 몹시 부끄러웠습니다. 제 매너는 형편없습니다. 굳이 이유를 찾자면 혼자서 마음 내키는 대로 살기 때문이겠지요. 그러니 오늘 저와 함께 점심을 하시는 건 큰 친절을 베푸시는 셈입니다"라고 덧붙였다.

"그렇게 무례하시지는 않았어요. 어떻든 부인이 무례하다고 느낄 정도는 아니었으니까요. 부인은 호기심이 많죠. 굳이 나쁜 마음이 있어서는 아니고 누구에게나 그런답니다. 아, 그러니까 모든 유명 인사에게 말이죠."

"그렇다면 영광스럽게 생각해야겠군요. 어째서 제가 유명 인사라 생각하신 걸까요?"

나는 잠시 망설이다 입을 열었다. "아마 맨덜리 때문이겠죠."

그는 대답하지 않았다. 나는 금지 구역에 발을 들여놓은 듯 불편한 기분이 되었다. 나까지 알 정도로 유명한 그 저택이 왜 그 소유주를 침묵하게 만드는지, 그리하여 그와 다른 사람 사이에 장벽이 되는지 알 수 없었다.

우리는 한동안 말없이 먹기만 했다. 나는 어렸을 때 휴가지에서 샀던 그림엽서를 떠올렸다. 조악한 솜씨에 유치하게 색깔을 입힌 저택 그림이었지만 그래도 멋지게 대칭을 이룬 구조, 테라스 앞의 넓은 돌계단, 바다로 이어진 잔디밭 같은 아름다운 모습은 인상적이었다. 엽서는 2펜스, 내 일주일 용돈의 절반이나 되었다. 주름진 얼굴의 판매원에게 무얼 그린 그림이냐고 물었더니 그것도 모르냐는 어이없는 표정을 지었다.

"맨덜리입니다." 나는 가게를 나서면서 모르는 것을 알게 된 기쁨보다는 무안함을 더 크게 느꼈다.

그의 방어적 태도에 공감할 수 있었던 것은 아마도 그때 그림엽서에 얽힌 기억, 오랫동안 잊고 있었던 그 기억 때문이었으리라. 그는 밴호퍼 부인에 대해, 그리고 부인 특유의 무례한 질문에 대해 화난 상태였다. 맨덜리는 무례한 침범을 허용치 않는 그런 곳일지도 모른다. 나는 밴호퍼 부인이 입장료 6펜스를 내고 저택 안을 돌아다니는 모습을, 날카로운 웃음소리로 정적을 깨는 장면을 상상했다. 마음이 통했던 것인지 그도 부인 이야기를 꺼냈다.

"당신 친구는 당신보다 나이가 훨씬 많더군요. 친척인가요? 오랫동안 알고 지낸 사이인가요?" 아직도 나와 부인이 어떤 관계인지 혼란스러운 모양이었다.

"사실 제 친구는 아니에요. 제 고용주라고 해야죠. 저는 부인의 동반자 역할을 하면서 1년에 90파운드를 받는답니다."

"동반자를 돈으로 사다니 놀라운 일이군요. 이건 마치 동양의 노예시장과 비슷한데요."

"사전에서 동반자의 뜻을 찾아본 적이 있었죠. '마음을 나누는 친구'라고 되어 있더군요."

"당신들 두 사람에게는 공통점이 별로 없어요." 그가 말했다.

즐겁게 웃는 표정의 그는 훨씬 젊고 마음 편한, 마치 다른 사람 같은 모습이었다. "왜 부인에게 동반자 역할을 해주는 건가요?"

"90파운드는 제게 큰돈이거든요."

"당신은 가족이 없나요?"

"네. 다 돌아가셨지요."

"당신 이름은 아주 독특하고 사랑스러워요."

"제 아버지가 아주 독특하고 사랑스러운 분이었죠."

"아버지 이야기를 좀 해줘요."

나는 레몬주스가 담긴 유리잔 너머로 그를 쳐다보았다. 아버지에 대해 이야기하는 것은 쉽지 않은 일이었다. 그런 이야기를 거의 해본 적도 없었다. 혼자만 간직한 귀중한 보물이라고나 할까. 상대에게 맨덜리가 그렇듯 말이다. 몬테카를로의 어느 식당에서 아무렇지도 않게 풀어놓고 싶지는 않았다.

그날의 점심 식사에는 어딘지 비현실적인 분위기가 있었다. 되돌아보면 그건 아주 흥미진진하고도 매력적인 일이었다. 하루 전까지만 해도 나는 학생티를 못 벗은 채 밴호퍼 부인과 식탁에 마주 앉아 공손히 입 다물고 있었지만 스물네 시간 후에는 알지도 못했던 남자에게 가족사를 다 털어놓았으니 말이다. 그가 '익명의 신사' 초상처럼 공감하는 눈빛으로 나를 바라봐주었기 때문에 나는 모든 얘기를 다 할 수밖에 없었다.

나는 어느새 수줍음을 떨쳐버렸고 어린 시절의 작은 비밀들을, 기쁨과 고통의 기억들을 털어놓았다. 서투른 표현에도 불구하고 내 아버지가 얼마나 생기 넘치는 성격이었는지, 어머니는 어떻게 온 마음을 다해 아버지를 사랑했는지, 그리하여 아버지가 폐렴으로 세상을 떠나신 그 혹독한 겨울철에 왜 어머니가 고작 5주밖에 못 살고 아버지의 뒤를 따를 수밖에 없었는지 그는 이해하는 듯했다. 말하는 사이사이에 침묵이 찾아오기도 했다. 어느덧 식당은 사람들의 웃고 떠드는 소리, 오케스트라 연주 소리, 딸그락거리는 그릇 소리로 가득 차 있었다. 입구 위에 걸린 벽시계를 보자 벌써 2시였다. 한 시간 반 동안 거기 앉아서 나 혼자 떠들었던 것이다.

갑자기 나는 현실로 돌아왔다. 그리고 얼굴이 화끈 달아오른 채 미안하다는 말을 중얼거리기 시작했다. 그는 나를 얼마나 이상한 사람으로 볼 것인가.

"처음에 당신 이름이 아주 독특하고 사랑스럽다고 말했지요." 마침내 그가 입을 열었다. "이런 말을 해도 괜찮다면 저는 당신 역시 아버지처럼 독특하고 사랑스러운 사람이라고 말하고 싶습니다. 당신과 함께 식사한 시간은 제가 아주 오랫동안 잊고 지냈던 즐거운 경험이었습니다. 당신 덕분에 지난 한 해 동안 나를 사로잡고 있었던 의기소침과 자기 침잠에서 벗어날 수 있었습니다."

나는 그의 얼굴을 바라보았다. 진심인 것이 분명했다. 그는 전보다 훨씬 자유롭고 세련되며 인간적으로 보였다. 더 이상 어두운 그림자에 둘러싸인 분위기가 아니었다.

"이제 우리 두 사람의 공통점을 알게 되었군요. 세상에서 혼자뿐이라는 점 말입니다. 아, 나한테는 누님이 있긴 해요. 하지만 잘 만나지 않지요. 또 해마다 세 번씩 의무감으로 찾아가는 할머니가 한 분 계시지요. 누님이든 할머니든 제게 동반자가 되어주지는 못합니다. 그러고 보니 밴호퍼 부인에게 축하 인사를 전해야겠네요. 연봉 90파운드라니 당신을 아주 값싸게 고용한 셈이니까요."

"무슨 말씀을요, 당신한테는 집이 있지만 저한테는 아무것도 없답니다."

말하는 순간 나는 곧 후회했다. 또다시 그의 눈에 이유 모를 비밀스러운 표정이 떠올랐기 때문이다. 그리고 또다시 나는 못 견디게 불편한 심정이 되었다. 그는 고개를 숙여 담뱃불을 붙였고 잠시 머뭇거렸다.

"텅 빈 집은 꽉 찬 호텔처럼 고독할 수 있습니다. 문제는 둘 다 냉정한 장소라는 거죠." 그는 다시 망설였다. 나는 그가 드디어 맨덜리 이야기를 하겠구나 생각했다. 하지만 무언가가 그의 입을 막았고 결국 그는 성냥불을 불어 끄면서 의지의 빛도 꺼버렸다.

"그래, 마음을 나눠주는 친구는 휴가를 얻게 된 셈인가요?" 다시 평온한 어조로 그가 말했다. "뭘 하면서 휴가를 보낼 예정이죠?"

나는 모나코의 자갈 깔린 광장과 좁은 창문 달린 집을 생각했다. 스케치북과 연필을 챙겨 지금 출발하면 3시쯤에는 도착할 수 있을 것이다. 나는 재능 없는 사람들이 그저 취미로 즐기는 일에 대해 그렇듯 조금 부끄러운 투로 계획을 털어놓았다.

"그럼 제가 차로 모셔다드리죠." 그는 이렇게 말했고 괜찮다고 사양하는 내 말은 들으려고도 하지 않았다.

나는 전날 밤 내가 너무 나선다는 밴호퍼 부인의 말을 떠올렸고 모나코 이야기가 차를 얻어 타기 위한 술수로 받아들여질지도 모른다는 생각에 당황했다. 이런 것은 부인이 늘 일삼는 뻔뻔스러운 행동과도 같았고 나는 부인과 같은 부류로 보이고 싶지 않았기 때문이다. 그와 함께 식사를 했다는 이유로 나는 훨씬 중요한 사람이 되어버린 모양이었다. 자리에서 일어나자 키 작은 지배인이 달려와 내 의자를 빼주었을 정도이니 말이다. 그는 고개를 숙이면서 미소 지었고 바닥에 떨어진 내 손수건을 집어주었으며 '마드무아젤께서 만족스러운 식사를 하셨기를 바란다'고까지 했다. 평소의 무관심과는 전혀 다른 태도였다. 호텔 입구 회전문 옆에 서 있는 급사조차 나를 존경 어린 눈길로 바라보았다. 함께 식사했던 손님은 그 모든 것을 자연스럽게 받아들였다. 내가 어제 먹었던 이상한 모양의 햄 따위는 전혀 몰랐을 테니 당연한 일이었다. 나는 이런 변화가 싫었다. 스스로가 한층 비참하게 느껴졌다. 세상의 속물근성을 비웃던 아버지가 떠올랐다.

"무슨 생각을 하는 거죠?" 로비로 통하는 복도를 걸어가다가 그 소리에 고개를 들어보니 그는 궁금하다는 표정으로 내 눈을 바라보고 있었다.

"뭐 당황스러운 일이라도 있었나요?" 그가 다시 물었다.

지배인의 행동은 여러 가지 생각을 불러일으켰다. 커피를 마시면서 나는 양재사인 블레즈 이야기를 했다. 블레즈는 밴호퍼 부인이 드레스를 세 벌이나 구입하자 매우 기뻐했다. 나는 블레즈를 승강기까지 전송하면서 좁고 답답한 의상실 뒤편의 작은 작업실에 앉아 작업하는 모습을 그려보았다. 폐병 걸린 아들은 소파에 누워 있고 블레즈는 천 조각이 어지럽게 널린 가운데 앉아 피곤한 눈으로 바느질을 하고 있다.

　"그건 실제와 같은 건가요?" 그가 미소 지었다.

　"저도 몰라요. 물어보지 않았으니까요." 이어서 승강기 벨을 눌렀던 일, 그리고 그동안 블레즈가 가방 속을 뒤적거리더니 100프랑 지폐를 내밀었던 일을 이야기했다. "약소하지만 부인을 우리 의상실에 소개해준 대가로 이 돈을 받아주세요"라고 말하는 블레즈의 말투는 불쾌할 정도로 다정했다. 내가 당황하여 새빨개진 얼굴로 사양하자 블레즈는 어깨를 으쓱해 보이고는 "마음대로 하세요. 하지만 이건 아주 일반적인 일이랍니다. 어쩌면 드레스 한 벌을 맞춰드리는 편이 좋을지도 모르겠군요. 언제 혼자서 한번 저희 가게에 들르세요. 그럼 공짜로 한 벌 지어드리지요"라고 말했다. 이유는 모르겠지만 나는 어쩐지 봐서는 안 되는 책을 펼쳐본 어린아이처럼 불편한 감정을 느꼈다. 폐병 걸린 어린 아들의 모습은 사라지고 그 대신 만족스러운 미소와 함께 기름진 돈을 주머니에 넣는 내 모습, 혹은 한가한 오후에 블레즈의 의상실에 들러 공짜로 드레스를 얻어 들고 나오는 내 모습이 떠올랐다.

어째서 그런 이야기를 털어놓았을까. 나는 그가 웃음을 터뜨릴 것으로 생각했다. 하지만 그는 커피를 저으면서 생각에 잠긴 눈으로 나를 바라보았다.

"당신은 큰 실수를 한 것 같군요." 잠시 후 그가 말했다.

"100프랑을 거절해서요?" 내가 발끈하여 반문했다.

"아니, 그게 아니죠. 밴호퍼 부인의 동반자가 되어 여기 온 게 실수라는 말입니다. 당신은 이런 일에 적합하지 않아요. 첫째로 너무 어리고 또 너무 순진하죠. 블레즈와 블레즈가 내민 소개비는 아무것도 아니에요. 하지만 당신은 또 다른 블레즈를 계속 만나야 할 겁니다. 그럼 결국 거기 익숙해져서 당신 자신도 블레즈 같은 사람이 되거나 아니면 순수함을 지키려다 망가지고 말겠지요. 대체누가 당신한테 이런 일을 소개한 거죠?" 그가 이런 질문을 던지는 것은 아주 자연스럽게 느껴졌다. 마치 오랫동안 서로 알고 지내다가 한동안 떨어진 후 다시 만난 사이처럼 말이다.

"미래에 대해 생각해보았나요? 이런 일이 어떤 미래와 연결될 것 같은가요? 밴호퍼 부인이 '마음을 나눠주는 친구'에게 싫증 나게 된다면 그때는 어떻게 되는 거지요?" 그는 재차 물었다.

나는 미소를 지으며 그건 별로 신경 쓰지 않는다고 대답했다. 세상에는 또 다른 밴호퍼 부인이 아주 많을 테고, 나는 젊고 의지도 강하다고 말이다. 하지만 머릿속에서는 형편이 어려운 젊은 여성이 갈 곳을 찾는다는 잡지 광고가 떠올랐다. 그리고 그런 광고에 응답해 임시 거처를 마련해주는 하숙집을 생각했고 쓸모없는 스케치북을 들고 아무 증명서도 없이 무뚝뚝한 직업소개소 직원의 질문에 더듬거리며 대답하는 내 모습도 떠올렸다. 아마도 나는 블레즈가 건넨 10퍼센트 수수료를 받았어야 마땅한 모양이었다.

"당신은 몇 살이죠?" 그는 이렇게 물었고 내가 대답하자 큰 소리로 웃으며 자리에서 일어섰다. "난 그 나이를 알지요. 아주 고집불통인 때예요. 어떤 일을 당하든 미래를 두려워하지 않는 때이고요. 모든 사람이 똑같은 과정을 겪어야 한다는 건 참 안타깝군요. 자, 어서 올라가서 모자를 쓰고 나와요. 차를 대놓을 테니."

승강기로 가는 나를 그가 눈길로 전송하는 동안 나는 어제 일을, 밴호퍼 부인의 쉴 새 없이 움직이던 혀를, 그의 차갑고 깍듯했던 태도를 생각했다. 나는 잘못 판단한 셈이었다. 그는 무뚝뚝하지도 냉소적이지도 않았다. 오랜 친구 같았고 내가 가져본 적 없는 오빠 같았다. 그날 오후에 나는 아주 행복했다. 솜털 구름이 뜬 하늘, 흰 파도가 부서지던 바다 등 모든 것이 지금도 생생히 기억난다. 얼굴을 어루만지던 바람이 느껴지고 내 웃음소리와 뒤따르던 그의 웃음소리가 들려오는 것이다. 그것은 내가 알던 몬테카를로가 아니었다. 전에 없던 매력이 넘쳤다. 그때까지는 멍청한 눈길로 대충 지나쳐버렸던 것들이 생생하게 살아났다. 항구는 춤추고 있었다. 돛이 펄럭거렸고 부두의 선원들은 바람처럼 유쾌하고 명랑했다. 소유주가 공작이라는 이유로 밴호퍼 부인이 좋아하는 요트 옆을 지나면서 우리는 손가락으로 그 반짝이는 놋쇠 장식판을 두들겨보았고 함께 웃었다. 내 옷차림도 분명히 기억한다. 편안하지만 잘 안 맞는 플란넬 투피스의 치마는 오래 입어 닳은 탓인지 아주 가벼웠다. 역시 낡아버린 모자는 챙이 지나치게 넓었고 신발은 끈 하나로 조이는 굽 낮은 구두였다. 지저분한 손으로는 긴 장갑을 꼭 쥐고 있다. 나는 그렇게 어려 보인 적이 없었고 또 그렇게 나이 들었다고 느껴본 적이 없었다. 밴호퍼 부인과 독감은 더 이상 내 머리에 없었다. 브리지 게임과 칵테일파티도 까맣게 잊었고 그와 함께 내 비천한 신분도 지워져버렸다.

나는 마침내 어른이 되었고 중요한 존재가 되었던 것이다. 수줍어서 어쩔 줄 모르며 문밖에서 애꿎은 손수건만 비틀던, 그리고 무언가 말해야 할 때에는 알아들을 수 없는 소리만 중얼거려 상대를 맥 빠지게 했던 그 소녀는 그날 오후의 바람과 함께 사라져버렸다. 그 소녀는 가련한 존재였다. 그날 내가 그 소녀에 대해 생각했다면 아마 그건 조소였으리라.

스케치를 하기에는 바람이 너무 강했다. 자갈이 깔린 광장의 바람은 돌풍에 가까웠다. 우리는 차로 돌아와 내가 알지 못하는 곳을 향해 달려갔다. 언덕 위로 긴 길이 뻗어 있었고 차는 그 길을 따라 위로, 위로 올라갔다. 날아다니는 새처럼 빙글빙글 굽이진 길을 타고 올라간 것이다. 밴호퍼 부인이 한 철 동안 세낸 구형 다임러 자동차, 어느 날 오후에 부인과 나를 멘톤으로 데려다줄 때 운전사를 등지고 작은 의자에 앉아 주변 풍경을 보기 위해 목을 길게 빼야 했던 그 차와는 너무도 달랐다. 이 차는 마치 날개를 단 듯했다. 더 높이 오를수록, 그리고 더 속도를 높일수록 나는 그 아슬아슬함이 즐거웠다. 이제껏 경험하지 못한 일이기도 했고 내가 어리기 때문이기도 했다.

나는 소리 내어 웃던 일을 기억한다. 바람이 그 웃음을 멀리 퍼뜨렸다. 그는 더 이상 웃지 않고 다시 침묵한 채 다른 생각에 골몰한 모습이었다. 비밀을 혼자 간직한 어제의 모습 말이다.

어느새 차도 정상에 멈춰 있었다. 아래쪽으로 우리가 지나온 험준한 길이 뻗어 있었다. 그가 차를 세운 길가는 수직으로 떨어지는 낭떠러지, 얼핏 보기에도 600미터 높이는 너끈할 절벽이었다. 우리는 차에서 내려 아래쪽을 내려다보았다. 마침내 나도 진지한 기분이 되었다. 대여섯 걸음만 나가면 깎아지른 절벽이었다. 물결치는 바다는 멀리 수평선까지 펼쳐졌고 해안선이 이어졌다. 해안의 집들은 거대한 주황빛 태양이 여기저기 던져놓은 흰 조개껍질 같았다. 언덕 위의 햇살은 그와 달랐다. 침묵 때문인지 좀 더 딱딱하고 쓸쓸했다. 우리의 오후에 변화가 찾아온 것이다. 조금 전처럼 가볍고 얇지 않았다. 바람도 갑자기 차가워졌다.

나는 입을 열었다. 목소리는 좀 바보 같기도 하고 신경질적이기도 했다. "아시는 장소인가요? 전에도 오신 적이 있나요?" 그는 멍한 눈길로 나를 내려다보았다. 나는 그가 한동안 내 존재를 완전히 잊고 나와는 상관없는 다른 생각에 빠져 있었다는 것을 깨달았다. 몽유병 환자 같은 표정을 보면서 나는 일순간 그가 정상이 아닐지도 모른다는 생각을 했다. 정신이 살짝 이상한 사람 이야기는 여러 번 듣지 않았던가. 그런 사람은 보통 사람은 알 수 없는 이상한 법칙을 따르고 무의식이 시키는 대로 행동한다고 들었다. 그도 그런 사람일지 모른다. 그런데 이곳은 바로 낭떠러지 옆이 아닌가.

"늦었어요. 이제 돌아갈까요?" 나는 부자연스러운 미소로 불안감을 감추려 하면서 말했다.

내 걱정은 물론 괜한 것이었다. 그는 내 말에 곧 정신을 차리고 사과하기 시작했다. 아마 내 얼굴이 하얗게 질렸던 모양이다.

"용서받지 못할 짓을 했군요." 그는 내 팔을 잡고 차로 안내했다. 그리고 차 문을 닫은 뒤 "겁먹을 것 없어요. 구불거리는 길도 보기보다는 안전하답니다"라고 말했다. 내가 현기증을 느끼면서 좌석 깊이 몸을 묻고 두 손을 마주 잡고 있는 동안 그는 부드럽게 차를 몰아 언덕길을 내려왔다.

"전에도 가보신 곳인가요?" 어느새 기분이 나아진 내가 물었다.

"그래요." 그는 잠시 침묵하다가 다시 말을 이었다. "하지만 여러 해 전이지요. 변한 게 있나 보고 싶었어요."

"변한 게 있었나요?" 내가 물었다.

"아니, 전혀 변하지 않았더군요."

무엇 때문에 그가 나라는 목격자까지 데리고 과거로 되돌아가고 싶었는지 의아해졌다. 그와 또 다른 시간 사이에는 얼마나 긴 세월이, 얼마나 다른 행동과 생각이, 얼마나 다른 상황이 놓여 있을까. 나는 알고 싶지 않았다. 괜히 온 것 같았다.

내리막길이 끝날 때까지 우리는 한 번도 멈추지 않았고 한 마디도 나누지 않았다. 지는 태양 위로 거대한 구름이 골을 이루었다.

공기는 차고 깨끗했다. 갑자기 그가 맨덜리 이야기를 시작했다. 자기가 거기 살았던 이야기, 자기 자신에 대한 이야기는 없었다. 맨덜리에서는 봄철 오후의 황무지를 붉게 물들이면서 해가 진다는 것, 긴 겨울을 보낸 바다는 자주색으로 보인다는 것, 테라스에 서면 밀려오는 파도가 작은 만을 씻어 내리는 소리가 들린다는 것, 수선화가 만발하여 저녁 바람에 흔들린다는 것, 흔들리는 가지 위에 붙은 그 황금빛 꽃송이를 아무리 많이 따도 줄어드는 기미는 전혀 없다는 것, 꽃들은 마치 진격하는 군대처럼 어깨와 어깨를 맞대고 있다는 것, 잔디밭 아래 둑 위에는 노랑, 분홍, 연자주 크로커스가 자라지만 지금쯤은 절정기가 지나 창백한 눈송이처럼 시들어 떨어지리라는 것, 앵초는 빈틈만 있으면 잡초처럼 자라는 채신머리없는 꽃이라는 것, 초롱꽃은 아직 때가 일러 작년의 이파리 속에 봉오리를 감추고 있겠지만 일단 피어나면 제비꽃을 압도하고 숲의 고사리까지 말려 죽이며 하늘빛과 경쟁하듯 푸른빛을 자랑하게 된다는 것에 대해 말했을 뿐이다.

그는 집 안에 초롱꽃을 들이지는 않는다고 했다. 화병에 꽂힌 후에는 바로 생기를 잃기 때문이었다. 가장 싱싱한 꽃을 보려면 늦은 아침, 해가 높이 뜬 12시쯤에 숲을 산책하면 된다고 했다. 그때 꽃들은 진하다 못해 독한 향기를 내뿜고 줄기는 수액이 넘쳐흐르듯 탱탱하다. 숲에서 초롱꽃을 꺾었다가는 야만인으로 여겨져 맨덜리 출입을 금지당하고 만다. 물론 차를 타고 다니다 보면 자전거 손잡이 쪽에 커다란 꽃다발을 매단 사람도 종종 만나게 된다.

그런 꽃송이는 이미 고개를 푹 수그리고 줄기는 축축 늘어져 있다.

앵초꽃은 전혀 다르다. 야생화이긴 하지만 문명과 친숙한 성질이어서 창가의 잼 병에 꽂아두어도 물만 잘 주면 몇 주씩 생생하다. 그래도 맨덜리의 저택 안을 야생화로 장식하지는 않았다고 했다. 담장을 친 정원 안에는 특별히 개량한 품종의 꽃들이 자라고 있다. 땅에서 자랄 때보다 꺾어서 꽂아놓았을 때 더 예쁜 극히 드문 꽃 가운데 하나가 장미다. 응접실에 놓인 장미 항아리는 야외에서는 몰랐던 짙은 향기와 화려한 색깔을 자랑한다. 활짝 핀 장미는 머리가 헝클어진 여자처럼 어딘지 경박하고 단정치 못한 느낌을 준다. 맨덜리의 장미는 신비롭고 은은하다고 했다. 1년에 여덟 달 정도는 장미를 볼 수 있다. 그는 또 라일락을 좋아하냐고 물었던 것 같다. 잔디밭 가장자리에 선 라일락나무는 침실 창가에서도 느껴질 정도로 향기가 강하다면서. 부지런한 현실주의자인 누님은 맨덜리에는 향기가 너무도 많다고, 그래서 취해버릴 수밖에 없다고 그에게 불평한다고 했다. 어쩌면 그 말이 옳을지도 모른다. 하지만 그는 상관하지 않았다. 그가 가진 인생 최초의 기억은 하얀 화병에 꽂힌 커다란 라일락 가지가 내뿜는 향기였던 것이다.

언덕에서 해변으로 이어지는 내리막길 왼쪽에는 진달래와 철쭉이 지천이라 했다. 5월의 저녁때 식사를 마치고 그 길을 걸어가면 꽃향기가 대기를 파고드는 듯하다고. 허리를 굽혀 떨어진 꽃잎을 주워 손가락으로 바스러뜨려 쥐고 있으면 형언하지 못할 정도로 달콤하고 진한 향기가 남는다. 구부러지고 쭈글쭈글해진 꽃잎에서 말이다. 향기로운 언덕을 벗어나면 흰 조약돌 해변이 펼쳐진 고요한 바다가 나온다. 너무 갑작스러운, 신기하다고 할 수밖에 없는 대조를 이루면서…….

그의 이야기를 듣는 사이에 어느덧 차는 대로로 접어들었다. 벌써 어둠이 내려 몬테카를로 거리는 불빛과 소리로 소란했다. 차 소리, 사람 소리가 신경에 거슬렸고 불빛은 너무 밝았다. 순식간에 닥친, 반갑지 않은 변화였다.

곧 우리는 호텔에 도착했다. 좌석 주머니에 넣어두었던 장갑을 꺼내려 했을 때 얇은 책 한 권이 손에 닿았다. 호텔 문 앞에서 차가 속도를 줄이는 와중에 꺼내보니 시집이었다. "원한다면 가져가서 읽어요." 이제 여행은 끝났다는 듯 무심한 목소리였다. 우리는 이제 호텔로 돌아왔고 맨덜리는 여기서 수백 킬로미터는 족히 떨어져 있었다.

나는 장갑 낀 손으로 반갑게 책을 잡았다. 멋진 하루가 끝나는 순간에 그의 소유물을 하나 갖고 싶었던 것이다.

"자, 내려요. 난 차를 세워두어야 하니까. 오늘 저녁은 바깥에서 먹을 생각이니 아마 못 볼 거요. 오늘은 여러모로 고마웠어요."

나는 홀로 계단을 올라갔다. 돌봐주던 사람이 갑자기 없어진 아이처럼 풀이 죽었다. 즐거웠던 오후를 뒤로하고 나니 잠잘 때까지 아직도 한참 남은 시간이 막막했다. 혼자 먹는 저녁은 얼마나 적막할까. 간호사의 명랑한 질문을 받아넘길 자신도 없고 밴호퍼 부인이 쉰 목소리로 끼어들 것도 끔찍해 나는 로비 한구석 기둥 뒤에 앉아 차를 주문했다.

웨이터는 귀찮다는 표정이었다. 혼자 있는 내게 친절할 필요는 없었던 것이다. 게다가 5시 30분이 넘은 때였으니 차 마실 시간은 이미 끝났고 음료를 마시기에도 한참 일렀다.

나는 쓸쓸하고 외로운 기분으로 의자에 등을 기댄 채 손때 묻고 닳은 시집을 펼쳤다. 자주 펼쳐졌을 것이 분명한 페이지가 저절로 열렸다.

나는 그에게서 도망쳤지, 밤과 낮을 지나.
나는 그에게서 도망쳤지, 세월의 아치를 지나.
나는 그에게서 도망쳤지, 미로를 통과해.
온 힘을 다해, 눈물을 흘리며.
나는 그에게서 숨었다네, 끊임없는 웃음 아래에서
탁 트인 언덕 위로 나는 달려갔지.
그러다가 총을 맞고 떨어졌네.
깊은 수렁과도 같은 타이태닉의 공포 속으로
뒤따르고 뒤따르는 강인한 발들을 피해.

마치 잠긴 문의 열쇠 구멍으로 누군가 나를 훔쳐보는 듯한 느낌이 들어 나는 슬쩍 책을 옆에 내려놓았다. 오늘 오후 그를 언덕 위로 몰고 갔던 하늘의 사냥개는 과연 무엇이었을까? 나는 그의 차에 대해, 불과 몇 발자국 건너 펼쳐져 있던 낭떠러지에 대해, 그의 얼굴에 떠오른 텅 빈 표정에 대해 생각했다. 어떤 발자국이, 어떤 속삭임이, 어떤 기억이 그의 마음에 메아리쳤을까? 하필이면 이 시집을 차에 넣어둔 이유는 무엇일까? 그가 그토록 먼 곳에 혼자 떨어져 있는 듯한 느낌이 아니라면 좋을 텐데 싶었다. 또 나는 닳아 빠진 코트와 여학생 같은 모자 차림이 아니었으면 싶었다.

불친절한 웨이터가 차를 가져왔다. 나는 버터 바른 빵을 아무느낌 없이 씹으면서 그가 이야기했던 언덕길을, 진달래의 향기를, 해변의 흰 조약돌을 떠올렸다. 그 모든 것을 그토록 사랑하면서 그는 왜 이곳 몬테카를로의 허울뿐인 화려함에서 무언가를 찾으려는 것일까? 밴호퍼 부인에게는 아무 계획도 없이 급하게 떠나왔다고 했었지. 나는 그가 발 뒤에 바짝 붙어 따라오는 하늘의 사냥개와 함께 계곡으로 달려 내려가는 모습을 상상했다.

다시금 책을 집어 들었다. 이번에는 속표지가 펼쳐졌다. 한쪽으로 비스듬히 기울어진 필체로 '맥스에게, 5월 17일 레베카가'라고 쓰여 있었다. 맞은편 페이지에 말라붙은 작은 잉크 방울은 잉크가 잘 나오도록 하려다 글쓴이가 그만 책을 향해 펜을 흔들어대는 바람에 남은 흔적이었다. 펜촉을 통과하면서 거품이 생겼는지 레베카의 첫 글자 R은 특히 진했다. 길고 비스듬한 데다가 굵고 진한 그 글자는 다른 글자들을 압도했다.

나는 탁 소리 나게 책을 덮은 후 장갑을 그 위에 올려놓고 근처의자에 손을 뻗어 프랑스 주간지 《일뤼스트라시옹》을 집어 든 후페이지를 넘겼다. 루아르 지역의 성들을 찍은 멋진 사진과 기사가 있었다. 사진을 참고해가며 꼼꼼하게 읽었지만 다 읽은 후에도 무엇 하나 머리에 남지 않았다. 내 눈앞에 떠오른 것은 뾰족탑과 긴 탑이 멋진 블루아성이 아니라 전날 돼지같이 작은 눈으로 옆 테이블을 흘끔거리며 접시에 높이 쌓인 라비올리를 향해 포크를 휘두르던 밴호퍼 부인의 얼굴이었다. "끔찍한 일이었지. 신문마다 그 기사로 도배를 했다니까. 저 사람은 절대 그 사건을 입에 올리지 않고 죽은 부인의 이름조차 말하지 않는다더군. 그 부인은 맨덜리 앞바다에 빠져 죽었거든……."

5

첫사랑의 열병이 두 번 반복되지 않는다는 점은 참 다행이다. 시인들이 어떻게 찬양하든 그건 분명 열병이고 고통이기 때문이다. 스물한 살의 나이는 용감하지 못하다. 겁이 많고 근거 없는 두려움도 많다. 쉽게 까지고 상처를 입어 가시 돋친 말 한마디를 견디지 못한다. 중년을 바라보면서 탄탄한 갑옷을 입은 지금에야 가시에 찔린 사소한 상처 같은 것을 가볍게 넘기고 곧 잊어버릴 수 있다. 하지만 그때는 남이 아무 생각 없이 내뱉은 말이 오래도록 남아 고통스러운 낙인이 되고 어깨 너머 뒤돌아본 눈길 하나가 영원히 기억에 꽂히고 마는 것이다. 양심을 부정하는 말 다음에는 닭 울음소리 세 번이 나올 것 같고 불성실은 유다의 입맞춤처럼 느껴진다. 어른이 되고 나면 양심의 동요 없이 즐거운 표정으로 능히 거짓말을 하게 되지만 그 시절에는 작은 속임수 하나에도 입술이 마비되어 스스로를 벼랑 끝에 몰아넣고 만다.

"오늘은 뭘 하며 보냈니?" 지금도 그 목소리가 들린다. 사실은 전혀 아프지 않지만 침대에 너무 오래 누워 있어 조금 짜증이 난 부인이 베개를 받치고 앉아 던진 질문 말이다. 나는 침대 옆 서랍에서 트럼프 카드를 꺼내며 벌써 목 부분이 벌겋게 달아오르는 것을 느낀다. 거짓말을 해야 한다는 죄책감 때문이다.

"선생님과 테니스를 쳤어요." 말하면서 스스로 불안해진다. 테니스 선생이 문병이라도 와서 벌써 여러 날째 내가 레슨을 빼먹고 있다고 알린다면 어쩔 것인가?

"내가 이렇게 누워 있으니 네가 할 일이 별로 없구나." 부인은 클렌징크림 병에 담배를 비벼 끈 후 능숙한 손놀림으로 카드를 섞는다.

"네가 혼자서 종일 뭘 했는지 모르겠다. 그림을 그렸다고 보여주지도 않고 사 오라고 시켰던 택솔 치약도 잊어버렸더구나. 그저 네테니스 실력이나 좋아졌으면 싶은데 말이다. 나중에 큰 도움이 될게다. 실력이 엉망인 사람과 테니스를 치려면 아주 고역이거든. 아직도 언더핸드로 서브를 넣니?" 부인은 말을 이으며 스페이드의 여왕을 카드 더미에 섞어 넣는다. 여왕의 검은 얼굴이 성경에 나오는 악녀 이세벨처럼 나를 노려본다.

"네." 나는 부인의 말이 참으로 지당하게 옳다고 생각하면서 대답한다. 언더핸드라는 말에는 비밀스럽다는 뜻도 있지 않은가. 그러니 얼마나 나를 잘 표현하는지. 나는 선생님과 테니스를 치지 않았다. 부인이 자리에 누운 이후 한 번도 치지 않았다. 벌써 2주가 넘었다. 어째서 절대로 비밀을 지키려는 것인지, 어째서 매일 아침 드윈터 씨와 드라이브를 나가고 그의 식탁에서 함께 점심 식사한다는 말을 하지 않는 것인지 스스로도 의아하다.

"네트에 좀 더 다가서야 해. 안 그러면 절대 솜씨가 나아지지 않을 게다." 부인이 말을 잇는다. 나는 고개를 끄덕이며 볼이 홀쭉한 하트 기사를 여왕 카드 위에 놔버린다.

이제 나는 몬테카를로의 많은 것을 잊어버렸다. 그 아침의 드라이브에서 어딜 갔는지, 무슨 이야기를 했는지까지도. 하지만 모자를 잡은 손가락이 얼마나 떨렸는지, 느려빠진 승강기를 기다리지 못하고 어떻게 복도를 뛰어 계단을 달려 내려갔는지, 수위가 도와주기도 전에 얼마나 힘차게 회전문을 밀고 밖으로 나갔는지는 똑똑히 기억한다.

그는 운전석에 앉아 신문을 읽으면서 나를 기다리고 있다. 내가 나타나면 미소를 지으며 신문을 뒷자리에 던져버리고 문을 열어준다. "자, 마음을 나눠주는 친구는 오늘 안녕하신지요? 어디로 가고 싶으신가요?" 하지만 나는 설령 같은 장소를 빙빙 돈다고 해도 아무 불만이 없었다. 그의 옆자리에 앉아 차창에 몸을 기대는 것만으로도 충분히 행복했기 때문이다. 나는 열정만 넘치는 초라한 학생 같았고 그는 친절하지만 다가가기 어려운 존재 같았다.

"오늘 아침은 바람이 차니 내 코트를 걸치도록 해요."

나는 그의 옷을 걸칠 행복을 누릴 만큼 어렸던 것이다. 자기 영

웅의 스웨터를 두르고 그저 자랑스러워 어쩔 줄 모르는 소년이 그렇듯 내 어깨에 그의 코트를 단 몇 분이라도 걸칠 수 있다면 그건 그 자체로 내 아침 시간을 빛내줄 승리였다.

내게는 책에서 읽었던 번민이나 잔꾀 같은 것은 없었다. 그저 도전과 추구뿐이었다. 기 싸움, 빠른 눈짓, 가슴 뛰게 하는 미소. 상대를 약 오르게 하는 기술은 몰랐다. 나는 그저 무릎 위에 지도를 놓고, 가는 머리카락을 바람에 날리며 그의 침묵 속에서도 행복했다. 그가 말을 하든 하지 않든 내 기분에는 별 차이가 없었다. 내 유일한 적은 계기판의 시계였다. 끊임없이 1시를 향해 두 팔을 움직이는 그 시계 말이다. 우리는 서쪽으로도, 동쪽으로도 달렸다. 게딱지처럼 지중해 해안에 붙어 있는 무수한 마을을 뚫고 가기도 했다. 이제는 그 어느 마을도 기억나지 않지만 말이다.

내가 기억하는 것은 가죽 시트의 감촉, 무릎 위에 놓인 닳아빠진 지도의 질감, 그리고 11시 20분을 지나가는 시계를 바라보며 '이 시간을 꼭 기억해야 해'라는 생각에 두 눈을 꼭 감았던 순간 같은 것이다. 눈을 떴을 때 우리는 구불거리는 길을 지나는 중이었고 검은 숄을 두른 시골 처녀가 손을 흔들어주었다. 지금도 그 지저분한 치마, 따뜻하게 빛나던 미소가 눈에 선하다. 다음 순간 차가 모퉁이를 돌자 처녀의 모습도 사라졌다. 처녀는 과거에 속하게 되었고 기억에만 남았던 것이다.

나는 다시 돌아가 지나가버린 시간을 잡고 싶었다. 되돌아간다 해도 전과 똑같지는 않으리라. 하늘의 태양이 변했을 것이고 그림자의 모양도 다를지 모른다. 길가에서 만난 시골 처녀는 손을 흔들기는커녕 우리를 쳐다보지도 않을지 모른다. 그런 생각에는 무언가 섬뜩하고 우울한 느낌이 있었다. 시계를 보자 다시 5분이 흘러간 후였다. 이제 곧 차를 호텔 방향으로 되돌려야 할 것이다.

"기억을 병 속에 담아두는 발명품이 나온다면 좋겠어요. 향기를 담아두는 향수병처럼 말이에요." 내가 충동적으로 입을 열었다. "그러면 기억은 색이 바래지도, 희미해지지도 않겠지요. 언제든 원하면 병마개를 열고 기억을 생생한 현실로 만드는 거예요." 나는 그를 쳐다보며 대답을 기다렸다. 그는 내 쪽을 돌아보지도 않고 앞만 주시했다.

"삶의 어떤 순간을 병에 담아두고 싶은 거죠?" 그가 물었다. 놀리는 것인지 아닌지 알 수 없는 목소리였다. "잘 모르겠어요." 나는 이렇게 대답을 시작했다가 무심코 속마음을 털어놓고 말았다. "지금 이 순간을 담아두고 영원히 기억하고 싶어요."

"그 말은 오늘 하루에 대한, 아니면 우리 드라이브에 대한 찬사인가요?" 웃으면서 이렇게 말하는 그가 마치 짓궂은 오라버니 같았다. 나는 순간 우리 사이에 얼마나 깊은 심연이 자리 잡고 있는지, 그의 친절이 그 심연을 어떻게 더 깊게 만드는지 깨닫고 입을 다물었다.

그리고 그때 나는 밴호퍼 부인에게 아침의 나들이에 대해 절대 이야기하지 않겠다고 결심했다. 부인의 미소는 그의 웃음이 그랬듯 내게 상처를 입힐 것이기 때문이다. 부인은 화를 내지도, 충격을 받지도 않을 것이다. 다만 도무지 믿지 못하겠다는 듯 아주 살짝 눈썹을 치켜세운 후 어깨를 한 번 으쓱해 보이고 '몸소 너를 드라이브시켜주시다니 정말 친절하시구나. 다만 너 같은 어린애를 상대하는 일이 그분께 너무도 지루하지 않았을까 걱정이군'이라고 말할 것이다. 이어 내 어깨를 두드려주며 택솔 치약 심부름을 보낼 것이다. 어린아이 취급을 받는 데 모욕감을 느끼며 나는 또다시 애꿎은 손톱만 물어뜯었다.

"전 제가 서른여섯 살 먹은 어른이었으면, 그래서 검은 공단 드레스를 입고 진주 목걸이를 걸고 있었으면 좋겠어요." 나는 여전히 그의 웃음을 의식하면서 다소 공격적으로 말했다.

"만약 그랬다면 이렇게 함께 차에 타고 있지 못했을 거요. 손톱 좀 그만 물어뜯어요. 지금도 이미 형편없는 꼴이니."

"건방지고 무례한 질문이라고 생각하실지 모르겠지만, 그래도 궁금하네요. 어째서 매일같이 저를 드라이브시켜주시는 건가요? 당신은 물론 친절한 분이시죠. 자선의 상대로 제가 선택된 이유가 무엇인가요?"

나는 나름의 자존심을 다해 좌석에서 꼿꼿하게 몸을 세웠다.

"그건 당신이 검은 공단 드레스에 진주 목걸이 차림이 아니기 때문이지요, 또 서른여섯 살이 아니기 때문이기도 하고." 그가 정색을 하고 대답했다. 속으로 웃고 있는지 아닌지는 알 수 없었다.

"그렇군요. 당신은 저에 대해 필요한 만큼은 다 알아요. 필요한 만큼이라고 해봤자 오래 산 것도 아니고 부모님이 돌아가신 것 외에는 별다른 경험도 없으니 얼마 되지도 않지만요. 하지만 전 당신에 대해서 아는 게 없어요. 첫날 만났을 때와 비교해 더 알게 된 것도 없고요."

"그때는 뭘 알고 있었지요?" 그가 물었다.

"맨덜리에 살았다는 것, 그리고 아내를 잃었다는 거죠." 마침내 여러 날 동안 혀끝에서 맴돌던 그 말, 아내라는 단어가 입 밖으로 나오고야 말았다. 아무 망설임 없이 마치 세상에서 가장 자연스러운 단어라는 듯이 튀어나온 것이다. 아내라는 단어는 일단 내뱉고 나자 계속 앞을 떠다녔고 눈앞에서 춤을 추었다. 그가 아무 말도 하지 않았기 때문에 그 단어는 악독하고 끔찍한, 금지된 무엇처럼 점점 커져만 갔다. 그렇다고 말해버린 것을 주워 담을 수는 없는 노릇이었다. 다시 한번 나는 시집 속표지에서 보았던 비스듬한 R자를 떠올렸다. 가슴이 먹먹해지면서 몸이 덜덜 떨렸다. 그는 나를 절대 용서하지 않을 거야. 이것이 우리 우정의 마지막이군.

나는 앞쪽의 유리창을 응시했다. 하지만 아무것도 보이지 않았고 아내라는 단어만 귓전에 반복해서 울렸다. 침묵의 시간이 몇 분으로, 몇 킬로미터로 길어졌다. 이제 모든 게 끝났어. 두 번 다시 함께 드라이브하는 일은 없을 거야. 나는 생각했다. 내일이면 그는 떠나버리겠지. 밴호퍼 부인은 자리를 털고 일어날 테고. 그럼 나는 부인과 함께 전처럼 테라스를 거닐 거야. 짐꾼은 가방을 가지고 내려가고 나는 화물 승강기에 실린 짐을 흘깃 쳐다보겠지. 떠날 때의 소란스러움. 모퉁이를 돌며 차가 기어를 바꾸는 소리,

복잡한 도로에 섞여 드는 소리, 길을 잃은 채 영원히 거기 빠져드는 내 모습.

모든 것이 얼마나 선명하게 그려졌던지 심지어 팁을 받아 주머니에 넣고 다시 자동문을 통해 호텔로 들어가면서 수위에게 무어라 인사를 건네는 급사의 모습이 보이기까지 했다. 그래서 나는 차가 서서히 속도를 줄이는 것도 알아차리지 못했다. 차가 길옆에 바짝 붙어 완전히 멈춰 선 뒤에야 나는 다시 현실로 돌아왔다. 모자를 쓰지 않고 목에 흰 스카프를 감은 채 꼼짝 않고 앉은 그는 그어느 때보다도 초상화에 담긴 중세의 인물 같았다. 그는 화창한 주변 자연과는 동떨어진 어느 황량한 교회의 계단에 서서 망토 자락을 휘날리고 있는 듯했다. 발밑에서는 거지가 금화를 구걸하고 말이다.

친절하고 잘 통하던 친구도, 손톱을 물어뜯는다고 잔소리하던 오라버니도 사라졌다. 남은 것은 낯선 남자였다. 왜 그 사람과 한 차에 나란히 타고 있는지 의아할 지경이었다.

그는 내 쪽을 돌아보며 말했다. "조금 전에 당신은 기억을 담아 두는 발명품에 대해 말했죠. 과거의 특정 순간으로 돌아가 다시 살 수 있게 해주는 물건 말이에요. 하지만 나는 생각이 좀 다릅니다. 온통 고통스러운 기억들뿐이어서 잊어버리고 싶거든요. 1년 전에 일어난 한 사건이 내 인생을 송두리째 바꿔버렸습니다. 그래서 난 그때까지의 기억을 다 잊고 싶어요. 깨끗이 지워버리고 나면 완전히 새로 시작할 수 있을 테니까요. 우리가 처음 만난 날 밴호퍼 부인은 내게 왜 몬테카를로에 왔느냐고 물었죠. 그건 기억을 지우기 위해서였습니다. 쉬운 일은 물론 아니에요. 향기가 너무 강한 기억도, 병에 넣고 봉하기에는 너무 많은 기억도 있는 법이지요. 언제든 마개를 뽑으려고 틈을 엿보는 악마도 조심해야 해요. 당신과 처음 드라이브하던 날도 그랬습니다. 언덕에 올라 절벽 아래를 내려다보았던 때 말입니다. 몇 년 전 나는 아내와 함께 거기 간 적이 있었지요. 당신은 그곳 풍경이 전과 똑같은지 물었어요. 변함없이 똑같은 것은 사실이었지만 다행히 과거의 흔적은 전혀 찾을 수 없는 무심한 모습이더군요. 아내와 나는 아무 자취도 남기지 않은 거죠. 어쩌면 당신과 함께 있었기 때문인지도 몰라요. 당신은 내 과거를 지워주고 있어요. 몬테카를로의 화려한 불빛보다 훨씬 더 효과적으로 말이죠. 당신이 없었다면 나는 벌써 이곳을 떠나 이탈리아, 그리스, 그리고 더 먼 곳을 떠돌았을 거예요. 당신 덕분에 그 방랑을 면한 셈이죠. 그러니 입을 앙다물고 자선이니, 친절이니 하는 말은 할 필요 없어요. 나는 당신이 나와 함께 드라이브해주기를 바라는 겁니다. 믿기지 않으면 당장 내려서 돌아가도 좋아요. 자, 차 문을 열고 나가도 좋다니까요."

나는 무릎에 손을 얹고 어찌할 바를 모른 채 가만히 앉아 있었다. "자, 이제 어떻게 하겠어요?" 그가 물었다.

한두 살만 어렸어도 나는 아마 울음을 터뜨렸을 것이다. 어린아이의 눈물은 얼굴 표면 바로 아래에 있어 위기가 닥치면 금방 나올 수 있다. 나는 눈 뒤에서 차오르는 눈물과 상기된 얼굴의 열기를 느꼈다. 앞창에 비친 내 모습에서 스스로 만들어낸 사태에 당황해버린 두 눈과 달아오른 두 볼, 넓은 펠트 모자 아래 늘어진 곧은 머리카락이 보였다.

"이제 돌아가고 싶어요." 내 목소리는 심하게 떨리고 있었다. 그는 말없이 시동을 걸더니 차를 되돌렸다.

차는 매끄럽게 달렸다. 너무 매끄럽다고 나는 생각했다. 시골 풍경은 우리에게 무관심하고 냉정했다. 우리는 내가 기억 속에 가둬두고 싶었던 그 길로 접어들었다. 시골 처녀는 사라졌고 주변 색깔도 단조로웠다. 여느 도로의 여느 모퉁이와 전혀 다를 바 없어 보였다. 아까의 찬란했던 모습은 즐거웠던 내 기분과 함께 날아가버렸다. 그 생각을 하자 굳어진 내 얼굴이 흔들렸고 어른의 자부심은 온데간데없이 사라졌다. 결국 승리해버린 눈물이 눈에 가득 고이더니 뺨으로 흘러내렸다.

내 의지와 상관없이 흘러내리는 눈물이니 어찌할 수가 없었다. 주머니에서 손수건 꺼내는 모습을 그에게 보이기보다는 흘러내리는 눈물을 그냥 둔 채 모욕감을 곱씹으며 입가의 짭짤한 맛을 느끼는 편이 나았다. 그가 고개를 돌려 나를 보았는지 아닌지는 모르겠다. 나는 흐릿해진 눈길로 앞만 바라보았으니 말이다. 갑자기 그가 손을 뻗쳐 내 손을 잡더니 거기 입을 맞추었다. 그러고는 말없이 자기 손수건을 내 무릎에 놓았다. 나는 감히 그 손수건을 집어 들지 못했다.

나는 아름다운 모습으로 눈물을 흘리는 소설 속 여주인공들을 생각했다. 얼굴이 온통 눈물 자국으로 얼룩덜룩한 데다가 눈까지 붉게 충혈된 내 꼴은 그들과 얼마나 다른가. 그것은 내 아침 시간의 참담한 종말이리라. 남아 있는 하루는 얼마나 길까. 간호사가 외출할 예정이었기 때문에 점심 식사는 객실에서 밴호퍼 부인과 함께 해야 했다. 식사가 끝나면 카드놀이를 해야 한다. 부인은 쉬면서 비축해놓았던 에너지를 마음껏 쏟아내겠지. 나는 지저분한 그 방에서 숨이 막히고야 말 것이다. 흐트러진 욧잇, 널브러진 담요, 탁탁 쳐서 부풀린 베개, 거기에 분가루와 엎질러진 향수, 반쯤 녹은 입술연지 등이 쌓인 협탁……. 부인의 침대 위에는 신문이 낱장으로 아무렇게나 접혀 뒹굴고 가장자리가 너덜너덜한 프랑스 소설책들이 미국 잡지들과 뒤섞여 있다. 비벼 끈 담배꽁초는 클렌징크림 안에, 포도 접시 안에, 침대 옆 바닥 위에, 그야말로 온 사방에 널려 있다. 문병 온 손님들이 하나같이 꽃 선물을 가져온 탓에 온실에서 자라는 진귀한 식물이 미모사와 함께 쑤셔 넣어진 식의 화병들이 즐비하다. 위쪽에는 사탕절임을 한 과일이 층층이 채워진 리본 달린 커다란 상자가 있다. 나중에 부인 친구들이 한잔하러 오면 늘 그렇듯 나는 스스로의 역할을 증오하며 칵테일을 준비해주고 한구석에 수줍은 모습으로 불편하게 앉아 그렇고 그런 수다를 건성으로 들을 것이다. 부인이 흥분하여 침대에 앉아 너무 큰 소리로 떠들고 너무 오래 웃어댈 때면, 휴대용 축음기에 음반을 건 후 음악에 맞춰 거대한 몸을 흔들어댈 때면 나는 또다시 대신 매 맞는 소년이 되어 얼굴을 붉히겠지. 그러면 핀으로 머리를 틀어

올리고 안달복달하며 치약 사 오는 걸 잊었다고 야단치는 부인의 모습이 차라리 더 좋다고 여길 테지. 이런 것들이 호텔 객실에서 나를 기다리는 일이었다. 반면 그는 나를 내려놓은 뒤 어딘가로, 아마도 혼자 바다로 가서 뺨에 부딪치는 바람을 느끼고 태양을 바라볼 것이다. 그리고 내가 전혀 모르는, 그리하여 공유할 수 없는 기억 속으로 빠져들어 지난 몇 년의 세월을 곱씹을 것이다.

우리 둘 사이에 놓인 심연은 그 어느 때보다도 깊었고 그는 등 돌린 채 내게서 멀리 떨어져 있었다. 나는 스스로가 작고 어리고 또 무척 외롭다고 느꼈다. 나는 자존심을 버리고 그의 손수건을 집어 코를 팽 풀었고 그와 함께 음울한 상상도 바람에 날려버렸다. 그런 건 하나도 중요하지 않았다.

"이 일을 어쩐담." 화난 듯, 혹은 지루한 듯 그가 갑자기 말하더니 나를 옆으로 끌어당겨 어깨를 감싸 안았다. 시선은 여전히 정면에 고정한 채 다른 한 손은 핸들을 잡고 있었다. 차는 더 빨리 달렸다. "당신은 나한테 딸뻘밖에 안 되니 어떻게 해야 할지 모르겠군." 길이 좁아지면서 모퉁이가 나타났고 지나가던 개도 피해야 했다. 내 어깨를 놓을 것이라 생각했지만 그는 여전히 나를 감싸 안은 채 운전했고 모퉁이를 지나 다시 길이 넓어졌을 때도 팔을 풀지 않았다. "오늘 당신에게 말한 걸 다 잊어도 좋아요. 모두 끝난 일이니까. 두 번 다시 생각하지도 말아요. 우리 가족은 늘 나를 맥심이라고 부르니 당신도 그렇게 불러주었으면 좋겠군. 너무 오랫동안 나한테 깍듯하게 예의를 갖춰왔으니." 내 모자가 성가셨던지 그는 모자를 벗겨 뒷좌석으로 던져버린 후 몸을 굽혀 내 이마에 입을 맞췄다. "앞으로도 절대 검은 공단 드레스는 입지 않겠다고 약속해요." 그의 말에 나는 미소를 지었고 그도 웃었다. 다시금 즐겁고 환한 아침나절이 된 것이다. 밴호퍼 부인과 오후에 벌어질 일들은 이제 전혀 중요하지 않았다. 순식간에 오후가 지나면 밤이 올 것이고 또 다른 내일이 찾아오는 것이다. 나는 기쁨에 도취되어 자신감이 넘쳤다. 그 순간만큼은 평등을 주장할 용기까지도 생겨났다. 나는 평소보다 늦은 시간에 카드놀이를 하러 밴호퍼 부인의 객실로 걸어 들어가는 나 자신의 모습을, 그리고 왜 늦었냐는 질문에 아무렇지 않다는 듯 하품을 한 후 "시간이 이렇게 된 줄 몰랐어요. 맥심과 점심을 먹었거든요"라고 답하는 모습을 상상했다.

그의 세례명을 부르는 것에 우쭐할 정도로 나는 아직 어린아이였다. 그는 처음부터 나를 세례명으로 불렀는데도 말이다. 어두운 순간들이 있긴 했어도 그날 아침, 나는 새로운 지위를 얻었다. 혼자 생각했던 것처럼 그렇게 많이 뒤처져 있던 것은 아닌 셈이었다. 그의 입맞춤은 아주 자연스럽고도 편안했다. 책에서 본 것처럼 극적이지는 않았다. 나를 당황하게 만들지도 않았다. 오히려 우리 관계는 편안해졌고 모든 것이 더 단순해졌다. 우리 사이의 심연에 마침내 다리가 놓인 것이다. 나는 그를 맥심이라 부르게 되었다. 그날 오후 밴호퍼 부인과 벌인 카드놀이는 생각했던 것처럼 지루하지 않았다. 물론 마음먹었던 용기는 사라져 아침 일에 대해 한마디도 하지 못했지만 말이다. 게임을 끝내고 카드를 모은 뒤 상자에 집어넣으면서 부인이 "그래, 맥스 드윈터 씨는 아직 호텔에 묵고 있니?"라고 물었을 때 나는 물가에 선 다이버처럼 잠시 머뭇거리다가 "그런 것 같아요. 식당에서 식사를 하던걸요"라고 얌전하게 대답했다.

누군가 말해주었구나. 우리가 함께 있는 걸 누군가 보았을 거야. 아니면 테니스 선생이 찾아왔을지도 모르고. 지배인이 쪽지를 보냈을 수도 있지. 나는 이렇게 생각하며 부인의 공격을 기다렸다. 하지만 부인은 카드 정리를 끝낸 후 하품을 했고 그동안 나는 침대를 정리했다. 나는 부인에게 분통, 입술연지, 볼연지를 건넸고 부인은 카드를 치운 뒤 테이블에서 손거울을 집어 들었다. "매력적인 사람이야. 하지만 성격은 괴상하군. 알 수가 없다니까. 그날 로비에서 만났을 때 맨덜리로 초청하겠다고 말할 줄 알았거든. 아주 폐쇄적인 성격인가 봐."

나는 아무 말도 하지 않았다. 그저 부인이 입술연지를 집어 두꺼운 입술 곡선을 그려 넣는 모습을 바라보았다. "난 한 번도 본 적이 없지만 아주 사랑스러운 여자였던 모양이야." 부인이 손거울을 들고 입술이 제대로 칠해졌는지 살피면서 말했다. "외모도 출중하고 모든 면에서 재능이 많았다지. 맨덜리에서 멋진 파티를 열곤 했대. 그런 급작스럽고 끔찍한 사고가 났으니 아마 그는 부인을 영영 잊지 못하겠지. 입술이 밝은 빨강이니 분은 좀 짙은 것으로 발라야겠어. 이건 다시 집어넣고 짙은 색 분을 꺼내주겠니?"

한동안 우리는 분, 향수, 입술연지와 씨름하느라 바빴다. 마침내

벨이 울리고 손님들이 들어왔다. 나는 칵테일 잔을 건네주고 몇 마디를 나누었다. 축음기의 음반을 바꾸었고 재떨이를 비웠다.

"어린 아가씨는 요즘도 스케치를 그리고 있나요?" 늙은 은행가가 다정한 체하며 물었다. 외눈 안경이 줄에 매달려 대롱거렸다. 나는 상대를 믿지 않는 밝은 미소와 함께 "최근에는 그리지 않았어요. 담배 한 대 더 드릴까요?"라고 대답했다.

아니, 그렇게 대답한 것은 내가 아니었다. 나는 거기 없었으니까. 나는 마침내 모습을 드러낸 마음속 유령을 뒤따르고 있었다. 윤곽은 희미했고 색깔도 모호했으며 눈이나 머리카락도 아직은 분명치 않았다.

그 부인은 쉽게 잊히지 않는 미모와 미소를 지니고 있었다지. 어딘가에는 여전히 그 목소리가, 그 말의 기억이 떠돌고 있을 것이다. 부인이 갔던 장소들, 부인이 만졌던 물건들도 있다. 선반에는 부인이 수놓은 천이 깔려 여전히 부인의 향기를 풍기겠지. 내 침실 베개 아래에는 부인의 손길이 닿았던 책도 있다. 나는 부인이 속표지를 펼치고 미소 지으면서 펜을 흔든 뒤 서명하는 모습을 볼 수 있다. 아마도 그의 생일이었을 테고 부인은 아침 식탁에서 다른 선물과 함께 그 시집을 건넸을 것이다. 그가 포장 끈을 풀고 종이를 벗기는 동안 두 사람은 함께 웃었겠지. 그가 시집을 읽을 때 부인은 몸을 굽혀 그의 어깨를 감쌌으리라. 그리고 남편을 맥스라고 불렀을 것이다. 맥스, 이 얼마나 친숙하고 다정하며 쉽게 발음되는 이름인가. 가족들, 할머니와 아주머니들은 그를 맥심이라고 불렀다. 나를 포함해 그보다 어리거나 별생각 없는 이들도 그랬다. 맥스라는 호칭은 그 부인의 선택, 그 부인만의 권한이었다. 부인은 그 이름을 시집 속표지에 자랑스럽게 써넣었으리라. 흰 종이 위에 그 힘차고 비스듬한 필체를 거침없이 남기며.

얼마나 여러 번, 얼마나 다양한 상황에서 그 부인은 남편에게 그런 메모를 썼을까…….

작은 쪽지도 있었을 테고 그가 멀리 떠나 있을 때에는 몇 장에 걸쳐 둘만의 이야기를 담은 편지도 보냈겠지. 그 부인의 목소리는 집 안 곳곳에서, 그리고 정원에서 울렸으리라. 시집에 남은 필체처럼 거침없고 익숙하게.

그리고 나는 그를 맥심이라고 불러야 했다.

6

　짐 꾸리기. 출발을 앞둔 부산함과 잔소리들. 없어진 열쇠, 누락된 짐표, 온 바닥에 널린 화장지. 나는 그 모든 것이 싫다. 이미 짐 꾸리기를 해볼 만큼 해본 지금도, 심지어는 계속 짐 상자를 옮기며 사는 오늘날에도 그렇다. 호텔 방이나 가구 딸린 셋집에서 내 것 아닌 옷장이나 서랍장을 활짝 열고 물건을 다 끄집어내는 일상적인 과정 속에서도 나는 슬픔과 상실감을 느낀다. 거기서 우리가 살았고 행복했기 때문이다. 짧은 기간 동안이라 해도 그 공간은 우리 것이었다. 단 이틀 밤을 보낸 곳에도 우리는 자신의 일부를 남겨두게 된다. 물질적인 것이 하나도 없다 해도, 화장대의 머리핀 하나, 빈 아스피린 통 하나, 베개 밑의 손수건 한 장 남지 않았다 해도 우리 삶의 한순간, 생각과 기분의 일부 같은 무형적인 것은 남게 마련이다.

그 공간은 우리의 안식처가 되었고 우리는 그 안에서 말하고 사랑했다. 모두가 어제까지의 일이다. 오늘 우리는 그곳을 떠난다. 그리고 우리는 미세한 변화를 거쳐 다른 존재가 된다. 두 번 다시 그때와 똑같을 수는 없다. 길 가다 점심을 먹기 위해 우연히 들른 식당에서 손을 씻기 위해 들어간 어둡고 낯선 방, 그 방의 낯선 손잡이, 여기저기 찢겨진 벽지, 세면대 위에 붙은 금 간 거울 같은 모든 것이 그 순간에는 내게 속해 있다. 나와 그 화장실은 서로를 안다. 그것이 현재이다. 거기에는 과거도 미래도 없다. 나는 세면대에서 손을 씻고 금 간 거울은 그 모습을 비춘다. 그 순간은, 그 순간의 나는 그렇게 남는다.

나는 화장실 문을 열고 나와 그가 테이블에 앉아 나를 기다리고 있는 식당으로 들어간다. 그 순간 나는 내가 또다시 나이 먹고 변한다는 것을, 알 수 없는 운명 속으로 또 한 걸음 내딛는 것을 느낀다.

우리는 서로에게 미소를 짓고 점심 메뉴를 고른다. 이런저런 이야기를 나누면서도 나는 5분 전에 화장실에 들어갔던 내가 더 이상 없다고 스스로 생각한다. 그때의 나는 그 시간 속에 남았다. 나는 조금 더 나이 먹고 성숙한 다른 여자이다……

몬테카를로의 코트다쥐르 호텔이 새로운 주인을 맞으면서 이름도 바뀌게 되었다는 신문 기사를 본 적이 있다. 객실을 포함해 호텔 전체의 인테리어가 달라질 것이다. 2층에 있던 밴호퍼 부인의 객실은 아예 없어질지도 모른다. 내가 쓰던 작은 침실은 흔적조차 남지 않겠지. 바닥에 무릎을 꿇고 앉아 밴호퍼 부인의 트렁크 자물쇠와 씨름하던 그날로는 절대 돌아갈 수 없다.

그날의 소동은 자물쇠가 망가지는 것으로 끝이 났다. 나는 창 밖을 내다보았다. 마치 사진첩을 한 장 한 장 넘기듯이 말이다. 창 밖으로 보이는 지붕과 바다는 이제 더 이상 내 것이 아니었다. 어제에, 과거에 속하게 된 것이다. 물건이 치워진 호텔 방은 이미 텅빈 분위기였고 무언가 결핍된 느낌이었다. 아마 내일이면 우리를 대신할 새로운 손님이 들어오겠지만 말이다. 커다란 짐 꾸러미는 끈으로 묶이거나 자물쇠로 잠긴 채 바깥 복도에 놓여 있었다. 작은 짐은 조금 뒤에 꾸려질 것이었다. 반쯤 빈 부인의 약병, 크림 통, 찢어버린 청구서와 편지 등으로 쓰레기통은 터질 듯 꽉 찼다. 서랍은 커다랗게 입을 벌렸고 책상 위는 텅 비었다.

전날 아침 부인은 커피를 따라주고 있는 내 코앞에 내팽개치듯 편지를 놓았다. "헬렌이 토요일에 배를 타고 뉴욕으로 출발한다는 군. 어린 낸시가 충수염에 걸려 당장 돌아오라는 전보가 왔대. 나도 함께 가기로 결심했어. 이제 유럽에는 진절머리가 났어. 지금 가면 초가을에는 돌아올 수 있지. 뉴욕을 구경할 수 있다니 좋지 않아?"

감옥보다도 더 끔찍한 일이었다. 그 절망이 얼굴에 드러났는지 부인은 잠시 놀라는가 싶더니 빈정거렸다.

"정말 너는 만족을 모르는 아이구나. 이해할 수가 없어. 너같이 땡전 한 푼 없는 처지의 다른 여자애들이 어떻게 사는지 모르는 게냐? 남자애들을 만나서 논다고 해도 다 같은 형편의 애들뿐이지. 넌 여행하면서 친구도 만날 수 있고 또 내가 늘 뭘 시키는 것이 아니니 자유도 누릴 수 있어. 어차피 넌 몬테카를로를 그리 좋아하지 않는다고 생각했는데."

"익숙해졌거든요." 나는 혼란스러운 마음으로 어설프게 중얼거렸다.

"이제 뉴욕에도 익숙해질 게다. 그럼 됐지? 헬렌이 탄 배를 따라잡을 생각이니 서둘러 출발 준비를 해야 해. 당장 프런트로 내려가 알리도록 해. 하루 종일 아주 바쁠 테니 몬테카를로를 떠나는 섭섭함을 느낄 겨를도 없을 게야." 부인은 버터 그릇에 담배를 비벼 끄며 기분 나쁘게 웃더니 친구들에게 전화를 돌리기 위해 일어섰다.

나는 당장 프런트로 내려갈 수가 없었다. 그래서 화장실에 들어가 문을 잠그고 바닥에 주저앉아 얼굴을 무릎에 파묻었다. 마침내 떠나게 된 것이다. 다 끝나버렸다. 내일 저녁이면 나는 마치 하녀처럼 부인의 보석함과 담요를 가지고 기차 침대칸에 앉아 있겠지. 부인은 깃털이 하나 달린 거대한 새 모자를 쓰고 그 모자 때문에 오히려 초라해 보이는 모피 코트 차림으로 맞은편에 자리를 잡을 거야. 출입문이 털컹거리고 세면대는 물이 새는 데다 수건은 축축하고 비누에는 머리카락 한 올이 붙은, 유리 물병은 반쯤 차 있고 벽에는 프랑스어로 '깨끗이 사용하시오'라는 안내문이 붙은 비좁은 열차 화장실에서 세수하고 이를 닦겠지. 기차가 덜컹거릴 때마다, 삑삑 기적 소리를 낼 때마다 나는 호텔 식당에서, 내가 아는 바로 그 자리에 홀로 앉아 평온한 마음으로 책을 읽고 있는 그로부터 점점 멀어진다는 걸 느낄 거야.

떠나기 전에 그에게 작별 인사를 해야 한다. 미소와 침묵, 눈인사 사이로 꼭 편지하라는 둥, 그동안의 친절에 어떻게 감사해야 할지 모르겠다는 둥, 사진을 보내겠다는 둥, 주소가 어떻게 되느냐는 둥, 꼭 다시 연락드리겠다는 둥 형식적인 인사말을 나누겠지. 그는 아무렇지 않다는 듯 지나가는 급사에게 부탁해 담뱃불을 붙일 테고 나는 '이제 4, 5분 후면 끝이야. 두 번 다시 그를 보지 못하겠지'라고 생각할 것이다.

이제 내가 떠나게 되었으므로, 그리하여 모든 것이 끝났으므로 마지막으로 한 번 더 본 후에 우리는 더 이상 할 말이 없어진 남남이 되는 것이다. 내 마음은 '당신을 사랑해요. 전 끔찍하게 불행해요. 이런 경험은 한 번도 없었고 앞으로도 없을 거예요'라고 울부짖으며 들끓겠지만 말이다. 내 얼굴에는 숙녀다운 예의 바른 미소가 머물고 내 입술은 '저기 계신 우스운 할아버지 좀 보세요. 누구인지 궁금하네요. 새로 오신 모양인데요' 따위의 말을 조잘대겠지. 그렇게 우리는 아무 상관도 없는 사람 이야기로 마지막 순간을 허비하는 것이다. 우리는 이미 남남이니까. '사진이 잘 나왔으면 좋겠네요.' 절망적인 심정으로 내가 이미 했던 인사말을 되풀이하면 그는 '광장에서 찍은 사진은 아주 잘 나올 겁니다. 빛이 딱 적당했으니까요'라고 대답할 것이다. 그렇게 우리는 모든 것을 과거의 그 시간으로 보내버리는 데 합의할 것이다. 나는 그 사진이 어떻게 나오든, 심지어는 시커멓게 나온다 해도 개의치 않을 텐데 말이다. 마지막 순간, 최후의 작별에 사진 따위가 대체 무엇인가.

나는 억지로 미소를 지으며 다시 말하겠지. '다시 한번 모든 것에 감사드립니다. 끝내주는 시간이었어요'라고. '끝내주는'이라니, 전에는 한 번도 사용해보지 않았던 단어가 아닌가. 이건 대체 무슨 뜻이지? 뭐, 상관없다. 이건 여학생들이 하키 경기를 보면서 내지르는 종류의 말이다. 지난 몇 주의 환희와 고통과는 전혀 어울리지 않는. 그때 밴호퍼 부인이 탄 승강기가 내려와 문이 열리고 나는 로비를 가로질러 승강기 쪽으로 걸어갈 것이다. 그는 자기 자리로 돌아가 신문을 펼치겠지.

화장실 바닥에 우스꽝스러운 모습으로 주저앉아 나는 그 모든 상황을, 그리고 여행 과정과 뉴욕에 도착하는 순간을 그려보았다. 어머니를 똑 닮은 헬렌의 새된 목소리, 고집 센 아이 낸시의 모습까지도. 밴호퍼 부인은 내 신분에 어울릴 만한 대학생이나 젊은 은행원을 소개하겠지. 들창코에 얼굴이 번들거리는 청년들은 '수요일 밤에 데이트할까요?', '최근에 나온 음악을 좋아하시나요?' 같은 질문을 던질 것이다. 나는 예의를 지키려 애쓰면서 마음속으로는 지금 이렇게 화장실 안에 있는 것처럼 혼자만의 생각에 잠기겠지……

부인이 화장실 문을 두드렸다. "거기서 뭐 하는 게냐?"

"아, 죄송해요. 지금 나가요!" 나는 수돗물을 틀고 수건을 털썩거리면서 부산한 척을 한다.

문을 열고 나가니 부인이 궁금하다는 얼굴로 나를 빤히 쳐다본다. "대체 그 안에 얼마나 오래 들어가 있었는지 아니? 오늘 아침에는 멍하니 생각에 잠길 시간이 없어. 너도 알다시피 할 일이 좀 많아지!"

그는 분명 몇 주 안에 맨덜리로 돌아갈 것이다. 거실에는 그를 기다리는 편지 더미가 잔뜩 쌓여 있을 테고 그중에는 배에서 휘갈겨 쓴 내 편지도 분명 섞이게 되리라. 함께 탄 승객들에 대해 쓴, 즐거운 분위기를 억지로 짜내 쓴 편지. 그는 편지를 읽고 서랍에 넣어두었다가 몇 주 뒤 어느 일요일 아침에 청구서를 찾다가 우연히 다시 보고 답장을 쓰겠지. 그러고는 끝이다. 끔찍하게 형식적인 크리스마스카드가 오기까지는 말이다. 얼어붙은 겨울 풍경을 배경으로 맨덜리 저택의 모습을 담은 카드겠지. '행복한 크리스마스와 복된 새해를 기원합니다. 맥시밀리언 드윈터 드림'이라는 인사말이 인쇄되어 있을 것이다. 그것으로도 충분하지만 그는 친절하게 펜을 들어 '맥심으로부터'라는 서명을 덧붙이고 그러고도 빈칸이 남는다면 '뉴욕에서 즐거운 시간을 보내시길'이라고 덧붙이리라. 그리고 봉투를 봉하고 우표를 붙여 먼저 완성한 카드 수백 통 사이에 던져 넣으면 그만이다.

"내일 떠나신다니 섭섭합니다." 프런트의 직원이 한 손에 수화기를 든 채 말했다. "발레 공연이 다음 주에 시작되는데 말입니다. 밴호퍼 부인이 공연 소식을 알고 계시나요?" 나는 맨덜리의 크리스마스 생각에서 억지로 벗어나 침대차의 현실로 돌아온다.

밴호퍼 부인은 독감으로 누운 뒤 처음으로 식당에서 점심 식사를 했다. 나는 부인 뒤를 따라 식당으로 들어서며 가슴을 찌르는 듯한 고통을 느꼈다. 그는 그날 프랑스 칸에 가 있었다. 전날 내게 미리 알려주었던 것이다. 나는 언제 웨이터가 다가와 '마드무아젤께서는 늘 그렇듯 오늘 저녁도 무슈와 함께 하시겠지요?'라고 말해버릴지 모른다는 생각에 조마조마했다. 웨이터가 근처로 올 때마다 신경이 곤두섰지만 다행히 아무 말도 나오지 않았다.

하루 종일 우리는 짐 싸면서 시간을 보냈고 저녁에는 작별 인사를 하러 손님들이 찾아왔다. 객실에서 저녁을 먹은 뒤 부인은 바로 잠자리에 들었다. 나는 그때까지도 그를 보지 못했다. 짐에 붙일 꼬리표를 가져온다는 핑계로 9시 30분쯤 로비에 내려갔을 때에도 그는 거기 없었다. 밉상인 프런트 직원이 나를 보자 미소 지으며 말했다. "드윈터 씨를 찾으시는 건가요? 자정까지는 돌아오시지 못한다는 연락을 받았습니다."

"짐 꼬리표를 좀 주세요." 나는 이렇게 대답했다. 직원의 눈을 보니 거짓말은 아니었다. 하루 종일 기다렸던 시간을 결국 나 혼자, 내 침실에서, 트렁크와 짐 가방을 노려보면서 보내야 하는 것이다. 어쩌면 더 잘된 일인지도 몰랐다. 어차피 난 제대로 이야기도 못할 테고 그는 내 얼굴 표정만 살펴야 했을 테니.

나는 밤새도록 눈물을 흘렸다. 낮 동안 흘리지 못했던 고통스러운 눈물, 어릴 때나 흘릴 수 있는 눈물이었다. 베개에 얼굴을 파묻고 엉엉 우는 행동은 스물한 살이 넘으면 하지 않아야 하는데 말이다. 고개를 들썩거리며 빨개진 얼굴로 목까지 메이는 그런 울음. 그리고 이튿날 아침이면 남들이 눈치채지 못하게 한답시고 찬물로 마사지를 하고 오드콜로뉴를 바른 후 분을 덕지덕지 두드려 오히려 눈에 확 띄게 만드는 것이다. 언제 또다시 울음이 터질지 모른다는, 통제 불능의 눈물이 뚝뚝 떨어지며 입가가 떨리는 곤란한 상황이 발생할지 모른다는 공포감도 있다. 신선한 아침 공기가 분칠 아래 감춰진 붓기를 내려줄지 모른다는 생각에 방 창문을 활짝 열고 몸을 앞으로 내밀었던 일도 기억난다. 태양이 그토록 환했던 때는, 하루가 그토록 희망차게 느껴졌던 때는 없었다. 몬테카를로는 한없이 다정하고 친절한 곳, 세상에서 유일하게 순수한 곳이 되었다. 나는 그곳을 사랑했다. 애정은 넘치듯 솟구쳤다. 나는 평생을 거기서 보내고 싶었다. 그렇지만 그날 떠나야 할 상황이었다. 그 방의 거울 앞에서 머리를 빗는 것도, 그 세면대에서 이를 닦는 것도 마지막이었다. 두 번 다시 그 침대에 눕지 않을 것이다. 저 전등 스위치를 끄는 일도 다시 없을 것이다. 그렇게 나는 평범한 호텔 침실에 가운 차림으로 앉아 이런저런 감상에 빠져 한참을 헤어나지 못했다.

"감기가 오는 것 아니냐?" 부인이 아침을 먹으면서 물었다.

"아니에요. 그런 것 같지는 않아요." 나는 붉게 충혈된 눈을 감기 탓으로 돌릴 수도 있겠구나 생각하면서 대답했다.

"짐을 다 꾸렸으면 꾸물거릴 것 없지. 더 빠른 기차를 타야겠다.

서두르면 제시간에 댈 수 있을 거야. 파리에 좀 더 오래 머물면 돼. 헬렌에게 약속을 바꾸자고 전보를 쳐야겠어. 어디 보자." 부인이 시계를 쳐다보았다. "예약을 바꿀 수 있을까? 어떻든 시도는 해봐야지. 어서 로비로 내려가 확인해보렴."

나는 꼭두각시처럼 부인의 변덕에 따라야 했다. 침실로 가서 가운을 벗고 플란넬 스커트에 직접 만든 윗옷을 입었다. 부인에 대한 감정은 무관심에서 증오로 바뀌었다. 이제 아침 시간마저 내게서 빼앗으려 하지 않는가. 테라스에서 보내는 마지막 30분도, 작별 인사를 할 10분조차도 허락되지 않는 것이다. 다만 부인 자신의 아침 식사가 생각보다 빨리 끝났고 떠날 시간 기다리기가 지루하다는 이유만으로. 그렇다면 좋다, 나도 절제나 정숙함 따위는 내팽개칠 테야. 더 이상 자존심 따위는 없어. 나는 문을 쾅 닫고 나와 복도를 뛰어 지났다. 승강기를 기다릴 것도 없이 계단을 세 개씩 뛰어올라 4층으로 갔다. 그의 방 번호는 이미 알고 있었다. 나는 잔뜩 상기된 얼굴로 숨을 헐떡이며 148호실 문을 두드렸다.

"들어와요!" 그가 외쳤다. 문을 열고 들어서는 순간 벌써 용기가 사라지고 후회가 밀려왔다. 그는 간밤에 늦게 잠자리에 들었을 테고 그럼 아직 침대에 누워 있어야 마땅할 것이었다. 피곤한 탓에 신경도 날카로울 게 분명했다.

그는 창문을 열고 그 옆에서 면도를 하고 있었다. 잠옷 위에 낙타털 재킷을 걸친 차림이었다. 그에 비하면 치마와 윗옷에 구두까지 신은 내 옷차림이 너무 과하게 느껴졌다. 스스로가 바보 같았다.

"무슨 일이지요? 중요한 일이라도 생겼나요?"

"작별 인사를 하러 왔어요. 저는 부인과 함께 오늘 아침에 떠납니다."

그는 잠시 나를 바라보다가 면도기를 내려놓았다. "문을 닫아요."

나는 등 뒤로 문을 닫고 두 팔을 내려뜨린 채 어찌할 바를 모르고 서 있었다. "그게 대체 무슨 소리요?"

"말 그대로예요. 오늘 떠나기로 했어요. 오후 기차를 타기로 했지만 방금 부인이 마음을 바꿔 더 빠른 차를 타겠다는군요. 당신을 만나지 못할까 봐 불안했어요. 떠나기 전에 꼭 만나서 감사 인사를 전하고 싶었어요."

내가 상상했던 대로 바보스러운 인사말이 터져 나왔다. 어색하기 짝이 없었다. 이제 덕분에 끝내주는 경험을 했다는 말이 나올 참이었다.

"왜 미리 말하지 않았소?" 그가 물었다.

"어제 결정된 일인걸요. 급작스럽게요. 부인의 딸이 토요일에 뉴욕으로 떠나는데 우리도 동행한다는군요. 파리에서 딸을 만나 셰르부르를 경유한대요."

"당신도 뉴욕으로 데려간다고 하나요?"

"네. 하지만 전 가고 싶지 않아요. 정말 싫어요. 끔찍한 여행이 될 거예요."

"그렇게 싫은데 왜 부인과 함께 가는 거죠?"

"그럴 수밖에 없어요. 아시잖아요. 전 월급을 받아야 하니까요. 부인을 떠나 독립할 형편이 못 돼요." 그는 다시 면도기를 집어 들고는 얼굴에 비누를 칠했다. "잠깐 앉아요. 조금만 기다리면 됩니다. 욕실에서 옷 입는 시간까지 다 해서 5분이면 돼요."

그는 의자에 걸쳐두었던 옷을 집어 들어 욕실 바닥으로 던졌다. 그러고는 문을 쾅 닫고 욕실로 들어갔다. 나는 침대에 걸터앉아 손톱을 물어뜯었다. 상황은 극히 비현실적이었고 나는 마치 소설 속 인물이 된 기분이었다. 그가 무슨 생각을 하는지, 어떤 행동을 할지 궁금했다. 방을 둘러보니 여느 남자들 방처럼 정리가 안 돼 있고 삭막했다. 구두와 넥타이는 필요 이상으로 많았다. 화장대 위에는 커다란 샴푸 통과 상아로 만든 솔빗만 놓여 있을 뿐 사진 한 장 없었다. 최소한 침대 머리맡이나 벽난로 선반 같은 곳에는 가죽 액자에 담긴 커다란 사진이 있으리라 생각했지만 아무리 찾아도 책과 담뱃갑밖에 보이지 않았다.

그는 약속대로 5분 만에 준비를 끝냈다. "테라스로 내려갑시다. 아침을 먹어야 하니." 그가 말했다.

나는 시계를 보았다. "시간이 없어요. 바로 로비로 가서 예약을 바꿔야 하거든요."

"그건 신경 쓸 것 없어요. 나랑 먼저 이야기를 합시다."

우리는 복도를 지나 승강기를 탔다. 그는 아침 기차가 한 시간 반 후에 출발한다는 점을 모르는 모양이었다. 밴호퍼 부인은 곧 로비로 전화를 걸어 내가 가지 않았느냐고 확인할 것이다. 우리는 말없이 1층으로 내려와 테라스로 갔다. 아침 식탁이 마련되어 있었다.

"뭘 들겠소?"

"전 이미 먹었어요. 그리고 4분 후에는 정말로 일어서야 해요."

"커피, 삶은 달걀, 토스트, 마멀레이드, 그리고 모로코 오렌지를 주시오." 그가 웨이터에게 주문했다. 이어 주머니에서 손톱 줄을 꺼내 손톱 끝을 갈기 시작했다.

"밴호퍼 부인은 몬테카를로에서 충분히 시간을 보냈다는 얘기 군. 이제는 집에 돌아가고 싶은 거고. 하긴 나도 그렇소. 부인은 뉴욕으로, 나는 맨덜리로 가야지. 당신은 어느 쪽으로 갈 테요? 스스로 선택할 수 있소."

"그런 식의 농담은 마세요. 이제 전 기차표를 알아보러 가야겠어요. 그럼 안녕히 계세요."

"내가 아침 식탁에서 농담을 던지는 부류라고 생각한다면 그건 틀렸소. 난 아침 시간에는 좀 까다로운 편이거든. 다시 말하겠소. 선택은 당신이 하시오. 밴호퍼 부인과 미국으로 가든지, 나와 함께 맨덜리로 가든지 둘 중 하나요."

"비서나 뭐 그런 게 필요하다는 말씀인가요?"

"아니, 나와 결혼해달라고 청하는 거요, 멍청한 아가씨."

웨이터가 아침을 날라 왔다. 나는 커피 주전자와 우유병이 놓이는 것을 보면서 가만히 무릎 위에 손을 얹고 앉아 있었다.

"잘 모르시는 것 같은데 전 청혼을 받을 만한 사람이 못 돼요."

웨이터가 자리를 떠난 후 내가 말했다.

"그건 또 무슨 소리요?" 그가 숟가락을 내려놓으며 나를 바라보았다.

파리 한 마리가 마멀레이드 위에 앉자 그는 곧 손으로 부채질을 해 쫓아버렸다.

"어떻게 설명해야 할지 잘 모르겠군요. 우선 저는 당신과 같은 세상에 속해 있지 않아요." 내가 천천히 말했다.

"내가 있는 세상이 무엇이오?"

"글쎄요, 맨덜리죠. 제 말뜻을 아시잖아요."

그는 다시 숟가락을 들어 마멀레이드로 가져갔다.

"당신은 밴호퍼 부인과 똑같이 무식하고 교양이 없군. 맨덜리에 대해 당신이 대체 뭘 알죠? 난 당신이 거기 속할 수 있을지 없을지를 판단할 줄 아는 사람이오. 내가 순간적인 충동으로 청혼한다고 생각하나요? 뉴욕으로 가기 싫다는 당신 말 때문에? 당신과 함께 드라이브했던 것과 같은 이유로, 또 그 첫날 저녁 식사를 함께 했던 것과 같은 이유로, 그러니까 친절을 베풀기 위해 청혼한다고 생각하는 거요?"

"그래요." 내가 대답했다.

"언젠가는 내가 그리 자비로운 사람이 아니라는 걸 알게 될 거요. 지금은 알기 어렵겠지만. 자, 아직 대답을 해주지 않았군요. 나와 결혼해주겠소?"

이건 정말이지 상상조차 해본 적 없는 일이었다. 그와 함께 차를 타고 말없이 먼 길을 달릴 때 혼자 가슴 설레는 꿈을 꾸기는 했다. 그가 심하게 앓아눕게 되어 내게 간호를 부탁하는 꿈. 그의 이마에 오드콜로뉴를 발라줄 때가 되면 차가 호텔에 도착하는 바람에 그 상상은 그만 끝나버리곤 했다. 또 내가 맨덜리 근처 여관에 묵는 상상도 했다. 그는 종종 나를 방문해 함께 벽난로 앞에 앉아 이야기를 나누는 것이다. 갑작스러운 결혼 이야기는 당황을 넘어 충격이었다. 왕이 청혼한다 해도 이보다 더 놀랐을까. 도무지 현실감이 없었다. 더욱이 그는 아무 일 없다는 듯 마멀레이드를 먹고 있지 않은가. 책에서 보면 남자가 여자 앞에 무릎을 꿇고 달빛 아래 청혼하는 법이라는데 말이다. 아침을 먹으면서 이런 식으로는 아닐 것 같았다.

"내 제안이 적절하지 않았던 모양이군. 미안해요. 난 당신이 날 사랑한다고 생각했어요. 혼자 착각했던 모양이오." 그가 말했다.

"당신을 사랑해요. 미칠 듯이 사랑해요. 두 번 다시 당신을 보지 못한다는 생각만으로도 밤새도록 울면서 괴로워했는걸요."

내 말이 끝나자 그는 큰 소리로 웃으며 아침 식탁 너머 내게 손을 내밀었다. "그렇게 말해주니 고맙소. 언젠가 당신이 그토록 원하는 서른여섯 살 나이를 먹게 되면 지금 이 순간을 상기시켜줘야겠군. 아마 그때는 내 말을 믿지 않겠지만. 당신이 어른이 되어야만 한다는 게 서글프군."

나는 그의 웃음에 화가 나고 부끄러워졌다. 여자는 그런 식으로 자기 마음을 고백하지 않는 법이다. 나는 아직도 배워야 할 게 많았다.

"자, 그럼 이야기는 끝난 셈이지?" 그는 마멀레이드 바른 토스트를 먹으면서 말했다. "당신은 이제 밴호퍼 부인이 아니라 내 동반자가 되는 거요. 맡은 일은 거의 똑같다고 보면 되오. 서재의 새 책, 응접실의 꽃들, 저녁 식사 후의 카드놀이는 나 역시 좋아하니까. 내게 차를 따라줄 사람도 있으면 좋겠고. 한 가지 차이라면 난 택솔이 아니라 에노를 쓴다는 거요. 내가 좋아하는 치약이 떨어지지 않도록 신경 써줘요."

나는 나 자신에 대해, 그리고 그에 대해 모호한 심정이 되어 손가락으로 식탁 위를 두드렸다. 그는 여전히 나를 보며 웃고 있잖아? 그렇다면 다 농담인 게 아닐까? 그는 시선을 들어 불안과 노여움이 섞인 내 표정을 살폈다. "내가 너무 멋대로 청혼한 모양이군요. 당신이 꿈꿔오던 방식은 이와 달랐을 테니 말이오. 어느 아름다운 온실에서 왈츠를 연주하는 바이올린 소리가 들리고 흰 드레스에 장미 한 송이를 든 채 야자수 아래서 열정적인 사랑 고백을 받아야 제대로 대접을 받았다고 느끼겠지요? 그럼 이렇게 합시다. 신혼여행으로 베네치아에 가는 거요. 곤돌라 위에서 손도 맞잡고 말이오. 하지만 너무 오래 머물지는 맙시다. 당신에게 맨덜리를 보여주고 싶으니."

그가 내게 맨덜리를 보여주고 싶어 한다……. 갑자기 나는 상황을 똑똑히 이해했다. 나는 그의 아내가 되는 것이다. 우리는 함께 정원을 산책하고 조약돌 해변으로 이어지는 계곡 길을 내려가는 것이다. 아침 식사를 마치고 테라스에서 풍경을 감상하고 새들에게 빵 조각을 던져준 뒤 챙 넓은 모자를 쓰고 커다란 가위를 든 채 돌아다니며 거실에 장식할 꽃을 자르는 내 모습을 상상했다. 이제야 어린 시절에 왜 그 그림엽서를 샀는지가 분명해졌다. 그건 미래로 이어지는 첫걸음, 일종의 전조였던 것이다.

그가 내게 맨덜리를 보여주고 싶어 한다……. 내 마음은 한없이 요동쳤고 눈앞에 이런저런 광경이 스쳐 지나갔다. 그사이에 그는 모나코 오렌지를 먹기 시작했고 나한테도 한 조각을 권했다. 우리 주위에 많은 사람들이 모여들고 그는 '아직 내 아내와 인사를 나누지 못하셨지요?'라고 말을 시작한다. 드윈터 부인. 나는 드윈터 부인이 되는 것이다. 앞으로는 수표에, 계산서에, 저녁 식사 초대장에 바로 그 이름으로 서명하게 된다. 전화기에 대고 '다음 주말에 맨덜리로 한번 오시지요?'라고 말하는 내 목소리가 들린다. 사람들은 모이기만 하면 우리 이야기를 한다. '정말이지 매력적인 부인이라니까요. 만나보시면 알 거예요'라는 수군거림이 들린다. 내 이야기를 하고 있는 것이다. 나는 아무 말도 듣지 못했다는 듯 고개를 돌릴 것이다.

아픈 노인을 위해 포도와 복숭아가 담긴 과일 바구니를 안고 오두막집으로 찾아가는 내 모습도 보인다. 노인은 두 팔을 내밀고 '하늘이 축복하실 겁니다'라고 말하며 감격하고 나는 '뭐든 필요한 게 있으면 알려주세요'라고 대답하겠지. 드윈터 부인. 나는 드윈터 부인이 되는 것이다. 매끄럽게 빛나는 멋진 식탁과 긴 초들이 보인다. 맥심은 식탁 반대편에 앉아 있다. 스물네 명이 모인 파티. 나는 머리에 꽃 한 송이를 꽂았다. 모두들 잔을 높이 들고 나를 바라보며 '새색시의 건강을 위해!'라고 외친다. 맥심은 나중에 '당신은 그 어느 때보다도 사랑스러운 모습이더군'이라고 말해주겠지. 꽃이 가득 장식된 멋진 방들. 벽난로가 타고 있는 내 침실 문을 누군가 두드린다. 어느 부인이 웃는 표정으로 들어온다. 맥심의 누나이다. 그 부인은 '내 동생을 저렇게 행복하게 만들어주다니, 정말 고맙군요. 모두들 기뻐하고 있어요'라고 말한다. 드윈터 부인. 나는 드윈터 부인이 되는 것이다.

"이 모나코 오렌지는 시어서 더는 못 먹겠군요." 그가 말했다. 나는 그를 바라보았지만 여전히 머릿속에서는 낯선 부인의 말소리가 울리고 있다. 내 접시에 놓인 과일을 보니 정말로 딱딱하고 시퍼렇다. 맥심 말이 맞는다. 아주 신 오렌지이다. 그제야 입 속에서 날카로운 신맛이 느껴진다. 먹으면서도 전혀 몰랐던 것이다.

"자, 밴호퍼 부인에게 누가 이야기를 할까요? 내가, 아니면 당신이?"

그는 냅킨을 접고 접시를 밀어놓았다. 사소한 결정을 내리는 양 어쩌면 저렇게 평온한 어조로 말할 수 있는지 신기하다. 내게는 폭탄이 떨어져 수천 조각으로 폭발하는 것 같은 일인데 말이다.

"당신이 말해주세요. 부인은 몹시 화를 낼 거예요."

우리는 자리에서 일어났다. 나는 앞으로 벌어질 일에 먼저 긴장하여 몸이 떨리고 얼굴이 상기되었다. 그가 내 팔을 잡고 미소 지으며 웨이터에게 "축하해주시오. 마드무아젤과 나는 결혼하기로 했소"라고 말하는 것은 아닐지, 그렇게 하여 다른 모든 웨이터들까지 달려와 깊숙이 고개를 숙여 인사하고 축하 인사를 건네면서 로비 쪽으로 걸어가는 우리를 전송하게 되지는 않을지 궁금했다. 하지만 그는 아무 말이 없었다. 묵묵히 자리를 떠나 승강기 쪽으로 갔고 나도 뒤를 따랐다. 프런트 앞을 지날 때에도 누구 하나 눈길조차 주지 않았다. 서류 뭉치를 앞에 두고 일하느라 바쁜 직원은 뒤에 선 부하 직원에게 무슨 말인가 하고 있었다. 그는 내가 드윈터 부인이 된다는 걸 모르는 거야. 우리는 승강기를 타고 2층으로 가서 복도를 지났다. 그는 내 손을 잡고 흔들었다. "마흔둘이라고 하면 당신에게는 너무 늙은 나이인가요?" 그가 물었다.

"아뇨. 전 젊은 남자를 좋아하지 않아요." 내가 서둘러, 어쩌면 너무 강하게 부인했다.

"당신은 젊은 남자를 제대로 만나본 적도 없지 않은가요?"

드디어 부인의 객실 문 앞이었다. "나 혼자 들어가서 이야기를 끝내는 게 좋겠소. 다만 한 가지 물어볼 게 있군. 당장 결혼해도 괜찮겠어요? 혼수니 뭐니 하는 멍청한 짓거리는 필요 없소. 그러니 단 며칠이면 충분해요. 필요한 증명서만 떼어 관청에 가서 신고하고 베네치아든 어디든 당신이 원하는 곳으로 당장 떠납시다."

"교회에 안 가고요? 웨딩드레스는요? 들러리도 합창단도 없어요? 당신 친척이나 친구들은요?" 내가 물었다.

"그런 건 생각하지 마요. 난 이미 그런 결혼식을 한 번 치렀으니."

우리는 여전히 문 앞에 서 있었다. 나는 문 앞 우편함에 삐죽이 튀어나와 있는 조간신문을 보았다. 서둘러 식사하느라 신문도 읽지 못했던 것이다.

"자, 어떻게 생각하오?"

"좋아요. 전 늘 집에서 올리는 결혼식을 상상해왔어요. 교회니 하객들이니, 뭐 그런 건 없는 편이 낫죠."

나는 그에게 미소를 지으며 즐거운 표정을 만들어 보였다. "재미있겠지요?"

그는 문을 향해 돌아서 손잡이를 당겼다. 객실 현관으로 들어서자 밴호퍼 부인의 고함 소리가 우리를 맞았다.

"너냐? 대체 어디서 뭘 하고 있었던 게냐? 사무실에 세 번이나 전화를 했는데 네가 오지 않았다고 하더구나."

갑자기 한꺼번에 울고 또 웃고 싶은 충동이 들었다. 명치를 찌르는 듯한 통증도 느껴졌다. 아무 일도 일어나지 않았다면 좋겠다는, 나 혼자서 어딘가를 산책하며 휘파람이나 불고 싶다는 생각이 머리를 스쳤다.

"죄송합니다. 다 제 탓입니다." 그가 응접실 문을 열고 들어서며 등 뒤로 문을 닫았다. 부인의 호들갑스러운 탄성이 들려왔다.

나는 내 침실로 가서 열린 창 앞에 앉았다. 병원 대기실에 앉아 기다리는 기분이었다. 잡지를 뒤적이며 별생각 없이 사진을 구경하고 건성으로 기사를 읽다가 밝은 표정이지만 지극히 사무적이고 인정이라고는 전혀 없어 보이는 간호사와 만나 '다 잘되었습니다. 수술은 아주 성공적이었고요. 걱정하실 것은 하나도 없습니다. 이제 저는 집으로 가서 잠을 좀 자야겠어요'라는 말을 듣는 것이다.

객실 벽이 두꺼운 탓에 아무 소리도 새어 나오지 않았다. 그가 무슨 말을 어떻게 할지 궁금했다. 처음 만나는 순간부터 사랑에 빠졌다고 말하겠지. 매일 만나면서 서로의 마음을 확인했다고. 그럼 부인은 '오, 제가 들어본 중에 가장 낭만적인 일이군요'라고 답할 거야. 낭만적이라. 그건 내가 승강기를 타고 올라오면서 기억해 내려 했던 바로 그 단어였다. 맞아, 사람들은 그렇게 말들을 할 거야. 아주 갑작스럽고도 낭만적인 일이었다고. 순식간에 마음을 정하고 결혼해버렸다고. 나는 미소를 지으며 무릎을 감싸 안았다. 앞으로의 삶이 얼마나 멋지고 행복할지 상상하면서 말이다. 사랑하는 남자와 결혼하는 것이다. 드윈터 부인이 되는 것이다. 이렇게 행복한데 명치에 날카로운 통증을 느끼다니 참으로 바보 같은 일이 아닌가. 신경이 곤두서서 그런 거야. 이렇게 병원 대기실에 앉아 있는 기분으로 기다려야 해서 그런 거야. 그와 손을 잡고 함께 응접실에 들어가 웃으면서 '우리 결혼하기로 했어요. 우리는 서로 사랑하거든요'라고 말하는 편이 훨씬 더 자연스러웠을 텐데.

사랑한다고? 그는 아직 사랑한다는 이야기를 하지 않았잖아? 아마 시간이 없어서였을 거야. 아침 식탁에서 급하게 이야기를 마쳐야 했으니까. 마멀레이드, 커피, 모나코 오렌지가 놓인 그 식탁에서. 그래, 시간이 없었어. 오렌지는 너무 시었고. 하지만 전에도 사랑한다는 말은 한 적이 없잖아. 그저 결혼하자는 말뿐이었지. 그것도 아주 짧고 단호한, 색다른 청혼이었어. 하지만 기왕이면 색다른 청혼이 좋지. 더 진실하니까. 남들과는 다르잖아. 말도 안 되는 허튼소리나 늘어놓는 젊은이들과도 다르고. 그저 열정만 넘쳐서 불가능한 것을 장담하는 젊은이들과는 말이야. 첫 번째 청혼, 레베카에 대한 청혼과도 다르겠군…… 그런 건 생각하지 말아야 해. 잊어버리자. 악마가 부추기는 생각일 뿐이야. 물러나라, 악마야! 절대로, 두 번 다시 이런 생각은 하지 않겠어. 그는 날 사랑하고 내게 맨덜리를 보여주고 싶어 해. 그런데 대체 이야기는 언제 끝나는 거야? 언제 들어가면 되는 거지?

침대 위에 시집이 놓여 있었다. 그는 내게 시집을 빌려준 것조차 잊어버린 눈치였다. 그렇다면 시집이 별로 중요하지 않다는 뜻이다. '자, 어서. 속표지를 펼쳐. 그토록 하고 싶었던 일이잖아?' 마음속 악마가 속삭였다. 말도 안 돼. 나는 그저 다른 짐 속에 시집을 넣으려는 것뿐이었다고. 나는 하품을 했다. 침대 옆 협탁 쪽으로 내려서면서 책을 집어 들었다. 다음 순간 전선에 발이 걸려 휘청했고 그 바람에 책이 손에서 떨어졌다. '맥스에게, 레베카가'라고 쓰인 속표지가 펼쳐졌다. 레베카는 죽었다. 죽은 사람에 대해서는 생각하지 말아야 한다. 묘지에 고요히 잠들어 있을 테니까. 그렇지만 이 필체는 얼마나 생기 있고 힘이 넘치는가. 비스듬하게 기울어진 인상적인 저 글씨는. 잉크 방울은 마치 어제 남은 듯 선명하다. 정말이지 어제 쓴 것 같다. 나는 옷상자에서 손톱 가위를 꺼내 그 페이지를 잘라냈다. 범죄자처럼 뒤를 흘끔흘끔 살피면서 말이다.

너덜거리는 부분이 남지 않도록 깨끗하게, 그 페이지를 고스란히 잘라냈다. 그러자 시집은 하얗고 깨끗하게 보였다. 누구의 손길도 닿지 않은 새 책처럼 말이다. 나는 잘라낸 종이를 잘게 찢어 쓰레기통에 버렸다. 그리고 다시 창가에 앉았다. 하지만 머릿속은 쓰레기통에 든 종잇조각 생각뿐이었다. 잠시 후 나는 자리에서 일어나 다시 한번 쓰레기통 속을 들여다보았다. 종잇조각 위에서도 짙은 검은색 글씨가 도드라졌다. 나는 성냥갑을 가져와 종잇조각을 태웠다. 밝은 불꽃이 일렁이며 종이를 말아 올리더니 검게 태웠다. 비스듬하게 쓰인 글씨는 더 이상 알아보지 못하게 되었다. 종잇조각은 회색 재로 변해 날아갔다. R 자는 가장 마지막까지 불꽃 속에서 춤을 추었고 바깥쪽으로 구부러져 일순간 전보다 더 크게 보이더니 결국 바스러졌다. 종이는 이제 재, 아니 미세한 먼지가 되었다……. 나는 세면대에서 손을 씻었다. 기분이 한층 좋아졌다. 새해에 새 달력을 벽에 걸 때처럼 아주 새로운 느낌이었다. 1월 1일 말이다. 바로 그날처럼 상쾌했고 즐거웠고 자신만만했다. 문이 열리고 그가 들어섰다.

"잘 끝났어요. 처음에는 부인이 몹시 놀랐는지 아무 말 못 했지만 이제 진정이 되었지요. 내가 로비로 내려가 부인이 첫 기차를 탈 수 있는지 알아보리다. 잠시 망설이던데 아마 우리 결혼식에 증인을 서면 어떨까 생각했던 모양이에요. 하지만 내가 강경하게 그럴 필요 없다고 했지요. 이제 가서 얘기해봐요."

그는 기쁘다거나 즐겁다거나 그런 말은 한마디도 하지 않았다. 내 팔을 잡고 함께 응접실로 들어가지도 않았다. 그는 미소 지으며 손을 흔들어 보이고는 혼자 복도로 나갔다. 나는 주저주저하며, 마치 해고 통보를 받은 하녀처럼 부인에게 갔다.

"자, 우선 축하를 해야겠지? 나한테 고용되어 있으면서 다른 일까지 해치웠으니." 부인의 목소리는 딱딱하고 차가웠다. 그에게는 그런 목소리를 내지 않았을 것이다. "얌전한 고양이인 줄 알았더니 엄청난 재주를 가졌구나. 대체 어떻게 한 거지?"

나는 어떻게 대답해야 할지 몰랐다. 부인의 미소가 싫었다. "내가 독감에 걸린 것이 네게는 아주 행운이었군. 이제야 네가 뭘 하며 시간을 보냈는지, 왜 그렇게 심부름을 잊어버렸는지 알겠어. 테니스 수업이라니, 맙소사! 내게는 솔직하게 말할 수도 있었잖니?"

"죄송합니다."

부인은 재미있다는 표정으로 나를 뜯어보았다. "당장 너랑 결혼하고 싶다고 하더구나. 너한테는 허락을 구할 가족도 없으니 다행이지. 뭐, 사실 나하고는 이제 상관없는 일이니 나는 신경 끊겠다. 드윈터 씨 친구들이 뭐라고 할지 걱정이다만, 그건 뭐 그 사람이 알아서 하겠지. 너랑 그 사람이 대체 몇 살 차이인지 아는 거냐?"

"그 사람은 마흔두 살밖에 안 되었어요. 그리고 저도 나이보다는 조숙하고요."

부인은 깔깔 웃으며 바다에 담뱃재를 떨었다. "조숙하기야 하지." 다시 한번 부인은 전에 없이 나를 요모조모 뜯어보았다. 소 품평회의 심사관처럼 샅샅이 살펴보는 그 눈길에는 나를 탐색하는 듯한, 기분 나쁜 구석이 있었다.

"말해봐라. 뭔가 해서는 안 될 짓을 저지른 것은 아니냐?" 친한 친구에게 은근히 묻는 말투였다. 나는 소개비 조로 돈을 내밀던 양재사 블레즈를 떠올렸다.

"무슨 말씀인지 모르겠네요."

부인은 웃으며 어깨를 들썩거렸다. "오, 그렇군. 그럼 다행이고. 늘 생각해왔지만 영국 여자들한테는 허를 찌르는 구석이 있다니까. 자, 그럼 나는 혼자서 파리로 가면 되는 거지? 넌 여기 남아서 혼인신고를 할 테고. 난 결혼식에 참석 못 한다고 이미 얘기했어."

"우린 아무도 초대하지 않을 거예요. 또 어차피 그때쯤이면 미국행 배를 타서야 하잖아요."

부인은 헛기침을 하며 화장품 상자를 열더니 코에 분을 바르기 시작했다. "두 사람이 신중하게 생각한 건지 모르겠군. 너무 서둘러 결정한 것 아니야? 겨우 몇 주 만에 말이야. 드윈터 씨가 편한 사람처럼 보이지는 않으니 네가 잘 맞춰야 할 게다. 지금까지 너는 보호막 안에서 아주 편하게 지내지 않았니? 설마 내가 널 힘들게 부려먹었다고는 말 못 하겠지. 하지만 이제부터는 맨덜리의 안주인 역할을 맡아야 해. 네가 잘 해내리라는 생각은 솔직히 안 드는구나."

부인의 말은 한 시간 전에 내가 중얼거렸던 바로 그 말이었다.

"넌 경험이 없어. 그 세계를 알지도 못하지. 브리지 모임에서 겨우 두 문장도 제대로 말하지 못하는 네가 드윈터 씨의 친구들에게 무슨 말을 할 수 있을까? 전 부인이 살아 있을 때 맨덜리의 파티는 명성이 자자했어. 물론 드윈터 씨에게서 들었겠지?"

나는 머뭇거렸다. 하지만 다행히 부인은 대답을 기다리지 않고 말을 이었다.

"행복하라고 기원해주는 게 순리겠지. 또 드윈터 씨처럼 매력적인 사람을 만난 것도 반가운 일이고. 하지만 어째 난 네가 커다란 실수를 저지른다는 생각이 드는구나. 언젠가 가슴을 치며 후회할 실수 말이다."

부인은 분통을 내려놓고 나를 똑바로 바라보았다. 어쩌면 마지막 순간에 진심을 털어놓은 것인지도 몰랐다. 하지만 나는 그런 솔직함을 원치 않았다. 나는 침묵했다. 내 기분을 알아차렸는지 부인은 어깨를 으쓱하고는 거울 앞으로 가서 모자를 고쳐 썼다. 나는 부인이 떠나게 되어 기뻤다. 두 번 다시 만나지 않아도 되어 기뻤다. 몇 달 동안 부인의 돈을 받으며 고용되어 함께 지내고 그림자처럼 뒤를 따라다녔던 것은 못 견딜 정도로 지루하고 싫은 일이었다. 물론 나는 경험이 없고 멍청하며 수줍음을 많이 타는 덜 자란 사람이다. 나도 다 아는 사실이었다. 굳이 그렇게 이야기해줄 필요는 없는 것이다. 부인 의중에는 다른 생각이 있는 것 같았다. 이 결혼에 화가 난 모양이었다. 자신의 가치관에 큰 충격을 받은 셈이니 그도 그럴 법했다.

뭐, 어떻든 상관없다. 나는 부인을, 부인의 가시 돋친 말을 잊을 테니까. 시집 속표지를 갈기갈기 찢어 불태워버렸을 때 내게는 새로운 용기가 생겨났다. 우리 둘에게 과거 따위는 없다. 그와 나는 새롭게 시작하는 것이다. 나는 드윈터 부인이 된다. 나는 맨덜리에서 살게 된다.

곧 부인은 혼자서 침대칸에 앉아 떠나겠지. 그와 나는 호텔 식당에 앉아 미래를 계획하며 점심을 먹을 것이다. 대모험의 시작인 것이다. 부인이 가버리고 나면 그는 나를 사랑한다고, 함께 있어 행복하다고 말해줄 게 분명하다. 지금까지는 시간이 없었다. 또 그런 말은 아무 때나 쉽게 나오는 것도 아니지 않은가. 나는 눈길을 들어 거울에 비친 부인의 모습을 바라보았다. 부인은 입가에 묘한 미소를 머금고 나를 보고 있었다. 마침내 마음을 고쳐먹고 행운을 빌어줄, 모든 것이 다 잘될 거라고 용기를 북돋아줄 모양이었다. 하지만 부인은 모자 아래 머리카락을 매만지면서 계속 미소만 지었다.

"물론 왜 그가 너랑 결혼하는지는 알고 있겠지. 설마 그가 너를 사랑한다고 생각하지는 않겠지? 빈 저택의 공허함이 괴로운 나머지 그는 제정신이 아닌 상태까지 온 거야. 네가 들어오기 전에 자기 입으로 그 얘기를 하더구나. 도저히 혼자서는 거기서 살 수 없다고 말이야……."

7

우리는 5월 초에 맨덜리를 향해 떠났다. 맥심은 한여름 직전의 가장 좋은 시기에 도착하게 될 거라고 말했다. 첫 제비가 날아오고 초롱꽃이 피기 시작하는 때, 계곡에서는 진달래가 아낌없이 향기를 내뿜고 피처럼 붉은 철쭉도 지천으로 피어나는 때 말이다. 거센 비가 내리치는 아침에 차를 타고 런던을 출발한 우리는 오후 5시, 그러니까 차 마실 즈음에 맞춰 맨덜리에 도착했다. 돌이켜보면 그때의 내 모습은 결혼한 지 7주 된 새색시다운 옷차림과는 거리가 멀었다. 황갈색 원피스에 폭 좁은 담비 털목도리를 두르고 그위에 투박하기 짝이 없는 우비를 걸쳤던 것이다. 우비는 너무 컸고 내 발목까지 내려올 정도로 길었다. 뭐, 날씨 때문이야. 나는 그렇게 생각했고 긴 우비 덕분에 키가 좀 커 보이지 않을까 기대했다.

손에는 긴 장갑을 쥐고 커다란 가죽 핸드백도 들었다.

"런던은 이렇게 비가 내리지만, 두고 봐요. 맨덜리에 도착하면 햇빛이 찬란할 테니." 떠나면서 맥심이 말했다. 그 말이 맞았다. 엑서터를 지나면서부터 비구름이 뒤로 물러섰고 청명한 푸른 하늘과 하얀 길이 펼쳐진 것이다.

햇빛을 보자 나는 기분이 좋아졌다. 비는 왠지 불행의 전조 같았고 그래서 찌푸린 런던 하늘 아래서는 말도 않고 가만히 앉아 있던 참이었다.

"기분이 나아졌소?" 맥심의 말에 나는 그의 손을 잡으며 미소를 지었다. 그에게는 자기 집에 도착해 현관으로 걸어 들어가고 쌓인 편지를 집어 들고 벨을 울려 차를 가져오게 하는 일이 얼마나 쉬울까. 그는 내 불안감을 얼마나 이해할까. 기분이 나아졌냐는 질문은 그 불안을 이해한다는 뜻일까, 아닐까. "걱정 마요. 곧 도착할 테니. 어서 차를 마시고 싶겠지?" 그는 이렇게 말하더니 내 손을 놓았다. 길이 구부러지는 바람에 속도를 줄여야 했기 때문이다.

그는 내 침묵을 피곤함으로 잘못 해석한 모양이었다. 맨덜리 도착이 내게는 오래 고대해온 일인 동시에 그만큼 두려운 일이라는 생각을 그는 하지 못했다. 마침내 코앞에 다가온 그 순간을 나는 늦추고 싶었다. 길가의 여관으로 들어가 낯선 모닥불 앞에서 머물고 싶었다. 사랑하는 남편과 여행하는 새색시 노릇을 좀 더 하고 싶었다. 생전 처음 맨덜리로 들어가는 나는 이제 맥심 드윈터의 아내였다. 사람 사는 온기가 느껴지는 작은 집들이 옹기종기 모인 마을을 지났다. 아이를 안은 여자가 현관에 서서 내게 미소를 보냈다. 남자는 물통을 들고 길 건너 우물로 가고 있었다.

우리 둘도 그 부부의 이웃이 되어 저렇게 살면 좋겠다는 생각이 들었다. 저녁나절에 맥심은 대문간에서 직접 키운 키 큰 접시꽃을 자랑스럽게 바라보며 담배를 피우고 나는 깔끔한 부엌을 바삐 오가며 저녁상을 차리는 것이다. 옷장 위에 놓인 시계는 째깍째깍 큰 소리를 낼 테고 찬장에는 반짝거리는 접시들이 놓여 있겠지. 저녁을 먹은 후 맥심은 난롯가에서 신문을 읽고 나는 바느질을 한다. 그런 삶은 특별히 요구하는 기준 따위 없이 그저 평화롭고 안정적이지 않을까?

"이제 3킬로미터만 가면 되오. 저쪽 언덕이 보이오? 언덕은 계곡으로 이어지고 그 너머에 바다가 있소. 맨덜리가 바로 거기라오."

나는 억지로 미소를 지었지만 대답은 하지 않았다. 못 견디게 불안하고 불편했다. 아니, 무서웠다. 기쁨 섞인 설렘도, 행복한 자신감도 사라졌다. 나는 처음으로 학교에 가는 아이 혹은 처음으로 집을 떠나온 초보 하녀와도 같았다. 결혼 후 7주라는 짧은 시간 동안 어느 정도 생겨났다고 여겼던 침착함은 갈기갈기 찢겨 바람에 날렸다. 가장 기본적인 행동 규칙에도 자신이 없었다. 손가짐은 어떻게 해야 하나. 앉아야 하나, 서야 하나, 식사 때는 어떤 숟가락과 포크를 써야 하나.

"그 우비는 이제 벗어야겠군." 그가 나를 힐끗 보며 말했다. "여기는 비가 전혀 오지 않았던 모양이니. 당신의 그 귀여운 모피 목도리를 똑바로 해요. 런던에서 옷을 많이 샀어야 했는데 이렇게 서둘러 오게 되어 미안하오."

"당신이 괜찮다면 전 아무렇지도 않아요."

"대개의 여자들은 그저 자나 깨나 옷 생각뿐이던걸." 그가 무심히 말하는 중에 차는 길모퉁이를 돌아 교차로에 도달했다. 높은 담장이 시작되었다.

"도착했소." 흥분 어린 목소리였다. 나는 두 손으로 차의 가죽 시트를 꽉 잡았다.

길은 왼쪽으로 꺾이면서 양쪽으로 활짝 열린 높은 철문 안으로 이어졌다. 대문 옆 문지기 집의 어두운 창 안쪽에서 사람들이 밖을 내다보았고 뒷마당을 뛰어다니던 아이 하나도 호기심 어린 눈길로 나를 보았다. 나는 등을 한껏 뒤로 기댔다. 심장이 두방망이질을 쳤다. 창 안쪽의 사람들이, 뒷마당의 아이가 왜 쳐다보는지 이유는 분명했다.

내가 어떤 사람인지 궁금한 것이다. 작은 부엌에 모여 키득거리며 떠드는 소리가 들려오는 듯했다. '모자밖에 못 보았어.' '새 부인은 자기 얼굴을 보여주지 않는군. 뭐, 내일이면 알 텐데.' 그는 드디어 내 마음을 눈치챘는지 손을 잡고 입을 맞춘 후 살짝 웃었다.

"사람들이 관심을 집중해도 기분 나빠하지 마시오. 모두들 당신이 어떤 사람인지 궁금해하고 있으니. 아마 다음 몇 주 동안은 당신 얘기뿐일걸. 그저 평소처럼 행동하면 곧 다들 당신을 좋아하게 될 거요. 저택 관리도 신경 쓸 것 없어요. 댄버스 부인이 다 알아

102

서 하니까 그냥 맡겨두면 되오. 처음 만나면 부인이 좀 무뚝뚝하게 느껴질 거요. 좀 색다른 사람이거든. 괜히 마음 상하지 말고 그러려니 하시오. 저쪽 관목들이 보이오? 저 수국이 피면 담장이 온통 푸른빛으로 변한다오."

나는 대답하지 않았다. 오래전 상점에서 그림엽서를 사서 나오는 길에 어린 나의 조그만 두 손에 내리쬐던 밝은 햇살에 대해, 그리고 새로 산 그림엽서가 퍽 마음에 들어 '내 사진첩에 잘 넣어두어야지. 맨덜리라니 정말 예쁜 이름이야'라고 혼잣말하던 일에 대해 생각하는 중이었다. 이제 내가 맨덜리의 일부가 되는 것이다. 이곳이 우리 집이다. '여름 내내 맨덜리에서 지낼 겁니다. 다니러 오세요'라는 식의 편지를 쓰게 되겠지. 지금은 낯선 이 길이 나중에는 훤히 아는 산책로가 되어 정원사의 작업 결과를 확인하며 다니게 될 거야. 대문 옆의 문지기 집에 들러 "몸은 좀 어떠세요?"라고 인사를 건네면 늙은 부인이 내 손을 잡고 부엌으로 이끌 것이다. 그 순간 나는 아무 걱정 없이 편안한 미소를 머금고 집에 돌아온 것을 즐거워하는 맥심이 부러웠다.

나도 함께 미소 짓고 즐거워하게 될 때까지는 한참 시간이 걸릴 것 같았다. 그런 날이 어서 왔으면. 나이를 먹고 머리가 하얗게 세고 천천히 걸음을 옮기는 그런 날이 되었으면. 그래서 지금처럼 스스로를 잔뜩 겁에 질린 바보 같은 존재로만 여기지 않게 되었으면.

철문은 우리 뒤에서 닫혔고 우리가 따라왔던 먼지 나는 찻길도 시야에서 사라졌다. 앞에 펼쳐진 길은 상상했던 것과는 달랐다.

자갈이 깔린 넓고 곧은 길, 양쪽으로 곱게 잔디가 깔리고 깨끗이 비질한 길이 아니었다.

오솔길보다 그리 넓지 않을 것 같은 폭의 길은 뱀처럼 구불거렸고 위쪽에는 뒤엉킨 나뭇가지들이 마치 교회 지붕처럼 아치를 이루고 있었다. 한낮의 햇볕도 마음대로 뚫고 지나지 못할 정도로 두꺼운 아치였다. 그 사이로 가늘게 새어 든 햇살이 바람결에 파도처럼 흔들리며 길 위에 황금빛 무늬를 그렸다. 아주 고요했다. 소리 하나 들리지 않았다. 찻길에서는 감미로운 서풍이 내 얼굴을 간질이고 길옆 풀을 한꺼번에 춤추게 했지만 여기는 바람도 없었다. 자동차 엔진조차 전보다 낮고 조용하게 움직이는 듯했다. 계곡을 향해 내리막길이 시작되자 나무들이 한층 더 가까워졌다. 차창 밖으로 만질 수 있을 정도였다. 매끈하고 흰 몸통의 거대한 너도밤나무들, 그리고 이름을 알 수 없는 다른 나무들이 수많은 가지를 뻗어 팔짱을 끼고 있었다. 좁은 여울 위로 놓인 작은 다리를 건넜다. 어둡고 적막한 숲으로 점점 깊이 들어가는 양 길은 계속 구불거렸다. 확 트인 곳도 없었고 저택이 들어설 만한 공간은 더더욱 없었다.

그런 길을 계속 달리다 보니 다시금 신경이 날카로워졌다. 이번 모퉁이만 돌아서면 되겠지. 이 구불거리는 구간만 지나면 되겠지. 하지만 몸을 앞으로 쭉 빼고 살피면 번번이 허탕이었다. 집도, 들판도, 너른 정원도 없었다. 있는 것이라고는 침묵과 깊은 숲뿐이었다. 철문이나 찻길은 딴 세상, 딴 시대에 속한 듯 느껴졌다.

갑자기 저 앞쪽에 트인 공간이 보였다. 하늘도 보였다. 검은 나무들이 듬성듬성해지고 이름 모를 관목들이 사라졌다. 양쪽으로 피처럼 붉은 담, 머리 높이까지 오는 높은 담이 나타났다. 철쭉꽃 사이에 파묻힌 형국이었다. 나는 너무도 갑작스러운 변화에 깜짝 놀랐고 당황스럽기까지 했다. 검은 숲을 너무 오래 지나온 터라 전혀 마음의 준비가 되어 있지 않았던 것이다. 나뭇잎 하나, 잔가지 하나 보이지 않았다. 머리가 어찔하고 취해버릴 정도로 그렇게 선명한 빨간 꽃들만 끝없이 펼쳐졌다. 그런 철쭉은 난생처음이었다.

나는 맥심을 바라보았다. 그는 미소 지으며 "마음에 드오?"라고 물었다.

나는 당장 "그럼요"라고 대답했지만 그게 진심인지 아닌지는 알 수 없었다. 내가 아는 철쭉이란 소박한 화단에 둥글게 심어진 분홍빛이나 자줏빛 꽃이었다. 하지만 이건 하늘을 향해 솟구치는 괴물들, 적진으로 돌격하는 대군을 연상시켰다. 지나치게 아름답고 지나치게 힘이 넘쳤다. 식물 같지가 않았다.

드디어 저택이 멀지 않았다. 그제야 길이 넓어졌다. 양옆의 붉은 철쭉 담장은 여전했다. 마지막 모퉁이를 돌자 맨덜리였다. 내가 생각했던 바로 그 맨덜리, 오래전 그림엽서에 있던 바로 그 맨덜리였다. 흠 없이 우아하고 아름다운, 내 생각보다 훨씬 웅장하고 사랑스러운 모습이었다. 테라스는 정원을 향해 튀어나왔고 정원은 바다를 향하고 있었다. 너른 돌계단 앞에 도착하자 창문을 통해 사람들이 잔뜩 모인 홀의 광경이 눈에 들어왔다. 맥심이 짜증을 섞어 투덜거렸다. "이런 빌어먹을. 내가 이런 건 딱 질색한다는 걸 잘 알면서." 그는 끽 소리 나게 브레이크를 잡아당겼다.

"무슨 일이죠? 저 사람들은 다 누구예요?"

"당장 사람들의 시선을 받게 되었구려. 댄버스 부인이 우리를 환영한답시고 하인들과 영지 사람들을 다 불러 모은 모양이오. 당신은 아무 말 안 해도 돼요. 내가 다 알아서 할 테니."

나는 장거리 자동차 여행이 남긴 피로와 한기를 느끼면서 차 문 손잡이를 찾으려고 더듬거렸다. 그사이에 집사가 하인을 대동하고 계단을 내려와 문을 열어주었다.

집사는 나이가 많고 다정한 얼굴이었다. 나는 손을 내밀며 미소를 지어 보였지만 그는 내 미소를 보지 못한 것 같았다. 무릎 담요며 내 가방을 꺼내느라 허리를 굽혔기 때문이다. 그는 내가 차에서 내리는 것을 도와주면서 맥심 쪽을 쳐다보았다.

"자, 프리스, 이제 도착했네." 맥심이 장갑을 벗었다. "런던을 떠날 때는 비가 내리고 있었지. 여기는 비가 오지 않은 모양이야. 모두 잘 있나?"

"그렇습니다. 지난 한 달 내내 비가 오지 않았지요. 다시 돌아오셔서 기쁩니다. 마님과 함께 즐거운 여행이 되셨기를 바라고요."

"우리 둘 다 즐거웠네, 프리스. 먼 길을 오니 피곤하군. 차도 마시고 싶고. 이렇게 모여 있을 줄 몰랐어." 그는 홀 쪽으로 고개를 돌렸다.

"댄버스 부인이 지시했습니다." 집사는 무표정한 얼굴로 대답했다.

"그럴 줄 알았어." 맥심이 내 쪽을 돌아보았다. "자, 어서 갑시다.

오래 걸리진 않을 거요. 곧 차를 마시게 되겠지."

우리는 함께 계단을 올랐다. 집사와 하인은 무릎 담요와 우비를 들고 뒤따랐다. 명치끝이 찌르는 듯 아팠고 긴장감에 목구멍이 조여들었다.

지금도 눈을 감으면 그때의 내 모습이 보인다. 원피스 차림에 땀 밴 손으로 장갑을 꼭 쥐고 문간을 넘어서는 왜소하고 어색한 모습. 돌로 장식된 거대한 홀, 서재로 통하는 넓은 문, 벽에 걸린 명화들, 2층 발코니로 이어지는 멋진 계단, 그리고 홀을 메우다 못해 뒤쪽 복도와 식당에까지 늘어선 얼굴, 얼굴들. 겹겹이 늘어선 그 얼굴들은 입을 벌리고 호기심에 가득 찬 눈으로 나를 바라보았다. 마치 양손이 뒤로 묶인 채 처형대로 끌려온 죄수를 보는 듯했다. 그들 가운데 누군가 앞으로 나섰다. 검은 옷을 차려입은 여자로 큰 키에 몹시 여윈 체구였다. 광대뼈가 튀어나오고 움푹 들어간 두 눈이며 백지장처럼 하얀 얼굴이 해골처럼 보였다.

여자는 곧장 내 앞으로 다가왔다. 나는 그 당당하고 위엄 있는 몸가짐에 부러움을 느끼며 손을 내밀었다. 여자의 손은 생명이 없는 듯 차디찼다.

"댄버스 부인이오." 맥심이 소개했다. 여자가 말을 시작했다. 차디찬 손으로 내 손을 맞잡은 채 움푹 들어간 눈으로 나를 뚫어지게 응시하면서 말이다. 내 시선은 그 눈길을 받아내지 못하고 흔들렸다. 여자의 손이 꿈틀 움직였다. 나는 마음이 불편했고 부끄러웠다.

댄버스 부인의 말은 정확히 기억나지 않는다. 아마 맨덜리의 모든 사람을 대표해서 나를 환영한다고 했을 것이다. 격식을 차린 인사말이었고 목소리는 그 손처럼 차고 생기가 없었다. 말을 마친 후 부인은 가만히 기다렸다. 나는 얼굴이 빨개져서 몇 마디 감사의 말을 중얼거리다가 장갑을 떨어뜨리고 말았다. 부인은 몸을 굽혀 장갑을 주워 건네주었다. 그 순간 부인의 입술에 가벼운 조소가 스쳐 지나갔다. 내 출신을 꿰뚫어 본 듯했다. 그 얼굴 표정은 왠지 나를 불편하게 했다. 부인이 뒤로 물러서서 다른 사람 속에 섞인 다음에도 내 눈에는 그 검고 긴 형상이 두드러져 보였다. 부인의 시선은 내게 고정되어 있었다. 맥심이 내 팔을 잡고 짤막한 감사 인사를 했다. 그런 인사 따위는 전혀 힘들지 않다는 듯 완벽하게 편하고 자유로운 말투였다. 이어 그는 나를 서재로 데려갔고 등 뒤에서 문을 닫았다. 우리는 다시 둘이 되었다.

코커스패니얼 두 마리가 벽난로 옆에서 일어나 다가왔다. 맥심에게 앞발로 매달린 개들은 코를 킁킁거리며 그의 손을 찾았다. 길고 부드러운 귀는 그를 향한 애정을 표현하듯 뒤로 젖혀져 있었다. 이어 두 마리는 내 쪽으로 다가와 수상쩍다는 듯 냄새를 맡았다. 한쪽 눈이 먼 어미 개는 곧 탐색을 끝내고 벽난로 옆 자기 자리로 가서 누웠다. 하지만 새끼인 재스퍼는 내 손에 코를 박고 내 무릎에 얼굴을 올렸다. 두 눈이 시려 깊어 보였다. 내가 부드러운 귀를 톡톡 두드리자 녀석은 꼬리를 흔들어댔다.

초라한 모피 목도리를 풀고 모자를 벗어 장갑과 가방 옆에 던져

두자 기분이 한결 나아졌다. 벽마다 천장까지 책이 꽂힌 넓고 편안한 방, 혼자 사는 남자가 정말 좋아할 것 같은 방이었다. 커다란 벽난로 근처에는 의자들이 놓였고 개들을 위한 바구니도 있었다. 하지만 의자에 움푹 들어간 자국이 난 걸 보면 개들은 바구니에 거의 들어가지 않는 게 분명했다. 기다란 창문은 잔디밭을 향해 있었고 잔디밭 너머로는 멀리 바다가 가물거렸다.

서재는 해묵은 평화로운 냄새를 풍겼다. 마치 그곳의 공기는 거의 변하지 않은 채 늘 똑같았던 것처럼 말이다. 정원이나 바다에서 어떤 공기가 이리로 흘러 들어오든 소용없으리라. 아무도 읽지 않는 곰팡내 나는 책들, 소용돌이무늬가 새겨진 천장, 짙은 색 벽, 무거운 커튼으로 이루어진 이 공간의 해묵고 평화로운 공기에 섞여 들어가게 될 뿐이니까.

그것은 오래된 곰팡이 냄새, 돌에는 이끼가 끼고 창문마다 담쟁이덩굴로 뒤덮인 조용한 교회의 냄새였다. 평화를 위한 공간, 명상을 위한 공간에 어울리는 냄새 말이다.

곧 차가 들어왔다. 프리스와 젊은 하인이 무슨 장중한 의식을 치르듯 찻상을 차렸다. 맥심이 잔뜩 쌓인 편지들을 훑어보는 동안 나는 시럽이 뚝뚝 듣는 핫케이크와 보슬보슬한 케이크를 즐기며 뜨거운 차를 홀짝거렸다.

그는 가끔 눈을 들어 내게 미소 지었고 다시 편지 쪽으로 고개를 숙였다. 몇 달은 족히 쌓인 편지 같았다. 나는 맨덜리에서 맥심이 어떻게 하루하루를 보내는지, 어떤 사람들과 만나는지, 어떤 청구서를 처리하는지, 하인들에게 어떤 명령을 내리는지에 대해 거의 알지 못한다는 점을 깨달았다. 지난 몇 주는 너무 빨리 흘러가 버렸다. 프랑스와 이탈리아를 돌아다니며 운전하는 그의 옆에 앉은 나는 그저 그를 사랑하고 그의 눈으로 보고 그의 말을 따라 하는 데만 열중하며 살아 있는 그 순간의 행복에 취해 있느라 과거와 미래에 대해 하나도 묻지 못했다.

그때 그는 내가 생각했던 것보다 훨씬 유쾌했고 내가 꿈꿨던 것보다 훨씬 부드러웠으며 젊고 열정적이었다. 내가 처음 만났던 맥심, 자기만의 비밀 속에서 앞을 응시하며 식당에 홀로 앉아 있던 그 손님이 아니었던 것이다. 나의 맥심은 웃고 노래하고 수면 위로 돌멩이를 던지며 장난을 쳤고 내 손을 잡았다. 미간에는 주름이 없었고 어깨 위에도 무거운 짐이 없었다. 내가 아는 그는 연인이자 친구였다. 그 몇 주 동안 나는 그가 다시 돌아가야 할 질서 정연하고 일상적인 삶이 있음을, 그리하여 짧은 휴가를 그저 공백기로 만들게 될 본래의 생활이 있음을 잊고 지냈던 것이다.

그는 어떤 편지에서는 얼굴을 찌푸렸고 어떤 편지에서는 미소를 지었으며 또 다른 편지에서는 무표정했다. 신의 은총이 없었다면 내가 뉴욕에서 보낸 편지도 저 중에 섞여 있었으리라. 그는 발신인을 보고 잠시 당황하다가 무심한 표정으로 그 편지를 읽고 하품을 하며 바구니에 던져 넣은 후 찻잔으로 손을 뻗쳤으리라. 그 생각만으로도 나는 오싹해졌다. 뉴욕에서 편지를 보내는 내가 아닌 여기 이렇게 앉은 내가 될 가능성은 얼마나 희박했나. 어찌 되었던 간에 그는 지금처럼 저렇게 앉아 늘 해왔던 생활을 계속했을 것이 아닌가. 내 생각은 거의 하지 않으면서 말이다. 나는 뉴욕에서 밴호퍼 부인과 브리지를 하며 영원히 오지 않을 편지를 날마다 기다렸겠지.

나는 의자에 기대고 앉아 방 안을 둘러보며 내가 틀림없이 이곳에, 그림엽서에 나왔던 멋진 저택, 그토록 유명한 맨덜리에 와 있다는 사실을 확인했다. 이 모든 것, 내가 앉은 깊숙한 의자, 천장까지 닿게 꽂힌 엄청난 책들, 벽에 걸린 그림, 정원, 숲, 맨덜리 등등이 그의 것인 동시에 이제는 그의 부인이 된 내 것이라는 데 익숙해져야 한다.

우리는 여기서 함께 늙어가야 한다. 그때에도 이 방에 앉아 지금 있는 개들의 후손을 옆에 두고 차를 마셔야 한다. 그때에도 도서관은 지금과 똑같은 해묵은 냄새를 풍기겠지. 이 방은 아이들, 그러니까 맥심과 나의 아이들이 진흙투성이 부츠를 신고 낚싯대며 크리켓 방망이, 주머니칼, 활과 화살 따위를 손에 들고 뛰어 들어와 소파에 벌렁 드러눕던 그 시절을 기억할 거야.

지금은 깨끗하게 닦인 저 테이블 위에도 언젠가는 나비와 나방, 따뜻한 천으로 감싼 새알 같은 게 든 상자가 놓이겠지. 내가 '이런 잡동사니를 여기 두면 안 된다. 자, 어서 공부방으로 옮겨두렴' 하고 말하면 아이들은 서로를 소리쳐 부르면서 도망쳐버릴 거야. 막내 녀석은 혼자 남아 자기 보물을 끌어안고 훌쩍일 테고.

문이 열리면서 나는 상상에서 깨어났다. 프리스와 하인이 찻상을 치우러 온 것이다. "마님, 댄버스 부인이 방을 보여드려도 될지 여쭤봐달랍니다."

맥심이 고개를 들었다. "동쪽 방 보수는 잘되었나?"

"아주 멋지게 되었습니다. 물론 일꾼들이 말썽을 부리기도 했고 도착하실 때까지 공사가 끝나지 않을까 봐 댄버스 부인이 애를 태우기도 했지요. 하지만 지난 월요일에 말끔하게 마무리되었습니다. 아주 만족하실 거라고 생각합니다. 햇볕도 잘 듭니다."

"건물 보수를 했나요?" 내가 물었다.

"아, 우리가 사용하게 될 동쪽 방을 새로 칠하고 약간 손을 봤소. 프리스 말대로 이 집 동쪽은 해가 훨씬 잘 든다오. 아름다운 장미 정원 쪽으로 창이 나 있지. 내 어머니가 살아 계실 때에는 손님용으로 사용했던 곳이오. 편지를 마저 읽고 금방 뒤따라갈 테니 댄버스 부인과 구경하고 있어요. 두 사람이 친구가 될 수 있는 좋은 기회요."

나는 천천히 자리에서 일어나 홀로 나왔다. 다시금 신경이 날카로워졌다. 나는 서재에서 기다렸다가 그의 팔을 잡고 함께 방을 구경하고 싶었다. 댄버스 부인과 단둘이 가기는 싫었다. 이제 텅 비어버린 홀은 너무도 광활하게 보였다. 돌바닥에 걸음을 내디딜 때마다 천장까지 소리가 울렸다. 나는 마치 교회에서 그렇듯 그 발소리가 죄스러웠고 그것 때문에 위축되었다. 하지만 멍청한 발소리는 어떻게 해도 줄어들지 않았고 펠트 신발을 신은 프리스가 날 바보로 생각할 것 같았다.

"집이 아주 크군요." 나는 너무 밝고 기운차게, 여전히 학생 같은 분위기로 말을 걸었지만 프리스의 대답은 근엄했다.

"그렇습니다, 마님. 맨덜리는 큰 저택입니다. 물론 더 큰 저택들도 있긴 하지만요. 이곳은 아주 옛날에는 연회장으로 쓰였습니다. 지금도 대규모 만찬이나 무도회 때에는 그렇게 쓰이지요. 일주일에 한 번은 일반인 관람객에게 공개됩니다."

"그렇군요." 여전히 발소리에 신경을 쓰면서 내가 대답했다. 프리스가 나 역시 일반인 관람객 중 한 명으로 여기는 것 같다는 느낌이었다. 하긴 조심스럽게 좌우를 살피고 벽에 걸린 그림이나 무기를 구경하거나 계단 손잡이의 조각 장식을 만지면서 나 스스로도 관람객처럼 행동하고 있었다.

계단 위에서 검은 그림자가 나를 기다리는 중이었다. 해골처럼 흰 얼굴이 움푹 들어간 두 눈으로 나를 응시했다. 고개를 돌려보니 프리스는 홀을 가로질러 다른 복도로 걸어가고 있었다.

이제 나는 댄버스 부인 옆에 혼자 남게 되었다. 나는 부인을 향해 계단을 올라갔고 부인은 두 손을 모아 쥐고 시선을 내게 고정한 채 꼼짝 않고 나를 기다렸다. 나는 미소를 보냈지만 부인은 미소로 답하지 않았다. 그래도 원망할 필요는 없었다. 어차피 특별한 목적도 없는, 밝게 꾸며낸 바보스러운 미소였으니 말이다. "너무 오래 기다리게 한 게 아니었으면 좋겠군요." 내가 말했다.

"마님의 시간은 마님 자신이 결정하시는 거지요. 저야 마님이 결정하시는 대로 따르는 사람입니다." 댄버스 부인은 돌아서며 앞장을 섰다. 발코니 아래 아치 길을 지나 카펫이 깔린 넓은 복도를 따라가다가 왼쪽의 참나무 문으로 들어서서 좁은 계단을 타고 내려간 뒤 맞은편 계단을 올라가니 또 다른 문이 나왔다. 댄버스 부인은 문을 활짝 열고 비켜서 내가 먼저 들어가도록 했다. 소파, 의자, 책상이 놓인 작은 방이었다. 그 뒤로 커다란 2인용 침대가 놓인 창 넓은 방이 나왔다. 곁에 화장실이 딸려 있었다. 나는 제일 먼저 창 앞에 가서 밖을 내다보았다. 테라스 아래 장미 정원이 펼쳐졌고 정원 너머로는 부드러운 잔디밭 언덕이 숲까지 이어졌다.

"여기서는 바다가 보이지 않는군요." 내가 댄버스 부인을 돌아보았다.

"저택 동쪽에서는 보이지 않습니다. 소리도 들리지 않지요. 근처에 바다가 있다고는 상상하지도 못할 정도랍니다."

댄버스 부인은 뒤에 무언가 감춰두고 있는 듯 말을 했다. 또 '동쪽'이라는 말을 강조해 발음하는 것이 동쪽은 서쪽보다 어딘지 못하다는 의미 같았다.

"섭섭하네요. 전 바다를 좋아하는데."

댄버스 부인은 대답 없이 그저 나를 빤히 쳐다보았다. 두 손은 아까처럼 앞에 모아 쥔 상태였다.

"그래도 아주 멋진 방이네요. 편안하게 지낼 수 있겠어요. 우리가 도착할 때에 맞추어 수리하셨다고요."

"그렇습니다."

"전에는 어땠나요?"

"벽지는 자주색이었고 커튼도 달랐습니다. 드윈터 씨는 방 분위기가 좀 무겁다고 생각하셨지요. 이 방은 가끔 손님용으로 사용되는 정도였습니다. 드윈터 씨가 편지를 보내 마님이 이 방을 사용하실 거라며 보수하라고 지시하셨습니다."

"그럼 이건 남편이 쓰던 침실이 아니군요?"

"네. 동쪽 방을 사용하셨던 적은 없습니다."

"그렇군요. 제게는 그 얘기를 하지 않았네요." 나는 화장대로 가서 머리를 빗기 시작했다. 내 빗들이 화장대에 가지런히 놓인 것을 보면 짐 정리가 이미 끝난 모양이었다. 맥심에게서 빗 세트를 선물받은 것이 다행이었다. 비싼 새 빗 덕분에 댄버스 부인 앞에서 주눅들 일이 없어진 것이다.

"앨리스가 마님 짐을 정리했습니다. 몸종이 올 때까지 돌봐드릴 겁니다." 댄버스 부인이 말했다. 나는 다시 미소를 지어 보이고는 빗을 내려놓았다.

"전 몸종을 둬본 적이 없어서요. 앨리스가 집안일을 하면서 내 시중도 들면 되지 않을까요." 내가 어색한 말투로 말했다.

댄버스 부인은 내가 장갑을 떨어뜨렸을 때에 지었던 바로 그런 표정을 지었다. "계속 그럴 수는 없습니다. 마님 같은 신분의 부인들은 개인 몸종을 두는 법입니다."

나는 얼굴이 화끈 달아올라 다시 빗을 집어 들었다. 말에 돋친 가시가 분명하게 느껴졌기 때문이다. "필요하다고 생각한다면 그렇게 해주시지요. 일을 배우고 싶어 하는 어린 소녀가 좋겠어요." 나는 상대의 시선을 피하며 말했다.

"말씀하시는 대로 하겠습니다."

잠시 침묵이 흘렀다. 이제 그만 댄버스 부인이 나가주었으면 싶었다. 부인은 어째서 가만히 서서 검은 옷 앞자락에 손을 모으고 나를 바라보는 걸까.

"맨덜리에 오래 계셨던 것 같네요. 제일 오래되신 건가요?" 분위기를 바꾸기 위해 내가 물었다.

"프리스만큼은 아닙니다. 프리스는 옛 주인어른이 살아 계실 때부터, 그러니까 드윈터 씨가 어린 소년일 때부터 여기서 일했으니까요." 부인의 목소리는 악수하면서 잡았던 손이 그랬듯 차갑고 생기가 없었다.

"그렇군요. 부인은 그때는 안 계셨던 거고요."

"그렇습니다. 그때는 여기 없었습니다."

다시 한번 나는 부인을 바라보았고 또다시 희디흰 얼굴과 나를 응시하는 어두운 두 눈과 마주쳤다. 이유 모를 불편함과 불길함이 느껴졌다. 나는 미소 지으려 했지만 그럴 수가 없었다. 부인의 눈길, 나에 대한 공감이나 호감의 빛이라고는 눈곱만큼도 찾아볼 수 없는 그 눈길에 온몸이 꽁꽁 묶여버린 듯했다.

"저는 돌아가신 드윈터 부인이 시집오셨을 때 이리로 왔습니다." 갑자기 부인의 건조하고 공허한 목소리에 생기가 돌았다. 광대뼈 위로 홍조가 나타났다.

그 갑작스러운 변화에 나는 깜짝 놀랐고 소름까지 끼쳤다. 무슨 말을 해야 할지, 어떤 행동을 해야 할지 알 수 없었다. 금지된 얘기, 오랫동안 속에만 꾹꾹 눌러두었던 얘기를 하는 듯했다. 여전히 내게 못 박힌 부인의 시선에는 동정심과 조소가 묘하게 뒤섞여 있었다. 나는 스스로 생각한 것보다 훨씬 더 어리고 미숙한 존재 같았다.

부인은 나를 우습게 보는 게 분명했다. 본래 그런 아랫사람들은 나처럼 대단한 가문 출신도 아닌 데다가 수줍고 서툰 사람을 그렇게 대하곤 한다. 하지만 그 눈길에는 조소 외에 다른 무언가가, 분명한 적의나 악의가 있는 듯했다.

나는 무언가 말을 해야만 했다. 부인이 내 공포심과 불안감을 눈치채도록 해서는 안 되었다. 일단 화장대 앞에 앉아 계속 머리를 빗는 척했다.

"댄버스 부인, 우리 두 사람은 앞으로 친구가 되어 서로를 이해해야 한다고 생각해요. 전 다른 환경에서 자랐고 그래서 이런 삶에 익숙하지 않아요. 부인이 절 이해하고 도와주셔야 합니다. 전 잘 해내고 싶고 그래서 드윈터 씨를 행복하게 만들고 싶어요. 집안일은 모두 부인이 알아서 할 거라고 하더군요. 지금까지 해오던 대로 하시면 돼요. 아무것도 바꿀 생각은 없으니까요."

나는 조금 흥분한 채 말을 마쳤다. 내가 제대로 이야기를 한 것인지 알 수 없었다. 눈을 들어보니 부인은 문 쪽으로 가서 손잡이를 잡고 서 있었다.

"잘 알겠습니다. 마님이 바라시는 대로 하겠습니다. 저는 벌써 1년 이상 집안일을 맡아왔고 드윈터 씨는 한 번도 불평하신 적이 없지요. 물론 돌아가신 드윈터 부인께서 살아 계실 때와는 많이 다릅니다. 그때는 파티 같은 행사가 아주 많았고 제가 돕기는 했어도 부인이 직접 일처리를 하시곤 했지요."

부인이 신중하게 어휘를 고르고 있다는 느낌, 자기 말이 내게 어떻게 받아들여지는지 얼굴 표정을 살피고 있다는 느낌이 들었다.

"저는 부인에게 맡기는 편이 좋겠어요. 그렇게 하지요." 댄버스 부인의 얼굴에 처음 홀에서 만나 악수할 때의 표정, 조소와 경멸이 담긴 표정이 떠올랐다. 내가 절대 자기에게 반대하지 못한다는 점, 내가 자기를 두려워한다는 점을 분명히 아는 것이다.

"더 필요하신 게 있나요?" 부인이 방을 둘러보는 척하며 물었다. "없어요. 필요한 건 다 있군요. 방을 아주 멋지고 편안하게 꾸미셨어요." 마지막 말은 부인의 마음을 사기 위한 마지막 시도였다. 부인은 어깨를 으쓱해 보였지만 끝내 미소는 짓지 않았다. "저는 드윈터 씨의 지시를 따랐을 뿐입니다."

부인은 여전히 문손잡이를 잡은 채 머뭇거렸다. 할 말이 남았지만 적당한 어휘를 고르지 못하는 듯, 혹은 말할 쯤을 보고 있는 듯했다.

나는 부인이 그만 가주었으면 싶었다. 그림자처럼 서서 해골 같은 얼굴에 움푹 들어간 눈으로 나를 응시하지 말고 말이다.

"마음에 들지 않는 점이 있다면 바로 말씀해주십시오."

"물론 그렇게 하겠어요." 부인이 하고 싶었던 말은 분명 그게 아니었다. 다시금 침묵이 흘렀다.

"드윈터 씨가 옷장 얘기를 꺼내시거든 옮길 수가 없었다고 전해 주십시오. 아무리 해도 좁은 복도를 통과할 수가 없더군요. 이쪽 방들이 서쪽보다 작아서요. 가구 위치가 마음에 안 든다고 하셔도 제게 알려주십시오. 가구 위치를 결정하느라 아주 힘들었습니다." 갑자기 부인이 다른 얘기를 꺼냈다.

"걱정하지 마세요, 댄버스 부인. 남편도 아주 만족스러워할 겁니다. 고생을 많이 하셨다니 미안하군요. 저는 이 방을 보수한다는 걸 전혀 몰랐어요. 괜히 그럴 필요 없었는데 말입니다. 전 서쪽 방에서도 행복하고 편하게 지냈을 테니까요."

부인은 흥미롭다는 듯한 눈길로 나를 보면서 문손잡이를 돌렸다. "드윈터 씨는 마님께서 이쪽을 더 좋아하실 거라고 말씀하셨습니다. 서쪽 방들은 아주 고풍스럽지요. 침대도 이것보다 두 배는 더 클 겁니다. 아주 아름다운 방이지요. 수를 놓은 의자며, 손으로 조각한 벽난로 선반 등 값진 물건들뿐이랍니다. 저택에서 가장 아름다운 방으로 창문은 잔디밭과 바다 쪽으로 나 있습니다."

나는 마음이 불편했고 수치심을 느꼈다. 어째서 내가 머물게 된 이 방이 어딘지 모르게 맨덜리 수준에 못 미치고 이류 인간을 위한 저급한 방이라는 식으로 말하는 것인지 알 수 없었다.

"아마도 가장 아름다운 그 방은 일반에게 공개하려는 모양이지요." 부인은 문손잡이를 돌리다 말고 나를, 내 눈을 바라보았다. 잠시 머뭇거리는 듯하더니 전보다 더 조용하고 딱딱한 목소리로 대답했다.

"침실은 공개하는 법이 없습니다. 관람객들은 홀과 화랑, 그리고 아래층 방들만 보게 되지요." 부인이 잠시 말을 멈췄다가 다시 이었다. "돌아가신 드윈터 부인께서 살아 계실 때에는 서쪽의 방을 사용하셨습니다. 아까 말씀드린 방, 바다가 내려다보이는 큰 침실이 바로 드윈터 부인의 방이었습니다."

부인의 얼굴에 그늘이 스쳐 갔다. 하지만 발소리와 함께 맥심이 들어오자 곧 본래 모습으로 돌아갔다.

"자, 어떻소?" 그가 내게 물었다. "마음에 드오?"

그는 학생처럼 들뜬 모습으로 주위를 둘러보았다. "늘 이 방이 가장 멋지다고 생각해왔지. 손님용으로 썩히기에는 아깝다고 말이야. 댄버스 부인, 아주 멋지게 해주었소. 만점을 줘야겠군."

"감사합니다." 부인은 무표정하게 말하고는 돌아서 나갔고 등 뒤로 가볍게 문을 닫았다.

맥심이 창가로 가 기대섰다. "난 저 장미 정원을 좋아하오. 어린 시절에 저 정원에서 장미를 다듬는 어머니 뒤에서 어설프게 기우뚱거리며 걸어 다닌 일이 생각나는군. 이 방에는 무언가 평화롭고 행복한 느낌이 있어요. 조용하기도 하고. 5분 거리에 바다가 있다고는 도저히 생각할 수 없지."

"댄버스 부인도 바로 그 말을 하더군요."

그는 방 안을 이리저리 다니며 가구를 만지고 그림을 바라보는가 하면 옷장을 열어 내 옷을 손가락으로 슬쩍 건드려보기도 했다.

"그래, 댄버스 부인과 이야기해보니 어떻소?" 갑자기 그가 물었다.

나는 돌아앉아 거울 앞에서 머리를 빗기 시작했다. "좀 딱딱한 사람 같네요." 잠시 후 "아마 제가 집안일에 간섭할 거라고 생각했기 때문인가 봐요."

"당신이 간섭한다 해도 싫어하진 않을 거요." 그는 잠시 거울 속의 나를 바라보다가 다시 창가로 가서 몸을 앞뒤로 흔들며 가만히 휘파람을 불었다.

"너무 신경 쓸 것 없소. 댄버스 부인은 여러모로 별난 구석이 있어 같은 여자 입장에서 어울리기가 쉽지 않을 거요. 그저 그러려니 하시오. 정 부담이 된다면 내보내면 되고. 하지만 제 역할을 잘 해내는 사람이라는 건 분명하오. 당신이 집안일에 신경을 쓰지 않도록 해줄 거요. 다른 하인들을 너무 들볶고 못살게 군다고는 하지만 나한테는 깍듯하지. 안 그랬다면 벌써 해고되었을 테니까."

"부인이 날 좀 더 알게 되면 잘 지낼 수 있을 거예요. 어떻든 처음에는 약간 화나 있는 것도 당연하잖아요."

"화가 난다고? 어째서 당신한테 화가 난다는 말이오? 대체 무슨 말이오?"

그는 얼굴을 찌푸린 채 창가에서 돌아섰다. 벌써 반쯤은 노여운 표정이었다. 나는 그가 왜 그렇게 민감하게 반응하는지 의아했고 다른 말을 해야 했었다고 후회했다.

"제 말은, 그러니까, 그 사람 입장에서는 남자 혼자 있을 때가 편하다는 거죠. 이미 익숙한 방식대로 하면 되니까. 아무래도 저 같

121

은 여자는 이것저것 간섭하고 요구하는 게 많다고 생각하지 않겠어요?"

"간섭하고 요구한다고? 맙소사. 당신이 그렇게 생각한다면⋯⋯." 그는 하려던 말을 멈추고 내게 다가와 이마에 입을 맞췄다.

"댄버스 부인 일은 잊어버립시다. 나한테는 별 관심 없는 일이니 말이오. 자, 이제 좀 둘러보러 갑시다."

그날 저녁에는 다시 댄버스 부인을 만나지 않았고 우리도 더 이상 부인 이야기를 하지 않았다. 머릿속에서 댄버스 부인을 지우자 나는 다시 행복하고 당당해졌다. 맥심이 내 어깨에 팔을 올리고 아래층 방들이며 그림을 보여주는 동안 나는 꿈에 그렸던 내 모습, 맨덜리의 안주인이 된 내 모습을 현실로 받아들이기 시작했다.

돌바닥에서 울리는 내 발소리도 더 이상 바보스럽지 않았다. 맥심의 징 박은 구두는 더 큰 소리를 냈기 때문이다. 뒤따라오는 개들의 발소리도 다정하게 느껴졌다.

그날이 첫날 저녁인 것이 기뻤다. 그림을 보는 데 시간이 걸리는 바람에 맥심이 시계를 보며 옷 갈아입고 식사하기에는 늦었다고 말해준 것도 기뻤다. 하려 앨리스가 무엇을 입겠냐고 물어보고 옷 입기를 도와주는 불편한 상황도 피했을뿐더러 밴호퍼 부인이 자기 딸에게 맞지 않는다는 이유로 내게 준 드레스를 입고 어깨를 드러낸 채 긴 계단을 지나 추운 홀로 내려가는 일도 면하게 된 셈이었다. 나는 격식을 차린 저녁 식사에 대해 공포심을 가지고 있었지만 옷을 갈아입지 않고 보니 식당에서 함께 식사하던 때와 똑같이 마음 편하고 즐거웠다. 나는 편안한 차림으로 이탈리아와 프랑스 여행에 대해 이야기하며 웃었다. 심지어 여행에서 찍은 사진을 식탁 위에 펼쳐놓기도 했다. 프리스와 하인은 식당의 웨이터들처럼 깍듯이 행동했다. 댄버스 부인처럼 나를 똑바로 바라보는 일은 없었다.

저녁을 먹은 후 우리는 서재로 갔다. 커튼이 내려지고 벽난로에서는 더 많은 장작이 타고 있었다. 5월의 밤은 쌀쌀한 편이어서 벽난로의 온기가 고마웠다.

저녁 식사 후 이렇게 둘이 앉아 있어보기는 처음이었다. 여행할 때는 걷든 차를 타든 계속 돌아다니며 카페에도 들어가고 다리에 기대 풍경도 바라보곤 했기 때문이다. 맥심은 벽난로 왼쪽 의자에 앉아 자연스럽게 서류 더미에 손을 뻗었다. 머리 뒤에는 넓은 쿠션을 대고 담배를 물고 있었다. 이게 그의 일상이야. 나는 생각했다. 늘 이래왔던 거야.

그는 만족스럽고 편안한 표정으로 서류 읽기에 몰두했다. 집주인다운 당당한 모습이었다. 한 손으로 턱을 받치고 다른 손으로는 재스퍼의 부드러운 귀를 만지작거리며 이런저런 생각에 빠져 있던 나는 갑자기 나보다 먼저 이 의자를 차지하고 앉았던 사람을 떠올렸다. 그 사람도 이 쿠션에 몸을 기대고 이 손잡이에 팔을 올려놓았으리라. 이 컵에 이 은 주전자의 커피를 따라 마시고 이 개를 쓰다듬어주었으리라.

갑자기 뒤에서 누군가 문을 열어젖히기라도 한 듯 한기가 느껴졌다. 나는 레베카의 의자에 앉아 레베카의 쿠션에 기대고 있었다.

내게 다가온 재스퍼는 예전에 받아먹던 설탕을 기억하는지 내 무릎에 머리를 익숙하게 올렸다.

8

맨덜리의 생활에 그토록 많은 규칙이 있으리라고는 전혀 생각
지 못했다. 첫날 아침, 맥심은 일어나자마자 옷을 입고 아침도 먹
기 전에 편지를 썼다. 9시가 조금 넘어 내가 허둥지둥 내려가자 그
는 아침을 거의 다 먹고 과일 껍질을 벗기는 중이었다.

그는 나를 보자 미소 지었다. "먼저 아침을 먹었다고 기분 상할
것 없어요. 내 식사 시간은 정해져 있소. 아침에는 꾸물거릴 시간
이 없다오. 맨덜리 같은 곳을 관리하는 건 큰일이거든. 커피와 따
듯한 음식은 선반에 있소. 아침에는 하인들이 시중을 들지 않아
요." 나는 시계가 맞지 않았던 데다가 욕실에서 시간이 오래 걸렸
다고 중얼거렸지만 그는 편지 읽기에 열중하느라 제대로 듣지도
않는 눈치였다.

나는 너무나도 훌륭한 아침 식사에 놀랐다. 약간 충격을 받았다고 해도 좋을 것이다. 찻주전자에 담긴 홍차, 열판에 올려둔 커피, 갓 만들어 뜨거운 스크램블드에그, 베이컨, 생선 요리가 준비되어 있었다. 삶은 달걀도 전용 열판에 올려두었고 은제 죽 그릇에는 죽이 담겼다. 다른 선반에는 햄과 차가운 베이컨이, 식탁 위에는 스콘, 토스트, 항아리에 든 다양한 종류의 잼, 마멀레이드, 꿀, 접시에 소담하게 담긴 디저트 과일이 마련되어 있었다. 이탈리아와 프랑스에서는 크루아상 하나에 과일, 그리고 커피 한 잔으로 아침을 끝내던 맥심이 열 명은 너끈히 먹이고도 남을 이 풍성한 아침 식탁을 아무렇지도 않게 받아들이고 낭비로 생각하지 않는다는 것이 신기했다.

그는 작은 생선 조각을 하나 먹었을 뿐이다. 나는 삶은 달걀 한 개를 집었다. 남은 음식들, 스크램블드에그며 바삭한 베이컨, 죽, 생선 요리들은 다 어떻게 되는지 궁금해졌다. 내가 모르는 하인들이 부엌 뒷문에서 남은 음식을 기다리기라도 하는 걸까? 혹시 전부 쓰레기통에 버려지는 신세일까? 캐물을 용기가 없으니 나는 아마 영원히 알 수 없으리라.

"내게는 당신을 괴롭힐 친척이 별로 없으니 다행이오. 비어트리스 누님과는 거의 만나는 일이 없고 한 분 계신 할머니는 장님이 다 되셨지. 참, 비어트리스가 점심 먹으러 와도 되겠냐고 하더군. 아마 이따가 올 거요. 당신을 보고 싶어 하니까."

"오늘요?" 나는 땅이 꺼지는 느낌이었다.

"아침에 내가 받은 편지로는 그렇소. 오래 있지는 않을 거요. 아마 당신도 누님을 좋아하게 될걸. 자기 생각을 아주 솔직하게 말하는 사람이오. 당신이 마음에 들지 않았다면 아마 면전에 대고 그렇게 말할 거요."

그 말은 전혀 위로가 되지 않았다. 마치 불성실에도 미덕의 요소가 있다는 소리처럼 들렸다. 맥심은 의자에서 일어나 담뱃불을 붙였다. "오늘 아침까지 처리해야 할 일이 산더미 같소. 혼자서도 잘 지낼 수 있지? 당신에게 정원 구경을 시켜주려고 했는데 영지 관리인인 프랭크를 만나야 할 상황이오. 너무 오랫동안 일을 내버려두었거든. 참, 프랭크도 점심을 함께 할 거요. 괜찮겠지? 불편하지 않겠지?"

"물론이죠. 저도 환영이에요."

그는 편지를 집어 들고 나가버렸다. 그건 내가 상상하던 첫 번째 아침 풍경이 아니었다. 팔짱을 끼고 함께 산책하며 바다까지 걸어갔다가 느지막이 돌아와 식은 점심을 들고 그다음에는 서재 창문에서 내다보이는 밤나무 아래 앉아 있겠거니 했던 것이다.

나는 시간을 끌며 느릿느릿 아침을 먹었다. 그러다 보니 어느새 10시가 넘었고 프리스가 나타났다. 나는 화들짝 놀라 자리에서 일어난 후 너무 오래 걸려 미안하다고 사과했다. 그는 아무 말 없이 정중하게 고개를 숙였지만 놀란 눈빛을 숨기지는 못했다. 내가 말을 잘못한 것일까? 어쩌면 사과할 일이 아니었는지도 모른다. 자칫하다가는 나를 우습게 볼 수도 있다. 무슨 말을 하고 어떤 행동을 해야 할지 잘 안다면 얼마나 좋을까. 댄버스 부인이 그랬듯 프리스도 내가 본래 우아하고 위엄 있는 사람이 못 되고 시행착오를 거쳐 힘들게 그런 자질을 익혀야 한다는 사실을 눈치챘을 것만 같았다.

자리에서 일어나긴 했지만 허둥지둥 움직인 탓에 입구 계단에 발이 걸려 몸이 휘청했다. 프리스가 달려와 떨어진 손수건을 집어 주었다. 젊은 하인 로버트는 웃음을 감추느라 몸을 옆으로 돌렸다.

홀을 가로지르는데 두 사람의 목소리가 들려왔다. 한 사람은 웃고 있었다. 아마 로버트일 것이다. 나를 비웃는 것이다. 나는 다시 계단으로 올라가 나만의 공간인 침실로 들어갔다. 문을 열자 하녀 둘이 방을 청소하느라 분주했다. 한 사람은 바닥을 닦고 다른 한 사람은 옷장의 먼지를 털어내는 중이었다. 하녀들은 나를 보자 깜짝 놀랐다. 나는 곧 문을 닫았다. 아침 시간에는 방에 들어가는 법이 아닌 모양이었다. 나는 집안의 규칙을 어긴 것이다. 나는 다시 아래층으로 내려왔다. 슬리퍼를 신은 덕분에 조용히 걸을 수 있었다. 서재로 들어가니 창문이 활짝 열려 있고 벽난로도 꺼진 상태여서 추웠다.

나는 창문을 닫고 여기저기 둘러보며 성냥을 찾았다. 하지만 찾을 수 없었다. 이제 어떻게 해야 하지? 나는 고민했지만 벨을 울리지는 않았다. 간밤에는 장작이 타오르면서 그토록 따뜻하고 아늑했던 서재가 아침 시간에는 얼음처럼 차가웠다. 위층의 내 침실에는 성냥이 있었지만 또다시 하녀들을 놀라게 하고 싶지는 않았다. 당황하여 나를 바라보는 시선을 견딜 수 없었다. 생각 끝에 프리스와 로버트가 식당에서 나오면 그곳 선반에서 성냥을 가져오기로 했다. 나는 홀을 기웃거리며 기척을 살폈다. 여전히 일하는 중인지 말소리, 그릇 옮기는 소리가 들렸다. 잠시 기다리니 조용해졌다. 모두 부엌으로 물러간 모양이었다. 나는 홀을 가로질러 다시 식당으로 들어갔다. 내 생각대로 선반에 성냥갑이 있었다. 성냥갑을 집어 들고 돌아서는데 프리스가 다시 들어왔다. 급히 성냥을 주머니에 넣으려 했지만 그는 이미 내 손을 쳐다보고 있었다.

"뭐 필요한 게 있으십니까, 마님?"

"아니, 저, 성냥을 찾을 수가 없어서요." 내가 어색하게 대답했다. 프리스는 당장 또 다른 성냥갑과 함께 담배를 내밀었다. 나는 또다시 당황했다.

"아니, 그게 아니고. 서재가 좀 춥더군요. 해외에 오래 다니다 보니 기후에 적응이 덜 된 탓인가 봐요. 그래서 벽난로에 불을 붙일 참이었어요."

"서재의 벽난로는 오후에 불을 넣습니다, 마님. 전에 드윈터 부인께서는 늘 거실을 사용하셨습니다. 거실 벽난로를 피워놓았습니다. 하지만 서재에 계시고 싶다면 제가 당장 불을 넣으라고 하겠습니다."

"아, 아니에요. 그럴 필요 없어요. 제가 거실로 가면 되겠군요. 고마워요, 프리스."

"거기 가시면 종이와 펜, 잉크도 준비되어 있습니다. 돌아가신 드윈터 부인께서는 아침 식사 후에 늘 거실에서 전화를 하고 편지를 쓰셨지요. 내선 전화도 있으니 댄버스 부인과 통화하실 수 있고요."

"알겠어요."

나는 다시 홀로 나왔다. 스스로에게 용기를 북돋아주기 위해 작은 소리로 노래를 흥얼거렸다. 거실이 어딘지 모른다고, 맥심이 지난밤에 거실은 보여주지 않았다고 말할 수는 없었다. 프리스는 식당 입구에 서서 내 뒷모습을 보고 있었다. 내가 방향을 안다는 걸 보여주어야만 했다. 계단 왼쪽에 문이 하나 있었다. 용감하게 그리로 가서 기도하는 마음으로 문을 열고 들어가보니 그곳은 잡동사니를 모아둔 정원 곁방이었다. 꽃 장식을 만드는 테이블, 높이 쌓인 등나무 의자, 벽에 걸린 방수 외투들 따위가 눈에 들어왔다. 나는 뒤돌아섰다. 홀로 나와보니 프리스는 아직도 거기 서 있었다. 나는 단 1초도 프리스를 속이지 못한 셈이었다.

"응접실을 지나면 거실이 나옵니다, 마님. 계단 오른쪽에 있는 저 문으로 들어가셔서 응접실을 지나신 후 왼쪽으로 도십시오."

"고마워요, 프리스." 나는 더 이상 아는 척하지 않고 겸손하게 대답했다.

나는 들은 대로 긴 응접실을 지났다. 잔디밭과 바다를 향하고 있는 아름다운 방이었다. 일반인 관람객들은 이 방을 구경하겠구나. 나는 생각했다. 프리스는 벽에 걸린 그림이나 가구들의 유래를 훤히 알고 있겠군. 멋진 테이블이나 의자들은 값을 따지기조차 어려운 고가품이 분명했다. 하지만 거기서 머뭇거리고 싶지는 않았다. 거실 의자에 앉거나 조각된 장식장 앞에서 책을 꺼내는 내 모습을 상상할 수가 없었다. 그 방은 접근 차단 줄이 쳐져 있고 정장에 모자를 쓴 감시인이 문가 의자에 앉은, 박물관의 전시실 같은 분위기였다. 응접실을 통과한 후 왼쪽으로 돌자 마침내 처음 보는 거실이 나타났다.

반갑게도 개들이 먼저 와 벽난로 앞에 앉아 있었다. 재스퍼가 당장 일어나 꼬리를 흔들며 다가와 내 손 안에 코를 밀어 넣었다. 재스퍼의 어미는 주둥이를 들어 냄새를 맡으며 내 쪽을 살피더니 자기가 기다리는 사람이 아니라는 걸 확인하고는 끙끙 소리를 내며 고개를 돌렸다. 그러자 재스퍼도 내 곁을 떠나 어미 곁으로 가서 누웠다. 개들은 이 집의 규칙을 잘 알고 있었다. 서재 벽난로는 오후가 되어야 불을 피운다는 것을 말이다. 그래서 오랜 습관에 따라 이 방으로 온 것이다. 창가로 가기 전부터 나는 이 방이 철쭉 덤불에 면해 있다는 것을 짐작했다. 창밖을 보니 과연 어제 오후에 보았던 피처럼 붉고 관능적인 철쭉이 길 바로 옆까지 지천으로 깔렸다. 철쭉 관목들 사이로 이끼가 카펫처럼 깔린 작은 공간이 있고 그 한가운데에 피리를 부는 작은 목동 조각상이 서 있었다.

붉디붉은 철쭉이 목동의 뒤에서 배경을 이루었다. 그 공간은 목동이 춤추고 연기하는 작은 무대 같았다. 서재와 달리 이 방은 곰팡내를 풍기지 않았다. 낡고 오래된 의자도, 읽히는 일이 드물다고는 해도 세대를 거쳐온 오랜 습관에 따라 잡지와 신문이 놓이는 테이블도 없었다.

이 방은 여자를 위한 우아하고 섬세한 공간이었다. 누군가 세심하게 가구 하나하나를 골라낸 듯 의자 하나, 화병 하나, 작은 장식품 하나까지 서로 완벽한 조화를 이루었다. 대단한 안목을 타고난 사람이 맨덜리의 보물 가운데 취향에 맞는 것을 하나씩 골라내어, 하급품에는 눈길도 주지 않은 채 '이것, 이것, 이것을 가져와요'라고 말하며 방을 꾸민 것 같았다. 시대나 건축양식이 뒤섞인 경우는 전혀 없었고 그 결과 깜짝 놀랄 만큼 완벽한 작품이 탄생한 것이다. 그럼에도 일반인에게 공개되는 응접실과 달리 냉랭하고 형식적이지 않았다. 창 아래 만개한 철쭉처럼 환하게 빛나는 분위기, 생명력 넘치는 분위기였다. 잘 살펴보니 철쭉은 창 아래에 머무르는 데 그치지 않고 방 곳곳에 들어와 있었다. 장식 선반 위 화병에도, 소파 옆 테이블의 수반에도, 책상의 황금 촛대 옆에서도 철쭉이 자태를 뽐내는 중이었다.

　심지어 벽지조차 철쭉처럼 붉은색이었다. 아침 햇살 아래 벽은 더욱 붉게 빛났다. 방 안에 철쭉 아닌 다른 꽃은 하나도 없었다. 이건 의도적인 것일까? 속으로 궁금해졌다. 본래부터 이 방은 철쭉을 염두에 두고 꾸며졌을까? 이 집의 다른 어느 곳도 이렇게 철쭉 투성이는 아니었다. 식당이나 서재에도 꽃이 있었지만 잘 다듬어진 단정한 장식품일 뿐 이토록 두드러지거나 넘쳐나지 않았다. 나는 책상에 앉았다. 더할 나위 없이 화려하고 아름다운 방이 또한 동시에 실용적이고 편안할 수 있다는 점이 신기했다. 이렇게 멋진 취향으로 꾸며지고 게다가 넘칠 듯 꽃으로 가득한 방은 그저 보여주기 위한 공간, 그래서 어딘지 지루한 느낌을 주는 법이라고 생각했기 때문이다.

하지만 이 멋진 책상은 마음 내킬 때 하잘것없는 낙서를 끼적이다가 며칠이고 버려두곤 하는 그런 장난감이 아니었다. 칸이 나뉘어 있는 서류함에는 각 칸마다 '답장해야 할 편지', '보관할 편지', '집안 관리', '영지 관련', '메뉴', '기타', '주소록' 등의 제목이 붙었다. 비스듬하게 기울어진 바로 그 필체였다. 시집에서 속표지를 찢어낸 이후 잊고 있었던 그 필체를 다시 만나자 나는 자신도 모르게 소스라치게 놀랐다.

당황스러운 마음을 수습하며 서랍을 열자 이번에는 가죽 장정의 공책 표지에서 또다시 그 필체가 나타났다. '맨덜리를 찾은 손님들'이라는 제목의 공책은 월별, 주별로 어떤 손님들이 왔고 어느 방을 사용했으며 어떤 음식을 먹었는지에 대한 기록이었다. 한 해동안의 상세하고 완벽한 기록으로 언제든 필요한 내용을 금방 찾아볼 수 있도록 일목요연했다. 서랍 안에는 그 밖에 두꺼운 흰 종이로 만든 메모지, 드윈터 가문의 문장과 주소가 들어간 공식 메모지, 그리고 작은 상자에 든 명함이 들어 있었다.

명함을 하나 꺼내어 얇은 종이 껍질을 벗겨보니 '드윈터 부인'의 것이었다. 나는 명함을 얼른 다시 집어넣고 서랍을 닫았다. 다른 사람의 집에 손님으로 왔다가 그 집 책상에서 편지를 써도 좋다는 안주인의 허락을 받은 처지에 남의 물건을 훔쳐보기라도 한 듯 죄책감이 느껴졌다. 언제 안주인이 갑자기 들어올지 모르는 일이었다. 허락도 없이 서랍을 열고 들여다보면 되겠는가.

　다음 순간 책상 위의 전화기가 따르릉 울렸다. 나는 나쁜 짓을 하다 들키기라도 한 듯 화들짝 놀라 공포감에 사로잡혔다. 떨리는 손으로 수화기를 집어 들었다. "누구세요? 누구한테 전화하시는 거죠?" 수화기에서는 이상한 윙윙 소리가 한참 울리다가 이윽고 남자인지 여자인지 알 수 없는 낮고 딱딱한 목소리가 나왔다. "드윈터 부인? 드윈터 부인?"

　"죄송합니다만 잘못 거셨습니다. 드윈터 부인은 돌아가신 지 1년이 넘었답니다." 나는 넋이 나간 듯 전화기를 멍하니 바라보았다. 드윈터 부인을 찾는 상대의 목소리가 놀라움에 조금 높아진 후에야 나는 얼굴이 화끈 달아오르며 돌이킬 수 없는 실수를 저질렀다는 것을 깨달았다. "댄버스입니다, 마님. 지금 내선 전화로 말씀드리고 있습니다." 너무도 바보스럽고 이해하기 힘든 실수였으므로 이제 와서 아무 일 없었던 듯 태연하게 넘어갈 수는 없었다. 그럼 더욱 멍청해 보일 것이었다.

　"아, 미안해요, 댄버스 부인." 나는 더듬더듬 말했다. "전화벨 소리에 깜짝 놀라서요. 뭐라 대답해야 할지 모르겠더군요. 나한테 온 전화라고는 생각하지 못했어요. 내선 전화인 줄도 몰랐고요."

　"놀라게 해드려 죄송합니다, 마님." 아마 댄버스 부인은 내가 책상을 뒤지고 있었다는 걸 알지도 몰라. 나는 생각했다. "저를 부르실 일은 없는지, 오늘 식사 메뉴가 괜찮다고 생각하실지 여쭤보려 했을 뿐입니다."

"아, 물론 그렇지요. 그러니까, 제 말은 메뉴가 괜찮을 거라는 거죠. 댄버스 부인이 좋을 대로 결정하세요. 저와 상의하려고 애쓰실 필요 없어요."

"그래도 메뉴를 한번 보시는 게 좋겠는데요. 압지 위에 메뉴가 있을 겁니다."

나는 필사적으로 책상 위를 살펴보았다. 아까는 보지 못했던 종이가 보였다. 급히 살펴보니 카레 양념 새우, 구운 송아지 고기, 아스파라거스, 차가운 초콜릿 무스라고 쓰여 있었다. 이건 점심일까, 저녁일까? 알 수 없었다. 아마 점심이겠지.

"네, 댄버스 부인. 아주 좋네요."

"바꿨으면 하시는 부분이 있다면 말씀해주십시오. 바로 바꿔 넣겠습니다. 소스는 여러 개 중에서 직접 선택해 표시하시도록 해두었습니다. 구운 송아지 고기에 어떤 소스를 좋아하시는지 몰라서요. 돌아가신 드윈터 부인은 특히 소스에 까다로워서 제가 언제나 여쭤보았지요."

"아, 그렇군요. 어디 보자. 아무래도 전 잘 모르겠군요, 댄버스 부인. 늘 하던 것으로 하지요. 드윈터 부인이 전에 늘 선택했던 것으로요."

"특별히 원하시는 소스가 없는 건가요?"

"네. 없어요."

"전의 드윈터 부인이시라면 와인 소스를 선택하셨을 겁니다."

"그럼 우리도 그렇게 하지요."

"편지 쓰시는 데 방해하여 대단히 죄송합니다, 마님."

"아니, 방해하지 않았어요. 그렇게 사과하실 것 없어요."

"우편물은 정오에 떠나게 되어 있습니다. 우표 붙이는 일은 로버트에게 맡기시면 됩니다. 급한 우편물이 있을 경우 벨을 울리거나 내선 전화를 하셔서 로버트에게 알려주십시오. 그러면 바로 처리해드릴 겁니다."

"고마워요, 댄버스 부인." 나는 이렇게 대답하고 다시 귀를 기울였다. 하지만 부인은 아무 말이 없었다. 수화기를 내려놓는지 한참 후에야 딸깍 소리가 들렸다. 나도 그제야 전화를 끊었다. 나는 다시 책상을 내려다보았다. 흰 편지지가 준비되어 있었다. '답장해야 할 편지', '영지 관련', '메뉴'라는 단어들이 코앞에서 나를 노려보며 내 게으름을 비난했다. 나 이전에 이 자리에 앉았던 사람은 나처럼 시간을 낭비하는 일이 없었으리라. 내선 전화를 들어 그날의 지시 사항을 일목요연하게 전달하고는 메뉴 종이 위로 펜을 사각거리며 마음에 들지 않는 부분을 수정했겠지. '네, 댄버스 부인' 혹은 '물론이죠, 댄버스 부인'이라는 식의 대답은 하지 않았을 것이다. 급한 일이 끝나면 답장해야 할 편지 대여섯 통, 아니 어쩌면 일고여덟 통을 특유의 비스듬히 기울어진 필체로 써 내려간다. 저 부드럽고 하얀 종이를 아낌없이 사용하며 일필휘지로 장문의 편지를 썼겠지. 그리고 마지막에는 다른 글자들을 압도하는 커다란 R 자를 넣어 레베카라고 서명했으리라.

나는 손가락으로 책상을 톡톡 두드렸다. 서류함은 다 비어 있었다. 내게는 '답장해야 할 편지'도, 처리해야 할 청구서도 없었다. 급한 편지가 있으면 로버트에게 전화하면 된다고, 그럼 로버트가 바로 우체국으로 달려갈 거라고 했지. 레베카는 급한 편지를 얼마나 많이 보냈을까. 그 편지의 수신인은 누구였을까. 아마 양재사였겠지. '화요일까지 흰 새틴 드레스가 완성되어야 하니 차질 없이 해줘요.' 미용사였을지도 몰라. '다음 금요일에 갈 테니 오후 3시, 무슈 앙투안에게 예약을 잡아줘요. 샴푸, 마사지, 머리 세팅, 매니큐어를 할 거예요.' 아니야, 그런 편지는 시간 낭비야. 아마 다른 사람을 시켜 런던으로 전화를 걸었겠지. 프리스가 그 일을 맡았을 거야. '드윈터 부인을 대신해서 전화드립니다'라고 말하면 되니까. 나는 계속 손가락으로 책상을 두드렸다. 편지 쓸 상대가 떠오르지 않았다. 아무리 생각해도 밴호퍼 부인뿐이었다. 내 집의 내 책상에 앉아 할 수 있는 유일한 일이 밴호퍼 부인, 내가 싫어하고 두번 다시 만나고 싶지 않은 그 여자에게 편지 쓰는 것이라니 참으로 우스꽝스럽고 바보 같았다. 나는 편지지를 앞에 끌어다 놓고 날렵하게 생긴 가느다란 펜을 들었다. '친애하는 밴호퍼 부인께' 이렇게 시작한 후 중간중간 멈춰가며 힘들여 편지를 써 내려갔다. 여행이 즐거웠기를, 따님에게 별일 없기를, 뉴욕의 날씨가 따뜻하고 청명하기를 바란다는 내용을 쓰고 난 후 나는 난생처음으로 내 필체가 조잡하고 보기 싫다고 느꼈다. 개성도 취향도 없었다. 중학생이 서툰 손으로 쓴 필체처럼 말이다.

9

자동차 소리가 들렸다. 맥심의 누나인 비어트리스 부부가 온 것이다. 나는 공포에 질려 벌떡 일어났다. 시계를 보니 12시가 막 지난 시각이었다. 생각보다 훨씬 일찍 도착한 셈이다. 맥심은 아직 돌아오지 않았다. 어디 숨을 곳이 없을까. 나는 사방을 둘러보았다. 창문으로 나가 정원으로 가버리자. 그럼 프리스가 손님들을 거실로 데려왔다가 '마님이 나가신 모양입니다'라고 말할 테고 모두들 그 상황을 자연스럽게 받아들이지 않을까. 내가 창문으로 달려가자 개들이 무슨 일인가 하며 고개를 들었다. 재스퍼는 꼬리를 흔들며 나를 따라왔다.

창문 밖은 테라스였고 그 바로 앞이 조각상이 있는 작은 빈터였다. 내가 철쭉들을 헤치고 나아가려는 순간 사람들 목소리가 가까이에서 울렸다. 나는 얼른 방으로 되돌아갔다. 손님들이 정원을 따라 다가오는 중이었다. 프리스가 안내하며 마님이 거실에 있다고 말하고 있었다. 나는 서둘러 응접실 쪽으로 빠져나와 왼쪽에 있는 문을 열었다. 그러자 돌로 된 긴 복도가 나타났다. 나는 그 복도를 따라 뛰어가면서 자신의 바보스러움을 한탄했다. 왜 이렇게 배짱이 없는 거지? 하지만 그 순간에는 도저히 손님들을 마주할 자신이 없었다. 복도는 저택의 뒤쪽으로 연결되는 것 같았다. 모퉁이를 돌자 또 다른 계단이 나타났고 처음 보는 하녀가 서 있었다. 솔과 들통을 든 품이 부엌 하녀인 모양이었다. 하녀는 귀신이라도 본 듯 경악한 표정으로 나를 바라보았다. "안녕하세요." 나는 당황하면서 인사를 건네고 계단을 올라갔다. "안녕하세요, 마님." 하녀는 이렇게 대답하며 입을 쩍 벌리고 눈을 크게 뜬 채 내 뒷모습을 바라보았다.

이 계단은 아마 침실로 연결되겠지. 나는 생각했다. 그럼 동쪽의 내 침실로도 갈 수 있을 거야. 거기서 잠시 앉아 있다가 마음의 준비가 되면 점심때쯤에 내려가면 돼.

하지만 내 방향감각은 정확하지 못했다. 계단 꼭대기의 문을 통과하니 또 다른 긴 복도가 나온 것이다. 내 침실로 가는 복도와 비슷하긴 해도 더 넓고 더 어두운, 처음 보는 길이었다. 더 어두운 것은 짙은 벽 색깔 때문이었다.

나는 잠시 망설이다가 왼쪽으로 돌았다. 드넓은 층계참과 함께 또 다른 계단이 나타났다. 아주 조용하고 어두웠다. 아무도 없었다. 이쪽에도 하녀가 있다면 오전 동안 일을 마치고 내려갔을 것이다. 하지만 청소한 흔적은 없었다. 막 청소를 끝낸 카펫에서 나는 먼지 냄새도 없었다. 나는 그 자리에 서서 어느 쪽으로 가야 할지 고민했다. 주인이 떠나버린 빈집인 양 사방에 무거운 침묵이 가라앉아 있었다.

손에 잡히는 대로 문을 열어보니 완전히 깜깜한 방이 나왔다. 덧문을 꽁꽁 닫은 창에서는 빛 한 줄기 새어 들지 않았다. 먼지막이 흰 천으로 덮어놓은 가구들 윤곽이 희미하게 보였다. 퀴퀴한 냄새가 났다. 오랫동안 사용하지 않은 방, 장식품들은 모두 침대 위에 모아놓고 천으로 덮어둔 방의 냄새였다. 한동안 커튼도 열어젖힌 일이 없었으리라. 지금 누군가 창으로 다가가 커튼을 젖히고 덧문까지 연다면 여러 달 동안 갇혀 있던 죽은 나방이 카펫 위로 떨어지겠지. 창문이 굳게 닫히기 전에 날아든 나뭇잎도 갈색으로 바싹 마른 채 떨어져 있을지 모른다. 나는 가볍게 문을 닫고 양쪽으로 굳게 닫힌 문들이 늘어선 복도를 걸었다. 얼마만큼 걸었을까, 바깥쪽으로 툭 튀어나간 발코니가 나타났다. 커다란 창문을 통해 햇살이 가득 들어왔다. 바깥을 내다보니 부드러운 잔디밭과 바다가 보였다. 밝은 녹색에 흰 물살이 수놓인 바다는 서풍을 받아 일렁이고 있었다.

바다는 내가 생각했던 것보다 더, 훨씬 더 가까웠다. 잔디밭 아래 모여 선 나무들 바로 아래까지 파도가 밀려드는 게 분명했다. 5분도 안 걸릴 거리였다. 창에 귀를 대보면 여기서는 보이지도 않는 작은 만에서 파도가 철썩거리는 소리가 들릴 것이다. 나는 저택을 한 바퀴 돌아 지금은 서쪽 복도에 와 있는 셈이었다. 그래, 여기서는 바다 소리가 들린다던 댄버스 부인의 말이 맞았다. 겨울이면 바다가 잔디밭을 따라 올라와 저택을 집어삼킬 것 같아 무서워진다는 말도. 지금도 높은 바람 때문에 창유리가 안개로 뿌연 상태였다. 마치 누군가 유리에 대고 숨을 내뿜은 것처럼 말이다. 바다에서 올라온 소금기 많은 안개. 구름이 해를 가리자 바다는 즉각 검은색으로 변했다. 그 위의 흰 물살도 무자비한 모습으로 바뀌었다. 좀 전에 보았던 바다, 즐거운 듯 반짝거리는 바다는 간데없었다.

불현듯 내 방이 동쪽에 있어 다행이라는 생각이 들었다. 나는 파도 소리보다는 장미 정원이 더 좋았다. 다시 계단참으로 되짚어와 한 손으로 난간을 잡고 막 계단을 내려서려는 순간 뒤쪽 문이 열리더니 댄버스 부인이 나타났다. 한동안 우리는 말없이 서로를 바라보았다. 가면처럼 무표정한 얼굴 때문에 부인의 눈길에 담긴 것이 분노인지 아니면 호기심인지 판단할 수가 없었다. 나는 제풀에 죄책감을 느끼고 기가 죽었다. 얼굴이 화끈 달아올랐다.

"길을 잃었어요. 제 침실로 가려는 중이었지요."

"저택 반대편으로 오셨습니다. 이곳은 서쪽 부분입니다."

"네. 저도 그렇게 생각했어요."

"어디 들어가보셨나요?"

"아니요. 그냥 문만 열어보았을 뿐 들어가지 않았어요. 캄캄하고 먼지막이 천을 씌워두었더군요. 미안해요, 귀찮게 할 생각은 아니었어요. 저택 이쪽은 완전히 닫아두는 모양이군요."

"방을 사용하고 싶으시다면 바로 조치하겠습니다. 말씀만 하시지요. 가구가 다 들어가 있어서 바로 쓰실 수 있습니다."

"아니에요. 그런 뜻이 아니에요."

"서쪽 방을 보여드릴까요?"

"아니, 아니에요. 이제 내려가야겠어요." 나는 고개를 흔들어 보이고는 계단 아래로 내려갔다. 댄버스 부인도 내 옆에서 함께 걸었다. 나는 간수와 동행하는 죄인 같은 느낌이었다.

"언제든, 별일이 없으실 때 말씀만 하십시오. 서쪽 방들을 보여드리겠습니다." 부인은 재차 말했고 나는 왠지 마음이 불편했다. 어린 시절 아는 집을 방문했을 때 나보다 나이 많은 그 집 딸이 내 손을 잡고 귓속말로 '엄마가 침실 장 안에 숨겨놓은 책이 있거든. 가서 볼래?'라고 하던 일이 떠올랐다. 그 애의 하얀 얼굴, 기대감에 빛나는 작은 두 눈, 그리고 내 손을 꼭 잡던 그 촉감까지도.

계단을 다 내려오자 부인이 또 다른 문을 열고 비켜서 내가 지나가도록 했다. 두 눈이 내 얼굴을 응시했다.

"고맙습니다. 그렇게 하지요."

어느덧 우리는 홀로 이어지는 계단 꼭대기에 서 있었다.

"어떻게 길을 잃으셨는지요? 서쪽으로 통하는 문은 아주 다르게 생겼는데요."

"이 길로 가지 않았거든요."

"그렇다면 뒤편의 돌로 된 복도로 가신 모양이군요?"

"그래요. 돌로 된 복도를 따라갔어요." 나는 부인의 눈길을 피했다.

댄버스 부인은 왜 갑자기 거실을 떠나 저택 뒤편으로 갔느냐고 묻는 듯 계속 나를 바라보았다. 갑자기 부인이 쭉 지켜보고 있었으리라는, 서쪽에서 헤매는 내 모습을 훔쳐보았으리라는 생각이 들었다. "레이시 소령 부부께서 기다리고 계십니다. 12시 조금 넘어 도착하셨지요."

"아, 그렇군요. 몰랐어요."

"프리스가 거실로 모시고 갔을 겁니다. 이제 12시 30분이군요. 여기서부터는 방향을 아시겠지요?"

"그럼요." 나는 계단을 내려갔다. 부인이 뒤에 서서 나를 바라보고 있었다.

이제 거실로 돌아가 맥심의 누나 부부를 만나야만 했다. 침실에 숨기는 다 틀렸다. 응접실로 들어가면서 뒤를 돌아보니 댄버스 부인이 검은 옷을 입은 보초처럼 여전히 계단 위에 서 있었다.

나는 거실 문의 손잡이를 잡고 잠시 서서 말소리에 귀를 기울였다. 내가 위층에 올라가 있는 동안 맥심이 영지 관리인을 데리고 돌아온 모양이었다. 방 안은 사람들로 꽉 찬 것 같았다. 어린 시절 손님들과 악수하라고 불려 나왔을 때 자주 느끼곤 했던 그런 곤혹스러움이 나를 사로잡았다. 손잡이를 돌리고 들어서자 모두들 말을 멈추고 일제히 내 쪽으로 고개를 돌렸다.

"이제야 나타나셨군." 맥심이 말했다. "대체 어디에 숨어 있었던 거요? 수색대를 보내야겠다고 생각하는 중이었소. 이쪽이 비어트리스 누님이고 이쪽이 매형인 자일스, 그리고 이쪽은 프랭크 크롤리 씨요. 조심해요, 개를 밟을 뻔했으니."

비어트리스는 키가 크고 어깨가 넓은 미인이었고 눈과 턱 부분이 맥심과 아주 닮았다. 하지만 내 예상과 달리 영리하기보다는 시원시원한 사람이었다. 아픈 개를 성심껏 간호하고 말에 대해 잘 알며 총을 잘 쏘는 그런 사람 말이다. 비어트리스는 내게 입을 맞추지 않고 내 눈을 똑바로 보며 악수했다. 그러고는 맥심을 향해 "생각했던 것과 전혀 다른 사람이군. 네가 편지에 쓴 것과는 하나도 맞지 않잖니"라고 말했다.

모두들 소리 내어 웃었다. 나도 따라 웃었지만 그게 나를 추어올리는 웃음인지, 깎아내리는 웃음인지는 알 수 없었다. 비어트리스는 어떤 모습을 예상한 것인지, 맥심이 편지에 어떻게 써 보냈는지 궁금하기도 했다.

이어 맥심이 내 팔을 이끌고 자일스 앞으로 데려갔다. 커다란 손을 내밀어 내 손을 비틀 듯 힘주어 잡은 자일스의 두 눈은 뿔테 안경 뒤에서 다정하게 웃고 있었다.

"그리고 프랭크 크롤리요." 나는 마지막으로 목 울대뼈가 유달리 튀어나온 마른 남자 앞에 섰다. 나를 바라보는 그의 두 눈에 안도감이 깃들어 있었다. 이유가 궁금했지만 곧 프리스가 들어와 와인 잔을 건넸고 비어트리스가 말을 걸어왔으므로 생각할 시간이 없었다. "맥심 말이 어젯밤에야 돌아왔다면서? 난 몰랐어. 알았다면 이렇게 빨리 쳐들어왔을 리가 있나. 그래, 맨덜리를 보니 어때요?"

144

"아직 보지 못한 게 더 많긴 하지만, 아주 아름다운 곳이라고 느꼈어요."

비어트리스는 나를 아래위로 훑어보았다. 하지만 댄버스 부인처럼 악의를 담아 차갑게 노려보는 시선은 아니었다. 게다가 시누이에게는 나를 판단할 권리가 충분히 있지 않은가. 용기를 주려는 듯 맥심이 옆에 와서 내 팔을 잡고 섰다.

"넌 훨씬 좋아 보이는구나." 비어트리스가 맥심에게 말했다. "살도 좀 붙은 것 같고. 고마운 일이야. 아마 올케 덕분이겠지?" 비어트리스는 나를 보며 고개를 끄덕였다.

"전 늘 이 정도 체구였잖아요. 누나는 자일스처럼 뚱뚱하지 않으면 다 아프다고 생각하는 모양이에요."

"무슨 소리! 6개월 전에 네 꼴이 어땠는지 모른다는 거냐? 그때 널 보고 몸이 완전히 망가졌구나 싶어서 내가 얼마나 걱정을 했는데. 자일스, 당신도 얘기 좀 해봐요. 마지막으로 만났을 때 맥심은 정말 유령 같은 모습이었잖아요?"

"내가 보기에도 자네는 완전히 다른 사람이 되었는걸. 어떻든 아주 좋은 일이야. 크롤리, 당신 눈에는 어떻소?"

내 팔을 잡은 맥심의 손에 힘이 들어갔다. 화를 참는 모양이었다. 이유는 몰라도 자기 건강에 대한 이야기가 달갑지 않은 정도를 넘어 분노까지 낳았던 것이다. 이렇게까지 얘기를 확대시키다니, 비어트리스는 참으로 눈치 없는 사람이었다.

"맥심은 햇볕에 많이 탔거든요." 부끄러움을 무릅쓰고 내가 입을 열었다. "그래서 건강해 보이는 거지요. 베네치아에서는 일광욕을 한다며 일부러 발코니에서 아침을 먹었답니다. 그래야 보기 좋다나요."

모두들 웃었다. 크롤리 씨는 "이맘때 베네치아는 날씨가 아주 좋겠지요, 드윈터 부인?"이라고 말을 받았고 나는 "그럼요. 아주 좋았답니다. 딱 하루만 빼놓고요. 그렇죠, 맥심?"이라고 대답했다. 크롤리 씨는 베네치아 운하에 이제 곤돌라는 없고 모터보트만 있다는 말이 맞는지 물었다. 모터보트가 아니라 증기선이 운하에 떠다닌대도 별 관심 없는 문제겠지만 화제를 돌리려는 나를 돕고 있었던 것이다. 나는 고마움과 유대감을 느꼈다. 이야기는 이탈리아와 날씨로 무사히 넘어갔다. 긴장감 없이 편안한 대화가 이어졌다. 맥심과 자일스, 그리고 비어트리스는 맥심의 자동차 이야기를 했다.

"재스퍼는 운동이 부족하구나." 비어트리스는 발로 개를 슬쩍 건드리면서 말했다. "너무 살이 쪘어. 아직 두 살도 안 되었는데. 뭘 먹이는 거니, 맥심?"

"누님네 개들과 똑같이 먹고 생활하고 있어요. 누님이 동물에 대해서 나보다 더 많이 안다고 그렇게 티 낼 건 없잖아요."

"이봐, 네가 없는 몇 달 동안 재스퍼가 뭘 먹고 지냈는지 다 안다는 거니? 프리스가 매일 두 번씩 정문까지 재스퍼를 산책시켰다고 말하지는 못하겠지. 몇 주 동안 한 번도 뛰지 않은 것 같은데. 털 상태를 보니 그래."

"굶어 죽기 일보 직전인 누님네 개들보다는 훨씬 좋아 보이는데요."

"지난 2월에 경진 대회에 나가 일등상을 두 개나 받아 온 개한 테 그리 잘 맞는 표현은 아니로구나."

다시 한번 분위기가 긴장되었다. 맥심 입가에 가는 주름이 생겼다. 이 오누이는 본래 이렇게 늘 티격태격하면서 옆 사람들을 불편하게 만드는 걸까? 속으로 궁금해졌다. 어서 프리스가 들어와 식사 준비가 되었다고 알렸으면. 아니, 종이 울리면 식당으로 가는 식일까? 나는 아직 맨덜리의 방식을 모르는 것이다.

"여기서 얼마나 멀리 떨어져서 사시는 건가요?" 나는 비어트리스 옆으로 가서 앉았다. "아침 일찍 출발하셨나요?"

"한 70킬로미터쯤 떨어져 있지. 사냥하기 아주 좋은 곳이에요. 한가할 때 꼭 다니러 와요. 자일스가 말을 준비해줄 테니."

"저는 사냥을 해본 적이 없어요." 나는 솔직하게 털어놓았다. "어릴 때 승마를 배우긴 했지만 그것도 다 잊어버렸고요."

"그럼 다시 연습해야겠군. 이 시골에서는 승마 외에는 할 게 없답니다. 혼자서 뭘 하겠어요? 맥심 말로는 그림이 취미라고요. 그림도 좋긴 하지만 운동이 안 되잖아요? 뭐, 비 오는 날이라면 모르지만."

"누님, 우린 누님처럼 야외에서 운동을 즐기는 사람들이 못 돼요." 맥심이 거들었다.

"난 너한테 얘기하는 게 아니다, 맥심. 그리고 네가 맨덜리 정원을 산책하길 얼마나 좋아하는지 모두가 다 안단다."

"저도 산책은 아주 좋아해요." 내가 말을 받았다. "맨덜리 같은 곳은 아무리 돌아다녀도 지루할 일이 없겠어요. 날씨가 따뜻해지면 수영해도 좋고요."

"올케는 아주 낙관적인 사람이군. 하지만 난 이곳에서 수영은 거의 하지 못했어요. 물이 너무 차고 해변에는 조약돌이 많거든."

"괜찮아요. 전 수영을 좋아해요. 파도가 너무 강하지만 않으면 되죠. 저 아래 해변에서 수영하는 건 안전한가요?"

아무도 대답하지 않았다. 내가 무슨 소리를 했는지 퍼뜩 깨닫고 심장이 쿵 내려앉았다. 나는 어찌할 바를 모르고 허리를 굽혀 재스퍼의 귀를 쓰다듬었다. 비어트리스가 침묵을 깼다. "재스퍼에게 수영을 시키면 좋겠다. 그럼 살이 빠질 거야. 하지만 만에서 수영하는 건 좀 힘들겠지. 그렇지 않니, 재스퍼? 아이, 착해라." 우리는 서로의 시선을 외면하면서 함께 개를 쓰다듬었다.

"배가 고파 죽겠군. 대체 점심은 언제 먹을 수 있는 걸까?" 맥심이 말했다.

"이제 겨우 1시인걸요. 저 선반 위에 놓인 시계로는 말입니다." 크롤리 씨가 대답했다.

"저 시계는 늘 빨리 갔지." 비어트리스가 한마디 했다.

"이제는 정확해요." 맥심이 말을 받았다.

그때 문이 열렸고 프리스가 들어와 식사 준비가 끝났다고 알렸다.

"우선 손부터 씻어야겠어." 자일스가 자기 손을 쳐다보며 말했다.

모두들 자리에서 일어나 응접실을 통과해 홀로 갔다. 비어트리스와 내가 앞장을 섰다. 비어트리스가 내 팔을 잡았다.

"프리스는 언제나 똑같은 모습이에요. 그래서 프리스를 보면 다시 어린 소녀가 된 기분이지요. 올케는 내가 생각했던 것보다 훨씬 더 어리군요. 맥심한테 나이를 듣기는 했지만 아직도 아이 같아요. 자, 말해봐요, 우리 맥심을 많이 사랑하나요?"

그런 질문을 받으리라고는 상상도 하지 못했다. 비어트리스는 내 놀란 얼굴을 보더니 가볍게 웃으며 내 팔을 잡은 손에 힘을 주었다.

"대답할 필요 없어요. 얼굴을 보니 알겠네. 내가 주책이지요? 용서해요. 만나기만 하면 싸우는 오누이라고는 해도 난 늘 동생 걱정이랍니다. 오늘 보니 맥심이 많이 나아져서 마음이 놓이네요. 작년 이맘때는 정말 걱정이 많았죠. 당신도 이야기를 들어 다 알고 있겠지만." 하인들이 기다리는 식당에 거의 도착했고 또 남자들도 가까이 다가왔기 때문에 비어트리스는 입을 다물었다. 나는 자리에 앉아 냅킨을 펼치면서 내가 작년에 일어난 비극적 사건의 세세한 정황에 대해 아무것도 모른다는 것, 맥심이 아무 이야기도 해주지 않았고 나 역시 묻지 않았다는 것을 비어트리스가 안다면 뭐라고 말할지 궁금해했다.

식사 시간은 순조롭게 흘러갔다. 긴장된 말싸움도 거의 없었다. 비어트리스가 신경을 쓴 덕분인지도 몰랐다. 맥심과 비어트리스는 맨덜리에 대해, 정원에 대해, 말에 대해, 친구들에 대해 이야기를 나누었고 내 왼편에 앉은 크롤리 씨는 내게 편한 말상대가 되어주었다. 자일스는 대화보다 음식에 집중하고 있었는데 가끔씩 내 존재를 기억해내는 듯 한마디씩 던지곤 했다.

수플레를 두 접시째 받아 든 자일스가 맥심에게 물었다. "계속 같은 요리사를 쓰는 게지? 영국에서 제대로 된 음식을 내놓는 곳은 맨덜리뿐이라고 늘 비어트리스에게 말하곤 한다네. 예전에 먹어 본 수플레 맛 그대로인데."

"요리사는 아마 계속 바뀔 겁니다. 하지만 음식 맛은 똑같죠. 댄버스 부인이 조리법을 다 갖고 있거든요."

"댄버스 부인은 참 대단한 사람이야." 자일스가 내 쪽을 돌아보며 물었다. "그렇게 생각하지 않으시나요?"

"물론 저도 그렇게 생각한답니다."

"다만 기름칠이 안 되어 뻣뻣하다는 게 문제지." 자일스는 이 말과 함께 웃음을 터뜨렸다. 크롤리 씨는 아무 말이 없었다. 고개를 들자 비어트리스가 나를 빤히 쳐다보고 있었다. 비어트리스는 곧 고개를 돌리고 맥심과 이야기하기 시작했다.

"드윈터 부인, 골프는 전혀 안 치시나요?" 크롤리 씨가 물었다.

"네. 안 칩니다." 화제가 바뀐 것이 반가워 나는 얼른 대답했다. 댄버스 부인이라는 화제에서 벗어날 수만 있다면 칠 줄도 모르고 경기 규칙도 전혀 모르는 골프 이야기를 몇 시간 듣는대도 상관없었다. 골프는 구체적이면서도 안전한, 아무런 위험도 없는 화제였다. 치즈와 커피가 나왔다. 언제쯤 내가 자리를 떠야 하는 것인지 알 수 없었다. 계속 맥심 쪽을 살폈지만 그는 아무런 신호를 보내지 않았다. 자일스는 눈밭을 헤치고 자동차를 꺼낸 이야기를 장황하게 늘어놓고 있었다. 어떻게 해서 그런 얘기가 나왔는지 알 수 없는 노릇이었다. 나는 예의 바르게 귀를 기울이며 가끔 고개를 끄덕이고 미소를 지었다. 식탁 반대편에 앉은 맥심은 조바심이 나기 시작하는 눈치였다. 마침내 이야기가 끝나자 맥심은 얼굴을 약간 찌푸린 채 고개를 문 쪽으로 홱 돌리는 것이 보였다.

나는 그 즉시 자리에서 일어났다. 그 바람에 식탁이 흔들리면서 자일스의 와인 잔이 엎질러지고 말았다. 당황하여 허둥지둥 냅킨을 집으려 하자 맥심이 말했다. "괜찮아요. 프리스가 처리할 거요. 당신은 가만있으면 돼. 누님, 이 사람에게 정원을 좀 보여주세요. 아직 정원에 나가보지 못했거든요."

그는 몹시 피곤한 얼굴이었다. 손님이 아무도 오지 않았으면 좋았을걸 하는 생각이 들었다. 오늘 하루를 망친 것이다. 돌아오던 때 그랬듯 오늘 점심도 힘이 들었다. 나 역시 피곤하고 우울했다. 정원으로 나가보라고 말할 때 맥심은 화난 듯한 얼굴이었다. 와인 잔을 엎다니 나는 정말이지 얼마나 바보 같은가.

우리는 테라스로 나가 부드러운 잔디밭으로 내려섰다.

"너무 빨리 맨덜리로 돌아온 게 아닌가 싶군요." 비어트리스가 말했다. "이탈리아에서 서너 달 정도 시간을 보내다가 한여름에 돌아오는 편이 더 좋았을 텐데. 올케한테는 물론이고 맥심을 위해서도 말이죠. 아무래도 이곳 생활은 긴장감을 줄 거란 생각이 드는군."

"뭐, 그렇지는 않아요. 전 맨덜리를 아주 좋아하게 될 것 같은데요."

비어트리스는 대답하지 않았다. 우리는 잔디밭을 이리저리 오갔다.

"올케 이야기를 좀 해봐요. 남프랑스에서는 뭘 하고 있었던 거죠? 맥심 말로는 수준 이하의 어떤 미국 여자랑 함께 지냈다고 하던데."

나는 밴호퍼 부인에 대해, 맥심과의 만남에 대해 이야기했다. 비어트리스는 내 말을 들으면서도 어쩐지 다른 생각에 빠져 있는 듯했다.

"아, 그렇군요. 그러니까 모든 일이 갑자기 일어난 거군. 어떻든 결혼 소식을 듣고 우리는 아주 기뻤답니다. 영원히 행복하기를 바라요."

"고맙습니다."

어째서 우리가 행복할 거라고 말하는 대신 행복하기를 바란다고 했을까. 비어트리스는 친절하고 호의적이었다. 하지만 그 목소리에는 우려하는 빛이 살짝 섞여 있었다.

"맥심이 편지를 보내 남프랑스에서 당신을 만났다고, 아주 젊고 예쁜 아가씨라고 알렸을 때 솔직히 나는 좀 충격을 받았어요. 동생의 재혼 상대는 사교계에서 인기 있는 귀족 처녀가 될 거라 생각했거든. 아까 거실에서 올케를 처음 보았을 때는 정말이지 기절할 뻔했다니까."

비어트리스는 큰 소리로 웃었다. 나도 따라 웃었다. 하지만 기절할 뻔한 이유가 실망인지 안도감인지는 알 수 없었다.

"불쌍한 맥심, 끔찍한 시간을 견뎌내야 했지. 이제 당신이 그 기억을 지워줄 수 있겠죠. 맥심은 본래 맨덜리를 아주 좋아했어요."

한편으로는 비어트리스가 그 일을 자연스럽게 털어놔주면 좋겠다 싶었지만 다른 한편, 마음속 더 깊은 곳에서는 알고 싶지도, 이야기를 듣고 싶지도 않은 기분이었다.

"우리 오누이는 닮은 점이 거의 없지요. 성격은 정반대고. 난 상대가 좋은지 싫은지, 내가 화가 났는지 기분이 좋은지 바로 얼굴에 드러내버려요. 감추는 게 없죠. 맥심은 전혀 달라요. 아주 조용하고 침착하지. 그 마음속이 어떤지 절대 알 수 없다고 할까. 난 작은 일에도 발끈하여 폭발하고는 곧 끝내버려요. 하지만 맥심이 폭발하는 일은 1년에 한두 번이나 될까. 그리고 그럴 때면 완전히 이성을 잃어버리죠. 그 애가 올케에게 폭발하는 일은 없을 것 같네. 올케는 아주 차분해 보이니 말이야."

비어트리스는 미소 지으며 내 팔을 꽉 잡았다. 나는 차분하다는 것에 대해 생각했다. 차분하다는 것은 조용하고 편안하다는 뜻이겠지. 무릎 위에 뜨개질감을 놓고 고운 이마를 드러낸 사람이 연상되었다. 불안해하지도, 의혹에 괴로워하지도 않는 사람, 나처럼 공포에 질리거나 걸핏하면 손톱을 물어뜯거나 어디로 가야 할지 방향을 모르고 헤매는 일 따위는 없는 사람 말이다.

"기분 나빠하지 말고 들어요. 올케는 머리를 좀 손질해야 할 것 같네요. 곱슬곱슬하게 만들어야 하지 않을까? 지금은 너무 직모잖아. 그런 머리는 모자를 쓰면 이상해요. 그리고 머리카락은 귀 뒤로 넘기는 게 좋겠어요."

나는 시키는 대로 머리카락을 넘기고 상대의 반응을 기다렸다. 비어트리스는 고개를 갸웃거리며 나를 살피더니 "아니, 내 생각이 틀렸어요. 너무 딱딱해 보여서 어울리지 않아. 곱슬곱슬하게만 하면 되겠어. 맥심은 뭐라고 하나요? 지금 머리가 올케한테 어울린다고 생각하는 건가?"

"모르겠네요. 그런 말은 해보지 않아서요."

"아, 그럼 아마 좋아하는 모양이군. 그럼 내 의견을 따르지 마요. 참, 런던이나 파리에서는 옷을 좀 샀나요?"

"아뇨. 시간이 없었어요. 맥심이 어서 맨덜리로 돌아오고 싶어 했거든요. 또 언제든 우편으로 주문할 수 있고요."

"지금 차림을 보면 올케는 옷에 아무 관심이 없는 것 같아요." 나는 미안하다는 듯한 표정을 지으며 내 플란넬 치마를 흘낏 보았다.

"저도 관심은 많아요. 좋은 옷을 입고 싶고요. 다만 지금까지는 옷 살 돈이 충분치 못했어요."

"맥심이 한 주 정도 런던에 머무르면서 입을 만한 것들을 마련해주지 않은 게 이상하네. 너무 자기 생각만 했던 모양이군요. 하여튼 개답지 않아요. 본래 취향이 아주 까다로운데."

"그래요? 저는 한 번도 그렇게 생각해본 적이 없군요. 제가 뭘 입었는지도 잘 모르는 것 같더라고요. 그래서 옷차림에는 무심하다고 여겼죠."

"아, 그렇다면 동생이 좀 변한 모양이로군요."

비어트리스는 휘파람을 불어 재스퍼를 부르면서 저택을 쳐다보았다.

"그러니까 서쪽 방들은 사용하지 않는군요."

"네. 동쪽 침실을 새로 보수했어요."

"그래요? 몰랐네. 왜 그랬을까?"

"맥심 생각이었어요. 동쪽을 더 좋아하는 것 같던데요."

비어트리스는 아무 말 없이 저택의 창문들을 바라보다가 갑자기 물었다. "댄버스 부인과는 어때요?"

나는 허리를 구부려 재스퍼 머리를 쓰다듬고 귀를 톡톡 두드려주었다. "아직 잘 아는 사이는 아니지요. 약간 무서운 사람이에요. 그런 사람은 지금까지 한 번도 만나본 적이 없어요."

"아마 그럴 테지."

재스퍼는 온순한 눈으로 나를 올려다보았다. 나는 그 부드러운 이마에 입을 맞추고 검은 코에 내 손을 얹었다.

"무서워할 필요는 없어요. 올케가 뭘 하든 부인에게 알려주지도 말고. 난 댄버스 부인과 함께 뭘 해본 적이 없어요. 그리고 싶지도 않았고. 뭐, 부인은 언제나 내게 깍듯하게 예의를 차리지만."

나는 재스퍼의 머리를 계속 쓰다듬었다.

"부인이 친절하던가요?" 비어트리스가 물었다.

"아니, 그랬던 것 같지는 않아요."

비어트리스는 다시 휘파람을 불었고 발로 재스퍼의 머리를 어루만졌다. "어떻든 올케한테는 도움이 되는 사람이지요."

"부인은 집안을 아주 잘 관리하고 있어요. 제가 간섭할 필요가 전혀 없지요."

"올케가 간섭한다고 마음 상하지는 않을 거예요." 이건 어제저녁에 맥심도 한 말이었다. 이 오누이는 어떻게 똑같은 의견을 가지고 있을까? 내 판단으로는 댄버스 부인이 가장 싫어하는 것이 자기 일에 대한 간섭일 것 같은데 말이다.

"시간이 가면서 관계도 좋아질 거예요. 처음에는 댄버스 부인이 당신 존재를 달갑지 않게 여기겠죠. 질투가 많은 사람이거든."

"어째서요? 왜 저를 질투한다는 거죠? 맥심이 댄버스 부인을 특별히 좋아하는 것 같지도 않던데요."

"댄버스 부인이 생각하는 사람은 맥심이 아니에요. 물론 존경이야 하겠지만 그 이상은 아니죠. 그러니까 내 말은 당신이 그 자리를 차지하고 있는 데 대해 부인이 화를 낸다는 거예요. 그게 문제죠."

"어째서요? 어째서 화를 내는 거죠?"

"올케가 안다고 생각했는데. 맥심이 이야기하지 않았군. 댄버스 부인은 레베카를 숭배했거든요."

"아, 그렇군요."

우리는 둘 다 재스퍼를 쓰다듬고 있었다. 관심을 한 몸에 받게 된 재스퍼는 황홀하다는 듯 벌러덩 드러누웠다.

"저기 남자들이 오는군." 비어트리스가 말했다. "의자를 좀 내놓고 밤나무 아래 앉읍시다. 맥심과 나란히 서 있으니 자일스가 얼마나 뚱뚱한지 알겠군. 크롤리 씨는 곧 사무실로 돌아가야 할 거예요. 재미있는 얘깃거리라고는 전혀 없는 참으로 지루한 사람이죠. 자, 어서들 오세요. 무슨 이야기를 했나요? 아마 온 세상일을 다 비판했겠죠?" 모두들 정원에 모였다. 자일스는 잔가지를 멀리 던져 재스퍼가 물고 오도록 했다. 우리는 재스퍼를 지켜보았다. 크롤리 씨는 시계를 보더니 "이제 가야겠습니다. 식사를 대접해주셔서 감사합니다, 드윈터 부인"이라고 인사했다.

나는 자주 오라고 답하면서 악수를 했다.

비어트리스 부부는 어떻게 되는 걸까? 그저 점심을 먹으러 온 것인지, 아니면 하룻밤 묵고 갈 작정인지 알 수 없었다. 이제 그만 가주었으면 싶었다. 맥심과 단둘이 있고 싶었다. 이탈리아에서처럼 말이다. 우리 네 사람은 밤나무 아래에 앉았다. 로버트가 의자와 무릎 담요를 가져왔다. 자일스는 벌렁 눕더니 모자를 내려 눈을 가렸다. 곧 그는 입을 벌리고 코를 골았다.

"시끄러워요!" 비어트리스가 말하자 자일스는 모자를 슬쩍 올리면서 "난 자는 게 아냐"라고 중얼거린 후 다시 눈을 감았다. 난 자일스가 참으로 매력 없는 사람이라고 생각했고 왜 비어트리스가 그와 결혼했을지 궁금했다. 사랑에 빠졌을 리는 없다. 어쩌면 나를 보면서 비어트리스도 똑같은 생각을 할지 모른다. 안 그래도 '대체 맥심은 올케의 어떤 점에 끌렸던 것일까?'라고 곰곰이 생각하는 듯한 표정으로 비어트리스가 나를 바라보고 있었다. 하지만 그 시선은 적대적이지 않고 다정했다. 오누이는 할머니 이야기를 나누는 중이었다.

"한번 가서 뵈어야지"라고 맥심이 말하자 비어트리스는 "점점 노망이 심해지셔. 이제 온 얼굴에 음식을 묻히면서 식사를 하시더라니까"라고 대답했다.

나는 맥심 팔에 몸을 기대고 그 소매에 얼굴을 묻은 채 이야기를 들었다. 그는 내 손을 톡톡 치면서 비어트리스와 이야기를 했다.

'이건 내가 재스퍼를 대할 때와 똑같잖아.' 나는 생각했다. '지금 나는 재스퍼처럼 굴고 있어. 그는 생각날 때마다 나를 어루만지고 그럼 난 기분이 좋아지지. 그는 내가 재스퍼를 좋아하듯 나를 좋아하는 거야.'

바람이 잦아들었다. 나른하고 평화로운 오후였다. 막 깎은 잔디에서는 한여름처럼 달콤하고 풍성한 냄새가 났다. 자일스는 모자를 들어 머리 위로 날아다니는 벌을 쫓았다. 재스퍼는 더운지 혀를 빼물고 우리 쪽으로 와서는 내 옆에 털썩 앉아 자기 옆구리를 핥았다. 햇살이 저택의 수많은 창문을 비췄고 창문에는 잔디밭과 테라스의 풍경이 비쳤다. 근처 굴뚝에서 가는 연기가 피어올랐다. 오후가 되어 서재에 불을 넣는 모양이었다.

지빠귀 한 마리가 식당 창가의 함박꽃나무로 날아갔다. 잔디밭에서도 부드러운 함박꽃 향이 아련히 느껴졌다. 사방이 고요했다. 아래쪽 해변의 바다는 멀리서 철썩거렸다. 썰물 때가 분명했다. 우리 위쪽의 밤나무꽃을 맛보려는 것인지 다시 벌이 윙윙거렸다. '이건 내가 늘 상상하던 모습이야. 맨덜리의 삶이 바로 이런 것이기를 바랐지.' 나는 생각했다.

나는 말하지도, 듣지도 않은 채 계속 그렇게 앉아 있고 싶었다. 모두가 행복하고 만족스러운, 벌 한 마리가 윙윙거린다고는 해도 완벽하게 나른하고 편안한 그 순간을 지키고 싶었다. 조금만 지나면 상황이 달라질 것이다. 내일이 오고 모레가 오고 또 해가 바뀌겠지. 우리도 변할 것이고 이렇게 고요한 시간은 다시 오지 못할지도 몰라. 멀리 떠나거나 병들거나 죽을지도 모르지. 알 수 없는 미래가 우리 앞에 펼쳐져 있다. 우리의 바람이나 계획과는 전혀 다를 수도 있는 미래가. 하지만 이 순간만큼은 안전하다. 맥심과 함께 손을 잡고 함께 앉은 이 순간만큼은 과거도, 미래도 중요하지 않다. 그는 이 짧은 시간을 기억하지 못할지 모른다. 소중하다고 생각지 않을 수도 있다. 그는 저택까지 이어지는 길의 관목을 베어내야 한다고 말했고 비어트리스는 고개를 끄덕이면서 나름의 제안을 내놓은 뒤 자일스에게 풀 줄기를 집어 던졌다. 그들에게 이 시간은 여느 때, 여느 날과 다름없는 오후 3시 15분일 뿐이다. 나처럼 절실하게 이 시간을 붙잡고 싶어 하지 않는다. 그들에게는 두려움이 없기 때문이다.

"자, 이제 슬슬 가봐야겠군." 비어트리스가 치마에 묻은 풀을 털어냈다. "늦으면 곤란해. 카트라이츠 댁에서 저녁을 먹기로 했거든."

"베라 아주머니는 어떻게 지내세요?" 맥심이 물었다.

"늘 똑같지. 어디가 어떻게 아프다는 얘기뿐이야. 아저씨도 나이가 많이 들었고. 아마 너희 부부 얘기를 몹시 궁금해할 거야."

"인사 전해주세요."

우리는 자리에서 일어났다. 자일스는 모자에 묻은 흙을 털었다. 맥심이 하품을 하며 기지개를 켰다. 해가 넘어가고 있었다. 나는 하늘을 올려다보았다. 흰 구름이 한가득이었다.

"바람이 다시 강해지겠군." 맥심이 말했다.

"가는 길에 비가 오지 말아야 할 텐데." 자일스가 거들었다.

"오늘은 좋은 날씨가 이것으로 끝인 모양이군." 비어트리스가 혀를 찼다.

우리는 천천히 저택 앞에서 기다리고 있는 차 쪽으로 갔다.

"동쪽 방을 어떻게 보수했는지 보여드리지 못했네요." 맥심이 생각난 듯 말했고 나도 "잠깐 올라갔다가 가세요. 잠깐이면 돼요"라고 권했다.

우리는 홀로 들어가서 계단을 걸어 올라갔다. 나와 비어트리스가 앞섰고 남자들이 뒤따랐다.

비어트리스가 여기서 나고 자랐다는 것이 신기했다. 어린 소녀였을 때 비어트리스는 유모와 함께 바로 이 계단을 오르내렸을 테지. 집 안을 속속들이 알 게 분명해. 나는 아무리 세월이 흘러도 그만큼은 알지 못하겠지. 마음속에 숨겨둔 추억도 많을 거야. 비어트리스는 지나간 그 시절을 때때로 생각할까? 한때는 자신이 양 갈래로 머리를 묶은 소녀였다는 것을, 활력이 넘치는 마흔여섯 살 부인인 지금의 모습과는 전혀 달랐다는 것을 기억이나 하고 있을까……

동쪽 방 입구에 도착하자 자일스는 "대단한걸. 정말 멋지게 변하지 않았소, 여보?"라고 탄성을 질렀고 비어트리스는 "커튼도, 침대도, 장식품도 다 바뀌었군. 여기는 당신이 다리를 다쳤을 때 누워 있던 방이에요. 기억나요? 그때는 퍽 지저분했죠. 어머니는 방 꾸미는 데 워낙 관심이 없으셨으니. 맥심, 너도 손님을 이쪽에는 잘 안 재우지 않았니? 어쩔 수 없는 경우에 주로 총각들이 여기서 지냈지. 아주 몰라보게 바뀌었구나. 장미 정원을 내려다보는 것도 좋고"라고 맞받았다.

남자들은 먼저 아래층으로 내려갔고 비어트리스는 분을 바른다고 거울 앞에 앉았다.

"보수는 다 댄버스 부인이 맡아 한 건가요?"

"네. 솜씨가 대단하지요?"

"그 정도 경력이면 이런 일은 문제없이 해내야지. 비용이 엄청나게 들었을 것 같은데. 혹시 물어봤어요?"

"아니요."

"비용을 물어봐도 기분 나빠하진 않을 거예요. 빗 좀 써도 될까? 아주 좋은 빗이네. 결혼 선물이었나요?"

"네. 맥심이 준 거예요."

"그렇군요. 우리도 결혼 선물을 줘야 할 텐데. 뭘 받고 싶어요?"

"아, 특별히 없어요. 신경 쓰지 마세요."

"무슨 소리! 우리는 결혼 선물을 떼먹을 사람들은 아니랍니다. 결혼식에 초대는 받지 못했지만."

"결혼식은 맥심이 그냥 해외에서 간단하게 하고 싶어 했어요. 기분 상하셨나요?"

"물론 아니에요. 내가 괜한 소리를 했군. 올케도 예민하네요. 그건 그렇고……." 비어트리스는 가방을 떨어뜨리는 바람에 말을 멈췄다. "이런! 자물쇠가 망가져버렸나? 다행히 괜찮군! 무슨 얘기를 하려던 참이었지요? 잊어버렸네. 아, 맞다! 결혼 선물 얘기였죠. 내가 적당한 걸 찾아봐야겠네. 보아하니 보석에는 별 관심이 없는 것 같고."

나는 대답하지 않았다. "동생과 올케는 평범한 신혼부부와는 또 다르지. 최근에 결혼한 친구 딸은 침대보니, 커피 잔이니, 식탁의자니 하는 것들을 선물로 받더군. 난 전기스탠드를 줬지. 런던 해러즈 백화점에서 5파운드나 주고 샀어요. 참, 런던에 가서 옷 살 생각이 있으면 내가 아는 양재사를 소개해줄게요. 디자인이나 솜씨가 아주 좋고 또 정직한 사람이거든."

비어트리스는 화장대에서 일어나 옷매무새를 다듬었다.

"손님을 많이 초대할 작정인가요?"

"모르겠어요. 맥심은 아무 말 없더군요."

"참, 동생 속은 아무도 모른다니까. 한때는 온 집 안이 손님으로 가득 차 침대 하나도 여유가 없던 때가 있었죠. 하지만 올케는……." 비어트리스는 갑자기 입을 다물고 내 팔을 두드렸다. "그럼 두고 봅시다. 올케가 말도 안 타고 사냥도 안 한다니 유감이에요. 아주 재미있는 취미인데. 아마 배도 타지 않겠지?"

"네, 안 타요."

"그건 감사한 일이군."

비어트리스는 문을 나섰고 나도 뒤따라 복도로 나갔다.

"언제든 들러요. 난 누구든 마음 내킬 때 들르라고 말하죠. 날짜를 정하고 초대하고 하는 데 신경을 쓰기에는 인생이 너무 짧거든."

"감사합니다."

우리는 계단 위에서 홀을 내려다보았다. 남자들은 바깥으로 나가는 계단에서 기다리고 있었다. "어서 내려와요. 비가 올 것 같아. 맥심도 풀잎이 옆으로 누웠다고 하는군."

비어트리스는 내 손을 잡고 얼굴에 살짝 입을 맞췄다. "잘 있어요. 내가 무례한 질문을 너무 많이 했다면 잊어주고. 하지 말아야 할 말도 많이 해버렸네. 맥심도 말하겠지만 내가 워낙 생각 없이 떠드는 편이어서요. 아까도 말했지만 올케는 정말 내 예상하고는 전혀 다른 사람이에요." 비어트리스는 날 가만히 바라보더니 휘파람을 불며 담배를 꺼내 불을 붙였다. "그러니까, 레베카와는 전혀 다르다는 말이에요."

바깥으로 나와보니 태양은 이미 구름 뒤로 숨어버렸고 안개비가 내리는 중이었다. 로버트는 밤나무 아래 의자를 치우러 서둘러 달려가고 있었다.

10

비어트리스 부부의 차가 모퉁이를 돌아 사라지는 모습을 보고 있는데 맥심이 내 팔을 잡았다. "무사히 잘 끝났으니 다행이오. 어서 외투를 입고 나와요. 비가 좀 오긴 해도 산책하고 싶은 날이야. 너무 오래 앉아 있었소." 얼굴이 희고 파리했다. 나는 누나 부부와 어울리는 일이 그에게 왜 그렇게 피곤하고 힘든지 의아했다.

"금방 위층에서 외투를 가져올게요."

"정원 곁방에 우비가 잔뜩 있으니 하나 골라서 입으면 될 거요. 여자들은 침실에만 올라가면 30분씩 시간을 끌거든. 로버트, 드윈터 부인이 입을 수 있게 비옷을 하나 가져다주겠나? 사람들이 입고 놔둔 게 대여섯 벌은 너끈히 있을 거야." 그는 벌써 바깥으로 나가 재스퍼를 불렀다. "자, 어서 나가자, 이 게으름뱅이야. 살을 좀 빼야지." 재스퍼는 산책하는 것에 들뜬 나머지 마구 짖으면서 달려와 뱅글뱅글 맴을 돌았다. "멍청한 녀석, 조용히 해! 한데 로버트는 대체 뭘 하고 있는 거지?"

로버트가 비옷을 들고 달려왔다. 나는 서둘러 팔을 꿰었다. 나한테는 너무 크고 길었지만 바꿔 입을 시간이 없었다. 우리는 잔디밭을 가로질러 숲으로 향했다. 재스퍼가 앞서서 달려갔다.

"식구들하고는 어째 껄끄럽단 말이야. 비어트리스는 세상에서 제일 좋은 사람이지만 늘 내 신경을 건드려요."

나는 비어트리스의 어떤 부분이 문제인지 알 수 없었지만 묻지 않기로 했다. 어쩌면 맥심은 자기 건강 이야기가 나왔던 것에 아직도 골이 나 있는지 몰랐다.

"당신 보기엔 누님이 어떻소?"

"아주 좋은 분이에요. 저한테 친절하시고요."

"점심 먹고 나서 정원으로 나와 산책하면서 무슨 이야기를 하던가요?"

"제가 주로 이야기했던 것 같은데요. 밴호퍼 부인에 대해, 당신과 만났던 일에 대해 이야기해드렸죠. 누님은 저를 아주 다른 사람으로 예상하셨던 것 같아요."

"대체 어떤 사람으로 예상했다는 거요?"

"더 똑똑하고 교양 있는 사람이겠죠. 당신이 사교계에서 인기 있는 귀족 처녀와 결혼할 걸로 생각했다고 하시더군요."

맥심은 대답 대신 허리를 굽혀 재스퍼가 물어 올 막대기를 던졌다. "누님은 종종 그렇게 어이없는 소리를 한다니까."

우리는 잔디밭 끄트머리의 둔덕을 올라 숲으로 들어갔다. 나무들이 서로 가까이 자라나 어두웠다. 작년에 떨어진 나뭇잎과 부러져 떨어진 나뭇가지들이 발에 밟혔다. 군데군데 고사리 새순이 파릇하게 돋았고 초롱꽃이 피기 직전이었다. 이제 재스퍼는 침착한 모습으로 여기저기 냄새를 맡고 있었다. 나는 맥심의 팔을 잡았다.

"당신은 내 머리 모양이 마음에 들어요?"

그는 어리둥절하여 나를 바라보았다. "당신 머리? 대체 왜 그런 걸 묻는 거요? 물론 마음에 드오. 그게 무슨 문제지?"

"아, 아무것도 아니에요. 그냥 궁금해서요."

"당신도, 참 엉뚱하기는."

우리는 숲속 빈터에 도착했다. 길이 둘로 갈렸다. 재스퍼는 망설임 없이 오른쪽 길을 택했다.

"그쪽이 아냐! 자, 이리로 와!" 맥심이 외쳤다.

재스퍼는 그 자리에 서서 꼬리만 흔들 뿐 돌아오려 하지 않았다. "왜 저쪽으로 가고 싶어 하는 거죠?" 내가 물었다.

"습관 때문이겠지. 저쪽으로 가면 보트를 두는 작은 만이 있소. 자, 재스퍼, 어서 와!"

우리는 왼쪽 길로 접어들었다. 말없이 걸으면서 나는 재스퍼가 따라오는지 뒤를 살폈다.

"이 길로 가면 당신한테 말했던 계곡이 나오고 진달래 향기가 날 거요. 비가 내리면 오히려 향기가 더 짙어지니 잘되었소."

이제 그는 다시 즐겁고 행복해 보였다. 내가 알고 사랑하는 맥심의 모습으로 돌아온 것이다. 그는 프랭크 크롤리 씨가 얼마나 충실하고 믿을 만한 사람인지 설명하기 시작했다.

'이제 좋아졌어. 이탈리아에 있었을 때랑 똑같아.' 나는 그의 얼굴에 나타났던 긴장된 표정이 사라진 것에 안심하여 미소를 지었고 그의 팔을 잡은 채 '그렇군요.' '정말요?' '정말 멋져요.' 따위의 말대꾸를 해주었다. 하지만 머릿속으로는 비어트리스 생각을 하고 있었다. 맥심은 왜 그렇게 누님을 불편해할까. 맥심이 한 해 한두 번은 폭발한다고 말해주었던 것도 떠올랐다.

비어트리스는 그의 누님이니 물론 그를 잘 알고 있으리라. 하지만 그 설명은 내가 아는 맥심과 달랐다. 맥심은 까다롭고 변덕스러운 기질은 있지만 격하게 흥분하거나 화내는 사람은 아니었다. 비어트리스 생각은 과장되어 있는지도 모른다. 가족이 오히려 서로를 잘 모를 수도 있으니까.

"자, 저쪽을 좀 봐요." 갑자기 맥심이 말을 건넸다.

우리는 나무가 빽빽한 언덕 등성이에 서 있었다. 앞쪽의 길은 구불구불 계곡으로 이어지고 옆으로 개울이 흘렀다. 좁다란 길 양쪽으로는 커다란 나무나 뒤엉킨 덤불 대신 진달래와 철쭉이 가득했다. 피처럼 붉은색은 아니었다. 부드러운 여름비에 고개를 숙인 꽃들은 하양, 진분홍, 황금빛이 어우러져 더없이 우아하고 아름다웠다.

대기는 달콤한 꽃향기로 가득했다. 꽃향기가 흐르는 개울물과 섞이고 여기에 빗방울과 발밑의 축축한 이끼까지 더해지니 정신이 아득할 지경이었다. 들리는 것은 개울물 흐르는 소리, 그리고 조용한 빗소리뿐이었다. 맥심의 말소리는 그 고요함을 깨뜨리고 싶지 않다는 듯 낮고 고요했다.

"여긴 '행복의 계곡'이라고 부르오."

우리는 꽃들의 희고 깨끗한 얼굴을 내려다보며 잠시 말없이 서 있었다. 맥심이 몸을 굽혀 떨어진 꽃잎을 하나 주워 내게 내밀었다. 둥글게 말린 가장자리가 이미 갈색으로 변해 뭉개진 꽃잎이었지만 손에 문지르자 달콤한 향기가 올라왔다. 생생한 꽃 못지않게 강한 향기였다.

새들이 울기 시작했다. 지빠귀 한 마리가 개울물 소리를 배경으로 맑은 소리를 냈고 잠시 후 뒤쪽 숲에 숨은 지빠귀가 대답을 했다. 그러자 어느 틈에 온 사방이 새 울음소리로 채워졌다. 계곡으로 내려가는 우리 등 뒤로 새들 소리와 꽃향기가 계속 따라왔다. 마법의 세계 같았다. 그토록 아름다운 곳일 줄은 상상조차 하지 못했다.

언제 맑았나 싶게 잔뜩 찌푸린 하늘도, 끊임없이 내리는 비도 계곡의 아늑한 고요를 깨뜨리지 못했다. 비와 개울은 하나로 섞였고 눅눅한 대기를 가르는 지빠귀의 청명한 울음이 조화를 이루었다. 내 옷자락에 길가의 진달래꽃이 스쳤다. 물을 잔뜩 머금은 꽃잎이 내 손에 물방울을 떨어뜨렸다. 발밑에서는 갈색으로 변한 축축한 꽃잎들이 여전히 강렬한 향기를 내뿜었고 여기에 이끼와 흙,

고사리 줄기, 구불구불한 나무뿌리의 냄새까지 합세했다. 나는 맥심의 손을 잡았다. 아무 말도 할 수 없었다. 행복의 계곡이 가진 마법에 빠져버린 것이다. 드디어 맨덜리의 진수를 만난 것이다. 내가 알고 사랑해야 할 맨덜리 말이다. 처음 도착하면서 보았던 검은 숲, 핏빛으로 이글거리는 거만한 철쭉은 잊어버렸다. 거대한 저택도, 발소리가 크게 울리는 홀도, 먼지막이 천으로 덮인 서쪽 방들도 머리에서 사라졌다. 그곳에서 나는 침입자였다. 나를 모르는 방들을 기웃거리고 내 것이 아닌 의자와 책상을 사용하는 그런 침입자. 하지만 이곳은 달랐다. 행복의 계곡은 누구든 환영하는 분위기였다. 길 끝까지 가자 꽃들이 머리 위에서 아치를 이루었다. 허리를 굽혀 아치를 지나고 머리의 빗방울을 털며 일어섰더니 어느새 해변이었다. 계곡과 진달래, 나무들은 모두 뒤로 물러나고 몬테카를로의 어느 오후에 맥심이 내게 설명해준 대로 하얗고 단단한 조약돌이 널린 바닷가로 나온 것이다.

맥심은 내 놀란 표정을 보며 미소 지었다.

"충격적이지? 생각지도 못했던 바다가 불쑥 나오니 말이오. 변화가 너무 갑작스러워 누구나 놀란다오." 그는 조약돌을 하나 집어 들어 재스퍼가 물어 오게끔 멀리 던졌다. 재스퍼는 조약돌을 뒤따라 날렵하게 질주했다. 길고 검은 귀가 바람에 펄럭였다.

마법은 깨졌다. 우리는 다시 인간으로 돌아왔다. 해변에서 돌을 던지기도 하고 파도가 물러간 자국을 따라 걷기도 하는 두 인간. 밀물이 들어와 파도가 만으로 밀어닥쳤다. 작은 바위들은 물밑으로 사라졌고 해초가 조약돌을 씻어냈다. 우리는 커다란 나무판자를 건져내 해변으로 끌어 올렸다. 맥심은 눈가의 머리카락을 넘기며 환하게 웃었다. 나는 물보라에 젖어버린 비옷 소매를 걷어 올렸다. 주위를 둘러보니 재스퍼가 없었다. 이름을 부르고 휘파람을 불어도 개는 돌아오지 않았다. 나는 근심스러운 눈으로 이미 밀물이 차오른 만 아래쪽을 살폈다.

"아니, 저기 떨어졌을 리는 없어요. 그랬다면 우리가 봤을 테니. 재스퍼, 이 말썽꾸러기 녀석, 어디 있니? 재스퍼! 재스퍼!"

"행복의 계곡으로 되돌아간 건 아닐까요?"

"1분 전까지만 해도 저 바위 옆에서 죽은 갈매기 냄새를 맡고 있었는걸."

우리는 계곡 쪽으로 올라가면서 계속 재스퍼를 불렀다.

멀리서, 해변 오른쪽 바위들 너머로 개 짖는 소리가 들렸다. "저 소리 들려요? 저쪽으로 넘어갔나 봐요." 나는 소리를 따라 미끄러운 바위를 넘어가기 시작했다.

"돌아와요!" 맥심이 날카로운 소리로 말했다. "그쪽으로는 가지 맙시다. 멍청한 개는 알아서 길을 찾을 거요."

나는 머뭇거렸다. "어디 떨어져버렸는지도 몰라요. 가서 구해줘야지요." 재스퍼가 다시 짖었다. 이번에는 소리가 더 멀었다. "저것 봐요. 데리러 가야겠어요. 재스퍼가 밀물 때문에 못 빠져나오는지도 모르잖아요."

"녀석은 괜찮을 거요. 그냥 내버려두라니까. 재스퍼는 돌아가는 길을 훤히 알아요." 짜증스러운 목소리였다.

나는 못 들은 척하고 바위틈으로 걷기 시작했다. 가장자리가 들
쑥날쑥한 커다란 바위가 앞을 막고 있었으므로 나는 개 짖는 소
리로 방향을 짐작해야 했다. 미끄러지고 넘어지기도 여러 번이었
다. 재스퍼를 그냥 버려두다니 맥심은 너무했다. 게다가 밀물이 들
어오지 않는가. 시야를 막던 바위 옆을 지나 앞을 바라보니 놀랍
게도 또 다른 해변이 나왔다. 아까와 비슷하지만 더 넓고 더 둥글
었다. 돌로 쌓은 작은 방파제가 작은 만을 가로지르고 있었고 그
앞은 자연이 만든 작은 항구였다. 부표가 보였지만 보트는 없었다.
이쪽 해변도 흰 조약돌이 많았다. 하지만 아까 갔던 곳보다는 더
가파르게 바다로 이어졌다. 숲은 파도가 밀려드는 경계에 거의 닿
을 정도로 내려와 있었다. 숲 한편에 사람 사는 집인지 보트 보관
창고인지 알 수 없는 낮고 긴 건물이 보였다. 방파제와 똑같은 돌
로 지은 건물이었다.

해변에 긴 부츠를 신고 방수모를 쓴 남자가 한 명 있었다. 어부
같았다. 재스퍼는 그 남자의 주변을 뛰어다니며 짖었다. 남자는 개
한테 아무 신경도 쓰지 않는 듯 허리를 구부리고 조약돌을 모으
는 중이었다. 나는 "재스퍼, 이리 와!" 하고 소리쳤다.

재스퍼는 내 쪽을 보고 꼬리를 흔들었지만 말을 듣지는 않았다.
계속해서 남자 주위만 맴돌 뿐이었다.

나는 뒤를 돌아보았다. 맥심이 따라오는 기척은 없었다. 나는 아
래쪽 해변으로 내려갔다. 조약돌을 밟는 시끄러운 발소리에 남자

가 고개를 들었다. 그제야 나는 남자가 실성한 사람이라는 것을 알았다. 그는 가는 눈을 뜨고 입을 벌리며 웃었다. 이가 하나도 없는 붉은 잇몸이 드러났다.

"좋은 날. 그렇지?" 그가 말했다.

"안녕하세요? 날씨가 좋다고는 하기 어렵네요."

그는 연신 웃으면서 나를 바라보았다. "조개를 찾는 거야. 여긴 조개가 하나도 없어. 아침부터 팠는데."

"그것참 안됐네요."

"그래. 여긴 조개가 하나도 없어."

"어서 이리 온, 재스퍼. 늦었어. 어서 가자."

하지만 재스퍼는 잔뜩 흥분한 상태였다. 바람과 바다 때문에 정신이 이상해진 모양이었다. 홱 뒤로 돌더니 마구 짖으며 아무것도 없는 해변을 이리저리 뛰어다니기 시작했으니 말이다. 녀석이 순순히 내 뒤를 따라오지 않을 것은 분명했다. 나는 다시 주저앉아 땅을 파고 있는 남자에게 물었다. "끈 가진 것 있나요?"

"으어?"

"혹시 끈 없냐고요."

"여긴 조개가 하나도 없어. 아침부터 팠는데." 그는 고개를 끄덕여 보이고 푸른 눈을 껌벅거렸다.

"개를 묶을 끈이 필요해요. 따라오지 않으니 끌고 가야 하거든요."

"으어?"

나는 단념했다. 남자는 의아한 눈길로 나를 보더니 몸을 구부리고 내게 손가락질을 했다.

"저 개를 알아. 큰 집에서 온 개야."

"맞아요. 그리고 지금 데려갈 생각이에요."

"당신 개가 아니야."

"드윈터 씨 개예요. 이제 집으로 데려가려고 해요." 나는 부드럽게 말했다.

"으어?"

나는 다시 한번 재스퍼를 불렀지만 재스퍼는 바람에 날리는 깃털을 쫓아다니는 중이었다. 창고에 끈이 있을 것 같았다. 나는 그쪽으로 걸어갔다. 창고 앞에는 풀이 무성했고 군데군데 쐐기풀도 섞여 있었다. 한때는 정원이었으리라. 창문은 널빤지로 막아놓았다. 보나마나 출입문에도 자물쇠가 걸려 있겠지. 나는 기대하지 않고 빗장을 올려보았다. 그런데 놀랍게도 빗장이 움직였다. 입구가 작아 고개를 숙이고 안으로 들어갔다. 밧줄, 노, 나무토막, 각종 쓰레기가 널린 지저분한 창고일 것이라 생각했지만 웬걸, 그곳은 가구가 갖춰진 방이었다. 먼지가 뽀얗긴 해도 밧줄이나 노 따위는 없었다. 책상과 테이블, 의자, 소파 겸용 침대 등을 벽에 밀어붙여 놓았다. 컵과 접시가 놓인 찬장, 책이 꽂힌 책장, 장식용 모형 배도 보였다. 한순간 나는 사람 사는 집, 아마도 저 실성한 사람이 사는 집인가 하고 생각했다. 하지만 다시 둘러보니 최근에 누가 살았던 흔적은 없었다. 녹슨 벽난로는 한동안 불을 때지 않은 듯했고 먼지투성이 바닥에는 발자국이 없었으며 찬장 그릇에는 곰팡이가 푸른 문양을 그려놓았다. 퀴퀴한 냄새가 났다. 장식용 모형 배에는 거미줄이 매달려 유령선 같은 모습이었다. 아무도 살지 않는 곳, 아무도 찾지 않는 곳이 확실했다. 출입문은 내가 열어젖힌 그대로 벌어진 채 삐걱삐걱 흔들거렸다. 빗방울이 툭툭 지붕을 때렸다. 소파 겸용 침대는 쥐가 쏠았는지 구멍이 나 있었다. 가장자리가 삐뚤빼뚤한 구멍이었다. 몹시 습하고 추웠다. 어둡고 답답했다. 그 공기가 싫었다. 오래 있고 싶지 않은 곳이었다. 지붕을 때리는 빗방울 소리도 싫었다. 빗소리가 방 전체를 울리는 듯했다. 열린 출입문에서도 빗방울 떨어지는 소리가 들렸다.

나는 주위를 둘러보며 끈으로 쓸 만한 것이 없나 찾았다. 아무것도 없었다. 방 끝에 또 다른 문이 있었다. 그리로 다가가 문을 밀어보았다. 알지 못하는 것과 맞닥뜨려야 하는 불편한, 조금은 두려운 마음으로 말이다. 무언가 무섭고 위험한 것이 있을지도 몰랐다.

말도 안 돼. 괜한 걱정이야. 안으로 들어가니 바로 그곳이 창고였다. 밧줄이며 노, 돛, 뱃전에 다는 완충판, 삿대로 움직이는 작은 배, 페인트 등 보트에 필요한 잡동사니들이 보였고 선반에는 노끈 더미와 녹슨 주머니칼이 놓여 있었다. 드디어 필요한 것을 찾은 셈이었다. 나는 주머니칼로 노끈을 일부 잘라낸 후 다시 방으로 돌아왔다. 빗방울이 여전히 지붕과 출입문을 두드렸다. 나는 구멍 난 소파와 곰팡이 핀 그릇, 거미줄 앉은 장식품을 보지 않으려 애쓰며 서둘러 건물을 빠져나와 다시 해변으로 갔다.

남자는 더 이상 땅을 파지 않고 멍하니 나를 바라보았다. 재스퍼는 그 옆에 있었다.

"자, 이리 온, 재스퍼." 이번에는 재스퍼를 붙잡을 수 있었다. "집 안에서 노끈을 찾았어요." 내가 남자에게 말했다.

남자는 대답하지 않았다. 나는 개 목줄에 노끈을 묶었다.

남자에게 인사를 하고 재스퍼를 끌어당겼다.

남자는 고개를 끄덕이고는 가늘게 뜬 눈으로 나를 응시했다. "당신이 저쪽에 가는 걸 봤어."

"그래요. 저기 다녀왔어요. 괜찮아요. 드윈터 씨도 괜찮다고 할 거예요."

"여자는 이제 거기 가지 않아."

"그래요, 이제는 아무도 없어요."

"여자는 바다로 갔어. 그렇지? 이제 돌아오지 않지?"

"그래요, 돌아오지 않아요."

"나는 아무 말 안 했어. 그렇지?"

"그래요. 아무 말 안 했으니 걱정 말아요."

그는 다시 몸을 구부리고는 무어라 중얼중얼하면서 땅을 파기 시작했다. 조약돌 해변을 가로지르자 바위 근처에서 맥심이 기다리고 있었다. 주머니에 손을 찔러 넣고서 말이다.

"미안해요. 재스퍼가 말을 듣지 않아서요. 끈을 찾아야 했어요."

그는 말없이 돌아서 숲 쪽으로 걷기 시작했다.

"저쪽 해변으로 돌아가지 않고요?" 내가 물었다.

"그럴 필요 없소. 우린 여기 있으니." 짤막한 대답이었다.

우리는 다시 건물 앞을 지나 숲길로 접어들었다. "오래 끌어서 미안해요. 재스퍼 때문이었어요. 저 남자를 보고 막 짖더군요. 저 사람은 누구죠?"

"벤이오. 위험할 것 없는 바보지. 그 아버지가 우리 집 하인이었소. 농장 근처에 살고 있지. 노끈은 어디서 구했소?"

"해변 돌집 안에서요."

"문이 열려 있었소?"

"미니까 열리던데요. 돛이랑 작은 배가 있는 안쪽 방에서 노끈을 찾았어요."

"아, 그렇군." 그는 잠시 후 이렇게 덧붙였다. "그 집은 잠겨 있을 것으로 생각했소. 쓸 일이 없는 곳이니까."

나는 잠자코 있었다. 내가 뭐라 할 일이 아니었다.

"벤이 문이 열려 있다고 하던가?"

"아니요. 제 말을 하나도 못 알아듣는 것 같던데요."

"벤은 사실 그렇게까지 바보는 아니오. 원하기만 하면 충분히 똑똑하게 말할 줄 알아요. 아마 수십 번 그 집을 드나들었을 거요. 하지만 당신한테 말해주기 싫었던 거지."

"그런 것 같지 않아요. 아무도 오간 흔적이 없던걸요. 온 사방이 먼지투성이인데 발자국은 하나도 없었어요. 공기도 아주 습해요. 거기 있는 책이나 의자, 소파가 다 망가질까 봐 걱정이에요. 쥐도 있는 모양인지 소파를 쏠아놓았더라고요."

맥심은 대답하지 않았다. 그는 아주 빠른 속도로 성큼성큼 걸었
다. 해안에서 올라가는 길은 아주 가팔랐다. 행복의 계곡과는 전
혀 다른 풍경이었다. 나무들이 촘촘히 들어서 어두웠고 진달래는
한 송이도 없었다. 굵은 나뭇가지에서 빗방울이 우두둑 떨어졌다.
외투에 튄 빗방울이 목덜미로 파고들었다. 차가운 손가락이 몸에
닿은 듯 기분이 나빴다. 나는 몸을 떨었다. 계속 바위를 기어오르
자니 다리가 아팠다. 재스퍼도 기운이 빠진 듯 혀를 빼물고 자꾸
처졌다.

"자, 재스퍼, 빨리빨리 움직여. 노끈을 잡아당기든지 해서 잘 따
라오게 해봐요. 누님 말이 맞아요. 저 녀석은 너무 살이 찐 모양이
오."

"당신 탓이에요. 너무 빨리 걷고 있잖아요. 우린 당신을 따라가
기 힘들다고요."

"당신이 아까 바위들을 넘어 반대편 해안으로 가는 대신 내 말
을 들었다면 우린 이미 집에 도착했을 거요. 재스퍼는 집에 가는
길을 훤히 알아요. 대체 왜 개를 뒤따라간 건지 모르겠군."

"재스퍼가 떨어진 게 아닐까 생각했어요. 밀물도 걱정이었고요."

"내가 재스퍼를 위험한 상태로 버려두었을 것 같아요? 난 분명
히 가지 말라고 했소. 당신은 이제 와서 지쳐버리고 나니까 투덜거
리는군."

"투덜거리는 게 아니에요. 강철 다리를 가진 사람이라도 이 정
도 속도로 걷다가는 지치고 말 거예요. 전 재스퍼를 찾으러 갈 때

177

당신이 따라와줄 걸로 생각했어요. 뒤에서 구경만 하는 대신에 말이에요."

"왜 내가 힘들게 저놈을 찾으러 가야 한다는 거지?"

"바위를 넘어 재스퍼를 찾으러 가는 일이 아까 저쪽 해변에서 판자를 끌어 올리는 일보다 더 힘들 것은 없어요. 당신은 다른 핑곗거리가 없으니까 그렇게 말하는 거라고요."

"여보, 대체 왜 내가 핑곗거리를 찾아야 한다고 생각하는 거요?"

"아, 몰라요. 이제 그만해요."

"그만하기는, 당신이 지금 막 시작하지 않았소? 자, 내가 핑곗거리를 찾는다는 게 무슨 뜻이오? 뭘 위한 핑계?"

"나랑 함께 바위를 넘어가지 않으려는 핑계지요."

"자, 그럼 내가 바위를 넘어 다른 해변으로 가지 않으려는 이유가 뭐라고 생각하오?"

"제가 그걸 어떻게 알겠어요? 전 당신 마음을 읽을 줄 몰라요. 그저 제가 아는 건 당신이 가고 싶어 하지 않았다는 것, 그게 다예요. 당신 얼굴 표정이 그랬어요."

"내 얼굴 표정이 어땠소?"

"벌써 말했잖아요. 가고 싶어 하지 않는 표정이었다고요. 이제 제발 그만해요. 같은 얘기를 되풀이하는 게 지긋지긋해요."

"말싸움에서 지고 나면 여자들은 다 똑같은 소릴 하는군. 좋아요, 난 그쪽 해변으로 가고 싶지 않았소. 이렇게 말하면 됐소? 피비린내가 남아 있는 그곳, 그 빌어먹을 집에는 근처에도 가고 싶지 않아요. 나와 똑같은 기억을 갖고 있다면 당신도 그곳에 가고 싶지 않을 거요. 거기에 대해 말하는 것도, 생각하는 것도 싫어할 거요. 자, 이제 됐소?"

그는 창백한 얼굴로 눈을 부릅뜨고 있었다. 처음 만났을 때처럼 어두운, 길을 잃은 듯한 표정이었다. 나는 그의 손을 움켜잡았다.

"맥심, 제발."

"뭐가 또 문제요?" 그의 말투가 거칠었다.

"당신의 이런 얼굴은 싫어요. 너무 가슴이 아파요. 우리 여기서 한 말은 다 잊어버려요. 쓸데없는 사소한 말다툼이었잖아요. 미안해요, 여보. 제가 잘못했어요. 이제 다 괜찮다고 해줘요."

"우린 이탈리아에 살았어야 했소. 맨덜리로는 돌아오지 말아야 했다고. 당신을 이리로 데려오다니, 내가 얼마나 멍청한 짓을 저지른 건지."

그는 나무들 사이를 마구 헤치며 한층 더 빨리 움직이기 시작했다. 나는 숨을 헐떡이며 거의 뛰다시피 했다. 가엾은 재스퍼를 마구 잡아당기며 가고 있자니 금방이라도 눈물이 터질 것 같았다.

마침내 길로 올라섰다. 행복의 계곡으로 이어지는 길이 보였다. 아까 재스퍼가 가고 싶어 했던 바로 그 길을 따라온 셈이었다. 그제야 왜 재스퍼가 오른쪽으로 가고 싶어 했는지 알 수 있었다. 오른쪽 길이 재스퍼가 좋아하는 해변, 그리고 돌집으로 연결되었던 것이다. 그 길로 가는 것이 오랜 습관이었던 것이다.

우리는 잔디밭을 가로질러 잠자코 집 쪽으로 걸었다. 맥심의 얼굴은 딱딱하게 굳어 있었다. 그는 나를 쳐다보지도 않고 홀을 지나 서재로 들어갔다. 프리스가 홀에 서 있었다.

"곧 차를 가져오게." 맥심은 이렇게 말하고 서재 문을 닫았다.

나는 눈물이 흘러내리지 않도록 안간힘을 써야 했다. 프리스 앞에서 눈물을 보여서는 안 된다. 우리가 싸웠다고 생각해 하인들에게 떠들어댈 게 분명했다. '드윈터 부인이 울고 있더군. 뭔가 잘못된 것이 분명해.' 나는 고개를 돌려 프리스가 내 얼굴을 보지 못하도록 했다. 하지만 그는 내가 비옷 벗는 것을 도와주려고 다가왔다.

"비옷은 정원 곁방에 갖다 두겠습니다."

"고마워요, 프리스." 나는 여전히 고개를 돌린 채 대답했다.

"산책하기에 좋은 날씨는 아니었겠습니다."

"그래요. 썩 좋지는 않더군요."

"손수건을 떨어뜨리셨네요." 프리스는 이렇게 말하며 바닥에서 무언가를 주워주었다. 나는 고맙다는 말과 함께 그것을 받아 주머니에 넣었다.

위층으로 올라가야 할지, 맥심의 뒤를 따라 서재로 가야 할지 알 수 없었다. 나는 손톱을 물어뜯으면서 잠시 고민했다. 비옷을 갖다 두고 온 프리스가 여전히 홀에 서 있는 나를 보고 놀란 표정을 지었다.

"서재에 따뜻하게 벽난로를 피워두었습니다, 마님."

"고마워요."

나는 천천히 서재로 가서 문을 열고 안으로 들어갔다. 맥심은 의자에, 재스퍼는 그의 발 아래, 늙은 어미 개는 바구니 안에 자리를 잡고 있었다. 맥심은 신문을 읽고 있지 않았다. 나는 그의 옆으로 가서 무릎을 꿇고 앉아 얼굴을 기댔다.

"이제 그만, 나한테 화내지 말아줘요." 내가 속삭였다.

그는 두 손으로 내 얼굴을 받치더니 지친 눈으로 나를 바라보았다. "당신한테 화나지 않았소."

"아니, 화났어요. 제가 당신을 화나게, 불행하게 만들었어요. 당신은 갈기갈기 찢기고 상처투성이가 되어 고통받고 있어요. 전 그런 모습을 지켜볼 수가 없어요. 당신을 너무 사랑하니까요."

"그렇소? 나를 사랑하오?" 그는 나를 꼭 안아주었지만 계속 묻고 확인하고 싶어 하는 눈빛이었다. 자신 없고 어두운 눈빛, 고통받고 두려움에 싸인 어린아이의 눈빛이었다.

"여보, 왜 그래요? 왜 그러는 거예요?"

그가 대답하기 전에 뒤에서 문 열리는 소리가 났다. 나는 벌떡 일어나 손을 뻗고 장작을 집는 척했다. 프리스와 로버트가 들어왔다. 차 마시는 의식이 시작된 것이다.

절차는 전날과 똑같았다. 테이블을 놓고 눈처럼 흰 식탁보를 깔았다. 케이크와 핫케이크, 작은 램프 위에 놓인 은 주전자가 차례로 자리를 잡았다. 재스퍼는 꼬리를 흔들고 기대감에 귀를 바짝 당긴 채 내 얼굴을 보았다. 다시 우리 둘만 남기까지 5분은 너끈히 흐른 것 같았다. 맥심의 얼굴을 보니 다시 붉은 혈색이 돌았고 길을 잃은 듯한 지친 표정은 사라지고 없었다. 그가 샌드위치를 집어 들었다.

"그렇게 많은 손님들과 점심을 하는 건 힘든 일이야. 비어트리스 누님은 언제나 내 신경을 건드린단 말이야. 우리 오누이는 늘 이렇게 서로를 못살게 군다오. 난 누님을 참 좋아하지만 어떻든 너무 가까이 살지 않는 게 다행이오. 그러고 보니 할머니도 한번 뵈러 가야겠소. 여보, 차 한 잔 따라주구려. 그리고 당신을 힘들게 했던 일을 용서해줘요."

그걸로 끝이었다. 그 일은 그렇게 지나갔다. 두 번 다시 그 일을 입에 올리지 않을 것이다. 그는 차를 마시며 내 쪽을 보고 미소 지었고 손잡이에 걸쳐져 있는 신문을 집어 들었다. 그 미소는 내가 얻어낸 보상이었다. 재스퍼에게 머리를 쓰다듬어주는 것이 보상이듯이. 말 잘 듣는 개라면 만족하고 엎드려 더 이상 귀찮게 굴지 말아야 할 것이었다. 나는 또다시 재스퍼가 되었다. 전에 있던 자리로 돌아간 것이다. 나는 핫케이크를 한 장 집어 반으로 나눈 뒤 개들에게 주었다. 뭘 먹고 싶은 생각은 없었다. 나는 온몸의 기력을 소진한 듯 피곤했다. 맥심을 바라보았지만 그는 신문에만 열중한 채 다음 페이지를 넘기고 있었다. 핫케이크를 자르느라 손가락에 버터가 묻어 엉망이었다. 주머니에 손을 넣었더니 손수건이 나왔다. 나는 얼굴을 찌푸리고 골똘히 그 레이스 달린 작은 손수건을 바라보았다. 내 것이 아니었기 때문이다. 프리스가 홀의 돌바닥에서 그걸 집어주었던 일이 떠올랐다. 비옷 주머니에서 떨어진 것이 틀림없었다. 손수건을 뒤집어보았다. 옷에서 보푸라기가 묻어 지저분했다. 오랫동안 그 비옷 주머니 안에 들어 있었던 모양이었다. 한쪽 끝에 길고 비스듬한 R 자가 W 자와 함께 겹쳐서 수놓여 있었다. 다른 글자들을 압도하는 바로 그 R이었다. R 자의 꼬리는 수건 바깥까지 뻗쳐나가려는 듯 길었다. 하찮은 손수건 한 장이었으므로 원래 주인은 대충 뭉쳐 주머니에 넣고 잊어버렸으리라.

그러니까 나는 그 손수건이 마지막으로 사용된 후 처음으로 그 비옷을 입은 사람이었다. 레베카는 길고 늘씬하고 어깨가 나보다 넓었다. 내게 그 옷은 너무 크고 길었으며 소매가 손까지 내려왔다. 단추 몇 개는 떨어지고 없었다. 레베카는 단추가 없어도 신경 쓰지 않았다. 망토처럼 어깨에 두르거나 앞자락을 연 채 헐렁하게 입고 주머니에 손을 찔러 넣었을지도 모른다.

손수건 위에 분홍색이 묻어 있었다. 립스틱 자국이었다. 이 손수건으로 립스틱을 문질러 지운 뒤 뭉쳐서 이 주머니에 넣었던 것이다. 나는 버터 묻은 손을 그 손수건에 닦았다. 그러자 희미한 향기가 올라왔다. 어디선가 맡아본 향기였다. 나는 눈을 감고 기억을 더듬었다. 알 듯 모를 듯했다. 금방 들이마셨던, 내 손에 묻은 향기 같았다.

다음 순간 나는 깨달았다. 손수건에 희미하게 남은 냄새는 행복의 계곡에 핀 흰진달래 꽃잎에서 나는 바로 그 향기였다.

11

한 주 내내 흐리고 추운 날씨였다. 영국의 초여름에는 그런 일이 드물지 않다. 우리는 두 번 다시 해안으로 내려가지 않았다. 나는 테라스나 잔디밭에서 바다를 볼 수 있었다. 회색빛 거친 파도는 곶을 넘어 밀려들었다. 나는 만으로 밀어닥쳤다가 요란한 물소리와 함께 바위 위에서 부서져 가볍게 해변으로 올라오는 파도를 떠올려보았다. 테라스에 서서 귀를 기울이면 바다가 웅얼거리는 낮은 소리가 들렸다. 그 소리는 절대 그치는 법이 없었다. 악천후를 피하려는 듯 갈매기도 날아왔다. 새들은 저택 위를 빙빙 돌고 날개를 퍼덕이며 울음소리를 냈다. 바다가 너무 시끄러워 싫다는 사람들을 슬슬 이해할 수 있을 것 같았다. 때로는 구슬픈 하프 소리 같았고 때로는 신경을 찢어버릴 것처럼 거친 폭발음이 났다.

우리 방이 동쪽에 있고 창문으로 장미 정원이 내려다보인다는 것이 정말 다행이었다. 때로 잠이 오지 않을 때면 나는 조용히 침대에서 빠져나와 창가로 갔다. 거기서는 평화롭고 조용한 밤을 느낄 수 있었다.

휴식을 모르는 바다 소리는 싫었다. 그 소리가 없는 덕분에 나는 평화로운 생각을 할 수 있었다. 숲 사이로 뚫린 경사 급한 오솔길, 길 끝에 나오는 회색 해변과 버려진 돌집에 대한 생각을 면할 수 있었다. 그 생각은 정말 하고 싶지 않았다. 낮 동안은 자주 그 집이 떠올랐다. 테라스에서 바다를 볼 때면 어김없이 말이다. 그릇에 핀 푸른곰팡이, 모형 배에 앉은 거미줄, 소파 겸용 침대에 생긴 구멍이 또다시 보이는 것이다. 지붕을 때리는 빗소리는 물론이고 푸른 눈을 가늘게 뜨고 바보스럽게 웃는 벤의 모습까지도. 이런 생각은 내 마음을 어지럽혔다. 다 잊어버리고 싶었지만 다른 한편 왜 그렇게 마음이 어지러운 것인지, 그것들이 나를 이토록 불편하고 불행하게 만드는 이유가 무엇인지 알고 싶기도 했다. 내 마음속 깊숙한 곳에서는 은밀한 호기심이 서서히 커져가고 있었다. 아무리 아니라고 해봐도 소용없었다. '이건 절대 안 돼. 절대 금지야'라는 말을 들으면 더더욱 궁금증이 커지는 아이처럼 말이다.

숲길을 걸어 올라오면서 보았던 맥심의 혼란스러운 시선도 잊을 수 없었다. '당신을 이리로 데려오다니, 내가 얼마나 멍청한 짓을 저지른 건지'라는 그의 중얼거림도. 다 내 잘못이었다. 반대편 해변으로 내려가 과거를 되살려놓은 셈이었다. 맥심은 본래 모습으로

185

돌아왔고 우리는 자고 먹고 산책하고 편지를 쓰고 마을로 드라이브하러 가고 하루 종일 이런저런 일을 하면서 함께 생활했다. 하지만 그 일로 인해 우리 둘 사이에는 벽이 생기고 말았다.

그는 벽 저편에서 혼자 걸었고 나는 그쪽으로 넘어갈 수 없었다. 무심코 던진 한마디가 또다시 그런 눈빛을 만들어낼지 몰라 나는 전전긍긍했다. 두려웠다. 바다 이야기만 나오면 당황스러웠다. 바다는 보트, 사고, 익사 사건으로 연결될 것이기 때문이다. 어느 날 점심때 찾아온 프랭크 크롤리 씨가 6킬로미터쯤 떨어진 케리스 항구에서 열리는 요트 경주 이야기를 꺼냈을 때에도 바짝 긴장했을 정도였다. 나는 떨리는 마음으로 접시에만 시선을 고정했다. 무슨 일이 일어날지, 이야기가 어떻게 흐를지 몰라 식은땀이 흘렀다. 하지만 정작 맥심은 아무 거리낄 것 없다는 듯 편안하게 대화를 나누었다.

프리스가 식당을 나간 틈에 나는 자리에서 일어나 치즈를 더 가져오는 척하며 찬장 쪽으로 갔다. 그냥 자리에 앉아 두 사람의 대화를 듣고 있을 수가 없었다. 말소리가 들리지 않도록 나는 살짝 콧노래까지 불러야 했다. 멍청하고 병적인 행동, 신경쇠약 환자가 할 법한 행동이었다. 내가 원하는 정상적이고 행복한 모습과는 거리가 멀었다. 하지만 어쩔 수가 없었다. 어떻게 해야 할지 알 수 없었다. 저택에 찾아온 손님들을 맞을 때면 더더욱 힘들었다. 첫 몇 주 동안 근처에 사는 사람들이 많이 찾아왔다. 악수를 나누고 30분 정도 이야기를 나누는 시간은 본래부터도 수줍고 몸가짐이 서툴렀던 내게 한층 더 어려운 것이었다. 꺼내서는 안 되는 화제가 튀어나올지 모른다는 두려움 때문이었다. 저택 앞으로 차가 들어오는 소리에 이어 벨이 울리면 나는 재빨리 침실로 달려간다. 얼굴에 분을 두드리고 서둘러 빗질을 하고 있으면 어김없이 누군가 문을 두드리고 은 쟁반에 담긴 명함이 들어온다.

"곧 내려간다고 전해줘요." 나는 구두 굽 소리를 내며 계단을 내려가 홀을 가로지르고 서재 문을 연다. 상황이 더 나쁘면 추운 응접실로 가야 하는 경우도 있다. 낯선 여자가 한 명이나 두 명, 혹은 부부가 나를 기다리고 있다.

"안녕하세요? 맥심은 정원에 나가 있나 봅니다. 프리스가 곧 모셔 올 거예요."

"새색시에게 인사를 드리러 꼭 와야 한다고 생각했답니다."

짧은 웃음소리, 짧은 대화, 침묵, 방 안을 둘러보는 시선.

"맨덜리는 전처럼 아름다운 모습이군요. 이곳이 마음에 드셨나요?"

"그럼요. 정말이지……." 자칫하면 그 단어, 이런 자리에서는 절대 사용하지 말아야 할 단어, 여학생에게나 어울리는 단어가 튀어나올 뻔했다. '끝내주다'라는 단어 말이다. 외눈 안경을 든 기품 있는 노부인에게 이런 말을 한다면 어떻게 될까. 맥심이 들어오자 나는 잠시 안도한다. 하지만 다음 순간 엉뚱한 얘기가 나오지나 않을까 싶어 두려워진다. 나는 입을 다물고 미소를 지은 채 두 손을 무릎에 올린다. 손님들은 맥심과 어울려 내가 알지 못하는 사람과 장소에 대해 이야기한다. 때때로 내 쪽으로 의아한 시선을 던지면서 말이다.

집으로 돌아가는 길에 손님들은 이야기하겠지. '참으로 지루한 사람이군. 거의 입을 열지 않잖아.' 비어트리스의 입에서 처음 나온 이후 계속 귓전에 맴도는 말, 모두의 눈에서 읽을 수 있는 말도. '레베카와는 전혀 다른걸.'

내 비밀 창고에 넣어놓을 만한 작은 조각 정보들을 주울 기회도 있다. 우연히 던진 단어, 질문, 표현 같은 것들. 맥심이 함께 있지 않은 경우라면 그렇게 남몰래 얻어낸 어둠의 지식은 짜릿한 즐거움을 안겨주었다.

답방도 해야 했다. 맥심은 그런 점에서는 철저했기 때문이다. 그가 갈 상황이 안 되면 나 혼자 용감하게 찾아가 예의 바른 대화를 나누었다. 얘깃거리를 찾느라 침묵이 흐르는 일도 많았다. '맨덜리에서 파티도 많이 열 생각이신가요, 드윈터 부인?'이라는 질문이 나오면 나는 '아직 모르겠네요. 아직 맥심과 그런 이야기를 해보지 않아서요'라고 대답한다. '물론 아직은 이르죠. 예전에는 저택이 늘 손님들로 가득 차곤 했죠.' 다시 침묵. '런던에서까지 손님들이 몰려올 정도로 대단한 파티였답니다.' '네, 저도 그렇게 들었어요.' 또다시 침묵. 뒤이어 죽은 사람을 화제에 올릴 때면 늘 그렇듯 상대가 목소리를 낮춘다. '돌아가신 부인은 정말 모든 사람의 사랑을 받았지요. 대단한 분이었어요.' '네. 저도 들어서 알고 있답니다.' 나는 장갑 소매를 걷어 시계를 흘낏 확인하고는 '이제 가야겠네요. 4시가 넘었군요'라고 말한다.

"차를 마시고 가시면 좋겠는데요. 15분만 있으면 차 마실 시간이거든요."

"아니에요. 말씀은 감사하지만 맥심과 약속을 해서……." 마지막 문장은 대충 흘려 말해도 좋다. 가야겠다는 의도는 충분히 전달되니까. 나와 상대는 함께 자리에서 일어선다. 차를 마시고 가라는 제안이나 맥심과 약속했다는 핑계가 모두 형식적인 말이라는 것을 다 안다. 때로 나는 궁금했다. 어느 날 갑자기 관례를 깨버린다면, 그러니까 내가 차에 앉은 채 전송 나온 상대에게 손을 흔들다 말고 차창을 열어 '다시 생각하니 이렇게 서둘러 갈 필요가 없겠네요. 다시 응접실로 가서 앉지요. 원하신다면 저녁도 먹고 하루 머물다 갈 수도 있고요'라고 말한다면 어떻게 될까.

인심 좋고 선량한 시골 사람들은 '물론 환영이지요! 정말 잘 생각하셨어요'라고 말하면서도 관례가 깨진 놀라움 때문에 얼굴이 하얗게 질리지 않을까. 정말 그럴 용기가 내게 있다면 얼마나 좋을까. 하지만 어김없이 차는 자갈길을 따라 부드럽게 움직이기 시작하고 안주인은 안도의 한숨을 내쉬며 다시 일상으로 돌아간다. '남편분은 맨덜리 무도회를 다시 열 생각이 없으신가요? 정말이지 멋진 행사였는데요. 전 한 번도 잊은 적이 없답니다'라고 말을 꺼낸 것은 주교 부인이었다.

나는 다 아는 얘기라는 듯 미소를 머금고 '아직 결정을 못 했답니다. 의논하고 처리할 일이 너무 많았거든요'라고 답했다.

"당연히 그러시겠지요. 하지만 무도회도 잊지 않으셨으면 해요. 부인께서 남편분을 설득하시면 좋겠는데요. 작년에는 무도회가 없었지만 재작년 무도회는 얼마나 아름다웠는지 모릅니다. 맨덜리 저택이 그토록 웅장한 적은 없었지요. 발코니에서 악단이 연주를 하고 멋지게 꾸며진 홀에서 춤추는 등 대단했답니다. 물론 준비가 많이 필요한 일이겠지만 모두에게 기쁨이 될 겁니다."

"제가 맥심과 꼭 얘기를 해보겠습니다."

그 순간 나는 거실 책상의 서류함 분류 칸을, 초대장 뭉치를, 긴 손님 명단과 주소록을 떠올렸다. 그 책상에 키 큰 여자가 앉아 초청하고 싶은 사람 이름 옆에 표시를 하고 초대장을 펼쳐 펜을 잉크에 담근 후 한쪽으로 기울어진 길쭉한 필체로 시원하게 내용을 써 내려가는 모습도.

"여름에는 정원에서 파티도 열렸죠." 주교 부인이 말을 이었다. "무엇 하나 빠지는 게 없는 그런 파티였답니다. 꽃들은 절정을 이루고 날씨도 화창하고요. 장미 정원에 작은 식탁들을 놓고 차를 마셨지요. 진하고 향기로운 차였어요. 드윈터 부인이 얼마나."

갑자기 주교 부인은 말실수를 깨닫고 얼굴이 상기된 채 어쩔 줄을 몰라 한다. 나는 얼른 맞장구를 쳐준다. 태연한 척하는 내 목소리가 귓전에 들린다. "레베카는 정말 대단한 사람이었나 봐요."

마침내 그 이름을 내 입으로 말하다니. 믿을 수가 없다. 나는 어리둥절한 채 어떤 일이 이어질지 기다린다. 그 이름을 말해버린 것이다. 레베카라는 단어를 큰 소리로 발음한 것이다. 안도감이 들었다. 견디기 어려운 고통에서 풀려난 듯 시원했다. 레베카. 드디어 그 이름을 입 밖에 내었다.

주교 부인이 내 얼굴의 홍조를 보지 않았을지 걱정이 되었다. 하지만 부인은 계속 말을 이었고 나는 커튼 틈새를 엿보는 기분으로 탐욕스럽게 귀를 기울였다.

"그러니까 한 번도 만나지 못하신 거지요?" 내가 고개를 끄덕이자 주교 부인은 잠깐 망설였다. "물론 저희도 개인적으로 잘 아는 사이는 아니었어요. 주교님은 여기 오신 지 4년밖에 안 되었으니까. 하지만 무도회나 파티에서 만났죠. 아, 어느 겨울날에 저녁을 함께 먹은 적도 있었어요. 레베카는 정말이지 사랑스러운 분이었어요. 생기가 넘치는 분이었고요."

"다방면에 재주가 많으셨던 것 같더군요." 나는 일부러 무심한 어조로 말하면서 장갑 끝단을 만지작거렸다. "영리하고 아름답고 또 운동에도 뛰어났다고 하던데 그런 사람은 쉽게 만날 수 없죠."

"그럼요. 재주가 많으셨죠. 무도회 날 계단 아래 서서 모두에게 손을 흔들던 모습이 아직도 생생하답니다. 풍성한 검은 머리가 흰 살결을 더 눈부시게 만들었죠. 드레스도 어찌나 아름다웠는지요."

"집안도 훌륭하게 꾸려나가셨더라고요." 나는 미소를 지었다. 그리고 "전 그냥 대충 하고 산답니다. 시간과 노력이 워낙 많이 드는 일이어서 일하는 사람들에게 거의 맡기고요"라고 덧붙였다.

"뭐, 모든 걸 다 잘할 수는 없지 않겠어요. 게다가 부인께서는 아직 젊으시잖아요. 시간이 지나면 다 익숙해지실 겁니다. 그건 그렇고, 어떤 취미 생활을 하시나요? 그림을 그리신다는 얘길 들었습니다만."

"아, 뭐 취미라 말하기는 좀 쑥스럽네요."

"소소한 취미로는 그만한 게 없죠. 누구나 그림을 그릴 줄 아는 것도 아니고요. 재능을 썩히시면 안 돼요. 맨덜리에는 그림 그리기 좋은 곳이 많답니다."

"그건 정말 그래요." 나는 좀 우울해졌다. 한쪽 어깨에는 접이식 의자와 연필통을, 다른 어깨에는 '소소한 취미'를 메고 맨덜리 곳곳을 돌아다니는 내 모습이 떠올랐던 것이다. '소소한 취미'라니, 참으로 마음에 안 드는 표현이었다.

"사냥은 안 하시나요?"

"네. 말타기나 사격 같은 건 안 해봤어요. 전 산책을 좋아해요." 이건 너무 김을 빼는 대답 같았다.

"산책은 세상에서 가장 좋은 운동이죠. 우리 부부도 많이 걸어 다닌답니다." 주교는 모자를 쓰고 아내와 팔짱을 낀 채 교회 주위를 빙빙 돌며 산책하는 건 아닐까? 속으로 궁금해졌다. 주교 부인은 몇 년 전 페나인 지역을 도보 여행했던 경험담을 늘어놓기 시작했다. 하루 30킬로미터씩 걷는 강행군이었다고 했다. 나는 예의 바르게 미소를 띠고 고개를 끄덕이면서 페나인이 어떤 곳인지 기억을 더듬었다. 안데스 같은 산맥인가? 나중에야 학교 지리책에서 본 남북으로 길게 뻗은 야트막한 언덕 줄기가 떠올랐다. 페나인에서도 주교는 늘 모자를 쓰고 있었겠지.

그 집 거실의 시계가 날카로운 소리로 4시를 알려준 덕분에 군이 시계를 볼 필요도 없었다. 나는 자리에서 일어나면서 "이렇게 만나서 정말 반가웠습니다. 조만간 한번 들러주십시오"라고 인사했다.

"꼭 가고 싶네요. 하지만 주교님이 워낙 바쁘셔서요. 남편분께 제 인사를 전해주세요. 무도회를 다시 열어달라는 부탁도 전해주시고요."

"네. 그렇게 하지요." 다시 한번 다 아는 얘기라는 듯 태연하게 대답하고 나는 자동차에 앉아 엄지손톱을 물어뜯는다. 멋지게 차려입은 사람들이 맨덜리의 커다란 홀을 가득 메운 광경을 그려본다. 사람들은 헛기침을 하고 웃고 이야기한다. 악사들은 발코니에 자리를 잡고 응접실 벽 쪽으로 뷔페 테이블을 차려놓았으리라. 맥심은 계단 앞에 서서 웃고 악수하며 자기 옆에 서 있는 사람, 키 크고 날씬하며 주교 부인의 말대로 검은 머리에 피부가 눈부시게 하얀 사람 쪽을 돌아본다. 그 사람은 손님들에게 불편한 점은 없는지 부지런히 살피고 하인들에게 지시를 내린다. 늘 우아하게 행동하여 한순간도 서툰 모습을 보이지 않는다. 그 사람이 춤출 때면 흰진달래 향이 사방에 퍼졌겠지.

'맨덜리에서 파티도 많이 열 생각이신가요, 드윈터 부인?' 케리스 쪽에 사는 어느 부인을 찾았을 때 받았던 질문이 갑자기 귓전에 울린다. 질문이라기보다는 제안이나 부탁 같은 말투였다. 머리에서 발끝까지 내 모습을 살펴보며 혹시 임신한 것은 아닌지 고민한 뒤 재빨리 브리지 게임 쪽으로 시선을 돌리던 그 두 눈도 생각난다.

나는 두 번 다시 그 부인을 만나고 싶지 않았다. 아니 그 누구도 다시 보고 싶지 않았다. 그들은 호기심에 못 이겨 무엇이든 꼬치꼬치 알아보려고 맨덜리를 찾은 것이었다. 그래서 내 표정, 행동거지, 몸매를 비판하고 싶어 했고 맥심과 내가 서로 어떻게 행동하는지 관찰하여 우리 부부의 관계를 짐작하려 했다. 나중에 끼리끼리 모여서는 '예전과는 전혀 다르다'고 수군거리기 위해서 말이다. 결국 나와 레베카를 비교하기 위해 온 것이다……. 더 이상 이런 식의 답방은 안 하겠어. 나는 결심했다. 맥심에게도 그렇게 말해야 한다. 무례하다고 욕해도 상관없다. 비판할 거리, 수군댈 거리가 더 많아질 테니 잘된 일이었다. 내 출신을 걸고넘어질 것이다. '뭐, 놀랄 것도 없지. 어차피 별 볼 일 없는 출신이잖아?'라고 말하겠지. 어깨를 으쓱해 보이며 깔깔거릴 수도 있다. '그거 알았어요? 글쎄 몬테카를로인가 하는 곳에서 돈 한 푼 없는 여자를 데려온 거라잖아요. 어떤 늙은 여자의 동반자 역할을 하고 있었다나?' 다시 웃음을 터뜨리고 눈썹을 더욱 치켜세운다. '말도 안 돼. 정말요? 맥심은 참으로 괴짜군요. 레베카 같은 부인을 잃고 어떻게 그럴 수가 있었을까요?'

나는 상관하지 않겠다. 신경 쓰지 않을 것이다. 좋을 대로 떠들라지. 차가 대문을 지날 때 나는 문지기 마누라에게 미소를 보냈다. 하지만 문지기 마누라는 텃밭에서 허리를 굽히고 있어 내 미소를 보지 못한 모양이었다. 나는 다시 손을 흔들어 보였지만 여자는 멍하니 바라보기만 했다. 내가 누군지 모를 리는 없었는데 말이다. 나는 다시 등을 기대고 앉았다.

좁은 모퉁이를 돌아서자 앞서서 걸어가고 있는 사람이 보였다. 프랭크였다. 그는 차 소리에 걸음을 멈춰 돌아보더니 모자를 벗으며 내게 미소를 보냈다. 나를 만나 기뻐하는 듯했다. 나도 미소로 답했다. 나를 반겨주다니 고마운 일이었다. 나도 그가 좋았다. 비어트리스는 그가 멍청하고 재미도 없다고 했지만 내 생각은 달랐다. 어쩌면 그건 나 역시 멍청하기 때문일지도 몰랐다. 우리는 둘 다 멍청한 것이다. 둘 다 재미있는 대화 상대가 못 되는 것이다.

나는 운전사에게 차를 세워달라고 했다. "내려서 크롤리 씨와 함께 걷는 편이 좋겠어요."

프랭크가 차 문을 열어주었다. "답방을 하고 오시는 모양이지요, 드윈터 부인?"

"그렇답니다, 프랭크." 나는 맥심을 따라 그를 프랭크라고 불렀지만 그는 늘 나를 드윈터 부인이라고 불렀다. 그는 그런 사람이었다. 만약 우리 둘이 어느 무인도에 고립되어 평생 함께 살게 된다 해도 나는 언제까지나 드윈터 부인일 것이다.

"주교님 댁에 갔었어요. 주교님은 안 계셨지만 부인을 만났지요. 그분들은 산책을 아주 좋아하신대요. 페나인에서는 하루 30킬로미터씩 걷기도 하셨다는군요."

"전 페나인에 가보지 못했습니다. 아주 아름답다는 말만 들었지요. 제 아저씨 한 분이 거기 사셨거든요."

그는 늘 그런 식으로 말을 했다. 안전하고 예의 바르게 말이다.

"주교 부인은 맨덜리에서 무도회를 열 것인지 궁금해하더군요."
나는 슬쩍 상대를 곁눈질하면서 말했다. "지난번 무도회에 참석해서 아주 즐거웠다고요. 전 여기서 무도회가 열렸는지 몰랐거든요."

그는 잠시 머뭇거렸다. 대답하기 곤란한 모양이었다. "맨덜리 무도회는 연례행사였습니다. 지역 사람들 모두가 참석했지요. 런던에서 오는 손님들도 많았습니다. 대단했지요."

"준비하기가 퍽 힘들었겠네요."

"그렇습니다."

"아마 레베카가 다 준비했겠지요?" 나는 아무렇지도 않다는 듯 무심한 어조로 물었다. 프랭크는 내 표정을 읽으려는 듯 내 쪽을 돌아보았지만 나는 앞만 보고 걸었다.

"우리 모두 함께 준비했었지요." 조용한 목소리였다.

조심스럽게 대답하는 그의 모습이 약간 우스꽝스러웠다. 수줍어하는 내 모습이 연상되기도 했다. 그 순간 나는 그가 레베카를 사랑했었나 하는 의문이 들었다. 그의 목소리가 꼭 그런 상황에 맞는 목소리였던 것이다. 갑자기 새로운 가능성이 떠올랐다. 프랭크는 수줍음 많고 또 지루한 사람이었으므로 그런 마음을 레베카를 포함해 누구에게든 절대 털어놓지 않았으리라.

"무도회를 연다 해도 전 아무 도움이 안 될 것 같네요. 뭘 조직하고 준비하는 데는 영 소질이 없어서요."

"부인께서 직접 뭘 할 필요는 없을 겁니다. 그냥 아름답게 꾸미고 참석만 하시면 됩니다."

"말씀은 고맙지만, 전 아름답게 꾸미는 데에도 별로 자신이 없는걸요."

"아뇨, 아주 잘 해내실 거라고 생각합니다." 사려 깊은 말이었다. 나는 거의 속아 넘어갈 뻔했다. 하지만 정말로 속지는 않았다.

"맥심에게 무도회 이야기를 물어봐줄래요?" 내가 물었다.

"왜 직접 여쭤보시지요?"

"그러기 싫어요."

그 후로 우리는 말없이 걸었다. 레베카의 이름을 입 밖에 내지 못하고 망설이던 단계는 지나갔다. 조금 전에는 주교 부인에게, 그리고 지금은 프랭크에게 그 이름을 말했으니까. 이제 다음 단계로 넘어가고 싶은 충동이 일었다. 자극과 만족을 함께 얻고 싶었다. 결국 입을 열 수밖에 없었다. "저번에 해변으로 내려갔었어요. 방파제가 있는 해변요. 재스퍼는 정신이 나간 것 같은 남자에게 마구 짖어대더군요."

"벤 말씀이시군요." 이제 그의 목소리는 차분했다. "벤은 늘 그렇게 해변에 나와 있지요. 선량한 사람이니 무서워하실 필요 없습니다. 파리 한 마리도 못 죽일 테니까요."

"저도 무서워하지는 않았어요." 나는 잠시 말을 멈추고 스스로 용기를 북돋기 위해 콧노래를 불렀다. "거기 있는 집은 곧 무너져버릴 것 같더군요. 재스퍼 묶을 끈을 찾느라 그 안에 들어갔어요. 그릇에는 곰팡이가 나고 책들도 다 망가지고요. 왜 그렇게 내버려 두는 거죠? 조치를 취해야지요."

어차피 금방 대답이 나올 것으로 기대하지는 않았다. 그는 몸을 낮추고 구두끈을 맸다.

나는 관목 이파리를 하나 따서 살펴보는 척했다. "맥심이 조치를 취해야 한다고 판단한다면 저한테 말을 할 겁니다." 여전히 구두끈을 손에 쥔 채 그가 대답했다.

"거기 있는 건 전부 레베카 물건인가요?"

"그렇습니다."

나는 이파리를 던져버리고 다른 이파리를 손바닥 위에 놓았다.

"그 집은 어떤 용도였을까요? 가구가 다 들어가 있더라고요. 겉에서 볼 때는 그냥 보트 보관 창고라고 생각했는데."

"본래는 보트 보관 창고였습니다." 불편한 화제라는 것을 드러내듯 프랭크의 목소리가 다시 긴장되었다. "그러다가 보신 모습처럼 바뀌었죠. 그분이 가구며 그릇을 집어넣었고요."

레베카도 드윈터 부인도 아닌 '그분'이라고 말하는 것이 재미있었다.

"그곳을 자주 사용했나요?"

"네. 그랬습니다. 달밤에 소풍을 가기도 했고 뭐 그런 식이었죠."

우리는 나란히 서서 걸었고 나는 아직도 콧노래를 부르는 중이었다. "멋지군요. 달밤의 소풍이라니 아주 재미났겠어요. 프랭크, 당신도 참석했나요?"

"한 번인가 두 번 갔었지요." 나는 그가 마지못해 대답한다는 사실을 모른 척했다.

"배 대는 곳에는 왜 부표가 있지요?"

"보트를 거기에 묶어두었거든요."

"어떤 보트요?"

"그분의 보트 말입니다."

나는 짜릿한 기분이 되었다. 질문을 계속 던져야 했다. 그는 더 이상 이야기하고 싶어 하지 않는 게 분명했지만 말이다. 미안했지만 나는 고집을 부리듯 말을 이었다. 그대로 입을 다물 수는 없었다.

"배는 어떻게 되었죠? 레베카가 바다에 빠졌을 때 바로 그 배에 타고 있었던 건가요?"

"그렇습니다. 배가 뒤집혀 가라앉았습니다. 그분은 배 밖으로 떨어졌고요."

"얼마나 큰 배였지요?"

"그 작은 해변과 거의 똑같은 크기였습니다."

나는 곶 바깥쪽을 흐르던 초록빛 바다, 거품이 일던 그 바다를 생각했다. 갑자기 바람이 거꾸로 불었던 것일까? 그래서 배가 뒤집히고 만 것일까?

"누군가 레베카를 구해낼 수는 없었나요?"

"아무도 그 사고를 보지 못했습니다. 그분이 나간 것도 아무도 몰랐으니까요."

나는 그가 내 얼굴을 보지 못하도록 애썼다. 놀란 표정을 눈치채서는 안 되었다. 그때까지 나는 보트 경주에서 사고가 난 것으로 생각했던 것이다. 다른 배들도 많고 절벽 위에서 구경하던 사람도 많은 상황 말이다. 혼자서 그 만으로 나갔으리라고는 상상도 하지 못했다.

"집 안 사람들은 당연히 알았어야죠!"

"그렇지 못했습니다. 전에도 그런 식으로 혼자 나가는 일이 많았거든요. 한밤중에 집으로 돌아오기도 했고 그냥 해변의 그 집에서 자기도 했습니다."

"무섭지 않았나 보죠?"

"네? 아, 그분은 아무것도 무서워하지 않는 분이었습니다."

"맥심은 레베카가 그렇게 혼자 나가는 걸 어떻게 생각했나요?"

프랭크는 잠시 침묵하더니 "그건 모르겠습니다"라고 짧게 대답했다. 누군가를 위해서 입을 다무는 것 같았다. 맥심이나 레베카를 위해서? 혹은 자기 자신을 위해서? 이상했다. 왜 그렇게 행동하는지 알 수 없었다.

"레베카는 보트가 가라앉은 뒤 해변으로 헤엄쳐 나오려 하다가 익사한 것이겠지요?"

"그렇습니다."

작은 배가 마구 출렁거리는가 싶더니 바닷물이 쏟아져 들어온 것이다. 바람에 못 이긴 돛이 배를 눌러 가라앉는 속도를 부채질했을 것이고. 칠흑처럼 어두운 밤이었음에 틀림없다. 거기서 헤엄쳐 가려는 사람에게 해안은 까마득히 멀었으리라.

"얼마나 지난 후에 레베카를 찾아냈죠?"

"두 달 후에요."

두 달이라고? 물에 빠져 죽은 사람은 이틀 정도 지나면 발견되는 법이 아닌가? 파도에 휩쓸려 해안으로 밀려올 텐데.

"어디서 찾았지요?"

"여기서 70킬로미터쯤 떨어진 에지컴 해변이었습니다."

일곱 살 때 놀러 가 본 적이 있는 곳이었다. 부두와 당나귀를 보았었지. 혼자 당나귀를 타고 모래사장 위를 다녀보기도 했다.

"두 달이나 지났는데 어떻게 알아볼 수가 있었지요?" 나는 어째서 프랭크가 한 문장을 말할 때마다 머뭇거리는지 의아했다. 혹시나 레베카를 욕보일까 염려하는 마음일까? 이토록 조심할 필요가 있는 것일까?

"맥심이 에지컴에 가서 신원 확인을 했습니다."

갑자기 더 이상 묻고 싶지 않았다. 머리가 어지럽고 속이 메스꺼웠다. 나는 실컷 얻어맞고 쓰러지는 사람을 흥미진진하게 지켜보는 구경꾼 같았다. 죽은 사람을 보고 싶어 안달하는 한심한 사람 같았다. 나 자신이 미웠다. 얼마나 부끄럽고 천박한 질문들이었나. 프랭크는 나를 경멸할 것이 틀림없다.

"모두에게 힘든 시간이었군요. 그 기억을 다시 떠올리고 싶지 않겠지요. 전 다만 해변의 그 빈집을 어떻게 해야 하지 않을까 생각했던 것뿐이에요. 습기 때문에 가구가 다 망가질 판이어서요."

그는 아무 말 하지 않았다. 나는 마음이 불편했다. 땀이 났다. 그는 내가 그 빈집 때문에 그 모든 질문을 던진 것이 아니라는 점을 알고 있다. 그리고 나 때문에 충격을 받았을 것이다. 우리는 편안한 친구 같은 관계였다. 나는 그를 내 편으로 생각했다. 어쩌면 난 그 관계를 엉망으로 망쳐놓았는지도 모른다. 그는 이제 나를 다른 눈으로 볼 것이다.

"정말 긴 길이에요. 이 길을 보면 그림 동화에 나오는 숲이 생각 나요. 왕자가 길을 잃는 숲 말이에요. 이 길은 늘 생각보다 길고 나무들이 빽빽해 어둡죠."

"네. 정말 그렇습니다."

또 다른 질문이 나올까 봐 방어적인 태도를 취하는 말투였다. 어색한 침묵이 흘렀다. 어떤 말이든 해야 했다. 내가 망신을 당하는 한이 있더라도.

"프랭크, 당신이 무슨 생각 하는지 알아요. 왜 제가 그런 질문을 던졌는지 이상하겠죠. 쓸데없이, 심지어는 잔인할 정도로 호기심이 많다고 여길 거예요. 하지만 그렇지 않아요. 정말이에요. 다만 가끔씩 저만 불리한 입장이라는 생각이 들거든요. 이곳 맨덜리에 사는 것도 낯설고 지금까지와 다른 방식으로 생활해야 하는 것도 힘들고요. 오늘 오후처럼 답방을 할 때마다 사람들은 저를 아래위로 훑어보며 제대로 해낼까 의심스럽다는 눈길을 보내죠. '대체 맥심은 뭘 보고 저 여자랑 결혼한 걸까?'라고 말하는 듯 말이에요. 그러면 저 스스로도 자신이 없어져요. 해서는 안 될 결혼을 했다는 생각, 우리는 결코 행복해질 수 없으리라는 생각이 드는 거예요. 저와 처음 만나는 사람은 누구나 '저 여자는 레베카와 정말 다르군'이라고 생각한다는 걸 저도 안다고요."

속에 있는 말을 쏟아놓고 나자 부끄러웠다. 어떻든 이제는 속마음을 다 드러내버린 셈이었다. 그는 걱정스럽다는 눈길로 나를 바라보았다.

"드윈터 부인, 제발 그렇게 생각하지 마십시오. 저 같은 경우는 부인께서 맥심과 결혼하셔서 얼마나 기뻤는지 모릅니다. 맥심의 인생은 부인과의 결혼으로 완전히 바뀌었지요. 그것만 봐도 결혼 생활은 아주 성공적이라 할 수 있습니다. 또 부인처럼 맨덜리의 생활에, 에, 그러니까 완전히 익숙하지 않은 분이 맥심에게는 더욱 매력적일 겁니다. 다른 사람들이 비판적인 시각을 가졌다고 느끼신다면 그건, 그건 이곳 토박이들이 워낙 예의가 없는 탓일 겁니다. 전 부인에 대해 나쁜 소리를 한 번도 들어본 적이 없습니다. 만약 그랬다면 두 번 다시 그런 소리가 안 나오도록 단속했을 것이고요."

"그렇게 말씀해주셔서 고마워요, 프랭크. 위안이 되는군요. 제가 어리석은 소리를 했나 봐요. 사람 만나는 일이 저한테는 워낙 힘들어서요. 어쩔 수 없이 사람을 만나야 할 때면 내 앞에 있던 사람, 본래부터 이런 일에 익숙했던 그 사람은 얼마나 쉽고 자연스럽게 행동했을까 하는 생각을 한답니다. 매일같이 저한테는 자신감, 우아함, 아름다움, 현명함, 유머 감각 같은 것이 부족하다는 걸 깨닫지요. 그 사람, 레베카가 다 가지고 있던 그 자질 말이에요. 그런 생각을 하면 견디기 힘들어져요."

그는 아무 말 하지 않았다. 곤혹스럽다는 듯 정면만 응시했다. 이윽고 그는 손수건을 꺼내 코를 풀었다. "그렇게 말씀하지 마십시오."

"왜요? 그게 사실인걸요." 내가 말했다. "부인께도 그런 것들과 똑같이 중요한, 아니 더더욱 중요한 자질이 있으니까요. 제가 이런 얘기를 한다는 게 주제넘을지 모르겠습니다. 저는 아직 결혼을 안 했고 여자에 대해 잘 알지도 못합니다. 하지만 제 생각에는 남자들, 또한 남편들은 아름다움이나 유머 감각보다는 친절함, 진실함, 그리고 정숙함 같은 덕목이 훨씬 더 가치 있다고 여길 것 같습니다."

그는 흥분한 듯 다시 한번 코를 풀었다. 나보다 그가 더 많이 흥분한 것이다. 그 점을 깨닫고 나자 나는 일종의 우월감을 느끼며 침착해졌다. 그는 왜 이렇게 별나게 구는 걸까? 나는 그리 많은 말을 하지는 않았다. 그저 레베카의 역할을 물려받는 데서 오는 불안함을 토로했을 뿐이다. 프랭크가 나를 추켜세웠던 덕목들은 레베카에게도 있었으리라. 레베카 역시 친구들에게 친절하고 진실했을 것이다. 그러니 모두의 사랑을 받았겠지. 정숙함이라는 건 뭘 말하는 걸까? 전부터 이해하지 못하는 개념이었다. 그건 그저 목욕을 하러 가다가 다른 사람을 만나지 않도록 조심하는 것에 불과한 게 아닐까. 그는 역시 말주변이 없군. 비어트리스는 그를 두고 멍청한 사람이라고, 말 한마디 제대로 못 한다고 했지.

"글쎄요, 전 잘 모르겠군요. 제가 남달리 친절하고 진실한지, 게다가 정숙하기까지 하다고는 생각하지 않아요. 그저 상황에 맞춰 살아왔던 것 같거든요. 몬테카를로에서 혼자 돌아다녔던 것이나 맥심을 만나 그렇게 서둘러 결혼한 것이나 그리 정숙한 행동이라고는 볼 수 없잖아요? 그런 생각은 안 하시나 봐요."

"드윈터 부인, 제가 한순간이라도 두 분의 결혼이 도덕적이지 못하다는 생각을 했다고 보십니까?" 낮은 목소리였다.

"아니, 그랬을 것 같지는 않아요." 나는 서둘러 대답했다. 순진한 그에게 내가 충격을 준 모양이었다. 그나저나 '도덕적'이라는 말은 어쩌면 이토록 자연스럽게 '부도덕'이라는 말을 떠오르게 하는 걸까.

"걱정입니다. 맥심이 부인의 생각을 안다면 몹시 실망하고 또 염려할 겁니다. 제 생각엔 맥심이 전혀 모르고 있는 것 같습니다."

"남편에게 말하지 않으실 거죠?"

"그럼요. 저를 어떻게 보시고 그런 다짐을 받으시려는 겁니까? 하지만 저는 맥심을 아주 잘 압니다. 여러 상황에서 그를 지켜봤죠. 부인께서 과거 일로 괴로워하신다는 걸 안다면 그것만큼 맥심을 낙담시키는 일은 없을 겁니다. 제가 장담할 수 있습니다. 맥심은 이제 건강하고 명랑한 모습을 되찾았습니다. 하지만 지난번에 레이시 부인께서 말씀하셨듯 작년까지만 해도 몸과 마음이 망가지기 직전이었죠. 그러니 지금 부인의 존재는 아주 중요합니다. 부인께서는 젊고 다정다감하십니다. 그리고 과거와 아무 관계 없는 분이죠. 드윈터 부인, 그러니 필요 없는 것은 다 잊으십시오. 맥심이 그랬듯이 머릿속에서 지우십시오. 우리 중 누구도 과거를 돌이켜보고 싶지 않습니다. 맥심이 가장 그럴 테고요. 우리가 과거에서 벗어날 것인지 아닌지는 부인에게 달려 있습니다. 우리를 과거로 데려가지 말아주십시오."

그의 말이 옳았다. 역시 프랭크는 내 친구, 내 편이었다. 나는 나 자신만 생각했다. 열등감에 사로잡혀 과민 반응을 보였던 것이다. "진작 이런 얘기를 털어놓을 걸 그랬어요."

"그렇습니다. 그랬다면 제가 고민을 덜어드렸을 텐데요."

"이제 기분이 나아졌어요. 프랭크, 어떤 일이 일어나도 당신은 내 친구가 되어주겠죠?"

"물론 그러겠습니다."

우리는 어두운 숲을 빠져나와 다시 환한 길로 접어들었다. 철쭉 길이 시작되었다. 철쭉 철은 곧 끝이었다. 벌써 색이 약간 바랜 듯했다. 다음 달이면 꽃잎이 하나둘 떨어질 것이고 정원사 손에 깨끗이 치워질 것이다. 철쭉의 이글거림은 짧은 아름다움이었다. 오래가지 못하는 아름다움 말이다.

"프랭크, 얘기를 마치기 전에 한 가지만 더 묻고 싶어요. 솔직하게 대답하겠다고 약속해줘요."

그는 잠시 머뭇거렸다. "이건 별로 공평하지 않군요. 부인께서는 제가 대답할 수 없는 걸 질문하실지도 모르니까요."

"아니, 그런 질문은 아니에요. 대답하기 곤란한 일은 없을 거예요."

"그렇다면 좋습니다. 약속하지요."

어느덧 저택 앞이었다. 늘 나를 감탄하게 만드는 완벽한 대칭미와 우아함, 단순함이 그날도 여전했다.

수많은 창문이 햇살을 받아 반짝거렸다. 이끼가 붙은 돌벽은 부드럽게 빛났다. 서재 굴뚝에서 가는 연기가 피어올랐다. 나는 그를 곁눈질하면서 엄지손톱을 물어뜯었다.

"저, 레베카는 아주 아름다웠나요?"

프랭크가 뜸을 들였다. 나는 그의 얼굴을 볼 수가 없었다. 그 역시 시선을 멀리 보냈다. "그렇습니다. 제 평생 본 중에 가장 아름다운 분이었습니다."

우리는 계단을 올라가 홀로 들어갔다. 나는 벨을 눌러 차를 가져오게 했다.

12

댄버스 부인과는 별로 만날 일이 없었다. 바쁜 모양이었다. 그저 매일 아침 거실로 전화를 걸어 인사했고 책상 위에 어김없이 그날의 메뉴를 올려놓을 뿐이었다. 그것이 우리 둘이 맺는 관계의 전부였다. 댄버스 부인은 내게 클래리스라는 몸종을 구해주었다. 영지의 어느 집 딸이라는데 아주 얌전하고 예의 바른 소녀였고 천만다행히도 이전까지 이런 일을 해본 적이 없어 자기 기준이라는 게 없었다. 클래리스는 저택에서 유일하게 나를 어려워하는 존재임에 틀림없었다. 그 애에게만은 내가 온전한 안주인, 드윈터 부인이었다. 다른 사람들의 입방아에도 별 영향을 받지 않은 상태였다. 25킬로미터 떨어진 다른 마을의 숙모 집에서 자란 후 막 맨덜리로 온 상황이었기 때문이다. 나는 클래리스와 함께 있으면 마음이 편했다. '아, 내 양말 좀 꿰매주겠니?'라는 부탁도 스스럼없이 할 수 있었다.

그전까지 몸종 역할을 겸하던 하녀 앨리스는 왠지 대하기가 껄 끄러웠다. 그래서 나는 바느질을 부탁하지 못하고 속옷이나 가운 같은 것을 숨겨두었다가 직접 꿰맸다. 언젠가 내 속옷을 들고 값싼 천이며 조잡한 레이스 같은 것을 자세히 살펴보던 앨리스의 표정을 나는 절대 잊지 못했다. 마치 자기 자존심에 상처를 입은 듯한 충격적인 표정 말이다. 그 전까지 나는 내 속옷에 대해 생각해본 적이 없었다. 깨끗하고 단정하면 그만이지 소재나 레이스에는 신경 쓰지 않았던 것이다. 혼수로 속옷 열두 벌을 준비한다는 얘기를 듣긴 했어도 그러려니 했을 뿐이었다. 하지만 앨리스의 표정은 내게 교훈을 안겨주었다. 즉시 런던에 편지를 써서 속옷 카탈로그를 부탁했다. 그리고 주문을 할 즈음에 클래리스가 오게 되었다. 클래리스 때문에 새 속옷을 산다는 건 낭비 같았다. 나는 카탈로그를 서랍에 던져버렸다.

앨리스가 내 속옷 얘기를 다른 하인들에게 했을까? 나는 가끔 궁금했다. 남자들이 없을 때 여자들끼리 모여 낮은 소리로 쑥덕였을까? 앨리스는 워낙 자존심이 강해 쉽게 그런 화제를 입에 올리지는 않았을 것 같기도 했다. 아니, 그렇지 않다. 내 속옷은 아주 큰 관심사였으리라. 어쩌면 우연히 안방에서 흘러나오는 비밀스러운 이혼 논의보다도 더 흥미진진한 것일 수 있다.

어떻든 나는 클래리스가 앨리스의 역할을 이어받게 되어 기뻤다. 클래리스는 진짜 레이스와 가짜 레이스를 구별하지 못할 것이었다. 댄버스 부인이 여러모로 배려한 모양이었다. 나와 클래리스가 잘 맞는 사람들이라고 판단한 게 틀림없었다. 이제 나는 댄버스 부인의 분노와 미움이 무엇 때문인지 알고 있었고 그래서 오히려 마음이 더 편했다. 부인은 나 개인이 아닌 내가 차지한 지위가 싫은 것이다. 나 아닌 그 누가 레베카의 자리를 차지했다 해도 똑같이 냉랭한 대접을 받았으리라. 비어트리스가 점심을 먹으러 왔을 때 했던 '몰랐나요? 부인은 레베카를 숭배했답니다'라는 말을 나는 그렇게 해석했다.

당시 나는 그 말에 충격을 받았다. 예상치 못했기 때문이다. 하지만 곰곰이 생각할수록 댄버스 부인에게서 처음 느꼈던 두려움이 조금씩 사라졌다. 동정하는 마음도 생겼다. 부인의 마음이 어땠을지 상상할 수 있었다. 내가 '드윈터 부인'이라고 불릴 때마다 상처를 입었을 게 아닌가. 매일 아침 내선 전화를 걸어 '네. 댄버스 부인'이라고 답하는 내 목소리를 들을 때마다 다른 목소리를 떠올릴 게 아닌가. 저택의 이 방 저 방을 다니면서 창가 자리에 놓인 베레모, 의자에 올려진 뜨개질 바구니 등 내 흔적을 볼 때마다 전에 똑같이 행동했던 다른 사람을 생각할 것이리라. 레베카를 전혀 모르는 나까지도 그러니 오죽하겠는가. 댄버스 부인은 레베카가 어떻게 걸었는지, 어떻게 말했는지 알고 있다. 눈동자의 색깔, 미소, 머릿결도 알고 있다. 나는 아무것도 모른다. 그런 건 하나도 모르지만 그래도 때로는 레베카가 댄버스 부인과 마찬가지로 살아 있는 사람인 양 느껴지는 것이다.

프랭크는 과거를 다 잊으라고 했지, 나도 잊고 싶다. 하지만 그는 나처럼 매일 거실에 앉아 레베카가 사용했던 펜을 집어 들지 않는다. 눈앞 서류함에 붙은 레베카의 글씨를 바라볼 필요도 없다. 벽난로 선반 위의 촛대, 시계, 꽃이 꽂힌 화병, 벽에 붙은 그림을 보면서 매일같이 그 모두가 레베카의 것이었다고, 레베카가 선택한 것이었다고 기억할 일도 없다. 저녁때면 레베카의 자리에 앉아 레베카의 나이프와 포크를 사용하고 레베카의 물 잔으로 물을 마시지 않는다. 레베카가 입었던 외투를 걸쳤다가 주머니에서 레베카의 손수건을 찾아내는 일도 없다. 서재에서 여자의 발소리를 들은 늙은 개가 고개를 쳐들고 코를 킁킁거리다가 자기가 찾는 그 주인이 아니라는 것을 알고 고개를 떨어뜨리는 그런 상황을 매일같이 접하지도 않는다.

하찮은 작은 일들, 하나씩 보면 아무것도 아닌 일들이지만 내게 있어 레베카는 보고 듣고 느낄 수밖에 없는 대상이었다. 난 정말이지 레베카 생각을 하고 싶지 않았다. 나는 행복해지고 싶었다. 맥심을 행복하게 만들어주며 함께 살고 싶었을 따름이었다. 내 마음속에는 그것 말고 아무런 바람도 없었다. 그런데도 늘 머릿속에, 꿈속에 레베카가 찾아오는 것을 어찌할 수 없었다. 나 스스로가 맨덜리의 손님이라는 생각을 떨치지 못했다. 레베카가 다니던 곳을 걷고 쉬던 곳에 몸을 누이는 손님. 안주인이 돌아오기를 기다리는 손님. 말 한 마디 한 마디, 물건 하나하나가 끊임없이 내게 그 사실을 상기시켰다.

어느 여름날 아침, 나는 라일락을 한 아름 안고 서재로 들어가며 프리스를 찾았다. "프리스, 이 라일락을 꽂을 키 큰 화병이 있었으면 좋겠어요. 정원 곁방의 것은 너무 작아요."

"라일락은 늘 응접실의 흰 화병에 꽂습니다, 마님."

"화병이 망가지지 않을까요? 약해 보이던데."

"돌아가신 드윈터 부인은 늘 그 화병을 사용했습니다, 마님."

"아, 그렇군요. 알겠어요." 흰 화병이 도착한다. 벌써 물이 차 있다. 나는 라일락 가지들을 하나씩 화병에 꽂아 넣는다. 연자줏빛 라일락의 달콤한 향기가 방 안을 가득 채우고 열린 창으로 흘러드는 막 깎은 잔디 냄새와 섞인다. 나는 생각한다. '레베카도 이렇게 했겠군. 라일락을 꺾어 와서 이 화병에 꽂았겠지. 난 따라 하는 것일 뿐이야. 이건 레베카의 화병이고 레베카의 라일락이야.' 언젠가 정원 곁방의 선반에서 본 챙 넓은 모자를 쓰고 레베카는 정원으로 나갔겠지. 잔디밭을 가로질러 라일락 앞으로 가서 콧노래를 부르고 개들에게 말도 걸면서 이 가위로 꽃을 잘랐을 것이다.

"창가 테이블의 스탠드를 좀 치워주겠어요? 거기 라일락 화병을 놓으려고요."

"돌아가신 드윈터 부인께서는 늘 소파 옆 테이블에 화병을 두셨습니다."

"아, 그렇군요." 나는 화병을 잡고 잠시 망설인다. 프리스의 얼굴은 순종적이다. 창가 테이블에 화병을 놓겠다고 하면 기꺼이 따를 것이다. 당장이라도 스탠드를 옮겨주겠지. "좋아요. 이쪽 테이블이 더 크니 보기가 좋겠어요." 그렇게 해서 라일락 화병은 늘 그랬듯 소파 옆 테이블 위에 놓인다……

비어트리스는 결혼 선물 약속을 잊지 않았다. 어느 날 아침 커다란 상자가 배달되어 왔다. 로버트가 낑낑거리며 옮길 정도로 크고 무거운 상자였다. 나는 거실에 앉아 그날의 메뉴를 살펴보고 있었다. 선물 꾸러미를 보고 아이처럼 신이 난 나는 서둘러 끈을 풀고 진갈색 포장지를 벗겼다. 책 같았다. 내 생각이 맞았다. 네 권짜리 커다란 책이었다. 『회화의 역사』라는 제목이었다. 1권 안에 '올케 마음에 들면 좋겠군요. 사랑을 담아 비어트리스 보냄'이라고 쓰인 쪽지가 들어 있었다. 비어트리스가 런던에 나가 책을 사는 모습이 떠올랐다. 단호한 목소리로 '예술에 관심이 많은 사람에게 선물할 책을 사고 싶은데요'라고 말했겠지. 그럼 점원은 '알겠습니다. 이쪽으로 오시지요'라고 대답했을 것이다. 비어트리스는 책을 몇 장 넘겨보고는 '괜찮아 보이는군요. 결혼 선물로 주려는 거니 좋은 책이어야 해요. 전부 예술에 대한 내용이지요?'라고 묻고 점원은 '네. 이 분야의 책으로는 이만한 것이 없습니다'라고 대답했으리라. 비어트리스는 쪽지를 적어 끼우고 수표책을 꺼내 계산한 뒤 '맨덜리, 드윈터 부인'이라고 주소를 썼을 것이다.

비어트리스다운 멋진 선물이었다. 내가 그림을 좋아한다는 데 착안해 런던으로 나가 그림과 관련된 책을 사서 보내다니 얼마나 고마운지 몰랐다. 비어트리스는 비 오는 날이면 내가 이 책의 그림들을 넘겨보다가 도화지를 꺼내 마음에 드는 그림을 모사하는 광경을 상상했으리라. 고마운 비어트리스, 갑자기 소리 내어 울고 싶은 충동에 사로잡혔다. 나는 그 무거운 책들을 거실 어디에 놓으면 좋을지 여기저기 둘러보았다. 섬세한 분위기의 방에는 어울리지 않는 무거운 책이었다. 하지만 상관없었다. 이제는 내 방이니 말이다. 우선 책상 위에 대충 나란히 세워보았다. 뒤로 물러서서 괜찮은지 살펴보려고 했는데 일어서는 바람에 책이 기우뚱하더니 우르르 떨어지고 말았다. 책상을 장식하고 있던 큐피드 조각상도 함께 떨어졌는데 중간에 휴지통과 부딪치면서 박살이 나버렸다. 나는 잘못을 저지른 아이처럼 재빨리 문밖을 살펴보았다. 그리고 무릎을 꿇고 앉아 조각들을 손으로 주웠다. 봉투 하나를 찾아 거기 쓸어 담은 뒤 서랍 깊숙이 숨겨두었다. 책을 들고 서재에 갔더니 마침맞은 자리가 있었다.

자랑스럽게 그 선물을 보여주었을 때 맥심은 큰 소리로 웃었다.

"당신 참 대단하구려. 책 한 장 펼쳐보는 일 없는 누님이 책 선물을 하게 만들었으니."

"혹시 누님이 무슨 말 안 하셨어요? 절 어떻게 생각하셨다든가 하는."

"점심 먹으러 왔던 날 말이오? 아무 말 안 했던 것 같은데."

"그다음에도 편지를 보내왔거나 할 수 있잖아요."

"큰일이 터지지 않는 한 우리 오누이는 편지 같은 건 쓰지 않아요. 편지는 시간 낭비일 뿐이오."

그러니까 나는 큰일이 아닌 셈이군. 나는 생각했다. 내가 비어트리스였다면, 그래서 남동생과 결혼한 여자를 처음 만났다면 무언가 자기 의견을 말했어야 하는 게 아닐까? 도무지 마음에 들지 않는다면 몰라도 말이다. 하지만 그건 아닌 것 같았다. 비어트리스는 직접 런던까지 가서 책을 사 보내는 수고로움을 감수하지 않았나. 나를 싫어한다면 그렇게까지 했을 리 없다.

그다음 날이었다. 점심 식사가 끝난 후 서재로 커피를 가져온 프리스가 머뭇거리더니 말을 꺼냈다.

"말씀 좀 드려도 괜찮을까요?" 맥심이 놀란 듯 신문에서 눈을 뗐다.

"그럼, 프리스. 무슨 일이지?" 프리스는 엄숙한 표정을 지었다. 순간 나는 프리스의 아내가 죽기라도 했나 싶었다.

"로버트 때문에 그렇습니다. 로버트와 댄버스 부인 사이에 약간 언쟁이 있었던 모양인데 로버트가 몹시 화가 났습니다."

"이런, 맙소사." 맥심이 내 쪽을 보며 혼잣말을 했다. 나는 당혹스러울 때면 늘 그랬듯 허리를 굽혀 재스퍼를 쓰다듬기 시작했다.

"댄버스 부인이 거실에서 귀중품 하나가 없어진 것을 보고 로버트 짓인 모양이라고 여겨 다그쳤다고 합니다. 거실에 꽃을 가져가는 게 로버트가 맡은 일 중 하나이니까요. 꽃 장식이 끝난 후 댄버스 부인이 들어가보니 귀중품이 없어진 상태였다고 합니다. 그래서 로버트가 훔쳤든지 아니면 깨뜨린 후 시치미를 뗐든지 둘 중하나라고 생각했던 거죠. 로버트가 자기는 아무 잘못도 저지르지 않았다면서 제게 달려와 하소연을 하더군요. 아마 오늘 점심 시중 들 때도 제정신이 아니었을 겁니다."

"어쩐지 왜 접시도 안 놓고 커틀릿을 담으려고 하는지 이상하게 생각했지. 그런 일이 있는 줄 몰랐군. 누군가 다른 사람이 그랬나 보지. 하녀들이나."

"아닙니다. 댄버스 부인은 하녀들이 청소하기 전에 거실을 확인 했습니다. 어제 마님께서 자리를 뜨신 후 그 방에는 아무도 들어 가지 않았습니다. 로버트가 처음으로 꽃을 갖고 들어갔습니다. 로 버트에게나 저에게나 퍽 유감스러운 일입니다."

"그렇군. 댄버스 부인을 여기 오라고 해서 차근차근 생각을 해 보도록 하지. 한데 없어진 귀중품이 무엇이지?"

"책상 위에 있던 큐피드 조각상입니다."

"그래? 그건 우리 집에서 제일 비싼 물건 중 하나가 아닌가? 찾 긴 꼭 찾아야겠군. 당장 댄버스 부인을 오라고 해요."

"알겠습니다."

프리스가 나가고 다시 우리 둘만 남았다. "골치 아픈 일이 벌어 졌구려. 그 조각상은 값이 어마어마할 거요. 난 하인들이 시끄럽게 구는 것도 딱 질색이오. 사실 이건 당신 일인데 왜 나한테 얘길 하 는 것인지 모르겠군."

나는 얼굴이 홍당무가 된 채 고개를 들었다. "여보, 진작 말했어 야 했는데 잊고 있었어요. 사실은 제가 어제 거실에서 그 조각상 을 깨뜨렸어요."

"당신이 깨뜨렸다고? 아니, 그런데 왜 프리스가 얘길 꺼냈을 때 말하지 않았소?"

"모르겠어요. 그러고 싶지 않았어요. 절 바보로 생각할까 봐 그랬나 봐요."

"이제 더더욱 당신을 바보로 생각할 거요. 당신이 이제 프리스와 댄버스 부인에게 설명해야 하오."

"맥심, 당신이 말해주면 안 될까요? 전 위층으로 올라갈래요."

"바보같이 굴지 마요. 그럼 당신이 하인들을 무서워하는 게 돼."

"전 무서운걸요. 아니 무섭다기보다는……."

문이 열리고 프리스와 댄버스 부인이 들어왔다. 나는 눈빛으로 맥심에게 애원했다. 맥심은 할 수 없다는 듯 어깨를 으쓱하고는 입을 열었다. "오해가 있었소, 댄버스 부인. 사실은 드윈터 부인이 조각상을 깨뜨리고 미처 이야기를 못 했다고 하는군요."

모두들 나를 쳐다보았다. 정말이지 다시 어린아이가 된 것 같은 기분이었다. 얼굴이 달아올랐다. "미안해요. 로버트가 누명을 쓰게 될 줄은 몰랐어요." 나는 댄버스 부인을 바라보면서 말했다.

"복원이 가능한 상태일까요, 마님?" 댄버스 부인은 전혀 놀라지 않은 모양이었다. 해골처럼 흰 얼굴과 검은 눈동자를 보자 나는 부인이 상황을 다 알면서도 나를 시험하기 위해 로버트를 몰아세운 것이 아닐까 싶었다.

"안 될 것 같아요. 산산조각이 났거든요."

"그래 그 조각들은 어떻게 했소?" 맥심이 물었다.

죄인을 잡아놓고 심문하는 것 같은 양상이었다. "봉투에 넣었어요." 내 스스로도 그 조치가 한심스럽게 느껴져 목소리가 기어들었다.

"그리고 봉투는 어떻게 했소?" 맥심이 담뱃불을 붙이면서 다시 물었다. 반쯤은 재미있다는 듯, 반쯤은 화가 난다는 듯한 어조였다.

"거실 서랍 안쪽에 넣어두었어요."

"드윈터 부인은 이제 곧 감옥에라도 갇힐지 모른다고 생각하는 모양이오, 댄버스 부인. 자, 이제 봉투를 찾아 런던으로 보내시오. 복원이 불가능하다고 하면 할 수 없는 일이지. 프리스, 어서 로버트에게 일이 다 해결되었다고 알리게."

프리스가 나가고 난 후에도 댄버스 부인은 자리를 떠나지 않았다. "로버트에게 사과를 하겠습니다. 하지만 정황상 로버트 짓으로 판단되었기 때문에 어쩔 수 없었습니다. 드윈터 부인께서 깨뜨렸다고는 상상도 못 했습니다. 앞으로 다시 그런 일이 있으면 마님께서 직접 저한테 말씀해주셨으면 합니다. 그러면 아무 문제 없을 테니까요."

"당연히 그래야지요. 이 사람이 왜 어제 안 그랬는지 모르겠소. 안 그래도 그 얘기를 하려는 참이오." 맥심이 서둘러 대답했다.

"드윈터 부인께서 그 큐피드 조각상의 값어치를 모르셨기 때문이었겠지요." 댄버스 부인은 내 쪽으로 시선을 돌렸다.

"아니, 알고 있었어요. 그래서 그렇게 조심스럽게 조각들을 주워 모아놓은 거죠."

"그러고는 아무도 모르게 서랍 안에 숨겨두었소? 그랬소?" 맥심이 웃으면서 말했다. "그건 견습 하녀나 할 법한 행동이 아닌가, 댄버스 부인?"

"맨덜리의 견습 하녀들은 거실의 귀중품을 절대로 만질 수 없게 되어 있습니다." 댄버스 부인이 정색을 했다.

"물론 그렇겠지."

"참으로 안타까운 일입니다. 거실의 귀중품은 한 번도 망가진 적이 없었습니다. 늘 극도로 조심해왔죠. 작년부터는 먼지 털기 청소도 제가 직접 해왔습니다. 믿을 수 있는 사람이 없으니까요. 드 윈터 부인이 살아 계실 때부터 귀중품 관리는 철저했지요."

"잘 알았네. 이제 나가보게."

댄버스 부인이 방을 나갔다. 나는 창가에 앉아 밖을 내다보고 있었다. 맥심은 다시 신문을 펼쳐 들었다. 잠시 침묵이 흘렀다.

"여보, 미안해요. 제가 부주의했어요. 책을 책상 위에 올려두고 잘 서 있는지 보려고 했을 때 조각상이 떨어져버렸어요."

"이제 잊어버려요. 아무 일도 아니오."

"아니, 그렇지 않아요. 제가 좀 더 조심했어야 했어요. 댄버스 부인이 저한테 몹시 화가 났을 거예요."

"댄버스 부인이 대체 무엇 때문에 화를 낸다는 말이오? 그 조각상은 부인 게 아니잖소."

"그건 아니지만 부인은 자부심이 대단하잖아요. 거실 물건이 이제까지 한 번도 깨지지 않았다니 더 그래요. 제가 처음으로 실수

219

를 저질렀으니까요."

"그래도 당신은 운 나쁜 로버트보다는 낫소."

"차라리 제가 로버트였으면 좋겠어요. 댄버스 부인은 절대 저를 용서하지 않을 거예요."

"댄버스가 전능한 신이라도 되오? 난 이해를 못 하겠소. 부인이 무섭다는 말은 또 무슨 뜻이오?"

"정확히 말하면 무서운 건 아니에요. 자주 만나는 사이도 아니니까요. 뭐라 설명하기 어렵지만 하여튼 불편해요."

"당신은 참으로 이상한 행동을 했어요. 그런 일이 있었으면 당장 부인을 불러 '자, 이걸 복원할 수 있는지 알아봐요'라고 말하면 그만이오. 조각을 긁어모아 서랍 안에 감추다니. 그건 안주인다운 처신이 아니오. 아까도 말했지만 견습 하녀나 할 짓이지."

"전 견습 하녀나 다름없는 존재예요. 여러 면에서 그렇죠. 아마 그래서 제가 클래리스와 잘 지내는지 몰라요. 출신이 비슷하니까요. 클래리스도 그래서 저를 좋아하는 것 같고. 지난번에는 그 애 어머니를 만났지요. 클래리스가 몸종 일을 재미있다고 하더냐고 물었더니 그 어머니가 뭐라고 한 줄 알아요? '아주 재미있다고 한답니다. 마님을 모신다는 생각은 전혀 들지 않고 그냥 비슷한 처지의 사람과 어울리는 것 같다고요'라나요. 이게 칭찬이라고 생각해요?"

"누가 알겠소. 다만 클래리스 어머니의 사는 꼴을 생각하면 모욕일지도 모르겠군. 쓰러져가는 오두막에 사는데 늘 삶은 양배추 냄새가 진동을 하지. 한때는 올망졸망한 아이들이 무려 아홉이나 딸려 있었소. 신발도 안 신고 머리에 양말을 뒤집어쓴 채 일하겠다고 나왔더군. 일을 그만두게 하는 것도 퍽 힘들었다니까. 그래서 단정하고 깔끔한 클래리스를 보면 때로 이상하게 여겨질 정도요."

"클래리스는 숙모와 함께 살았대요. 제 플란넬 치마에도 앞쪽에 얼룩이 있어요. 물론 양말을 머리에 쓰고 맨발로 돌아다니지는 않지만." 나는 클래리스가 앨리스와 달리 내 속옷을 아무렇지 않게 여겼던 이유가 무엇인지 알 것 같았다. "어쩌면 그래서 주교 부인보다는 클래리스 어머니와 만나는 게 더 마음 편한가 봐요. 주교 부인은 제가 자기들과 비슷하다고는 절대 말하지 않으니까요."

"당신이 그 얼룩 묻은 치마를 입고 찾아간다면 그렇게 말할지도 모르겠소."

"물론 그 치마를 입지는 않아요. 갖춰 입고 가죠. 하지만 어떻든 옷차림만 보고 상대를 판단하려 드는 사람은 싫어요."

"주교 부인은 옷차림에는 아마 전혀 관심이 없을 거요. 물론 우리가 처음 답방을 했을 때처럼 당신이 마치 시험이라도 보러 간 양 의자에 꼿꼿이 앉아 네, 아니요 소리만 한다면 놀라긴 하겠지."

"어색하고 어려운데 그럼 어떻게 해요."

"어색하고 어렵다는 건 알아요. 하지만 그걸 이겨내려는 노력은 안 하는 것 같소."

"어쩜 그렇게 말할 수 있어요? 전 매일같이, 누군가 새로 만날 때마다 노력하고 있어요. 최선을 다한다고요. 당신은 모르겠지요. 당신한테는 누굴 찾아가고 만나는 일이 아주 익숙할 테니까. 하지만 전 이런 환경에서 자라지 않았다고요."

"무슨 소릴 하는 거요. 이건 자라난 환경의 문제가 아니오. 그저 노력의 문제일 뿐이지. 당신은 내가 사람 만나는 걸 좋아하는 것 같소? 끔찍하게 지루한 일이라고 생각하오. 하지만 어쩔 수 없이 해야만 하는 일이지."

"지루함과는 달라요. 지루한 걸 무서워할 이유는 없죠. 그저 지루하기만 한 거라면 무슨 문제겠어요? 품평회에 나온 소 보듯 절 아래위로 훑어보는 시선이 싫단 말이에요."

"누가 당신을 아래위로 훑어본다는 거요?"

"모두가 그래요. 여기 사는 모두가 말이에요."

"설사 그렇다 해도 뭐가 그리 중요하오? 당신은 이곳 사람들의 단조로운 삶에 커다란 흥밋거리가 되고 있소."

"어째서 제가 흥밋거리가 되고 비판의 대상이 되어야 하는 거죠?"

"이곳 사람들에게는 늘 맨덜리가 제일 큰 관심 대상이었으니 그렇소."

"그러니 사람들 눈에 제가 얼마나 우습게 보였을까요."

맥심은 대답 없이 신문에 눈길을 주었다.

"그러니 사람들 눈에 제가 얼마나 우습게 보였겠어요." 나는 다시 반복했다. "아마 그래서 당신은 저랑 결혼한 모양이에요. 제가 멍청하고 수줍음 많고 경험도 없다는 걸 알고 그렇다면 입방아에 오르내릴 일도 없겠다고 생각했겠죠."

맥심은 신문을 집어 던지고 벌떡 일어섰다. "그 말은 대체 무슨 뜻이오?"

그의 얼굴이 일그러지고 표정이 어두워졌다. 목소리도 평소와 달리 거칠었다.

"아무, 아무 뜻도 없어요." 나는 창문에 등을 기대었다. "별 뜻 없었어요. 왜 그렇게 무서운 표정을 짓는 거예요?"

"이곳 사람들의 입방아에 대해 무슨 소리를 들은 거요?"

"아무 말도 듣지 못했어요. 전 다만, 다만 생각나는 대로 말한 것뿐이에요. 여보, 그런 눈으로 보지 마요. 별 뜻 없는 말이었어요." 나는 겁에 질려 말했다.

"누가 당신한테 얘길 한 모양이군."

"아녜요. 아무도 그러지 않았어요."

"그렇다면 왜 그런 소릴 하는 거요?"

"말했잖아요, 그냥 생각나는 대로 떠든 거라고요. 화가 나서 그랬어요. 사람들을 찾아가는 일이 싫어서 견딜 수 없어요. 게다가 당신은 제가 수줍어한다고 야단을 치고요. 맥심, 정말로 다른 뜻은 없었어요. 제발 믿어줘요."

"그런 말은 듣기 좋은 건 아니지 않소?"

"맞아요. 제가 생각이 짧았어요."

그는 잠시 나를 바라보더니 주머니에 손을 찔러 넣고 방 안을 이리저리 오갔다. "당신과 결혼한 게 너무 이기적인 생각이었나 보오." 그는 천천히 생각에 잠겨 말했다.

갑자기 소름이 돋았다. "무슨 말씀이에요?"

"난 당신에게 그리 좋은 동반자는 못 되지 않소. 나이 차도 너무 많고. 당신은 좀 더 기다렸다가 또래 청년을 만나 결혼했어야 했소. 나같이 나이 든 사람 말고."

"말도 안 돼요! 나이는 아무것도 아니라는 걸 알잖아요. 우리는 좋은 동반자예요."

"그렇소? 난 잘 모르겠군."

나는 자리에서 일어나 그의 어깨를 감싸 안았다. "왜 그런 말을 하는 거예요? 제가 세상 누구보다도 당신을 사랑한다는 걸 알잖아요. 당신 같은 사람은 제게 아무도 없었어요. 당신은 내 아버지이고 오빠이고 아들이에요. 내 모든 거라고요."

"내가 실수했소. 당신은 엉겁결에 나한테 끌려온 거요. 당신에게 생각할 기회조차 주지 않았으니까."

"전 더 생각하고 싶지 않았어요. 다른 선택을 했을 리 없어요. 당신은 이해를 못 하는군요. 누군가를 사랑할 때면……."

"당신은 이곳에서 행복하오?" 맥심이 창밖으로 시선을 던지면서 불쑥 물었다. "때로 걱정이 되오. 당신은 점점 여위어가고 본래의 모습을 잃고 있어요."

"물론 전 행복해요. 맨덜리가 좋고 정원도 좋고, 다 좋아요. 사람들을 찾아가 만나는 것도 괜찮아요. 좀 지겨워졌을 뿐이에요. 당신이 원한다면 매일이라도 사람들을 찾아다니겠어요. 전 한순간도 당신과 결혼한 것을 후회한 적이 없어요. 당신도 잘 알지 않아요?"

그는 특유의 무심한 태도로 내 얼굴을 어루만지더니 허리를 굽혀 내 이마에 입을 맞추었다. "불쌍한 사람, 당신한테는 재미있는 일이 없지 않소? 나란 사람은 같이 살기에 까다로운 편이기도 하고."

"까다롭지 않아요. 당신은 편한 사람, 아주 편안한 사람이에요. 내가 생각했던 것보다 훨씬 더요. 전에는 결혼이 끔찍한 일이라 생각했어요. 남편은 술을 마시고 욕을 하고 식사가 마음에 안 들면 투덜거리는 그런 존재인 줄 알았죠. 당신은 전혀 그렇지 않아요."

"나도 내가 그렇지 않은 사람이면 좋겠소." 맥심이 미소를 지었다.

드디어 그를 미소 짓게 만들었다는 데 의기양양하여 나도 미소 지었고 그의 손에 입을 맞추었다. "우리가 좋은 동반자가 아니라는 건 말도 안 돼요. 매일 저녁마다 우리는 이렇게 함께 앉아 당신은 신문이나 책을 읽고 전 뜨개질을 하죠. 한 쌍의 비둘기처럼, 오랜 세월을 함께한 노부부처럼요. 우리는 좋은 동반자예요. 그리고 행복하고요. 당신은 우리가 실수했다고 생각하는 것처럼 말했어요. 그건 진심이 아니죠, 맥심? 우리 결혼이 성공이라는 건 당신도 아는 사실이잖아요."

"당신이 그렇다고 생각하면 그걸로 됐소."

"아녜요. 당신도 그렇게 생각해야지요. 그렇게 생각하죠? 우린 행복하죠?"

그는 대답하지 않았다. 내게 손을 잡힌 채 그는 창밖을 바라보았다. 목이 타들어가고 눈이 충혈되었다. 오, 하느님, 이건 마치 막이 내려지기 직전 두 배우의 모습 같잖아. 나는 생각했다. 이제 연극이 끝나면 관객들에게 허리 굽혀 인사하고 분장실로 가는 건

가. 맥심과 내게 이런 일은 일어날 수 없어. 나는 맥심의 손을 놔주고 창가 의자에 앉았다. 나 자신이 냉정한 투로 말하는 소리가 들리는 듯했다. '행복하지 않다고 생각하면 솔직히 인정하는 편이 좋아. 무언가 꾸며대는 건 싫거든. 거짓을 주장한다면 난 더 이상 머물지 않고 멀리 떠나버릴 거야.' 물론 그건 내 상상이었다. 연극에 등장한 소녀의 대사라고나 할까. 나는 그 역을 맡은 소녀의 모습을 그려보았다. 키가 크고 늘씬한, 당당한 모습이었다.

"어째서 대답을 안 하는 거죠?" 내가 물었다.

그는 두 손으로 내 얼굴을 받치고 내 눈을 바라보았다. 바닷가에 나갔다 돌아와 이 방에서 차를 기다리면서 그랬던 것처럼.

"어떻게 대답할 수 있겠소? 나도 답을 모르는데 말이오. 당신은 우리가 행복하다고 생각하니 그렇다고 해둡시다. 난 잘 모르겠으니 당신 말을 따르겠소. 우리는 행복한 거요. 자, 그럼 그렇게 결론이 난 셈이오!" 그는 다시 내게 입을 맞췄고 다시 방 안을 오갔다. 나는 창가 의자에 꼿꼿하게 앉아 두 손을 무릎에 얹었다.

"저한테 실망해서 그런 말을 하는군요. 전 매사에 서툴고 실수하기 일쑤죠. 옷도 잘 못 입고 사람들 앞에서는 수줍음을 타요. 몬테카를로에서 이미 다 말씀드렸잖아요. 당신은 제가 맨덜리에 적합하지 않다고 생각하는 거죠?"

"말도 안 되는 소리 그만해요. 당신이 옷을 못 입는다거나 서툴다고는 한 번도 생각하지 않았소. 그건 당신 상상에 불과해요. 수줍음을 타는 문제는 노력해서 극복하면 될 테고. 전에 말했잖소."

"우리는 같은 얘기를 반복하고 있어요. 늘 시작점으로 다시 돌아가죠. 모든 게 거실의 조각상을 깨뜨린 탓이에요. 그런 일이 없었다면 아무 문제 없었을 거예요. 우린 커피를 마시고 정원으로 나갔겠죠."

"아, 그놈의 조각상! 설사 그 조각상 만 개가 깨진들 내가 눈 하나 까딱할 것 같소?"

"값비싼 거라면서요?"

"그게 얼마인지는 다 잊었소. 관심도 없고."

"거실에 있는 물건은 다 비싼 건가요?"

"아마 그럴 거요."

"왜 그런 비싼 것들이 다 거실에 모여 있죠?"

"나도 모르오. 아마 거기 있어야 돋보이는 모양이오."

"늘 그랬나요? 당신 어머니가 살아 계실 때에도?"

"아니, 그렇지 않소. 그때는 귀중품이 집 안 곳곳에 흩어져 있었지. 의자는 창고에 두었던 것 같소."

"그럼 거실이 언제 지금처럼 꾸며진 거죠?"

"내가 결혼했을 때요."

"그럼 큐피드상도 그때 놓였겠군요?"

"그럴 거요."

"그 전까지는 창고에 있었고요?"

"아니, 그렇지는 않아요. 사실 그건 결혼 선물이었소. 레베카는 도자기에 관심이 많았거든."

나는 차마 그의 얼굴을 바라볼 수 없었다. 그래서 손톱만 만지작거렸다. 그는 그 단어를 아주 자연스럽게, 아무렇지 않은 듯 입밖에 냈다. 전혀 힘들지 않은 모습이었다. 잠시 후 나는 슬쩍 그를 곁눈질했다. 그는 주머니에 손을 찔러 넣고 벽난로 앞에 서 있었다. 레베카를 생각하고 있어. 나는 생각했다. 내가 받은 결혼 선물이 레베카가 받은 결혼 선물을 깨뜨리게 된 상황이 의아하겠지. 큐피드 조각상을 선물한 사람이 누구일지 기억할까. 그 선물을 보고 레베카가 얼마나 기뻐했는지 다시 떠오를까. 레베카는 도자기에 관심이 많았군. 레베카가 바닥에 무릎을 꿇고 앉아 큐피드 포장상자를 조심스레 열고 있을 때 그가 그 방으로 들어갔는지도 몰라. 레베카는 그를 보고 미소 지었겠지. '우리한테 어떤 선물이 왔는지 한번 봐요'라고 말했을 거야. 상자에 손을 넣어 그 도자기, 손에는 활을 들고 한 발로 서 있는 정교한 큐피드를 꺼냈으리라. '이건 거실에 두어야겠어요.' 레베카는 이렇게 말하고 맥심과 함께 큐피드를 유심히 살펴보았겠지.

나는 계속 손톱을 만지며 딴청을 부렸다. 내 손톱은 볼품없이 짧았다. 특히 엄지손톱은 생살이 드러날 지경이었다. 나는 다시 맥심을 바라보았다. 그는 여전히 벽난로 앞이었다.

"무슨 생각을 하는 거예요?" 내 목소리는 침착했다. 마구 들끓는 가슴속과는 다르게 말이다. 그는 담뱃불을 붙였다. 그날 하루 동안 스물다섯 개비는 피워댄 듯했다. 이제 겨우 점심시간이 지났을 뿐인데. 그는 벽난로에 성냥을 던지고 신문을 집었다.

"별생각 안 했소. 왜 그러오?"

"아니, 그저 당신이 너무 심각해 보여서요. 어딘지 멀리 가버린 것처럼 느껴지기도 하고."

그는 휘파람을 불면서 손가락으로 담배를 이리저리 돌렸다. "사실은 케닝턴 크리켓 경기에서 미들섹스를 상대할 서리 팀 선수들이 결정되었을지 궁금해하고 있었소."

그는 의자에 앉아 신문을 펼쳤다. 나는 창밖을 내다보았다. 재스퍼가 다가와 무릎 위로 기어올랐다.

13

6월 말, 맥심은 공식 모임이 있어 런던으로 갔다. 남자들끼리 모이는 자리였다. 이 지역과 관련된 일이라고 했다. 이틀 동안 나는 혼자 남았다. 그가 가버리는 것이 두려웠다. 자동차가 길을 빠져나가 사라지는 모습을 보면서 나는 그것이 영원한 이별인 듯, 두 번 다시 그를 못 만날지도 모른다고 느꼈다. 무언가 사고가 나서 오후에 내가 산책에서 돌아오면 프리스가 새하얗게 질린 얼굴로 소식을 전할 것이다. 어딘지 모를 병원에서 의사가 전화를 걸어올지도 모른다. '마음을 단단히 잡수십시오. 놀라실까 봐 걱정입니다.'

프랭크가 와서 우리는 함께 병원으로 가겠지. 맥심은 나를 알아보지 못한다. 장례식이 열리는 교회 마당에는 지역 사람들이 구름같이 모여들고 나는 프랭크에게 기대어 간신히 서 있을 것이다. 그 모든 장면이 너무 생생하게 떠올라 나는 점심을 먹는 둥 마는 둥 했다. 언제 전화벨이 울릴까 그쪽으로만 신경이 곤두섰다.

오후에 정원의 밤나무 아래로 나가 책을 펼쳐 들었지만 눈에 들어오지 않았다. 로버트가 잔디밭을 가로질러 다가왔다. 드디어 전화가 왔구나 싶었다. "클럽에서 연락이 왔습니다. 주인어른께서 10분 전에 무사히 도착하셨답니다."

나는 책을 탁 소리 나게 덮었다. "고마워요, 로버트. 아주 빨리 도착한 셈이네요."

"그렇습니다."

"뭐 내게 전하는 특별한 말은 없었나요?"

"없었습니다. 잘 도착하셨다는 말뿐이었습니다. 클럽 문지기가 전화한 거여서요."

"알겠어요."

안도감이 들면서 그때까지의 걱정이 씻은 듯 사라졌다. 더 이상 몸도 아프지 않았다. 고통이 사라졌다. 해협을 건너 드디어 해안에 도착한 것 같았다. 나는 갑자기 허기를 느껴 식당에 몰래 들어가 선반 위 비스킷 몇 개와 사과 한 알을 집었다. 그리고 숲으로 들어가 허겁지겁 먹어치웠다. 잔디밭에서 먹었다가는 하인들 눈에 띌 수 있고 그랬다가는 드윈터 부인 입맛에는 요리사가 내놓은 음식은 안 맞는 모양이라는, 그래서 과일과 비스킷으로 배를 채우더라는 얘기가 나와 요리사가 상처를 받고 그 일이 댄버스 부인에게까지 알려질지 모르기 때문이다.

맥심이 무사히 도착한 것을 확인했고 비스킷으로 배도 채웠으니 나는 무척 기분이 좋았다. 모든 의무에서 벗어난 듯 해방감이 느껴졌다. 수업도 숙제도 없는 토요일을 맞이한 어린애처럼 말이다. 그런 날이면 애들은 내키는 대로 뭐든지 할 수 있다. 낡은 스커트에 편한 신을 신고 이웃에 사는 친구와 신나는 술래잡기를 해도 좋다.

나도 바로 그런 기분이었다. 맨덜리에 온 이후 이런 기분은 처음이었다. 맥심이 런던에 갔기 때문인 모양이었다.

놀라운 일이었다. 나 자신도 도대체 이해하기 어려웠다. 그가 가지 않았으면 하고 간절히 바라지 않았나. 그런데 이토록 마음이 가볍고 발걸음도 경쾌해지며 잔디밭을 가로질러 뛰어다니고 뒹굴고 싶은 아이 같은 기분이 되다니. 나는 입가의 비스킷 가루를 쓱쓱 닦으며 재스퍼를 불렀다. 날씨가 너무 좋아 기분이 이렇게 좋은 걸 거야……

재스퍼를 데리고 행복의 계곡으로 갔다. 이제 진달래는 다 떨어지고 갈색으로 쭈글쭈글해진 꽃잎들만 이끼 위에 뒹굴고 있었다. 초롱꽃은 아직 한창때여서 계곡 위 숲에 푸른 카펫을 깔아놓은 듯했다. 이끼는 깊고 풍부한 향기를 풍겼고 초롱꽃 향기는 그보다 더 날카로웠다. 나는 초롱꽃 옆의 키 큰 풀숲에 팔베개를 하고 누웠다. 재스퍼는 내 옆에서 바보 같은 얼굴로 숨을 헐떡거리며 혀와 턱에서 침을 뚝뚝 흘려댔다. 저 위쪽 나무들 어딘가에서 비둘기들이 구구 소리를 냈다. 평화롭고 고요했다. 어째서 혼자 있을 때 자연은 더 아름다워지는 걸까? 지금 이 순간 옆에 친구가 하나 앉아 있다면, 그래서 그 친구가 '있잖니, 얼마 전에 힐다를 만났어. 왜 테니스를 아주 잘 치던 애 말이야. 결혼해서 애가 둘이더라'라는 식으로 학창 시절 옛 친구의 얘기를 늘어놓는다면 그 얼마나 한심스러울까. 그럴 때는 초롱꽃도 못 보고 머리 위 비둘기 소리도 못 들을 게 아닌가. 나는 그 순간 아무도 필요로 하지 않았다. 맥심도 포함해서 말이다. 맥심이 옆에 있다면 나는 그렇게 벌렁 누워 눈을 감고 풀잎을 씹지 못했을 테니까. 그의 모습을, 그의 눈을, 그의 표정을 바라보았을 게 틀림없다. 그의 기분이 괜찮은지, 지루한 것은 아닌지 살피면서. 또 그가 무슨 생각을 하는지 궁금해하면서. 하지만 지금은 아무것도 신경 쓰지 않고 쉴 수 있다. 맥심은 런던에 있으니까. 혼자라는 건 얼마나 좋은지. 아니, 내가 무슨 생각을 하는 거지? 이건 아니지. 이건 나쁜 생각이야. 맥심은 내 삶이고 내 세상이 아닌가. 나는 벌떡 일어나 앉아 재스퍼를 불렀다. 그리고 함께 계곡을 내려갔다. 해변에 도착해보니 썰물이었고 멀리 보이는 바다는 아주 잔잔했다. 마치 커다란 호수 같았다. 여름에 겨울을 상상하지 못하는 것처럼 그 잔잔한 바다가 사납게 날뛰는 모습이 그려지지 않았다. 바람도 없었다. 바위틈 작은 웅덩이에 찰랑거리는 물 위로 햇살이 잘게 부서졌다. 재스퍼는 즉시 바위를 타고 넘기 시작하면서 내 쪽을 흘깃 돌아보았다. 뻔뻔스러운 건달 같은 표정이었다.

"그리로 가는 게 아냐, 재스퍼!"

하지만 녀석은 내 말에 전혀 신경 쓰지 않았다. 곧바로 겅중겅중 뛰어 사라져버린 것이다. "이런 골치 아픈 녀석 같으니라고!" 나는 큰 소리로 투덜거리며 그 뒤를 따랐다. 마치 건너편 해안으로 가고 싶지 않았다는 듯 말이다. 뭐 할 수 없는 일이잖아? 나는 생각했다. 어떻든 지금은 맥심이 없으니까. 또 그 사건은 나랑은 아무 상관도 없는 일이고.

나는 콧노래를 부르며 웅덩이를 건넜다. 물이 철벅거렸다. 썰물이 빠져나간 만은 아주 달라 보였다. 전처럼 무서운 인상이 아니었다. 작은 항구의 물 깊이는 겨우 1미터 남짓했다. 보트 한 대가 겨우 뜰 정도였다. 부표는 여전히 거기 있었다. 전에는 몰랐는데 지금 보니 흰색과 초록색으로 칠해진 부표였다. 아마 그때는 비가 내려 색깔이 눈에 안 들어온 모양이었다. 아무도 없었다. 나는 조약돌 해변을 따라 끝까지 걸어가기도 하고 방파제에 올라가보기도 했다. 재스퍼는 마치 늘 그랬다는 듯 앞장을 섰다. 방파제 돌담에는 고리가 붙어 있고 철 계단이 물속으로 내려가 있었다. 보트를 묶는 고리 같았다. 보트에 탄 사람은 사다리를 타고 올라오는 식이고 말이다. 9미터 정도 떨어진 곳에 놓인 부표 위에 무어라 쓰여 있었다. 고개를 길게 빼고 살펴보니 'Je Reviens'이었다. 우스운 이름이었다. 보트 이름 같지 않았다. 프랑스어로 쓴 걸 보면 프랑스 배였던 모양이다. 고깃배에는 보통 '즐거운 귀환'이나 '나 여기 있어요' 같은 이름을 붙이는 게 아닐까. 그런데 'Je Reviens', 즉 '나는 돌아오겠다'라니. 아니, 다시 생각하면 보트에 딱 어울리는 이름인 것도 같았다. 다만 결코 돌아오지 못한 그 보트만 제외하고.

등대 너머 곶을 향해 멀리 항해할 때 날씨는 분명 추웠으리라. 물은 잔잔했겠지. 하지만 오늘처럼 고요한 날에도 저 앞 곶 근처 바다에는 하얀 물거품이 일고 있지 않은가. 배가 곶을 돌아 만을 벗어났을 때 조그만 보트는 바람을 받아 기울어졌으리라. 바닷물이 사정없이 밀려들었을 것이다. 키를 잡고 있던 사람은 물을 흠뻑 뒤집어쓴 채 기우뚱거리는 돛대를 바라봤겠지. 보트는 무슨 색이었을까. 아마 부표랑 똑같이 초록과 흰색이었으리라. 프랭크 말로는 크지 않은 배였다고 하니 선실도 작았을 것이다.

재스퍼가 쿵쿵거리며 철 계단 냄새를 맡았다. "이리 물러나! 널 따라 물속으로 들어갈 생각은 없다고!" 나는 이렇게 말하면서 방파제를 따라 되돌아왔다. 숲 가장자리의 돌집도 전처럼 멀거나 음산해 보이지 않았다. 태양이 모든 것을 바꿔놓은 것이다. 오늘은 비가 내리지 않으니 천장 두드리는 소리도 없을 것이다. 나는 천천히 그쪽으로 걸어갔다. 어차피 아무도 살지 않는 작은 집 한 채일 뿐이 아닌가. 무서워할 것은 없다. 하나도 없다. 오랫동안 비워둔 집은 습하고 음산하기 마련이다. 새로 지은 방갈로도 그럴 때가 있다. 예전에는 여기서 달밤 소풍도 했다고 그랬지. 주말을 보내러 온 손님들은 이리로 와서 수영하고 보트 놀이도 했으리라. 나는 쐐기풀 무성한 작은 정원을 내려다보았다. 누군가 여길 정리해야 해. 정원사 한 명만 보내면 되겠지. 이곳을 이렇게 버려둘 필요는 없지 않은가. 나는 집 출입문으로 다가갔다. 살짝 열려 있었다. 지난번에 분명히 닫아놓았는데. 재스퍼가 으르렁거리며 냄새를 맡기 시작했다.

"조용히, 재스퍼." 내가 말했지만 개는 더 열심히 코를 움직였다. 나는 문을 열고 안을 들여다보았다. 완전히 깜깜했다. 전과 똑같았다. 달라진 것은 하나도 없었다. 모형 배에는 여전히 거미줄이 가득했다. 하지만 반대쪽에 보이는 보트 보관 창고의 문이 열려 있었다. 재스퍼가 다시 으르렁거렸고 무언가 떨어지는 소리가 났다. 재스퍼는 미친 듯이 짖어대며 내 다리 사이로 튀어나가 창고 안으로 뛰어 들어갔다. 나는 재스퍼를 따라가다가 방 가운데쯤에서 멈춰 섰다. 심장이 터질 듯했다. "재스퍼, 어서 돌아와!" 재스퍼는 창고 문간에 서서 발작적으로 짖어댔다. 창고 안에 무언가 있었다. 쥐는 아니었다. 쥐라면 재스퍼가 가서 쫓았을 것이다. "재스퍼, 재스퍼, 어서 이리로 와!" 개는 돌아오지 않았다. 나는 천천히 창고 쪽으로 걸어갔다.

"누구 있어요?"

아무 대답이 없었다. 나는 몸을 구부려 재스퍼의 목줄을 잡고 창고 안쪽을 둘러보았다. 누군가 벽을 등지고 앉아 있었다. 잔뜩 웅크리고 앉은 그 사람은 나보다 더 놀란 모양이었다. 벤이었다. 그는 돛 뒤로 숨으려 했다. "무슨 일이에요? 뭘 하려는 거죠?" 내가 물었다. 그는 입을 벌리고 멍한 시선으로 나를 보았다.

"아무 짓도 하지 않았어."

"재스퍼, 조용히!" 나는 재스퍼의 주둥이를 때려 조용히 시킨 뒤 허리띠를 풀어 목줄에 연결했다.

"벤, 여기서 뭘 하려는 거예요?" 조금은 더 용감한 목소리로 물었다.

그는 여전히 대답이 없었다. 멍청한 눈으로 나를 보기만 했다.

"어서 나오는 게 좋겠어요. 드윈터 씨는 사람들이 여기 드나드는 걸 싫어한다고요."

그는 소매 끝으로 코를 훔치며 비틀비틀 일어섰다. 다른 손은 등 뒤에 감추고 있었다. "그건 뭐죠, 벤?" 내가 물었더니 그는 아이처럼 양순하게 다른 손을 펴서 보여주었다. 낚싯줄이었다. "난 아무 짓도 하지 않았어." 그가 말했다.

"이 낚싯줄은 여기 있던 건가요?"

"으어?"

"잘 들어요, 벤. 이 낚싯줄을 가져가고 싶다면 그렇게 해요. 하지만 또다시 이러면 안 돼요. 다른 사람 물건에 손대는 건 정직하지 못한 짓이에요."

그는 말이 없었다. 눈을 껌벅거리며 몸을 비틀었을 뿐이다.

"자, 따라 나와요." 나는 엄한 투로 말했다.

나는 벤을 데리고 큰 방으로 나왔다. 재스퍼는 이제 입을 다물고 벤의 발뒤꿈치 냄새를 맡았다. 더 이상 집 안에 머물고 싶지 않았다. 서둘러 출입문을 나왔다. 벤도 발을 질질 끌며 뒤따라왔다. 나는 출입문을 닫았다.

"이제 집으로 가요." 내가 벤에게 말했다.

그는 보물이라도 다루는 양 낚싯줄을 가슴에 껴안았다. "정신병원에 넣지 않을 거지?"

그제야 살펴보니 그는 공포에 몸을 떨고 있었다. 두 손이 덜덜 떨렸고 애원하는 눈빛이었다.

"물론 아니에요." 내가 부드럽게 말했다.

"아무 짓도 하지 않았어. 아무한테도 말하지 않았어. 정신병원 에는 가고 싶지 않아." 더러운 얼굴 위로 눈물방울이 흘러내렸다.

"걱정 말아요, 벤. 아무도 당신을 정신병원에 보내지 않아요. 저 집에만 가지 않으면 돼요."

나는 뒤돌아섰다. 하지만 벤이 따라오며 내 손을 건드렸다. "여 기, 여기 줄 게 있어."

바보스러운 미소와 함께 그가 손짓을 하며 해변 쪽으로 갔다. 나는 뒤따라갔다. 벤은 바위틈으로 가서 납작한 돌을 집어 올렸 다. 그 아래 조개 무더기가 있었다. 그는 하나를 골라 내밀었다.

"고마워요. 아주 예쁘군요."

그는 다시 히죽 웃으며 귀를 문질렀다. 두려움이 사라진 모습이 었다. "당신은 천사의 눈을 가졌어." 그가 말했다.

나는 당황했고 무슨 말을 해야 할지 몰라 다시 조개껍질을 내 려다보았다.

"그 사람과는 달라." 그가 다시 말했다.

"무슨 말이죠? 그 사람이 누군데요?"

그는 고개를 저었다. 다시 눈을 가늘게 뜬 채 손가락으로 코를 만지작거렸다. "그 여자는 키가 크고 까맸어. 뱀 같았어. 여기서 똑똑히 보았지. 밤이 되면 이리로 왔어." 그는 잠시 말을 멈추고 나를 바라보았다. 나는 아무 말도 하지 않았다. "한번은 그 여자를 보고 있는데 내 쪽으로 와서는 '날 모르지?'라고 물었어. 창문으로 한 번만 더 훔쳐보면 정신병원에 넣어버리겠다고 했어. 정신병원은 무서운 곳이라고 했어. 난 안 그러겠다고 했어. 그리고 모자를 만졌어." 그는 자기 모자를 잡아당겨 보였다. 이어 불안한 목소리로 "이제 그 여자는 가버린 거지? 맞지?"라고 물었다.

"무슨 소릴 하는지 모르겠어요. 아무도 당신을 정신병원에 집어넣지 않아요. 자, 그럼 잘 있어요, 벤." 나는 천천히 말하고 뒤돌아섰다.

벨트에 묶인 재스퍼를 잡아당기며 천천히 계곡 쪽으로 걸었다. 제정신이 아니군. 나는 생각했다. 불쌍한 사람이야. 자기가 무슨 소리를 하는지도 모르는 모양이야. 누가 저런 사람에게 정신병원 운운하며 협박을 했겠는가. 맥심이나 프랭크 모두 벤이 전혀 위험하지 않은 사람이라고 했다. 아마 예전에 친척이나 이웃들이 쑥덕이는 소리를 듣고 그 기억이 남은 것 같았다. 아이들이 그러는 것처럼 말이다. 좋고 싫은 마음도 아이처럼 변덕스러우리라. 아무 이유 없이 오늘은 다정하다가 내일은 무뚝뚝한 것이다. 내게 친절했던 건 아마 낚싯줄을 가져도 좋다고 했기 때문이었겠지. 내일 다시 만난다면 나를 알아보지도 못할지 모른다. 바보가 하는 말에서 무슨 의미를 찾으려는 건 멍청한 짓이다. 나는 뒤를 흘깃 돌아보았다. 밀물이 들어와 방파제가 서서히 잠기기 시작한 참이었다. 벤은 바위 사이로 사라지고 없었다. 해변은 다시 텅 비었다. 검은 나무들 사이로 그 집의 돌 굴뚝만 간신히 보였다. 갑자기 뛰고 싶어졌다. 나는 재스퍼를 묶은 줄을 잡아당기며 숲 사이 좁고 가파른 길을 빠른 속도로 기어올랐다. 돌아보고 싶지 않았다. 억만금을 준다 해도 뒤돌아 다시 해변과 그 집으로 내려가고 싶지 않았다. 쐐기풀 자라는 정원에서 누군가 나를 기다릴 것 같았다. 나를 지켜보고 소리도 들었을 누군가 말이다.

재스퍼는 함께 달리면서 짖었다. 아마 새로운 게임쯤으로 생각하는 모양이었다. 재스퍼는 계속 허리띠를 물어뜯으려 했다. 나무들이 그토록 서로 가깝게 붙어 자라는지 미처 몰랐다. 오솔길 바닥에는 그 뿌리들이 덩굴손처럼 어지러이 널려 까딱하면 걸려 넘어질 판이었다. 깨끗이 잘라내야겠어. 나는 달리면서 생각했다. 숨이 찼다. 맥심이 남자들 몇을 보내서 해결하면 돼. 이렇게 무성하게 자라기만 하는 건 의미가 없어. 저쪽에 뒤엉킨 관목을 잘라내면 햇빛도 들어와 밝아질 거야. 길은 어두웠다. 지나치게 어두웠다. 이파리 하나 없는 유칼립투스가 가시덩굴에 칭칭 감긴 모습이 허옇게 탈색된 해골의 팔다리뼈를 보는 듯했다. 그 아래로는 진흙탕 물이 소리 없이 아래 해변 쪽으로 흘러가고 있었다. 계곡 쪽과 달리 여기서는 새도 울지 않았다. 기분 나쁘게 고요했다. 헐떡이며 뛰어가는 중에도 귓가에는 밀어닥치는 파도 소리가 들렸다. 맥심이 왜 이 길을, 그 해변을 싫어하는지 알 것 같았다. 나 역시 싫었다. 이쪽으로 오다니 어리석었다. 저쪽 해변에만 갔다가 행복의 계곡을 따라 집으로 돌아오면 되었을 것을.

마침내 잔디밭으로 나와 굳건히 믿음직하게 서 있는 저택을 보자 반가웠다. 숲은 뒤쪽으로 멀어졌다. 로버트를 불러 밤나무 아래로 차를 내오게 해야지. 시계를 보았다. 생각보다 일렀다. 4시가 채 안 된 시각이었다. 좀 더 기다려야 했다. 4시 30분 전에 차를 마시는 건 맨덜리의 규칙을 깨뜨리는 셈이었다. 마침 프리스가 외출하고 없는 게 다행이었다. 로버트라면 굳이 정원에서까지 엄격한 찻상 준비 절차를 밟지 않을 테니 말이다. 테라스를 향해 잔디밭을 가로지르는데 철쭉의 초록 이파리들 사이로 무언가 햇빛을 반사하며 번쩍거리는 것이 보였다. 눈 위에 손을 올리고 살펴보았다. 자동차 같았다. 누가 찾아왔나? 이상한 생각이 들었다. 손님이라면 저택 앞까지 차를 몰고 오지 모퉁이 관목 틈에 숨겨두지는 않았을 것이었다. 조금 더 가까이 다가갔다. 정말로 자동차가 서 있었다. 이게 무슨 일이지? 손님이라면 절대 그렇게 차를 세우지 말아야 했다. 상인들 차는 저택 뒤편 차고로 들어오게 되어 있었다. 프랭크의 차도 아니었다. 프랭크의 길고 낮은 스포츠카는 이미 내가 잘 알고 있었기 때문이다. 나는 잠시 어떻게 해야 할지 고민했다. 방문객이라면 아마 로버트가 서재나 응접실로 안내했을 것이다. 응접실에 있는 손님은 내가 잔디밭을 향해 걸어오는 모습을 보았을 수도 있었다. 나는 이런 옷차림으로 방문객을 만나고 싶지는 않았다. 차를 마시며 잠시 기다려달라고 부탁해야 했다. 나는 잔디밭 끝자락에 서서 어찌할 바를 몰랐다. 그러다가 무심코, 어쩌면 그 순간 햇살이 유리에 반짝 반사되었기 때문인지, 고개를 들었다.

그런데 놀랍게도 서쪽의 어느 창문 덧창이 활짝 열려 있는 것이 아닌가. 게다가 누군가 창가에 서 있었다. 남자였다. 그는 나를 보았는지 움찔해서 뒤로 물러섰고 그 뒤에 서 있던 사람이 팔을 뻗어 덧창을 닫았다.

팔을 뻗은 사람은 댄버스 부인이었다. 눈에 익은 검은 소매였던 것이다. 순간 나는 오늘이 저택을 공개하는 날이고, 그래서 부인이 관람객을 안내하는 것일까 싶어 고개를 갸우뚱했다. 하지만 그럴 리는 없었다. 관람객 안내는 늘 프리스가 맡았고 그날 프리스는 외출했기 때문이다. 더군다나 서쪽 방들은 공개하는 공간도 아니었다. 나 자신도 아직 들어가보지 않은 곳 아닌가. 날짜를 꼽아봐도 공개 관람일 리는 없었다. 혹시 방을 보수할 일이 생겨 누가 찾아온 것일까? 만약 그렇다면 나를 보자마자 깜짝 놀라 숨어버리고 덧창을 닫을 이유는 없었다. 남의 눈에 띄지 않도록 철쭉 뒤에 차를 숨겨둔 것도 이상한 일이었다. 어떻든 댄버스 부인을 찾아온 사람이라는 점은 분명했다. 나와는 상관없는 일이다. 오래간만에 찾아온 친구에게 자기가 관리하는 서쪽 방들을 보여줄 수도 있는 것 아닌가. 전에도 그런 일이 있었는지 몰랐다. 다만 마치 기다렸다는 듯 맥심이 집을 비운 때를 택한 것이 이상했다.

나는 천천히 잔디밭을 가로질렀다. 서쪽 방에 있는 두 사람이 문틈으로 나를 지켜볼 것이 틀림없었다.

출입문을 통과해 홀로 들어갔다. 손님의 모자나 지팡이, 은 쟁반에 담긴 명함 따위의 흔적은 하나도 없었다. 확실히 공식 방문

객은 아닌 것이다. 그렇다면 정말로 내가 상관할 문제는 아니었다. 나는 바로 계단으로 올라가는 대신 정원 곁방에 가서 손을 씻었다. 혹시라도 계단이나 다른 어딘가에서 두 사람과 마주친다면 불편할 것 같았다. 점심을 먹기 전에 거실에 놔둔 뜨개질감을 가져와야겠다는 생각이 들었다. 충실한 재스퍼는 나를 따라왔다. 거실 문은 열려 있었다. 그리고 소파에 두었던 뜨개질 바구니가 쿠션 뒤로 옮겨져 있었다. 쿠션도 바뀌었다. 누군가 소파에 앉느라고 내 뜨개질 바구니를 치운 모양이었다. 책상 의자도 위치가 달라졌다. 맥심과 내가 자리를 비운 사이에 댄버스 부인이 거실에서 손님을 맞은 것 같았다. 왠지 기분이 나빠졌다. 재스퍼는 소파 쪽 냄새를 맡더니 꼬리를 흔들었다. 재스퍼가 경계해야 할 손님은 아닌 게 확실했다. 나는 뜨개질 바구니를 들고 방을 나섰다. 그 순간 거실과 연결된 응접실의 한쪽 문이 열렸다. 돌 복도와 연결된 문이었다. 사람들 목소리도 들렸다. 나는 급히 거실로 되돌아왔다. 다행히 두 사람은 나를 보지 못한 상태였다. 재스퍼는 문간에 서서 나를 보며 혀를 빼물고 꼬리를 흔들었다. 개 때문에 내 존재가 금방 탄로 날 판이었다. 나는 숨까지 죽인 채 가만히 서 있었다.

댄버스 부인의 말소리가 들렸다. "아마 서재로 들어갔을 겁니다. 생각보다 일찍 돌아왔네요. 부인이 서재에 가 있다면 당신은 눈에 띄지 않게 홀을 통해 나갈 수 있지요. 제가 가서 보고 오겠습니다."

내 얘기를 하고 있었다. 마음이 더더욱 불편해졌다. 분명히 내 눈을 속이려는 작정이 아닌가. 나 역시도 댄버스 부인의 약점을 잡고 싶은 생각은 전혀 없었다. 그때 재스퍼가 응접실 쪽으로 고개를 돌렸다. 그리고 발을 구르며 꼬리를 흔들었다.

"그래, 이 녀석. 잘 있었니?" 남자가 말했다. 재스퍼는 신이 나서 짖어댔다. 나는 어디 숨을 만한 곳이 없나 둘러보았다. 물론 그런 곳은 있을 리 없었다. 발소리와 함께 남자가 방으로 들어왔다. 처음에는 문 뒤에 선 나를 보지 못한 모양이었다. 하지만 재스퍼가 신이 난 모습으로 나를 향해 달려오고 말았다.

남자는 재스퍼를 따라 몸을 한 바퀴 돌리다가 갑자기 나를 발견했다. 그리고 화들짝 놀랐다. 누군가가 그렇게 깜짝 놀란 표정은 처음 보았다. 마치 그가 집주인이고 나는 숨어 있던 좀도둑 같았다.

"죄송합니다." 그는 이렇게 말하면서 나를 위아래로 훑어보았다.

그는 골격이 크고 잘생긴 남자였다. 겉모습이 번지르르했다. 술을 많이 마시고 나태하게 사는 사람에게서 흔히 볼 수 있는 이글거리는 푸른 눈이었고 붉은빛 도는 갈색 머리는 구릿빛 피부와 조화를 이루었다. 몇 년 안에 뚱뚱해져 목깃 위로 살이 늘어질 것처럼 보였다. 지나치게 부드럽고 지나치게 선홍빛인 입을 보면 그렇게 짐작할 수 있었다. 그의 숨결에서 위스키 냄새가 느껴졌다. 그가 미소를 지었다. 어느 여자에게나 보낼 것 같은 미소였다.

"저 때문에 놀라지 않으셨기를 바랍니다."

나는 문 뒤에서 나왔다. 내가 얼마나 어이없는 바보로 보일지 스스로도 느껴졌다. "아니, 괜찮습니다. 갑자기 목소리가 들려 누군지 몰랐습니다. 오늘 오후에는 손님이 안 오시는 것으로 생각했기 때문에."

"참으로 민망하게 되었습니다. 이런 식으로 불쑥 만나게 되어 죄송합니다. 용서하십시오. 제 오랜 친구인 대니 아주머니를 만나러 들렀던 것뿐입니다." 그는 성의 있게 설명했다.

"그렇군요. 잘 알겠습니다."

"대니 아주머니는 누구한테도 폐를 안 끼치려고 신경을 많이 쓰거든요. 그래서 부인께도 알리지 않았을 겁니다."

"네. 괜찮으니 마음 쓰지 마십시오." 나는 재스퍼가 그 남자에게 매달려 앞발을 내미는 모습을 바라보았다.

"요 녀석, 저를 잊지 않았나 봅니다. 아주 잘 자랐군요. 마지막으로 만났을 때만 해도 어렸는데. 다만 살은 많이 쪘습니다. 운동을 시켜야겠군요."

"안 그래도 막 산책을 시키고 오는 길이랍니다."

"아, 그러셨나요? 운동을 좋아하시는군요." 그는 재스퍼와 장난을 치면서 내게도 다정한 미소를 보냈다. 이어 담뱃갑을 꺼내 들었다. "하나 드릴까요?" 그가 물었다.

"전 담배를 피우지 않아요."

"아, 그런가요?" 그는 담배를 꺼내 물고 불을 붙였다.

담배를 피운다고 특별히 못마땅한 것은 아니었지만 그래도 남의 방에서 그토록 자연스럽게 구는 것이 이상했다. 어떻든 무례한 행동이 아닌가? 나에 대한 예의가 아니었다.

"맥스는 어떻게 지내나요?" 갑자기 그가 물었다.

나는 깜짝 놀랐다. 맥심을 잘 아는 사람 같은 말투였던 것이다. 맥심을 맥스라 부르는 것도 이상했다. 내기 알기로는 누구도 맥심을 그렇게 부르지 않았다.

"잘 지냅니다. 지금은 런던에 갔습니다."

"새색시를 혼자 두고요? 거 딱한 일이군요. 혹시 누가 신부를 훔쳐 가지 않을까 걱정도 안 하는 모양입니다."

그는 입을 벌리고 큰 소리로 웃었다. 그 웃음이 마음에 들지 않았다. 무언가 공격적인 느낌이었다. 사람 자체도 싫었다. 그때 댄버스 부인이 방으로 들어왔다. 나를 보는 시선이 몹시 차가웠다. 맙소사, 내가 얼마나 미울 것인가.

"대니 아주머니, 이제 오셨군요. 그렇게 조심하신 게 다 소용없게 되어버렸어요. 안주인께서 문 뒤에 숨어 계셨지 뭡니까." 그는 다시 웃어댔다. 댄버스 부인은 아무 말 않고 나를 바라보기만 했다. "제 소개를 안 시켜주실 겁니까?" 남자가 말했다. "새색시에게 인사드리는 건 당연히 해야 할 일이지요."

"이분은 파벨 씨입니다, 마님." 댄버스 부인은 마지못한 듯 조용히 말했다.

"안녕하세요?" 나는 인사말을 건넨 후 예의를 지키기 위해 덧붙였다. "차 한잔하고 가시겠어요?"

파벨 씨는 아주 기뻐하며 댄버스 부인 쪽을 돌아보았다.

"정말 친절한 제안이 아닙니까? 저더러 차를 마시고 가라는데요? 대니 아주머니, 저도 기꺼이 그렇게 하고 싶은데요."

하지만 댄버스 부인은 안 된다는 눈짓을 보냈다. 다시 마음이 불편해졌다. 뭔가 잘못되어 있었다. 일어나지 말았어야 할 상황이 분명했다.

"뭐, 아주머니 생각이 옳겠지요. 퍽 재미있는 시간이 될 것 같긴 한데 저는 이만 가봐야겠습니다. 이리 오십시오. 제 차를 보여드리지요." 여전히 유들유들한 말투였다. 나는 따라가서 차를 구경할 마음이 없었다. 당황스러웠고 몹시 어색했다. "자, 어서요. 아주 멋진 차랍니다. 맥스 것보다 훨씬 더 빠르지요." 그가 말했다.

핑곗거리가 생각나지 않았다. 억지스러운 분위기였다. 그 상황이 싫었다. 어째서 댄버스 부인은 꼼짝 않고 서서 분노 어린 시선으로 나를 바라보고만 있는 걸까?

"차가 어디 있지요?" 하는 수 없이 내가 물었다.

"들어오는 길의 모퉁이에 있습니다. 부인을 방해할까 싶어 저택 앞까지 가져오지 않았지요. 오후에는 방에서 쉬실 거라고 생각했습니다."

나는 잠자코 있었다. 너무 뻔한 거짓말이었다. 우리는 응접실 쪽으로 걸어 나와 홀로 내려갔다. 그가 뒤를 돌아보며 댄버스 부인에게 눈을 찡긋했다. 댄버스 부인은 답하지 않았다. 하긴 댄버스 부인이 눈을 찡긋하는 행동은 상상할 수가 없었다. 부인은 딱딱하게 굳은 표정이었다. 재스퍼가 신나게 뛰어나갔다. 잘 알고 지내던 사람이 갑자기 나타나서 그저 즐거운 모양이었다.

"차 안에 모자를 놔둔 모양입니다." 그는 홀을 둘러보는 척하면서 말했다. "사실을 말씀드리면 이쪽으로 들어오지 않았죠. 뒤로 돌아 대니 아주머니의 방으로 바로 갔거든요. 아주머니도 나와서 차를 보시겠어요?"

댄버스 부인은 내 눈치를 보는 듯 잠시 망설였다. "아니, 난 나가지 않을게요. 잘 가요, 잭."

그는 댄버스 부인의 손을 잡고 작별 인사를 했다. "안녕히 계세요. 몸조심하시고요. 절 만나고 싶을 땐 어디로 오면 되는지 아시죠? 이렇게 뵈니 힘이 나네요." 그는 몸을 돌려 밖으로 나갔다. 재스퍼도 몸을 흔들어댔다. 나는 여전히 불편한 마음으로 천천히 걸음을 옮겼다.

"정든 맨덜리! 이곳은 거의 변하지 않았군요. 대니 아주머니가 잘 관리한 덕분이겠죠. 정말 대단한 분이죠?" 그가 저택 창문들을 올려다보며 말했다.

"네. 아주 유능한 분이죠."

"자, 그래서 부인은 어떠신가요? 이곳에 묻혀 지내는 게 괜찮으신가요?"

"저는 맨덜리를 아주 좋아한답니다." 나는 딱딱하게 대답했다.

"맥스랑은 어디 남프랑스 쪽에서 만나셨다면서요? 몬테카를로라고 하던가? 저도 몬테카를로에 자주 갔었답니다."

"맞아요. 그때 전 몬테카를로에 있었습니다."

드디어 자동차 앞에 도착했다. 초록색 스포츠카로 주인과 분위기가 똑같았다.

"제 차가 어떠신가요?"

"아주 멋지군요." 나는 예의 바르게 대답했다.

"정문까지 타보시겠어요?"

"아니요. 좀 피곤하네요."

"맨덜리의 안주인이 저 같은 사람과 같은 차에 타는 건 안 될 일이라고 생각하시는 건가요?" 그는 이렇게 말하면서 껄껄 웃었다.

"아니, 그런 건 아니에요." 나는 얼굴을 붉혔다.

그는 다시금 불쾌함이 느껴지는 푸른 눈으로 나를 아래위로 훑어보았다. 나는 술집 여급이라도 된 기분이었다.

"새색시를 타락의 길로 인도해서는 안 되겠지, 재스퍼? 그래서는 안 되고말고." 그는 모자를 찾아 쓰고 커다란 운전용 장갑을 꼈다. 그리고 피우던 담배를 길옆으로 내던졌다.

"안녕히 계십시오. 만나서 아주 즐거웠습니다." 그가 손을 차창에 올려놓고 인사했다.

"안녕히 가세요."

"참, 제가 왔던 일을 맥스에게 비밀로 해주신다면 대단히 감사하겠습니다. 유감스럽게도 맥스는 절 썩 좋아하지 않아서요. 이유는 잘 모르겠습니다만. 대니 아주머니를 곤란한 지경에 빠뜨리고 싶지 않아서 그럽니다."

"그런 일은 없을 거예요." 나는 여전히 어색한 투로 말했다.

"정말 친절하시군요. 혹시라도 드라이브해보는 쪽으로 마음이 바뀌시지는 않았는지요?"

"아니에요. 감사하지만 사양하겠습니다."

"그럼 가보겠습니다. 언젠가 한번 뵈러 올지도 모르겠군요. 재스퍼, 그렇게 매달리면 안 돼. 칠이 벗겨지잖니. 어떻든 맥스가 부인을 혼자 놔두고 런던에 갔다니 참으로 안타깝군요."

"전 괜찮아요. 혼자 있는 걸 좋아하거든요."

"오, 그렇습니까? 희한한 일이군요. 그건 자연을 거스르는 잘못된 일이랍니다. 결혼한 지 얼마나 되셨죠? 석 달인가요?"

"그 정도 되었습니다."

"저도 집에 석 달 된 새색시가 기다리고 있다면 좋겠군요! 전 불쌍한 노총각이거든요." 그는 다시 웃더니 모자를 눈까지 눌러썼다. "그럼, 이만." 마지막 인사말과 함께 그는 시동을 걸었고 차는 엄청난 속도로 길을 빠져나가 사라졌다. 재스퍼는 귀를 축 늘어뜨리고 차가 사라진 쪽을 바라보았다.

"이리 온, 재스퍼. 바보처럼 굴지 말고." 나는 천천히 집 안으로 들어갔다. 댄버스 부인은 가버리고 없었다. 나는 홀에서 벨을 울렸다. 5분 정도 기다려도 아무 반응이 없었다. 다시 벨을 울렸더니 앨리스가 나타났다. 불만스러운 얼굴이었다. "네, 마님?"

"아니, 로버트가 없었어? 밤나무 아래 나가서 차를 마시고 싶은데."

"로버트는 우체국에 가서 아직 돌아오지 않았습니다, 마님. 댄버스 부인이 오늘 마님은 차를 늦게 드시게 될 거라고 했거든요. 아시다시피 프리스도 집에 없습니다. 지금 차를 드실 거라면 제가 가져다드리겠습니다. 아직 4시 30분은 안 된 것 같지만요."

"아, 괜찮아. 로버트가 올 때까지 기다릴게." 맥심이 집을 비우면
모두가 느슨해지는 모양이군. 나는 생각했다. 프리스와 로버트가
동시에 집을 비운 것은 처음이었다. 외출하기로 되어 있던 사람은
프리스뿐이었다. 그런데 댄버스 부인이 로버트마저 내보낸 것이다.
나는 산책하러 나가 한참 동안 돌아오지 않을 것으로 여겨졌고
말이다. 파벨이라는 사람은 댄버스 부인을 찾아올 시간을 아주 잘
고른 셈이었다. 지나치게 잘 고른 시간이라 뭔가 수상했다. 게다가
맥심에게 아무 말 하지 말라고 부탁까지 하다니. 대단히 이상한
일이었다. 나는 댄버스 부인을 곤란에 빠뜨릴 생각은 없었다. 맥심
의 마음을 불편하게 만들 생각은 더더욱 없었다.

파벨이라는 남자는 대체 누구일까. 맥심을 맥스라고 불렀지. 맥
심을 그렇게 부르는 사람은 하나도 없었다. 시집 속표지에 가늘고
비스듬한 글씨로, M 자의 꼬리가 아주 길게 쓰인 걸 보았을 뿐이
었다. 그를 맥스라 부르는 사람은 세상에서 단 한 명뿐인 줄 알았
는데⋯⋯.

어디로 가서 무엇을 해야 할지 모르고 머뭇거리며 홀에 서 있
는 동안 불현듯 댄버스 부인이 뭔가 부정직한 일을 하는 게 아닐
까 하는 생각이 떠올랐다. 맥심 모르게 뭔가 뒷거래를 하고 있는
걸까? 오늘처럼 불시에 일찍 귀가해보면 그 남자를 또 보게 되지
않을까? 그는 이 집과 맥심을 잘 아는 척 연극을 했는지도 모른다.
두 사람은 대체 서쪽 방에서 무엇을 했을까? 나를 보자마자 덧창

을 닫은 이유는 무엇일까? 정말이지 혼란스러웠다. 프리스와 로버트가 모두 외출 중이었다. 하녀들은 각자 방에서 옷을 갈아입을 시간이었다. 댄버스 부인이 마음껏 돌아다닐 수 있는 상황이었던 것이다. 남자가 도둑질을 하고 댄버스 부인은 도운 걸까? 서쪽 방들에는 귀중품이 많았다. 나는 당장 위층으로 올라가 서쪽 방들을 직접 살펴보고 싶은 충동에 사로잡혔다.

로버트는 아직 돌아오지 않았다. 차 마실 때까지 시간도 여유가 있었다. 나는 복도 쪽을 보면서 잠시 망설였다. 사방이 고요했다. 하인들은 모두 부엌 너머 자기들 방에 있었다. 재스퍼는 계단 아래 놓인 물통에 코를 박고 시끄럽게 물을 마셨다. 그 소리가 홀 전체에 울렸다. 나는 계단을 오르기 시작했다. 야릇한 기대감에 심장이 마구 뛰었다.

14

첫날 아침에 걸었던 복도로 들어섰다. 그날 이후 한 번도 가보지 않은, 아니 가고 싶지도 않았던 곳이었다. 복도 끝 창에서 햇살이 들어와 바닥에 황금 무늬를 그려놓았다.

쥐 죽은 듯 조용했다. 전에도 느꼈던 희미한 곰팡이 냄새가 났다. 어느 쪽으로 가야 할지 잠시 망설였다. 방들의 배치가 낯설었다. 지난번에 댄버스 부인이 바로 그 자리 뒤에서 문을 열고 나왔던 기억이 났다. 방향으로 봤을 때도 잔디밭을 바라보는 것 같았다. 나는 손잡이를 돌려 열고 안으로 들어갔다. 덧창 때문에 어두웠다. 벽을 더듬어 전기 스위치를 찾아 불을 켰다. 벽을 따라 서 있는 커다란 장을 보면 옷 방 같았다. 끝에 또 다른 문이 열려 있었다. 더 큰 방으로 연결되는 문이었다. 다시 그리로 들어가 불을 켰다. 놀랍게도 방은 방금 전까지 누가 사용했던 것처럼 말끔한 모습이었다.

테이블이며 의자, 침대 모두에 먼지막이 천이 씌워져 있으리라는 내 예상과는 전혀 달랐다. 화장대 위에는 머리빗, 향수, 화장품이 놓여 있었다. 침구도 갖춰져 있었다. 흰색 면 베갯잇이 반짝거렸고 퀼트 침대보 아래로 담요 끝자락이 보였다. 화장대와 침대 옆 협탁, 그리고 조각 장식이 멋진 벽난로 선반 위에는 꽃이 꽂혀 있었다. 새틴 가운이 의자에 걸쳐져 있고 그 아래 슬리퍼가 얌전히 놓여 있었다. 한순간 나는 내 머리가 어떻게 된 줄 알았다. 과거로, 레베카가 죽기 전으로 돌아간 느낌이었다. 금방이라도 레베카가 방으로 들어와 화장대에 앉아 콧노래를 부르며 빗질을 시작할 것만 같았다. 그럼 내게는 거울에 비친 레베카의 모습이, 그리고 레베카에게도 거울에 비친 내 모습이 보이겠지. 하지만 아무 일도 일어나지 않았다. 나는 그 자리에 서서 무슨 일인가 일어나기를 기다렸다. 벽시계 소리가 현실 감각을 일깨워주었다. 시곗바늘은 4시 25분을 가리키고 있었다. 내 손목시계 바늘의 위치도 같았다. 째깍거리는 이성적인 시계 소리가 나를 안심시켜주었다. 곧 잔디밭에 차가 준비될 것이었다. 나는 방 한가운데로 천천히 걸어 들어갔다. 확실히 사람이 사용하는 방은 아니었다. 꽃향기도 곰팡이 냄새를 다 가리지는 못했다. 커튼이 내려지고 덧창도 닫혀 있었다. 레베카는 두 번 다시 이 방으로 들어오지 못한다. 댄버스 부인이 아무리 꽃을 갈아 꽂고 욧잇을 새로 씌워둔다 해도 말이다. 레베카는 죽었다. 그것도 벌써 1년 전에. 지금은 드윈터 가문의 다른 선조들과 함께 교회 지하 묘지에 묻혀 있다.

희미하게 바다 소리가 들렸다. 창가로 가서 덧창을 살짝 열어보았다. 그렇다, 30분 전에 파벨 씨와 댄버스 부인이 서 있던 바로 그 창문이 분명했다. 오후의 긴 햇살이 들어오자 전등 불빛이 누렇게 힘을 잃었다. 덧창을 조금 더 열자 햇살이 침대에 하얀빛을 내리쏘았다. 베개 옆의 잠옷 상자에도, 화장대의 거울과 머리빗, 향수병 위에도 햇살이 내려앉았다.

햇살 아래서 그 방은 한층 더 현실감 있게 다가왔다. 덧창을 닫고 전등 불빛으로만 보았을 때는 무대장치 같은 느낌이었다. 한 공연이 끝나고 다른 공연이 시작될 때까지 놔둔 연극 무대 말이다. 밤이 되어 커튼이 내려졌지만 내일 아침이면 새로운 공연이 시작될 것 같은. 하지만 햇살은 방을 생동감 넘치는 모습으로 바꿔놓았다. 곰팡이 냄새나 반대편 창문에 드리워진 커튼은 머리에서 지워졌다. 나는 또다시 손님이, 초대받지 않은 손님이 되었다. 우연히 안주인의 침실로 들어오게 되어 화장대 위의 머리빗, 의자에 걸쳐진 가운과 슬리퍼 등 안주인의 물건을 보고 있는 것이다.

그때 처음으로 내 두 다리가 덜덜 떨리고 있다는 걸 깨달았다. 나는 화장대 의자에 앉았다. 심장은 더 이상 묘한 기대감에 설레지 않았다. 오히려 납덩이처럼 무거웠다. 나는 바보가 된 기분으로 주위를 둘러보았다. 분명 아름다운 방이었다. 첫날 저녁에 댄버스 부인이 한 말은 과장이 아니었다. 이 집에서 가장 아름다운 방이라 부르기에 충분했다. 벽난로, 천장, 침대 머리, 화장대 옆의 촛대 등 하나같이 정교한 손길로 만들어진 작품들로 내 물건이라면 무척이나 사랑하고 자랑스레 여길 것이 분명했다. 하지만 그 어느 것도 내 물건은 아니었다. 다른 사람의 소유물이었다. 나는 손을 뻗어 머리빗들을 어루만졌다. 빗 하나는 다른 것보다 닳아 있었다. 빗이 여러 개라 해도 그중 어느 하나를 주로 사용하게 되는 법이다. 다른 빗은 아예 쓸 생각조차 못 하기도 한다. 그래서 머리빗들을 닦을 때 보면 새것처럼 깨끗한 빗도 있게 마련이었다. 거울에 비친 내 얼굴은 하얗고 파리했다. 긴 머리카락은 곧게 늘어져 있었다. 내 모습이 언제나 저랬나? 얼굴에 좀 더 핏기가 감돌아야 하지 않을까? 거울 속의 창백하고 딱딱한 얼굴이 나를 노려보았다.

나는 자리에서 일어나 가운을 만져보았다. 슬리퍼도 들어 올려 두 손에 쥐어보았다. 공포감이 점점 커졌다. 퀼트 침대보도 손으로 쓸어보고 잠옷 상자에 수놓인 'R de W'라는 글자에도 손가락을 댔다. 황금빛 새틴에 수놓인 글자들은 새끼줄처럼 꼬인 실로 되어 있어 튼튼했다. 상자 안에 든 잠옷은 살구색으로 거미줄처럼 얇았다. 나는 그 잠옷을 들어 올려 얼굴에 대보았다. 몹시 차가웠다. 하지만 향수를 뿌렸던 부분에는 아직도 희미한 향기가 남아 있었다. 바로 흰진달래 향기였다. 나는 다시 잠옷을 접어 상자에 넣었다. 잠옷의 주름을 보니 가슴이 먹먹해졌다. 주인이 마지막으로 벗어 놓은 후 한 번도 누가 입거나 세탁하지 않았던 것이다.

충동적으로 뒤로 물러난 나는 다시 옷 방으로 들어갔다. 장 하나를 열었다. 생각대로였다. 옷이 가득했다. 모두 이브닝드레스였다. 우선 하얀 보관 백 위로 살짝 모습을 드러낸 은색 드레스가 눈에 들어왔다. 아름다운 무늬가 새겨진 황금빛 드레스, 자줏빛의 부드러운 벨벳 드레스, 옷장 바닥까지 끌리는 흰 새틴 드레스 등이 보였다. 선반의 상자에서 삐죽 튀어나온 것은 타조털 부채였다.

옷장에서는 퀴퀴한 냄새가 났다. 그토록 섬세한 진달래 향도 장 속에 갇힌 상태에서는 변질되는 모양이었다. 금빛 은빛 드레스에 내려앉아 있던 그 변질된 냄새가 열린 옷장 문을 통해 내게 돌진했다. 나는 얼른 장을 닫고 다시 방으로 돌아왔다. 덧창 사이로 들어오는 햇살이 황금빛 침대보를 비췄고 잠옷 상자 위의 길고 비스듬한 R 자를 선명하게 드러냈다.

뒤에서 발소리가 들렸다. 돌아보니 댄버스 부인이었다. 그때 부인의 얼굴에 떠오른 표정은 절대 잊지 못할 것이다. 승리감에 도취한 듯한, 기묘하게 잔뜩 들뜬 듯한, 좋아서 어쩔 줄 모르는 듯한 표정이었다. 나는 공포감에 휩싸였다.

"뭐 문제라도 있으신가요, 마님?"

나는 미소를 지으려 했지만 그러지 못했다. 무언가 말하려 했지만 말도 나오지 않았다.

"괜찮으신가요?" 댄버스 부인은 부드러운 어조로 말하며 내게 다가섰다. 나는 뒷걸음질 쳤다. 조금만 더 다가오면 기절해버릴 것 같았다. 얼굴에 부인의 숨결이 느껴졌다.

"난 괜찮아요, 댄버스 부인." 간신히 입을 열었다. "여기서 마주칠

줄 몰랐네요. 아까 잔디밭에서 이 창문을 올려다봤을 때 덧창이 제대로 닫혀 있지 않은 것 같았어요. 그래서 제대로 닫으러 왔지요."

"제가 닫겠습니다." 부인은 소리 없이 방을 가로질러 가더니 덧창을 쾅 소리 나게 닫았다. 햇살이 사라졌다. 방은 다시 전등 불빛 아래서 비현실적인 공간이 되었다. 비현실적일 뿐 아니라 소름 끼치게 무서웠다.

댄버스 부인이 다시 돌아와 내 옆에 섰다. 평소의 딱딱하고 고집 센 모습은 어디로 갔는지 다정한 미소를 띠고 있었다.

"어째서 덧창이 열려 있더라는 말씀을 하시는 거죠? 제가 방을 나가기 전에 분명히 닫았는데요. 마님께서 직접 덧창을 여셨던 게 아닌가요? 이 방을 보고 싶으셨던 게지요. 어째서 진작 제게 보여 달라고 말씀하지 않으셨나요? 언제든 그럴 준비가 되어 있는데요. 말씀만 하시면 되는데 말입니다."

나는 뛰어 도망가고 싶었지만 몸이 움직이지 않았다. 그저 부인의 두 눈을 응시할 수밖에 없었다.

"이제 여기 오셨으니 제가 다 보여드리겠습니다." 댄버스 부인의 목소리는 달콤했지만 동시에 가식적이고 무시무시했다. "오래전부터 구경하고 싶었지만 수줍어서 말씀을 못 하셨을 뿐이라는 걸 잘 알고 있습니다. 자, 어떻습니까? 아름다운 방이죠? 이제껏 보신 그 어떤 방보다도 아름다울 겁니다."

댄버스 부인은 내 팔을 잡고 침대 앞으로 이끌었다. 나는 꼭두각시인 양 그대로 따를 수밖에 없었다. 몸이 벌벌 떨렸다. 낮고 은

밀한 부인의 목소리가 싫고 무서웠다.

"바로 이게 그분의 침대였죠. 정말 멋진 침대지요? 전 언제나 그분이 가장 좋아했던 황금색 침대보를 씌워두고 있답니다. 이건 잠옷 상자죠. 이미 건드리신 모양입니다, 그렇죠? 돌아가시기 전 마지막으로 입으셨던 바로 그 잠옷입니다. 다시 만져보시겠어요?" 댄버스 부인은 잠옷을 꺼내 내밀었다. "자, 어서 느껴보세요. 얼마나 가볍고 부드러운지. 그분이 마지막으로 벗어놓으신 후 빨지 않고 놔두었습니다. 이 가운과 슬리퍼는 사고가 났던 그 밤에 제가 그분을 위해 준비해둔 상태 그대로입니다." 부인은 잠옷을 개켜 상자에 넣으면서 덧붙였다. "아시다시피 전 그분에게 필요한 일을 다 해드리는 사람이었거든요. 몸종을 여럿 두어봤지만 그분 마음에 드는 사람이 없었어요. '대니 아주머니만큼 날 잘 봐주는 사람은 아무도 없다니까. 아주머니만 있으면 돼.' 그분은 늘 이렇게 말씀하셨지요. 자, 보세요. 그분의 가운이에요. 이 길이를 보면 마님보다 훨씬 키가 크셨다는 걸 아시겠죠? 한번 마님한테 대볼까요? 거의 발목까지 내려오는군요. 그분은 몸매가 아주 아름다웠답니다. 또 이건 그분 슬리퍼예요. 키에 비하면 발은 작았죠. 마님 손을 슬리퍼 안에 넣어보세요. 정말 작지 않나요?"

부인은 만면에 미소를 띠고 내 눈을 응시한 채 억지로 내 손을 슬리퍼 안에 넣었다. "그분 키가 이렇게 컸을 줄은 모르셨죠? 이 슬리퍼는 작은 발에나 맞는 거죠. 그분은 또 아주 날씬했어요. 나란히 서보기 전에는 키가 큰 줄 모르기 십상이었죠. 거의 저와 똑같을 정도로 컸다니까요. 하지만 이 침대에 누운 그분은 아주 작아 보였어요. 풍성한 검은 머리는 마치 후광인 양 그분 얼굴 주위에 펼쳐져 있었죠."

댄버스 부인은 슬리퍼를 바닥에 내려놓고 가운을 의자에 걸쳐두었다. 다음은 화장대 차례였다. "그분 머리빗을 보신 적 없죠? 자, 그분이 사용하시던 그대로 이렇게 남겨두었어요. 매일 밤 제가 직접 빗질을 해드렸지요. '자, 머리 빗을 시간이야'라고 그분이 말씀하시면 전 이 의자 뒤에 서서 20분씩 빗질을 했죠. 마지막 몇 년 동안은 짧은 머리를 하셨지만 결혼할 때에는 허리까지 내려오는 긴 머리였답니다. 신혼 때는 드윈터 씨가 빗질을 해주시곤 했어요. 셔츠 차림으로 빗 두 개를 한꺼번에 움직이며 빗질하시는 모습을 종종 보았답니다. '맥스, 더 세게 빗겨야 해요, 더 세게.' 그분이 이렇게 말씀하면서 웃으면 드윈터 씨도 웃었지요. 그러다 보면 저녁 식사를 위해 옷을 갈아입을 때가 되곤 했어요. 당시에는 늘 손님이 많았거든요. 드윈터 씨는 '이런, 늦어버렸는걸' 하면서 제게 빗을 넘겨주고 방을 나섰지요. 당시 드윈터 씨는 항상 즐겁게 웃는 모습이었답니다." 부인이 잠시 말을 그쳤다. 여전히 내 팔은 놔주지 않았다.

"그분이 머리를 짧게 잘랐을 때 모두들 화를 냈어요. 하지만 그분은 개의치 않았죠. '이건 누구도 상관할 일이 아냐. 내가 결정하면 그만이지.' 이렇게 말씀하셨을 뿐이었어요. 물론 말이나 배를 타기에는 짧은 머리가 훨씬 편리했습니다. 말을 타고 계신 그분을 유명한 화가가 화폭에 담기도 했어요. 그 그림은 예술 아카데미에 걸렸지요. 보신 적이 있나요?"

나는 고개를 저었다. "아니, 보지 못했어요."

"그 그림은 그해의 최고 작품으로 뽑혔어요. 하지만 드윈터 씨는 그 그림을 맨덜리로 가져오려 하지 않았지요. 아마 실물만 못하다고 생각하신 모양이에요. 자, 이제 그분의 옷을 보고 싶으시겠죠?" 부인은 내 대답을 기다리지 않았다. 그리고 옷 방으로 가서 장을 하나씩 열어 보였다.

"전 여기에 그분 모피를 보관한답니다. 좀먹은 부분은 하나도 없어요. 제가 아주 신경을 쓰고 있으니 앞으로도 그럴 일은 없을 겁니다. 이 담비 숄을 한번 만져보세요. 드윈터 씨가 준 크리스마스 선물이었죠. 값이 얼마가 나가는지 들었지만 잊어버렸어요. 이 친칠라 숄은 저녁 파티 때 가장 많이 두르셨던 겁니다. 날이 차가울 때마다 어깨에 살짝 두르셨죠. 이쪽 장에는 이브닝드레스가 들어 있습니다. 문이 제대로 닫혀 있지 않은 걸 보니 이 장을 열어보셨군요, 그렇죠? 그분께서는 이 은빛 드레스를 좋아했습니다. 물론 어떤 색, 어떤 형태의 드레스든 다 잘 어울렸지만 말입니다. 이 벨벳 드레스를 입으셨을 때는 눈이 부셨어요. 벨벳을 얼굴에 대보세요. 정말 부드럽죠? 마님께서도 느끼실 수 있죠? 향기가 아직도 여전하답니다. 마치 지금 막 벗어놓은 것처럼요. 그분이 계셨던 방에는 늘 향기가 남았지요. 그래서 전 그분이 어디 어디 계셨는지 늘 맞힐 수 있었답니다. 이 서랍 안에는 그분의 속옷이 들어 있어요.

이 분홍 세트는 한 번도 입지 않으신 거랍니다. 돌아가시던 때에는 바지와 셔츠를 입고 계셨어요. 하지만 물속에서 찢어지면서 벗겨지고 말았죠. 발견된 사체는 벌거벗은 채였어요."

내 팔을 잡은 댄버스 부인의 손가락에 힘이 들어갔다. 부인은 허리를 굽혀 해골 같은 얼굴을 가까이 들이댔다. 검은 눈동자가 나를 노려봤다. "바위가 그분의 몸을 조각조각 잘라버렸답니다. 그 아름다운 얼굴은 알아볼 수 없게 되었고 두 팔도 떨어져나간 상태였지요. 드윈터 씨가 그분의 신원을 확인했어요. 에지컴까지 가서 말이죠. 혼자 가셨죠. 당시 몸이 성치 않았지만 그렇게 고집을 부리셨고 아무도 말리지 못했어요. 크롤리 씨까지도 어쩔 수 없었지요."

부인은 잠시 말을 멈췄다. 두 눈은 여전히 내게 고정되어 있었다. "그 사건을 생각할 때마다 저 자신을 용서할 수 없어요. 그날 외출했던 게 제 실수였죠. 케리스로 가서 저녁 늦게까지 머물렀답니다. 그분께서 런던에 가서 한밤중에나 돌아오실 예정이었거든요. 그러니 서둘 필요가 없다고 생각했어요. 하지만 9시 30분쯤 돌아와보니 그분은 이미 7시 전에 돌아와 저녁을 드시고 다시 나가셨더군요. 해변으로요. 걱정이 되었어요. 남서풍이 강했으니까요. 제가 있었다면 절대 못 나가시게 했을 겁니다. 제 말은 늘 들으셨거든요. 전 '오늘 저녁은 날씨가 좋지 않으니 안 나가시는 게 좋겠습니다'라고 말했을 테고 그럼 그분은 '알았어요, 걱정 많은 잔소리꾼!'이라고 답하셨겠죠. 우리는 함께 자리에 앉아 이야기를 나누었을 겁니다. 그분께서는 런던에서 어떻게 시간을 보내셨는지 말씀해주셨을 테고요."

이미 팔은 감각이 없었다. 댄버스 부인의 얼굴 피부가 팽팽히 당겨졌다. 뼈가 다 드러날 지경이었다. 귀 뒤로 작고 노란 반창고가 보였다.

"그날 드윈터 씨께서는 크롤리 씨와 저녁을 드셨어요. 정확히 몇 시에 돌아오셨는지는 모르지만 11시는 넘었던 것 같아요. 자정 즈음에 바람이 아주 강해졌지요. 그분은 아직도 돌아오지 않았고요. 아래층에 가보았더니 서재는 불이 꺼져 있었어요. 위층으로 가서 침실 문을 두드렸더니 드윈터 씨가 계시더군요. 부인이 돌아오시지 않아 걱정이라고 말씀드렸더니 가운 차림으로 문을 열고 나오셔서는 '아마 해변 집에서 자고 오는 모양이오. 이제 그만 잠자리에 들어요. 날씨가 이런데 잠자러 집에 올 것 같지는 않으니'라고 하시더군요. 피곤한 표정이셨고 더 이상 방해하면 안 되겠다고 생각했어요. 사실 그 전에도 해변에서 주무시는 일이 많았고 기후가 어떻든 배 타기를 즐기셨거든요. 그래서 안녕히 주무시라고 인사를 드리고 나왔지요. 하지만 잠은 잘 수 없었어요. 그분께서 뭘 하고 계신 걸까 궁금했지요."

댄버스 부인이 다시 말을 멈췄다. 더 이상 듣고 싶지 않았다. 팔을 빼내고 그 방에서 나가고 싶었다.

"5시 30분이 될 때까지 침대에 앉아 있었지요. 더 이상은 기다릴 수 없었어요. 외투를 입고 숲길을 따라 해변으로 갔지요. 날이 밝고 바람이 잦아들었지만 그때도 이슬비가 내리는 중이었어요. 해변에는 부표와 작은 배가 있었지만 그분이 타시는 보트는 사라지고 없었어요⋯⋯." 회색빛 아침 어스름 녘에 해변에 나가 선 듯 얼굴을 스치는 이슬비가 느껴졌다. 자욱한 안개에 휩싸인 부표의 검은 형체도 떠올랐다.

댄버스 부인이 내 팔을 놓았다. 갑자기 평소처럼 무미건조하고 딱딱한 목소리가 되었다.

"그날 오후 케리스에서 구명 튜브가 발견되었어요. 이튿날 곶 근처 바위에서 게를 잡던 사람들이 또 다른 구명 튜브를 찾아냈지요. 보트 잔해들도 파도에 밀려왔어요." 부인은 몸을 돌려 서랍을 닫았다. 벽에 걸린 그림을 똑바로 하고 카펫에 붙은 보풀도 떼어냈다. 나는 어찌할 바를 모르고 가만히 서 있었다.

"이제 아시겠죠. 드윈터 씨께서 왜 더 이상 이 방을 사용하지 않으려 하시는지. 저 파도 소리를 좀 들어보세요."

창은 물론 덧창까지 닫아두었는데도 조약돌 해변에 철썩대는 음울한 파도 소리가 들렸다. 밀물이 빠른 속도로 밀려드는 모양이었다. 해변의 그 집 바로 앞까지 물이 들어오겠군.

"그날 이후 주인어른도 이 방을 사용하지 않으셨어요. 물건을 모두 꺼내 복도 끝의 다른 방으로 옮기셨지요. 하지만 거기서도 별로 주무시는 날이 없었어요. 서재의 안락의자에 밤새도록 앉아 계시곤 했죠. 아침에 보면 주위에 온통 담배꽁초만 널려 있었고요. 낮에는 서재를 이리저리 걸어 다니는 소리가 들렸지요. 앞으로 갔다가 뒤로 갔다가 하는"

의자 옆 바닥에 떨어진 담배꽁초가 눈에 선했다. 서재 안에서 앞뒤로 오가는 그의 발소리도 들렸다. 뚜벅뚜벅, 뚜벅뚜벅…… 댄버스 부인은 침실과 옷 방 사이의 문을 닫고 불도 껐다. 이제 침대도, 베개 옆 잠옷 상자도, 화장대도, 의자 아래 슬리퍼도 보이지 않았다. 부인은 앞서서 옷 방을 나섰고 문손잡이를 잡은 채 내가 뒤따라 나오기를 기다렸다.

"전 매일 이 방들을 살피고 먼지를 턴답니다. 다시 오시고 싶거든 말씀만 하세요. 내선 전화를 거시면 되지요. 언제든 안내하겠습니다. 하녀들은 여기 못 오게 했습니다. 오로지 저만 출입하는 곳이지요."

다시금 기분 나쁘게 다정한 말투였다. 얼굴에 머금은 미소는 가식적이고 부자연스러웠다. "주인어른이 출타하시고 혼자 외로울 때면 이 방에 와서 앉아 계시고 싶은 생각이 날 수도 있겠지요. 말씀만 하십시오. 정말 아름다운 방이니까요. 이 방을 보면 그분께서 그렇게 오래전에 떠나셨다는 걸 전혀 모르겠지요? 잠시 외출했다가 저녁이면 곧 돌아오실 것 같지요?"

나는 억지로 미소를 지었다. 말이 나오지 않았다. 입 안이 바짝 말라 있었다.

"비단 이 방뿐만이 아닙니다. 거실, 홀, 정원 곁방까지 전 여러 곳에서 그분을 느낀답니다. 어떤가요, 마님께서도 그렇죠?"

댄버스 부인은 궁금하다는 듯 나를 바라보았다. 목소리는 어느

덧 속삭임에 가깝게 낮아졌다. "때로 이 복도를 따라 걷노라면 그분께서 바로 뒤에서 따라오신다는 기분이 들죠. 그 가벼운 발소리가 들리는 거예요. 저는 그 발소리를 확실히 알고 틀림없이 구분해 낸답니다. 또 홀 위쪽 발코니에서는 난간에 몸을 기대고 아래를 내려다보면서 개들을 부르던 그분의 모습이 보이지요. 저녁 식사 하러 계단을 내려가는 그분의 옷자락 소리도 종종 들을 수 있어요." 부인은 여전히 나를 응시한 채 잠시 말을 멈추더니 느릿느릿 덧붙였다. "어쩌면 그분께서 지금도 우리를 보고 말을 걸고 계신 것은 아닐까요? 죽은 사람이 살던 곳으로 되돌아와 산 사람들을 바라본다는 말을 믿으시나요?"

나는 침을 꿀꺽 삼켰다. 손톱이 살을 파고들 정도로 두 손을 꽉 마주 잡았다.

"모르겠어요." 내 목소리는 어색했고 이상하게 톤이 높았다. 평소의 내 목소리와는 전혀 달랐다.

"전 때로 그런 생각을 한답니다. 그분께서 맨덜리로 되돌아와 당신과 드윈터 씨를 바라보고 있는 건 아닐까 하는."

우리는 서로를 노려보며 문 앞에 서 있었다. 나는 부인에게서 눈길을 뗄 수가 없었다. 두개골처럼 하얀 얼굴 깊숙한 곳에서 나를 바라보는 그 검고 음침한 눈에 얼마나 큰 미움과 적의가 담겨 있는지. 이윽고 부인이 복도로 통하는 문을 열었다. "로버트가 돌아왔습니다. 15분쯤 전에요. 밤나무 아래로 차를 내가라고 말해 두었습니다."

부인은 내가 지나가도록 비켜섰다. 나는 비틀거리며 복도로 나섰다. 마치 장님이라도 된 듯 눈앞에 아무것도 보이지 않았다. 어찌어찌 계단을 내려와 모퉁이를 돌고 동쪽의 내 방으로 통하는 문을 밀어 열었다. 방으로 뛰어 들어가 문을 닫고 잠근 후 열쇠를 주머니에 넣었다.

그러고는 침대에 쓰러져 눈을 감았다. 금방 죽을 것처럼 피곤했다.

15

맥심은 이튿날 아침에 전화를 걸어 저녁 7시쯤 돌아온다고 알렸다. 프리스가 전해준 내용이었다. 맥심은 나를 바꿔달라고 하지 않았다. 아침을 먹던 나는 전화벨 소리를 듣고 아마도 프리스가 달려와 '마님, 주인어른 전화를 받으시지요'라고 말할 것이라 생각했다. 그래서 막 냅킨을 내려놓고 일어서려는 참이었는데 프리스가 식당으로 되돌아와 통화 내용을 전한 것이다.

프리스는 내가 일어나 문 쪽으로 가려는 것을 보고 "주인어른은 전화를 끊으셨습니다. 7시쯤 돌아오신다는 것 외에 다른 말씀은 없으셨습니다"라고 덧붙였다.

나는 다시 의자에 앉아 냅킨을 집어 들었다. 자리에서 벌떡 일어나 움직인 나를 프리스는 분명 성급하고 바보스럽게 여겼을 것이다.

"알았어요, 프리스. 고마워요."

나는 아까 먹던 달걀과 베이컨에 다시 포크를 댔다. 재스퍼는 내 발밑에, 늙은 개는 구석의 바구니 안에 있었다. 하루 종일 무얼 하면 좋을까? 전날 잠을 설쳤다. 혼자 잤기 때문이리라. 자주 깨어 별로 움직이지 않은 시곗바늘을 확인해야 했다. 잠깐씩 잠이 들면 여기저기 돌아다니는 꿈을 꾸었다. 맥심과 둘이서 숲길을 걷기도 했다. 약간 앞서가는 맥심을 따라잡을 수가 없었다. 그의 얼굴도 보이지 않았다. 늘 앞서 걷는 뒷모습만 보일 뿐이었다. 아침에 일어 났을 때 베개가 젖은 것을 보면 자면서 울었던 모양이었다. 거울을 보니 눈도 부어 있었다. 그래서인지 얼굴이 영 보기 싫었다. 나는 조금이라도 생기 있어 보이려고 볼에 살짝 연지를 발랐다. 하지만 더 보기 싫게 되고 말았다. 엉터리 광대 같았다. 볼연지 바르는 법을 잘 몰랐기 때문이다. 홀을 지나 아침을 먹으러 갈 때 로버트는 이상하다는 듯 내 얼굴을 바라보았다.

10시쯤 되었을까. 테라스에 나가 새들에게 빵 부스러기를 주고 있는데 전화벨이 울렸다. 이번에는 내가 받아야 하는 전화였다. 프리스가 들어와 레이시 여사가 통화하고 싶어 한다고 전했다.

"안녕하셨어요, 비어트리스!"

"그래요, 올케도 잘 있었어요?" 전화 목소리도 비어트리스답게 활기가 넘쳤고 어딘지 이성적이고 남성적이었다. 비어트리스는 내 대답도 기다리지 않은 채 말을 이었다. "오늘 오후에 할머니를 뵈러 갈까 하는데. 올케네서 한 30킬로미터 떨어진 곳에서 점심 약속이 있어요. 오후에 내가 올케를 태우러 가면 어떨까? 이제 올케도 할머니께 인사드릴 때가 되었잖아."

"좋아요."

"내가 3시 30분쯤에 그리로 갈게. 자이스는 런던에서 맥심을 만났다고 하더군. 음식이 형편없었지만 와인은 훌륭했다나. 그럼 이따 만납시다!"

딸각 소리와 함께 전화가 끊어졌다. 나는 다시 정원으로 나왔다. 비어트리스가 전화를 걸어 함께 할머니를 보러 가자고 제안해준 것이 고마웠다. 덕분에 단조로운 시간에서 벗어날 기회가 생긴 것이다. 저녁 7시까지는 남은 시간이 너무도 길지 않은가. 오늘은 휴일처럼 자유로운 기분이 들지 않았고 재스퍼를 데리고 행복의 계곡을 통해 해변으로 내려가 돌을 던지고 싶은 마음도 없었다. 해방감은 사라졌다. 편한 신발을 신고 잔디밭을 가로질러 뛰어가고픈 아이 같은 바람도 더 이상 없었다. 나는 책과 신문을 챙겨 장미 정원으로 나가 앉았다. 벌들이 꽃 사이를 날아다니며 붕붕거리는 동안 나는 햇살을 받으며 하품을 했다.

나는 신문 기사에 집중하려고, 또 손에 든 소설의 줄거리에 몰두하려고 애썼다. 어제 오후의 일에 대해, 댄버스 부인에 대해 생각하고 싶지 않았다. 그 순간 부인이 집 안에 있다는 사실도 잊고 싶었다. 어느 창문에선가 나를 내려다보고 있을지 모를 일이었다. 나는 간혹 고개를 들어 정원을 바라보았다. 어쩐지 혼자 있는 것 같지 않은 기분이었다.

맨덜리 저택에는 창이 아주 많았다. 맥심의 아버지나 할아버지 때, 하인도 훨씬 많고 행사도 많았던 그 시절에는 다 사용했을 방들이 이제는 먼지막이 천에 덮인 채 쓸쓸히 방치되어 있는 것이다. 댄버스 부인은 그중 어느 방이든 문을 열고 들어가 커튼 뒤에서 가만히 나를 지켜볼 수 있었다.

내게 들킬 리는 없었다. 내가 몸을 돌려 창문들을 쳐다본다 해도 어차피 부인의 모습은 보이지 않을 것이었다. 어린 시절 이웃에 사는 또래들과 했던 놀이가 생각났다. 술래가 한구석에 뒤돌아서고 나머지 아이들은 슬금슬금 술래 쪽으로 다가간다. 술래가 열을 센 후 홱 돌아보았을 때 누군가 하나라도 움직이고 있었다면 모두 뒤로 물러나 처음부터 다시 시작해야 한다. 하지만 개중에는 대담하고 몸이 가벼운 아이가 있게 마련이다. 뒤돌아 열을 세고 있는 술래에게 몰래 다가가 등을 탁 치면서 신나게 웃어대는 그런 아이 말이다. 나는 술래가 되어 댄버스 부인과 그 놀이를 하고 있는 양 긴장이 되었다.

마침내 길었던 오전이 지나고 점심시간이 되었다. 조용히 능수능란하게 움직이는 프리스와 멍청한 얼굴을 한 로버트의 모습은 책이나 신문보다 훨씬 더 마음을 가라앉혀주었다. 정확히 3시 30분에 비어트리스의 자동차가 문 앞에 멈추는 소리가 들렸다. 옷을 입고 장갑까지 긴 채 기다리던 나는 바로 달려 나갔다. "자, 이제 도착했어요. 정말 날씨가 좋지?" 비어트리스는 차에서 내려 나를 맞았다.

그리고 뺨에 가벼운 입맞춤을 해주고 내 뒷머리를 살짝 쓰다듬었다.

"좋지 않아 보이네. 얼굴이 여위었고 창백해. 무슨 일이 있나요?" 비어트리스는 나를 잠시 살펴본 뒤 바로 물었다.

"아무 일 없어요. 전 본래 혈색 좋은 사람은 아니잖아요." 나는 우물쭈물 대답했다.

"이런, 지난번에 만났을 때와 비교해도 아주 다른걸."

"아마 이탈리아에서 태웠던 피부가 원래대로 돌아간 탓이겠지요." 나는 차에 올라타면서 말했다.

"흠, 올케도 맥스와 똑같군. 건강 이야기는 싫다는 거지. 자, 차 문을 쾅 닫도록 해요. 아니면 제대로 안 닫히니까." 차는 빠른 속도로 모퉁이를 돌았다. "혹시 아이를 가진 것은 아닌가?" 비어트리스는 갈색 눈을 내 쪽으로 돌렸다.

"아니, 그런 것 같지는 않은데요."

"아침에 일어날 때 몸이 아프거나 하지 않아?"

"아니요, 괜찮아요."

"그렇군요. 하긴 누구나 똑같은 증세를 보이지는 않지. 난 로저를 가졌을 때 아주 멀쩡했어요. 아홉 달 내내 기운이 넘쳤지. 심지어는 애 낳기 전날에도 골프를 쳤으니 말이야. 자연적인 현상에 당황하거나 할 필요는 조금도 없어요. 조금이라도 이상하다 싶으면 바로 얘기하도록 해요."

"아니, 정말로 아무 일 없는걸요."

"머지않아 대를 이을 아들이 태어나면 좋겠어요. 맥심이 얼마나 기뻐할까. 혹시라도 피임이나 이런 건 하지 않으면 좋겠네."

"물론 그렇지는 않아요." 나는 참으로 기이한 대화라고 생각하며 대답했다.

"혹시라도 마음 상하거나 놀라지는 마요. 요즘 사람들은 임신을 그저 귀찮은 일로 생각하기에 하는 말이었어. 사냥을 나가고 싶은데 아기 때문에 누워 있어야 하는 걸 참을 수 없다는 거지. 그런 이유로 이혼까지 하더군. 올케 같은 경우는 그럴 걱정이 없어 다행이에요. 아기가 있다고 그림을 못 그리는 것은 아니니까. 참, 요즘은 뭘 그렸나요?"

"요즘은 별로 그리지 못했네요."

"그랬어요? 날씨가 이렇게 좋은데. 그저 접이식 의자와 연필만 들고 가면 되잖아요? 아, 내가 보낸 선물은 마음에 들었나요?"

"그럼요. 멋진 선물이었어요."

비어트리스는 기쁜 표정이었다. "마음에 들었다니 정말 다행이네."

차는 계속 속도를 높였다. 비어트리스는 가속페달에서 발을 떼지 않았다. 길이 구부러지면 아슬아슬하게 회전을 했다. 우리와 마주친 차 두 대의 운전자는 화를 내며 우리 차를 노려보았다. 길 가던 남자 하나는 지팡이를 휘둘러댔다. 나는 얼굴이 붉어졌지만 비어트리스는 그런 반응을 알아차리지도 못하는 것 같았다. 나는 좌석에서 몸을 웅크렸다.

"로저는 다음 학기에 옥스퍼드로 간답니다. 거기서 그 애가 뭘 할지는 아무도 모르지만. 나나 자일스 모두 굉장한 시간 낭비라고 생각하지만 달리 어딜 보내야 할지도 모르겠어요. 그 애의 관심은 오로지 말타기뿐이지. 그런데 앞차 운전자는 대체 뭘 하고 있는 걸까? 운전을 하는 게 아니라 유람을 하는 모양이야. 요즘 도로에는 저렇게 골치 아픈 사람이 많다니까."

우리 차는 앞차를 추월해 큰 도로로 끼어들었다. "누구, 자고 간 손님은 없었나요?"

"아뇨. 조용하게 지냈어요."

"잘했네. 파티 같은 건 정말 지루한 일이야. 그래도 우리 집에 오는 건 걱정 안 해도 돼요. 근처에 좋은 사람들이 아주 많거든. 서로 잘 아는 사이고. 이 집 저 집에 모여 저녁을 먹고 브리지 게임을 하지. 외부인을 들여 골치 썩는 일은 없어요. 아, 올케도 브리지를 하겠지요?"

"잘은 못 해요, 비어트리스."

"그건 상관없어요. 할 줄만 알면 그만이지. 카드놀이를 배우려 하지 않는 사람을 보면 참을 수가 없어. 긴 겨울 저녁 시간 동안 대체 어떻게 접대를 하라는 건지. 마냥 앉아서 얘기만 할 수는 없 잖아요."

왜 그럴 수는 없을까. 속으로 궁금했다. 하지만 아무 말 않는 편이 좋을 것 같았다.

"로저가 다 커서 참 좋아. 로저 친구들이 찾아오면 아주 재미있거든. 지난 크리스마스 때 올케도 함께 있어야 했어. 우리는 몸짓 알아맞히기를 했지. 정말 얼마나 우스웠는지! 자일스가 최고로 잘했어. 샴페인 한두 잔만 마시고 나면 그 사람은 세상에서 제일 웃기는 존재가 되거든. 본업을 버리고 무대에 올라가야 했다고들 한답니다." 나는 자일스를 생각했다. 달덩이처럼 커다란 얼굴에 뿔테 안경을 쓴 그가 샴페인을 마시고 사람들을 웃기는 장면을 떠올리니 당혹스러웠다. "자일스는 디키 마시라는 우리 친구와 둘이서 여자 옷을 입고 노래를 불렀어. 그게 알아맞혀야 할 단어와 무슨 상관이 있는지는 아무도 몰랐지만 그건 중요하지 않아요. 다들 배꼽을 잡았으니까."

나는 예의 바르게 미소 지었다. "정말 재미있네요."

비어트리스네 응접실에 사람들이 꽉 찬 광경을 그려보았다. 모두들 서로를 잘 아는 친구 사이이다. 로저는 자일스와 비슷하게 보이겠지. 비어트리스는 그때 생각을 하며 또다시 큰 소리로 웃었다. "딕이 등에 소다수를 콸콸 부어버렸을 때 자일스가 지었던 표정은 정말 잊을 수가 없어요. 얼마나 웃었는지!"

다가오는 크리스마스를 비어트리스네서 지내야 할지도 모른다는 생각 때문에 마음이 몹시 불편했다. 독감이라도 걸려야 할 판이었다.

"물론 우리는 진지하게 연기를 했던 건 아니에요. 그저 웃고 즐기려는 거였죠. 하지만 지금의 맨덜리라면 멋진 극단을 불러올 수도 있겠네. 몇 해 전에 왔던 극단이 생각나요. 런던에서 왔었죠. 제대로 된 연극에는 정말 많은 준비가 필요해요."

"그렇지요."

비어트리스는 잠시 말없이 운전만 하다가 불쑥 물었다. "맥심은 어때요?"

"잘 지내요."

"정말로 즐겁고 행복해하는 건가요?"

"그럼요. 그렇고말고요."

길이 마을을 통과하면서 좁아지는 바람에 대화가 끊겼다. 나는 댄버스 부인에 대해 이야기를 할까 말까 망설였다. 파벨이라는 남자에 대해서도. 혹시라도 비어트리스가 맥심에게 전할까 봐 걱정이 되었다.

"비어트리스, 파벨, 잭 파벨이라는 이름을 들어본 적 있어요?" 내가 결심을 굳히고 물었다.

"잭 파벨이라. 아는 이름이에요. 잠깐만, 이제 기억났어요. 아주 무례한 놈이지. 몇 해 전에 한 번 만난 적이 있어요."

"어제 그 사람이 댄버스 부인을 만나러 맨덜리에 왔었어요."

"아니, 정말요? 아, 그러고 보니……."

"그러고 보니 뭐요?"

"그놈은 레베카의 사촌이었던 것 같아."

나는 깜짝 놀랐다. 레베카의 친척이라고? 레베카에게 친척이 있으리라는 생각은 해본 적이 없었다. 잭 파벨이 사촌이었군. "아, 그렇군요. 전혀 생각하지 못했어요."

"아마 전에는 맨덜리에 자주 드나들었을 거예요. 하지만 정확히
는 몰라. 난 당시 맨덜리에 거의 가지 않았거든." 어쩐지 그 이야기
를 계속하고 싶지 않은 눈치였다.

"별로 호감 가는 사람이 아니었어요."

"그랬을 거예요. 충분히 이해해요."

나는 기다렸지만 비어트리스는 더 이상 입을 열지 않았다. 파벨
이 자기의 방문을 비밀로 해달라고 부탁했던 일은 말하지 않는 편
이 나을 듯했다. 게다가 목적지에 거의 도착한 상황이었다. 차는
포장된 길을 따라 흰 대문을 통과했다.

"할머니는 눈이 거의 멀었다는 걸 잊지 마요. 요즘에는 정신도
오락가락하신다는군. 간호사에게 전화해두었으니 별문제는 없을
거예요."

커다란 붉은 벽돌집이 나타났다. 후기 빅토리아 양식 같았다. 매
력적이지는 않았다. 한눈에 보기에도 수많은 하인들이 열심히 관
리하는 집 같았다. 눈이 보이지 않는 노부인 한 사람을 위해서 말
이다.

하녀가 문을 열었다.

"잘 지냈어요, 노라?" 비어트리스가 인사했다.

"그럼요, 마님, 마님도 좋아 보이시는군요."

"그럼요. 잘 지낸답니다. 우리 할머니는 어떠신가요?"

"이랬다저랬다 하세요. 하루는 좋고 그다음 날은 나쁘고 하는
식이지요. 몸 상태가 썩 나쁜 것은 아닌데 말입니다. 이렇게들 오

셨으니 아주 기뻐하실 겁니다." 노라는 호기심 어린 눈길로 나를 보았다.

"이쪽은 맥심의 부인이에요." 비어트리스가 소개했다.

"네, 반갑습니다, 마님."

우리는 좁은 홀과 가구가 꽉 들어찬 응접실을 지나 네모진 잔디밭을 내려다볼 수 있는 베란다로 나갔다. 베란다로 향하는 계단에는 제라늄 화분들이 아주 많았다. 구석에는 목욕용 의자를 세워두었다. 비어트리스의 할머니는 베개와 숄에 둘러싸인 채 베란다에 앉아 있었다. 가까이 다가가보니 할머니의 얼굴은 맥심과 놀랄 정도로 비슷했다. 맥심이 늙고 눈이 멀게 되면 꼭 이렇겠구나 싶었다. 옆에 앉았던 간호사가 큰 소리로 읽던 책을 덮고 일어서 비어트리스에게 미소를 보냈다.

"잘 지내셨어요, 레이시 부인?"

비어트리스는 간호사와 악수를 하고 나를 소개했다. "할머니는 좋아 보이시네요. 여든여섯이나 되셨는데 어쩜 이렇게 건강하신지 모르겠어요. 할머니, 저희 왔어요! 잘 도착했어요!" 할머니에게 하는 말에서는 목소리가 커졌다.

할머니가 우리 쪽으로 고개를 돌렸다. "비어트리스가 왔구나. 이렇게 와줘서 고맙다. 여긴 너무 답답하단다."

비어트리스가 몸을 굽혀 할머니에게 입을 맞췄다. "맥심의 안사람을 데려왔어요. 전부터 와서 뵙고 싶어 했는데 너무 바빠서 이제 온 거예요."

비어트리스가 내 등을 밀었다. "어서 입 맞춰드려요." 나도 허리를 굽혀 할머니의 뺨에 입을 맞췄다.

할머니는 손가락으로 내 얼굴을 어루만졌다. "착하기도 하지. 이렇게 와줘서 고맙다. 만나게 되어 반갑구나. 맥심도 데려오지 그랬니?"

"맥심은 런던에 갔어요. 오늘 밤에 돌아올 거예요."

"다음번에는 함께 오도록 해. 자, 이 의자에 앉아. 좀 자세히 보게. 비어트리스도 거기 앉고. 로저는 어떠냐? 고 말썽꾸러기 녀석! 날 보러 오지도 않는구나."

"8월에 인사드리러 올 거예요. 이제 이튼을 마치고 옥스퍼드로 가거든요." 비어트리스가 큰 소리로 말했다.

"그렇구나. 이제 아주 어른이 되었군. 내가 못 알아볼지도 모르겠다."

"자일스보다 키가 더 커요."

비어트리스는 계속해서 자일스와 로저, 말들과 개들 이야기를 했다. 간호사는 뜨개질거리를 가져와 능숙한 솜씨로 바늘을 움직였다. 아주 밝고 즐거운 표정이었다.

"맨덜리가 마음에 드셨나요, 드윈터 부인?"

"아주 많이요. 감사합니다."

"정말 아름다운 곳이죠? 물론 저희는 요즘에 통 가보지 못했어요. 할머니께서 움직이지 못하시니까요. 저도 맨덜리 시절을 그리워한답니다."

"혼자라도 다니러 오세요."

"감사합니다. 꼭 그러고 싶군요. 드윈터 씨도 잘 계시겠죠?"

"그럼요, 잘 있습니다."

"이탈리아에서 신혼여행을 하셨다고요? 저희도 드윈터 씨가 보내신 우편엽서를 잘 받아 보았답니다."

저희라니, 그저 예의상 쓰는 표현일까, 아니면 자기와 맥심 할머니가 하나라는 뜻일까.

"맥심이 엽서를 보냈나요? 전 기억이 안 나는군요."

"그럼요. 정말 반가웠답니다. 엽서나 편지가 오는 것은 아주 기쁜 일이에요. 저희는 스크랩북을 만들어 가족과 관련된 건 다 넣어둔답니다. 물론 즐거운 것만 말이에요."

"그렇군요."

건너편에서 이루어지는 대화가 들려왔다. "마크스먼 노인이 일을 그만두게 해야 했답니다. 최고의 사냥꾼이었던 마크스먼을 할머니도 기억하시죠?"

"그럼. 이제 많이 늙었을 텐데?"

"많이 늙었죠. 두 눈이 다 멀어버렸어요."

"저런 불쌍하기도 하지."

할머니 앞에서 눈 먼 이야기를 하는 건 별로 적합해 보이지 않았다. 간호사를 흘낏 보았더니 뜨개질하기 바빴다.

"부인도 사냥을 하시나요?" 간호사가 물었다.

"아뇨."

"아마 곧 하시게 될 겁니다. 여기서는 모두 사냥을 좋아하거든요."

"그렇군요."

"드윈터 부인은 미술에 취미가 있답니다." 비어트리스가 끼어들었다. "맨덜리에는 멋진 그림을 그릴 만한 장소가 아주 많다고 말해주었죠."

"아, 정말 멋진 취미네요." 간호사가 뜨개질을 잠시 멈췄다. "저한테도 그림을 잘 그리는 친구가 있었죠. 부활절 방학 때 함께 시골을 여행했는데 정말 멋진 그림들을 그리더군요."

"그랬군요."

"우리는 그림 얘기를 하는 거예요!" 비어트리스가 할머니에게 큰 소리로 설명했다. "우리 집안에 예술가가 들어왔거든요!"

"누가 예술가인데? 나는 모르겠구나."

"할머니의 새 손자며느리요! 제가 결혼 선물로 뭘 해줬는지 한번 물어보세요!"

나는 대답할 준비를 하며 미소 지었다. 할머니는 내 쪽으로 고개를 돌렸다. "비어트리스가 무슨 소리를 하는 거지? 네가 예술가인 줄은 몰랐구나. 우리 집안에는 예술가가 하나도 없었는데."

"비어트리스가 농담을 하는 거예요. 전 예술가라고는 할 수 없거든요. 그저 취미로 그림을 그리죠. 정식으로 배운 적도 없어요. 비어트리스는 결혼 선물로 멋진 책을 주었답니다."

"책을 주었다고? 서재에 그토록 책이 많은데 또 책을 선물하다니." 할머니는 큰 소리로 웃었다. 우리도 함께 웃었다. 내 취미 얘기는 거기서 끝났으면 싶었지만 비어트리스가 또다시 얘기를 꺼냈다. "할머니가 몰라서 그래요. 그냥 책이 아니라니까요. 예술에 대한 네 권짜리 책이에요."

간호사도 몸을 굽히고 말을 보탰다. "드윈터 부인이 취미로 그림을 그리신대요. 그래서 결혼 선물로 그림에 관련된 네 권짜리 책을 주셨다는 거예요."

"우스운 일이구나. 결혼 선물로 책을 주다니. 내가 결혼할 때는 아무도 책을 선물하지 않았어. 만약 그랬대도 난 읽지 않았을 게다."

할머니는 다시 웃었다. 비어트리스는 조금 기분이 상한 모양이었다. 나는 달래주려고 미소를 지어 보였지만 비어트리스는 보지 못한 모양이었다. 간호사는 다시 뜨개질을 시작했다.

"이제 차를 마셔야겠어. 아직도 4시 반이 안 된 게야? 노라는 왜 이렇게 차를 안 가져오지?" 할머니가 투덜거렸다.

"그렇게 점심을 많이 드셨는데 벌써 시장하신 거예요?" 간호사가 일어나더니 환하게 웃었다.

나는 피곤했다. 노인들은 왜 이렇게 사람을 부담스럽게 하는 걸까? 어린아이나 강아지라면 이렇게 예의를 차릴 필요 없으니 훨씬 나았을 것이다. 난 누가 어떤 말을 하든 맞장구칠 준비를 한 채 무릎에 손을 얹고 앉아 있었다. 간호사가 할머니의 베개 위치를 조정하고 숄을 다시 덮어주었다.

맥심의 할머니는 간호사가 하는 대로 가만히 참고 있었다. 피곤한 듯 눈을 감았는데 그러니까 훨씬 더 맥심과 비슷했다. 젊었을 때의 할머니는 어땠을까? 키 크고 잘생긴 부인이 주머니에 설탕을 넣고 치마를 살짝 들어 올린 채 마구간을 누비는 모습이 그려졌다. 꽉 졸라맨 허리에, 목깃이 높게 달린 옷을 입었겠지. 2시까지 마차를 준비하라는 목소리가 들리는 듯했다. 이제는 다 지나가버린 일이었다. 할머니는 벌써 40년 전에 남편을, 그리고 15년 전에는 아들을 떠나보냈다. 마침내 죽음이 찾아올 마지막 날까지 간호사와 함께 이 벽돌집에서 살아야 한다. 노인들의 심정에 대해 우리는 얼마나 아는 것이 없는지. 아이들이 어떤 두려움과 희망, 믿음을 가지는지 우리는 알고 있다. 어제까지 아이였으니 기억이 생생한 것이다. 하지만 눈이 먼 채 숄을 두르고 저렇게 앉아 있는 맥심의 할머니는 대체 무엇을 생각하고 무엇을 느끼는 걸까? 비어트리스가 하품을 하며 연신 시계를 보는 것을 알까? 우리가 그저 의무감에서 마지못해 찾아온 것이고 집으로 돌아가고 나면 '자, 이걸로 석 달 동안은 양심의 가책을 안 받아도 돼'라고 혼잣말하리라는 걸 알까?

가끔은 맨덜리를 떠올릴까? 내가 앉는 식당에 앉았던 것을 기억할까? 할머니 역시 밤나무 아래에서 차를 마셨을까? 모든 것을 다 잊어버린 채 그저 조용하고 파리한 얼굴로 소소한 통증과 소소한 불편만 느끼는 것일까? 햇살이 따뜻하면 기뻐하고 바람이 차면 질색하면서?

할 수만 있다면 그 주름진 얼굴을 쓸어 세월의 흔적을 지워버리고 싶었다. 옆에 앉은 비어트리스처럼 건강하고 활동적이었던 시절, 볼이 발그레한 채로 사냥이며 개, 말 이야기를 하던 시절의 젊은 할머니를 보고 싶었다. 간호사가 베개를 매만지는 동안 눈을 감고 앉아 있는 저런 모습이 아니라 말이다.

"오늘은 차에 곁들여 물냉이 샌드위치를 먹는 날이에요. 좋으시죠?" 간호사가 말했다.

"물냉이 샌드위치라고?" 할머니가 머리를 번쩍 들고 문 쪽을 바라보았다. "그 얘기는 안 했잖아. 왜 노라는 차를 안 가져오는 게야?"

"난 죽었다 깨도 할머니 간호는 못 할 것 같아요. 대단하세요." 비어트리스가 작은 소리로 간호사에게 말했다.

"전 익숙해져서 괜찮아요. 또 이곳은 아주 평화롭거든요. 간혹 나쁜 날도 있긴 하지만 끔찍할 정도는 아니에요. 할머님은 다른 환자들에 비해 다루기 쉽답니다. 하인들도 열심이고요. 그게 제일 중요하죠. 아, 노라가 왔군요."

작은 테이블과 눈처럼 흰 테이블보가 들어왔다.

"왜 이렇게 꾸물거리는 게냐?" 할머니가 투덜거렸다.

"이제 막 30분이 되었는걸요." 노라는 간호사와 비슷한 밝고 명랑한 목소리로 대답했다. 맥심의 할머니는 사람들이 자기한테 말할 때 다들 비슷한 어조가 된다는 것을 알까. 나는 궁금했다. 처음으로 그런 어조를 들었을 때에는 알아차리셨을 테지. 그러면서 '내가 늙었다고 생각하나 보군. 우스운 일이야'라고 생각했을지도 몰라. 그러다가 점점 더 익숙해지면서 이제는 마치 늘 그랬던 것처럼 여겨지는 것이다. 말에게 설탕을 주던 허리가 날씬한 밤색 머리 여인은 어디로 가버린 것일까?

우리는 테이블 가까이 의자를 당겨 앉고 물냉이 샌드위치를 먹기 시작했다. 할머니를 위해 특별히 준비한 것이었다.

"자, 어때요, 마음에 드세요?"

파리한 얼굴에 천천히 미소가 번져갔다. "난 물냉이 샌드위치가 좋아."

펄펄 끓는 차는 너무 뜨거웠다. 간호사는 홀짝거리며 조금씩 차를 마셨다.

"늘 이렇게 끓는 물을 가져온답니다. 찻잎으로 죽이라도 끓이라는 건지. 아무리 얘기해도 소용없어요. 말을 안 듣네요."

"아, 그건 할 수 없는 일이에요. 저도 그러려니 하고 포기했답니다." 비어트리스가 간호사에게 맞장구쳤다. 할머니는 찻숟가락으로 차를 저었다. 시선은 먼 곳을 향해 있었다. 무슨 생각을 하는 것인지 궁금했다.

"이탈리아에서는 날씨가 좋았나요?" 간호사가 물었다.

"네. 아주 더웠지요."

비어트리스가 할머니에게 설명했다. "이탈리아로 신혼여행을 갔을 때 날씨가 아주 좋았다고 하네요. 맥심은 피부가 구릿빛이 되었답니다."

"왜 오늘 맥심은 안 온 게냐?" 할머니가 중얼거렸다.

"말씀드렸잖아요. 맥심은 런던에 갔어요. 신사들 모임이 있다고 해서요. 자일스도 런던에 있고요."

"아, 그렇군. 그런데 왜 맥심이 이탈리아에 갔다는 거야?"

"4월에 갔었다고요. 지금은 맨덜리로 돌아왔고요." 비어트리스는 답답하다는 듯 말하면서 간호사를 흘낏 쳐다보았다.

"지금은 드윈터 내외가 모두 맨덜리에 있답니다." 간호사가 거들었다.

"이달에는 날씨가 아주 좋았어요." 나는 맥심 할머니에게 다가가 말했다. "장미가 한창이에요. 몇 송이 가져다드릴 걸 그랬네요."

"그래. 난 장미가 좋아." 할머니는 이렇게 대답하더니 흐릿한 푸른 눈으로 나를 유심히 보았다. "너도 맨덜리에 있는 게냐?"

나는 침을 꿀꺽 삼켰다. 잠시 침묵이 흘렀다. 비어트리스가 못 참고 끼어들었다. "할머니, 아까 다 인사했잖아요. 맥심과 결혼한 새색시라니까요."

간호사는 재빨리 찻잔을 내려놓고 할머니의 표정을 살폈다. 할머니는 베개에 편안하게 기댄 상태였지만 입술이 가볍게 떨렸다. "너희들은 말이 너무 많아. 난 무슨 말인지 모르겠다." 갑자기 할머니가 나를 바라보며 고개를 세차게 흔들었다. "넌 누구냐? 전에 본 적이 없는데? 모르는 얼굴이야. 맨덜리에서 만난 적이 없지 않느냐? 비어트리스, 이게 대체 누구냐? 왜 맥심은 레베카를 안 데려오는 거야? 내가 레베카를 얼마나 좋아했는데. 대체 레베카는 어디 있어?"

한참 동안 아무도 입을 열지 못했다. 나는 얼굴이 새빨갛게 달아올랐다. 간호사가 즉시 일어나 할머니 옆으로 달려왔다.

"레베카를 보고 싶어. 대체 레베카를 어떻게 한 거냐?" 비어트리스는 테이블에 다리를 부딪치며 어색하게 일어섰다. 나처럼 새빨개진 얼굴이 씰룩댔다.

"레이시 부인, 이제 가시는 게 좋겠어요." 간호사가 안절부절못했다. "할머님이 좀 피곤하신가 봐요. 한번 헛소리를 시작하시면 몇 시간은 가거든요. 때때로 지금처럼 흥분하신답니다. 하필이면 오늘 이러시다니. 그래도 이해해주시겠지요, 드윈터 부인?" 간호사가 내게 용서를 구했다.

"물론이죠. 이제 그만 가봐야겠어요." 나도 재빨리 대답했다.

비어트리스와 나는 허둥지둥 가방과 장갑을 챙겨 들었다. 간호사는 다시 할머님 옆으로 갔다. "이게 다 무슨 일이에요? 자, 물냉이 샌드위치를 좀 더 드시겠어요?"

"레베카는 어디 있는 게야? 왜 맥심은 레베카를 데려오지 않는 게야?"

우리는 응접실을 거쳐 홀을 지나 앞문으로 나왔다. 비어트리스는 말없이 차 시동을 걸었다.

나는 묵묵히 앞만 바라보았다. 기분이 나쁘거나 하지는 않았다. 나 혼자였다면 아무렇지도 않았을 것이다. 다만 비어트리스가 마음에 걸렸다.

이 모든 일이 비어트리스에게는 너무도 당황스럽고 불편하지 않았겠는가.

차가 마을을 빠져나왔을 때에야 비어트리스가 입을 열었다. "올케한테 어떻게 사과해야 할지 모르겠어. 입이 열 개라도 할 말이 없군. 할머니가 그러시리라고는 전혀 예상 못 했어요. 그랬다면 절대 올케를 데려가 인사시킨다는 생각을 안 했을 테지. 정말 미안해요."

"미안해하실 것 없어요. 이제 그만하세요."

"정말 이해할 수가 없어. 나나 맥심이나 할머니한테 다 설명을 했거든. 외국에서 올린 결혼식 소식에 관심도 많이 보이셨는데."

"할머니 연세를 생각하셔야죠. 그걸 다 기억하실 수 있겠어요. 저랑 맥심을 연결시키지 못하셨을 뿐이에요. 할머니에게 맥심은 레베카와 연결될 뿐이니까요." 우리는 한참 말이 없었다. 차에 앉아 있으니 안심이 되었다. 거친 운전이 더 이상 불편하지 않았다.

"할머니가 얼마나 레베카를 좋아했는지 잊고 있었어." 비어트리스가 천천히 말했다. "내가 바보예요. 이런 일을 전혀 예상하지 못했으니. 그 사고를 할머니가 제대로 이해하지 못한 모양이에요. 아, 정말 끔찍한 오후였어. 올케가 이제 날 어떻게 생각하겠어?"

"비어트리스, 이제 그만해요. 전 괜찮다고 이미 말씀드렸잖아요."

"레베카는 할머니한테 아주 잘했어요. 자주 맨덜리로 모셔 가기도 했고. 물론 그때는 할머니 상태도 훨씬 좋았지. 레베카가 무슨 말만 하면 할머니는 즐겁게 웃었어요. 레베카는 대단한 재주를 가진 사람이었어. 남녀노소, 심지어 개들까지도 누구나 자기를 좋아하지 않고는 못 배기게 만들었으니까. 할머니는 영원히 레베카를 잊지 못할 것 같군. 어떻든 올케한테는 면목 없게 되었어."

"전 괜찮아요. 아무렇지도 않다니까요." 나는 기계적으로 같은 말을 반복했다. 비어트리스가 더 이상 사과하지 않았으면 싶었다. 그 이야기를 계속하고 싶지 않았다. 대체 그럴 필요가 어디 있단 말인가?

"자일스는 무척 화를 낼 거예요. 올케를 거기 데려간 게 내 잘못이라고 야단치겠지. '어쩌면 그렇게 멍청한 짓을 저질렀어!'라는 소리가 들리는 것 같아. 생각만 해도 머리가 아프군."

"그럼 아무 말 하지 마세요. 저도 잊어버릴게요. 말은 한번 꺼내고 나면 점점 커지는 법이잖아요."

"자일스는 내 얼굴만 보고도 뭐가 잘못되었다는 걸 알아차릴걸. 남편한테는 뭘 숨길 수가 없어."

나는 잠자코 있었다. 그 친한 친구들 사이에서 이 이야기가 얼마나 신나게 반복될지 훤했다. 일요일 점심을 먹으러 모인 사람들이 눈을 커다랗게 뜨고 귀를 바짝 곤두세우고 탄성을 지르며 내얘기를 하겠지……

'세상에! 그래서 대체 어떻게 하셨어요?'라는 말에 이어 '그래, 새 부인은 어떻게 반응하던가요? 모두들 얼마나 당황스러웠겠어요!'라는 말이 이어지리라.

나한테는 맥심이 그 일을 몰라야 한다는 점만이 중요했다. 언젠가 프랭크에게는 얘기하게 될지도 모른다. 하지만 시간이 한참 지난 후일 것이다.

대로에 들어선 지 얼마 되지 않아 오르막 꼭대기에 이르렀다. 멀리서 케리스의 회색 지붕들이 보였고 오른쪽으로는 맨덜리의 깊은 숲과 먼 바다가 눈에 들어왔다.

"집에 뭐 급한 일이 있나요?" 비어트리스가 물었다.

"아뇨. 왜요?"

"대문 앞에 올케를 내려줘도 괜찮을까 해서. 미친 듯이 운전해서 역으로 나가면 런던에서 돌아오는 자일스를 만날 수 있을 것 같아요. 그럼 택시를 잡아탈 필요가 없게 되니까."

"물론 괜찮아요. 저는 슬슬 걸어 들어갈게요."

"고마워요." 비어트리스는 진심으로 고마워했다.

그날 오후는 비어트리스에게도 너무 힘들었던 것이 분명했다. 혼자 있고 싶은 마음을 이해할 수 있었다. 저택 앞까지 들어왔다가 또다시 맨덜리에서 차를 마시기에는 마음이 내키지 않았으리라.

나는 대문 앞에서 내렸고 우리는 작별의 입맞춤을 했다.

"다음에 만날 때는 살이 좀 쪄 있으면 좋겠네. 그렇게 여윈 것은 좋지 않아요. 맥심에게도 인사 전해줘요. 오늘 일은 다시 한번 미안해요." 비어트리스는 먼지 구름 속으로 사라졌고 나는 저택으로 이어지는 길을 걷기 시작했다.

이 길은 맥심의 할머니가 마차로 오가던 시절에 비해 얼마나 달라졌을까? 그때의 할머니는 나처럼 젊은 여자였을 테고 문지기 아내에게 미소를 보냈을 테지. 그때는 문지기 아내가 넓은 치마를 입고 허리 굽혀 공손히 절을 했을지도 모른다. 지금은 살짝 고개를 숙여 보이고는 뒷마당에서 고양이들과 놀고 있는 어린 아들을 부르느라 바쁘지만 말이다. 맥심의 할머니는 늘어진 나뭇가지들을 피하려 고개를 숙이고 말은 또각또각 소리를 내며 걸어갔겠지. 그때는 길이 더 넓고 좋았을 것이다. 머리 위로 나뭇가지가 이렇게 뒤엉키지도 않았으리라.

나는 베개를 받치고 숄을 두르고 앉아 있던 할머니의 모습보다는 젊은 시절, 맨덜리의 안주인이었던 할머니의 모습이 웬지 더 또렷했다. 정원에서 어린 꼬마, 즉 맥심의 아버지를 데리고 산책하는 모습도 그려졌다. 장난감 목마를 타고 노는 그 소년은 헐렁한 재킷을 입고 흰 깃을 달고 있었겠지. 종종 해변으로 소풍도 나갔으리라. 찾아보면 사진도 나올 것이다. 식탁보를 깔아놓은 주위에 온 식구들이 꼿꼿하게 둘러앉은 모습을 찍은 사진. 하인들은 저 뒤쪽에서 커다란 점심 바구니를 풀고 있을 테고. 그때보다 나이 든 할머니 모습도 떠올랐다. 지팡이를 짚고 맨덜리의 테라스로 걸어 나갔겠지. 키가 크고 늘씬한 아름다운 여자가 할머니를 부축하며 웃고 있다. 모두에게 사랑받는 재주를 가진 사람이었다고 비어트리스는 말했지. 누구나 금방 좋아하고 사랑하게 된다는 사람.

긴 길이 거의 다 끝났을 때 저택 앞에 서 있는 맥심의 차가 보였다. 가슴이 뛰었다. 나는 홀로 뛰어 들어갔다. 테이블에는 그의 모자와 장갑이 놓여 있었다. 서재로 들어가려고 할 때 말소리가 들렸다. 맥심이 큰 소리로 무언가 말하고 있었다. 문은 닫힌 채였다. 나는 문 앞에서 망설였다.

"내 이름으로 편지를 써서 그가 두 번 다시 맨덜리에 오지 못하게 해요. 알겠소? 누구한테 들은 얘기인지는 중요하지 않아요. 어제 오후에 그의 차가 여기 있었다는 걸 우연히 알게 되었을 뿐이니까. 굳이 만나고 싶다면 맨덜리 바깥에서 만나면 되지 않소? 나는 그가 이 집 대문을 넘어오는 게 싫은 거요. 알아들었소? 이것이 마지막 경고요."

나는 계단 쪽으로 물러났다. 서재 문이 열리는 소리가 들리자 재빨리 계단을 올라가 발코니 쪽에 숨었다. 댄버스 부인이 서재에서 나와 등 뒤로 문을 닫았다. 얼핏 본 댄버스 부인의 얼굴은 분노에 가득 차 있었다. 소름이 끼쳤다.

부인은 조용히 계단을 올라와 저택 서쪽으로 이어지는 문으로 사라졌다.

나는 잠시 기다렸다. 그리고 계단을 내려가 서재로 들어갔다. 맥심은 편지 다발을 손에 든 채 등을 돌리고 창가에 서 있었다. 한순간 나는 조용히 뒤돌아 나가 위층의 내 방에서 기다려야 하나 생각했다. 하지만 맥심은 내가 들어가는 소리를 들었는지 홱 돌아섰다.

"이번엔 또 누구요?"

나는 미소 지으며 팔을 활짝 벌렸다. "저 왔어요!"

"아, 당신이군."

그가 무언가에 무척 화가 났다는 것이 한눈에 보였다. 입매가 딱딱하게 굳었고 콧구멍도 오그라들어 있었다. "그래 혼자서 어떻게 지냈소?" 그는 이렇게 물으면서 내 이마에 입을 맞추고 안아주었다. 아주 오랫동안 헤어졌다가 만난 것 같은 기분이었다.

"당신 할머님을 뵈러 갔었어요. 비어트리스가 오후에 데리러 왔었죠."

"할머니는 어떠셨소?"

"잘 계세요."

"비어트리스는 어떻게 된 거요?"

"자일스를 만나러 급히 갔어요."

우리는 창가 의자에 나란히 앉았다. 나는 그의 손을 내 손으로 감쌌다. "당신이 멀리 가버리니 힘들었어요. 얼마나 보고 싶었는지 몰라요."

"그랬소?"

우리는 잠시 말없이 그렇게 손을 잡은 채 앉아 있었다.

"런던은 덥던가요?"

"아주 더웠소. 난 정말 런던이 싫소." 맥심은 방금 댄버스 부인과 언성 높였던 일을 내게 이야기해줄까? 궁금했다. 대체 누구한테서 파벨 이야기를 들은 걸까?

"뭐 걱정거리라도 있어요?"

"힘든 하루였소. 그 거리를 스물네 시간 만에 왕복하는 건 누구에게든 힘든 일이오."

그는 자리에서 일어나 담뱃불을 붙였다. 나는 그가 댄버스 부인의 일을 이야기하지 않으리라는 것을 알았다.

"저도 피곤해요. 여러모로 힘든 날이었어요." 나는 천천히 말했다.

16

오후에 갑자기 예기치 않던 손님들이 몰려와 무도회 이야기를 꺼내놓은 것은 어느 일요일이었다고 기억한다. 프랭크가 와서 함께 점심을 먹은 참이었다. 밤나무 아래에서 보내는 평화로운 오후를 기대하며 쿠션이며 신문을 들고 움직이려는 순간 차 소리가 들렸다. 그리고 어떻게 해볼 겨를도 없이 우리가 있는 테라스 앞에 멈춰 섰다.

그대로 걸어 나가 손님들을 환영할 수밖에 없었다. 종종 그랬지만 결국은 그 손님들이 전부인 것도 아니었다. 30분쯤 지난 후에 또 다른 차가 들이닥쳤고 그다음에는 케리스에서 걸어왔다는 세 사람이 합류했다. 우리는 손님들과 인사를 나누고 저택 1층을 보여준 후 장미 정원과 잔디밭, 행복의 계곡까지 산책하는 지루한 절차를 치렀다.

손님들은 당연히 차 마실 시간까지 머물렀고 우리는 밤나무 아래에서 오이 샌드위치를 한가롭게 우물거리는 대신 응접실에 꼿꼿이 앉아 온갖 도구를 사용해 우려낸 차를 마셔야 했다. 프리스는 눈썹의 움직임만으로 로버트를 부리며 능숙하게 차 대접을 해냈다. 나는 안주인으로서 거대한 은제 찻주전자와 씨름하느라 죽을 맛이었다. 언제 끓는 물을 부어 차를 엷게 만들어야 하는지 도무지 알 수 없었다. 그러면서 옆에서 이루어지는 대화를 집중해서 들어야 하는 것은 더 어려웠다.

프랭크는 이런 경우에 너무도 소중한 존재였다. 그는 내가 차를 따르면 손님들에게 가져다주었고 찻주전자에 정신이 팔려 내가 제대로 대답을 못 하면 적절히 끼어들어 분위기를 바꾸곤 했다. 맥심은 응접실 반대편에서 책을 보여주거나 그림을 설명하거나 하며 완벽한 주인 노릇을 해내고 있었지만 차 대접에는 상관하지 않았다. 맥심의 차는 테이블에서 식어갔다. 스콘과 카스텔라를 능숙하게 나눠 담는 프랭크 옆에서 나 혼자 주전자의 증기에 익어가면서 모든 손님을 위해 정신없이 차를 대접해야 했다. 그 와중에 그 얘기를 꺼낸 것은 케리스에 사는 크로언 부인이었다. 늘 과장을 섞어 이야기를 늘어놓는 지루한 인물이었다. 차 모임에서는 한순간 대화가 끊기는 때가 늘 있게 마련이다. 프랭크가 침묵에 어울리는 우스운 이야기를 꺼내려고 막 입술을 움직이려는 순간 크로언 부인이 때마침 옆에 있던 맥심을 올려다보며 말을 시작했다.

"드윈터 씨. 오랫동안 부탁하고 싶었던 일이 있답니다. 혹시 그 멋진 맨덜리 무도회를 다시 열 생각은 없으신지요?" 부인은 말하면서 고개를 한쪽으로 젖혔고 그래서 미소를 짓는다는 것이 이를 너무 많이 드러내 보인 셈이 되었다. 나는 그 순간 고개를 숙이고 몹시 바쁜 척 내 잔에 차를 따랐다. 찻주전자 뒤로 숨어버린 것이다.

맥심은 잠시 머뭇거리다가 침착한 목소리로 대답했다. "그건 생각해보지 않았군요. 다른 사람들도 생각을 못 했을 것 같고요."

"하지만 꼭 생각해보셔야 해요. 그 무도회는 우리에게 굉장히 큰 즐거움을 주었거든요. 어떻게 하면 생각을 좀 돌리실 수 있을까요?"

"글쎄요, 잘 모르겠습니다. 무도회를 연다는 게 보통 일이 아니거든요. 프랭크에게 물어보시는 편이 좋겠습니다. 일을 맡아 해야 하는 입장이니까." 맥심이 무뚝뚝하게 말했다.

"오, 크롤리 씨, 당신은 내 편이 돼주셔야 해요." 크로언 부인이 화살을 프랭크 쪽으로 돌렸고 다른 손님들도 합세했다. "우리 모두 맨덜리 무도회를 그리워한답니다. 우리를 위해 꼭 다시 열어주세요."

옆에서 프랭크의 차분한 목소리가 들렸다. "맥심이 결정만 내린다면 제가 무도회를 준비하는 데는 아무 문제도 없습니다. 결국 드윈터 부부가 결정할 일이지요. 저와는 상관없고요."

당장 내게로 부탁의 말이 쏟아졌다. 크로언 부인이 아예 의자를 옮겨 앉았으므로 더 이상 찻주전자는 내 방패막이 되지 못했다.

"자, 드윈터 부인, 당신한테 달렸군요. 남편분을 설득해주세요. 부인 말은 들으실 테니까요. 새 신부를 위한 무도회로 하면 얼마나 좋겠어요."

"맞아요. 안 그래도 결혼식을 보지 못해 섭섭한 참이었어요." 또 다른 손님이 말을 보탰다. "외국에서 결혼식을 올렸으니 저희 즐거움을 빼앗아버리신 셈이죠. 대신 무도회라도 열어서 저희를 즐겁게 해주셔야 해요. 자, 우리는 만장일치지요?" 까르르 웃음이 터지고 박수 소리가 울렸다.

맥심이 담뱃불을 붙였다. 찻주전자 너머로 우리의 시선이 맞부딪쳤다.

"당신 생각은 어떻소?" 그가 내게 물었다.

"모르겠어요. 저는 아무래도 상관없어요."

"부인께서는 물론 새 신부를 위한 무도회를 바라시겠지요." 크로언 부인이 끼어들었다. "당연한 것 아닌가요? 드윈터 부인께서는 양치기 소녀 옷차림을 하고 커다란 모자를 쓰면 잘 어울리실 것 같아요."

통통하고 튼튼한, 볼이 빨간 양치기 소녀와는 나는 어째 어울리지 않을 듯했다. 정말 크로언 부인은 멍청한 사람이군! 내 생각과 같았는지 둘러앉은 누구도 양치기 소녀 이야기에 맞장구를 치지 않았다. 고맙게도 다시 한번 프랭크가 나서서 화제를 다른 쪽으로 돌려주었다.

"사실은, 맥심, 지난번에 다른 분도 무도회 이야기를 꺼낸 적이 있어. 새 신부를 위해 무언가 축하 행사가 있어야 할 텐데 자기 생각에는 무도회가 제일 좋을 것 같다고 말이야. 농장의 터커 씨가 그랬지." 그러고는 크로언 부인 쪽을 바라보며 덧붙였다. "물론 제 생각에는 어떤 행사를 해도 다들 환영일 것 같아요. 그때 전 드윈터 씨가 아직 아무 말씀도 없었다고만 대답했지요."

크로언 부인이 응접실에 앉은 모두에게 선언하듯 말했다. "자, 그렇군요. 드윈터 가문의 영지 사람들도 무도회를 바라고 있는 거예요. 우리들 말이야 그냥 넘긴다 해도 영지 사람들 부탁까지 무시하실 수는 없겠지요?"

맥심은 곤혹스러운 얼굴로 나를 바라보았다. 아마도 사람들 앞에 나서기 싫어하고 수줍음 많은 내가 그런 행사를 감당할 수 있을지 걱정하는 모양이었다. 나는 그가 그렇게 생각하는 것이 싫었다. 내가 그의 일에 방해가 돼서는 안 될 일이었다.

"제 생각에도 아주 재미있을 것 같군요."

맥심은 어깨를 으쓱해 보이며 고개를 돌렸다. "이걸로 얘기는 끝난 셈이군요. 그럼 프랭크, 자네가 총책임을 맡아주게. 댄버스 부인의 도움을 받으면 좀 쉬울 거야. 구체적인 사항을 다 기억하고 있을 테니."

"아, 그 댄버스 부인이 아직도 여기 있군요?" 크로언 부인이 물었다.

"그렇습니다." 맥심이 짧게 대답했다. "여러분, 케이크를 좀 더 드시겠습니까? 아니면 정원으로 나가볼까요?"

우리는 테라스로 나갔다. 모두들 언제 어떻게 무도회를 치르면 좋을지 자기 생각을 말하느라 바빴다. 정원으로 들어서기 전, 다행히도 차를 타고 온 두 무리가 이제 가봐야겠다는 말을 꺼냈다. 걸어온 사람들도 차를 얻어 타고 함께 떠나기로 했다. 나는 손님들을 전송하고 응접실로 돌아와 편안한 마음으로 차를 한 잔 더 마셨다. 프랭크도 뒤따라 들어왔다. 우리는 동지애를 느끼며 스콘 부스러기를 주워 먹었다.

맥심은 잔디밭에서 막대기를 던지며 재스퍼와 놀아주고 있었다. 어느 집에서든 손님들이 떠나고 나면 이렇게 마음이 푸근해지는 걸까? 나는 차를 마저 마시고 손수건에 손가락을 닦아내면서 프랭크에게 물었다. "무도회에 대해 솔직히 어떻게 생각해요?"

프랭크는 잔디밭의 맥심을 곁눈질하면서 잠시 머뭇거렸다. "잘 모르겠군요. 맥심은 반대하지 않는 것 같더군요. 그 정도면 흔쾌히 결정을 내렸다고 할 수 있습니다만."

"달리 어떻게 할 수가 없었잖아요. 크로언 부인은 정말 지겨운 사람이에요. 근처 모든 사람들이 맨덜리의 무도회를 고대한다는 게 정말이라고 생각해요?"

"다들 무도회를 즐기는 건 사실입니다. 이곳 사람들은 그런 면에서는 옛 전통을 따르고 싶어 하니까요. 또 부인을 위해서 뭔가 행사가 있어야 한다는 크로언 부인의 말도 수긍이 갑니다. 어쨌든 부인께서는 새 신부 아닙니까."

늘 그렇듯 예의 바르고 정확한 말이었다. 때로는 좀 다른 방식으로 말하는 모습을 보여줘도 좋을 텐데.

"난 신부가 아니에요. 정식 결혼식도 안 했는걸요. 웨딩드레스도, 꽃다발도, 신부 들러리도 없었어요. 나를 위해서 모두들 모여 춤춘다는 건 달갑지 않아요."

"하지만 무도회 자체는 아주 멋집니다. 부인께서도 마음에 드실 겁니다. 골치 썩을 일도 전혀 없지요. 부인께서는 그저 손님들을 맞이하고 즐기시면 됩니다. 저와도 한 곡 춰주시겠지요?"

끝마무리가 역시 프랭크다웠다.

"그럼요. 청하는 대로 춰드리지요. 사실 당신과 맥심 외에는 함께 추고 싶지 않아요."

"그건 안 될 일입니다. 춤을 청하는 사람과는 다 추셔야 합니다. 안 그러면 모욕을 주는 셈이니까요." 프랭크가 진지하게 말했다.

나는 웃음을 참느라 고개를 살짝 돌렸다. 장난 섞어 한 말인 줄도 모르고 그토록 진지하게 대응하는 모습이 재미있었다.

"제가 양치기 소녀 복장을 하면 좋겠다는 말은 어떻게 생각하세요?" 나는 다시 떠보았다.

그는 여전히 내가 진지하다고 생각하는 모양이었다. "멋진 생각입니다. 양치기 소녀로 꾸미시면 아주 멋질 겁니다."

나는 더 이상 참지 못하고 웃음을 터뜨렸다. "이런, 프랭크, 난 당신이 정말 좋아요!" 그는 갑작스러운 말에 어쩔 줄 모르고 얼굴이 붉어졌다. 어쩌면 내가 자기를 보고 웃어버린 것에 상처를 받았을지도 몰랐다.

300

"부인이 그렇게 웃으실 만한 말은 하지 않은 것 같은데요." 그가 어리둥절한 표정을 지었다.

맥심이 재스퍼를 데리고 안으로 들어왔다. "무슨 얘기를 그렇게 재미있게들 하는 거요?"

"프랭크는 너무나 진지한 사람이에요. 저더러 양치기 소녀 옷을 입으라는 크로언 부인의 말이 하나도 웃기지 않는다잖아요."

"크로언 부인은 정말 골칫거리야. 자기가 그 많은 초청장을 다 보내고 무도회를 준비해야 한다면 절대 그렇게 신이 나지 않았을 거요. 하긴 이곳 사람들은 다 그래요. 맨덜리가 알아서 즐거운 행사를 마련해줘야 한다고 생각하거든. 아마 근처에 사는 모두를 초청해야 할 거요."

"사무실에 기록이 남아 있습니다. 뭐 특별히 일이 많은 것은 아닙니다. 우표를 붙이는 일이 제일 힘들죠." 프랭크가 말했다.

"그럼 그 일을 우리 마나님에게 맡겨야겠군." 맥심이 나를 보며 미소 지었다.

"아니, 그건 사무실에서 처리하면 됩니다. 드윈터 부인께서는 조금도 신경 쓰실 일 없습니다." 내가 모든 일을 직접 주관하겠다고 갑자기 나선다면 두 사람은 뭐라고 할까? 궁금해졌다. 껄껄거리며 웃겠지. 그러고는 다른 화제를 가져올 거야. 물론 한편으로는 별다른 할 일이 없다는 것이 좋았지만 다른 한편으로는 내가 우표 붙이는 일조차 하지 못하는 존재인가 싶어 서글펐다. 불현듯 거실의 책상이, 칸마다 길쭉하게 기울어진 필체로 제목이 붙은 서류함이 떠올랐다.

"당신은 뭘 입을 거예요?" 내가 맥심에게 물었다.

"난 그냥 평소처럼 입으면 되오. 주인에게 허락되는 유일한 특권이지. 그렇지 않나, 프랭크?"

"전 양치기 소녀 복장은 하지 않을래요. 뭘 입어야 하죠? 가장 무도회에는 별로 가본 적이 없어서요."

"머리에 리본을 묶고 이상한 나라의 앨리스로 변신하면 어떻소?" 맥심이 가볍게 말했다. "지금도 턱을 괴고 있는 모습이 앨리스랑 비슷하니 말이오."

"그렇게 함부로 말하지 마요. 제 머리카락이 직모이긴 해도 앨리스 정도는 아니에요. 자, 당신과 프랭크가 깜짝 놀랄 정도로 변신을 해보겠어요. 아마 절 못 알아볼걸요."

"얼굴을 까맣게 칠하고 원숭이 흉내를 내지만 않는다면 난 다 좋소." 맥심이 말했다.

"좋아요. 그럼 얘기 끝난 거죠? 마지막 순간까지 내가 입을 옷은 비밀로 할 거예요. 한마디도 안 해줄 테니 두고 봐요. 이리 온, 재스퍼. 우리는 이제 나가자꾸나. 신사분들 얘기는 재미없으니." 정원으로 나오는 내 등 뒤에서 맥심의 웃음소리가 들렸다.

그는 날 언제까지나 어린아이로 취급할까? 아무 책임도 질 일 없는 응석받이로, 기분 내킬 때마다 머리를 쓰다듬어주면 되는 존재로 말이다. 기분이 안 내키면 잊고 지내면서 그저 어깨를 떠밀어 내보내 뛰어놀게 하면 되는 그런 사람으로 남고 싶진 않다. 내가 더 현명하고 성숙하게 될 길은 없을까? 그는 늘 나보다 한참 앞서 있고 내가 나눠 갖지 못하는 고민과 문제를 혼자 해결할 수밖에 없는 것일까? 남편과 아내로 어깨를 나란히 하고 손을 마주 잡고 서로 간에 아무런 장벽 없이 하나가 될 수는 없을까? 나는 아이가 되고 싶지 않았다. 나는 그의 아내이자 그의 어머니가 되고 싶었다. 어서 나이를 먹고 싶다.

나는 테라스에서 손톱을 물어뜯으면서 멀리 바다를 내려다보았다. 그날 하루 수십 번도 더 던졌던 물음이 다시 떠올랐다. 서쪽 방의 가구를 그대로 보존하게 한 것은 맥심의 결정일까? 댄버스 부인처럼 맥심도 종종 그 방으로 들어가 화장대 위의 빗을 만져보고 옷장 문을 열고 이브닝드레스를 쓰다듬는 것은 아닐까?

"이리 온, 재스퍼!" 나는 소리를 질렀다. "자, 나랑 같이 뛰는 거야. 어서!" 나는 미친 듯 잔디밭을 가로질렀다. 쓰라린 분노의 눈물이 흘렀다. 재스퍼는 내 뒤를 바짝 따라오며 신이 나서 짖어댔다.

가장무도회 소식은 금방 퍼졌다. 몸종 클래리스는 기대감에 두 눈을 빛내며 하루 종일 무도회 이야기만 해댔다. 하인들도 다 기뻐하는 모양이었다. "프리스 아저씨는 다시 옛날로 돌아간 것 같다고 하셨어요. 오늘 아침에 복도에서 앨리스에게 그렇게 말씀하시던걸요. 마님은 어떤 옷을 입으실 건가요?"

"아직 모르겠구나. 생각이 안 나."

"저희 어머니도 무척 궁금해하시던걸요. 맨덜리에서 열린 지난 무도회 얘기를 하시더라고요. 죽을 때까지 잊지 못할 거라고요.

옷은 런던에 주문하실 거죠?"

"아직 결정을 못 했어. 결정되면 너한테만 알려줄게. 무도회 날까지는 너랑 나만 아는 비밀이야."

"정말 멋져요, 마님." 클래리스가 숨을 죽였다. "전 그날까지 어떻게 기다릴지 모르겠어요."

댄버스 부인이 무도회 소식에 어떻게 반응할지 궁금했다. 그날 오후 이후 나는 내선 전화로 부인의 목소리를 듣는 것조차 꺼림칙해 로버트를 통해 의견을 교환하고 있었다. 맥심에게 꾸중을 듣고 서재를 나올 때 부인 얼굴에 떠오른 표정을 잊을 수가 없었다. 발코니에 몸을 숨기고 있던 나를 부인이 보지 못한 것만이 그저 다행이었다. 댄버스 부인은 파벨의 방문을 맥심에게 알린 것이 나라고 생각할까? 만약 그렇다면 더더욱 나를 미워할 것이다. 내 팔을 잡던 그 팔의 느낌, 귓가에 대고 친한 척 부드럽게 말하던 소름 끼치는 목소리를 떠올리면 지금도 오싹할 정도였다. 그때 일은 기억하기조차 싫었다. 그래서 내선 전화로 이야기하는 일도 피하게 되었던 것이다.

무도회 준비가 시작되었다. 모든 일이 저 아래 영지 사무실에서 이루어지는 듯했다. 맥심과 프랭크는 매일 아침 거기서 일을 처리했다. 프랭크가 말한 대로 나는 아무것도 신경 쓸 일이 없었다. 우표 한 장 붙일 필요도 없었다. 나는 어떤 옷을 입을지 고민에 빠졌다. 아무 생각도 떠오르지 않았다. 나는 그날 참석할 사람들을 그려보았다. 케리스와 근처 지역에서 올 손님들, 지난번 무도회가 너무 좋았다고 하는 주교 부인, 비어트리스와 자일스 부부. 지루한 크로언 부인, 그 밖에 한 번도 만나보지 못한 이들도 많을 것이었다. 무도회 당일의 내 모습을 무척이나 궁금해하고 또 비판할 게 뻔했다. 나는 비어트리스가 결혼 선물로 보낸 책을 기억하고 어느 날 아침, 지푸라기라도 잡는 심정으로 그 책의 그림들을 살펴보기 시작했다. 신통치 않았다. 루벤스나 렘브란트 같은 화가의 그림에는 하나같이 벨벳이나 비단으로 만든 화려한 의상뿐이었다. 연필과 종이를 가져다가 한두 개 모사해보았지만 마음에 들지 않았다. 나는 종이를 구겨 쓰레기통에 던져버렸다.

그날 저녁이었다. 식사하기 전 옷을 갈아입으려는 참에 누군가 문을 두드렸다. 클래리스인가 보다 싶어 들어오라고 했다. 문이 열리더니 댄버스 부인이 나타났다. 손에 구겨진 종이를 들고 있었다. "방해해서 죄송합니다. 이 그림을 버리시는 게 맞는지 몰라서요. 혹시 잘못 버려지는 물건이 없도록 쓰레기통은 전부 제가 확인하도록 되어 있습니다. 로버트 말로는 이 종이가 서재 쓰레기통에 버려진 거라는군요."

부인의 모습을 보자마자 나는 딱딱하게 굳어버렸고 처음에는 목소리조차 나오지 않을 정도였다. 부인은 종이를 내게 내밀었다. 그날 아침에 모사했던 의상 그림이었다.

"이건 버리는 게 맞아요." 한참 후에야 목소리가 나왔다. "그냥 끼적거려본 거예요. 필요 없어요."

"알겠습니다. 그래도 실수가 없도록 직접 여쭤보는 편이 좋다고 생각했습니다."

"네, 잘하셨어요." 이제 뒤돌아 나가겠구나 생각했는데 댄버스 부인은 계속 문가에 서 있었다.

"뭘 입으실지 아직 결정 못 하셨나 봅니다." 부인이 말했다. 조롱하는 느낌을 주는 말투였다. 클래리스에게서 얘기를 들은 모양이었다.

"아직 못 했어요."

부인은 문손잡이를 잡은 채 계속 머뭇거렸다. "발코니의 그림들에서 뭔가 도움을 받을 수 있지 않을까 싶습니다만." 나는 손톱을 다듬는 척했다. 사실은 너무 짧고 울퉁불퉁해서 다듬을 것도 없었지만. 무언가 할 일을 만듦으로써 시선을 부딪치지 않으려는 생각이었다.

"아, 그렇군요. 생각해볼게요." 왜 진작 그 생각을 하지 못했을까? 아주 훌륭한 해결책이 될 것 같았다. 하지만 그런 내 마음을 들키기는 싫었다. 나는 계속 손톱만 만지작거렸다.

"발코니의 그림에는 모두 훌륭한 의상이 담겨 있습니다. 특히 흰 옷을 입고 손에 모자를 든 젊은 부인 그림이 그렇죠. 저는 맨덜리의 가장무도회에서 어느 한 시대를 정했으면 좋겠다는 생각을 합니다. 그럼 모두의 차림이 서로 조화를 이룰 수 있을 텐데요. 광대 복장의 남자가 성장한 숙녀와 춤추는 모습은 솔직히 보기 좋지는 않습니다."

"그 다양성을 즐기려는 거죠. 다양성이야말로 재미있다고들 생

306

각하니까요."

"저 개인적으로는 별로 그렇지 않다고 생각합니다." 댄버스 부인의 목소리는 놀랄 정도로 다정하고 자연스러웠다. 대체 왜 부인은 내가 버린 그림을 들고 일부러 확인하러 오는 수고를 했을까? 궁금해졌다. 마침내 나와 친구가 되고 싶어진 걸까? 혹은 맥심에게 파벨 일을 일러바친 사람이 내가 아니라는 걸 알고 고마움을 표시하려는 생각일까?

"드윈터 씨는 어떤 옷을 입으라고 조언하지 않으시던가요?" 부인이 물었다.

"아뇨." 나는 잠시 머뭇거린 후 덧붙였다. "사실은 남편과 크롤리 씨에게 제 옷을 비밀로 하려고요. 그래서 아무 얘기도 안 했답니다."

"제가 조언할 입장은 아닙니다만 결정을 내리시면 런던으로 주문하시는 게 좋겠습니다. 이 근방에는 그런 옷을 잘 만드는 곳이 없거든요. 런던 본드가에 있는 보체라는 집이 잘한다고 알고 있습니다."

"고마워요. 잘 알았어요."

"그럼." 부인은 문을 열면서 다시 말했다. "제가 마님이라면 발코니의 그림들, 특히 제가 말씀드렸던 그 그림을 잘 살펴보겠습니다. 저 때문에 비밀이 새어 나갈 걱정은 안 하셔도 됩니다. 한마디도 하지 않을 테니까요."

"고마워요, 댄버스 부인." 부인은 조심스레 문을 살짝 닫고 나갔다. 나는 지난번과 너무도 달라진 부인의 태도에 의아했다. 그 기분 나쁜 파벨이라는 사람에게 고마워해야 하는 것일까?

레베카의 사촌이라고 했지. 어째서 맥심은 레베카의 사촌을 싫어할까? 어째서 맨덜리에 발도 들여놓지 못하게 하는 걸까? 비어트리스는 그를 무례한 놈이라 불렀지. 그리고 별로 말하고 싶어 하지 않았어. 파벨에 대해 곰곰이 생각해볼수록 나 역시 비어트리스와 같은 의견이었다. 이글거리는 푸른 눈, 늘어진 입술, 친한 척 허허거리는 웃음까지. 그런 사람을 매력적이라고 여기는 부류도 있다. 상점 계산대 뒤에서 시시덕대는 아가씨들, 그리고 극장에서 프로그램을 나눠주는 아가씨, 파벨이 그런 부류의 아가씨에게 눈길을 보내며 미소 짓고 낮게 휘파람 부는 모습이 눈에 선했다. 그런 시선과 그런 휘파람은 기분 나쁘다. 그런데 파벨은 어떻게 맨덜리를 그렇게 잘 아는 걸까? 마치 집에 온 듯 편안해 보였고 재스퍼도 그를 알아보지 않았다. 그건 맥심이 댄버스 부인에게 했던 말과는 맞지 않는다. 또 내가 아는 레베카와 파벨의 이미지는 도무지 연결되지 않았다. 아름답고 매력적이고 우아함의 극치였다는 레베카에게 잭 파벨 같은 사촌이 있다니? 도무지 이해가 가지 않았다. 곰곰이 생각한 끝에 나는 파벨이 그 가문에서 부끄러워하는 존재였고 자비로운 레베카는 그를 불쌍히 여겨 맨덜리로 자주 부른 게 틀림없다는 결론을 내렸다. 맥심이 싫어하므로 아마 파벨은 주로 맥심이 자리를 비운 틈에 찾아왔을 것이다. 이는 부부 간에 갈등을 일으켰고 나중에는 파벨의 이름을 거명하는 것조차 불편한 일이 되었으리라.

식당으로 내려가 내 자리에 앉은 채 식탁 맞은편에 앉은 맥심을 바라보면서 나는 내 자리에 레베카가 앉아 생선 포크를 집어드는 모습을, 그 순간 전화벨이 울리고 프리스가 들어와 '파벨 씨가 전화하셨습니다, 마님'이라고 전하는 모습을, 이어 레베카가 흘깃 맥심을 바라보고는 자리에서 일어나는 모습을, 맥심은 아무 말 없이 식사하는 모습을 그려보았다. 통화를 마치고 자리로 돌아온 레베카는 미묘하게 긴장된 분위기를 지우기 위해 아무 상관도 없는 이야기를 시작했으리라. 처음에는 마지못해 짧게 대꾸하던 맥심은 결국에는 레베카가 유머를 섞어 전하는 하루 일과, 어딜 갔었고 누굴 만났고 하는 이야기에 빠져들어 다음번 요리를 다 먹을 때쯤이면 다시 웃음을 터뜨리고 미소 지으며 식탁 위로 손을 올려 아내의 손을 잡았겠지.

"당신 대체 무슨 생각을 하고 있는 거요?" 맥심이 물었다.

나는 깜짝 놀라 얼굴을 붉히고 먹기 시작했다. 잠시 동안, 그러니까 한 60초가량이 흐르는 동안 나는 레베카와 나를 동일시한 나머지 멍청하게도 나 자신을 잃어버렸던 것이다. 몸과 마음 모두로 이제는 지나가버린 시절을 경험한 셈이었다.

"생선 요리를 먹는 대신 당신이 얼마나 신기한 행동을 했는지 알아요?" 맥심이 말했다. "처음에는 마치 전화벨 소리를 듣는 듯 귀를 기울이더군. 이어 입술을 살짝 움직이며 나를 흘깃 쳐다봤소. 그러고는 고개를 숙이고 미소 지으며 어깨를 으쓱했지. 이 모든 행동이 한순간에 일어난 거요. 가장무도회에서 할 행동을 연습이라도 하는 거요?" 그는 웃으면서 나를 건너보았다. 내가 무슨 생각을 했는지 안다면, 그 짧은 순간 동안 그는 과거의 맥심이었고 나는 레베카였음을 안다면 그는 무슨 말을 할까? "마치 범죄자 같은 표정이군. 무슨 일이오?"

"아무것도 아니에요. 아무 잘못도 안 했다고요." 나는 재빨리 대답했다.

"무슨 생각을 했는지 말해봐요."

"왜요? 당신도 저한테 얘기 안 하잖아요."

"당신이 내 생각을 물어본 적은 없는 것 같은데?"

"한 번 물어봤어요."

"기억이 안 나는구려."

"서재에 있을 때였지요."

"아, 그랬나. 내가 뭐라고 했소?"

"케닝턴 크리켓 경기에서 미들섹스를 상대할 서리 팀 선수들이 결정되었을지 궁금하다고 했어요."

맥심이 다시 웃었다. "이거 당신이 많이 실망했겠군. 내가 무슨 생각을 하기를 바랐소?"

"뭔가 아주 다른 거요."

"어떤 것?"

"그건 저야 모르죠."

"아니, 당신이 기대하던 생각이 있었겠지. 서리와 미들섹스에 대해 생각한다고 말했다면 나는 정말로 서리와 미들섹스 생각을 한 거요. 남자들은 당신 생각보다 단순해요. 여자들의 굽이굽이 복잡한 마음은 도저히 알 수 없는 법이지만. 당신이 방금 전혀 다른 사람처럼 보였다는 걸 알아요? 얼굴 표정이 평소와는 전혀 달랐다오."

"제가요? 어떤 표정이었는데요?"

"어떻게 설명하면 좋을까? 갑자기 나이 들고 교활해 보였다고나 할까. 하지만 보기 좋지는 않았소."

"그러려고 한 건 아니었어요."

"물론 그건 아니었겠지."

나는 물을 마시면서 물 잔 너머로 그를 보았다.

"제가 나이 들어 보이는 게 싫은가요?"

"싫소."

"왜죠?"

"그건 당신답지 않으니까."

"언젠가는 저도 나이가 들 거예요. 당연한 일이잖아요. 머리가 회색빛이 되고 주름살이 생기겠죠."

"그건 상관없소."

"그럼 대체 뭘 싫어하는 건데요?"

"조금 전과 같은 모습이 되는 게 싫소. 입술 끝을 살짝 올리면서 눈빛을 번쩍하는 것. 뭔가 꿍꿍이가 있는 모습 말이오."

갑자기 호기심이 발동했다. "그게 무슨 말이죠, 맥심? 꿍꿍이라니요?"

그는 뜸을 들였다. 프리스가 식당으로 들어와 접시를 바꾸었다. 맥심은 프리스가 나가고 문이 닫힐 때까지 기다렸다가 입을 열었다.

"처음 만났을 때 당신 얼굴에는 특별한 표정이 있었소. 지금도 그 표정이 있지. 그게 무엇인지 명확히 꼬집어 말하기는 어려워요. 하지만 그건 내가 당신과 결혼한 이유 중 하나이기도 해요. 방금 당신이 이상한 행동을 하는 동안에는 그 표정이 사라졌소. 뭔가 에 밀려난 거요."

"뭔가라니요? 그게 뭔데요?" 나는 또다시 물었다.

그는 잠시 나를 응시하더니 눈썹을 올리면서 가볍게 휘파람을 불었다. "자, 생각해봅시다. 당신이 어린 꼬마였을 때 아버지가 이 책은 읽지 말아야 한다면서 장에 감추고 잠가버린 적이 있소?"

"네."

"그럼 됐소. 남편은 결국 아버지랑 그리 다를 것 없는 존재요. 세 상에는 당신이 몰랐으면 싶은 종류의 일이 있소. 장에 감추고 잠 가버리는 편이 좋은 거지. 아까 말한 뭔가는 바로 그런 종류요. 자, 이제 그만하고 어서 복숭아를 들어요. 아니면 내가 당신을 궁지에 몰아넣을지도 모르니까."

"당신이 절 여섯 살짜리 아이처럼 다루지 않았으면 좋겠어요."

"그럼 어떤 대접을 받았으면 하오?"

"다른 남편들이 아내에게 하는 대접요."

"그럼 때리고 못살게 구는 남편이겠군?"

"말도 안 돼요. 왜 당신은 늘 농담을 하는 거죠?"

"난 농담하지 않았어요. 아주 진지하오."

"아니, 그렇지 않아요. 당신 눈을 보면 알아요. 멍청한 어린아이를 상대하듯 계속 저한테 장난을 치고 있다고요."

"아하, 이상한 나라의 앨리스가 화가 났군요. 참, 분홍색 허리띠랑 리본 머리띠는 마련된 거요?"

"마음의 준비나 해두세요. 내 드레스를 보면 아마 놀라서 자빠질 테니까."

"기대해봅시다. 이제 복숭아를 마저 들어요. 입에 잔뜩 넣고 말하지는 말고. 난 저녁 먹고 써야 할 편지가 잔뜩이오." 그는 나를 기다려주지 않고 자리에서 일어났다. 그리고 프리스에게 커피를 서재로 가져오라고 했다. 나는 시무룩하게 앉아 할 수 있는 한 오래 시간을 끌었다. 그래야 맥심의 커피가 늦어질 것 같았다. 하지만 프리스는 당장 커피를 준비했고 맥심은 혼자서 서재로 향했다.

식사를 끝내고 나는 그림을 보기 위해 발코니로 갔다. 이제는 다 잘 아는 그림들이었지만 가장무도회 드레스를 만들 작정으로 꼼꼼히 살펴본 적은 없었으니 말이다. 댄버스 부인의 말이 옳았다. 진작 그런 생각을 못 한 나 자신이 정말 바보 같았다. 하얀 드레스를 입고 모자를 손에 든 소녀 그림은 전부터 마음에 들었었다. 초상화가 헨리 래번 경의 작품으로 맥심의 고조할아버지의 누이뻘 된다는 캐럴라인 드윈터를 그린 그림이었다. 휘그당의 유명 정치인과 결혼한 캐럴라인은 오랫동안 런던 사교계를 주름잡은 미인이었다고 한다. 초상화는 결혼 전 소녀 시절의 모습이었다. 주름 잡

흰 소매, 풍성한 치마, 꽉 끼는 몸통으로 이루어진 흰 드레스는 본 뜨기도 쉬웠다. 모자는 그보다는 좀 만들기 어려워 보였다. 그리고 가발을 써야 할 것 같았다. 직모인 내 머리카락은 절대로 저런 식으로 구불거리지 못할 테니까. 댄버스 부인이 말해준 런던의 보체 양장점에서 아마 다 알아서 해줄 것이다. 초상화를 모사해 내 치수와 함께 보내면서 가능한 한 똑같이 만들라고 하면 될 일이었다.

마침내 마음을 푹 놓아도 된다! 무거운 돌을 내려놓은 듯한 기분이었다. 처음으로 무도회가 기대되기 시작했다. 이제 나도 클래리스처럼 그저 무도회를 즐기기만 하면 되는 것이다.

이튿날 아침 나는 초상화 스케치를 첨부해 양장점에 편지를 보냈고 정중한 답장을 받았다. 당장 작업을 시작할 것이고 가발도 함께 보내주겠다는 내용이었다.

클래리스는 들뜬 마음을 감추지 못했고 나 역시 하루하루 무도회가 다가올수록 기대감에 부풀었다. 저택에 묵을 사람은 자일스와 비어트리스 내외뿐이었다. 다른 손님들은 당일 저녁때부터 도착해 무도회가 끝나면 돌아갈 예정이었다. 나는 많은 사람들이 묵으면서 온 집 안이 북적댈 것이라 생각했지만 맥심이 반대했다. '무도회만 해도 충분히 힘든 일이오'라면서 말이다. 나를 위한 배려인지 아니면 정말로 그도 손님을 상대하는 것이 싫어서 그러는지 알수 없었다. 과거 맨덜리에서 열렸던 파티, 모든 방들이 꽉 차 심지어 욕실이나 소파에서까지 잠을 잤다는 이야기를 신물 나게 들은 터라 더욱 궁금했다. 어떻든 그렇게 되어 우리 둘과 비어트리스, 자일스만 저택에서 무도회 전날을 보냈다.

저택은 온통 들뜬 분위기였다. 춤을 출 수 있도록 홀에 마루를 깔았고 응접실의 가구 일부를 치우고 벽 쪽에 기다란 뷔페 테이블을 놓았다. 테라스와 장미 정원에도 조명이 밝혀졌다. 어디서든 무도회 분위기를 느낄 수 있었다. 저택 곳곳은 영지에서 온 일꾼들로 가득했고 프랭크는 거의 매일 점심을 먹으러 왔다. 하인들도 온통 무도회 이야기뿐이었고 프리스는 온갖 소소한 일들을 다 챙기느라 정신이 없었다. 로버트도 제정신이 아니어서 냅킨을 주지 않기도 하고 샐러드를 잊어버린 채 다음 요리를 내오기도 했다. 로버트는 허겁지겁 기차를 잡아타야 하는 사람처럼 얼이 빠진 표정이었다. 개들은 딱한 처지가 되었다. 재스퍼는 뒷다리 사이로 꼬리를 축 내려뜨리고 홀에서 만나는 일꾼들 냄새를 맡았다. 테라스에서서 바보스럽게 짖어대다가 잔디밭으로 미친 듯이 내달려 풀을 뜯어 먹기도 했다. 댄버스 부인은 내 앞에 모습을 드러내지 않았다. 하지만 그 존재는 계속 느껴졌다. 응접실에 뷔페 테이블을 놓을 때 지시하는 것도 부인 목소리였고 홀에 마룻바닥을 깔 때 방향을 정해주는 것도 부인 목소리였기 때문이다. 내가 현장에 가보면 부인은 늘 사라진 후였다. 옷자락 스치는 소리나 계단을 오르내리는 발소리만 남긴 채 말이다. 나는 일꾼들에게나 개들에게나 아무 쓸모 없는 존재였다. 내가 서 있는 건 그저 일에 방해가 될 뿐이었다. 뒤에서 "마님, 죄송합니다"라는 목소리가 들려 돌아보면 등에 의자를 짊어지고 땀을 뻘뻘 흘리는 일꾼이 내게 가로막혀 서 있었다.

"아이, 미안해요." 나는 서둘러 한쪽으로 비켜나고 무안함을 감추려는 마음에 "뭐 내가 도울 일은 없나요? 그 의자는 서재에 가져가면 어떨까요?"라고 말해보지만 남자는 당혹스러운 표정을 지으며 "하지만 댄버스 부인께서는 방해가 되지 않도록 저택 뒤편으로 치우라고 하시던데요"라고 대답한다.

"아, 그랬군요. 당연히 그래야지요. 부인이 지시한 대로 치워두세요." 나는 이렇게 대답하고 바쁘게 무언가를 찾는 척 그곳을 벗어난다. 일꾼이 어리둥절한 표정을 지으며 홀을 지나 사라지면 나는 다시 한번 바보가 되고 말았다는 것을 깨닫는다.

무도회 날 아침에는 안개가 끼고 날이 흐렸다. 하지만 기온은 높았다. 우리는 걱정하지 않았다. 안개는 좋은 징조였다. 맥심이 장담한 대로 11시쯤 되자 안개가 걷혔고 구름 한 점 없는 푸른 하늘이 활짝 열렸다. 완벽하게 아름다운 여름날이었다. 아침 내내 정원사들은 꽃을 꺾어 저택으로 들여왔다. 흰 라일락, 층층이부채꽃, 참제비고깔, 온갖 색깔의 장미와 백합들.

댄버스 부인이 마침내 모습을 드러냈다. 조용하고 침착하게 어디에 꽃을 놓을지 지시하고 직접 능숙한 손놀림으로 꽃꽂이를 했다. 속속 화병들을 완성해 직접 응접실로 가져가서는 꽃이 필요한 곳곳에, 꼭 적절한 만큼씩, 적절한 색깔을 더해주는 모습을 나는 감탄하며 지켜보았다.

맥심과 나는 사무실 바로 옆, 프랭크가 혼자 사는 집에서 점심을 먹었다. 마음 편하게 농담을 주고받는 분위기였다. 셋 다 마음은 몇 시간 후의 가장무도회에 쏠려 있었다. 내 기분은 결혼하던 날 아침과 똑같았다. 뒤돌아서기에는 너무 많이 와버렸구나 싶은 그런 답답한 마음 말이다.

저녁 시간을 잘 버텨내야 했다. 고맙게도 보체의 장인들은 때맞춰 드레스를 완성해 보내주었다. 완벽했다. 가발도 아주 멋졌다. 아침 먹고 한번 입어보았는데 스스로의 변신에 깜짝 놀랄 정도였다. 나는 전혀 다른 사람처럼, 아주 매력적으로 보였다. 아니, 그건 정말 내가 아니었다. 훨씬 생기 넘치고 화려한, 호감 가는 사람이었다. 맥심과 프랭크는 계속 내 드레스를 궁금해했다.

"아마 날 몰라들 보실걸요. 생애 최대의 충격을 받을 거예요." 내가 장담했다.

"광대 옷을 입고 나타나는 건 아니겠지?" 맥심이 걱정스러운 듯 말했다. "재미있게 보이려고 엉뚱한 짓을 한 건 아니길 바라오."

"절대 그렇지 않아요." 나는 진지하게 대답했다.

"이상한 나라의 앨리스로 꾸미면 좋겠는데."

"아니면 잔 다르크도 좋지요." 프랭크가 조심스레 끼어들었다.

"그런 건 생각도 안 했어요." 내 대답에 프랭크가 얼굴을 붉혔다. "부인께서 어떤 옷을 입든 저희 마음에 꼭 들 겁니다." 역시 프랭크다운 반응이었다.

"너무 그렇게 편들어주지 말게, 프랭크." 맥심이 말했다. "안 그래도 너무 자신만만해 있으니까. 비어트리스가 있어 그나마 다행이야. 옷이 마음에 안 들면 당장 그렇다고 말할 사람이거든. 누님은 이런 때 늘 괴상한 차림을 선보이지. 이번에는 어떨지. 전에는 퐁파 두르 부인으로 꾸민 적이 있었는데 저녁을 먹으려던 참에 멋진 올림머리 가발이 비뚤어졌지. 그랬더니 이 귀찮은 걸 참지 못하겠다면서 가발을 의자 위에 휙 팽개치고 저녁 내내 짧은 머리로 다니지 않았겠소. 잔뜩 부풀린 푸른 새틴 드레스에 그 짧은 머리라니. 자일스 매형도 불쌍했지. 요리사 차림을 하고 무도회 내내 죽을상이었거든. 비어트리스한테 잔소리깨나 들었나 보다 싶었어."

"아니, 그건 아니었어." 프랭크가 설명했다. "새로 온 말에 올라타려다가 앞니가 부러지는 바람에 그랬던 거야. 기억 안 나나? 그래서 아예 저녁 내내 입을 안 열었다고."

"아, 그랬나? 딱한 상황이었군. 매형은 무도회를 아주 좋아하는데 말이야."

"비어트리스 말로는 자일스가 몸짓 알아맞히는 놀이를 좋아한대요." 나도 끼어들었다. "크리스마스 파티 때마다 몸짓 놀이를 한다고 하더군요."

"나도 알아요. 바로 그래서 누님네에서는 내가 절대 크리스마스를 보내지 않는 거요."

"드윈터 부인, 아스파라거스나 감자 좀 더 드시지요?"

"아, 아니에요. 배고프지 않아요."

"신경이 곤두서서 그래." 맥심이 고개를 저었다. "괜찮소. 내일이면 다 끝날 일이니까."

"정말 어서 끝났으면 좋겠군." 프랭크가 진지하게 말했다. "내일 새벽 5시까지는 모든 차들이 대기하고 있어야 할 거야."

나는 갑자기 불안해지기 시작했다. "여보, 안 되겠어요. 전보를 보내 다들 오지 말라고 하면 어떨까요?"

"괜찮아요. 용감하게 부딪쳐야 하오. 오늘만 지나고 나면 앞으로 몇 년 동안은 이런 행사를 열지 않을 테니까. 프랭크, 이제 집으로 올라가봐야 할 것 같은 느낌이 드는군. 자네 생각은 어떤가?"

프랭크도 같은 생각이었다. 나는 마지못해 두 사람 뒤를 따랐다. 프랭크 혼자 사는 집의 좁고 불편한 식당이 그때만은 평화롭고 안락하게 여겨졌다. 저택에 가보니 악사들이 막 도착해 상기된 얼굴로 홀에 서 있었고 프리스가 음료를 대접하는 중이었다. 그날 저녁 내내 수고해줄 악사들이었다. 우리는 환영 인사를 하고 그 자리에 적절한 농담을 주고받았다. 악사들은 1층을 둘러본 뒤 대기실로 물러갔다.

오후 시간은 더디게 흘러갔다. 여행 짐을 다 싸고 열쇠까지 채운 뒤 출발을 기다릴 때처럼 말이다. 나는 뒤따라오는 재스퍼나 다를 바 없이 허둥거리며 이 방 저 방을 오갔다.

내가 할 일은 아무것도 없었다. 차라리 걸리적거리지 말고 개랑 긴 산책이나 나가는 편이 나을 것 같았다. 하지만 그렇게 생각했을 때는 이미 늦었다. 맥심과 프랭크가 차를 가져오라고 했고 차를 다 마시고 나자 비어트리스와 자일스가 도착했다. 순식간에 저녁 시간이 되어버린 것이다.

"옛날과 똑같군." 비어트리스가 맥심에게 입을 맞추고 집 안 곳곳을 둘러보며 말했다. "세세한 부분을 다 기억하고 있어 다행이군. 꽃꽂이가 아주 멋진걸." 마지막 말은 나를 보며 덧붙인 것이었다. "올케 작품인가?"

"아니요." 나는 부끄러웠다. "댄버스 부인이 다 했답니다."

"아 그렇군. 결국……." 비어트리스는 문장을 끝맺지 않고 프랭크의 도움을 받아 담뱃불을 붙였다. 불을 붙인 다음에는 하던 말을 잊어버린 듯했다.

"음식은 전처럼 미첼스에서 주문한 건가?" 자일스가 물었다.

"네. 전과 달라진 건 하나도 없는 것 같아요. 맞지, 프랭크? 사무실에 모든 자료가 다 남아 있었거든요. 빠진 일도, 빠진 사람도 없을 겁니다."

"아직은 우리끼리니 정말 다행이야. 전에 한번은 이 시간에 왔더니 스물다섯 명이나 와 있지 않겠어? 다들 밤을 지내러 온 거였지." 비어트리스가 말했다. "모두들 뭘 입을 거지? 맥심이야 늘 그렇듯 특별한 옷을 안 입을 테고?"

"그렇죠."

"썩 좋은 생각은 아냐. 네가 가장무도회 의상을 차려입는다면 행사가 훨씬 멋질 테니 말이야."

"맨덜리 무도회가 멋지지 않은 적이 있었나요?"

"그야 늘 멋지지. 하지만 주인이 앞장서서 모범을 보여야 하지 않겠니?"

"안주인이 노력하는 것만으로도 충분하죠. 대체 내가 불편하고 우스꽝스럽게 차려입고 바보가 될 이유가 어디 있겠어요?"

"뭐, 그렇게까지 생각할 필요는 없지. 바보로 꾸며야 하는 건 아니니까. 게다가 넌 잘생겼으니 어떤 옷을 입어도 보기 좋을 거야. 우리 자일스처럼 체형을 걱정할 일도 없고."

"아주버님은 오늘 밤에 뭘 입으시죠?" 내가 물었다. "아, 혹시 비밀인가요?"

"비밀은 아닙니다. 사실 공을 많이 들였어요. 동네 양복점에 부탁해 준비했거든요. 전 아라비아의 족장으로 차려입을 겁니다."

"대단하군요." 맥심이 말했다.

"꽤 멋있어. 얼굴을 칠하고 안경도 벗어야 해. 머리 장식은 진짜야. 중동에 살다 온 친구한테 빌렸거든. 나머지는 재봉사가 그림을 보고 만들어줬고. 자일스한테 잘 어울리더라고." 비어트리스가 설명했다.

"레이시 부인께선 뭘 입으실 건가요?" 프랭크가 비어트리스에게 물었다.

"난 별로 특별하지 않네요. 자일스에 맞춰서 중동 분위기를 낸다고는 했는데 좀 엉터리예요. 길게 꿴 구슬을 늘어뜨리고 머리에는 베일을 쓸 거예요."

"멋지네요." 내가 공손하게 말했다.

"썩 나쁘진 않아요. 일단 입고 있기 편하니까. 너무 더울 땐 베일만 벗으려고. 올케는 뭘 입을 거지?"

"묻지 마세요. 아무한테도 얘기 안 하니까. 런던에까지 편지를 써서 주문한 모양이에요." 맥심이 끼어들었다.

"올케, 혼자 너무 대단하게 입어서 우리 모두를 기죽이는 건 아니겠지? 난 집에서 대충 만들었다고."

"걱정 마세요. 아주 단순하니까. 맥심이 하도 놀려대기에 놀라게 해주려는 것뿐이에요." 내가 웃으며 대답했다.

"그럴 만해. 맥심은 늘 우릴 놀리거든. 질투하는 거지. 우리처럼 옷을 차려입어야 한다면 그렇게 말하지는 못할 거야." 자일스가 내 편을 들었다.

"그럴 일은 없을 겁니다." 맥심이 대답했다.

"크롤리 씨, 당신은 어때요?" 자일스가 물었다.

프랭크는 미안하다는 표정을 지었다. "너무 바빠서 마지막까지 옷 생각을 못 했어요. 어젯밤에야 부랴부랴 낡은 바지 한 벌과 줄무늬 축구 셔츠를 찾아냈죠. 한쪽 눈을 가리고 해적이나 할까 봐요."

"왜 진작 우리한테 적당한 옷을 빌려달라고 부탁하지 않았어요?" 비어트리스가 말했다. "지난겨울에 로저가 스위스에서 입었던 네덜란드인 복장이 있는데. 당신한테 잘 어울렸을 거예요."

"내 영지 관리인이 네덜란드인으로 꾸미고 돌아다니는 건 싫어요. 그랬다가는 아무한테도 소작세를 못 받을 테니. 해적이 좋겠어요. 그래야 무서워할 거 아니겠어요." 맥심이 끼어들었다.

"그래봐야 해적으로는 안 보일 것 같은데." 비어트리스가 내게 귓속말을 했다.

나는 못 들은 척했다. 비어트리스는 왜 늘 프랭크를 깎아내리는 걸까.

"내 얼굴을 칠하는 데 시간이 얼마나 걸릴까?" 자일스가 물었다.

"최소한 두 시간은 걸릴걸요. 나라면 지금부터 시작할 거예요. 자, 저녁 식사는 몇 명이 함께 하는 거지?" 비어트리스가 물었다.

"우리까지 합쳐서 열여섯 명요. 다 아는 사람들이에요." 맥심이 대답했다.

"차려입을 생각을 하니 벌써 신이 나는걸. 정말 재미있는 일이야. 다시 무도회를 열기로 해서 기쁘다, 맥심."

"인사는 저 사람한테 하시죠." 맥심이 내 쪽을 가리켰다.

"아, 아니에요. 사실은 크로언 부인 덕분이죠." 내가 말했다.

"말도 안 되는 소리! 당신은 처음으로 파티에 나가는 아이처럼 들떠 있지 않소?" 맥심이 나를 보며 미소 지었다.

"아니에요."

"어서 올케의 드레스를 보고 싶군." 비어트리스가 말했다.

"뭐 특별한 건 전혀 아니에요. 정말이에요." 내가 말했다.

"드윈터 부인께서는 우리가 자기를 못 알아보게 될 거라고 하시더군요." 프랭크가 덧붙였다.

모두들 나를 보며 미소 지었다. 나는 얼굴을 붉히면서도 즐겁고 행복했다. 얼마나 좋은 사람들인가. 다들 다정하고 말이다. 무도회에서 춤을 추게 된다는 것이, 그리고 내가 안주인이라는 사실이 갑자기 재미있어졌다.

무도회는 새 신부인 나를 위해 열리는 행사였다. 나는 사람들에 둘러싸여 테이블에 걸터앉아 다리를 흔들었다. 어서 위층으로 올라가 드레스를 입고 가발을 쓴 채 거울 앞에서 이리저리 내 모습을 살펴보고 싶었다. 중요한 인물이 된다는 데, 자일스와 비어트리스, 프랭크와 맥심까지 모두 나를 바라보고 내 드레스 얘기를 하도록 만든다는 데 갑자기 마음이 들떴다. 모두들 내가 뭘 입을지 궁금해하고 있었다. 나는 그 부드러운 흰 드레스에 대해, 그 옷을 입고 내 굴곡 없는 체형이나 기울어진 어깨가 감춰질 것에 대해, 내 뻣뻣한 머리카락이 매끄럽고 구불구불한 가발 안에 숨겨질 것에 대해 생각했다.

"몇 시죠?" 나는 짐짓 관심 없다는 듯 하품을 하며 무심한 척 말했다. "이제 다들 위층으로 올라가야 하지 않을까요?"

홀을 가로질러 가면서 나는 처음으로 저택이 무도회를 위해 얼마나 잘 꾸며졌는지, 방들이 얼마나 아름다운지 깨달았다. 너무 공식적이고 차갑다고 느꼈던 응접실이 이제는 산뜻한 빛깔로 갈아입었고 사방에 꽃이 놓여 있었다. 저녁 식탁의 흰 식탁보 위에는 은그릇에 붉은 장미를 꽂아두었다. 긴 창문은 테라스를 향해 열려 있었는데 날이 어두워지자마자 불빛을 밝혀 동화 속 같은 분위기가 될 것이었다. 악단은 이미 홀 위쪽 발코니에 악기를 가져다 놓았다. 홀 자체가 두근두근하며 가슴 설레 하는 것 같았다. 전에는 한 번도 느껴보지 못한 따뜻함도 배어 나왔다. 그건 청명한 밤, 그림 아래 놓인 꽃들, 그리고 돌계단을 오르면서 우리가 내는 웃음소리 때문이었다.

해묵은 엄격한 느낌은 사라졌다. 맨덜리는 도저히 상상하지 못했던 활기로 가득했다. 내가 아는 조용하고 정적인 맨덜리가 아니었다. 전에는 없었던 어떤 표정이 있었다. 대담한, 승리감에 들뜬, 그러면서도 기분 좋은 느낌이었다. 마치 저택이 오래전을 기억하는 듯, 홀 벽마다 무기와 자수 비단이 걸리고 남자들은 가운데 놓인 좁고 긴 테이블에 앉아 큰 소리로 웃으며 와인을 마시고 커다란 고깃덩어리를 개에게 던져주던 그 시절을 기억하는 듯했다. 그보다 좀 더 시간이 흐른 후에도 품격 있고 우아한, 그러면서도 즐거운 분위기는 여전했으리라. 오늘 밤 내가 흉내 내게 될 캐럴라인 드윈터는 하얀 드레스를 입고 돌계단을 내려와 미뉴에트를 추었겠지. 세월을 거슬러 그 시절로 돌아가 캐럴라인을 보고 싶었다. 이번 무도회에서 현대적인 지그 음악, 저택 분위기에도 어울리지 않고 낭만적이지도 않은 그런 음악을 연주하지 않았어야 했다는 생각이 들었다. 맨덜리에는 어울리지 않는 음악이었다. 갑자기 댄버스 부인 말이 옳은 것 같았다. 시대를 정해놓고 가장무도회를 해야 했다. 온갖 시대의 온갖 복장을 뒤죽박죽 섞지 말고 말이다. 내 침실에는 클래리스가 기다리고 있었다. 둥근 얼굴이 기대감에 빨갛게 상기되었다. 우리는 여학생들처럼 키득거리며 문을 잠갔다. 옷을 싼 종이가 바스락바스락 소리를 냈다. 우리는 무슨 음모라도 꾸미는 양 발끝으로 걸어 다니며 소곤소곤 말을 했다. 크리스마스 이브를 맞은 아이가 된 기분이었다. 맨발로 온 방 안을 돌아다니며 깔깔거리고 감탄사를 내뱉고 하는 것이 꼭 양말을 매달던 오래 전 그때 같았다. 맥심은 자기 방에 있었고 이쪽으로 건너올 수 없었다. 그때만큼은 클래리스가 내 유일한 동지이자 친구였다. 드레스는 꼭 맞았다. 클래리스가 서툰 손길로 후크를 채웠다.

"정말 아름다우세요, 마님." 클래리스는 나를 잘 보기 위해 몸을 뒤로 젖히며 감탄을 연발했다. "여왕님한테 잘 어울리는 옷이에요."

"왼쪽 어깨도 괜찮아? 혹시 끈이 보이지는 않아?" 나는 불안해서 물었다.

"아뇨, 아무것도 안 보여요, 마님."

"자, 어때? 괜찮아 보여?" 나는 대답을 기다리지 않고 거울 앞에서 이리저리 몸을 돌려보았다. 얼굴을 찌푸려보기도 하고 미소 지어보기도 했다. 완전히 다른 사람이 된 것 같았다. 더 이상 외모에 주눅 들 필요는 없었다. 조심스러운 태도도 사라졌다. "어서 가발을 줘봐!" 나는 들뜬 목소리로 외쳤다. "조심해! 곱슬머리가 납작해지면 안 되니까. 얼굴 위에서 구불거려야 하거든." 클래리스가 어깨 뒤로 올라섰다. 거울 속 내 얼굴 위로 클래리스의 둥근 얼굴이 나타났다. 눈빛이 빛나고 입은 살짝 열려 있었다. 나는 머리를 귀 뒤로 바짝 넘기고 부드럽게 빛나는 곱슬머리 가발을 떨리는 손가락으로 어루만졌다. 그리고 깔깔거리며 클래리스를 올려다보았다.

"드윈터 씨가 대체 뭐라고 할까?"

나는 웃음을 참으려 애쓰면서 곱슬곱슬한 가발을 덮어썼다. 본래 머리는 한 올도 보이지 않았다. 누군가 방 앞으로 와서 문을 두드렸다.

"누구예요? 들어오면 안 돼요." 나는 깜짝 놀라 외쳤다.

"올케, 나야. 놀라지 마요. 얼마나 더 기다려야 하지? 어서 보고 싶은걸."

"아니, 안 돼요. 들어오시면 안 돼요. 준비가 안 끝났거든요." 당황한 클래리스가 머리핀을 잔뜩 들고 옆에 와 섰다. 나는 가발 모양을 잡으면서 핀을 하나씩 받아 꽂았다.

"준비가 끝나면 내려갈게요. 모두들 아래층에 가 계세요. 맥심한테도 들어오면 안 된다고 해주세요." 나는 다시 문 쪽을 보며 소리쳤다.

"맥심은 벌써 내려와서 우리와 함께 있어. 여기 문을 아무리 두드려도 대답이 없었다고 하던걸. 너무 오래 끌진 마요, 올케. 모두들 궁금해하니까. 내가 뭐 도와줄 건 없어?"

"없어요. 어서 가세요!" 나는 허둥지둥 손을 놀리면서 외쳤다.

왜 하필 이 순간에 와서 성가시게 하는 걸까? 부아가 났다. 그러는 바람에 핀을 잘못 꽂아 컬 하나가 납작해지고 말았다. 더 이상 아무 소리가 없는 것으로 보아 비어트리스는 아래층으로 내려간 모양이었다. 비어트리스의 아랍풍 드레스는 잘 맞았는지, 자일스의 얼굴 칠은 무사히 끝났는지 궁금했다. 그 모두가 다 바보스러운 짓이었다. 대체 왜 우리는 이렇게 애들처럼 구는 걸까?

거울 속에서 나를 바라보는 얼굴은 누군지 알아보지 못할 정도였다. 눈은 더 크고 입은 더 작고 피부는 하얗고 깨끗하잖아? 이마 위 머리는 작은 구름처럼 구불거렸다. 나는 내가 아닌 그 얼굴을 바라보다가 미소 지었다. 낯선 미소였다.

나는 자리에서 일어나 치맛자락을 손에 쥐고 클래리스에게 인사를 해 보였다. 옆주름이 바닥에 끌렸다. 클래리스는 얼굴이 붉어졌지만 즐거운 듯 킥킥거렸다. 나는 거울 앞을 왔다 갔다 하며 내 모습을 살폈다.

"자, 이제 문을 열어. 아래층으로 내려가야지. 미리 가서 모두들 모여 있는지 확인하렴." 클래리스는 여전히 키득거리며 앞서 뛰어갔고 나는 치맛자락을 살짝 들어 올리고 복도를 따라 걸었다.

클래리스가 곧 돌아와 보고를 했다. "모두 아래층에 계세요. 주인어른과 레이시 부부 모두요. 크롤리 씨는 지금 막 도착했어요. 다들 홀에 서 계세요." 나는 홀로 이어지는 계단 위에 서서 아래쪽 홀을 내려다보았다.

모두 거기 있었다. 흰 아랍 옷을 입은 자일스는 옆에 찬 칼을 보여주면서 큰 소리로 웃었다. 비어트리스는 멋진 초록색 옷에 구슬 장식을 늘어뜨렸다. 줄무늬 셔츠에 부츠를 신은 프랭크는 몹시 쑥스러운 표정이었다. 가장무도회에서 유일하게 예외가 될 맥심의 옷은 평범한 정장이었다.

"대체 뭘 하고 있는지 모르겠군. 벌써 몇 시간째 나오지 않고 있으니. 지금 몇 시지, 프랭크? 잘못하면 저녁 손님들이 먼저 몰려오겠어." 맥심이 말했다.

옷을 바꿔 입은 악사들도 발코니에 자리를 잡았다. 누군가 바이

올린 음을 맞추는 중이었다. 작은 소리로 음계를 짚어본 후 활을 길게 움직였다. 조명은 캐럴라인 드윈터의 초상화를 비추고 있었다.

초상화에 나온 드레스는 내 옷과 완전히 똑같았다. 부풀린 소매, 좁은 몸통과 리본, 내가 손에 들고 있는 챙 넓은 모자는 물론이고 구불거리며 얼굴 위로 늘어진 머리카락까지도 똑같았다. 그렇게 흥분된 것은, 또 그렇게 행복하고 자랑스러운 것은 난생처음이었다. 나는 바이올린 연주자에게 손짓을 한 뒤 손가락을 입에 대어 조용히 해달라고 부탁했다. 그는 미소 지으며 고개를 숙이더니 발코니를 건너 내 쪽으로 왔다.

"북을 좀 쳐주세요. 그리고 '캐럴라인 드윈터이십니다'라고 큰 소리로 말해주세요. 사람들을 놀라게 하고 싶거든요." 그는 알아들었다는 듯 고개를 끄덕였다. 갑자기 심장박동이 빨라지고 뺨이 달아올랐다. 이 얼마나 재미있는 일인가! 얼마나 유치한, 하지만 유쾌한 한바탕 놀이인가! 아직도 몸을 웅크리고 복도에 숨어 있는 클래리스에게 나는 미소를 보냈다. 다음 순간 북소리가 홀에 울렸다. 그 소리를 기다리던 나조차도 순간 깜짝 놀랄 정도였다. 아래쪽에 있던 사람들이 놀라 위를 올려다보았다.

"캐럴라인 드윈터이십니다!" 북 치는 악사가 외쳤다.

나는 계단 앞쪽으로 걸어 나가 그림 속 소녀처럼 모자를 손에 들고 서서 미소 지었다. 박수와 웃음소리가 터져 나오면 천천히 계단을 내려갈 생각이었다. 하지만 아무도 박수 치지 않았고 움직이지도 않았다.

모두들 경악한 표정으로 나를 응시했다. 비어트리스가 가벼운 비명 소리를 낸 후 손으로 입을 막았다. 나는 계속 미소를 지었다. 그리고 한 손을 난간에 얹었다. "안녕하세요? 드윈터 씨."

맥심은 움직이지 않았다. 손에 잔을 든 채 그저 나를 뚫어질 듯 바라볼 뿐이었다. 얼굴은 핏기 하나 없이 하얗게 질렸다. 프랭크가 할 말이 있다는 듯 다가섰지만 맥심은 고개를 저었다. 나는 한 발을 계단에 내려놓은 채 잠시 머뭇거렸다. 뭔가 잘못되었다. 무슨 일이지? 맥심은 왜 저런 얼굴이지? 다들 넋이라도 나간 듯 서 있는 까닭은 무엇이지?

갑자기 맥심이 계단 쪽으로 다가왔다. 여전히 나를 바라보면서 말이다. "대체 무슨 짓을 했는지 아는 거요?" 두 눈이 분노로 이글거렸다. 얼굴은 아직도 백지장 같았다.

나는 움직이지 못하고 한 손을 난간에 얹은 채 얼어붙은 듯 서 있었다. 그의 눈빛과 목소리에 겁이 났다. "초상화예요. 저 발코니의 초상화 옷을 본뜬 거예요."

긴 침묵이 흘렀다. 우리는 서로를 바라보았다. 홀에 선 누구도 움직이지 않았다. 나는 침을 꿀꺽 삼키고 손을 목 위에 올렸다. "무슨 일이죠? 다들 왜 그러시는 거예요?"

저렇게 넋 나간 표정으로 날 바라보지 않았으면. 누군가 아무 말이나 해주었으면. 맥심이 다시 입을 열었다. 누구 목소리인지 알아듣기 어려웠다. 얼음처럼 차가운, 침착한 그 목소리는 내가 아는 그의 목소리가 아니었다.

"어서 가서 갈아입어요. 어떤 옷이든 상관없소. 그냥 이브닝드레 스면 되오. 자, 누가 오기 전에 어서!"

나는 아무 말도 못 하고 그저 그를 바라보았다. 백지장 같은 얼 굴에서 그의 눈만이 살아 움직였다.

"대체 왜 그렇게 서 있는 거요! 내 말이 안 들리오?" 날카롭고 매정한 목소리가 다시 날아왔다.

나는 뒤돌아 뛰었다. 눈앞에 아무것도 보이지 않았다. 나를 소 개해주었던 연주자의 놀란 표정이 얼핏 스쳐 갔다. 나는 방향도 모 른 채 비틀거리며 움직였다. 눈물이 앞을 가렸다. 무슨 일인지 알 수 없었다. 클래리스도 가버리고 없었다. 복도는 텅 비어 있었다. 나는 넋 나간 사람처럼 멍하게 주위를 살폈다. 저택 서쪽으로 이어 지는 문이 활짝 열려 있었다. 그리고 그 앞에 누군가 서 있었다.

댄버스 부인이었다. 목적을 달성했다는 듯 당당한 얼굴이었다. 영원히 잊지 못할 것처럼 몸서리쳐지는 표정, 기뻐하는 악마의 표 정이었다. 부인은 그렇게 서서 내게 미소 지었다.

다음 순간 나는 부인을 지나쳐 내 방으로 통하는 좁은 복도로 접어들었다. 긴 드레스 자락을 밟아 비틀거리면서.

17

공포에 질려 창백한 얼굴로 방에서 기다리던 클래리스는 나를 보자마자 울음을 터뜨렸다. 나는 아무 말 없이 드레스 후크를 잡아 뜯기 시작했다. 옷이 찢어졌지만 어쩔 수 없었다. 클래리스는 엉엉 울면서 나를 도우려고 다가왔다.

"괜찮아, 클래리스. 네 잘못이 아냐." 내가 이렇게 말해도 클래리스는 고개를 내저으며 줄줄 눈물을 흘렸다.

"이 예쁜 드레스가, 마님의 이 멋진 하얀 드레스가……."

"괜찮아. 후크가 어디 있는 거지? 아, 여기 등 뒤에 있구나. 그 아래에도 하나가 있고."

클래리스는 흐느끼면서 떨리는 손으로 후크를 벗기려 했지만 잘될 리가 없었다. 차라리 내가 잡아 뜯는 편이 나을 것 같았다.

"대신 뭘 입으시겠어요, 마님?"

"모르겠어. 정말 모르겠어." 마침내 후크가 다 벗겨졌다. 나는 꼭 끼는 몸통 부분을 힘들게 벗어 던졌다. "클래리스, 혼자 있고 싶구나. 좀 나가주겠니? 걱정하지 마. 내가 알아서 할 테니. 좀 전의 일은 잊어버려. 넌 무도회를 즐겨야지."

"제가 드레스를 다려드리면 좋겠는데요, 마님." 여전히 눈물을 흘리면서 클래리스가 말했다. "금방 해놓고 갈게요."

"아냐. 괜찮아. 이제 그만 나가보렴. 그리고……."

"네, 마님?"

"좀 전에 있었던 일은 아무한테도 말하면 안 돼."

"그럴게요." 클래리스는 대답과 함께 또다시 울음을 터뜨렸다.

"남들한테 그런 모습을 보여서는 안 돼. 어서 네 방으로 가서 얼굴을 씻도록 해. 그렇게 울 일은 아니란다. 그런 일은 아니야." 누군가 문을 두드렸다. 클래리스가 흠칫 놀란 시선을 내게 던졌다.

"누구세요?" 내가 물었다. 문이 열리더니 비어트리스가 들어왔다. 아랍풍의 옷에 손목에서는 팔찌가 쩔렁거리는 기묘한 옷차림 그대로였다. "올케, 이를 어째." 비어트리스는 두 팔을 내게 내밀었다.

클래리스는 슬쩍 방에서 나갔다. 나는 갑자기 극도의 피로감을 느꼈다. 침대에 앉아 팔을 올리고 가발을 벗기 시작했다. 비어트리스는 나를 보며 서 있었다.

"괜찮아, 올케? 얼굴이 새하얗게 됐어."

"조명 때문이에요. 이런 빛 아래서는 누구나 창백한 법이죠."

"몇 분 동안 좀 쉬어. 그럼 괜찮아질 거야. 내가 물 한 잔 가져오지."

비어트리스가 화장실로 들어가 물을 가지고 나왔다. 움직일 때마다 팔찌가 쩔렁쩔렁 소리를 냈다.

나는 물 마시고 싶은 생각이 조금도 없었지만 비어트리스를 생각해서 한 모금 마셨다. 수도꼭지에서 막 받은 것이라 미지근했다. 잠시 틀어놨다가 받았어야 하는데 말이다.

"이건 정말 끔찍한 실수일 뿐이야. 올케는 아무것도 몰랐으니까. 하긴 어떻게 알았겠어?"

"뭘 몰랐다는 거죠?"

"그 드레스, 발코니의 그림에서 베낀 그 드레스는 맨덜리의 지난번 가장무도회에서 레베카가 입었던 옷이야. 아주 똑같이 말이야. 같은 그림을 보고 생각했으니 같은 옷인 게 당연하지. 계단 위에선 올케를 보았을 때 난 순간적으로……."

비어트리스는 말을 맺지 않고 내 어깨를 두드렸다. "올케가 너무 딱하게 되어 어쩌나. 올케로서는 알 도리가 없었지."

"제가 알아야 했어요." 나는 멍하니 비어트리스를 바라보았다. 잘 이해가 되지 않았다. "제가 알아야 했어요."

"아니야, 올케가 어떻게 알 수 있었겠어? 우리 중 아무도 생각조차 해보지 않은 일이었는걸. 그래서 그저 다들 충격을 받은 거야. 너무 뜻밖의 일이라. 맥심은……."

"네, 맥심은요?"

"올케가 의도적으로 그렇게 했다고 생각하고 있어. 깜짝 놀라게 해주겠다고 했다면서? 물론 말도 안 되는 얘기지. 너무 충격을 받아서 그런 것 같아. 난 당장 올케가 과거의 일을 알 리가 없지 않느냐고 했어. 올케가 바로 그 그림을 선택한 건 정말이지 섬뜩한 우연이었다고."

"저도 알아야 했어요." 나는 같은 말을 반복했다. "다 제 잘못이에요. 미리 생각했어야 했어요."

"아냐. 걱정하지 마. 시간이 좀 지나면 침착하게 다 설명할 수 있을 거야. 다 잘 끝날 거라고. 내가 올라올 때 첫 손님들이 도착하기 시작했어. 지금 음료를 마시고 있지. 하지만 아무 문제 없어. 프랭크와 자일스에게 올케가 몸에 안 맞는 드레스 때문에 크게 상심했다는 이야기를 퍼뜨리라고 해두었어."

나는 아무 말 없이 그저 무릎 위에 두 손을 얹고 앉아 있었다.

"뭘 입으면 좋을까?" 비어트리스는 내 옷장으로 가서 문을 열었다. "자, 이 푸른 드레스는 어때? 아주 멋진걸. 이걸 입도록 해. 다들 좋아할 테니. 서둘러. 내가 도와줄게."

"아니에요. 전 내려가지 않을래요."

비어트리스는 내 푸른 드레스를 한 팔에 걸친 채 낙심한 눈빛으로 나를 보았다. "올케, 내려가야만 해. 어떻게 안주인이 빠질 수가 있겠어."

"아니에요. 내려가지 않겠어요. 그런 일이 있었는데 어떻게 사람들을 마주 대하겠어요."

"하지만 드레스 사건은 아무도 모르는걸. 프랭크와 자일스는 한 마디도 하지 않을 거야. 둘러댈 이야기는 다 꾸며놓았다고. 양장점에서 옷을 잘못 만들어 보냈고, 그래서 올케는 하는 수 없이 평범한 드레스를 입었다고 말이야. 모두들 있을 법한 일로 여길 거야. 무도회 자체에는 아무 문제도 없다고."

"이해를 못 하시는군요. 전 드레스 따윈 상관없어요. 그 문제가 아니라고요. 제가 저지른 짓이 문제예요. 전 도저히 내려갈 수가 없어요, 비어트리스."

"올케, 자일스하고 프랭크는 완전히 올케 편이야. 걱정하고 있다고. 맥심도 마찬가지지. 처음에는 너무 놀라서 그랬던 거고……. 내가 가서 맥심을 데려올게. 그리고 상황을 다 설명할게."

"안 돼요! 안 돼!" 나는 소리쳤다.

비어트리스는 내 옆에 푸른 드레스를 내려놓았다. "모두들 곧 도착할 텐데. 올케가 내려가지 않으면 정말 이상하게 보일 거야." 근심스러운 목소리였다. "갑자기 두통이 심하다고 둘러댈 수도 없잖아?"

"왜 안 되죠?" 나는 지친 목소리로 말했다. "아무거나 핑곗거리를 만들어주세요. 어차피 개인적으로 절 아는 사람들도 아니잖아요."

"올케. 자, 기운을 내봐. 이 예쁜 드레스를 입으라고. 맥심 생각을 해봐. 맥심을 위해서라도 올케가 내려가야 해."

"전 계속 맥심 생각을 하는 중이에요."

"그래. 그러니까 어서……."

"아니요. 못 하겠어요. 못 해요." 나는 손톱을 물어뜯으며 말했다.

누군가 문을 두드렸다. "아, 저건 또 누구람?" 비어트리스가 문 쪽으로 걸어가면서 말했다. "누구예요?"

문을 열자 자일스가 서 있었다. "모두들 도착했어. 맥심이 나더러 올라가서 상황을 좀 살펴보라고 해서."

"올케가 안 내려가겠다고 해요. 이제 어떻게 하면 좋지요?"

자일스는 슬쩍 내 모습을 엿보았다.

"오, 하느님, 이게 대체 무슨 일이람." 그는 이렇게 중얼거리고는 얼른 시선을 돌렸다.

"맥심한테 뭐라고 하지? 벌써 8시 5분이야."

"가서 전해요. 올케가 너무 어지러워서 누워 있지만 곧 기운을 차리고 내려갈 거라고요. 기다리지 말고 식사를 시작하라고 해요. 저도 곧 갈게요."

"알았어. 당신이라도 어서 와요." 자일스는 다시 한번 내 쪽을 보았다. 호기심이 아닌, 공감을 담은 눈빛이었다. 목소리는 낮았다. 사고가 일어난 후 의사를 기다릴 때의 말소리 같았다.

"내가 뭐 도울 일은 없나?"

"없어요. 어서 내려가요. 곧 따라갈 테니."

자일스는 아라비아 족장 옷을 펄럭거리며 비칠비칠 사라졌다. 몇 년의 세월이 흐르면 깔깔대며 추억할 일이겠군. '자일스가 족장 옷을 입고 비어트리스는 쩔렁거리는 팔찌에 베일을 둘렀던 일 기억나요?'라고 말하면서. 시간이 흐르면 다 즐거운 추억이 되는 법이지. 하지만 지금은 전혀 우습지 않아. 지금은 미래가 아니라 현재인걸. 너무도 선명하고 생생한걸. 나는 오리털 이불 솔기에서 빠져나온 깃털 하나를 뽑았다.

"브랜디 좀 마시겠어?" 비어트리스가 물었다. "네덜란드 방식이긴 하지만 브랜디를 마시면 기운이 나기도 한다더군."

"아뇨. 아무것도 안 마실래요."

"난 이제 내려가봐야 해. 다들 식사 시간을 기다리고 있다니까. 혼자 두고 가도 괜찮겠어?"

"그럼요. 고마워요, 비어트리스."

"고맙단 소리 하지 마. 해줄 수 있는 게 아무것도 없는걸." 비어트리스는 재빨리 화장대 앞으로 가서 얼굴에 분을 두드렸다. "꼴이 말이 아니군. 저 베일이 말썽이라니까. 하지만 어쩔 수 없지." 비어트리스는 옷자락 스치는 소리를 내며 방을 나섰고 등 뒤로 문을 닫았다. 내가 내려가지 않겠다고 고집을 부려대는 통에 비어트리스의 동정심이 사그라진 모양이었다. 나는 꽁무니를 빼고 만 것이다. 비어트리스는 이해 못 할 것이다. 나와는 다른 신분에 속해 있으니. 그런 사람들에게는 자존심이 있다. 나와는 다르다. 비어트리스가 나 같은 일을 겪었다면 아마 벌써 다른 옷으로 갈아입고 내려가 손님들을 맞았으리라. 자일스 옆에 서서 미소 지으며 악수를 했으리라. 난 그렇게 할 수 없었다. 내게는 자존심이 없으니까. 신분이 다르니까.

맥심의 하얗게 질린 얼굴 위로 불타는 듯 번쩍이던 눈빛이, 그 뒤로 멍하니 서 있던 자일스와 비어트리스, 프랭크의 모습이 계속 눈앞에 어른거렸다.

나는 침대에서 일어나 창가로 가서 바깥을 내다보았다. 정원사들이 장미 정원의 조명에 혹시라도 문제는 없는지 확인하는 중이었다. 연푸른 하늘을 배경으로 선홍색 저녁 구름이 서쪽으로 흘러갔다. 어두워지면 조명이 밝혀질 것이었다. 바깥에 나오고 싶은 사람들을 위해 장미 정원에도 테이블과 의자를 가져다 놓았다. 장미 향기가 느껴졌다. 정원사들이 웃으면서 이야기를 주고받았다. "이쪽 전구가 나갔는걸. 전구 하나 갖다주겠어? 파란 전구여야 해, 빌." 그는 전구를 제자리에 끼워 넣었다. 그리고 즐거운 듯 유행가를 휘파람으로 불었다. 그날 밤 홀 위쪽의 악사들도 같은 곡을 연주할지 모를 일이었다. "다 됐군. 이제 문제없어. 테라스로 가서 전체 조명을 한번 보자고." 여전히 휘파람을 불면서 남자들이 모퉁이를 돌아 사라졌다. 내가 저 정원사들 중 한 명이라면 얼마나 좋을까? 조금 후면 그 남자들은 모자를 젖혀 쓰고 주머니에 손을 넣은 채 저택으로 속속 도착하는 자동차를 구경하겠지. 영지에서 온 다른 사람들과 어울려 테라스 한쪽에 차려진 긴 식탁에서 음료를 집어 마실 거야. '옛날이랑 아주 똑같군. 안 그래?' 이렇게 말하면서. 옆에 선 친구는 담배를 뻐끔거리며 고개를 젓겠지. '아니, 새로 온 부인은 예전의 드윈터 부인과는 전혀 다른걸.' 옆에 있던 여자들도 '맞아, 정말 그래'라며 맞장구를 칠 것이다.

'한데 새색시는 오늘 대체 어디 있는 거지? 테라스에는 한 번도

안 나왔잖아?'

 '나도 모르겠어. 나도 못 봤으니.'

'돌아가신 드윈터 부인은 여기저기 다 다니며 인사를 하셨는데.'

'맞아. 그랬었지.'

여자 하나가 고개를 갸웃거리며 말을 꺼내리라.

 '새색시는 무도회장에 아예 나타나지도 않았다고 하던걸.'

 '에이, 말도 안 돼.'

 '정말이라니까. 하인 하나가 그랬어. 드윈터 부인이 계속 2층 자
기 방에 틀어박혀 있다고.'

 '하녀가 뭘 잘못했나? 아니면 몸이 아픈가?'

 '아냐. 화가 나서 그랬다는군. 드레스가 잘못되었다나 봐.'

한바탕 웃음이 지나간 뒤 누군가 말하겠지.

 '그런 일이 있을 수 있나? 주인어른에게는 참으로 유감스럽게 되
었는걸.'

 '난 어째 믿을 수가 없는걸.'

 '어쩌면 다 꾸며낸 얘기일지도 몰라.'

 '사실이라고 해둬. 다들 그렇게 말하고 있으니.' 옆에서 옆으로
계속 말이 전해진다. 미소, 찡긋하는 눈짓, 어깨를 들썩거리는 움
직임. 한 무리에서 또 다른 무리로. 결국은 테라스에 나가 있거나
잔디밭을 거니는 모두에게 퍼져나간다. 내 방 창문 아래 장미 정
원에 앉은 남녀 역시 그 이야기를 나누리라.

 '내가 들은 얘기가 맞을까?'

'무슨 얘기를 들었는데?'

'부인한테 실제로는 아무 일도 없대. 다만 한바탕 싸움이 있었나 봐. 그래서 안 내려온 거라고.'

'정말?' 눈썹을 치켜세우는 표정. 길게 늘어지는 탄성.

'어쩐지 이상했어. 그렇지 않아? 아무 이유 없이 극심한 두통이 찾아오지는 않는 법이라고. 다 꾸며낸 얘기야.'

'그래서 그런지 드윈터 씨 표정이 어두웠어.'

'내가 보기에도 그랬어.'

'안 그래도 결혼 생활이 썩 순탄치 못하다는 얘기를 들은 적이 있어.'

'정말?'

'벌써 몇 사람이 그러던걸. 드윈터 씨는 자기가 큰 실수를 저질렀다고 생각하기 시작했다나 봐. 지금 부인은 그야말로 별 볼 일 없는 사람이잖아.'

'지금 부인이 그렇다는 얘기는 들었어. 대체 어디 출신인데?'

'어디 출신도 아냐. 남프랑스에서 우연히 데려왔다지. 누굴 돌봐주는 일을 했다나?'

'원, 세상에!'

'그에 비하면 레베카는……'

나는 텅 빈 의자들을 골똘히 바라보았다. 진홍색 하늘이 회색으로 바뀌어갔다. 저녁 별도 나타났다. 장미 정원 뒤쪽 숲에서는 밤이 오기 전에 새들이 마지막으로 날아다니느라 바스락 소리를 냈다. 갈매기 한 마리가 하늘을 가로질러 날았다. 나는 창가에서 물러나 다시 침대로 돌아왔다. 흰 드레스를 집어 들었다. 포장 종이와 함께 상자에 넣었다. 가발도 상자에 넣었다. 선반에서 휴대용 소형 다리미를 찾기 시작했다. 몬테카를로에서 밴호퍼 부인의 옷을 다릴 때 사용하던 다리미였다. 다리미는 오랫동안 입은 적 없는 양털 윗옷과 함께 뒤쪽에 처박혀 있었다. 다행히 어느 전압에나 꽂을 수 있는 다리미였다. 나는 비어트리스가 골라준 푸른 드레스를 천천히 다리기 시작했다. 몬테카를로에서 밴호퍼 부인의 드레스를 다릴 때처럼 기계적으로 아무 생각 없이 말이다.

다림질을 마친 후 나는 다시 옷을 침대에 놓았다. 흰 드레스를 입느라 했던 화장을 지우고 머리를 빗고 손을 씻었다. 푸른 드레스를 입고 어울리는 신발도 찾아 신었다. 다시 예전의 나로, 밴호퍼 부인과 호텔 로비로 내려가던 시절로 돌아간 것 같았다. 방문을 열고 복도로 나섰다. 쥐 죽은 듯 고요했다. 무도회가 열린다고는 도무지 생각하기 어려울 정도였다. 나는 가만가만 복도를 지나 모퉁이를 돌았다. 서쪽으로 이어지는 문은 닫혀 있었다. 아직까지도 아무 소리도 들리지 않았다. 발코니 옆의 아치형 복도와 계단에 이르렀을 때에야 식당 쪽에서 웅성웅성하는 이야기 소리가 들려왔다. 아직 모두 식사 중이었다. 홀은 텅 비어 있었다. 발코니도 빈 걸 보면 악사들까지 다 먹고 있는 모양이었다. 악사들에게는 어디서 어떻게 식사를 대접하는 거지? 프랭크나 댄버스 부인이 알아서 했으리라.

내가 서 있는 곳에서 발코니에 걸린 캐럴라인 드윈터 초상화가 보였다. 이마 위로 늘어진 곱슬머리와 입술에 머금은 미소가 눈에 들어왔다. 내가 찾아갔던 날 주교 부인이 했던 말이 떠올랐다. 온통 하얗게 입고 검은 머리를 늘어뜨렸던 레베카의 모습을 절대 잊을 수 없다고 했었다. 그 말을 진작 기억해야 했다. 발코니에 놓인 악기들, 보면대, 커다란 북 따위가 기묘하게 보였다. 누군가 의자에 손수건을 놔두었다. 나는 난간 위로 몸을 굽히고 아래쪽 홀을 내려다보았다. 조금 있으면 저 큰 홀이 사람들로 가득 차겠지. 맥심은 계단 아래 서서 손님들과 악수를 할 거야. 주교 부인이 말한 대로 말이다. 사람들의 목소리가 천장에 닿아 울리고 내가 선 이 발코니에서 악단이 연주를 할 것이다. 바이올린 연주자는 음악에 맞춰 몸을 흔들며 미소 지으리라.

지금과는 전혀 다른 분위기가 될 것이다. 발코니에 설치한 무대가 삐걱 소리를 냈다. 나는 뒤돌아 발코니를 바라보았다. 좀 전처럼 텅 비어 있었다. 한 줄기 바람이 얼굴을 스쳤다. 복도의 어느 창문이 열려 있는 모양이었다. 식당에서는 계속 웅성거리는 소리가 났다. 내가 움직이지도 않았는데 왜 무대가 삐걱 소리를 냈을까. 의아했다. 온도가 높아 나무 널이 팽창한 것일까. 또다시 바람이 불었다. 보면대의 악보 한 장이 바닥으로 떨어졌다. 나는 아치형 복도로 고개를 돌렸다. 바람은 거기서 불어오는 것이었다. 아치형 복도 아래를 지나 긴 복도로 가보았더니 서쪽으로 통하는 문이 바람 때문에 열려 앞뒤로 덜컹거리고 있었다. 문 안으로 들여다보이는 서쪽 복도는 불빛 하나 없이 캄캄했다. 열린 창문은 그 안쪽에 있었다. 벽을 더듬어보았지만 스위치를 찾을 수 없었다. 그래도 복도 구석의 창에서 커튼이 앞뒤로 흔들리는 걸 알 수 있었다. 저녁의 회색빛이 바다에 묘한 그림자를 그렸다. 열린 창을 통해 파도 소리가 들려왔다. 조약돌 해변을 떠나는 썰물 소리였다.

나는 그쪽으로 다가가 창문을 닫지 않았다. 얇은 드레스 차림으로 그냥 서서 파도 소리를 들었다. 한숨을 쉬며 해변에서 물러가는 듯한 그 소리를. 그리고 홱 뒤돌아 복도로 통하는 문을 닫아버리고 아치형 복도를 따라 계단으로 나왔다.

웅성웅성 소리는 한층 커져 있었다. 식당 문이 활짝 열렸다. 식사를 끝내고 손님들이 나오기 시작한 것이다. 로버트가 식당 입구에 섰고 의자 미는 소리, 이야기 소리, 웃음소리가 들렸다.

나는 손님을 맞기 위해 천천히 계단을 내려갔다.

맨덜리에서 내가 치른 첫 파티, 아니 처음이자 마지막 파티를 떠올려보면 가장무도회라는 커다란 캔버스가 아닌, 각각 동떨어진 작은 부분들만 기억이 난다. 기본 배경은 수많은 얼굴로 이루어진 흐릿한 바다였다. 아는 얼굴은 하나도 없었다. 또 영원히 그치지 않고 계속될 것만 같은 단조로운 왈츠 음악도 있었다. 똑같아 보이는 남녀가 똑같은 미소를 짓고 똑같은 춤을 추며 차례로 눈앞을 지나갔다. 계단 아래에 맥심과 나란히 서서 늦게 도착한 손님들을 환영하는 내 눈에는 다들 보이지 않는 줄에 끌려 팔다리를 움직이고 빙빙 도는 꼭두각시 같았다.

우선 기억나는 것은 무도회가 끝난 뒤로 두 번 다시 만난 적 없는 이름 모를 어느 부인이다. 심을 넣어 부풀린 진홍빛 드레스 차림이었는데 17세기인지, 아니면 18세기나 19세기인지는 몰라도 하여튼 지나간 한 시절을 흉내 내려 한 모양이었다. 그 부인이 내 앞을 스쳐 갈 때마다 우연찮게도 왈츠의 한 단락이 끝나 무릎을 굽히며 인사하는 순서가 되었고 부인은 내 쪽을 바라보며 미소 짓고 인사를 했다. 같은 일이 자꾸 되풀이되자 그게 당연한 것처럼 여겨졌다. 마치 대형 유람선 여행에서 산책 때마다 같은 사람을 만나게 되면 이번에도 중간쯤에서 다시 만나겠거니 생각하는 것처럼.

지금도 그 부인의 모습이 눈에 선하다. 툭 튀어나온 치아, 광대뼈 훨씬 위에 찍어놓은 애교 점, 그날 저녁을 충분히 즐기는 듯 행복한, 그러면서도 공허한 미소. 나중에 식탁 근처에서 다시 보았을 때 부인은 날카로운 눈길로 어떤 음식이 있는지 살피고 접시 위에 연어와 바닷가재를 높이 쌓아 올린 후 구석으로 갔다. 아, 크로언 부인도 있다. 마리 앙투아네트인지 넬 귄*인지, 혹은 두 사람을 섞은 것인지는 몰라도 무시무시한 자줏빛 드레스를 차려입은 부인은 샴페인에 살짝 취한 탓에 평소보다 더 높은 톤으로 쉴 새 없이 감탄사를 섞어 넣으며 떠들어대고 있었다. "오늘 이 무도회에서 감사 인사를 받아야 할 사람은 드윈터 부부가 아니라 바로 나라고요."

* 1650~1687, 영국의 여배우, 찰스 2세의 총비.

얼음 그릇을 떨어뜨리던 로버트의 모습도 기억난다. 임시로 고용한 사람들이 아니라 바로 로버트가 그런 실수를 저질렀다는 것을 알았을 때 프리스가 지었던 표정도. 난 로버트 곁으로 가서 말해주고 싶었다. '네 기분을 알아. 이해할 수 있어. 난 너보다 더 끔찍한 일을 겪었거든'이라고. 눈빛은 서글프더라도 안간힘을 다해 미소 짓던 느낌도 생생하다. 다정한 비어트리스는 파트너의 팔에 안겨 춤을 추면서도 내게 연신 고개를 끄덕이며 용기를 불어넣으려 애썼지. 손목에서는 팔찌가 쩔렁거리고 베일은 뜨거워진 이마에서 계속 미끄러졌다. 기운을 짜내 자일스와 함께 온 방을 돌아다니며 춤추던 내 모습도 보인다. 걱정하는 빛이 그대로 드러나는 선량한 눈으로 내게 다가온 자일스를 거절하기는 어려웠다. 하지만 수많은 사람들 사이로 나를 이끌며 춤추는 것은 말 한 마리를 끌고 다니는 것만큼 힘들었을 것이 분명했다. 자일스는 '드레스가 정말 예뻐요. 그 옷 때문에 다른 사람들 차림이 다 우스워 보일 정도인걸요'라고 말해주었다. 그건 내가 준비했던 옷을 못 입어 실망했으리라고, 대신 입은 드레스 때문에 신경이 곤두서 있으리라고 생각하는 자일스의 다정한 배려였다.

닭고기와 햄을 접시에 담아 가져다준 사람은 프랭크였다. 하지만 나는 단 한 입도 먹을 수가 없었다. 그가 건넨 샴페인도 마실 수 없었다.

"드셔야 합니다. 먹고 기운을 내셔야죠." 그는 나지막하게 말했고 나는 미안한 마음에 샴페인을 세 모금 마셨다. 한쪽 눈을 가린 검은 안대 때문에 그는 창백하고 어색한 모습이었다. 더 나이 들어 보였고 마치 다른 사람 같았다. 전에는 몰랐던 주름살도 보이는 듯했다.

프랭크는 손님들 사이를 누비고 다니며 부족한 점은 없는지, 음료며 담배가 제대로 제공되고 있는지 확인했고 괴로움을 참아내는 듯한 특유의 진지한 모습으로 표정 하나 변하지 않은 채 춤을 췄다. 그의 해적 옷차림은 사소한 부분까지 신경 쓴 흔적이 역력했다. 하지만 머리에 쓴 붉은 손수건 아래로 부풀려놓은 구레나룻은 왠지 서글픈 느낌이었다. 혼자 사는 집의 황량한 침실 거울 앞에 서서 손가락으로 구레나룻을 구부리는 모습이 떠올랐다. 그에게 맨덜리의 마지막 무도회가 얼마나 싫은 일이었는지 나는 몰랐다. 묻지도 못했다.

악단이 연주를 계속했다. 쌍쌍의 남녀도 계속해서 꼭두각시처럼 앞뒤로 움직이며 넓은 홀을 빙글빙글 돌았다. 그 모습을 지켜보는 것은 내가 아니었다. 피와 살을 가지고 감정을 느끼는 존재가 아니라 사람 모양을 한 허수아비, 미소 짓는 얼굴을 조각해놓은 나무토막에 불과했다. 내 옆에 서 있는 사람도 나무토막이긴 마찬가지였다. 그 얼굴은 가면이었고 미소는 꾸며낸 것에 불과했다. 두 눈은 내가 사랑하는 사람, 내가 아는 사람의 눈이 아니었다. 차갑고 무표정한 그 눈은 내가 들어갈 수 없는, 내가 나눠 질 수 없는 고통스러운 지옥을 향하고 있었다.

그는 내게 한마디도 하지 않았다. 내 몸에 손도 대지 않았다. 우

347

리는 주인 부부로 나란히 서 있었지만 함께는 아니었다. 그는 손님들에게 깍듯한 태도를 보였다. 인사말을 건네고 농담을 던지는가 하면 미소를 짓고 이름을 불렀다. 하지만 그가 하는 말이나 동작 하나하나가 마치 기계의 움직임처럼 자동적이라는 건 나밖에 모를 것이다. 우리는 연극에 출연한 배우들 같았다. 그것도 분리된 채 따로따로 연기하는 배우. 알지도 못하고 두 번 다시 보고 싶지도 않은 사람들을 위해 우리 둘은 그 서글픈 거짓 행동을 어떻게든 견뎌내야 했다.

"부인의 드레스가 제대로 시간을 맞추지 못했다면서요." 얼굴을 얼룩덜룩하게 칠하고 머리를 길게 땋은 선원 복장의 남자 하나가 큰 소리로 웃으면서 장난스럽게 맥심의 갈비뼈 부근을 쿡 찔렀다. "정말 한심한 일이지요? 저 같으면 그 양재사를 고소해버릴 겁니다. 제 안사람의 사촌도 그런 일을 당했죠."

"네. 어이없는 일이죠." 맥심이 대답했다.

"좋은 생각이 났어요." 그 남자가 내 쪽을 돌아보며 말한다. "물망초로 분장했다고 하시면 돼요. 그 드레스는 꼭 물망초 색깔이 아닌가요? 어때요, 드윈터 씨? 부인께서 물망초라고 하면 되는 거죠. 정말 멋진 생각 아닌가요?" 그는 파트너와 팔짱을 끼고 껄껄 웃으며 물러갔다. 프랭크가 이번에는 레모네이드 잔을 들고 불쑥 나타났다.

"괜찮아요. 목마르지 않아요."

"왜 춤을 안 추십니까? 그러시면 이리로 와서 잠시라도 앉으십시오. 저기 테라스 구석 자리가 좋겠군요."

다시 진홍빛 드레스의 부인이 나타났다. 이번에는 내게 미소 짓는 걸 잊어버렸다. 저녁을 많이 먹은 후라 그런지 얼굴이 빨갛게 달아올랐다. 그 부인은 파트너의 얼굴을 올려다본다. 파트너는 키가 아주 크고 아주 여윈, 우울한 얼굴을 한 남자다.

귀에 익은 왈츠곡들이 계속 흘러간다. 하나-둘-셋, 하나-둘-셋, 돌고 다시 돌고, 하나-둘-셋, 하나-둘-셋, 돌고 다시 돌고. 진홍빛 드레스의 부인, 초록 드레스의 부인, 이어 베일을 뒤로 젖혀버린 비어트리스, 땀을 뻘뻘 흘리는 자일스, 파트너가 바뀐 선원 복장의 사내가 차례로 지나간다. 누군가 옆에 와 선다. 목둘레에 주름 깃을 달고 검은 벨벳 드레스를 입어 튜더 시대의 인물로 꾸민, 처음보는 부인이다.

"언제 우리를 보러 와주시겠어요?" 마치 오랜 친구처럼 그 부인이 말하고 나는 "곧 가야지요. 다음에 만나서 날짜를 정할까요?"라고 대답한다. 그렇게 쉽게, 자연스럽게 거짓말이 나온다는 것이 신기하다. "정말 멋진 무도회예요. 축하드립니다"라는 인사말에도 "감사합니다. 정말 재미있군요"라고 술술 대답한다.

"런던에서 보내온 드레스가 잘못되었다면서요?"

"네. 어처구니없는 일이지요?"

"양재사들은 다 그래요. 믿을 수가 없죠. 하지만 그 푸른 드레스가 아주 잘 어울리시는걸요. 제 벨벳보다 훨씬 편하겠어요. 두 분이 함께 조만간 저희 집으로 오셔서 저녁을 드셔야 해요."

349

"물론 그래야지요."

이 부인의 집은 대체 어디일까? 날 어떻게 아는 걸까? 부인은 곧 선원의 팔에 안겨 왈츠 대열에 합류한다. 벨벳 드레스가 청소라도 하려는 듯 바닥을 이리저리 쓸고 다닌다. 잠들지 못하고 뒤척이던 그날 밤중에야 나는 벨벳 드레스의 부인이 페나인을 도보로 여행했다던 주교 부인이라는 것을 기억해냈다.

몇 시나 되었을까? 알 수 없었다. 저녁 시간은 끝없이 이어지는 듯했다. 같은 얼굴들과 같은 음악 속에서 말이다. 브리지 게임을 하느라 은둔자처럼 서재에 틀어박힌 사람들은 가끔씩 나와 춤을 구경하고는 다시 들어갔다. 비어트리스는 뒤쪽으로 베일을 길게 끌면서 다가와 귓속말을 했다.

"자리에 좀 앉지 그래? 올케 얼굴이 너무 안됐어."

"전 괜찮아요."

두꺼운 옷 때문에 땀과 함께 얼굴의 분장까지 줄줄 흘러내린 자일스가 다가와 말했다. "테라스로 가서 불꽃놀이를 구경합시다."

테라스에 서서 로켓이 터지고 떨어지는 바보스러운 광경을 지켜보던 일이 기억난다. 한구석에는 클래리스가 영지에서 온 소년들과 어울려 있었다. 조금 전에 눈물 흘렸던 일은 다 잊은 듯 행복한 얼굴이었고 불발탄이 근처에 떨어질 때마다 깔깔거리며 비명을 질렀다.

서서히 높이 날아오르던 로켓, 폭발, 보석 같은 별들의 번쩍임. 사람들의 탄성, 기쁨의 함성, 박수 소리.

진홍빛 드레스의 부인은 앞으로 나서서 흥분된 얼굴로 로켓 하나하나에 대해 설명해댔다. "오, 정말 아름답군. 이제 저쪽을 봐야 해요. 환상적이야. 아, 저건 터지지 않았어. 조심해요. 우리 쪽으로 떨어지는걸. 대체 일을 어떻게 하는 거야?" 브리지 은둔자들까지도 테라스에 나왔다. 잔디밭이 사람들로 새카맸다. 하나같이 위로 쳐든 얼굴들은 폭죽이 터질 때마다 밝게 빛났다.

다시, 또다시 로켓이 화살처럼 날아올랐고 하늘은 붉은빛과 금빛으로 물들었다. 맨덜리가 환상적인 장소로 변했다. 창문들이, 회색 벽이 떨어지는 별빛을 받아 빛났다. 마법에 걸린 것만 같았다. 마침내 마지막 폭죽이 터지고 탄성이 잦아들자 밤은 한층 더 무겁고 하늘은 한층 더 어둡게 느껴졌다. 잔디밭과 길에 서 있던 사람들은 삼삼오오 흩어졌다. 테라스에 모였던 손님들은 응접실로 나왔다. 이제 슬슬 무도회를 정리할 때였다. 맥심과 나는 여전히 생기 없는 모습으로 서 있었다. 누군가 샴페인 잔을 건네주었다. 바깥에서 차들이 움직이는 소리가 들렸다.

'이제 떠나기 시작했군. 아, 고마워라. 드디어 떠나기 시작했어.' 나는 생각했다. 진홍빛 드레스의 부인은 다시 무언가를 먹고 있었다. 손님들이 다 나가려면 시간이 걸릴 것이었다. 프랭크가 악단에게 신호를 보냈다. 응접실과 홀 사이 현관에 서 있는데 모르는 남자가 말을 걸어왔다.

"정말 멋진 무도회였습니다."

"네. 그래요."

"대단히 즐거운 시간을 보냈습니다."

"그러셨다니 저도 기쁩니다."

"이런 기회를 놓쳤으니 몰리는 아마 무척 억울해할 겁니다."

"그럴까요?"

악단이 이별의 노래를 연주하기 시작했다. 남자는 내 한 손을 잡고 앞뒤로 흔들었다. "자, 어서들 이리로 오세요." 그가 말하자 다른 누군가가 내 반대쪽 손을 잡았고 결국은 모두가 커다란 원을 그리고 서서 목청껏 이별의 노래를 불렀다. 대단히 즐거운 시간을 보냈다는, 몰리가 억울해할 거라는 남자는 중국인 관리로 분장했는데 함께 손을 흔들며 노래하는 동안 그의 가짜 손톱이 자꾸 소맷자락에 걸렸다. 그는 껄껄거리며 웃었다. 우리도 함께 웃었다. 그리고 함께 노래했다.

북 치는 사람이 북채를 두드리면서 〈신이여, 왕을 보호하소서〉의 전주를 시작하자 희희낙락 즐거운 분위기가 순식간에 바뀌었다. 마치 스펀지로 닦아낸 것처럼 모두의 얼굴에서 미소가 사라졌다. 중국인 관리로 분한 남자는 두 손을 옆구리에 붙이고 차렷 자세를 취했다. 나는 흐릿한 머리로 그가 군인인가 보다고 생각했다. 축 늘어진 중국식 콧수염을 붙인 채 엄숙한 표정을 지은 얼굴이 기묘했다. 진홍빛 드레스의 부인도 보였다. 〈신이여, 왕을 보호하소서〉가 시작될 줄 전혀 몰랐던지 닭고기를 잔뜩 담은 접시를 어쩌지 못하고 교회 헌금함인 양 앞으로 내민 채 서 있었다. 눈 하나 깜박하지 않았다. 곡이 완전히 끝난 다음에야 그 부인은 긴장을

풀고 닭고기를 공략하기 시작했다. 옆 사람과 이야기를 나누면서
말이다. 누군가 다가와 내 손을 잡았다.

"잊지 마세요. 다음 달 14일에 저희 집에서 저녁 먹기로 약속하
신 거예요."

"아, 그랬나요?" 나는 멍한 시선을 보냈다.

"네. 비어트리스도 함께 오기로 했어요."

"아, 그렇군요. 기대할게요."

"8시 30분이에요. 정장을 하시고요. 그럼 그날 뵙죠."

"네, 그러지요."

작별 인사를 위해 사람들이 줄지어 섰다. 맥심은 방 반대쪽에
서 있었다. 나는 다시 얼굴에 미소를 띠었다.

"최고의 밤이었어요."

"저도 기쁩니다."

"이런 멋진 무도회를 마련해주셔서 어떻게 감사해야 할지."

"저도 기쁩니다."

"자, 이렇게 저희는 끝까지 남아 있었네요."

"네. 저도 기쁩니다."

다른 인사말은 없는 걸까? 하나도 떠오르지 않았다. 나는 고개
숙여 인사하며 똑같은 미소를 지었다. 눈은 손님들 뒤쪽에서 맥심
의 모습을 찾고 있었다. 맥심은 서재 근처에서 손님들에 둘러싸여
있었다. 비어트리스도 그랬다. 자일스는 응접실의 뷔페 테이블로
사람들을 몰아가는 중이었다. 프랭크는 차 타는 사람들을 전송하

러 밖으로 나가고 없었다. 나 역시 낯선 사람들에 포위되어 꼼짝
못 할 지경이었다.

"안녕히 계세요. 정말 감사합니다."

"저도 기쁩니다."

넓은 홀이 서서히 비기 시작했다. 파티가 끝난 공간에 피로한
하루의 그림자가 내려앉았다. 테라스의 불빛이 희미했다. 잔디밭
위로 어슴푸레 불꽃 발사대가 보였다.

"안녕히 계세요. 대단한 무도회였어요."

"저도 기쁩니다."

맥심도 바깥으로 나갔다. 비어트리스는 쩔렁거리는 팔찌를 벗으
며 내게 다가왔다. "더 이상은 이 귀찮은 물건을 못 견디겠어. 아,
금방 쓰러질 것 같아. 대체 왜 무도회를 고대했던 거지? 어떻든 대
단한 성황이었어."

"그랬나요?"

"올케, 이제 침대로 가지 그래. 완전히 탈진한 표정이야. 저녁 내
내 서 있었잖아. 남자들은 어디 갔지?"

"손님들 전송하러 바깥에 나갔어요."

"난 커피랑 달걀, 베이컨을 좀 먹어야겠어. 올케는?"

"아니, 전 못 먹겠어요."

"그 푸른 드레스가 아주 잘 어울렸어. 모두들 그러던걸. 그 일은
아무도 모르니까 걱정할 필요 없고."

"네."

"내가 올케라면 내일 아침에는 늦게까지 누워 있겠어. 일어나려고 애쓰지 마. 아침도 침대에서 먹고."

"그래야 할 것 같아요."

"맥심한테 올케가 먼저 올라갔다고 말해줄까?"

"그래주세요."

"그래. 그럼 잘 자." 비어트리스는 가볍게 입을 맞추며 내 어깨를 두드리더니 자리를 떴다. 나는 천천히 한 계단씩 올라갔다. 악사들도 발코니의 불을 끄고 달걀과 베이컨을 먹으러 내려간 후였다. 악보들이 바닥에 흩어졌고 의자 하나는 뒤집혀 있었다. 재떨이에는 담배꽁초가 가득했다. 파티가 끝난 풍경이었다. 나는 복도를 지나 방으로 갔다. 벌써 날이 밝기 시작했고 새들이 지저귀었다. 옷을 벗으려고 전등을 켤 필요조차 없을 정도였다. 열린 창에서 선선한, 아니 쌀쌀하다고까지 할 만한 바람이 불었다. 바깥을 내다보니 많은 손님들이 장미 정원에 나가 앉아 있었던 것인지 의자들 위치가 다 바뀌어 있었다. 한쪽 테이블에 놓인 쟁반에는 빈 유리컵이 잔뜩이었다. 누군가 의자에 두고 간 가방도 보였다. 나는 방을 어둡게 하려고 커튼을 닫았지만 새벽의 회색빛이 틈새를 뚫고 들어왔다.

침대에 누웠다. 다리가 몹시 쑤셨다. 등도 아팠다. 깨끗한 욧잇의 서늘한 감촉이 기분 좋았다. 내 몸처럼 마음도 편안하게 쉬고 잠들었으면 싶었다. 음악 소리가 귓전에서 윙윙거리고 무수한 얼굴들이 파도처럼 움직이는 일 없이 말이다. 손으로 눈을 지그시 눌러보았지만 소용없었다.

맥심은 언제 올라올까? 침대 옆 빈자리는 삭막하고 차가웠다. 곧 아침이 찾아오면 이 방의 벽과 천장, 바닥은 하얗게 밝아지겠지. 새들은 더 크고 즐겁게, 더 신나게 지저귀겠지. 햇살이 커튼 위에 노란 무늬를 그려넬 것이다. 침대 옆에 놓인 시계가 똑딱거렸다. 벌써 분침이 한 바퀴를 거의 다 돌았다. 나는 옆으로 누워 시곗바늘을 바라보았다. 한 시간이 지나고 새로운 시간이 시작되었다. 하지만 맥심은 오지 않았다.

18

7시가 조금 지나 잠이 들었던 것 같다. 깨어보니 한낮이었다. 커튼은 더 이상 아무 소용 없었다. 열린 창으로 들어온 햇살이 벽에 무늬를 그려놓았다. 아래쪽 장미 정원에서 일꾼들이 테이블이며 의자를 들어내고 조명을 해체하는 소리가 들렸다. 맥심의 자리는 여전히 비어 있었다. 나는 팔을 눈 위에 올리고 침대를 가로질러 누운, 잠들기에 가장 어렵고 묘한 자세였지만 한참을 비몽사몽으로 헤매다가 마침내 깨어났다. 11시가 지난 시각이었다. 자는 사이에 클래리스가 차를 놓고 갔는지 침대 옆에 차디찬 찻주전자가 놓여 있었다. 벗어놓은 옷은 말끔하게 개어져 있고 푸른 드레스는 장 안에 걸려 있었다.

나는 짧게 설친 잠 때문에 여전히 멍한 채로 차가운 차를 마시고 눈앞의 벽을 바라보았다. 맥심의 빈자리를 보자 가슴이 먹먹해지면서 현실 감각이 되살아났다. 전날 밤의 그 괴로움이 다시 한 번 나를 덮쳤다. 맥심은 아예 침실로 오지 않았다. 잠옷은 얌전하게 접힌 그대로였다. 클래리스는 차를 가져왔을 때 무슨 생각을 했을까? 맥심이 없는 것을 알고서 다른 하인들에게 알리고 아침을 먹으면서 내내 그 얘기를 떠들어댔을까? 왜 그런 걱정을 하는지, 하인들이 부엌에서 떠들어댈지 모른다는 점에 왜 그렇게 신경이 쓰이는지 알 수 없었다. 나는 입방아에 오르는 걸 싫어하는 속 좁은 사람인 모양이었다.

지난밤 내 방에 숨어 있지 않고 푸른 드레스를 입고 내려갔던 것도 바로 그 때문이었다. 그건 용기도 미덕도 아닌, 관습에 대한 고통스러운 추종이었다. 맥심을 위해서도, 비어트리스를 위해서도, 맨덜리를 위해서도 아니었다. 그저 무도회 손님들이 나와 맥심이 싸웠다고 생각하는 것이 싫어서 내려갔던 것이다. 집에 돌아가 '드윈터 부부에게 문제가 있다더군. 드윈터 씨는 전혀 행복하지 않대'라고 말을 해댈 것이 싫었다. 결국 나 자신을 위해, 내 초라한 자존심을 위해 내려간 셈이었다. 차가운 홍차를 홀짝거리면서 나는 쓰라린 절망감을 느꼈다. 바깥 사람들이 모르고 지나갈 수만 있다면 넓은 저택의 양쪽 끝을 차지하고 맥심과 떨어져 지낸다 해도 괜찮다는 것 아닌가. 맥심이 냉정하게 굴고 내게 입 맞추지도 않고 꼭 필요한 말 외에는 하지 않는다 해도 남들이 모르기만 하면 참아낼 수 있을 듯했다. 하인들한테만 입단속을 시켜놓고 비어트리스를 비롯한 친척 앞에서는 연극을 하면 그만이다. 손님이 없을 때는 각자의 방에서 각자 생활하면 되는 것이다.

침대에 앉아 벽을, 창문으로 쏟아져 들어오는 햇살을, 맥심의 빈 침대를 바라보고 있자니 실패한 결혼처럼 부끄럽고 치욕적인 것은 없겠다는 생각이 들었다. 내 경우는 고작 석 달 만에 실패한 것이 아닌가. 이제 아무런 환상도 없었고 아닌 척하려는 마음도 없었다. 지난밤의 일은 내 결혼이 실패했다는 걸 너무도 분명히 보여주었다. 사실을 알게 될 경우 사람들이 떠들어댈 말은 다 사실이었다. 우리는 잘 지내지 못했다. 동반자도 아니었다. 서로에게 잘 어울리지 않았다. 나는 맥심의 아내가 되기에 너무 어리고 경험도 없었다. 가장 큰 문제는 그의 세계에 속한 사람이 못 된다는 점이었다. 내가 아이처럼 혹은 강아지처럼 온 마음을 바쳐 결사적으로 그를 사랑했다는 사실은 전혀 중요하지 않았다. 그것은 그가 원하는 사랑이 아니었다. 그는 지금의 내가 주지 못하는 어떤 것, 과거에 가지고 있던 어떤 것을 원했다. 결혼을 작정하고 맥심을 행복하게 만들어줄 수 있다고 믿었던 치기 어린 시절, 자만에 빠졌던 내 모습이 떠올랐다. 맥심은 그보다 더 큰 행복을 이미 아는 사람이었는데 말이다. 속물 시각을 벗어나지 못하는 밴호퍼 부인마저도 내가 실수를 저지르는 거라고 말하지 않았나. '어쩨 난 네가 커다란 실수를 저지른다는 생각이 드는구나. 언젠가 가슴을 치며 후회할 실수 말이다'라고.

나는 그 말을 듣지 않을 거라고, 부인은 냉정하고 잔인한 사람일 뿐이라고 생각했다. 하지만 부인의 말이 옳았다. 모든 면에서 옳았다. 작별 인사를 하기 전에 마지막으로 내게 던진 말, '설마 그가 너를 사랑한다고 생각하지는 않겠지? 빈 저택의 공허함이 괴로운 나머지 그는 제정신이 아닌 상태까지 온 거야'라는 그 말은 밴 호퍼 부인의 일생을 통틀어 가장 이성적이고 진실한 말이었다. 맥심은 나를 사랑하지 않았다. 아니, 나를 사랑한 적이 한 번도 없었다. 이탈리아에서 보낸 신혼여행도, 이곳 맨덜리에서의 생활도 그에게는 아무것도 아니다. 아무 의미도 없다. 내가 사랑이라 생각했던 것, 나라는 한 인간에 대한 애정이라 생각했던 것은 사랑이 아니었다. 그저 그는 남자고 나는 그의 어린 아내이고 그리고 그는 외로웠다는 사실뿐이다. 그는 내게 조금도 속해 있지 않다. 온전히 레베카의 것이다. 아직도 레베카 생각을 한다. 레베카가 있으므로 앞으로도 나를 사랑하지 않을 것이다. 댄버스 부인 말대로 레베카는 아직도 이 집 안에 있다. 서쪽의 침실에, 서재에, 거실에, 홀 위쪽 발코니에. 정원 곁방에도 아직 레베카의 비옷이 걸려 있지 않은가. 정원에, 숲에, 해변의 돌집에도. 레베카의 발소리가 복도를 울리고 그 향수 냄새가 계단에 어려 있다. 하인들은 여전히 그 명령에 복종하고 우리는 레베카가 좋아했던 음식을 먹는다. 레베카가 좋아했던 꽃들이 방에 놓인다. 그 침실 옷장에 걸린 옷들, 화장대 위의 머리빗, 의자 아래의 슬리퍼, 침대 위의 가운…… 레베카는 아직도 맨덜리의 안주인이다. 여전히 드윈터 부인이다. 나는 여기서 아무것도 아니다. 나는 과거의 모든 것이 다 보존되어 있는 이곳을 비틀거리며 헤매는 불쌍한 바보에 불과하다. 맥심의 할머니는 울부짖었지. '레베카는 어디 있는 게야? 레베카를 보고 싶어. 레베카를 대체 어떻게 한 게야?' 할머니는 나를 모르고 관심도 없다. 딱히 그래야 할 이유가 없지 않은가? 나는 완전히 낯선 사람이니까. 난 맥심에게도, 맨덜리에도 속해 있지 않으니까. 처음 만났을 때 비어트리스는 나를 아래위로 훑어보며 직설적으로 말했지. '당신은 레베카와 너무도 다르군.' 늘 예의 바른 프랭크는 내가 레베카 이야기를 꺼내자 당황했고 내 질문들을 싫어했어. 그리고 집에 거의 도착했을 때 던진 마지막 질문에 대해서는 침착한 목소리로 대답했지. '그렇습니다. 제 평생 본 중에 가장 아름다운 분이었습니다'라고.

레베카, 레베카, 늘 레베카가 있다. 집 안을 걸을 때나, 어딘가에 앉을 때나, 무언가를 생각하거나 꿈꿀 때조차도 레베카를 만나게 된다. 레베카의 겉모습까지 알게 되었다. 길고 가는 다리, 작고 좁은 발, 나보다 넓은 어깨, 능숙하게 움직이는 두 손. 레베카는 그 손으로 꽃꽂이를 하고 모형 배를 만들고 시집 속표지에 '맥스에게 레베카가'라고 썼다. 달걀형의 작은 얼굴에 피부는 하얗고 검은 머리카락이 드리워졌다고 했지. 좋아하는 향수 냄새도 안다. 그 웃음소리와 미소도 짐작할 수 있다. 아무리 많은 사람들 틈에 있어도 그 목소리는 구별해낼 것 같다. 레베카, 레베카. 어느 한순간도 레베카를 벗어날 수 없다.

내가 거기서 벗어날 수 없듯 레베카도 날 벗어날 수 없겠지. 댄버스 부인이 말한 대로 발코니에서 나를 내려다보았을 것이다. 그 책상에 앉아 편지를 쓸 때는 옆에 앉았으리라. 내가 자기 비옷을 입고 자기 손수건을 쓰는 모습도 지켜보았으리라. 재스퍼도 레베카의 개였지만 지금은 나를 따라다닌다. 정원의 장미도 모두 레베카 것이었지만 지금은 내가 꺾고 있다. 내가 그렇듯 레베카도 나를 무서워하고 싫어할까? 맥심이 이 저택 안에서 혼자 살기를 바랄까? 나는 산 사람과는 싸울 수 있지만 죽은 사람과는 그럴 수가 없다. 런던에 맥심의 연인이 있다면, 그래서 맥심이 그 여자에게 편지를 쓰고 함께 저녁을 먹고 잠자는 것이라면 찾아가 싸울 수 있다. 같은 세상에 있으니까. 두려울 것도 없다. 분노와 질투는 이겨낼 수 있는 감정이다. 언젠가 연인이 나이 들고 추해지면 맥심은 더 이상 그 여자를 사랑하지 않겠지. 하지만 레베카는 나이를 먹지 않는다. 늘 같은 모습이다. 그러니 나는 싸울 수가 없다. 상대가 나보다 너무 강한 것이다.

나는 침대에서 빠져나와 커튼을 젖혔다. 햇살이 파고들었다. 장미 정원에서 일꾼들이 쓰레기를 치우고 있다. 저렇게 뒷정리를 하다 보면 자연스럽게 무도회 이야기를 하지 않을까?

'어제 무도회가 잘 치러진 것 같아?'

'그럼.'

'악단 반주는 좀 늘어지는 것 같았어.'

'음식은 아주 훌륭하던걸.'

'불꽃놀이도 괜찮았어.'

'레이시 부인은 이제 슬슬 나이 들어 보이더군.'

'그런 옷차림을 했으니 당연하지.'

'주인어른은 좀 무뚝뚝했어.'

'늘 그러시잖아.'

'새 신부는 어땠어?'

'별로였어. 좀 맹하던걸.'

'잘된 결혼인지 모르겠어.'

'글쎄 말이야……'

생각이 거기에 이르렀을 때에야 방문 아래 놓인 쪽지가 보였다. 다가가 집어 들었다. 비어트리스의 글씨였다. 아침을 먹고 난 후 연필로 쓴 것이었다.

방문을 두드려도 대답이 없군요. 내 말대로 늦게까지 자고 난 다음 기운을 회복하면 좋겠네. 자일스는 어서 떠나자고 난리야. 크리켓 시합에 선수가 하나 비어 대신 들어와달라고 전화가 왔나 봐. 2시에 시작하는 경기라네. 어젯밤에 그 많은 샴페인을 마시고 제대로 공이 보일지나 모르겠지만 말이지. 난 다리에 힘이 좀 없긴 해도 푹 잘 자서 거뜬해. 프리스 말이 맥심은 일찍 아침을 먹었다는데 아무리 찾아도 없네! 우리의 감사 인사를 대신 좀 전해줘. 정말 멋진 시간을 보냈다고. 그리고 드레스 생각은 더 이상 하지 마. (이 문장에는 굵은 밑줄이 쳐져 있었다.) 사랑을 담아서, 비어트리스.

추신. 빠른 시일 내에 맥심과 함께 우리 집도 방문해주길.

종이 위쪽에 오전 9시 30분이라는 시간도 적어놓았다. 지금이 11시 30분이니 이미 두 시간이 흘렀다. 두 사람은 벌써 집에 도착했을 것이다. 비어트리스는 짐 가방을 풀고 정원으로 나가 일상적인 생활을 시작했으리라. 자일스는 방망이를 휘두르며 크리켓 경기를 준비하겠지.

오후가 되면 비어트리스는 시원한 옷으로 갈아입고 챙 넓은 모자를 쓰고는 자일스의 크리켓 경기를 보러 갈 것이다. 시합 후 그늘에서 차를 마실 때 자일스는 얼굴이 빨개진 채 땀을 흘리고 비어트리스는 웃으며 이야기보따리를 풀겠지. '우리는 맨덜리 무도회에 다녀왔어. 정말 재미있었지. 자일스가 오늘 이렇게 크리켓을 할 수 있다는 게 신기해.' 자일스를 보며 미소 짓고는 등을 두드릴지도 모른다. 중년에 접어든 무덤덤한 부부. 벌써 결혼 20년이 되고 옥스퍼드에 들어갈 다 큰 아들이 있는 부부. 하지만 그들은 행복하다. 그 결혼은 성공이다. 나처럼 석 달 만에 실패한 결혼과는 다르다.

더 이상 침실에 앉아 있을 수가 없었다. 하녀들이 청소할 수 있도록 방을 비워야 했다. 맥심의 침대가 비어 있더라는 얘기를 클래리스가 안 했을지도 모른다. 나는 일부러 침구를 흩뜨려 그가 자고 일어난 것처럼 했다. 클래리스가 말도 안 했는데 하녀들이 알게 되는 건 싫었다.

몸을 씻고 옷을 입은 후 아래층으로 내려갔다. 일꾼들이 이미 홀 바닥을 말끔하게 치웠고 꽃도 내갔다. 발코니의 무대도 사라졌다. 악단은 아마 새벽 기차를 타고 떠났을 것이다. 정원사들이 잔디밭과 길을 쓸며 불꽃놀이의 잔재를 없앴다. 곧 가장무도회의 자취는 하나도 남지 않을 것이다. 그토록 오래 준비했던 일인데 치우는 것은 어쩌면 이렇게 신속할까.

닭고기 접시를 들고 응접실 문 옆에 서 있던 진홍빛 드레스의 부인이 떠올랐다. 그건 머릿속으로 만들어낸 환상이거나 까마득히 오래전에 보았던 모습 같았다. 로버트가 식당의 식탁을 닦고 있었다. 평소와 다름없는 둔감한 표정이었다. 지난 몇 주 동안의 흥분된 얼굴은 간 곳 없었다.

"안녕, 로버트."

"안녕하십니까, 마님."

"드윈터 씨를 보았어?"

"아침 드시자마자 나가셨습니다. 레이시 부부가 내려오시기도 전이었죠. 그 이후로 뵙지 못했습니다."

"어디로 가셨는지도 모르고?"

"모르겠습니다, 마님."

나는 다시 홀로 돌아 나왔다. 응접실을 거쳐 거실로 갔다. 재스퍼가 달려 나와 내 손을 핥았다. 오랫동안 못 본 듯한 열렬한 환영이었다. 재스퍼는 어제저녁 내내 클래리스의 침대에 있었으므로 오후 티타임 이후로는 처음 만나는 셈이었다. 무도회가 열리던 시간은 재스퍼에게도 나 못지않게 길고 지루했으리라.

나는 전화기를 들고 영지 사무실 번호를 댔다. 맥심은 아마 프랭크와 함께 있을 것이었다. 단 1분이라도 직접 말을 해야만 할 것 같았다. 지난밤 내 행동은 절대로 의도적인 것이 아니었다고 설명해야 했다. 앞으로 말을 나누지 않는 사이가 된다 해도 그것만은 분명히 밝혀야 했다. 전화를 받은 직원은 맥심이 거기 없다고 대답했다.

"크롤리 씨는 계십니다. 바꿔드릴까요?" 나는 괜찮다고 거절하려 했으나 직원은 대답도 기다리지 않았다. 미처 전화를 끊을 새도 없이 프랭크의 목소리가 들려왔다.

"무슨 일이 있으신가요?" 대화의 시작치고는 낯설었다. 갑자기 머릿속이 반짝했다. 안녕하시냐 혹은 잘 주무셨냐 하는 인사가 생략된 것이다. 어째서 무슨 일이 있느냐고 묻는 걸까?

"프랭크, 저예요. 맥심은 어디 있나요?"

"저도 모릅니다. 오늘 만나지 못했습니다. 아침에 이리로 오지 않았더군요."

"사무실에 안 갔다고요?"

"네."

"아, 그렇군요. 알겠어요."

"아침 식탁에서 보지 못하셨나요?"

"제가 늦게 일어났거든요."

"잠은 잘 자던가요?"

나는 망설였다. 하지만 프랭크는 안심하고 속을 털어놓을 수 있는 유일한 사람이었다. "어제 침실로 오지 않았어요."

한동안 침묵이 흘렀다. 프랭크는 힘들게 대답을 생각해내는 듯했다.

"그렇군요. 알겠습니다." 마침내 그는 천천히 말했다. 그리고 다시 머뭇거리더니 덧붙였다. "그런 일이 있을까 봐 걱정했습니다."

"프랭크, 어젯밤 모두들 떠난 뒤에 맥심이 무슨 말을 했나요? 두 분은 뭘 했나요?" 나는 다급하게 물었다.

"저는 레이시 부부와 함께 샌드위치를 먹었습니다. 맥심은 거기 오지 않고 서재로 갔습니다. 전 바로 집으로 돌아왔지요. 레이시 부인께서 해주실 말씀이 있지 않을까요?"

"비어트리스는 이미 가버렸어요. 아침을 먹자마자 떠났더라고요. 쪽지를 남겼는데 비어트리스도 맥심을 보지 못했다는군요."

"네, 그랬군요." 프랭크가 대답했다. 그 대답이 마음에 들지 않았다. 그가 말하는 방식이 싫었다. 어쩐지 불길했다.

"어디 갔다고 생각하세요?"

"모르겠습니다. 아마 산책하러 갔나 봅니다." 의사가 환자 가족들에게 들려줄 법한 목소리였다.

"프랭크, 전 맥심을 만나야 해요. 지난밤 일을 설명해야 해요."

프랭크는 대답하지 않았다. 그는 불편한 표정을 짓고 이마에 주름을 짓고 있으리라.

"맥심은 제가 일부러 그랬다고 생각해요." 안간힘을 썼지만 어쩔 수 없이 목소리가 갈라졌다. 간밤에 눈앞이 흐려지면서도 참았던 눈물이 열여섯 시간이나 늦게 얼굴로 흘러내렸다. "맥심은 내가 장난을 친 거라고, 아주 못되고 사악한 장난을 친 거라고 생각하고 있어요."

"아닙니다. 그건 아니에요."

"그렇다니까요. 당신은 그 사람 눈을 못 봐서 그래요. 어제저녁 내내 그 사람 옆에 서 있지 않아서 그래요. 나한테 말 한마디 안 했다고요. 아니, 날 쳐다보지도 않았다고요. 저녁 내내 함께 서 있었지만 서로 한마디도 안 했다니까요."

"그럴 짬도 없었지요. 워낙 손님이 많았으니까요. 제가 맥심을 잘 안다는 걸 아시지요? 생각해보세요……."

"비난하려는 게 아니에요." 내가 프랭크의 말을 끊고 끼어들었다. "의도적으로 그런 짓을 저질렀다고 생각한다면 그는 얼마든지 날 오해하고 두 번 다시 말도 않고 보지도 않을 수 있잖아요."

"그렇게 말씀하시면 안 됩니다. 부인께서는 지금 자신이 무슨 얘길 하는지도 모르고 계세요. 제가 바로 올라가겠습니다. 만나서 설명드리겠습니다."

프랭크가 와서 함께 거실에 앉아 있어봤자 무슨 소용이겠는가. 그는 이런저런 말로 나를 달래고 다정하게 대해주겠지. 하지만 나는 지금 누구의 배려도 원하지 않았다. 그러기에는 너무 늦었다.

"아니, 아니에요. 자꾸 곱씹어 생각하기 싫어요. 이미 엎질러진 물이니 주워 담을 수도 없어요. 어쩌면 잘된 일인지도 몰라요. 진작 알아야 했던 것, 맥심과 결혼하면서 진작 걱정해야 했던 것을 깨닫게 해주었으니까요."

"대체 무엇 말씀이십니까?" 프랭크가 말했다.

그의 목소리에 날이 서 있었다. 맥심이 날 사랑하지 않는 것이 왜 프랭크에게 이토록 중요할까? 어째서 내가 진실을 깨닫게 되는 걸 싫어할까?

"그와 레베카의 관계지요." 이번에는 레베카의 이름을 입 밖에 내는 것이 안도감이나 기쁨을 주지 않았다. 금지된 단어를 말해버린 것처럼 어색했고 씁쓸하며 부끄러웠다.

프랭크는 잠시 말이 없었다. 전화 저쪽에서 그가 숨을 길게 들이쉬는 소리가 들렸다.

"그게 무슨 말씀이십니까? 그게 대체?" 그는 전보다 더 날 선 목소리로 같은 질문을 반복했다.

"그는 날 사랑하지 않아요. 레베카를 사랑하죠. 한 번도 잊은 적이 없고 밤낮으로 레베카만 생각하고 있죠. 날 사랑한 적도 없고요. 프랭크, 언제나 레베카, 레베카, 레베카뿐이라고요."

프랭크는 놀란 나머지 헉 소리를 냈다. 하지만 프랭크가 충격받는 것은 문제가 아니었다. "이제 제 기분을 아시겠지요? 이제 이해하시겠지요?"

"잠깐만요, 제가 바로 올라가겠습니다. 꼭 그래야만 합니다. 듣고 계시나요? 이건 아주 중요한 일입니다. 전화로는 말씀드릴 수 없어요. 드윈터 부인? 부인?"

나는 수화기를 내려놓고 책상에서 벌떡 일어났다. 프랭크를 만나고 싶지 않았다. 그는 나를 도울 수 없다. 문제를 해결할 사람은 나뿐이었다. 울어버린 탓에 내 얼굴은 얼룩져 있었다. 나는 손수건 끝자락을 잘근잘근 씹으며 방 안을 이리저리 오갔다.

두 번 다시 맥심을 보지 못할 것만 같았다. 너무도 강한 확신이었다. 그는 떠나버렸고 돌아오지 않을 것이었다. 프랭크도 그걸 알고 있지만 차마 전화로는 말 못 한 것이리라. 날 놀라게 하고 싶지 않아서 말이다. 다시 사무실로 전화를 해보면 그가 벌써 떠났다고 하겠지. '크롤리 씨는 지금 막 나가셨습니다'라고 직원이 대답하겠지. 모자도 안 쓴 채 서둘러 작은 차에 올라타 맥심을 찾으러 떠나는 프랭크의 모습이 보이는 듯했다.

나는 창가로 가서 피리 부는 목동 조각상이 서 있는 작은 빈터를 바라보았다. 철쭉은 이제 다 떨어지고 없었다. 내년까지는 다시 피지 않을 것이었다. 붉은빛이 사라지자 키 큰 줄기들은 단조롭고 어두워 보였다. 바다에서 안개가 올라와 둔덕 아래 숲이 보이지 않았다. 아주 덥고 습기 찬, 답답한 날씨였다. 지난밤 손님들은 '어제 안개가 없었으니 얼마나 다행이야. 하마터면 불꽃놀이를 못 볼 뻔했군'이라고 이야기하겠지. 나는 거실을 나와 응접실을 거쳐 테라스로 갔다. 이제 태양은 안개의 벽 뒤로 들어가고 없었다. 어두운 손길이 맨덜리를 덮쳐 맑은 하늘과 밝은 빛을 빼앗은 듯했다. 정원사 하나가 나를 스쳐 지나갔다. 종잇조각, 과일 껍질 등 간밤의 쓰레기를 잔뜩 실은 손수레를 끌고 있었다.

"안녕하세요?"

"안녕하세요, 마님?"

"간밤의 무도회 때문에 힘들게 일하셔야 하는군요."

"괜찮습니다, 마님. 모두들 즐거운 시간을 보냈으니까요. 그게 제일 중요하지 않겠습니까?"

"그야 그렇죠."

그의 시선은 잔디밭을 가로질러 숲속 빈터로 향했다. 계곡이 바다 쪽으로 급경사를 이루는 곳이었다. 검은 나무들이 희미하게 모습을 드러냈다.

"안개가 더 심해질 겁니다." 그가 설명했다.

"그렇군요."

"간밤에 안개가 없었던 게 퍽 고마운 일입니다."

"그렇군요."

그는 잠시 기다리다가 모자를 고쳐 쓰고 손수레를 밀며 사라졌다. 나는 잔디밭을 가로질러 숲 입구까지 걸어갔다. 나무와 부딪쳐 물방울이 된 안개가 이슬비처럼 내 머리 위로 떨어졌다. 재스퍼는 꼬리를 늘어뜨리고 분홍색 혀도 빼문 채 내게 바짝 붙어 떨어지지 않았다. 끈끈하고 답답한 공기가 녀석을 늘어지게 만드는 모양이었다. 숲 아래 해변으로 밀려드는 느리고 음울한 파도 소리가 들렸다. 흰 안개는 젖은 소금과 해초 냄새를 풍기며 집 쪽으로 흘러갔다. 재스퍼의 등에 손을 대보았더니 털이 푹 젖어 있었다. 저택 쪽을 돌아보니 굴뚝도 벽도 구분할 수 없는 희미한 형체가 눈에 들어왔다. 문득 서쪽 침실의 덧창 하나가 열려 있는 것이, 그리고 사람이 서 있는 것이 보였다. 순간적으로 놀랍고 두려운 마음이 들었다. 맥심인가 했는데 그 사람은 팔을 뻗어 덧창을 닫았다. 댄버스 부인이었다. 내가 숲 입구에 서서 흰 안개를 맞는 모습을 지켜보았던 것이다. 내가 테라스를 지나 잔디밭을 가로지르는 모습을 보고 있었던 것이다. 자기 방의 전화로 나와 프랭크의 대화도 들었을지 모른다. 그렇다면 맥심이 지난밤에 나와 한방에서 자지 않았다는 것도 알겠지. 내가 울음을 터뜨리는 소리도 들었으리라. 어제저녁에 그토록 오랫동안 푸른 드레스를 입고 맥심과 나란히 계단 아래 서 있었지만 그는 나를 쳐다보지도, 내게 말을 걸지도 않았다는 사실을 알게 되었으리라. 결국은 다 자기가 만들어낸 일이니 아는 것도 당연하지 않은가. 결국 댄버스 부인이, 레베카가 승리한 것이다.

간밤에 보았던 댄버스 부인의 모습, 서쪽으로 이어지는 문을 통해 나를 지켜보며 해골같이 흰 얼굴에 악마의 미소를 짓던 모습이 떠올랐다. 댄버스 부인은 나와 마찬가지로 살아 숨 쉬는 사람이었다. 레베카처럼 죽은 사람이 아니라 살과 피를 가진 사람이었다. 레베카에게는 말을 할 수 없지만 댄버스 부인에게는 하고 싶은 말을 할 수 있지 않은가.

나는 충동적으로 집을 향해 걷기 시작했다. 홀을 지나 계단을 오르고 발코니 옆 아치형 복도 쪽으로 들어갔다. 서쪽으로 통하는 문을 지나 길고 고요한 복도를 따라간 끝에 레베카의 방에 이르렀다. 나는 문손잡이를 잡아 돌려 열고 방으로 들어갔다.

댄버스 부인은 여전히 창가에 서 있었다. 덧창은 닫힌 상태였다.

"댄버스 부인." 내가 불렀다. "댄버스 부인." 부인은 나를 향해 돌아섰다. 두 눈이 충혈되고 부은 것이 나처럼 운 모양이었다. 하얀 얼굴에는 짙은 그림자가 드리워져 있었다.

"이게 무슨 일입니까?" 부인의 쉰 목소리가 갈라졌다.

전혀 예상하지 못했던 모습이었다. 어젯밤처럼 사악하고 잔인하게 미소 지으리라 생각했던 것이다. 하지만 그 순간 댄버스 부인은 그저 병들고 지친 늙은 여자일 뿐이었다.

나는 한 손을 문손잡이에 올려놓은 채 머뭇거렸다. 무슨 말을 해야 할지, 어떤 행동을 해야 할지 알 수 없었다.

그렇게 충혈되고 부은 눈으로 나를 바라보는 댄버스 부인에게 무어라 대답할 것인가. 부인이 입을 열었다. "여느 때처럼 메뉴를 책상 위에 올려두었습니다. 바꾸고 싶은 내용이 있으신가요?" 그 말에 용기를 얻어 나는 방 한중간으로 들어갔다.

"댄버스 부인, 전 메뉴 이야기를 하러 온 게 아닙니다. 부인도 아시잖아요?"

부인은 대답하지 않았다. 그저 왼손을 한 번 폈다가 오므렸을 뿐이었다.

"원하는 결과를 얻으셨군요, 그렇죠? 바로 이렇게 되기를 바랐던 거잖아요. 이제 만족하나요? 기쁜가요?"

부인은 고개를 돌리고 창밖을 바라보았다. 내가 처음 방에 들어

섰을 때처럼 말이다. "왜 여기 오셨습니까? 맨덜리에 부인을 원하는 사람은 하나도 없습니다. 부인이 오시기 전까지는 아무 문제도 없었지요. 도대체 왜 프랑스를 떠나오신 겁니까?"

"제가 드윈터 씨를 사랑한다는 걸 잊으신 모양이네요."

"사랑한다면 결혼하지 말았어야 했습니다."

나는 뭐라 말해야 할지 알 수가 없었다. 이건 도무지 이치에 안 맞는, 비현실적인 상황이었다. 댄버스 부인은 계속 나를 외면한 채 갈라지는 목소리로 말했다.

"부인이 밉다고 생각했지요. 하지만 지금은 모르겠습니다. 아마 제 감정이 다 소모되어버린 모양입니다."

"왜 절 미워하시죠? 제가 어떤 미움받을 짓을 했나요?"

"드윈터 부인의 자리를 차지하려 하셨습니다."

여전히 댄버스 부인은 나를 외면하고 있었다. 얼굴을 돌린 채 음울한 모습으로 서 있었다. "난 아무것도 바꾸지 않았잖아요. 맨덜리의 생활은 전과 똑같이 유지되었잖아요. 별다른 지시를 내리지도 않았고 모든 것을 부인에게 일임했지요. 당신과 친구가 될 작정이었는데 당신은 처음부터 저를 적대시했어요. 처음 악수하던 순간부터 당신 얼굴에서 그 마음을 읽을 수 있었지요."

댄버스 부인은 대답하지 않았다. 계속 손만 쥐었다 폈다 했다. "두 번씩 결혼하는 사람은 많아요. 남자든 여자든요. 매일같이 수천 쌍이 재혼을 한다고요. 부인은 제가 드윈터 씨와 결혼한 것이 마치 죄악인 양, 돌아가신 분에 대한 모독인 양 말씀하시는군요.

우리도 다른 사람처럼 행복해질 권리가 있지 않나요?"

"드윈터 씨는 행복하지 않습니다." 마침내 댄버스 부인이 내 쪽으로 고개를 돌렸다. "누구든 알 수 있는 일이지요. 그분의 눈을 보십시오. 여전히 지옥에 사는 모습 아닙니까? 드윈터 부인이 돌아가신 이후 늘 그런 모습이었습니다."

"그렇지 않아요. 그건 사실과 달라요. 우리가 함께 이탈리아에 있을 때 그는 행복했어요. 지금보다 훨씬 더 젊은 모습이었고 늘 웃으면서 즐거워했다고요."

"그야 드윈터 씨도 남자니까요. 그렇지 않습니까? 신혼여행 때 우울한 남자는 없겠지요? 게다가 드윈터 씨는 아직 사십 대 초반이고요."

댄버스 부인은 어깨를 으쓱거리며 냉소적으로 웃었다.

"어떻게 감히 저한테 그렇게 말을 하죠? 어떻게 감히?"

나는 더 이상 부인이 두렵지 않았다. 나는 부인 앞으로 다가가 그 팔을 잡고 흔들었다. "당신이 어젯밤 내가 그 드레스를 입게끔 만들었어요. 당신이 아니었다면 그런 생각은 하지도 않았을 거라고요. 드윈터 씨에게 내가 상처를 입히도록 할 작정이었군요. 그가 괴로워하도록 만들 셈이었군요. 그런 사악하고 못된 장난질이 아니더라도 그는 충분히 고통받지 않았나요? 그가 고통과 슬픔을 더 많이 느낀다고 드윈터 부인이 살아 돌아오기라도 하나요?"

댄버스 부인은 내게 잡힌 팔을 비틀어 빼냈다. 죽은 사람처럼 창백했던 얼굴이 분노로 붉게 물들었다. "제가 왜 드윈터 씨의 고통을 배려해야 하죠? 드윈터 씨는 전혀 그러지 않는데요. 당신이 그분의 자리에 앉고 그분이 다녔던 길을 다니며 그분의 물건을 사용하는 걸 보는 제 마음이 어떠리라 생각하십니까? 아침이면 거실의 그분 책상에 앉아 그분이 쓰던 펜으로 편지를 쓰는 것을, 그분이 맨덜리에 오신 첫날부터 사용하셨던 내선 전화를 당신이 받는 모습을 몇 달이고 지켜봐야 하는 제 심정이 어땠을까요? 프리스와 로버트를 비롯한 하인들이 당신을 '드윈터 부인'이라 부르면서 '드윈터 부인은 산책하러 나가셨습니다'라거나 '드윈터 부인이 오늘 오후 3시에 차를 준비하라십니다'라거나 혹은 '드윈터 부인은 5시 이후에 들어오셔서 차를 드신답니다'라고 말하는 소리를 듣는 것은요? 제가 모셨던 드윈터 부인, 눈부시게 아름다운 얼굴과 미소를 지녔던 진짜 드윈터 부인은 교회 지하 묘지에 누워 잊혀가고 있는데 말입니다. 드윈터 씨가 고통을 받는다면 그건 고통을 받을 만해서 그런 겁니다. 열 달도 지나지 않아 당신처럼 어린 여자와 결혼한 대가로요. 그렇지 않은가요? 전 그의 얼굴을, 그의 눈을 보았지요. 드윈터 씨는 스스로 지옥을 만든 겁니다. 누구 탓도 할 수 없지요. 드윈터 씨도 알고 있습니다. 그분이 지켜본다는 것을, 밤마다 찾아와 근처를 맴돈다는 것을. 제가 모셨던 그분, 제가 너무도 잘 아는 그분은 절대 말없이 부당한 대접을 참아 넘기시지 않았죠. '지옥에나 가버리라지. 틀림없이 지옥에 가게 될 거야'라고 말씀하시곤 했습니다. 그럼 저는 '그렇고말고요. 누구도 마님을 함부로 대할 수는 없습니다. 마님 같은 분은 세상에서 충분히 대접을 받아야 마땅하죠'라고 대답했고요. 그분은 두려운 것도, 거리낄 것도 없는 분이었습니다. 소년과 같은 열정과 용기로 가득 찬 분이었죠. 남자로 태어나야 했다고 저는 간혹 말씀드리곤 했습니다. 그리고 아이를 돌보듯 그분을 보살폈지요. 당신도 알지 않습니까?"

"아니, 아니에요. 댄버스 부인. 그런 말이 대체 무슨 소용이죠? 더 이상 듣고 싶지 않아요. 알고 싶지도 않고요. 당신 같은 느낌이 나라고 없었을 것 같아요? 여기 서서 당신이 그 사람 이야기를 하는 걸 듣는 심정이 어떤지는 생각해봤나요?"

댄버스 부인은 내 말을 듣지 않았다. 광기에 들린 듯 발작적으로 검은 드레스를 잡아 뜯으면서 자기 이야기만 계속했다.

"그분은 정말로 사랑스러웠어요. 그림처럼 아름다웠지요. 그분이 지나가면 남자들이 눈을 떼지 못했어요. 열두 살이 되기 전부터도요. 그분은 그때부터 작은 악마처럼 눈을 찡긋거리며 제게 말하곤 했죠. '난 커서 미인이 되겠지, 대니 아주머니?'라고. 전 '그럼요. 당연한 일이지요'라고 대답했고요. 그때부터 어른 못지않게 아는 게 많았어요. 열여덟 살이 된 사람처럼 어른들과 능숙하게 대화를 나누셨지요. 그분 아버님은 따님 앞에서 꼼짝을 못 했죠. 살아 계셨다면 그분 어머님도 마찬가지였을 겁니다. 그분의 힘과 담력은 대단했어요. 열네 번째 생일에 그분은 사두마차를 선물받아 직접 몰았지요. 사촌인 잭이 함께 마부석에 올라 고삐를 빼앗으려 했답니다. 두 분은 거기서 2, 3분 정도 들고양이처럼 몸싸움을 벌였고 말들은 전속력으로 내달렸죠. 하지만 결국은 그분이 이겼어요. 채찍으로 잭의 머리를 때려 나동그라지게 만든 거지요. 그분과 잭은 정말 잘 맞는 짝이었어요. 잭은 나중에 해군에 입대했지만 힘든 훈련을 견디지 못하고 그만두었죠. 하지만 비난할 수는 없어요. 명령에 무조건 복종하며 살기에는 너무도 자유분방한 영혼이었거든요. 마치 그분처럼 말입니다."

나는 기가 질려 부인을 바라보았다. 희열에 찬 묘한 미소가 어린 입술 때문인지 부인은 한층 더 나이 들어 보였지만 다른 한편 해골 같던 얼굴에 생기가 넘쳤다. "그분과 맞서 이길 수 있는 사람은 아무도, 아무도 없었어요. 그분은 원하는 대로 행동했고 원하는 대로 사셨지요. 작은 사자처럼 기운도 셌어요. 열여섯 살 때는 남자도 다루기 어려운 크고 사나운 말을 길들이기도 했지요. 지금도 눈에 선해요. 머리카락을 휘날리며 날뛰는 말 등에 착 달라붙어 채찍을 휘두르고 옆구리에 박차를 가하던 모습이요. 그분이 내렸을 때 말은 온몸이 피와 거품투성이가 되어 벌벌 떨고 있었죠. 그분은 '저놈이 이제 정신을 좀 차렸겠지, 대니 아주머니?'라고 말한 뒤 손을 씻으러 가버렸어요. 바로 그게 그분이 사는 방식이었죠. 전 늘 그분과 함께하며 그분을 지켜봤습니다. 그분은 그 무엇도, 그 누구도 개의치 않았죠. 그러다가 마지막에 만신창이가 된 겁니다. 사람이 아닌 바다의 손길에 말입니다. 바다는 그분보다도 강했죠. 그래서 결국은 바다가 그분을 삼켜버렸습니다."

부인은 갑자기 말을 그치더니 입술을 실룩거렸다. 그리고 큰 소리로 격하게 흐느끼기 시작했다. 하지만 눈물은 흘리지 않았다.

"댄버스 부인, 댄버스 부인." 나는 어찌할 바를 모르고 서 있었다. 의심하는 마음이나 두려운 마음은 더 이상 없었다. 하지만 눈물도 없이 흐느끼는 모습을 보니 소름이 끼쳤다. "댄버스 부인, 누워서 쉬셔야겠어요. 어서 방으로 가서 침대에 누우세요."

부인이 나를 노려보았다. "싫으면 여기서 나가세요! 제 슬픔을 지켜보는 게 싫다는 건가요? 전 슬픔이 부끄럽지 않아요. 혼자 방에 숨어 울지 않을 거예요. 드윈터 씨처럼 방문을 잠그고 그 안에 틀어박혀 이리저리 걸어 다니지는 않을 거예요."

"무슨 소리예요? 드윈터 씨는 그러지 않아요."

"그랬지요. 그분이 돌아가신 후에요. 서재에서 이리저리 왔다 갔다 하는 소리를 들었어요. 열쇠 구멍을 통해 지켜본 적도 여러 번이었죠. 우리에 갇힌 동물처럼 앞으로 갔다, 뒤로 갔다……."

"더 이상 듣고 싶지 않아요. 듣고 싶지 않다고요."

"신혼여행 때 당신이 드윈터 씨를 행복하게 했다고요? 아직 어리고 아는 것도 없는 당신이, 기껏해야 딸뻘밖에 안 되는 당신이? 당신이 인생에 대해 뭘 아나요? 남자에 대해 뭘 아나요? 여기 오면 드윈터 부인의 자리를 빼앗을 수 있다고 생각했나요? 우리 드윈터 부인의 자리를? 당신이 맨덜리에 처음 왔을 때 하인들조차 비웃었어요. 첫날 저택 뒤편 복도에서 당신이 만난 부엌 하녀조차도요. 드윈터 씨는 대체 무슨 생각으로 당신을 맨덜리에 데려왔는지 모르겠어요. 당신이 처음으로 맨덜리의 저녁 식탁에 앉은 모습을 보면서 과연 무슨 생각을 했을지 궁금하군요."

"이제 그만하세요, 댄버스 부인. 그만 방으로 돌아가는 편이 좋겠어요."

"방으로 돌아가라고요? 이 집 안주인께서는 제가 방으로 돌아가는 편이 좋겠다고 생각하시는군요. 그다음에는 어떻게 하실 건데요? 드윈터 씨에게 달려가 '댄버스 부인이 절 괴롭혔어요. 무례하게 굴었어요'라고 일러바칠 건가요? 잭 파벨이 들른 일을 일러바친 것처럼?"

"전 일러바치지 않았어요."

"거짓말! 당신이 아니면 누가 말했겠어요? 그때 맨덜리에는 아무도 없었는데요. 프리스와 로버트는 외출했고 다른 하인들은 잭이 왔던 걸 몰랐죠. 그때 결심했어요. 당신과 드윈터 씨에게 고통을 주어야겠다고. 내가 거리낄 게 뭐죠? 드윈터 씨의 고통이 대수인가요? 대체 왜 내가 이곳 맨덜리에서 잭을 만나면 안 되지요? 이제 잭은 나와 함께 드윈터 부인을 회상할 수 있는 유일한 사람인데요. 드윈터 씨는 말하더군요. '두 번 다시 맨덜리에 오지 못하게 해요. 이것이 마지막 경고요'라고. 드윈터 씨는 아직도 질투하는 거라고요."

서재 문이 열렸을 때 2층 발코니에 몸을 숨겼던 일이 떠올랐다. 화가 나서 큰 소리로 댄버스 부인을 나무라던 맥심의 목소리가 들리는 듯했다. 질투하는 거라고? 맥심이 질투를 한다고? "그분이 살아 계실 때도 질투하더니 이제 돌아가신 다음에도 질투를 하는군요. 예전에도 잭이 맨덜리에 오지 못하게 했었죠. 이것만 봐도 드윈터 씨가 그분을 잊지 못한다는 게 분명하지 않아요? 물론 질투하는 게 마땅해요. 저도 질투를 했으니까. 그분을 아는 사람은 누구나 그랬죠. 그분은 개의치 않았어요. 그저 웃으면서 '난 나 좋을 대로 살 거야. 세상 누구도 날 막을 수는 없어'라고 하셨죠. 어떤 남자든 그분을 한번 보면 미친 듯이 빠져들고 말았어요. 이 집에 머물렀던 사람들도, 그분이 런던에서 만났던 이들도, 해변에 데려가 주말을 보냈던 이들도. 모두들 사랑에 눈이 멀었지요. 그분은 깔깔 웃으면서 남자들이 어떤 말을 하고 어떤 행동을 했는지 제게 다 말해주었지요. 그분께 그건 일종의 게임이었거든요. 게임 말이에요. 그러니 누군들 질투하지 않을 수 있겠어요. 모두들 질투에 몸부림치며 그분에게 목을 맸지요. 드윈터 씨도, 잭도, 크롤리 씨도, 그분을 아는 모두가, 맨덜리에 왔던 모두가 말입니다."

"전 알고 싶지 않아요. 더 이상 알고 싶지 않아요."

댄버스 부인이 가까이 다가왔다. 내 얼굴에 자기 얼굴을 바짝 들이댔다. "물론 그렇겠죠. 이제 알았나요? 당신은 절대 그분을 이길 수 없어요. 그분은 아직도 이곳 안주인이에요. 진짜 드윈터 부인은 바로 그분이지요. 그림자이고 유령인 건 그분이 아니라 당신이라고요. 아무도 원치 않아 내쳐진, 잊혀져버린 존재가 바로 당신이에요. 자, 그런데도 맨덜리를 떠나지 않는 이유는 무엇이지요? 왜 그분께 맨덜리를 맡기고 떠나지 못하지요?"

나는 창문 쪽으로 물러섰다. 다시 두려움과 공포가 몰려왔다.

댄버스 부인은 내 팔을 붙잡았다.

"왜 가지 않는 거예요? 우린 아무도 당신을 원하지 않아요. 드윈터 씨도 마찬가지죠. 당신을 원했던 적은 한 번도 없어요. 그분을 잊지 못하니까요. 드윈터 씨는 그분과 함께 이 집에 홀로 있고 싶어 해요. 교회 지하 묘지에 누워 있어야 할 사람은 그분이 아니라 당신이에요. 죽어야 할 사람은 드윈터 부인이 아니라 당신이라고요."

댄버스 부인은 창문을 열고 나를 그쪽으로 밀었다. 흰 안개 때문에 형체가 희미해진 테라스가 내려다보였다. "저 아래를 봐요. 정말 쉽지 않겠어요? 어째서 뛰어내리지 않는 거죠? 목이 부러진다 해도 고통은 느끼지 못할 거예요. 아주 빠르고 편한 방법이죠. 물에 빠져 죽는 것과는 달라요. 왜 당장 뛰어내리지 않는 거죠?"

안개가 창밖을 가득 채웠다. 끈적거리고 습한 공기가 내 눈에, 콧구멍 안에 밀려들었다. 나는 두 손으로 창틀을 꼭 잡았다.

"두려워 마세요. 밀어버리지는 않을 테니. 당신 옆에 있지도 않을 거예요. 혼자서도 충분히 뛰어내릴 수 있으니까. 대체 당신이 여기 맨덜리에 있을 이유가 무엇인가요? 당신은 행복하지 않아요. 드윈터 씨는 당신을 사랑하지 않고요. 그러니 살아갈 이유가 별로 없는 거죠? 지금 당장 뛰어내려 끝장을 내버리는 게 어때요? 그러면 더 이상 불행하지 않을 텐데요."

테라스의 꽃봉오리들이 보였다. 수국이 잔뜩 무리 지어 있었다. 돌바닥은 부드러운 회색이었다. 폭신할 듯했다. 안개 때문에 아주 먼 곳처럼 느껴졌다. 실제로는 창문이 그리 높지 않고 바닥까지도 멀지 않았는데 말이다.

"어째서 뛰어내리지 않는 거죠? 어째서 시도하지 않죠?" 댄버스 부인이 속삭였다.

안개가 전보다 더 짙어지면서 테라스는 시야에서 사라졌다. 꽃봉오리도, 돌로 포장된 바닥도 보이지 않았다. 주변은 온통 해초 냄새를 풍기는 서늘하고 하얀 안개뿐이었다. 유일한 현실은 창틀을 잡은 내 손과 내 팔을 움켜쥔 댄버스 부인의 손이었다. 뛰어내린다 해도 돌바닥이 점점 가까워지는 것은 보이지 않으리라. 부인의 말대로 고통은 짧을 것이었다. 떨어지면서 바로 목이 부러질 테니까. 물에 빠져 죽는 것처럼 서서히 죽지는 않을 테니까. 순식간에 모든 것이 끝나겠지. 맥심은 나를 사랑하지 않았다. 맥심은 레베카와 함께 홀로 남고 싶어 한다고 했다.

"자, 어서." 댄버스 부인이 속삭였다. "어서, 두려워하지 마요."

나는 눈을 감았다. 현기증이 났다. 창틀을 쥔 손가락에 쥐가 났다. 콧구멍과 입술에 닿은 안개가 시큼하고 고약했다. 담요를 뒤집어쓴 것처럼, 마취가 된 것처럼 답답했다. 불행하다는 생각도, 맥심을 사랑한다는 생각도 사라질 것이었다. 레베카 생각까지도. 더 이상 레베카를 생각할 필요가 없게 되는 것이다⋯⋯.

내가 창틀에서 손을 놓고 길게 한숨을 내쉬는 순간 흰 안개와 적막이 갑자기 깨졌다. 폭발음이 들리고 창문이 흔들렸다. 나는 눈을 떴다. 그리고 댄버스 부인을 바라보았다. 또 다른 폭발음이 이어졌다. 세 번째, 네 번째 폭발음이 뒤따르면서 대기가 진동하고 새들이 푸드덕 날아오르는 소리가 메아리처럼 울렸다.

"저게 뭐죠?" 내가 멍한 상태로 물었다. "무슨 일이죠?"

댄버스 부인이 내 팔을 놓고 창밖의 안개 쪽으로 시선을 돌렸다. 아래쪽 테라스로 뛰어 들어오는 발소리가 들렸다.

19

맥심이었다. 모습은 보이지 않아도 목소리가 들렸다. 달리면서 프리스를 부르고 있었다. 프리스는 홀에서 테라스로 나오면서 대답을 했다. 두 사람의 모습이 창 아래에서 희미하게 드러났다.

"배가 좌초되었어. 곶에서 보고 있자니 곧장 만으로 돌진해 모래톱에 머리를 처박지 않겠나. 조류 때문에 금방은 배를 빼내지 못할 거야. 아마 우리 해안을 케리스 항구로 오해한 모양이야. 안개가 워낙 심했으니까. 사람들을 먹여야 할지 모르니 음식과 음료를 넉넉하게 준비하도록 하게. 크롤리 씨에게도 전화해서 상황을 알려주고. 나는 다시 해변으로 내려가 혹시 도울 일이 있는지 살펴보겠네. 담배 좀 주겠나?"

댄버스 부인이 창가에서 물러났다. 어느새 가면같이 무표정한 본래의 하얀 얼굴로 되돌아와 있었다.

"이제 내려가야겠군요. 프리스가 절 찾을 겁니다. 드윈터 씨는 분명히 사람들을 집으로 데려올 테고요. 창문을 닫을 테니 손 조심하세요." 나는 여전히 얼빠진 모습으로 비실비실 물러났다. 그리고 부인이 창을 닫아 잠근 뒤 커튼을 치는 모습을 멍하니 바라보았다.

"파도가 세지 않으니 다행이군요. 안 그랬다면 선원들의 목숨이 위험했을 겁니다. 하지만 이런 날은 안전하지요. 물론 드윈터 씨가 말한 대로 모래톱에 처박혔다면 배는 건질 수 없겠지만요."

댄버스 부인은 방 안을 둘러보며 흐트러진 부분이 없는지 점검했고 침대보를 잡아당겨 반듯하게 폈다. 그러고는 문을 열고 내가 나가도록 했다. "부엌에 얘기해 식당에 점심을 준비해두도록 하겠습니다. 언제든 좋을 때 드시도록 차가운 요리로 하지요. 드윈터 씨는 아무리 빨라도 1시 전에는 돌아오시지 못할 것 같군요."

나는 공허한 시선으로 부인을 보다가 나무토막처럼 어색하게 움직여 방을 나섰다.

"드윈터 씨를 보시거든 뱃사람들을 언제 데려와도 아무 문제 없다고 말씀해주시겠어요? 바로 따뜻한 음식을 대접할 수 있다고요."

"알겠어요, 댄버스 부인." 내가 대답했다.

부인은 등을 돌려 먼저 복도를 지나갔다. 검은 드레스 속에 감춰진 말라빠진 체구가 기묘했다. 검은 치맛자락은 30년 전에 유행했던 넓은 드레스처럼 바닥을 쓸며 움직였다. 부인은 모퉁이를 돌아 사라졌다.

나는 천천히 복도를 따라 걸었다. 긴 잠에서 막 깨어난 것처럼 몸과 마음이 몽롱했다. 무의식중에 문을 밀어 열고 계단을 내려갔다. 때마침 홀을 지나 식당으로 가던 프리스는 나를 보더니 멈춰서 기다렸다.

"드윈터 씨가 몇 분 전에 다녀가셨습니다. 담배만 챙겨서 다시 해변으로 나가셨지요. 배가 좌초되었다고 합니다."

"그렇군요."

"로켓탄 터지는 소리를 들으셨나요, 마님?"

"네, 들었어요."

"저는 로버트와 함께 식료품 저장실에 있었습니다. 정원에서 간밤에 남은 폭죽을 터뜨리나 보다고 생각했지요. 그래서 왜 하필 이런 날씨에 터뜨리는지 모르겠다고, 이왕이면 토요일 밤에 터뜨려서 어린이들을 즐겁게 하면 좋지 않겠느냐고 말했죠. 그런데 연달아 폭발음이 들리더군요. 로버트가 폭죽이 아니라 배의 구조 요청 신호라고 하기에 급히 홀로 나왔는데 때마침 드윈터 씨가 저를 부르면서 테라스 쪽에서 들어오셨습니다."

"그랬군요."

"안개가 이렇게 지독하니 사고가 안 나면 이상할 정도입니다, 마님. 바다는 고사하고 찻길도 보이지 않을 판이니까요."

"그래요."

"드윈터 씨는 2분 전에 잔디밭을 지나 숲 쪽으로 가셨습니다. 지금 가신다면 따라잡을 수 있을 겁니다."

"고마워요, 프리스."

나는 테라스로 나갔다. 잔디밭 뒤로 나무들이 보였다. 안개가 서서히 위로 올라가 작은 구름을 이루는 중이었다. 안개는 머리 위쪽에서 연기처럼 소용돌이쳤다. 위쪽 창문을 올려다보았다. 다들 굳게 닫히고 잠긴 상태였다. 활짝 열린 적은 단 한 번도 없는 듯 보였다.

5분 전에 내가 서 있던 곳은 저 한중간의 큰 창문가였다. 내 머리 위로 얼마나 높이, 또 멀리 난 창문인지. 발밑의 돌바닥은 딱딱하기 그지없었다. 나는 발치를 내려다보다가 다시 창문을 올려다보았다. 갑자기 머리가 어찔어찔하고 눈앞이 핑 돌았다. 등줄기에 식은땀이 흘러내렸다. 눈앞에서 검은 점들이 명멸했다. 나는 홀로 되돌아와 의자에 앉았다. 두 손에 땀이 흥건했다. 나는 무릎에 손을 얹고 가만히 앉아 있었다.

"프리스! 프리스! 식당에 있어요?"

"네, 마님!" 프리스가 바로 대답하며 내 쪽으로 달려 나왔다.

"이상하게 생각하지는 말아줘요, 프리스. 지금 브랜디를 한잔 마시고 싶군요."

"알겠습니다, 마님."

나는 여전히 무릎에 손을 얹고 앉아 있었다. 프리스가 은 쟁반에 술잔을 받쳐 가져왔다.

"몸이 좀 불편하신가요, 마님? 클래리스를 불러드릴까요?"

"아니, 괜찮아요. 약간 열이 나는 것뿐이에요."

"날이 아침부터 아주 덥습니다, 마님. 숨 쉬기가 답답할 정도군요."

"네, 답답하네요."

나는 브랜디를 마시고 잔을 은 쟁반 위에 올려놓았다.

"로켓탄 소리에 놀라신 것 같습니다. 너무 갑작스레 폭발음이 들려서요."

"아마 그런가 봐요."

"간밤에 계속 서 계셨던 데다가 오늘 아침에는 이렇게 더우니 몸이 불편하신 것도 당연합니다."

"그런 것 같아요."

"한 30분이라도 누워 계시겠습니까? 서재는 서늘합니다."

"아니에요. 곧 나갈 거예요. 이제 일 보세요, 프리스."

"알겠습니다, 마님."

프리스는 나를 놔둔 채 사라졌다. 홀에 앉아 있으니 조용하고 시원했다. 말끔하게 치워져 언제 무도회가 열렸었나 싶을 정도였다. 늘 그렇듯 홀은 어둑어둑하고 고요했다. 벽에 걸린 무기와 초상화들은 엄숙한 분위기를 풍겼다. 바로 어젯밤에 푸른 드레스를 입고 계단 아래 서서 5백 명이나 되는 사람들과 악수했다는 것이 실감 나지 않았다. 발코니에 악단 무대가 설치되어 음악이 연주되고 북 치는 사람이 있었다는 것을 믿을 수 없었다. 나는 일어나 다시 테라스로 나갔다.

점점 위로 올라간 안개가 이제 나무 꼭대기쯤에 걸려 있었다. 잔디밭이 끝나는 곳에서 숲도 보였다. 머리 위에서는 창백한 해가 두꺼운 안개를 뚫으려 애쓰는 중이었다. 평소보다 더 더웠다. 프리스 말대로 답답한 날씨였다. 벌 한 마리가 꿀을 찾아 시끄럽게 붕붕거리더니 꽃에 기어들고서야 마침내 조용해졌다. 잔디밭 너머 둔덕에서 정원사가 잔디 깎는 기계를 돌리기 시작했다. 칼날에 놀란 홍방울새가 장미 정원 쪽으로 날아갔다. 허리를 굽힌 채 잔디 깎는 기계 손잡이를 쥐고 천천히 걸어가는 정원사 주위로 잘린 풀과 데이지 꽃봉오리가 흩날렸다. 따뜻하고 달콤한 풀 냄새가 풍겨왔다. 태양은 비로소 흰 안개에서 완전히 벗어나 온전한 모습을 드러냈다. 휘파람을 불었지만 재스퍼는 달려오지 않았다. 아마 맥심을 따라 해변으로 내려간 모양이었다. 나는 시계를 보았다. 12시 30분이 넘었다. 어제 이 시간에 맥심과 나는 프랭크 집 앞의 작은 정원에서 점심 식사를 기다리고 있었지.

그때로부터 스물네 시간이 흘렀다. 드레스 때문에 온갖 괴로움을 겪고 시달린 시간이었다. '깜짝 놀라게 될 거예요'라고 했던 내 말을 떠올리니 못 견디게 부끄러워졌다. 그리고 그때 처음으로 내 걱정과 달리 맥심이 떠나버리지 않았다는 점을 깨달았다. 테라스에서 들려온 목소리는 침착했다. 내가 아는 바로 그 목소리였다. 간밤에 계단 위에서 들었던 목소리가 아니었다. 맥심은 멀리 가버리지 않았다. 그는 저 해변 어딘가에 있다. 평소와 똑같은 모습으로 말이다. 프랭크 말대로 그는 산책을 나갔던 것뿐이다. 곶에 갔다가 배 한 척이 해안으로 접근하는 모습을 보았던 것이다. 내 두려움은 근거 없는 것이었다. 맥심은 괜찮다. 아무 문제도 없다. 방금 이해하기 어려울 정도로 끔찍하고 모욕적인 일을 당했지만, 두 번 다시 떠올리기 싫고 영원히 기억 저편에 파묻어버리고만 싶은 일을 겪었지만 맥심이 괜찮기만 하다면 그런 건 다 좋다.

나는 검은 숲 사이로 난 좁고 경사 급한 길을 따라 해변으로 내려가기 시작했다.

안개가 거의 다 걷힌 덕분에 내려가자마자 배가 보였다. 해변에서 2킬로미터쯤 떨어진 곳에 뱃머리를 절벽 쪽으로 향한 채 바닥에 얹힌 상태였다. 나는 방파제 끝까지 걸어가 등을 기대고 섰다. 절벽 위에는 벌써 사람들이 잔뜩이었다. 케리스에서부터 해안 경비로를 따라 걸어왔으리라. 절벽과 곶은 맨덜리 영지였지만 지역 주민들은 절벽 주위를 자유롭게 오가곤 했다. 사고 난 배를 좀 더 가까이에서 보려고 가파른 절벽을 기어 내려오는 사람도 있었다. 배는 뒤쪽이 잔뜩 기울어져 기묘한 모습이었다. 노 젓는 배 여러 척이 이미 근처로 몰려들었다. 구명정도 내려져 있었다. 구명정 위에 선 사람이 확성기에 대고 무어라 외쳤지만 나는 알아들을 수 없었다. 아직도 안개 때문에 수평선은 보이지 않았다. 모터보트 한 대가 남자 몇 사람을 태우고 나타났다. 진회색 배였다. 제복을 입은 사람이 보였다. 아마 케리스에서 온 항구 관리관이리라. 옆에 선 사람은 로이드 보험회사 직원일 테고 말이다. 그 뒤로 또 다른 모터보트도 따라왔다. 이번에는 케리스에서 주말 소풍을 나온 무리였다. 배에 탄 사람들은 즐겁게 떠들면서 좌초된 배 주위를 맴돌았다. 떠드는 소리가 잔잔한 바다에 부딪쳐 메아리가 생겨났다.

나는 방파제를 떠나 절벽으로 올라갔다. 맥심은 보이지 않았다. 프랭크는 절벽에서 해안경비대원과 이야기를 하고 있었다. 프랭크를 보는 순간 나는 당황하여 물러섰다. 겨우 한 시간 전에 전화에 대고 우는 꼴을 보이지 않았는가. 어떻게 해야 할지 알 수 없었다. 하지만 프랭크는 나를 보자마자 손을 흔들었다. 나는 그와 해안경비대원 쪽으로 갔다. 해안경비대원은 나를 알아보았다.

"구경하러 나오셨나요, 드윈터 부인?" 그가 미소 지었다. "일이 어려울 것 같습니다. 예인선이 오겠지만 쉽게 끌어내지 못할 듯싶군요. 워낙 빠른 속도로 강하게 처박혀서요."

"어떻게 처리하죠?" 내가 물었다.

"잠수부를 내려보내 뒤쪽이 망가졌는지부터 확인해야지요. 저기 붉은 모자를 쓴 사람이 잠수부입니다. 망원경으로 보시겠어요?"

나는 망원경을 받아 들고 들여다보았다. 한 무리의 남자들이 배 뒤쪽을 살피는 중이었다. 한 사람이 손으로 무언가를 가리켰다. 구명보트의 남자는 여전히 확성기에 대고 소리치고 있었다.

케리스에서 온 항구 관리관이 배 뒤쪽을 살펴보는 사람들과 합류했다. 잠수부는 항구 관리관의 진회색 보트에 앉아 있었다.

소풍 나온 배도 계속 배 주위를 돌았다. 여자 하나가 일어나 사진을 찍었다. 갈매기 떼가 물 위에 앉아 음식 찌꺼기를 달라고 울어댔다.

나는 망원경을 돌려주었다. "특별한 일은 일어나지 않을 것 같네요."

"곧 잠수부를 내려보낼 겁니다. 물론 처음에는 의논하느라 시간이 좀 걸리겠지요. 외국인들이니까요. 저기 예인선들이 도착했군요."

"예인은 불가능할 거예요. 배가 놓인 각도를 보세요. 저쪽은 수심이 더 얕을걸요." 프랭크가 말했다.

"저 모래톱은 꽤 멀리까지 뻗어 있죠. 그냥은 잘 모르지만 작은 배를 타고 나가보면 금방 알아요. 저 정도 되는 배는 그 위에 얹힐 수밖에 없답니다." 해안경비대원이 설명했다.

"계곡을 지나 해변으로 내려왔을 때 로켓탄 소리를 들었어요. 안개 때문에 3미터 앞도 안 보일 정도였죠. 그런데 갑자기 저 배가 눈앞에 나타나지 뭡니까." 프랭크가 말을 받았다.

큰 사건이 터졌을 때 사람들의 반응은 어쩌면 이렇게 똑같을까. 프랭크도 프리스와 마찬가지로 자기가 목격한 상황을 길게 설명하고 있지 않은가. 마치 그게 아주 중요한 것처럼. 우리 모두 관심을 가진 문제라는 것처럼. 나는 그가 맥심을 찾으러 해변으로 나간 것을 알고 있다. 그도 나처럼 두려움에 휩싸였다는 것을 알고 있다. 하지만 지금은 그런 일이 다 머릿속에서 사라졌다. 전화로 통화한 내용도, 함께 불안해했던 것도, 날 만나러 오겠다는 말도. 안개속에서 배 한 척이 좌초된 사건 때문에 말이다.

어린 소년 한 명이 우리 쪽으로 달려오더니 물었다. "선원들이 물에 빠지게 되나요?"

"아니. 모두들 무사하단다." 해안경비대원이 대답했다. "파도가 유리처럼 잔잔하잖니. 이럴 때는 아무도 다치지 않아."

"간밤에 이런 일이 일어났다면 전혀 듣지 못했을 겁니다. 저택 정원에서 폭죽만 쉰 발은 쏘아 올렸으니까요." 프랭크가 경비대원에게 말했다.

"저희도 다 들었답니다. 불꽃을 보고 방향을 알았지요. 드윈터 부인, 저쪽에서 잠수부가 헬멧을 쓰고 있습니다. 보이시나요?"

"저도 잠수부가 보고 싶어요." 소년이 말했다.

"자, 저쪽에 헬멧을 쓴 사람이 잠수부란다." 프랭크가 허리를 굽히며 손가락으로 방향을 가리켰다. "이제 곧 물속으로 들어갈 거야."

"물에 빠져 죽으면 어떡하죠?"

"잠수부는 물에 빠져 죽지 않아. 위쪽에서 펌프로 계속 공기를 넣어주거든. 자, 물에 들어가는 모습을 보렴."

잠시 바닷물이 출렁거리더니 다시 잔잔해졌다. "들어가버렸어요." 소년이 말했다.

"맥심은 어디 있지요?" 내가 물었다.

"선원 한 사람을 케리스로 데리고 갔습니다. 그 선원은 배가 좌초되는 순간 뛰어내리는 정신 나간 짓을 했답니다. 이 절벽 아래 바위에 매달려 있는 걸 찾아냈지요. 흠뻑 젖어서 와들와들 떨더군요. 영어는 한 마디도 못 했고요. 맥심이 내려가보았더니 바위에

긁혀 온몸이 피투성이라고 하더군요. 맥심이 독일어로 대화를 할 수 있었지요. 근처를 맴돌던 케리스의 모터보트 한 척을 불러 선원을 싣고 의사에게 데려갔습니다. 운이 좋으면 점심때까지는 멀쩡해질 겁니다." 프랭크가 설명했다.

"언제 갔죠?"

"부인께서 오시기 바로 전에요. 한 5분쯤 전이었을 겁니다. 보트를 보셨을 것 같은데요. 배꼬리에서 그 독일 선원과 함께 옮겨 탔으니까요."

"제가 절벽을 올라오는 동안 가버렸나 봐요."

"맥심은 이런 일에 늘 발 벗고 나서죠. 필요한 도움을 아끼지 않고요. 아마 선원 모두를 맨덜리로 데려가 배불리 먹일 겁니다. 어쩌면 재워줄지도 모르고요."

"맞아요. 영지 사람들을 위해서라면 윗옷도 벗어줄 분이지요. 제가 잘 압니다. 이 나라에 그런 분들이 더 많으면 좋겠는데요." 해안경비대원도 맞장구를 쳤다.

"네. 그럼 살기가 더 편하겠지요." 프랭크가 말했다.

우리는 계속 배를 바라보았다. 예인선들은 그 자리에 멈춰 있었지만 구명보트는 방향을 돌려 케리스 쪽을 향해 움직였다.

"아직은 예인선들이 한가하군요." 해안경비대원이 말했다.

"그렇군요. 결국은 예인선이 할 일이 아닌 것 같은 걸요. 이럴 때 필요한 건 선박 해체선이죠." 프랭크가 말을 받았다.

갈매기들이 머리 위에서 맴을 돌며 배고픈 고양이처럼 울어댔다. 일부는 절벽에 앉았고 더 용감한 놈들은 배 옆구리 근처 바다 표면을 스치고 다녔다.

해안경비대원이 모자를 벗고 땀을 닦았다.

"바람 한 점 없네요."

"그러네요." 내가 대답했다.

소풍 나왔던 보트는 실컷 구경했는지 엔진 소리를 내며 케리스 쪽으로 방향을 틀었다. "이제 싫증이 난 모양입니다." 해안경비대원이 말했다.

"그럴 만하죠. 앞으로 몇 시간 동안은 아무 일도 없을 테니까요. 잠수부가 조사를 끝마쳐야 배를 끌어낼 수 있거든요." 프랭크가 말했다.

"맞습니다." 해안경비대원이 말했다.

"여기 더 있어봤자 소용없을 것 같습니다. 할 일도 없고요. 전 점심이나 먹으러 가야겠습니다." 프랭크가 나를 보았다.

나는 대답을 하지 않았다. 프랭크가 머뭇거렸다. "부인께서는 어떻게 하시겠습니까?"

"전 좀 더 있어볼게요. 점심은 차가운 요리라서 언제든 먹을 수 있거든요. 잠수부가 어떻게 하는지 보고 싶어요." 실은 프랭크와 얼굴을 마주할 자신이 없었다. 나 혼자, 아니면 내가 모르는 사람들 틈에 있고 싶었다.

"아무것도 보지 못하실 겁니다. 구경할 만한 게 없거든요. 저와 함께 가셔서 점심을 드시지요?"

"아니에요. 먼저 가세요."

"그럼, 제게 볼일이 있으시면 언제든 찾아주십시오. 오후 내내 사무실에 있겠습니다."

"알겠어요."

그는 해안경비대원에게 고개 숙여 인사하더니 절벽을 내려갔다. 내가 혹시 상처를 주었나 싶어 미안했다. 하지만 어쩔 수 없었다. 언젠가는 모든 게 해명이 될 것이다. 그와 전화한 이후 너무도 많은 일이 일어났고 더 이상은 그 무엇도 생각하고 싶지 않았다. 그저 절벽에 앉아 멍하니 배를 바라보고 싶었다.

"크롤리 씨는 참 좋은 분입니다." 해안경비대원이 말했다.

"그래요."

"드윈터 씨를 위해서라면 아마 어떤 일이든 서슴없이 할 겁니다."

"저도 그렇게 생각한답니다."

아까 왔던 소년이 아직도 풀밭에서 깡충거리며 뛰어다니고 있었다.

"잠수부가 언제 다시 올라오나요?" 소년이 물었다.

"좀 더 기다려야 한단다." 해안경비대원이 대답했다.

분홍색 줄무늬 옷을 입고 머리를 올린 여자가 우리 쪽으로 걸어왔다. "찰리, 찰리, 어디 있니?"

"자, 어머니가 널 찾으시는구나." 해안경비대원이 말했다.

"엄마, 잠수부를 봤어요!" 소년이 여자를 보며 외쳤다.

여자는 고개를 끄덕이며 미소 지었다. 내가 누군지 모르는 것 같았다. 케리스에서 소풍 온 사람이었다. "구경거리는 다 끝난 것 같지요? 저기 아래쪽 사람들 말이 앞으로도 배는 며칠 동안 저 자리에 있을 거라고 하더군요."

"잠수부가 조사를 끝낼 때까지 기다려야 하거든요." 해안경비대원이 대답했다.

"어떻게 저런 물속으로 사람을 내려보내는지 모르겠어요. 돈을 많이 줘야 할 텐데요." 여자가 말했다.

"아마 그럴 겁니다." 해안경비대원이 말했다.

"엄마, 나도 잠수부가 되고 싶어요."

"그건 아빠한테 물어보자꾸나." 여자는 우리를 바라보며 웃었다. "여긴 정말 멋진 곳이지요? 저희는 이렇게 안개가 심할 줄 모르고 소풍을 나왔답니다. 뭐, 그 대신 좌초된 배 구경을 하긴 했지만요. 이제 케리스로 돌아갈까 해요. 코앞에서 또다시 로켓탄이 터질 것 같아서요. 전 얼마나 놀랐는지 몰라요. 남편한테 이게 대체 무슨 일이냐고 했더니 조난신호일 거라고 하더군요. 그러면서 여기서 내려 구경을 하자는 거예요. 제 눈에는 구경할 게 하나도 없는데 남편이나 아들이나 이렇게 정신이 팔려 야단이군요."

"이젠 구경할 게 정말 별로 없습니다." 해안경비대원이 대답했다.

"저쪽 숲은 정말 아름답네요. 아마 사유지겠지요." 여자가 말했다.

해안경비대원이 내 쪽을 보며 어색한 헛기침을 했다. 나는 풀 한 포기를 씹으며 딴청을 피웠다.

"네. 전부 다 사유지입니다." 해안경비대원이 대답했다.

"우리 남편은 이 땅이 결국은 조각조각 나 방갈로가 들어서게 될 거라고 하더군요. 바다에 면해 작고 멋진 방갈로들이 세워져도 좋을 것 같아요. 겨울에는 어떨지 모르겠지만요."

"겨울에는 사실 인적이 거의 없지요." 해안경비대원이 설명했다.

나는 풀잎만 씹었다. 소년은 빙글빙글 돌며 뛰어다녔다. 해안경비대원이 시계를 보았다. "이제 저는 가봐야겠군요. 그럼 안녕히 계십시오." 그는 내게 경례를 하고 케리스 쪽으로 갔다. "자, 찰리, 우리도 아빠를 찾으러 가보자." 여자가 말했다.

여자는 나를 보며 다정하게 고개를 끄덕이고 떠났다. 소년이 엄마 뒤를 따라 뛰어갔다. 카키색 반바지에 줄무늬 점퍼를 입은 깡마른 남자가 멀리서 손을 흔들었다. 한데 모인 세 사람은 덤불이 우거진 곳에 앉아 도시락을 풀기 시작했다.

나도 아무 생각 없이 저 가족과 어울릴 수 있다면 얼마나 좋을까? 삶은 달걀과 샌드위치를 먹고 큰 소리로 웃어대며 대화에 끼어들 수 있다면, 그리고 오후에는 그들과 함께 케리스로 가서 해변을 뛰어다니고 보트도 타며 즐기다가 집에 초대되어 차를 마실 수 있다면 말이다. 그러는 대신 나는 홀로 숲을 지나 맨덜리로 돌아가 맥심을 기다려야 했다. 무슨 말을 해야 할지, 그가 어떤 눈으로 나를 볼지, 어떤 목소리로 말할지 모르는 채로. 나는 계속 그 절벽 위에 앉아 있었다. 배가 고프지 않았다. 점심 생각은 나지도 않았다.

점점 더 많은 사람들이 몰려와 절벽 위를 돌아다니며 배를 구경했다. 아주 신이 난 표정들이었다. 내가 아는 사람은 없었다. 대부

399

분 케리스에서 온 소풍객이었다. 바다는 아주 잔잔했다. 갈매기들도 더 이상 맴돌지 않고 배에서 약간 떨어진 물 위에 앉아 있었다. 구경 나온 배들도 많았다. 케리스의 선박 관련 산업 종사자들에게는 생생한 현장 경험의 기회가 찾아온 셈이었다. 잠수부는 위로 올라왔다가 다시 내려가기를 반복했다. 예인선 두 척 중 하나는 되돌아가버렸지만 다른 한 척은 그대로 남아 있었다. 항구 관리관의 진회색 보트가 다시 나타났다. 두 번째로 물 위에 올라온 잠수부가 그와 잠시 이야기를 나누었다. 배의 선원들은 뱃전에 기대 갈매기에게 음식 찌꺼기를 던져주었다. 구경 나온 배들은 천천히 배 주위를 돌았다. 특별한 것은 하나도 없었다. 바다는 쥐 죽은 듯 잔잔했고 배는 한쪽으로 기울었지만 프로펠러는 멀쩡했다. 서쪽 하늘에 흰 구름이 골을 이뤄 햇빛이 흐려졌다. 그래도 여전히 아주 더웠다. 분홍 줄무늬 옷을 입은 여자는 어린 아들을 데리고 케리스로 가는 길을 걷기 시작했고 반바지 입은 남자는 소풍 바구니를 들고 뒤를 따랐다.

나는 시계를 바라보았다. 3시가 넘었다. 나는 해변으로 내려갔다. 늘 그렇듯 해변은 조용하고 사람도 없었다. 조약돌은 까맣거나 회색이었다. 그곳의 바다도 거울처럼 잔잔했다. 여울을 건너는 내 발소리가 아주 시끄럽게 느껴졌다. 흰 구름은 이제 머리 위 하늘을 온통 뒤덮었고 해를 가려버렸다. 다른 쪽 해안으로 가자 벤이 바위틈 작은 물웅덩이 옆에 쭈그리고 앉아 소라고둥을 물로 씻고 있었다. 물웅덩이에 내 그림자가 비치자 벤은 고개를 들었다.

"안녕." 그가 인사했다. 히죽 웃느라 입이 벌어졌다.

"안녕하세요?"

그는 소라고둥이 가득 든 더러운 손수건을 펼쳐 보였다.

"고둥을 먹어?"

나는 그에게 상처를 주고 싶지 않아서 "그럼요"라고 대답했다.

그러자 그는 열 개 남짓해 보이는 고둥을 내 손에 쥐여주었다. 나는 치마 양쪽 호주머니에 고둥을 나눠 넣었다. "빵하고 버터하고 먹으면 좋아. 먼저 익혀야 해."

"알았어요."

그는 계속 선 채 내게 미소 지었다. "큰 배 봤어?"

"그럼요. 해변에 좌초해버렸지요."

"으어?"

"배 바닥이 땅에 닿았다고요. 아마 바닥에 구멍이 뚫렸을 거예요."

그는 멍한 표정이었다. "물밑에 들어가서 좋아. 다시는 돌아오지 않을 거야."

"물때를 기다렸다가 예인선들이 배를 끌어낼 거예요."

그는 대답하지 않았다. 좌초한 배만 바라보았다. 이쪽에서는 배의 측면이 보였다. 물밑에 들어가 있어야 할 선체의 붉은 부분이 물 밖으로 나오는 바람에 위쪽의 검은 부분과 대조를 이루었다. 증기관이 절벽 쪽으로 기울어져 있었다. 선원들은 여전히 뱃전에서 갈매기 먹이를 주며 물속을 들여다보았다. 노 젓는 배들은 케리스로 되돌아가는 중이었다.

"독일 사람이지?" 갑자기 벤이 물었다.

"몰라요. 독일 아니면 네덜란드 사람 같아요."

"저기서 조각조각 갈라지겠지."

"그럴 것 같군요."

그는 다시 히죽 웃고는 손등으로 코를 쓱 닦았다.

"저기서 조각조각 갈라지는 거야. 돌멩이처럼 가라앉지는 않을 거야." 그는 혀를 쯧쯧 차고는 손가락으로 자기 코를 밀어 올렸다. "지금쯤이면 물고기들이 다 먹어치웠을 거야. 그렇지?"

"뭘요?"

그는 바다 쪽으로 엄지손가락을 내밀어 보였다. "저기."

"물고기는 배를 먹지 않아요, 벤."

"으어?" 그는 다시 한번 멍한 시선으로 나를 보았다.

"이제 집에 가야겠어요. 그럼 안녕."

나는 숲길 쪽으로 걸어갔다. 돌집은 쳐다보지도 않았다. 그저 오른쪽에 조용히 서 있는 회색빛 물체를 스쳐 지났을 뿐이다. 나는 곧장 숲속으로 들어가 나무들 사잇길로 올라갔다. 반쯤 가다가 숨을 돌리면서 뒤를 돌아보니 거기서도 배가 보였다. 구경꾼 배들은 다 가버리고 없었다. 선원들도 보이지 않았다. 흰 구름이 온 하늘을 뒤덮었다. 어디선가 바람이 불어와 내 얼굴을 스쳤다. 나무에서 내 손 위로 나뭇잎이 떨어졌다. 까닭 모르게 몸이 으스스 떨렸다. 다시 바람이 불었다. 이번에는 뜨겁고 축축한 바람이었다. 측면을 드러낸 배는 갑판에 사람 하나 없어 버려진 듯 보였다. 가늘고 검은 증기관이 절벽을 가리키고 있었다. 바다는 어찌나 잔잔했는지 조약돌 해변에 부딪치는 소리가 조용한 속삭임 같았다. 나는 다시 가파른 숲길을 올랐다. 다리가 묵직했고 머리도 무거웠다. 이상하게 불길한 예감이 들었다.

숲에서 나와 잔디밭을 지나면서 본 저택은 아주 평화로웠다. 안전하게 보호받을 수 있는 그곳은 그 어느 때보다도 아름다워 보였다. 둔덕에 서서 저택을 보고 있자니 처음으로 이것이 바로 내 집이라는, 나는 맨덜리에 속하고 맨덜리는 내게 속한다는 자부심이 들었다. 우습기도 하고 당혹스럽기도 한 감정이었다. 나무와 풀잎, 테라스의 꽃봉오리가 수많은 창문에 반사되었다. 굴뚝 하나에서 가는 연기가 피어올랐다. 막 깎은 잔디는 건초처럼 달콤한 냄새를 풍겼다. 밤나무 위에서 지빠귀가 노래했다. 노란 나비 한 마리가 내 앞을 지나 테라스로 날아갔다.

나는 홀을 지나 식당으로 들어섰다. 내 자리에는 식기가 놓여 있었지만 맥심의 자리는 깨끗했다. 선반에는 차가운 고기 요리와 샐러드가 준비된 상태였다. 나는 잠시 망설이다가 벨을 울렸다. 로버트가 뒷문으로 들어왔다.

"드윈터 씨가 들어왔었나요?"

"네, 마님. 2시가 막 지났을 때 들어오셔서 서둘러 점심을 드시고 다시 나가셨습니다. 마님이 어디 계신지 물으시기에 배를 보러 나가신 모양이라고 프리스가 말씀드렸지요."

"언제 돌아온다는 말은 안 하던가요?"

"안 하셨습니다."

"아마 다른 길로 해변에 내려간 모양이네요. 계속 엇갈리는군요."

"그렇습니다, 마님."

나는 고기 요리와 샐러드를 바라보았다. 속이 허전했지만 배가 고프지는 않았다. 차가운 요리는 더군다나 구미가 당기지 않았다. "지금 점심을 드시겠습니까?" 로버트가 물었다.

"아니에요. 서재에 차를 좀 준비해줄래요? 케이크나 스콘은 없어도 돼요. 그냥 차하고 버터 바른 빵이면 되겠어요."

"알겠습니다, 마님."

나는 서재로 가서 창가 자리에 앉았다. 재스퍼가 없으니 이상했다. 계속 맥심과 함께 다니는 것이 분명했다. 늙은 개는 바구니 안에서 자고 있었다. 나는 신문을 집어 들고 페이지를 넘겼다. 치과대기실에서 차례를 기다리며 시간을 죽이는 느낌이었다. 뜨개질을 하거나 책을 읽을 기분이 아니었다. 나는 그저 알 수 없는 어떤 일이 일어나기를 기다리고 있었다. 아침의 끔찍했던 경험, 좌초된 배, 점심을 거른 일 등이 모두 합쳐져 마음 한구석에서 묘한 기대감을 불러일으켰다. 인생의 새로운 단계에 들어서서 앞으로는 과거가 반복되지 않을 것 같다고나 할까. 전날 밤 드레스를 차려입었던 소녀는 사라졌다. 그 일은 아주 오래전에 일어난 일에 불과하다. 지금 창가 자리에 앉은 나는 전혀 다른 사람이다……. 로버트가 차를 가져왔다. 나는 허겁지겁 버터 바른 빵을 먹었다. 스콘과 샌드위치, 카스텔라도 있었다. 로버트는 버터 바른 빵만 가져오는 것이 명예를 실추시키는 일이라 생각하는 모양이었다. 물론 그건 맨덜리의 규범에도 맞지 않았다. 나는 스콘과 카스텔라가 반가웠다. 11시 반에 차디찬 차 한 잔을 마셨을 뿐 아침도 걸렀던 것이다. 세 번째로 차를 따라 마시고 있을 때 다시 로버트가 들어왔다.

"주인어른은 아직 돌아오시지 않았나요, 마님?"

"아직요. 무슨 일이죠? 누가 찾나요?"

"네, 마님. 케리스의 항구 관리관이신 설 대령께서 전화를 걸어 왔습니다. 이리로 와서 주인어른을 만나고 싶다고 하십니다."

"뭐라 대답해야 할지 모르겠군요. 아직 들어오려면 한참 먼 것 같아서."

"제 생각도 그렇습니다."

"5시쯤 다시 전화해달라고 전해요." 내 말이 끝나고 방을 나선 로버트는 몇 분 후 다시 들어왔다.

"설 대령께서 괜찮으시다면 마님이라도 만나고 싶다고 하십니다. 긴급한 사안이라고요. 크롤리 씨와 통화하려 하는데 연결이 되지 않는다고 합니다."

"알았어요. 긴급한 일이라면 제가 만나야지요. 원한다면 당장 오셔도 좋다고 해요. 그분은 차를 갖고 있나요?"

"아마 그럴 겁니다, 마님."

로버트가 방을 나갔다. 나는 설 대령과 마주 앉아 무슨 얘기를 해야 할지 고민했다. 좌초한 배 때문에 오는 것이 분명했다. 그게 대체 맥심과 무슨 상관이라는 걸까? 만 깊숙한 데까지 배가 들어왔다면 또 모를까. 만은 맨덜리 소유지이니까. 어쩌면 배를 움직이기 위해 바위를 폭파하거나 그럴 필요가 있어 허락을 구하려는지도 몰랐다. 하지만 어차피 만 바깥쪽은 맥심의 소유가 아니었다. 설 대령은 괜히 시간 낭비만 하게 될 것 같았다.

전화 통화가 끝나자마자 출발한 모양인지 설 대령은 불과 15분 만에 집 안으로 들어섰다.

이른 오후에 내가 망원경으로 보았던 그대로 아직도 군복 차림이었다. 나는 창가 자리에서 일어나 손을 내밀었다. "남편은 아직도 돌아오지 않았습니다. 아마 절벽에 내려가 있는 모양입니다. 좀 전에는 케리스에도 다녀왔죠. 저도 하루 종일 남편을 보지 못했답니다."

"네. 저도 드윈터 씨가 케리스에 왔었다고 들었습니다. 저랑 길이 어긋났지요. 제가 보트를 타고 있을 때 걸어서 절벽을 지나가신 모양입니다. 크롤리 씨도 보이지 않더군요."

"그런 일이 터져서 모두들 정신이 없군요. 저도 절벽으로 나가보았답니다. 크롤리 씨는 그 전부터 나가 있었고요. 대체 배가 어떻게 된 거지요? 잡아당기면 배를 다시 빼낼 수 있겠지요?"

설 대령은 손으로 커다란 동그라미를 그려보았다. "배 바닥에 깊은 구멍이 있었습니다. 아마 두 번 다시 함부르크로 돌아가지 못할 겁니다. 배 걱정은 마십시오. 배 주인과 로이드 보험회사가 알아서 결정할 테니까요. 드윈터 부인, 저는 배 때문에 여기 온 것이 아닙니다. 물론 간접적으로는 그 배가 절 이렇게 오게 만들었습니다만. 드윈터 씨에게 전해야 할 소식이 있습니다. 그런데 어떻게 알려야 할지 잘 모르겠군요." 그는 밝은 푸른빛 눈으로 나를 똑바로 응시했다.

"어떤 소식인가요, 설 대령님?"

그는 주머니에서 커다란 손수건을 꺼내 코를 풀었다. "두 분께 이런 소식을 전하게 되어 참으로 유감입니다. 걱정거리와 고통을 안겨드리는 일은 정말 피하고 싶은데 말입니다. 케리스의 주민 모두 드윈터 씨를 아주 좋아하지요. 드윈터 가문 자체도 워낙 신망이 높았고요. 과거를 조용히 놔두지 못한다면 드윈터 씨나 부인이나 힘이 드실 겁니다. 하지만 어쩔 수가 없게 되었습니다." 그는 말을 멈추더니 손수건을 다시 주머니에 집어넣었다. 그리고 어차피 방 안에 우리 두 사람밖에 없는데도 목소리를 한껏 낮추었다.

"배의 밑바닥을 살펴보려고 잠수부를 내려보냈습니다. 그런데 잠수부가 아래에서 뭔가를 발견했습니다. 구멍을 확인하고 다른 쪽을 살펴보려는 순간 옆으로 누운 작은 보트를 보게 되었다는군요. 부서지지 않고 형체가 그대로인 보트였답니다. 잠수부는 이 지역 출신이라 바로 보트를 알아보았습니다. 그건 돌아가신 드윈터 부인의 보트였습니다."

제일 처음 머리에 떠오른 것은 그 순간 맥심이 이 자리에 없어서 다행이라는 생각이었다. 간밤의 가장무도회 사건 이후 이런 일이 생기다니 당혹스러웠고 무섭기도 했다.

"그렇군요." 나는 천천히 말했다. "뜻밖의 일이 벌어졌군요. 그런데 드윈터 씨에게 이 소식을 알려야 할까요? 보트를 그냥 그대로 두면 안 되나요? 그래도 아무 상관 없잖아요?"

"물론 그대로 둘 수 있습니다. 저 또한 시끄러운 문제를 일으키고 싶지 않은 사람이니까요. 앞서도 말씀드렸듯이 드윈터 씨의 평화로운 삶을 지키기 위해서라면 전 뭐든지 할 수 있습니다. 하지만 이게 다가 아니라는 게 문제입니다. 잠수부는 보트 주위를 돌다가 또 다른, 한층 더 중요한 것을 발견했습니다. 선실 문이 전혀 손상되지 않은 채 꽉 잠겨 있고 선창도 닫혀 있더랍니다. 돌을 하나 주워 선창을 깨고 안을 들여다보았더니 물이 가득 차긴 했어도 안쪽도 멀쩡하더라는군요. 그리고 다음 순간 그는 놀라서 숨이 넘어갈 뻔했다고 합니다."

설 대령이 말을 멈추고는 누구 엿듣는 사람이 없나 확인하려는 듯 등 뒤를 돌아보았다. "선실 바닥에 반듯이 누운 시체가 보였다는 겁니다. 물론 뼈만 남은 시체였지요. 하지만 사람이 틀림없다고 합니다. 머리통과 팔다리가 보였다고 하니까요. 그는 바로 물 위로 올라와 제게 보고했습니다. 그리고 저는 곧장 이렇게 달려온 겁니다."

나는 처음에는 어리둥절해서, 다음에는 충격을 받아, 마지막으로는 공포에 휩싸여 그를 응시했다.

"혼자 배를 탔던 게 아닌가요?" 나는 속삭였다. "누군가 함께 있었다는 얘기군요? 아무도 모르게?"

"그런 것 같습니다."

"그게 대체 누굴까요? 누군가 없어졌다면 가족이나 친척들이 알지 않겠어요? 당시 신문마다 실리고 세상을 떠들썩하게 만든 사건이었으니까요. 또 어째서 드윈터 부인은 몇 킬로미터나 떨어진 곳에서 발견되었는데 이 사람은 선실에 누워 있었던 걸까요?"

설 대령이 고개를 저었다. "저 역시 아는 바가 없습니다. 아는 거라곤 시체가 거기 있다는 것, 그리고 곧 이 소식이 알려지리라는 겁니다. 유감스럽지만 다시금 세상이 떠들썩해질 겁니다. 그걸 막을 방법은 없어 보입니다. 부인과 드윈터 씨는 고통을 받으실 테고요. 두 분이 여기 정착해 평화롭고 행복하게 지내시는 판에 이런 일이 터지고 말았군요."

이제야 내 불길한 예감의 이유를 알게 된 셈이었다. 그것은 좌초된 배도, 시끄럽게 울어대는 갈매기도, 절벽 쪽으로 기울어진 배의 검고 가는 증기관도 아니었다. 그것은 고요한 검은 물, 그리고 그 아래 가라앉은 정체 모를 무언가였다. 그 차고 검은 물속으로 내려갔다가 우연히 레베카의 보트와 죽은 시체를 발견한 잠수부였다. 그가 보트를 찾아내 선실 안을 살펴본 것은 내가 멍하니 절벽에 앉아 있던 바로 그때였다.

"이 소식을 드윈터 씨에게 전하지 않을 수만 있다면, 전부 없던 일로 덮어버릴 수만 있다면 얼마나 좋을까요." 내가 말했다.

"그럴 수 있다면 벌써 그랬을 겁니다, 드윈터 부인." 그가 말했다. "하지만 이런 일이 터지면 제 개인적 감정은 제쳐두어야 합니다. 제 의무를 다해야죠. 그래서 시체 이야기를 알리지 않을 수 없었습니다." 그가 말을 마치자마자 문이 열리더니 맥심이 들어왔다.

"안녕하십니까? 무슨 일이죠, 설 대령? 여기 와 계신 줄 몰랐군요."

나는 더 이상 거기 있을 수가 없었다. 나는 겁쟁이처럼 비실비실 물러나와 문을 닫았다. 맥심의 얼굴도 똑바로 쳐다볼 수가 없었다. 그저 그가 모자도 없이 흐트러진 옷차림에 피곤한 모습이라고 느꼈을 뿐이었다.

나는 홀로 나갔다. 재스퍼가 소리 내어 물그릇의 물을 마시고 있었다. 나를 보자 녀석은 꼬리를 흔들었고 다 마신 후에 경중경중 달려와 앞발로 내 치마를 건드렸다. 나는 재스퍼의 머리에 입을 맞추고 테라스로 나가 앉았다. 위기의 순간이 찾아왔고 나는 정면으로 맞서야 했다. 해묵은 내 두려움, 수줍음, 열등감 같은 것들은 이제 다 극복해내야 했다. 지금 실패하면 영원히 실패할 것이 뻔했다. 또 다른 기회는 없었다. 나는 필사적으로 용기를 달라고 기도했고 손톱으로 손바닥을 아프게 눌렀다. 그렇게 푸른 잔디밭과 테라스의 꽃봉오리를 바라보며 5분 정도 앉아 있었을까. 차가 떠나는 소리가 들렸다. 설 대령이 분명했다. 맥심에게 소식을 전하고 가버린 것이다. 나는 일어서서 천천히 홀을 가로질러 서재로 갔다. 주머니에 손을 넣어보니 벤이 주었던 고둥이 잡혔다. 나는 그걸 꼭 쥐었다.

맥심이 창가에 서 있었다. 등을 돌린 채였다. 나는 문가에서 기다렸다. 그는 뒤돌아보지 않았다. 나는 주머니에서 손을 꺼냈고 앞으로 걸어가 그의 옆에 섰다. 그의 손을 잡아 내 뺨에 가져다 댔다. 그는 아무 말도 없었다. 그저 서 있을 뿐이었다.

"미안해요. 정말, 정말 미안해요." 그는 대답하지 않았다. 손이 얼음장 같았다. 나는 그의 손등에, 그리고 손가락 하나하나에 입을 맞추었다. "당신 혼자 이겨내게 하고 싶지 않아요. 저도 함께 나누고 싶어요. 저도 지난 스물네 시간 동안 다 큰 어른이 되었다고요. 다시는 어린아이가 되지 않겠어요."

그는 나를 꼭 껴안아주었다. 그러자 부끄러움도, 주저하는 마음도 순식간에 사라졌다. 나는 그의 어깨에 얼굴을 묻고 말했다. "절 용서해준 거죠? 그렇죠?"

마침내 그가 입을 열었다. "용서했다고? 대체 내가 당신을 용서할 일이 뭐지?"

"어젯밤 일 말이에요. 일부러 그렇게 했다고 생각하고 있잖아요."

"아, 그 옷. 그건 다 잊었소. 내가 당신한테 화를 냈었나?"

"그랬어요."

그는 다시 입을 다물었다. 여전히 나를 꼭 안은 채였다. "맥심, 우리 다시 시작할 수 없나요? 오늘부터 다시 시작해 모든 일을 풀어나갈 수 없나요? 저를 사랑해달라고 하지 않을게요. 불가능한 걸 요구하지 않을 거예요. 전 당신의 친구이자 동반자가 되겠어요. 그 이상은 원하지 않을게요."

그는 두 손으로 내 얼굴을 받치고 내 눈을 바라보았다. 그토록 여위고 일그러진 그의 얼굴은 처음이었다. 눈가에는 짙은 그늘이

드리워져 있었다.

"당신은 나를 얼마나 사랑하오?"

나는 대답할 수 없었다. 그저 그를 마주 바라볼 뿐이었다. 그 지쳐버린 검은 눈동자를, 파리하고 주름진 얼굴을.

"이제 너무 늦었소. 너무 늦었어. 우리는 실낱같은 행복의 기회를 잃어버리고 말았소."

"아니, 맥심, 그렇지 않아요."

"그래요, 다 끝났소. 그 일이 일어나고 말았으니."

"무슨 일이 일어났는데요?"

"내가 늘 예상했던 일, 날이면 날마다 밤이면 밤마다 악몽처럼 여겼던 일이오. 우린 행복할 수 없는 운명이었소." 그는 창가 의자에 주저앉았고 나는 그의 어깨에 손을 올린 채 그 앞에 무릎 꿇고 앉았다.

"대체 무슨 얘길 하는 거예요?"

그는 내 손 위에 자기 손을 올리고 가만히 나를 바라보았다. "레베카가 이겼소."

나는 그를 바라보았다. 가슴이 마구 뛰었다. 그의 손 아래 있는 내 손이 갑자기 차갑게 식었다.

"우리 사이에는 늘 레베카의 그림자가 있었소. 그놈의 그림자가 우리 둘을 갈라놓곤 했지. 언제 이런 일이 일어날지 모른다는 두려움이 내 가슴속에 늘 자리 잡고 있는데 어떻게 당신을 이렇게 꼭 껴안아줄 수 있었겠소? 죽기 전에 나를 바라보던 레베카의 눈빛이 아직도 눈에 선하오. 그 비열한 미소가 또렷하오. 레베카는 이미 그때 이런 일을 예상했던 거요. 결국에는 자기가 이긴다는 걸 알고 있었소."

"맥심," 내가 속삭였다. "대체 무슨 말을 하는 거예요? 무슨 얘길 하고 싶은 거예요?"

"그 보트, 그 보트가 발견되었소. 오늘 오후에 잠수부가 찾아냈다는군."

"저도 들었어요. 설 대령이 알려주었죠. 당신은 잠수부가 선실에서 보았다는 그 시체 생각을 하는 거죠?"

"그래요."

"결국 레베카가 혼자가 아니었다는 뜻이죠. 누군가 함께 바다에 나갔던 거예요. 이제부터 그자가 누군지 찾아내야죠. 그럼 되는 거예요."

"아니, 그렇지 않소."

"전 당신과 함께예요. 제가 당신을 도울 거예요."

"레베카와 함께 있었던 사람은 없소. 레베카 혼자였소."

나는 무릎을 꿇은 채 그의 얼굴을, 그의 눈을 들여다보았다.

"선실 바닥에 있는 시체가 바로 레베카요."

"아니에요. 그럴 리 없어요."

"교회 묘지에 묻힌 여자는 레베카가 아니오. 그건 그 누구도 찾지 않던 이름 모를 여자였을 뿐이오. 사고는 없었소. 레베카는 물에 빠져 죽은 게 아니야. 내가 죽였소. 내가 해변의 돌집에서 총을 쐈지. 그리고 시체를 선실로 옮기고 보트를 띄웠다가 가라앉힌 거요. 오늘 발견된 바로 그 자리로. 선실 바닥에 누워 있는 건 레베카요. 자, 이래도 내 눈을 바라보며 나를 사랑한다고 말할 수 있겠소?"

20

서재 안은 아주 조용했다. 재스퍼가 자기 발을 핥는 소리만 들렸다. 발바닥에 가시라도 박힌 모양인지 계속 물고 빠느라 바빴다. 이어 내 귓전에서 째깍거리는 맥심의 손목시계 소리가 들렸다. 지극히 일상적인 소리였다. 갑자기 학창 시절에 배웠던 격언이 떠올랐다. '시간은 아무도 기다려주지 않는다.' 그 격언이 자꾸만 자꾸만 머릿속에서 울렸다. 맥심의 시계 소리, 재스퍼가 발을 핥는 소리와 함께 말이다.

죽음이나 사지 상실 등 큰 충격을 받게 되면 처음에는 인정하지 못하는 법이라고 들었다. 갑자기 팔이 잘려나가면 처음 몇 분 동안 그 사실을 깨닫지 못한다는 것이다. 있지도 않은 손가락의 존재를 느끼고 손가락을 하나씩 접거나 펼 수도 있다고 한다. 맥심 곁에 무릎 꿇고 앉아 그의 어깨를 감싸 안은 그때의 나도 한동안 아무런 감정도, 그 어떤 고통이나 두려움, 공포도 느끼지 못했다. 그저 어떻게 재스퍼 발에서 가시를 빼주어야 하나 하는 생각, 로버트가 찻상을 치우러 불쑥 들어오면 어쩌나 하는 생각뿐이었다. 그런 사소한 생각을 할 수 있다는 것이 신기했다. 아무 감정도 없이 정신이 똑바르다는 점이 충격적이었다. 서서히 감정이 돌아올 거야. 난 속으로 말했다. 서서히 상황을 이해하게 될 거야. 그가 했던 말, 일어났던 일들이 퍼즐 조각처럼 제자리를 찾아 맞춰지겠지. 그래서 전체 그림이 나타나겠지. 그 순간 나는 아무것도 아니었다. 마음도, 감정도, 감각도 없었다. 그저 맥심의 팔에 안긴 나무 토막이나 다름없었다. 그때 그가 내게 입을 맞추었다. 그렇게 입을 맞춘 것은 처음이었다. 나는 그의 머리를 감싸 안고 눈을 감았다.

"아, 내가 당신을 얼마나 사랑하는지, 얼마나." 그가 속삭였다.

매일 밤낮을 기다려왔던 바로 그 말이었다. 마침내 맥심이 그 말을 해준 것이다. 몬테카를로에서, 이탈리아에서, 그리고 이곳 맨덜리에서 늘 꿈꿔왔던 그 말을. 그가 이제야 그 말을 하고 있다. 나는 눈을 떴다. 그의 머리 뒤쪽으로 커튼 한 자락이 보였다. 그는 계속 내 이름을 중얼거리면서 미친 듯이 입을 맞추었다. 나는 햇살 때문에 위쪽보다 유달리 밝은 그 커튼 자락을 바라보았다. '나는 어쩌면 이렇게 침착한 걸까. 참 냉정하기도 하지. 맥심이 입을 맞추는데 나는 커튼 자락만 보고 있잖아. 처음으로 그가 날 사랑한다고 말해주는데.' 나는 생각했다.

맥심이 갑자기 나를 밀쳐내고 자리에서 일어섰다. "거봐요, 내 말이 맞았어. 이제는 너무 늦어버렸소. 당신은 이제 나를 사랑하지 않아. 하긴 어떻게 그럴 수가 있겠소?" 그는 벽난로 앞으로 가서 섰다.

갑자기 퍼뜩 정신이 들었다. 순간적으로 두려움이 밀려왔다. "늦지 않았어요." 나는 벌떡 일어나 달려갔고 그를 감싸 안았다. "그렇게 말하지 마요. 당신은 몰라요. 전 세상 무엇보다 당신을 사랑해요. 다만 지금 당신이 입 맞출 때 제정신이 아니었을 뿐이에요. 아무것도 이해할 수 없고 느낄 수도 없는 상태였다고요. 마치 감정이 다 빠져나가버린 것처럼요."

"당신은 날 사랑하지 않아. 그래서 아무 감정도 느끼지 못했던 거요. 이해할 수 있소. 너무 늦어버린 거지?"

"아니에요."

"이런 일은 넉 달 전에 일어나야 했소. 이렇게 될 줄 진작 알았더라면! 여자들은 남자와 다른 존재요."

"다시 한번, 다시 입 맞춰줘요. 여보, 제발."

"아니, 이젠 소용없는 짓이오."

"우린 서로를 잃어버릴 수 없어요. 함께 있어야만 해요. 비밀도 그림자도 없이 언제나요. 여보, 제발."

"시간이 없소. 아마 몇 시간, 며칠 정도일 거요. 이런 일이 일어났는데 어떻게 우리가 함께 있을 수 있소? 보트가 발견되었소. 레베카가 발견되었소."

나는 멍한 눈으로 그를 보았다. "어떻게 될까요?"

"신원을 확인하겠지. 신원을 확인할 단서는 넘치도록 많소. 옷가지, 신발, 손가락의 반지……. 레베카라는 게 분명해지면 교회 묘지에 묻은 또 다른 여자를 기억해낼 거요."

"당신은 어떻게 할 건가요?" 내가 속삭였다.

"모르겠소. 나도 모르겠소."

예상했던 대로 서서히 감정이 돌아왔다. 내 두 손은 더 이상 차갑지 않았다. 땀으로 끈끈하고 따뜻했다. 얼굴에도 홍조가 돌아오는 것이 느껴졌다. 뺨이 타는 듯 뜨거웠다. 나는 설 대령에 대해, 잠수부에 대해, 로이드 보험회사에 대해, 좌초된 배 위에서 물속을 내려다보던 남자들에 대해 생각했다. 케리스의 상인들, 거리에서 휘파람 불던 심부름꾼 소년들, 교회에서 걸어 나오던 주교도, 정원에서 장미꽃을 꺾는 크로언 부인도, 절벽에서 만났던 어머니와 어린 아들도 떠올랐다. 다들 곧 알게 될 것이다. 몇 시간 안에. 내일 아침때 즈음이면. '죽은 드윈터 부인의 보트가 발견되었대. 선실 안에 시체도 있대.' 선실 안의 시체라. 레베카가 거기 선실 바닥에 누워 있었다. 교회 묘지가 아니라. 거기 누워 있는 것은 다른 여자이다. 맥심이 레베카를 죽였다. 레베카는 물에 빠져 죽은 것이 아니다. 맥심이 죽인 것이다. 해변의 그 집에서 총으로 쐈았다. 시체를 보트에 싣고 보트를 가라앉혔다. 고요했던 회색 집, 빗방울이 지붕을 때리던 그 집. 퍼즐 조각들이 머릿속을 이리저리 날아다녔다. 혼란스러운 마음속에 불명확한 그림들이 이것저것 떠올랐다가 사라졌다. 맥심이 남프랑스에서 차 옆자리에 탄 내게 말했지. '1년 전에 일어난 한 사건이 내 인생을 송두리째 바꿔버렸습니다. 이제 완전히 새로 시작해야 합니다…….' 맥심의 침묵, 맥심의 우울함. 절대로 레베카 이야기를 하지 않으려는 모습. 그 이름조차 입에 올리지 않으려는 모습. 그 만과 돌로 지은 집을 싫어하던 모습. '나와 똑같은 기억이 있다면 당신도 그곳에 가고 싶지 않을 거요'라고 했지. 뒤도 돌아보지 않고 숲 사이 오솔길을 올라가던 뒷모습. 레베카가 죽은 후 서재 안을 이리저리 오갔다고 했다. 이리저리, 이리저리. '서둘러 떠나왔거든요.' 그가 밴호퍼 부인에게 말했지. 미간에 있던 주름. '아내가 죽은 후 충격을 이겨내지 못했다고 하더군'이라던 말. 간밤의 무도회. 레베카의 드레스를 입고 계단을 내려오던 나. '내가 레베카를 죽였소.' 그가 말했다. '해변의 그 집에서 내가 레베카를 총으로 쐈소.' 그리고 지금 잠수부가 선실 바닥에 누운 레베카를 찾아냈다…….

"우리는 이제 어떻게 해야 하죠? 뭐라고 말해야 하죠?" 내가 말했다.

맥심은 대답하지 않았다. 눈을 크게 뜬 채, 하지만 아무것도 보지 않은 채 그저 벽난로 앞에 서 있었다.

"누구 아는 사람이 있나요?"

그가 고개를 저었다. "없소."

"당신과 저밖에 모른다는 거죠?"

"당신과 나밖에 모르오."

"프랭크는, 프랭크도 모르고 있는 게 맞나요?"

"어떻게 알겠소? 나 외에는 아무도 없었소. 깜깜했고⋯⋯." 그가 말을 멈췄다. 그는 자리에 앉아 팔로 이마를 괴었다. 나는 그 옆으로 가서 무릎을 꿇고 앉았다. 한동안 그는 그렇게 가만히 앉아 있었다. 나는 그의 얼굴에서 손을 떼고 그의 눈을 바라보았다. "당신을 사랑해요." 내가 속삭였다. "당신을 사랑해요. 이제 믿어줄 건가요?" 그는 내 얼굴과 손에 입을 맞추었다. 그리고 용기를 내려는 어린아이처럼 내 손을 꼭 잡았다.

"내가 미쳐버릴 거라고 생각했소. 여기 이렇게 앉아, 날마다 기다렸소. 어떤 일들이 닥쳐올까 생각하면서. 저 책상에 앉아 위로의 편지들을 읽고 답장을 썼지. 신문 기사들, 인터뷰들, 죽음 이후에 따르는 온갖 일들. 먹고 마시면서 제정신을 잃지 않으려 노력했소. 프리스, 하인들, 댄버스 부인 앞에서 정신을 차려야 했지. 특히 댄버스 부인은 내쫓을 수가 없었소. 레베카를 그토록 잘 아는 사람이니 상황을 다 추측해낼 것만 같았지⋯⋯. 늘 내 곁을 변함없이 지켜주는 프랭크는 멀리 여행이라도 떠나라고 했지. 여기 일은 자기가 다 처리해줄 테니 멀리 떠나라고. 자일스와 비어트리스도. 비어트리스는 내가 영 못쓰게 되었다며 의사를 만나야 한다고 난리였소. 그 사람들을 다 만나야 했소. 온갖 거짓말을 지껄이면서 말이오."

나도 그의 손을 꼭 잡고 놓지 않았다. 나는 그에게 몸을 기댔다. "당신한테 다 말해버릴 뻔했소. 재스퍼가 만으로 도망가고 당신이 재스퍼 묶을 끈을 찾으러 그 집에 들어갔던 날에. 그날 우리가 여기서 이렇게 앉아 있지 않았소? 그런데 프리스와 로버트가 차를 갖고 들어왔지."

"그래요. 기억나요. 왜 말하지 않았어요? 함께할 수 있었던 시간을 낭비해버렸잖아요. 그토록 여러 날을."

"당신이 너무 멀어 보였소. 혼자 재스퍼를 데리고 나가 정원을 거닐고 있는 모습이. 지금처럼 내게 다가오지 않았잖소."

"왜 말하지 않았어요?" 나는 계속 중얼거렸다. "왜 말하지 않았어요?"

"당신이 지루해한다고, 불행하다고 생각했소. 난 나이도 너무 많고. 당신은 나보다 프랭크에게 더 많은 말을 하는 것 같았소. 나랑 함께 있으면 부끄럽고 어색해하는 것 같았지."

"당신이 늘 레베카 생각뿐이라는 걸 아는데 어떻게 다가갈 수 있었겠어요? 당신이 아직도 레베카를 사랑한다는 걸 알면서 어떻게 날 사랑해달라고 말하겠어요?"

그는 나를 자기 쪽으로 바짝 끌어당기면서 내 눈을 보았다.

"무슨 말을 하는 거요? 그게 대체 무슨 소리요?"

나는 몸을 꼿꼿이 세웠다. "늘 당신이 나를 레베카와 비교한다고 생각했어요. 내게 말을 할 때나, 나를 볼 때나, 정원을 산책할 때나, 저녁 식탁에 앉을 때나 당신은 늘 속으로 '레베카와도 이렇게 했었지'라는 생각을 한다고 여겼어요." 그는 무슨 말인지 이해가 안 간다는 듯 혼란스러운 눈으로 나를 보았다.

"내 말이 맞죠, 그렇죠?"

"오, 맙소사." 그는 나를 밀쳐내고 자리에서 일어서더니 두 손을 움켜쥐고 방 안을 이리저리 걸어 다녔다.

"아니, 왜 그래요? 무슨 일이에요?"

그는 뒤돌아 나를 뚫어지게 바라보았다. "내가 레베카를 사랑했다고? 그렇게 생각했다는 거요? 그럼 내가 사랑하는 사람을 죽여버렸다는 거요? 난 그 여자를 증오했소. 우리 결혼은 처음부터 어릿광대극이었지. 사악하고 역겹고 썩을 대로 썩은 여자였소. 단 한 순간도 서로를 사랑하지 않았고 행복하지 않았지. 레베카는 사랑도, 품격도, 다정함도 모르는 사람이었소. 정신 상태도 정상이 아니었지."

나는 바닥에 앉아 무릎을 꼭 안고 그를 응시했다.

"물론 영리하긴 했소. 너무 영리했지. 그 여자가 세상에서 가장 친절하고 자비롭고 재능 많은 사람이라는 걸 아무도 의심하지 않을 정도였으니. 여러 부류의 사람들에게 무슨 말을 해야 할지, 어떻게 행동해야 할지 훤히 꿰뚫고 있었소. 그 여자가 당신을 만났다면 팔짱을 끼고 정원으로 걸어 나가 꽃이며 음악이며 그림이며 뭐든 당신이 관심 있어 하는 그런 얘기를 했을 거요. 당신도 남들처럼 그 여자를 좋아하게 되었을 테고. 아니, 그 발밑에 엎드려 찬양하게 되었을지도 모르지."

그는 다시 서재를 이리저리 걸어 다니기 시작했다.

"그 여자와 결혼하게 되었을 때 모두들 내가 세상에서 가장 운 좋은 남자라고 하더군. 더할 나위 없이 사랑스럽고 매력적이며 재능 많은 아내를 얻었다고. 제일 까다로운 사람인 할머니마저도 첫눈에 레베카를 좋아했소. 그리고 내게 말씀하셨지. '레베카는 아내에게 중요한 세 가지를 다 갖췄다, 혈통과 두뇌, 그리고 미모지.' 난 그 말을 믿었소. 아니, 믿으려 했는지도 모르오. 하지만 그때에도 마음 한구석에는 불안감이 있었소. 그 여자의 눈빛에는 무언가가 있었거든……."

퍼즐 조각이 하나씩 맞춰졌다. 레베카가 마침내 장막에서 걸어 나와 살아 있는 인물로 나타났다. 말에게 채찍을 내리치던 레베카. 승리감에 도취해 입가에 미소를 머금고 발코니에 몸을 기대던 레베카.

해변에서 깜짝 놀란 표정의 벤과 마주쳤던 일이 떠올랐다. '당신은 친절해. 다른 사람과 달라. 날 정신병원에 넣지 않을 거지?'라고 했었다. 밤에 그 숲길을 따라 걸어온 다른 사람, 키 크고 늘씬한 다른 사람이 있었다. 뱀 같은 느낌을 주는 사람…….

맥심이 이야기를 계속했다. 여전히 서재를 이리저리 오가면서 말이다. "결혼한 지 닷새째 되는 날 결국 그 여자의 정체를 알았소. 몬테카를로의 언덕 위로 올라갔던 때를 기억하오? 거기 다시 서서 기억을 되살리고 싶었던 거요. 그 여자는 거기 앉아 깔깔 웃어댔지. 검은 머리카락이 바람에 날렸소. 자기 얘기를 늘어놓았지. 도저히 입에 담지 못할 만큼 추악한 얘기였소. 그제야 난 내가 무슨 일을 저질렀는지, 어떤 괴물과 결혼한 것인지 알았소. 혈통과 두뇌, 미모라고? 오 맙소사!"

그가 갑자기 말을 뚝 그쳤다. 창가로 걸어가 잔디밭을 내려다보더니 미친 듯이 웃기 시작했다. 나는 참을 수가 없었다. 두렵고 싫었다.

"맥심!" 내가 외쳤다. "맥심!"

그가 담뱃불을 붙이고는 말없이 담배를 피웠다. 그러고는 다시 뒤돌아 이리저리 걸어 다녔다. "그때 그 여자를 죽일 뻔했소. 아주 쉬운 일이었지. 한 발짝만 헛디디면 굴러떨어지는 상황이었으니까. 당신도 기억할 거요. 내가 당신을 놀라게 했으니까. 내가 미쳤다고 생각했을 거요. 아마 그랬는지도 모르오. 아니, 그랬을 거요. 악마와 함께 살면서 제정신을 유지할 수는 없는 노릇이니."

나는 가만히 앉아 이리저리 걸어 다니는 맥심을 바라보았다.

"그 절벽 위에서 그 여자는 거래를 제안하더군. '내가 저택을 관리해주죠. 당신의 그 소중한 맨덜리를 가꿔 전국에서 가장 유명한 곳으로 만들어주겠어요. 사람들이 찾아와 우리를 부러워하며 말하겠죠. 영국을 통틀어 가장 부유하고 행복하며 멋진 부부라고 말이에요. 얼마나 신나는 장난이에요, 맥스! 완벽한 게임이죠!'라고 말하면서. 깔깔대고 웃으면서, 손에 잡히는 대로 꽃잎을 갈기갈기 찢으면서 말이오."

맥심은 반도 피우지 않은 담배를 벽난로 속으로 던져버렸다.

"나는 그 여자를 죽이지 않았소. 그저 말없이 지켜봤지. 깔깔거리고 웃게끔 내버려두었소. 우리는 다시 차를 타고 그 자리를 떠났소. 그 여자는 내가 자기 말을 들을 걸 알았던 거요. 이곳 맨덜리로 와서 저택을 일반에 개방하고 우리 결혼이 세기의 행운으로 알려지게 했소. 자기의 추잡한 과거를 공개해 결혼 한 주 만에 파경을 맞기보다는 내가 자존심이나 개인적 감정 따위의 모든 걸 희생하리라는 걸 알았던 거요. 내가 이혼 법정에 서서 세상의 손가락질을 받고 신문에 대문짝만하게 실리며 나를 아는 모두가 우리 이야기를 수군대게 하는 일은, 케리스를 여행하는 사람마다 대문 앞에 서서 '여기가 그 사람이 사는 맨덜리야. 그 요란하게 이혼한 사람이 사는 곳이지. 판사가 그 아내에 대해 뭐라고 했는지 알아?' 라고 떠들게 하는 일은 절대 없으리라는 것을."

그가 내 앞으로 와서 섰다. 그리고 팔을 벌렸다. "당신은 나를 경멸하겠지? 내가 당한 치욕과 자기혐오를 이해하지 못하겠지?"

나는 아무 말도 하지 않았다. 그저 그의 두 손을 내 가슴에 끌어당겨 쥐었다. 난 그의 치욕에는 상관하지 않았다. 그가 말한 그 어느 것도 중요하지 않았다. 단 한 가지 생각만 계속 메아리쳤다. 맥심은 레베카를 사랑하지 않았다. 한 번도 사랑한 적이 없다. 함께 행복했던 순간도 없었다. 맥심은 계속 말하고 나는 계속 들었지만 다른 말은 의미가 없었다. 내게 중요하지 않았다. "난 맨덜리를 너무 많이 생각했던 거요. 맨덜리가 첫 번째고 가장 중요하다고 보았지. 하지만 그런 관계는 오래가지 못하는 법이오. 교회에서도 그런 관계를 가르치지는 않지. 그리스도는 돌이나 벽돌, 담장, 땅이나 왕국에 대한 사랑을 설파하지 않았소. 그러니까 그건 그리스도의 가르침에 맞지 않는 애정이었소."

"여보, 맥심, 내 사랑." 나는 그의 손을 가져다 얼굴에 대었다. 그리고 거기 입술을 대었다.

"당신은 이해할 수 있소?"

"그래요, 이해해요." 하지만 나는 그의 시선을 피해 얼굴을 돌렸다. 내가 그를 이해하고 안 하는 게 뭐가 중요한가? 내 마음은 깃털처럼 공중을 날았다. 그는 레베카를 사랑하지 않았다.

"그 시절은 돌이켜보고 싶지도 않소." 그가 천천히 말했다. "그때의 이야기를 당신에게 하기도 싫어요. 수치스럽고 치욕스러울 뿐이오. 그 여자와 내가 얼마나 거짓투성이 삶을 살았는지. 얼마나 너절하고 지저분한 연극을 했는지. 친구나 친척, 하인들, 심지어는 그토록 진실하고 충성스러운 프리스 앞에서까지도. 모두들 그 여자를 사랑하고 존경했지. 등 뒤에서 자기들을 비웃고 업신여긴다는 건 꿈에도 모르고 말이오. 이곳은 늘 파티며 공연으로 북적거렸지. 내 팔짱을 끼고 천사 같은 미소를 띠며 걸어 들어가 어린이들에게 선물을 나눠준 그다음 날이면 그 여자는 새벽같이 차를 몰고 런던으로 가 강변의 아파트로 숨어들었소. 시궁창으로 숨어드는 동물처럼. 그렇게 이루 형언 못 할 닷새를 보내고 난 후 주말에 다시 돌아오는 식이었소. 난 거래에 충실했소. 그 여자의 다른 면에 대해 한마디도 하지 않았지. 오늘과 같은 맨덜리를 만든 건 바로 그 여자 취향이오. 정원, 숲, 행복의 계곡에 있는 진달래까지도. 내 아버지가 살아 계셨을 때도 그런 모습이었으리라 생각했소? 그때는 버려진 황무지였다오. 나름대로의 자연미와 매력이 있긴 했지만 정성스러운 손길과 돈을 애타게 기다렸던 곳이었지. 내 아버지는 그렇게 해주지 못했소. 레베카가 아니었다면 나도 아마 그냥 내버려두었을 거요. 지금 저택에서 보는 물건 중 절반 정도는 본래 없던 것들이오. 응접실이나 거실은 다 레베카의 작품이지. 관람객들에게 프리스가 자랑스레 보여주는 의자들도, 수놓인 비단벽도 다 레베카가 한 거요. 물론 창고에 처박혀 있었던 물건도 있소. 내 아버지는 가구나 그림에 대해 전혀 아는 게 없었으니까. 대부분은 레베카가 사들였다고 보면 되오. 지금 보는 아름다운 맨덜리, 사람들이 동경하고 사진과 그림으로 간직하는 맨덜리는 모두 레베카가 만들었다고 할 수 있소."

나는 아무 말 하지 않았다. 그를 바짝 끌어안았다. 계속 이야기하는 동안 그의 고통이 좀 누그러지기를, 켜켜이 쌓인 미움과 증오, 그리고 괴로운 기억이 사라지기를 바랐다.

"우리는 그렇게 살았소. 몇 달이 지나고 몇 년이 지났지. 난 모든 걸 참았소. 맨덜리 때문이었소. 그 여자가 런던에서 어떤 짓을 하든 나하고는 상관없었소. 맨덜리에는 피해를 입히지 않았으니까. 처음 몇 해 동안에는 그 여자도 조심을 했소. 단 한 마디도 허튼 소문이 없었지. 그러다 보니 조금씩, 조금씩 대담해지더군. 남자들이 어떻게 술을 마시기 시작하는지 아오? 처음에는 아무 문제 없소. 한 번에 조금씩만 마시니까. 다섯 달에 한 번이나 뭐 그 정도. 그러다가 점점 간격이 짧아지기 시작해 매달, 매주로 줄어들다가 며칠에 한 번이 되는 거요. 더 이상은 조심하는 마음도, 경계하는 마음도 없어져버려요. 레베카도 그랬소. 자기 친구들을 들이기 시작하더군. 한두 명을 불러 주말 파티를 벌였소. 난 제대로 알지 못했지. 아마 저 아래 해변의 집에서 소풍도 했던 모양이오. 스코틀랜드로 사냥을 갔다가 돌아와보니 그 여자는 거기서 대여섯 명이나 되는 친구들과 함께 있더군. 내가 한 번도 본 적 없는 이들이었소. 한마디 했더니 그 여자는 어깨를 으쓱거리며 '대체 당신이랑 무슨 상관이라고 이러시나'라고 하더군. 난 런던에서는 얼마든지 친구를 만나도 좋지만 맨덜리는 내 소유라고 설명했소. 거래 규칙을 지키라고 말이지. 그 여자는 아무 말 없이 씩 웃었소. 그러더니 프랭크에게 집적거리기 시작했소. 그 선량하고 수줍은 사람을 말이오. 어느 날 프랭크는 날 찾아오더니 맨덜리를 떠나 다른 일을 찾겠다고 하더군. 우리는 바로 이 서재에서 두 시간이나 언쟁을 벌였소. 마침내 프랭크가 털어놓더군. 그 여자가 자기를 가만 내버려두지 않고 늘 찾아와서는 해변의 집으로 데려가려 한다고 말이오. 가련한 프랭크는 몹시 갈팡질팡하는 상태였소. 나랑 그 여자가 정말로 행복한 부부인 줄 알았기 때문이오.

난 레베카에게 화를 냈소. 그러자 그 여자는 발끈해서 온갖 상소리를 섞어가며 저주의 말을 퍼붓더군. 정말 구역질 나는 싸움이었지. 그 여자는 곧장 런던으로 떠나 한 달 동안 머물렀소. 돌아왔을 때는 좀 조용해졌기에 문제가 해결됐다고 생각했소. 때마침 비어트리스와 자일스가 주말을 보내러 왔소. 전부터 어렴풋이 느껴온 일이었지만 그때 비어트리스가 레베카를 좋아하지 않는다는 걸 알게 되었소. 비어트리스는 특유의 직관으로 무언가 잘못되어

간다는 걸 눈치챈 모양이었소. 모두들 신경을 곤두세운 채 주말을 보냈소. 레베카와 자일스는 배를 타러 갔고 비어트리스와 나는 잔디밭에서 쉬었지. 배를 타고 돌아온 자일스는 지나치게 쾌활했고 레베카는 눈빛이 묘했지. 레베카가 자일스에게 집적대기 시작했던 거요. 저녁을 먹으면서 비어트리스는 평소보다 더 큰 소리로 더 많이 떠들어대는 자일스를 바라보았소. 그동안 레베카는 천사 같은 얼굴을 하고 식탁에 앉아 있었지."

퍼즐은 이제 거의 다 맞춰졌다. 내 서툰 손가락으로 맞춰보려 했을 때 끝내 안 되던 것이었는데 말이다. 레베카 이야기를 꺼냈을 때 프랭크의 태도는 어딘가 어색했다. 비어트리스는 머뭇거리는 듯하면서도 부정적이었다. 공감과 슬픔으로만 받아들였던 침묵이 실은 수치심과 당혹스러움에서 나온 것이었다니. 돌이켜 생각해보니 왜 진작 깨닫지 못했는지 이상할 정도였다. 스스로의 벽을 깨지 못해 고통받는 사람이 세상에는 얼마나 많은 걸까. 그리하여 진실 앞에 눈감아버리는 아둔함은 얼마나 높고 거대한, 뒤틀린 장벽을 쌓게 되는 것일까. 나도 바로 그런 행동을 했다. 마음속에 잘못된 그림을 그리고 그 앞에 그저 앉아만 있었다. 진실을 알아내려는 용기가 없었다. 내가 한 걸음만 나아갈 수 있었다면 맥심은 넉 달 전, 아니 다섯 달 전에 이 모든 이야기를 해주었을 텐데.

"비어트리스와 자일스는 그 후로 두 번 다시 맨덜리에서 주말을 보내지 않았소. 나 역시 두 사람만 초청하는 일이 없었지. 정원 파티나 무도회 같은 공식 행사가 있을 때 찾아왔을 뿐이오. 비어트리스는 내게 한마디도 하지 않았고 나도 그랬소. 하지만 누이가 내 삶에 의혹의 시선을 보내기 시작했다는 건 분명했지. 프랭크처럼 말이오. 레베카는 다시금 얌전해졌지. 적어도 겉으로 드러나는 행동은 흠잡을 데가 없었소. 하지만 그 여자가 맨덜리에 있을 때 내가 며칠 자리를 비우게 되면 무슨 일이 일어날지 안심할 수 없었소. 프랭크나 자일스에게까지 집적거렸으니 영지의 일꾼이나 케리스의 주민 누구나 상대가 될 수 있지 않겠소……. 그러다가 결국 일이 터져버렸소. 내가 그토록 두려워했던 추문이 새어 나가기 시작한 거요."

이야기를 듣고 있자니 나는 다시금 해변의 그 집 지붕 위로 떨어지는 빗방울 소리를 듣는 듯했다. 모형 배에 쌓인 먼지, 쥐가 소파를 쏠아놓은 구멍도 보였다. 바보스러운 시선으로 나를 바라보며 '나를 정신병원에 넣지 않을 거지?'라고 묻는 벤의 모습도. 숲 사이로 뚫린 어둡고 경사진 길과 나무 뒤에 선 여자의 모습도 떠올랐다. 이브닝드레스가 저녁 미풍에 가볍게 흔들렸다.

"그 여자한테는 사촌이 있었소. 해외에 나가 있다가 다시 영국으로 들어왔다고 했소. 그 사촌은 내가 없을 때에도 여길 자주 드나들었지. 프랭크가 얘길 해주었소. 잭 파벨이라는 이름이었소."

"저도 알아요. 당신이 런던에 갔던 날 여기 왔었어요."

"당신도 그자를 보았단 말이오? 왜 내게 얘기하지 않았소? 난 프랭크가 그놈 차를 보았다고 하기에 알았소."

"말하고 싶지 않았어요. 당신이 레베카를 떠올리게 하고 싶지 않아서요."

"떠올리게 한다고? 잊고 있다가 가끔 떠올릴 정도라면 얼마나 좋겠소?" 그가 속삭였다.

그는 잠시 말을 잊고 눈앞을 응시했다. 무슨 생각을 하는 걸까? 속으로 궁금했다. 나처럼 바닷속으로 가라앉은 선실을 떠올리고 있을까? "그 여자는 파벨이라는 작자와 해변의 돌집으로 가곤 했소. 하인들에게는 배 타러 간다고 하고 아침까지 돌아오지 않았지. 사촌과 거기서 밤을 보낸 거요. 다시 한번 나는 경고했소. 파벨을 내 영지 안에서 보게 되면 바로 쏴버리겠다고 말이오. 그가 맨덜리의 숲속을 걸어 다니고 행복의 계곡을 지나가는 생각만 해도 미쳐버릴 것 같았소. 절대로 참지 않을 거라고 강조했지. 그 여자는 어깨만 으쓱거렸을 뿐 평소와 달리 독설을 퍼붓지 않더군. 전보다 창백하고 수척하며 신경이 날카로운 모습이었소. 대체 무슨 일이 있기에 갑자기 그 여자가 늙어 보이는 것인지 의아했소. 한동안 잠잠했소. 어느 날 그 여자는 런던에 갔다가 저녁때 돌아왔소. 처음 있는 일이었지. 나는 사무실로 내려가 프랭크와 저녁을 먹었소. 워낙 일이 많았으니까. 그 여자가 그날 돌아오리라고는 생각도 안 했소.

10시 30분쯤 돌아와보니 홀에 그 여자의 스카프며 장갑이 놓여 있더군. 대체 무슨 일일까 싶었소. 거실로 가봤지만 없더군. 해변으로 내려갔으리란 생각이 들었소. 그리고 더 이상은 거짓과 오점으로 가득한 이 삶을 끌고 갈 수 없다는 점을 깨달았지. 어떤 쪽으로든 결론을 내려야 할 때라고 말이오. 총을 가져가서 그 두 사람을 놀라게 해야겠다고 생각했소. 당장 해변의 그 집으로 갔소. 하인들은 내가 돌아온 것을 몰랐소. 난 정원으로 빠져나가 숲길을 걸어 내려갔소. 불이 켜져 있기에 집 안으로 바로 들어갔소. 예상 외로 레베카는 혼자더군. 담배꽁초가 가득한 재떨이를 옆에 두고 소파에 누워 있었소. 술에 취한 모양이더군.

난 바로 파벨 이야기를 시작했고 그 여자는 말없이 들었소. 난 말했소. '당신이나 나나 이제 추악한 삶은 충분히 산 것 같소. 이게 마지막이오. 당신이 런던에서 뭘 하든 난 상관없소. 파벨이든 누구든 좋아하는 사람과 살아도 좋아. 하지만 여긴 안 돼. 맨덜리는 안 돼.'

그 여자는 한동안 아무 말 않더군. 나를 쳐다보면서 히죽 웃었소. '난 여기 사는 게 잘 맞는데 어쩌지?'라고 하더군.

난 '거래 조건을 알고 있을 텐데. 난 그 더럽고 추악한 거래에서 의무를 충실히 다했소. 하지만 당신은 안 그랬지. 내 집과 내 영지를 런던의 시궁창과 똑같이 만들 수 있다고 생각하는 모양이오. 난 충분히 참았소. 레베카, 이건 당신의 마지막 기회야'라고 대답했지.

그 여자는 피우던 담배를 비벼 끄고 자리에서 일어나더니 팔을 머리 위에 올리고 몸을 쭉 펴더군. '당신 말이 맞아, 맥스. 이제 새 생활을 시작할 때야.'

아주 창백하고 여윈 모습이었소. 그 여자는 일어나더니 손을 외투 주머니에 찔러 넣고 방 안을 왔다 갔다 했지. 꼭 항해에 나서려는 소년 같은 모습이었소. 보티첼리의 그림에 나오는 천사의 얼굴을 한,

'당신이 이혼소송을 벌인다면 얼마나 힘든 처지에 빠질지 생각 해봤어? 법정에서 말이야. 나를 깎아내릴 만한 증거는 하나도 확 보하지 못할 거라는 걸 모르는 거야? 당신 친구들, 하인들, 모두가 우리 결혼이 완벽하다고 생각하는데.'

'프랭크는? 비어트리스는 어때?'

그 여자는 고개를 뒤로 젖히고 깔깔대더군. '프랭크가 대체 어 떤 식으로 내게 불리한 이야기를 할 수 있을까? 내가 그렇게 허술 하지 않다는 건 당신이 잘 알 텐데? 비어트리스의 경우는 한층 더 쉽지. 남편이 바보같이 한눈을 판 바람에 질투심을 느껴 증인석에 서게 된 것으로 만들면 그만이니까. 맥스, 아무리 애를 써도 내게 불리한 증거는 하나도 나오지 않을 거야.'

그 여자는 주머니에 손을 찔러 넣고 미소를 띤 채 그렇게 서서 몸을 앞뒤로 흔들어댔소. '또 대니 아주머니는 내가 시키는 대로 무엇이든 법정에서 증언해줄걸. 나머지 하인들이야 하나도 아는 게 없으니 대니 아주머니와 똑같은 소릴 할 테고. 하인들은 우리 가 부부로 살았다고 생각하잖아? 다른 사람들도 모두 그렇지. 자, 실상은 그렇지 않았다는 걸 어떻게 증명할 거야?'

그 여자는 테이블 모서리에 걸터앉아 다리를 건들거리면서 나 를 바라보더군. '우린 사랑하는 남편과 아내를 너무 훌륭하게 연기 해내지 않았나?'라면서.

줄무늬 샌들을 신은 그 여자의 발이 앞뒤로 흔들리던 모습이 지금도 생생하오. 내 눈과 머리가 순식간에 뜨거워졌지.

'대니 아주머니와 내가 힘을 합하면 당신을 바보로 만드는 건식은 죽 먹기야. 아무도, 단 한 사람도 당신 말을 믿지 않을 거야.' 그 여자는 가볍게 말하면서 여전히 발을 까닥거렸소. 파란색과 흰색 줄무늬 샌들을 신은 그 발을.

그러더니 갑자기 테이블에서 내려와 내 앞에 서더군. 손을 주머니에 넣고 미소를 지은 채로 말이오.

'내가 아이를 낳게 되면 말이야, 맥스, 당신은 물론이고 세상 그 누구도 그 애가 당신 자식이 아니란 걸 증명하지 못해. 그 아이는 당신 성을 물려받고 여기 맨덜리에서 자라겠지. 당신이 할 수 있는 일은 하나도 없어. 당신이 죽고 나면 맨덜리는 그 아이 것이 되지. 이 역시 당신이 막지 못하는 일이야. 그 아이가 유일한 상속인일 테니. 당신이 그토록 사랑하는 맨덜리를 위해 후계자가 있어야 하지 않겠어? 내 아들이 밤나무 아래에서 유모차를 타고 잔디밭에서 목마 놀이를 하는 모습을, 행복의 계곡에서 나비 잡는 모습을 당신도 즐겁게 지켜봐야 해. 내 아들이 날이 갈수록 커가는 것, 당신이 죽으면 이 모든 게 그 아이 소유가 되리라는 것은 맥스, 당신 인생 최대의 악몽이 아니겠어?'

그 여자는 내 대답을 기다리는 듯 잠시 입을 다물었다가 담뱃불을 붙이고 창가로 가서 섰소. 그리고 웃어대기 시작했지. 한참을 그치지 않고 웃었소. 영원히 그렇게 웃을 것 같다는 생각이 들 정도였지. '오, 하느님, 정말이지 얼마나 기막히게 재미있는지! 자, 이제 새로운 생활을 시작해야 한다는 내 말뜻을 당신도 이해했겠지? 멍청한 주민들, 눈먼 소작인들이 얼마나 기뻐하겠어? 늘 바라마지않던 일이라고 주인 나리에게 축하 인사를 하겠지. 난 완벽한 어머니가 되는 거야. 이제까지 완벽한 아내였던 것처럼. 그 누구도 진실을 모를 거야. 아니, 추측조차 못 할걸.'

그 여자는 창가에서 뒤돌아서 나를 바라보았소. 미소 띤 얼굴로 한 손은 주머니 속에 넣고, 다른 한 손은 담배를 쥐고 있었지. 내가 죽여버렸을 때도 여전히 미소 짓고 있었소. 총알은 정확히 그 몸을 관통했다오. 그 여자는 금방 쓰러지지 않았소. 눈을 크게 뜬 채 나를 바라보며 한동안 서 있었소……"

맥심의 목소리는 점점 낮아져 속삭임으로 변했다. 마주 잡은 그의 손이 차디찼다. 나는 그를 바라볼 수 없었다. 그래서 옆에 누워 잠자는 재스퍼의 등을, 가끔씩 바닥을 살짝 내리치는 그 꼬리를 쳐다보았다.

"난 생각을 못 했소." 그는 무감각한 목소리로 지친 듯 천천히 말을 이었다. "사람이 총에 맞으면 그토록 피가 많이 흐른다는 걸 말이오."

재스퍼의 꼬리 근처 카펫에는 작은 구멍이 있었다. 담뱃불 때문에 생긴 구멍이었다. 대체 언제 생긴 걸까? 불현듯 궁금했다. 카펫에는 재가 좋다고 하는 말도 있긴 하지.

"만에서 물을 떠 와야 했소. 집과 만을 오가며 물을 퍼 날랐지. 심지어 한참 떨어진 벽난로 근처에도 핏자국이 있었소. 그 여자가 누운 곳은 완전히 피투성이였고. 바람이 불기 시작했소. 창문에는 경첩이 없어 내가 마룻바닥에 무릎 꿇고 앉아 행주로 닦아내는 동안 창문이 열렸다가 닫히기를 반복했지."

그리고 지붕에 빗방울이 떨어졌을 거야. 나는 생각했다. 그는 그 빗방울을 기억하지 못하는 것 같았다. 빗방울은 아주 가볍고 빠르게 떨어져 내렸겠지.

"시체를 끌어내 보트에 실었소. 그때가 아마 11시 30분 정도, 12시가 다 되었을 거요. 사방이 캄캄했지. 달도 없었소. 바람은 서쪽에서 거세게 불어왔소. 시체를 선실에 내려놓고 파도를 거슬러 배가 만을 빠져나오게 하려고 안간힘을 썼소. 바람은 바깥쪽 방향이었지만 불다 안 불다 했고 게다가 그때 배는 곶 안쪽 바람이 닿지 않는 곳에 있었지. 돛대 절반쯤 되는 곳에서 이 돛이 엉켜버렸소. 오랫동안 돛을 다뤄보지 않은 상태였거든. 난 레베카와 배를 타고 나간 적이 한 번도 없었다오.

파도는 또 얼마나 강하게 해변 쪽으로 밀어닥쳤는지 모르오. 바람은 곶에서 아래쪽으로 몰아쳤지. 가까스로 보트를 만 바깥으로 빼냈소. 등대 너머 바위가 없는 곳으로 몰고 가려 했지만 삼각돛이 풀려 펄럭거렸소. 아딧줄을 잡고 용을 써보았지만 소용없었지. 또다시 강한 바람이 부는 바람에 손에서 놓쳐버린 아딧줄은 그대로 돛대에 감기고 말았소. 돛은 찢어지는 소리를 내면서 마구 휘날렸지. 그런 경우에 대체 어떻게 해야 하는지 알 수 없었소. 도무지 기억이 나지 않았지. 다시 아딧줄을 잡으려 했지만 바람에 날아가버리더군. 정면에서 강한 바람이 불면서 배는 옆으로, 바위들

쪽으로 흘러가기 시작했소. 어쩌나 캄캄한지 미끄러운 갑판 외에는 아무것도 안 보였지. 나는 더듬더듬 선실로 내려갔소. 대못이 있더군. 서둘러야 했소. 바위에 너무 가까워 6, 7분만 더 있으면 부딪칠 지경이었지. 그럼 바닷속에 가라앉히기는 불가능했을 거요. 나는 배 바닥의 마개를 열었소. 물이 들어오기 시작하더군. 대못을 바닥 널판에 박아 넣어 구멍을 냈소. 다른 널판 하나에도 구멍을 냈지. 물이 발까지 차올랐소. 레베카를 선실 바닥에 눕힌 후 현창 두 개를 단단히 닫고 잠갔소. 갑판으로 올라와보니 바위까지 겨우 20미터 남짓 남았더군. 갑판에 있던 구멍대니 밧줄이니 노 같은 것들을 물속으로 던졌소. 그리고 구명정에 올라타 조금 거리를 두고 보트를 바라보았소. 보트는 여전히 밀려가면서 가라앉는 중이었소. 뱃머리가 먼저 가라앉더군. 돛은 그때까지도 귀청 찢는 소리를 내며 펄럭였소. 누군가 그 소리를 들었으리라, 밤늦게 절벽으로 나온 사람이 있었으리라, 케리스의 고깃배가 만 뒤쪽에서 상황을 지켜보았으리라 하는 생각이 들었소. 물론 바다 위의 보트는 검은 점에 불과할 정도로 작은 존재였지만 말이오. 돛대가 마구 흔들리며 금이 가는가 싶더니 갑자기 가운데쯤에서 부러지더군. 구멍대니 밧줄이니 하는 것은 여전히 떠다녔지만 배는 더 이상 보이지 않았소. 나는 배가 있었던 자리를 한참 바라보다가 해변으로 되돌아왔지. 비가 내리기 시작했소."

맥심이 잠시 말을 멈추고 눈앞을 응시했다. 그리고 자기 옆 바닥에 앉은 나를 보았다.

"이게 다요. 더 이상은 말할 게 없군. 난 레베카가 늘 하던 것처럼 구명정을 부표 위에 올려두었소. 집에 와보니 마룻바닥이 바닷물에 흠뻑 젖어 있더군. 더 이상 손댈 필요가 없었소. 난 숲 사잇길을 걸어 집으로 돌아왔소. 2층 침실로 가서 옷을 벗었지. 비와 바람이 점점 세졌소. 침대에 앉아 있는데 댄버스 부인이 문을 두드렸소. 가운을 입은 채 나가보니 레베카 걱정을 하더군. 걱정 말고 자라고 했소. 그리고 문을 다시 닫았지. 나는 창가에 앉아 비 내리는 모습을 바라보고 파도가 해변에 밀어닥치는 소리를 들었소."

우리는 아무 말 없이 앉아 있었다. 나는 그의 차가운 손을 놓지 않았다. 어째서 로버트가 찻상을 치우러 들어오지 않는지 이상했다.

"너무 가까운 곳에 가라앉혔던 거요. 만 바깥으로 가야 했는데. 거기서는 절대 발견되지 않았을 텐데. 너무 가까운 곳이었어."

"좌초된 배가 문제였어요. 그 일만 아니었다면 이렇게 될 리가 없었어요."

"너무 가까운 곳이었소."

우리는 다시 침묵했다. 극심한 피로감이 몰려들었다.

"언젠가는 이런 일이 일어날 거라 생각했소. 에지컴에 가서 주인 모를 시체를 레베카라고 확인해줄 때도 그랬지. 아무 소용 없는 짓이라는 생각이 들었거든. 결국은 레베카가 이긴 거요. 당신을 만난 것도 결국 부질없는 일이었소. 당신을 사랑했다고 바뀐 것은 없소. 레베카는 결국 자기가 이기리라는 걸 알고 있었소. 그래서 죽으면서도 미소를 지었던 거요."

"레베카는 죽었어요. 우린 그걸 기억해야 해요. 레베카는 죽었다고요. 말할 수도, 증인을 데려오지도 못해요. 더 이상 당신에게 아무런 해를 끼칠 수 없어요."

"그 시체가 발견되었지 않소. 잠수부가 봤다지 않소. 그대로 선실에 누워 있다지 않소."

"설명할 방법을 찾아야 해요. 방법을 생각해내야 한다고요. 당신이 모르는 누군가의 시체라고 하면 돼요. 본 적도 없는 사람이라고요."

"레베카의 물건이 그대로 있을 거요. 손가락에는 반지도 있을 테고. 옷은 다 삭았겠지만 증거는 충분해요. 바닷속을 떠다니던 시체하고는 달라요. 선실은 그대로 있다고 하지 않소. 시체가 내가 둔 그대로 바닥에 누워 있을 거요. 그동안 내내 보트는 거기 있었고 아무도 건드리지 않았소. 가라앉은 곳에서 본래 모습 그대로 발견된 거요."

"시체는 물속에서 없어지지 않나요?" 내가 속삭였다. "아무도 건드리지 않았다 해도 바닷물이 시체를 녹였을 거예요."

"모르겠소. 모르겠소."

"이제 어떻게 한다고 하나요?"

"내일 새벽 5시 반에 다시 잠수부가 내려갈 거요. 설 대령이 그렇게 결정했지. 보트를 건져 올릴 거요. 아무도 없을 시간이지. 나도 함께 가기로 했소. 해변으로 자기 보트를 보내 나를 태워 가겠다고 하는군. 내일 새벽 5시 반이오."

"그다음에는요? 보트를 건져 올린 다음에는요?"

"설 대령이 큰 거룻배를 정박시켜둘 거요. 보트의 나무가 썩지 않고 보존되어 있다면 크레인으로 감아올려 거룻배에 싣는다고 하오. 사람들은 케리스로 가지만 거룻배는 케리스에서 좀 더 북쪽으로 올라가 있는 후미진 항구로 가게 되오. 사람들이 접근하기 어려운 곳이오. 물이 빠지면 진흙 뻘이 되어버리기 때문에 노 젓는 배도 못 들어온다는군. 거기서 보트의 물을 빼낼 거요. 의사도 대기시켜놓겠다고 했소."

"의사가 뭘 하는 거죠?"

"나도 모르오."

"레베카의 시체라고 결론이 난다면 당신은 전에 시체 확인을 하면서 실수한 거라고 말해야 해요. 교회 지하 묘지에 있는 시체는 어디까지나 실수였다고요. 에지컴으로 갔을 때 당신은 아팠고 그래서 제대로 판단할 수 없었다고 해야 해요. 그때도 확신할 수는 없었다고요. 그건 실수였다고요."

"그래요. 그래야 하오."

"당신한테 불리한 증거는 하나도 없을 거예요. 그날 밤 당신을 본 사람은 없어요. 당신은 침대에 있었잖아요. 아무것도 밝혀내지 못할 게 분명해요. 아는 사람은 당신과 나뿐이에요. 프랭크도 모르죠. 맥심, 세상에서 우리 둘만 아는 거예요."

"그렇소."

"레베카가 선실에 있는 동안 배가 뒤집혀 가라앉은 거라고 생각할 거예요. 밧줄이나 뭐 그런 걸 가지러 간 사이에 곶에서 강한 바람이 불었고 배는 기울어지다가 뒤집혔다고, 그래서 레베카는 갇혀버린 거라고, 그렇게 생각할 거예요. 그렇죠?"

"모르겠소. 난 모르겠소."

갑자기 서재 안쪽 작은 방에서 전화벨이 울리기 시작했다.

21

　맥심이 안쪽 방으로 들어가 문을 닫았다. 몇 분 후 로버트가 들어와 찻상을 내갔다. 나는 로버트가 내 얼굴을 보지 못하도록 등을 돌리고 서 있었다. 언제 사람들이 알게 될지 궁금했다. 영지 사람들, 하인들, 케리스 지역 전체로 소문이 퍼져나가는 데 시간이 얼마나 걸릴까.

　안쪽 방에서 맥심의 목소리가 희미하게 들렸다. 무슨 전화일까 걱정스러운 마음에 명치가 조여왔다. 갑작스러운 전화벨 소리가 내 몸의 모든 신경을 깨워놓은 듯했다. 맥심 옆에 앉아 그의 손을 잡고 그의 어깨에 얼굴을 기대고 있었던 것이 한바탕 꿈이었나 싶었다. 그의 이야기를 들으면서 내 안의 일부는 마치 그림자가 된 듯 그의 행적을 뒤따라갔다. 나도 함께 레베카를 죽이고 나도 함께 보트를 바닷속에 가라앉혔다. 거센 바람과 파도 소리도 함께 들었다. 댄버스 부인의 노크 소리에도 함께 대답했다. 그 모든 고통을 함께 나누었던 것이다. 하지만 내 안의 다른 일부는 계속 카펫 위에 앉은 채로 그가 레베카를 사랑하지 않았다는 생각만을 되풀이하고 있었다. 그는 레베카를 사랑하지 않았던 것이다. 그러다가 전화벨이 울리면서 그 두 부분이 합쳐져 다시 하나의 내가 되었다. 전과 똑같은 나였지만 전에는 없었던 새로운 점이 있었다. 불안과 걱정에도 불구하고 내 마음이 가볍고 자유로웠던 것이다. 더 이상 레베카를 두려워할 필요가 없었다. 더 이상 미워하지 않아도 좋았다. 레베카는 사악하고 비뚤어진 존재였음을 알게 되었다. 더 이상 밉지도, 고통스럽지도 않았다. 나는 이제 아무 거리낌 없이 레베카의 거실로 가서 그 책상에 앉아 서류함의 그 글씨를 마주 대할 자신이 있었다. 두려움 없이 서쪽의 레베카 방으로 가서 창가에 서 있을 수도 있었다. 레베카가 가졌던 힘은 좀 전의 안개가 그랬듯 흩어져 사라졌다. 두 번 다시 나를 옥죄지 못할 것이었다. 계단 뒤에서 나를 쫓아오거나 식당에서 옆자리에 앉거나 발코니에서 나를 내려다보지 못하리라. 맥심은 레베카를 사랑하지 않았다고 하지 않는가. 더 이상 미워할 이유는 없었다. 그 몸이 되돌아왔고 '나는 돌아오겠다'라는 예언과도 같은 이름을 가진 보트도 발견되었지만 나 자신은 레베카에게서 영원히 벗어난 셈이었다.

이제 나는 마음 편히 맥심과 함께 지내면서 그를 안고 만지고 사랑할 수 있었다. 두 번 다시 어린아이가 되지는 않을 것이다. 더 이상 나는 없다. 우리가 있을 뿐이다. 우리는 함께 맞서리라. 이 어려움을 그와 내가 함께 이겨나가리라. 설 대령, 잠수부, 프랭크, 댄버스 부인, 비어트리스, 케리스에서 신문을 읽고 흥미진진해할 사람들, 그 누구라도 우리를 무너뜨릴 수는 없다. 우리의 행복은 너무 늦게 찾아온 것이 아니다. 나는 더 이상 어리지 않다. 부끄럽지도 않다. 두려워하지도 않는다. 맥심을 위해서라면 가차 없이 싸울 것이다. 거짓말, 위증, 속마음과 다른 맹세 등 무엇이든 할 수 있다. 허풍도 떨고 기도도 하겠다. 레베카는 이긴 것이 아니다. 레베카는 졌다.

로버트가 찻상을 내가고 난 후 맥심이 방으로 돌아왔다.

"줄리언 대령이오. 방금 설 대령과 합의를 했다는군. 내일 아침에 함께 가기로."

"줄리언 대령이 대체 누군데요?"

"케리스의 치안판사요. 그가 동석해야 한다고 하오."

"또 무슨 말을 하던가요?"

"누구의 시체일지 떠오르는 사람이 있느냐고 묻더군."

"그래서 뭐라고 했어요?"

"모르겠다고. 레베카 혼자 배를 타고 나간 것으로 알고 있다고 했소. 함께 나간 사람이 있는지는 모른다고."

"그랬더니 뭐라고 하던가요?"

"에지컴에 갔을 때 혹시 실수를 저질렀다는 생각은 들지 않느냐고 묻더군."

"아니, 벌써 그런 질문을 했다고요?"

"그렇소."

"당신 대답은요?"

"가능한 얘기라고 했소. 알 수 없는 일이라고."

"당신이 내일 보트를 보게 될 때 치안판사도 있을 거라고요? 설 대령과 치안판사, 의사까지 다 같이요?"

"경찰에서 나온 웰치 조사관도 동행할 거요."

"경찰 조사관요?"

"왜요? 왜 그래야 하죠?"

"시체가 발견되면 경찰이 관여해야 한다는군."

나는 입을 다물었다. 우리는 서로를 응시했다. 다시금 명치끝에 통증이 느껴졌다.

"어쩌면 보트를 끌어 올리지 못할 수도 있어요."

"그럴지도 모르오."

"그러면 시체도 내버려둘 수밖에 없지요?"

"그건 모르겠소."

그는 창밖을 내다보았다. 아까 내가 절벽을 떠나올 때처럼 하얀 구름에 뒤덮인 하늘이었다. 바람은 없었다. 대기는 정지되어 고요 했다.

"한 시간 전만 해도 바람이 남서쪽에서 불어올 거라고 생각했는 데 지금은 잠잠해졌군." 그가 말했다.

"그러네요."

"내일은 잠수하기에 좋은 평온한 날씨일 거요."

다시금 작은 방에서 전화벨이 울렸다. 급박하게 울리는 그 소리가 너무도 듣기 싫었다. 맥심과 나는 서로를 바라보았다. 그가 방으로 들어가 전화를 받으며 아까처럼 문을 닫았다. 뻐근하게 이어지던 통증은 전화벨 소리와 함께 갑자기 강해졌다. 아주 어렸을 때 런던 거리를 울리던 공습경보에 놀라 계단 아래 숨어서 오들오들 떨던 일이 떠올랐다. 그때와 같은 기분, 같은 통증이 느껴졌다.

맥심이 서재로 돌아왔다. "시작되었군." 그가 천천히 말했다.

"무슨 말이에요? 무슨 일인데요?" 갑자기 등골이 오싹해졌다.

"신문기자요. 지역신문 기자. 죽은 드윈터 부인의 보트가 발견되었다는 소문이 사실이냐고 묻더군."

"뭐라고 했어요?"

"그렇다고, 보트가 발견되었다고 했소. 그 이상은 아는 게 없다고. 어쩌면 그 보트가 아닐지도 모른다고."

"그랬더니 끊던가요?"

"아니, 선실에서 시체가 발견되었다는 소문을 확인해줄 수 없느냐고 하더군."

"그럴 수가!"

"누군가 이미 떠들어대고 있소. 설 대령은 아닐 거요. 잠수부나 잠수부 친구겠지. 사람들 입을 막을 수는 없소. 내일 아침이면 온 케리스 사람들이 다 알게 될 거요."

"그래서 시체에 대해서는 뭐라고 했어요?"

"모른다고 했소. 할 말이 없다고. 그리고 두 번 다시 전화 걸지 않으면 고맙겠다고 했소."

"기자들을 건드렸군요. 당신을 공격할 빌미를 만들었어요."

"어쩔 수 없었소. 신문에 내 말을 싣고 싶진 않아요. 기자들이 전화를 걸어대도록 내버려두진 않을 거요."

"기자들을 우리 편으로 만들어야 해요."

"싸워야 한다면 나 혼자 싸울 거요. 신문을 방패로 삼진 않겠소."

"기자는 다른 사람에게 전화를 할 거예요. 줄리언 대령이나 설 대령에게."

"그 사람들한테서도 들을 얘기는 없을 거요."

"우리가 뭔가 할 수 있는 일이 있다면 좋겠어요. 시간이 많이 남았는데 그저 이렇게 멍청히 앉아 내일 아침을 기다릴 수밖에 없는 건가요."

"우리가 할 수 있는 일은 없소."

맥심은 책을 한 권 뽑아 들었다. 하지만 한 글자도 눈에 들어오지 않는 것이 분명했다. 그는 끊임없이 고개를 들고 귀를 기울였다. 마치 전화벨 소리를 기다리듯이. 하지만 전화벨은 다시 울리지 않았다. 우리를 방해하는 사람은 없었다. 우리는 저녁 식사를 위해 옷을 갈아입었다. 지난밤 이 시간만 해도 하얀색 드레스를 입고 화장대 거울 앞에서 가발을 매만지고 있었다는 사실이 믿기지 않았다. 아주 오래전에 잊어버린 악몽, 몇 달이 지난 후에야 미심쩍게 떠올리는 기억 같았다. 우리는 저녁을 먹었다. 오후 외출에서 돌아온 프리스가 시중을 들었다. 평소처럼 엄숙하고 무표정한 얼굴이었다. 혹시 케리스에 다녀온 것은 아닐지, 무슨 얘기를 전해 들은 것은 아닐지 궁금했다.

저녁 식사 후 우리는 다시 서재로 갔다. 이야기를 많이 나누지는 않았다. 난 맥심 발치의 바닥에 앉아 그의 무릎에 머리를 기댔다. 그는 손가락으로 내 머리카락을 쓰다듬었다. 평소의 무심함과는 다른 행동이었다. 재스퍼 머리를 두드리는 느낌과는 달랐다. 나는 머리 깊숙이 그의 손가락을 느꼈다. 때때로 그는 내게 입을 맞추었다. 때때로 이런저런 말도 했다. 더 이상 우리 사이에 그림자는 없었다. 침묵했던 순간은 침묵하고 싶었기 때문이었다. 주변 상황이 그토록 암울한데 어쩌면 그렇게 행복할 수 있는지 의아할 지경이었다. 묘한 행복이었다. 내가 꿈꾸거나 기대했던 행복은 아니었다. 홀로 있는 시간에 상상했던 행복은 아니었다. 열정에 들뜨거나 급박함이 어려 있는 행복은 아니었다. 그것은 고요하고 평화로운 행복이었다. 서재 창문은 활짝 열려 있었다. 우리는 이야기하거나 서로를 애무하지 않을 때면 어두운 밤하늘을 내다보았다.

이튿날 아침 7시쯤 잠에서 깨어 창밖을 내다보았다. 정원의 장미가 축 늘어져 있고 숲으로 이어지는 둔덕의 풀이 은색으로 빛났다. 간밤에 비가 내린 게 틀림없었다. 축축한 안개 냄새가 났다. 첫 번째 나뭇잎이 떨어질 때 나는 바로 그 냄새였다. 두 달이나 일찍 가을이 찾아온 걸까 싶어 의아했다. 5시에 일어난 맥심은 나를 깨우지 않았다. 살그머니 침대에서 일어나 소리 없이 옷을 갈아입고 바로 해변으로 내려갔을 것이다. 지금쯤은 줄리언 대령, 설 대령 등과 함께 거룻배를 타고 있겠지. 거룻배는 보트가 가라앉은 그 지역에 도착해 크레인을 가동시키고 레베카의 보트를 끌어 올릴 것이다. 나는 아무 감정도 없이 침착한 마음으로 그런 생각을 했다. 천천히 끌어 올려지는 보트는 해초와 조개껍질을 뒤집어쓰고 물을 뚝뚝 떨어뜨리리라. 거룻배에 보트를 싣고 나면 다시 거기서 물이 쏟아져 바다로 되돌아가겠지. 보트의 목재는 물에 잔뜩 불어 부드러울 테고 흐물흐물한 부분도 있을지 모른다. 진흙 냄새, 녹 냄새, 그리고 해저 깊은 곳에서 자라는 검은 해초 냄새를 풍길 것이다. '나는 돌아오겠다'라는 배 이름이 아직도 남아 있을지 모른다. 초록빛 글씨는 색이 바랬겠지. 여기저기 박힌 못들도 녹이 슬었으리라. 그리고 레베카는 선실 바닥에 누워 있으리라.

나는 일어나서 씻고 옷을 입은 뒤 평소처럼 9시에 식사를 하러 내려갔다. 아침 식탁에 편지가 여러 통 쌓여 있었다. 가장무도회가 즐거웠다는 감사 편지들이었다. 나는 대충 들춰만 볼 뿐 읽지 않았다. 프리스가 맥심의 아침 식사를 계속 놔두어야 하느냐고 물었다. 나는 모르겠다고 대답했고 아침에 아주 일찍 나갔다고 덧붙였다. 프리스는 아무 말이 없었다. 무척 근엄하고 우울한 표정이었다. 소문을 들은 것인지 또다시 궁금해졌다.

아침을 먹은 후 나는 편지들을 들고 거실로 갔다. 아직 창을 열지 않아 답답한 냄새가 났다. 창을 활짝 열어 신선한 공기가 들어오게 했다. 벽난로 선반 위의 꽃들은 고개를 숙이거나 이미 말라 죽은 상태였다. 꽃잎이 바닥에 떨어져 있었다. 벨을 울렸더니 하녀가 들어왔다.

"오늘 아침에는 거실 청소가 안 된 모양이야. 창문도 닫혀 있고 죽은 꽃을 그냥 꽂아두고. 이걸 좀 치워주겠어?"

하녀는 겁먹은 얼굴로 용서를 구했다. "죄송합니다, 마님." 그리고 벽난로 선반으로 가서 화병을 들었다.

"다신 이러지 마."

"네, 마님." 하녀는 화병을 안고 방을 나섰다. 엄격한 주인 노릇이 이토록 쉬우리라고는 생각지 못했다. 왜 전에는 그렇게 어렵게만 여겨졌는지 의아할 정도였다. 책상 위에 메뉴가 놓여 있었다. 마요네즈 소스를 뿌린 차가운 연어, 고기 젤리, 차가운 닭고기 요리, 수플레였다. 모두가 무도회의 뷔페 식탁에 올렸던 음식이었다. 남은 것을 먹는 게 분명했다. 전날 점심에 차려놓았던, 내가 먹지 않았던 음식도 분명 마찬가지였으리라. 하인들이 대강대강 일을 처리하는 것 같았다. 나는 연필로 메뉴 전체에 줄을 길게 가로 긋고 로버트를 불렀다. "댄버스 부인에게 따뜻한 요리를 준비하라고 해요. 요리가 많이 남았다 해도 차가운 걸 먹고 싶지는 않다고."

"알겠습니다, 마님."

나는 거실을 나와 정원 곁방으로 가서 가위를 챙겨 들었다. 장미 정원에서 어린 꽃봉오리를 몇 개 잘랐다. 서늘한 기운은 벌써 사라졌다. 어제처럼 덥고 바람 없는 날이 될 모양이었다. 사람들이 아직도 그 바다 위에 떠 있을지 아니면 케리스로 돌아갔을지 궁금했다. 곧 알게 되겠지. 곧 맥심이 돌아와 이야기해줄 것이다. 어떤 일이 일어나도 나는 침착해야 한다. 두려워해서는 안 된다. 나는 장미를 꺾어 거실로 가져왔다. 카펫 청소가 되어 있었다. 바닥에 떨어졌던 꽃잎들도 깨끗하게 치워졌다. 나는 로버트가 물을 채워둔 화병에 장미를 꽂기 시작했다. 일을 거의 끝냈을 때 누군가 문을 두드렸다.

"들어와요!"

댄버스 부인이었다. 손에 메뉴를 들고 있었다. 창백하고 피곤한 표정이었다. 눈 주위에 생겨난 검은 테가 도드라졌다.

"안녕하세요, 댄버스 부인?"

"이해할 수가 없군요. 어째서 로버트를 시켜 메뉴에 대한 이야기를 전달하시는 건가요? 왜 그러셨나요?"

나는 손에 장미 한 송이를 든 채 부인을 건너다보았다.

"차가운 고기 요리와 연어는 어제 점심때도 준비했던 거잖아요. 오늘은 따뜻한 요리를 먹고 싶어요. 하인들도 차가운 요리를 먹지 않는다면 그냥 내다 버리세요. 어차피 이 집에서는 낭비되는 게 많으니 조금 더 버린다 해도 별 차이는 없어요."

댄버스 부인은 말없이 나를 바라보았다. 나는 장미를 화병에 꽂았다.

"따뜻한 음식으로 뭘 준비해야 할지 모르겠다고 하시진 않겠지요. 온갖 종류의 메뉴를 다 가지고 계실 테니까요."

"메뉴와 관련된 지시 사항이 로버트를 통해 전달된 적은 없습니다. 돌아가신 드윈터 부인께서는 뭔가 바꾸고 싶으실 때 내선 전화로 직접 전화를 거셨지요."

"돌아가신 드윈터 부인이 어떻게 했는지는 별 관심이 없군요. 아시다시피 지금은 제가 드윈터 부인이에요. 그러니 제가 로버트 편에 전갈을 하고 싶다면 그렇게 하는 겁니다."

바로 그 순간 로버트가 방으로 들어섰다. "지역신문 기자에게서 전화가 왔습니다, 마님."

"집에 없다고 하세요."

"알겠습니다." 로버트가 방을 나갔다.

"자, 댄버스 부인, 더 하실 말씀이 남았나요?"

부인은 여전히 나를 응시했다. 아무 말이 없었다. "더 이상 할 말이 없다면 나가서 요리사에게 요리를 준비하라고 지시하는 게 좋겠군요. 전 좀 바빠서요."

"지역신문 기자가 왜 전화를 걸었을까요?" 부인이 물었다.

"글쎄요, 모르겠는데요."

"지난밤에 프리스가 케리스에서 들었다는 소문, 드윈터 부인의 보트가 발견되었다는 소문이 사실인가요?" 부인이 느릿느릿 말했다.

"그런 소식이 있나요? 전 전혀 모르는 얘기군요."

"케리스의 항구 관리관인 설 대령이 어제 찾아왔었지요? 로버트한테 들었습니다. 로버트가 안내했다더군요. 프리스 말로는 좌초된 배를 조사하기 위해 내려갔던 잠수부가 드윈터 부인의 보트를 발견했다는 소문이 케리스에 파다하답니다."

"그럴 수도 있겠군요. 드윈터 씨가 돌아오실 때까지 기다렸다가 여쭤보시는 게 좋겠는데요."

"드윈터 씨는 새벽같이 어딜 가셨을까요?"

"그건 부인이 상관할 일이 아닌 것 같군요."

댄버스 부인은 여전히 나를 응시했다. "프리스 말로는 보트 선실에 시체도 있었다고 하더군요. 어떻게 거기 시체가 있을 수 있죠? 드윈터 부인은 늘 혼자서 배를 탔었거든요."

"저한테 물어봤자 소용이 없겠어요. 전 부인보다 더 아는 게 없거든요."

"그러신가요?" 부인은 나를 바라보았지만 나는 고개를 돌리고 화병을 창가 테이블에 가져다 놓았다.

"말씀하신 대로 점심을 준비하겠습니다." 부인이 말하고는 잠시 기다렸다. 나는 아무 말도 하지 않았다. 부인은 방에서 나갔다. '난 더 이상 부인이 무섭지 않아.' 나는 생각했다. 부인의 힘은 레베카와 함께 사라져버렸다. 무슨 말을 하든, 어떤 행동을 하든 내겐 상관없었다. 부인이 내 적이라는 건 괜찮다. 하지만 만약 부인이 진실을 알고 맥심의 적이 된다면 그때는 어떻게 하지? 나는 의자에 앉았다. 테이블 위에 가위를 놓았다. 더 이상 장미를 다듬고 싶지 않았다. 맥심은 뭘 하고 있을까? 지역신문 기자는 왜 또다시 전화를 걸어왔을까? 익숙해진 고통이 다시 밀려왔다. 나는 일어나 창가로 가서 몸을 기댔다. 몹시 더운 날씨였다. 요란한 소리가 울렸다. 정원사들이 잔디를 깎기 시작한 참이었다. 둔덕 위에서 한 남자가 잔디 깎는 기계를 밀며 앞뒤로 오가고 있었다. 더 이상 거실에 앉아 있을 수가 없었다. 나는 가위와 장미를 놔둔 채 테라스로 나갔다. 그리고 이리저리 걸어 다녔다. 재스퍼는 왜 산책하러 안 가느냐고 묻는 듯 뒤를 쫓아다녔다. 나는 계속 테라스만 오갔다. 11시 30분쯤 되었을 때 프리스가 홀에서 나왔다.

"드윈터 씨가 전화를 하셨습니다."

나는 서재를 거쳐 안쪽 방으로 들어갔다. 수화기를 잡는 손이 떨렸다.

"당신이오? 나요. 사무실에서 전화하는 거요. 프랭크와 함께 있소."

"그래요?"

잠시 침묵이 흘렀다. "프랭크와 줄리언 대령을 모시고 1시에 식사하러 갈 테니 준비해줘요."

"알았어요."

나는 기다렸다. 그가 더 말해주기를 기다렸다. "보트를 끌어 올렸소. 지금 막 항구에서 돌아온 참이오."

"그렇군요."

"설 대령은 거기 남았고 줄리언 대령과 프랭크는 이리로 왔소." 프랭크가 전화기 옆에 서 있는 걸까? 그래서 맥심은 저렇게 차갑게 말하는 걸까?

"그럼 1시에 봅시다."

나는 수화기를 내려놓았다. 아직 아무 얘기도 듣지 못한 것이다. 어떻게 되었는지 하나도 알지 못하는 것이다. 나는 다시 테라스로 나가면서 프리스에게 두 명이 아니라 네 명이 점심 식사를 할 거라고 말해두었다.

한 시간이 참으로 느릿느릿 흘러갔다. 나는 위층으로 올라가 좀 더 얇은 옷으로 갈아입고 내려왔다. 그리고 응접실에 앉아서 기다렸다. 1시 5분 전에 차 들어오는 소리가 났고 홀에서 사람들 목소리가 들려왔다. 나는 거울 앞에서 머리를 매만졌다. 얼굴이 창백했다. 뺨에 연지를 약간 바르고 그 자리에 선 채 손님들을 기다렸다. 먼저 맥심이 들어오고 프랭크와 줄리언 대령이 뒤따라왔다. 무도회에서 크롬웰로 분장했던 줄리언 대령은 낯이 익었다. 그때와 겉모습은 무척 달랐지만 말이다. 마치 체구 자체가 작아진 것 같았다.

"안녕하십니까?" 대령이 인사를 했다. 그는 마치 의사처럼 조용하고 신중하게 말을 했다.

"프리스에게 셰리주를 가져오라고 해요. 난 좀 씻어야겠소." 맥심이 말했다.

"저도 씻어야겠군요." 프랭크도 말했다. 벨을 울리기도 전에 프리스가 셰리주를 들고 나타났다. 줄리언 대령은 마시지 않겠다고 했다. 나는 무언가 손에 쥐고 있을 요량으로 잔을 집어 들었다. 줄리언 대령이 내 옆에 와서 섰다.

"정말 당혹스러운 일입니다, 드윈터 부인." 부드러운 목소리였다. "부인과 드윈터 씨 생각을 하면 마음이 괴롭군요."

"고맙습니다." 나는 셰리주를 마시기 시작했다. 그리고 잔을 테이블에 내려놓았다. 혹시라도 그가 떨리는 내 손을 알아차릴까 봐 두려웠다.

"상황이 어렵게 된 건 남편분께서 1년쯤 전에 다른 시체를 확인했다는 점 때문입니다."

"무슨 말씀이신지 잘 모르겠네요."

"오늘 아침에 뭘 찾아냈는지 못 들으셨나요?"

"시체가 있다고 하더군요. 잠수부가 발견했다고요."

"그렇습니다." 그는 뒤쪽을 살짝 곁눈질하더니 말을 이었다. "전부인의 시체였습니다. 틀림없습니다." 그가 목소리를 낮추었다. "상세하게 말씀드릴 수는 없습니다만 남편분과 의사가 신원을 확인하기에는 증거가 충분했습니다."

그가 갑자기 말을 멈추고 물러섰다. 맥심과 프랭크가 방으로 되돌아왔던 것이다.

"점심이 준비되었다니 이제 가실까요?" 맥심이 말했다.

내가 앞장서 식당으로 안내했다. 가슴이 납덩이처럼 무겁고 먹먹했다. 줄리언 대령이 내 오른쪽에, 프랭크가 왼쪽에 앉았다. 나는 맥심을 쳐다보지 않았다. 프리스와 로버트가 첫 번째 요리를 가져왔다. 우리는 날씨 이야기만 했다. "어제 런던은 27도까지 올라갔다더군요." 줄리언 대령이 말했다.

"정말요?" 내가 되물었다.

"그렇답니다. 도시에 남아 있던 사람들한테는 정말 끔찍했을 겁니다."

"얘기만 들어도 끔찍하군요."

"파리는 런던보다 더 더웠을지 모릅니다." 프랭크도 끼어들었다.

"8월 중순에 파리에서 주말을 보낸 적이 있었는데 도무지 잠을 잘 수가 없더라고요. 숨 쉬기도 어려웠지요. 그때 기온이 32도였습니다."

"프랑스 사람들은 늘 창문을 닫고 잠자지 않습니까?" 줄리언 대령이 물었다.

"모르겠습니다. 호텔에 묵었으니까요. 호텔에는 미국 사람들이 많았지요." 프랭크가 대답했다.

"드윈터 부인께서는 프랑스에 대해 잘 아시지요?" 줄리언 대령이 이번에는 내 쪽을 보았다.

"아주 잘 아는 것은 아니지요."

"거기서 여러 해 동안 사셨다고 생각했습니다."

"그건 아니랍니다."

"내가 만났을 때 저 사람은 몬테카를로에 있었지요. 몬테카를로를 프랑스라 할 수는 없지 않습니까?" 맥심이 거들었다.

"그럴 수는 없군요." 줄리언 대령이 말했다. "몬테카를로는 아주 국제적인 곳이죠. 해변이 무척 아름답다지요?"

"그렇답니다."

"여기처럼 바위투성이는 아니겠지요? 그래도 물론 전 영국이 좋습니다. 다른 곳에선 정착해 살 생각이 안 난답니다. 여기가 익숙한 땅이니까요."

"아마 프랑스인들은 프랑스에 대해 같은 말을 할 것 같습니다."

맥심이 웃었다.

"아, 그렇겠군요." 줄리언 대령이 말했다.

한동안 우리는 말없이 식사를 계속했다. 프리스는 내 의자 뒤에서 있었다. 모두들 머릿속에는 한 가지 생각뿐이었지만 프리스 때문에 연극을 계속해야 했다. 아마 프리스도 같은 생각일 것이었다. 격식 따위는 내팽개치고 프리스도 함께 끼어 앉은 채 마음 편히 이야기할 수 있다면 얼마나 좋을까 싶었다. 로버트가 음료를 가지고 왔다. 접시가 바뀌었다. 두 번째 요리가 들어왔다. 댄버스 부인은 따뜻한 요리를 준비했다. 나는 버섯 소스를 얹은 감자 요리를 조금 덜었다.

"요전 무도회는 정말 굉장했습니다." 줄리언 대령이 화제를 바꾸었다.

"감사합니다." 내가 대답했다.

"지역 사람들에게는 크나큰 즐거움을 선사해주신 겁니다."

"그랬다면 좋겠습니다."

"뭔가 자신과 다른 존재로 분장하고 싶은 건 인간의 본능인 것 같죠?" 프랭크가 말했다.

"그렇다면 나는 비인간적이라는 얘기군." 맥심이 말했다.

"누구든 다르게 보이고 싶어 하는 건 자연스러운 일입니다. 우리 모두에게 아이 같은 면이 있죠." 줄리언 대령이 말했다.

그는 크롬웰로 분장하고 얼마나 즐거웠을지 궁금했다. 무도회에서 그를 많이 보지는 못했다. 거실에서 브리지 게임을 하면서 대부분의 시간을 보냈기 때문이다.

"드윈터 부인께서는 골프를 치지 않으시죠?" 줄리언 대령이 내게 물었다.

"네. 그렇습니다."

"골프를 치시면 좋을 텐데요. 제 큰딸은 골프 실력이 아주 좋아서 상대를 찾기 어려울 정도지요. 생일 선물로 소형차를 사주었더니 매일같이 북쪽 해변까지 혼자서 드라이브를 하고 온답니다. 할일이 생긴 거죠."

"멋지네요." 내가 말했다.

"그 애는 남자로 태어나야 했어요. 반면 아들 녀석은 또 아주 다르지요. 골프 따위에는 전혀 관심이 없어요. 늘 시를 쓴다고 끼적거리지요. 언제 철이 들지 걱정이랍니다."

"저도 그 나이 때는 시를 쓰곤 했답니다. 말도 안 되는 시를요. 하지만 지금은 그런 일이 없죠." 프랭크가 말했다.

"다행이야. 앞으로도 자네가 시를 쓰지 않았으면 하네." 맥심이 한마디 했다.

"아들놈이 어디서 그런 피를 받았는지 알 수 없어요. 나도 아니고 제 엄마도 아니니 말입니다." 줄리언 대령이 말했다.

다시 긴 침묵이 흘렀다. 줄리언 대령은 감자 요리를 한 번 더 덜었다. "레이시 부인은 그날 밤에 보니 얼굴이 아주 좋으시더군요."

"네." 내가 대답했다.

"늘 그랬듯이 묘한 차림이었지요." 맥심이 말했다.

"그 아랍 옷과 베일은 춤추기 불편했을 겁니다. 그래도 실제로는 영국 숙녀들이 입는 옷보다 훨씬 편안하고 시원하다고 하더군요."

"정말요?" 내가 되물었다.

"네. 그렇다고 하더군요. 느슨하게 늘어진 옷자락이 따가운 햇살을 흩뜨려버린답니다."

"재미있군요. 정반대의 효과가 날 거라 생각했는데." 프랭크가 고개를 갸웃했다.

"아니, 그렇지 않다니까요."

"아랍 쪽을 잘 아시나요?" 프랭크가 대령에게 물었다.

"극동은 좀 압니다. 5년 동안 중국에 있었고 그다음에는 싱가포르에도 갔었으니까요."

"카레가 만들어지는 곳 아닌가요?" 내가 물었다.

"그렇습니다. 싱가포르 카레는 훌륭하죠."

"저도 카레를 아주 좋아합니다." 프랭크가 말했다.

"영국에서 먹는 건 카레라고 할 수 없습니다. 그냥 소스 요리죠." 줄리언 대령이 말했다.

다시 접시가 치워졌다. 수플레와 과일 샐러드 차례였다. "이제 나무딸기 철도 끝나가는군요. 나무딸기 열매가 익기에 딱 좋은 여름이었지 않습니까? 저희 집에서는 잼을 아주 많이 만들었지요."

"전 나무딸기 잼은 그리 좋아하지 않습니다. 씨가 너무 많아서요." 프랭크가 투덜거렸다.

"그럼 저희 집 잼을 한번 맛보셔야겠군요. 씨가 별로 없답니다."

"올해 맨덜리에서는 사과를 엄청나게 많이 딸 것 같습니다." 프랭크가 말했다. "안 그래도 며칠 전에 제가 맥심한테 말을 했지요. 기록을 세우게 될 거라고. 아마 런던에도 많이 보내게 될 것 같습니다."

"그게 수지가 맞나요? 일꾼들에게 추가 수당도 주어야 하고 포장하고 실어 보내고 해야 하는데도 이익이 남는 모양이지요?" 줄리언 대령이 물었다.

"물론이죠." 프랭크가 대답했다.

"아주 흥미롭군요. 아내에게 말해줘야겠어요." 대령이 말했다.

수플레와 과일 샐러드를 먹는 데는 시간이 오래 걸리지 않았다. 로버트가 치즈와 비스킷을 갖고 들어왔고 몇 분 후에는 프리스가 커피와 담배를 가져왔다. 그러고는 둘 다 방에서 나가 문을 닫았다. 우리는 말없이 커피를 마셨다. 나는 눈앞의 접시만 뚫어지게 바라보았다.

"점심 먹기 전에 부인께 말씀을 드렸습니다만, 드윈터 씨," 줄리언 대령이 진중한 목소리로 되돌아가 말문을 열었다. "이 곤란한 상황에서 가장 큰 문제는 당신이 1년 전에 다른 시체를 확인했다는 사실입니다."

"그렇습니다." 맥심이 말했다.

"그런 상황에서는 실수하는 것도 당연하다고 생각합니다." 프랭크가 얼른 말했다. "맥심에게 에지컴으로 와달라고 했던 공문을 보면 이미 그 시체를 죽은 드윈터 부인으로 여기는 투였습니다. 게

다가 맥심은 건강이 극도로 좋지 않았습니다. 제가 함께 가겠다고 했지만 맥심은 고집을 꺾지 않았죠. 그런 일을 제대로 판단하고 처리할 상태가 아니었습니다."

"그건 아니지. 난 완벽하게 건강했다고." 맥심이 반박했다.

"이제 와서 그 이야기를 해봐야 소용없습니다." 줄리언 대령이 끼어들었다. "드윈터 씨가 신원 확인을 하셨으니 실수를 인정해야 합니다. 이번에 발견된 시신에는 의심의 여지가 없으니까요."

"그렇습니다." 맥심이 말했다.

"공식적인 심리 절차를 거치지 않을 수 있다면 좋겠습니다만 그러기 어려울 듯합니다."

"이해합니다." 맥심이 고개를 끄덕였다.

"오래 걸리지는 않을 겁니다. 다시 신원 확인을 하고 보트를 프랑스에서 가져왔을 때 개조 작업을 했던 사람의 증언을 들으면 됩니다. 보트가 충분히 항해를 견딜 만했던 것인지, 제대로 개조를 한 것인지 확인하려는 거죠. 어차피 형식에 불과합니다. 하지만 안 할 수는 없는 거죠. 제가 걱정하는 것은 온갖 구설수들입니다. 두 분께는 참으로 힘든 시간일 겁니다."

"괜찮습니다. 다 이해합니다." 다시 맥심이 말했다.

"그 배가 하필이면 거기서 좌초한 게 문제였습니다. 그렇지만 않았다면 아무 일도 없었을 겁니다."

"그렇습니다."

"유일하게 위로라고 할 만한 것은 돌아가신 드윈터 부인이 순식간에 죽음을 맞으셨다는 점, 따라서 생각했던 것처럼 고통이 심하지는 않았으리라는 점입니다. 헤엄쳐 나오려는 흔적은 전혀 없었거든요."

"없었지요."

"무언가 찾으러 선실에 내려가셨던 모양입니다. 그 순간 문이 닫혀버렸고 거센 바람이 보트를 뒤집어버렸던 겁니다. 끔찍한 일이지요."

"그렇습니다."

"사건의 정황은 그렇게밖에 생각할 수 없습니다. 크롤리 씨 생각은 어떠십니까?"

"제 생각도 같습니다."

나는 눈길을 들었다. 프랭크가 맥심을 보고 있었다. 프랭크는 곧 시선을 돌렸지만 한순간 나는 그 눈빛을 이해했다. 프랭크는 알고 있었다. 맥심은 프랭크가 안다는 사실을 모르고 말이다. 나는 계속 커피를 저었다. 손이 축축하고 뜨거웠다.

"우리는 모두 실수를 저지르기 마련입니다. 판단 착오를 일으키는 거지요. 드윈터 부인은 만에서 바람이 얼마나 몰아치는지, 그렇게 작은 보트를 타고 바다로 나가는 게 얼마나 위험한지 알아야 했습니다. 혼자 보트를 타고 나간 적이 워낙 많았으니 그때도 괜찮으려니 생각했겠지요. 그러다가 사고를 당하고 만 것입니다. 우리 모두에게 큰 교훈이죠." 줄리언 대령이 말했다.

"사고는 쉽게 일어나죠. 가장 숙련된 사람조차 사고를 피하지 못

합니다. 사냥철마다 사고로 죽는 사람이 얼마나 많습니까." 프랭크가 맞장구를 쳤다.

"물론 드윈터 부인이 보트를 타고 나가지 않았다면 사고 따위는 없었을 겁니다. 그래도 참으로 이상하죠. 드윈터 부인이 케리스의 토요 승마 대회에 참가하신 모습을 여러 번 보았지만 한 번도 실수가 없었습니다. 그런데 보트에서는 초보자나 할 실수를 저질렀군요. 바위가 많은 위험한 지역에서 말입니다."

"그날은 바람이 대단하지 않았습니까. 돛이나 무언가에 문제가 생겼을 겁니다. 그래서 칼을 가지러 내려가야 했던 거죠." 프랭크가 설명했다.

"그러기가 쉽지요. 어떻든 우리로서는 알 수 없군요. 우리가 그런 입장이라면 더 잘 해냈을지도 모르겠고요. 아까도 말씀드렸지만 어쩔 수 없이 심리 절차를 거치셔야 합니다. 화요일 아침에 심리를 하되 가능한 한 빨리 끝내보겠습니다. 하지만 기자들이 모르게 하지는 못할 것 같아 걱정입니다."

또다시 침묵이 흘렀다. 나는 이제 자리에서 일어설 시간이라고 판단했다.

"이제 정원으로 나가실까요?" 내가 말했다.

모두 자리에서 일어났다. 내가 테라스로 길을 안내했다. 줄리언 대령이 재스퍼를 쓰다듬었다.

"아주 멋진 개로 자랐군요."

"네, 그렇답니다."

"개를 잘 기르시는군요."

우리는 잠시 서 있었다. 줄리언 대령이 시계를 보았다. "훌륭한 식사를 대접해주셔서 감사합니다. 바쁜 오후 업무를 시작해야겠군요. 그만 물러가도록 허락해주십시오."

"바쁘신데 가보셔야죠."

"이런 일이 일어나서 정말 유감입니다. 무척 가슴이 아픕니다. 남편분보다는 부인께서 더 힘드시리라 생각합니다. 그래도 심리 절차만 마무리되면 다 잊으실 수 있겠지요."

"네. 그래야겠지요."

"제 차는 저택 앞에 세워두었습니다. 크롤리 씨를 태워줘야 할 것 같군요. 크롤리 씨, 사무실 앞에 내려드릴까요?"

"고맙습니다." 프랭크가 대답했다.

프랭크가 내 손을 잡고 인사했다. "다시 뵙겠습니다."

"네, 그러지요."

나는 그를 쳐다보지 않았다. 내 눈에서 마음을 읽을까 봐 겁이 났다. 내가 안다는 사실을 그가 알게 하고 싶지 않았다. 맥심이 두 사람을 차까지 전송했다. 그리고 테라스에 있는 내게 돌아왔다. 그가 내 팔을 잡았다. 우리는 바다 쪽으로 이어진 잔디밭을, 그리고 곶의 등대를 바라보았다.

"다 잘 끝날 거요. 난 아주 침착하고 자신도 있소. 점심 식탁에서 줄리언 대령과 프랭크를 보면서 당신도 그렇게 느꼈겠지? 심리는 아무 문제 없이 끝날 거요."

나는 아무 말도 하지 않았다. 그저 그의 팔을 힘껏 잡았다.

"시체가 다른 사람일 거라는 생각은 아예 할 수도 없었소. 내가 없더라도 의사 혼자서 신원 확인을 하기에 충분했으니까. 총에 맞은 흔적은 없었소. 총알이 뼈를 다치게 하지 못했던 거요."

나비 한 마리가 우리 주위를 오락가락했다.

"당신도 그 사람들 말을 들었지. 레베카가 선실에 갇혀버렸다고 생각하고 있소. 심리 때도 마찬가지일 거요. 의사도 똑같은 얘기를 했소." 그가 잠시 숨을 돌렸다. 여전히 나는 입을 떼지 않았다.

"그저 당신이 걱정이오. 난 후회하지 않소. 다시 그런 일이 있다면 난 다시 똑같은 행동을 할 테니까. 레베카를 죽였던 게 기쁘오. 그걸 후회하는 일은 절대로, 절대로 없을 거요. 하지만 당신은, 당신은 너무도 큰 상처를 받았소. 점심 먹으면서 내내 난 그 생각만 했다오. 내가 사랑했던 앳된 얼굴, 엉뚱하고 귀여웠던 표정은 영원히 사라지고 말았다고. 다시는 되돌아오지 않을 거라고. 레베카 이야기를 털어놓으면서 내가 그걸 없애버린 셈이지……. 겨우 스물네 시간 만에 당신은 완전히 어른이 되어버린 거요……."

22

그날 저녁 프리스가 가져온 지역신문 1면에는 커다란 글씨로 맥심의 이름이 찍혀 있었다. 프리스가 신문을 테이블에 놓았다. 맥심은 저녁 먹기 전에 옷을 갈아입으러 올라가고 없었다. 프리스는 내가 뭐라 말하기를 기다리는 듯 주춤거렸다. 집 안의 모든 사람에게 그토록 중요한 문제를 말없이 덮어두기만 할 수는 없을 것 같았다.

"아주 끔찍한 일이에요, 프리스."

"그렇습니다. 저희도 충격을 받았습니다."

"무엇보다 드윈터 씨가 힘들게 되었지요. 그 모든 일을 다시 겪어야 하니까요."

"그렇습니다. 안타깝습니다. 시체 확인을 두 번이나 해야 하다니요. 보트 안에 남은 유품이 모두 돌아가신 드윈터 부인 거란 점이 분명했던 모양입니다."

"그렇다고 하네요, 프리스."

"돌아가신 부인께서 그렇게 선실에 갇혀버렸다는 게 참으로 이상합니다. 보트에는 전문가나 다름없으셨거든요."

"그래요. 모두들 그렇게 생각하고 있어요. 하지만 사고는 늘 일어나는 법이니까요. 우리도 언제 사고를 당할지 모르는 거죠."

"그야 그렇습니다, 마님. 어떻든 큰 충격입니다. 더군다나 무도회 직후에 이런 일이 터지다니 참으로 유감스럽지 않습니까?"

"그래요."

"심리가 열릴까요, 마님?"

"그렇다고 하네요. 형식적인 절차라니까요."

"혹시 저희 중에도 누가 증언을 해야 할까요?"

"그럴 것 같지는 않아요."

"드윈터 가문을 도울 수 있는 일이라면 저는 뭐든지 기쁜 마음으로 할 겁니다. 주인어른이 더 잘 아시겠지만요."

"그럼요. 잘 알고 있지요."

"하인들에게 바깥에 나가서는 함부로 떠들지 말라고 했습니다. 하지만 실제로 어떻게 하는지 확인할 길은 없지요. 특히 하녀들의 경우는 더 그렇습니다. 로버트한테는 입단속을 시킬 수 있습니다만. 댄버스 부인이 특히 충격을 많이 받았습니다."

"그럴 거라고 생각해요."

"점심 후에 곧장 자기 방에 가서 나오지 않고 있습니다. 앨리스가 방금 차 한 잔과 신문을 가져다주었고요. 앨리스 말로는 몸이 몹시 아픈 것 같다고 합니다."

"자기 방에서 쉬라고 하는 게 좋겠어요. 아픈데 억지로 일어나서 일할 필요는 없지요. 앨리스에게 그렇게 전하도록 하세요. 식사는 내가 요리사랑 의논해서 처리할 수 있으니까."

"알겠습니다. 댄버스 부인은 몸이 아프다기보다는 드윈터 부인의 시체가 발견되었다는 데 충격을 받은 것 같습니다. 드윈터 부인과 워낙 각별한 사이였으니까요."

"그야 저도 알지요."

프리스가 방을 나갔다. 나는 맥심이 내려오기 전에 재빨리 신문을 훑어보았다. 한 15년 전쯤 찍었을 것 같은 맥심의 희미한 사진도 실려 있었다. 1면에 실린 그의 사진을 보는 건 섬뜩했다. 내 얘기도 몇 줄 나와 있었다. 언제 두 번째 부인과 결혼했는지, 그리고 최근에 맨덜리에서 어떤 무도회를 열었는지에 대해. 흥미 위주로써 내려간 무례한 기사였다. 아름답고 다재다능했으며 모두의 사랑을 받았던 부인 레베카가 1년 전에 물에 빠져 죽었지만 맥심은 이듬해 봄에 결혼을 해서 새색시를 바로 맨덜리에 데려왔고 재혼을 자축하며 가장무도회를 개최했다고 했다. 그리고 바로 그다음 날 전 부인의 시체가 보트 선실에 갇힌 모습으로 바닷속에서 발견되었다는 이야기를 써놓았다.

사실은 사실이었다. 하지만 사소한 거짓을 섞어 독자들이 신문산 돈을 아까워하지 않도록 이야기를 꾸며놓았다. 기사대로 보면 맥심은 사악한 호색한이었다. '어린 신부'를 맨덜리로 데려와 세상에 과시라도 하듯 무도회를 벌였으니 말이다.

나는 맥심이 보지 못하도록 신문을 쿠션 뒤에 감췄다. 하지만 이튿날 아침 신문은 감출 수 없었다. 런던에서 배달되는 신문에도 기사가 실렸다. 맨덜리 사진과 함께 말이다. 맨덜리는 빅뉴스였고 맥심도 그랬다. 신문은 그를 맥스 드윈터라고 불렀다. 끔찍했다. 성대한 가장무도회가 열린 바로 그다음 날 레베카의 시체가 발견되었다는 사실에 무슨 의미라도 부여하는 양 두 신문 모두 '역설적'이라는 표현을 써가며 그 점을 강조했다. 그렇다, 나도 역설적이라고 생각했다. 신문이 좋아할 만한 기삿거리였다. 아침 식탁에서 신문을 읽으며 맥심의 얼굴은 점점 더 하얗게 변했다. 그는 아무 말도 하지 않고 그저 내 얼굴을 바라보았다. 나는 팔을 뻗어 그의 손을 잡았다. "무시해버려요. 쓰레기 같은 기사일 뿐이에요."

진실을 안다면 신문은 어떤 기사를 쓸까? 머리기사 하나가 아니라 대여섯 면을 할애해 다루었겠지. 런던 거리에 플래카드가 붙고 거리마다 신문팔이 소년이 고함을 질러댈 것이다. 플래카드 한 중간에는 레베카라는 이름이 커다랗게 박혀 있으리라.

아침을 먹고 난 후 프랭크가 왔다. 잠 한숨 못 잔 것처럼 창백하고 피곤한 모습이었다. "맨덜리로 오는 모든 전화는 사무실로 연결되도록 해놓았어. 누구든 상관없이 말이야. 기자들이 전화를 걸면 내가 해결하겠네. 다른 전화도 마찬가지고. 두 사람이 마음고생하는 건 싫으니까. 벌써 주민들 몇 명이 전화를 했더군. 관심에 감사

하지만 드윈터 부부는 며칠 동안 전화를 받을 수 없는 처지임을 이해해달라고 말했어. 레이시 부인은 8시 30분쯤에 전화를 하셨더군. 바로 오시겠다고."

"오, 하느님……." 맥심이 중얼거렸다.

"걱정 말게. 내가 말렸으니까. 레이시 부인이 오셔도 도울 수 있는 일은 하나도 없다고 솔직하게 말씀드렸어. 자네가 아무도 만나고 싶어 하지 않는다고 말이야. 언제 심리가 열리는지 궁금해하시기에 아직 결정되지 않았다고 했지. 하지만 신문에 심리 날짜가 실리면 아마 못 오시게 하기는 어려울 거야."

"그놈의 신문기자들!"

"나도 같은 생각이네. 목이라도 조르고 싶은 기분이야. 하지만 그 사람들 입장도 이해가 안 가는 건 아냐. 이건 신문의 구미에 딱 맞는 사건이거든. 흥미 있는 기사를 쓰지 못하면 편집장이 가만 내버려두지 않지. 또 편집장이 팔릴 만한 기사를 공급하지 못하면 사장이 난리 치는 거고. 신문이 안 팔리면 사장은 파산하고 마니까. 맥심, 자네는 기자를 만나서도 안 되고 말을 나눠서도 안 돼. 내가 다 알아서 하겠네. 자네는 심리에만 신경 쓰도록 해."

"무슨 말을 해야 할지는 이미 다 아는걸."

"그야 물론 그렇지. 하지만 조사관이 호리지라는 걸 잊지 말게. 아주 끈질긴 사람이지. 아무 상관 없는 세세한 부분까지 파고들어 판사 앞에서 자기가 얼마나 철저하게 조사했는지 보여주려 하거든. 거기 약점을 잡히면 안 돼."

"대체 내가 약점을 잡힐 이유가 무엇인가? 그럴 일은 하나도 없어."

"물론 나도 알아. 그래도 전에 호리지의 심리를 지켜본 경험에 비춰 말하면 상대의 신경을 긁는 데 명수더라고. 조심해야 해."

"프랭크 말이 맞아요. 저도 그렇게 생각해요. 일이 부드럽게 잘 해결되어야 모두에게 좋잖아요. 그럼 우리도, 다른 사람들도 다 잊어버리게 될 거예요. 그렇죠, 프랭크?"

"맞습니다."

나는 여전히 프랭크의 시선을 피했다. 하지만 그가 진실을 알고 있다는 확신은 그 어느 때보다도 강했다. 그는 처음부터 알고 있었던 것이다. 사건이 일어났던 그때부터. 맨덜리에 온 첫날 그를 만났던 일이 떠올랐다. 그와 비어트리스, 자일스와 함께 점심을 먹었지. 비어트리스는 눈치 없이 맥심의 건강 얘기를 꺼냈었고, 그때 프랭크는 슬쩍 화제를 돌렸고 그다음에도 곤란한 질문이 나올 때마다 남들 모르게 맥심을 도와주었다. 그는 레베카 얘기를 하지 않으려 했지. 무척 어색하고 과장된 태도로 간신히 몇 마디씩만 했어. 이제는 다 이해가 되었다. 프랭크는 알고 있었다. 맥심은 그가 안다는 것을 몰랐고 말이다. 우리는 서로의 사이에 작은 담장을 친 채 그렇게 함께 서 있었다.

그 뒤로 두 번 다시 전화에 시달리는 일은 없었다. 전화는 모두 사무실로 연결되었다. 이제 기다리는 일만 남았다. 화요일까지 기다리는 것이다.

댄버스 부인은 전혀 나타나지 않았다. 하지만 메뉴는 평소처럼 준비되었고 나는 아무것도 바꾸지 않았다. 클래리스에게 댄버스 부인의 소식을 물었더니 하던 일을 계속하고는 있는데 누구하고도 말을 안 한다고 했다. 식사도 방에서 혼자 한다고 했다.

클래리스는 궁금해 죽겠다는 표정이었지만 내게는 질문을 던지지 않았다. 나도 클래리스와 그 얘기를 할 생각은 없었다. 분명 하인들이나 영지 사람들은 부엌에서, 농장에서 온통 그 얘기뿐일 것이었다. 아니, 케리스 전체가 그럴 것이었다. 우리는 맨덜리를 벗어나지 않았다. 숲으로 산책도 가지 않았다. 날씨는 여전히 덥고 답답했다. 흰 구름 뒤에 비가 숨겨져 있는지 비 냄새가 나고 축축한 느낌이 들었지만 비는 내리지 않았다. 심리는 화요일 오후 2시로 잡혔다.

그날 우리는 12시 45분에 점심을 먹었다. 프랭크도 함께였다. 천만다행히도 비어트리스는 못 오게 되었다고 알려왔다. 집에 온 아들 로저가 홍역에 걸리는 바람에 식구 모두 외출 금지 상태가 되었다는 것이다. 나는 진심으로 홍역에 감사했다. 비어트리스가 찾아와 머물면서 걱정해준답시고 질문을 퍼붓게 되면 맥심은 견디지 못할 것이었다.

식사 시간은 짧게 끝났다. 우리 모두 말을 별로 하지 않았다. 다시금 명치에 통증이 느껴졌다. 아무것도 먹고 싶지 않았다. 삼킬 수가 없었다. 식사가 끝나자 안도의 한숨이 나올 정도였다. 맥심이 밖으로 나가 차 시동을 거는 소리가 들렸다. 그 소리에 마음이 차분해졌다. 출발해야 한다. 더 이상 맨덜리에 멍하니 앉아 기다리지 않고 무언가 할 수 있는 시간이 되었다. 프랭크도 자기 차를 몰고 뒤따라왔다. 나는 가는 길 내내 맥심의 무릎 위에 내 손을 올려두었다. 맥심은 아주 침착했다. 불안한 기색은 전혀 없었다. 마치 병원에 수술받으러 가는 사람과 동행하는 기분이었다. 원하는 결과를 얻게 될지의 여부는 전혀 모르는 것이다. 수술은 성공하게 될까. 내 손이 아주 차가웠다. 심장이 마구 뛰었다. 명치끝의 통증도 여전했다. 심리는 케리스 반대편으로 9킬로미터 떨어진 래니언이라는 곳에서 열리게 되었다. 우리는 시장 옆의 큰 광장에 차를 주차해야 했다. 의사와 줄리언 대령의 차는 벌써 도착해 있었다. 행인들이 흘끔거리며 맥심을 쳐다보고 쑥덕거렸다.

"전 차에 남아 있는 게 좋겠어요. 안에는 들어가지 않을래요."

"당신이 여기 올 필요도 없다고 생각했소. 그래서 처음부터 반대하지 않았소? 맨덜리에 그냥 남아 있을 걸 그랬구려."

"그건 아니에요. 그냥 여기 차 안에서 기다릴게요."

프랭크가 다가와 차 안을 들여다보았다. "부인께서는 안 가시나요?"

"안 갈 걸세. 차 안에 있겠다는군." 맥심이 대답했다.

"내 생각에도 그게 좋겠어. 부인까지 거기 참석할 까닭이 없지. 어차피 오래 걸리지도 않을 테고."

"맞아요."

"어떻든 안쪽에 부인 자리는 맡아두겠습니다. 혹시라도 마음이 변하실지 모르니까." 역시 프랭크다웠다.

두 사람은 나를 남겨둔 채 가버렸다. 시장이 일찍 파장된 날이었다. 상점들은 단조로운 모습이었다. 사람도 많지 않았다. 래니언은 내륙 깊숙이 있는 탓에 휴일 소풍객이 몰릴 만한 곳이 아니었다. 나는 조용한 상점들을 바라보았다. 몇 분이 흘렀다. 조사관, 프랭크, 맥심, 줄리언 대령 등 모두들 뭘 하고 있을지 궁금했다. 나는 차에서 내려 시장 이곳저곳을 둘러보았다. 상점 진열창도 구경했다. 경찰관 한 사람이 이상하다는 듯 나를 보았다. 나는 그 시선을 피해 뒷골목으로 들어갔다. 그런데 어찌 된 일인지 정신을 차리고 보니 심리가 열리는 건물 앞이었다. 심리 시간이 공개되지 않았던 덕분에 우려와 달리 사람들이 몰려들지는 않았다. 마치 아무도 없는 건물처럼 보였다. 나는 계단을 올라 문 안으로 들어섰다.

어디선가 경찰관이 나타났다. "무슨 일이시죠?"

"아무것도 아니에요." 내가 대답했다.

"여기 계시면 안 됩니다."

"미안해요." 나는 뒤돌아 나오려 했다.

"잠깐만요, 혹시 드윈터 부인이십니까?"

"그래요."

"그렇다면 이야기가 다르지요. 원한다면 여기서 기다리셔도 좋습니다. 이 방이 비었으니 들어가 계시겠어요?"

"고맙습니다."

그는 책상만 하나 놓였을 뿐 텅 빈 작은 방으로 나를 안내했다. 역 대합실 같은 분위기였다. 나는 자리에 앉아 무릎에 손을 얹었다. 5분이 지나갔다. 아무 일도 일어나지 않았다. 차에서 기다리는 편이 훨씬 나을 뻔했다. 나는 일어나 복도로 나왔다. 경찰은 아직도 거기 있었다.

"얼마나 걸릴까요?"

"제가 가서 알아보겠습니다."

그는 복도를 따라 사라졌다. 잠시 후 돌아오더니 "한참 걸릴 것 같지는 않습니다. 드윈터 씨가 방금 증언을 끝냈습니다. 설 대령, 잠수부, 의사는 그보다 앞서 증언했답니다. 케리스에서 온 보트 기술자만 남아 있습니다."

"그럼 거의 끝났군요."

"그런 것 같습니다." 경찰은 이렇게 말하더니 갑자기 생각난 듯 덧붙였다. "남은 증언이라도 들으시겠습니까? 출입구 바로 앞에 자리가 있습니다. 슬쩍 들어가시면 아무도 모를 겁니다."

"네. 그렇게 하겠어요."

정말로 거의 끝나가는 중이었다. 내가 들어갔을 때 맥심은 증언을 막 마친 상태였다. 나머지 증언은 들어도 괜찮았다. 내가 듣고 싶지 않은 것은 맥심의 증언뿐이었다. 그의 말을 듣고 있으면 너무 긴장할 것 같았다. 처음부터 안에 들어가지 않았던 이유도 바로 거기 있었다. 하지만 이제는 괜찮다. 맥심이 말을 끝냈으니 말이다.

나는 경찰관 뒤를 따라갔다. 그는 복도 끝의 문을 열었다. 나는 고개를 푹 숙이고 슬쩍 들어가 문 바로 옆자리에 앉았다. 생각했던 것보다 작은 방이었다. 덥고 답답했다. 교회처럼 등받이 없는 의자가 줄지어 있는 커다란 방을 상상했는데 말이다. 맥심과 프랭크는 반대편 끝에 앉아 있었다. 조사관은 나이가 많고 깡마른 체구에 코안경을 걸고 있었다. 내가 모르는 사람들도 여럿 있었다. 나는 사람들을 슬쩍슬쩍 곁눈질했다. 댄버스 부인을 보자 가슴이 쿵 내려앉았다. 부인은 의자에 등을 대고 꼿꼿한 자세로 앉아 있었다. 그 옆에는 파벨이 앉았다. 잭 파벨, 레베카의 사촌 말이다. 그는 몸을 앞으로 굽히고 손으로 턱을 괸 채 조사관을 응시했다. 잭 파벨이 오다니 뜻밖이었다. 맥심이 그를 보았을까? 그러는 동안 보트 기술자인 탭이 조사관의 질문에 대답하기 시작했다.

"그렇습니다. 제가 드윈터 부인의 작은 보트를 개조했습니다. 본래는 고깃배였지만 여기서는 그렇게 사용하기 어려웠기 때문입니다. 그래서 제게 배를 작은 요트처럼 개조해달라고 하셨습니다."

"보트는 바다로 나가기에 알맞은 상태였나?"

"작년 4월에 마지막으로 점검했을 때만 해도 그랬습니다. 드윈터 부인께서는 10월에 보트를 저희 작업장에 옮겨놓으셨고 다음 해 3월에 정기 점검을 부탁하셨지요. 그게 그러니까 제가 배를 개조한 후 네 번째 점검이었습니다."

"그 전에도 그 보트가 뒤집힌 일이 있었나?"

"아닙니다. 그런 일이 있었다면 드윈터 부인이 말씀 안 하셨을 리가 있습니까? 제가 들은 바로는 보트 성능에 늘 대만족이라고 하셨는걸요."

"그 보트를 다루려면 세심한 주의가 필요했을 것 같네만?"

"일단 보트를 몰고 바다로 나가면 누구나 신경을 곤두세우죠. 그건 당연한 일입니다. 하지만 드윈터 부인의 보트는 한시도 그냥 둘 수 없는 불안한 배, 케리스에서 종종 보게 되는 그런 너절한 배가 아니었습니다. 바람과 파도를 거뜬히 이겨내는 탄탄한 보트였죠. 드윈터 부인은 그날보다 더 나쁜 날씨에도 보트를 띄웠다고 합니다. 게다가 바람은 그때 막 일기 시작한 것에 불과했지요. 늘 말해왔습니다만, 그날 밤 드윈터 부인의 보트가 그렇게 되어버린 건 참으로 이해할 수 없는 일입니다."

"하지만 드윈터 부인이 선실에 내려가 있을 때 곳에서 갑자기 바람이 내리쳤다면 보트가 뒤집힐 가능성은 충분하지 않은가?"

탭은 고개를 저었다. "아닙니다. 그렇게는 생각하지 않습니다." 고집스러운 말투였다.

"하지만 상황은 그랬던 것으로 추정되네. 드윈터 부인이든 다른 누구든 자네의 작업이 사고와 관련되어 비난받아야 한다고 생각하지는 않아. 자네는 보트를 점검했고 아무 문제 없다고 확인했네. 내가 알고 싶었던 것은 그게 다야. 유감스럽게도 드윈터 부인은 잠시 주의를 게을리했고 그로 인해 목숨을 잃은 걸세. 전에도 그런 사고는 있었지. 다시 말하지만 우리는 자네를 비난하는 게 아니네."

"그런데 실은 좀 더 말씀드리고 싶은 게 있습니다. 허락해주신다면 말씀드리겠습니다."

"어서 해보게."

"사실 그 사고 이후 케리스의 많은 사람들이 제 작업을 못미더 워했습니다. 저 때문에 드윈터 부인이 결함 있는 보트를 탔다는 거 죠. 일감도 몇 개 끊어졌습니다. 억울했지만 보트가 가라앉아버렸 으니 제 결백을 주장할 수도 없었습니다. 그런데 거기서 증기선이 좌초되고 드윈터 부인의 보트가 발견되어 끌어 올려졌다는 걸 알 게 되었습니다. 설 대령은 어제 제가 직접 보트를 살펴볼 수 있도 록 허락해주셨습니다. 저는 제가 제대로 정비했다는 걸 확인하고 싶었지요. 열두 달 이상 물에 잠겨 있었어도 저는 알아볼 수 있으 니까요."

"자네 마음은 이해가 가네. 제대로 확인이 되었기를 바라네."

"네. 실제로 제가 정비한 부분에는 아무런 문제가 없었습니다. 전 보트를 구석구석 상세히 살펴보았습니다. 잠수부에게 물어보 니 배는 모랫바닥에 가라앉아 있었다고 하더군요. 그러니까 바위 에는 부딪치지 않았다는 얘기입니다. 바위에서 1.5미터 정도 떨어 진 지점이었고요. 배는 모랫바닥에 놓여 있었고 바위와 부딪친 흔 적은 전혀 없었습니다."

그가 말을 멈췄다. 조사관은 무슨 말이 이어질지 궁금하다는 표정으로 재촉했다. "그래서? 그게 자네가 하고 싶다는 얘기인가?"

"아니요, 아직 안 끝났습니다. 제가 알고 싶은 건 누가 배 바닥 판자에 구멍을 뚫었는가 하는 점입니다. 바위는 아닙니다. 가장 가 까운 바위도 1.5미터나 떨어져 있었으니까요. 더군다나 그 구멍은 바위에 부딪쳐서는 만들어질 수 없는 종류입니다. 구멍이었거든요. 송곳이나 대못으로 뚫은 겁니다."

나는 그를 쳐다볼 수 없었다. 그래서 바닥을 내려다보았다. 초록색 리놀륨이 깔린 바닥이었다.

어째서 조사관은 아무 말을 하지 않는 것일까? 왜 침묵이 이토록 길게 이어질까? 마침내 조사관이 입을 열었다. 그 목소리가 아득하게 들렸다.

"그게 무슨 말인가? 어떤 구멍이란 말인가?"

"모두 세 개였습니다. 하나는 앞쪽 우현의 수선水線 바로 아래입니다. 다른 두 개는 배 중간쯤 바닥 부분에 뚫려 있고요. 배를 안정시키기 위한 바닥짐 위치도 바뀐 상태였습니다. 이게 다가 아닙니다. 바닥 마개까지도 열려 있었습니다."

"바닥 마개라고? 그게 무엇인가?"

"세면기나 변기에서 이어지는 파이프를 막아주는 장치입니다. 드윈터 부인은 고물 쪽에 작은 화장실을 설치했지요. 앞쪽에는 물건을 씻을 수 있는 개수대가 있고요. 마개는 개수대 쪽에 하나, 화장실 쪽에 하나가 있습니다. 배가 바다에 나갔을 때는 둘 다 꼭 닫혀 있어야 합니다. 아니면 바닷물이 들어오니까요. 그런데 어제 확인해보니 마개 두 개가 다 완전히 열려 있었습니다."

더웠다. 너무 더웠다. 왜 창문을 닫아두는 걸까? 이런 공기 속에 앉아 있다가는 질식해버릴지도 모른다. 사람이 너무 많아서 그렇다. 숨 쉬는 사람이 너무 많이 몰려 있다.

"바닥 판자에 뚫린 구멍에다가 마개까지 열린 상태라면 그렇게 작은 보트가 가라앉는 건 금방입니다. 10분도 채 안 걸릴 겁니다. 제가 점검했을 때는 당연히 그런 구멍이 없었습니다. 저는 제 일에 자부심을 가진 사람입니다. 제 생각에 보트는 뒤집힌 게 아닙니다. 누군가 의도적으로 구멍을 내어 가라앉힌 겁니다."

이제 일어나 문으로 나가야 한다. 아까 잠시 앉아 있었던 그 방으로 다시 돌아가야 한다. 이 방에는 공기가 없다. 사람들은 서로 밀치며 아우성이다……. 내 앞자리의 누군가가 벌떡 일어서 큰 소리로 떠들어댄다. 무슨 일이 일어나고 있는 거지? 아무것도 보이지 않는다. 덥다. 너무 덥다. 조사관은 모두에게 조용히 하라고 하는군. 그러고는 "드윈터 씨!"라고 부른다. 앞에 앉은 여자의 모자에 가려 아무것도 보이지 않는다. 맥심이 나가 선 모양이다. 나는 그를 볼 수 없다. 보지 말아야 한다. 전에도 이런 느낌일 때가 있었지. 그게 언제였지. 모르겠다. 기억나지 않아. 아, 그래, 댄버스 부인과 함께 있을 때였지. 창가에 나란히 서 있을 때. 부인도 지금 여기서 조사관의 말을 듣고 있다. 맥심은 저기 나가 서 있고. 바닥에서 열기가 올라온다. 열기는 땀에 젖어 미끄러운 내 손에 닿고 목으로, 뺨으로 올라온다.

"드윈터 씨, 부인의 보트를 정비했던 기술자 제임스 탭의 증언을 들으셨지요? 바닥에 뚫린 구멍에 대해 아시는 바가 있습니까?"

"전혀 없습니다."

"거기 구멍이 뚫린 이유에 대해 생각하시는 바가 있습니까?"

"전혀 없습니다."

"구멍 이야기를 들은 게 이번이 처음입니까?"

"네."

"놀라셨겠군요?"

"당연히 놀랐습니다. 열두 달 전 제가 시체의 신원 확인을 잘못했다는 사실을 알게 된 것만 해도 큰 충격입니다. 그런데 이번에는 죽은 아내가 선실에 갇혀 빠져 죽은 시체로 발견되었을 뿐 아니라 배를 가라앉히려고 의도적으로 뚫은 구멍까지 있다고 하니 어떻게 놀라지 않을 수 있습니까?"

안 돼요, 맥심. 기술자의 주장을 옹호해주면 안 돼요. 프랭크 말을 들었잖아요. 말려들고 있는 거예요. 그런 목소리, 그렇게 화난 목소리는 안 돼요. 당신은 상황을 이해하지 못하고 있어요. 오, 하느님, 제발 그가 흥분하지 않도록 해주세요. 침착함을 유지하도록 해주세요.

"드윈터 씨, 이 사건과 관련해 우리는 모두 깊은 위로의 마음을 전하고 싶습니다. 부인께서 물에 빠져 사망한 것만으로도 엄청난 충격을 받으셨겠지요. 게다가 선실에 갇힌 상태였으니 말입니다. 지금 저는 당신을 위해서 심리를 진행하고 있다는 걸 알아주십시오. 어떻게, 그리고 왜 전 부인이 돌아가셨는지를 밝히려는 겁니다. 저 스스로의 즐거움을 위해 심리하는 게 아닙니다."

"당연한 말씀입니다."

"방금 기술자 제임스 탭은 드윈터 부인의 시체가 있는 선실에 구멍 세 개가 뚫린 상태라고 증언했습니다. 마개도 열려 있다고 합니다. 그 주장에 동의하십니까?"

"물론입니다. 그는 전문가입니다. 전문가가 하는 말이니 틀릴 리 없지요."

"누가 부인의 보트를 관리했습니까?"

"그 사람이 직접 했습니다."

"일꾼을 쓰지 않았습니까?"

"쓰지 않았습니다."

"보트는 맨덜리의 사유지 항구에 정박시켜두었지요?"

"그렇습니다."

"누군가 낯선 사람이 보트에 구멍을 내려고 접근했다면 당장 눈에 띄었겠지요? 일반인들이 드나드는 곳이 아니지요?"

"그렇습니다."

"항구는 나무숲에 둘러싸인 조용한 곳이지요?"

"그렇습니다."

"지나가는 사람들은 보지 못할 가능성이 크군요?"

"그렇습니다."

"기술자인 제임스 탭이 한 증언, 그러니까 보트 바닥에 구멍이 뚫리고 마개가 열려 있었을 경우 가라앉는 데 10분이나 15분이면 충분하다고 한 말을 못 믿을 이유는 없어 보입니다만."

"제 생각도 그렇습니다."

"그렇다면 드윈터 부인이 보트를 타고 나가기 전에 누군가 고의적으로 보트를 손상시켰다고는 보기 어렵습니다. 그런 경우 항구에서 바로 가라앉아버렸을 테니까요."

"그럴 것 같습니다."

"그러면 그날 밤 보트를 타고 나갔던 누군가가 배에 구멍을 내고 마개를 열었다고 봐야 하겠습니다."

"그럴 것 같습니다."

"선실 문이 닫혀 있었고 현창도 잠겨 있었으며 부인의 사체가 바닥에 있다고 증언하셨지요? 의사와 설 대령의 증언도 같은 내용이었고요?"

"그렇습니다."

"이제 바닥에 구멍이 뚫리고 마개가 열려 있었다는 사실을 추가해야겠습니다. 드윈터 씨, 새로 밝혀진 이 사실이 참으로 놀랍지 않습니까?"

"놀랍습니다."

"뭔가 더 하시고 싶은 말씀은 없습니까?"

"없습니다."

"드윈터 씨, 죄송하지만 개인적인 질문을 던질 수밖에 없는 제 입장을 이해해주십시오."

"네."

"당신은 돌아가신 드윈터 부인과 아무 문제 없는 행복한 관계였습니까?"

눈앞에서 검은 점들이 어지럽게 춤을 췄다. 더웠다. 너무 더웠다. 사람들, 얼굴들, 닫힌 창문들. 바로 옆의 문은 왜 이리 멀어 보이는지. 바닥이 점점 더 가까이 다가오는 것 같다.

갑자기 맥심의 목소리가 들려온다. 크고 또렷한 목소리다. "누가 제 아내 좀 데리고 나가주시겠습니까? 금방 기절해버릴 것 같군요."

23

나는 다시 작은 방으로 돌아와 앉아 있었다. 역 대합실 같은 그 방에. 경찰관이 몸을 굽히며 물 잔을 건네주고 프랭크가 내 팔을 잡고 있다. 나는 가만히 앉아 있다. 바닥, 벽, 프랭크와 경찰관의 모습이 분명히 보인다.

"미안해요. 정말 멍청한 꼴을 보였네요. 방이 너무, 너무 더워서요."

"심리가 열릴 때면 늘 그렇습니다. 불평하는 사람이 많지만 해결을 안 하는군요. 전에도 숙녀분들이 기절한 적이 있습니다."

"이제 괜찮으십니까, 드윈터 부인?" 프랭크가 물었다.

"네. 괜찮아요. 이제 멀쩡해졌어요. 들어가보셔도 돼요."

"제가 맨덜리로 모셔다드리겠습니다."

"아니에요."

"안 됩니다. 맥심이 그렇게 부탁했습니다."

"당신은 맥심 곁에 있어야 해요."

"맥심은 저더러 부인을 모셔다드리라고 했습니다."

그는 내 팔을 잡고 부축해 일어서게 했다. "차까지 걸어가실 수 있겠습니까? 아니면 차를 가져올까요?"

"걸어갈 수 있어요. 하지만 그냥 남아 있는 게 좋겠어요. 맥심을 기다려야지요."

"아마 오래 걸릴 겁니다."

무슨 말이지? 무슨 뜻이지? 왜 내 얼굴을 안 보는 거지? 그는 내 팔을 잡고 함께 복도를 지나 계단을 내려섰다. 맥심이 오래 걸릴 거라고?

우리는 말없이 프랭크의 차로 갔다. 그가 차 문을 열고 내가 올라타는 것을 도왔다. 차는 광장을 떠나 텅 빈 마을을 지났고 케리스 방향 도로로 접어들었다.

"어째서 오래 걸린다는 거죠? 뭘 하는 건데요?"

"다시 그 증거를 검토해야 할 겁니다." 프랭크는 정면의 하얀 길을 주시했다.

"이미 증거는 다 나왔잖아요. 더 할 말은 없어요."

"그건 모르지요. 조사관은 다른 각도에서 질문을 던질 겁니다. 기술자의 증언이 모든 걸 뒤바꿔놓았어요. 다른 가능성이 검토되어야 합니다."

"어떤 가능성요? 무슨 뜻이죠?"

"부인께서도 증언을 들으셨지 않습니까? 기술자가 보트에 대해 하는 말을 들으셨지요? 더 이상은 사고라고 생각할 수 없게 되었습니다."

"말도 안 돼요, 프랭크, 이건 아니에요. 기술자가 하는 말은 듣지 말아야 해요. 이렇게 오랜 시간이 지났는데 보트에 구멍이 났느니 어쩌느니 하는 말이 무슨 소용인가요? 뭘 증명하려는 거죠?"

"저도 모릅니다."

"조사관이 물고 늘어지면 맥심이 흥분해서 자칫 말실수를 할지도 몰라요. 조사관은 질문을 하고 또 하겠지요. 맥심은 견디지 못할 거예요. 전 알아요."

프랭크는 대답하지 않았다. 차의 속도가 빨라졌다. 프랭크가 의례적인 대답을 하지 못하는 모습은 처음이었다. 그건 불안하다는, 몹시 불안한 마음이라는 뜻이었다. 게다가 교차로마다 멈춰서 좌우를 살피고 길모퉁이가 나오면 으레 경적을 울리던 평소의 조심스러운 운전 습관조차 지금은 다 잊고 있지 않은가.

"그 남자도 왔어요. 댄버스 부인을 만나러 맨덜리에 왔던 남자 말이에요." 내가 말했다.

"파벨 말씀이군요? 저도 봤습니다."

"댄버스 부인과 함께 앉아 있더군요."

"그랬습니다."

"왜 왔을까요? 어떤 자격으로 심리에 참석한 거지요?"

"돌아가신 분의 사촌이니까요."

"파벨과 댄버스 부인이 거기 앉아 증언을 들은 건 마음에 들지 않아요. 신뢰할 수 없는 사람들이니까요."

"저도 그렇게 생각합니다."

"뭔가 엉뚱한 짓을 할지 몰라요. 우리를 공격할 수도 있고요."

이번에도 프랭크는 대답하지 않았다. 맥심에 대한 그의 충성심은 심지어 나에게조차 속마음을 다 드러내지 않을 만큼 컸던 것이다. 내가 어디까지 아는지 모르는 상황이니 말이다. 나 역시 그가 얼마나 아는지 확신할 수 없었다. 우리는 동지로 함께 차를 타고 가고 있지만 서로를 쳐다보지 못했다. 누구도 위험을 무릅쓰고 속마음을 털어놓지 못했다. 철문 안으로 들어선 차는 길고 구불구불한 길을 따라가기 시작했다. 수국이 그렇게 만개했다는 것을 처음 깨달았다. 푸른 꽃이 초록 이파리 사이로 고개를 내밀었다. 수국은 아름답지만 다른 한편 처연한 느낌이 있었다. 교회 장례식의 유리 관 아래 놓인 꽃다발 같은 느낌 말이다. 저택으로 들어가는 길 내내 그런 수국이 양쪽으로 늘어서 있었다. 하나같이 푸른 색으로 단조로웠다. 거리에 늘어선 구경꾼들 얼굴 같았다.

마침내 저택 앞에 도착한 차는 빙 돌아 방향을 바꾸면서 계단 앞에 섰다. "이제 괜찮으시겠지요? 누워 계시는 게 좋겠습니다."

"네, 그럴게요."

"저는 래니언으로 가야 합니다. 맥심한테 제가 필요할 겁니다."

그는 더 이상 말이 없었다. 급히 차로 돌아가 출발했다. 맥심한테 그가 필요할 거라고? 왜 그렇게 말을 했을까? 조사관은 프랭크에게도 질문을 던질지 몰랐다. 열두 달 전 그날 맥심과 프랭크는 함께 저녁을 먹었으니까. 정확히 언제 맥심이 그 집을 떠났는지 알고 싶어 하겠지. 그가 집으로 돌아가는 모습을 누구 본 사람이 있는지 알고 싶어 하겠지. 하인들이 맥심의 행방을 아는지, 맥심이 집에 도착하자마자 침실로 올라가 옷을 갈아입었던 걸 본 사람이 있는지. 댄버스 부인도 질문을 받을 것이다. 댄버스 부인이 증언을 할 것이다. 그러면 맥심은 얼굴이 하얗게 질리며 흥분해버릴지 모른다……

나는 홀로 들어섰다. 프랭크 말대로 2층 내 방으로 가서 침대에 누웠다. 손으로 눈을 가렸다. 그래도 심리하던 방과 사람들 얼굴이 보였다. 조사관의 주름진 딱딱한 얼굴, 코에 걸려 있던 금색 코안경도.

'저 스스로의 즐거움을 위해 심리하는 게 아닙니다'라고 조사관은 말했지. 맥심은 쉽게 상처받을지 모르는데. 지금은 무슨 얘길 하고 있을까? 어떤 일이 벌어지고 있을까? 혹시라도 프랭크 혼자 맨덜리로 돌아오는 것은 아닐까?

어떻게 될지 도무지 알 수 없었다. 사람들이 어떻게 할지 모를 일이다. 신문에서 본 사진, 체포되어 끌려가는 남자의 사진이 떠올랐다. 맥심도 그렇게 끌려간다면? 내가 함께 가도록 허락되지는 않을 것이다. 어쩌면 그를 만날 수도 없을지 몰랐다. 그럼 나는 여기서 매일같이, 밤마다 그를 기다려야 한다. 지금 기다리는 것처럼. 줄리언 대령 같은 사람들은 친절하다. '혼자 계시면 안 됩니다. 저희 집에 오세요'라고 말해주겠지. 전화가 오고, 신문이 오고, 다시 전화가 올 것이다. '아니, 드윈터 부인은 아무도 만나실 수 없습니다. 드윈터 부인은 하실 말씀이 없습니다.' 그러면서 다시 하루가 지나겠지. 한 주 한 주가 그렇게 아무 의미 없이 흘러가겠지. 프랭크가 마침내 나를 데리고 맥심을 만나러 갈 것이다. 맥심은 병원의 환자처럼 수척하고 창백한 모습이리라……

다른 여자들도 이런 일을 겪어낸다. 신문에서 읽은 적이 있다. 정부에 탄원서를 보냈지만 아무 소용 없다고 했지. 정부에서는 늘 법원이 알아서 판단해야 한다고 말한다고. 친구들이 탄원서를 만들고 모두가 서명을 해서 보내도 소용이 없다고 했다. 신문 기사를 읽은 사람들은 대체 아내를 죽인 남자를 왜 풀어줘야 하느냐고 고개를 갸웃거리겠지. 살해된 불쌍한 아내는 어쩌냐고 하면서. 사형 금지 같은 조치는 범죄를 강화시킬 뿐이라면서. 이 남자는 아내를 죽이기 전에 죗값 치를 일을 기억했어야 한다고 할 것이다. 다른 살인범들처럼 목을 매달아야 한다고, 그래서 모두에게 경각심을 불러일으켜야 한다고.

어느 신문에서 본 그림도 떠올랐다. 감옥 앞에 사람들이 모여 있다. 9시가 조금 넘자 경찰관 하나가 나와 공고문을 붙인다. 형 집행 결과를 알리는 공고문이다. '오늘 아침 9시에 사형이 집행되었다. 정부 관리, 의사, 주 행정관이 형을 지켜보았다.' 교수형은 신속하다. 크게 고통을 주지도 않는다. 단번에 목이 졸리고 마니까. 아니, 그렇지 않은 경우를 보았다고 하는 사람도 있었다. 형무소장과 아는 사이라고 했다. 머리 위에 자루를 쓰고 서 있으면 바닥이 꺼져버리는 식이라고 했다. 감방에서 사형장까지는 정확히 3분이 걸린다고 했다. 그러자 누군가 50초라고 정정했다. 아냐, 50초라니 말도 안 돼. 논쟁이 일었다. 의사가 검시하기 위한 작은 방도 있다고 한다. 사형수는 금방 죽는다고도 하고 그렇지 않다고도 한다. 늘 목이 부러지는 것은 아니다. 설사 목이 부러진대도 아무것도 느끼지 못한다고 누군가 말했다. 그렇지는 않다고 다른 누군가 반박했다. 사실이 알려지면 파장이 클 것이기 때문에 쉬쉬하긴 하지만 사형수가 늘 순식간에 죽는 것은 아니라고 의사가 말했다고 한다. 눈은 뜬 상태라고 한다. 오랫동안 그렇게 눈을 뜨고 있다고 한다.

오, 하느님, 제발 다른 생각을 하게 해주세요. 아무거나 다른 생각을. 미국에 있을 밴호퍼 부인은 어떨까. 지금쯤은 딸과 함께 지내겠지. 여름이면 롱아일랜드에 있는 집에 머무니까. 브리지 게임을 할 것이고 경마도 구경하겠지. 밴호퍼 부인은 경마를 좋아했다. 지금도 그 작은 노란 모자를 쓸까. 그 모자는 큰 얼굴에 비해 너무 작았다. 밴호퍼 부인은 신문과 잡지, 소설을 챙겨 딸네 집 정원에 나와 앉겠지. 손잡이 달린 안경을 내리며 딸을 소리쳐 부를 거야. '헬렌, 헬렌, 이것 좀 봐라. 맥시밀리언 드윈터가 첫 번째 아내를 죽였다고 하는구나. 어쩐지 좀 이상한 사람이다 했어. 그 바보 같은 여자애한테 실수하는 거라고 경고했지만 내 말을 듣지 않았지. 결국은 이렇게 되고 마는군.'

무언가가 내 손을 건드렸다. 재스퍼였다. 재스퍼가 그 차고 축축한 코를 내 손에 쑤셔 박았다. 홀에서부터 나를 따라온 것이었다. 어째서 개들은 우리가 울고 싶게 만드는 걸까? 공감을 전하는 개들의 눈빛은 너무도 고요하다. 재스퍼도 무언가 잘못되었다는 걸 아는 것이다. 트렁크에 짐을 챙겨 넣고 자동차가 문 앞에 도착하면 개들은 꼬리를 내린 채 슬픈 눈빛을 한다. 그리고 차가 떠나버리면 쓸쓸히 자기 바구니로 돌아가는 것이다……

그렇게 잠이 들어버린 모양이었다. 나는 천둥소리에 깜짝 놀라 벌떡 일어났다. 시계는 5시를 가리켰다. 창가로 갔다. 바람 한 점 없었다. 나뭇잎들이 꼼짝 않고 나무에 매달려 있었다. 하늘은 진회색이었다. 벼락이 하늘을 갈랐다. 또다시 우르릉 소리가 울렸다. 비는 내리지 않았다. 나는 복도로 나가 귀를 기울였다. 아무 소리도 들리지 않았다. 계단까지 나가보았다. 역시 아무도 없었다. 찌푸린 하늘 때문에 홀은 어두웠다. 나는 내려가서 테라스 앞에 섰다. 또다시 천둥이 우르릉 소리를 냈다. 빗방울 하나가 내 손에 떨어졌다. 이어 또 다른 빗방울이. 그러고는 그쳤다. 온통 깜깜했다. 계곡 너머 바다는 검은 호수 같았다. 천둥이 쳤다. 하녀가 위층 방들 창문을 부산스럽게 닫는 소리가 났다. 로버트가 나타나 뒤쪽에서 응접실 창문을 닫았다.

"남자분들은 아직 돌아오지 않은 거지, 로버트?" 내가 물었다.

"네, 마님. 마님께서도 함께 나가신 줄 알았습니다."

"그랬다가 먼저 돌아왔어."

"차를 준비할까요, 마님?"

"아니야. 기다릴게."

"드디어 비가 내릴 모양입니다, 마님."

"그렇군."

아직도 비는 내리지 않았다. 내 손에 떨어진 두 방울이 끝이었나. 나는 서재로 가서 앉았다. 5시 30분에 로버트가 서재로 들어왔다.

"저택 앞에 차가 도착했습니다, 마님."

"어떤 차지?"

"드윈터 씨의 차입니다."

"드윈터 씨가 직접 운전하고 오셨어?"

"네, 마님."

일어서려 했지만 다리에 힘이 없었다. 나는 소파에 기대 엉거주춤 섰다. 목 안이 바짝 말랐다. 잠시 후 맥심이 들어섰다. 그는 입구에 멈춰 섰다.

무척 피곤하고 나이 들어 보였다. 입가에는 전에 보지 못했던 주름이 잡혀 있었다.

"다 끝났소." 그가 말했다.

나는 기다렸다. 말을 할 수도, 맥심 쪽으로 움직일 수도 없었다.

"자살한 것으로 결론이 났소. 당시 심경을 드러낼 자료는 충분하지 않지만 말이오."

나는 소파에 주저앉았다. "자살이라고요? 하지만 동기는요? 자

494

살 동기는 뭐죠?"

"누가 알겠소. 동기가 꼭 필요하다고 생각지는 않는 모양이오. 조사관은 나를 다그치며 레베카에게 돈 문제가 없었는지 알아내려 했소. 세상에, 돈 문제라니."

그는 창가로 가서 잔디밭을 내다보았다. "곧 비가 내릴 모양이오. 고맙게도 마침내 비가 오는군."

"어떻게 되었어요? 조사관이 무슨 말을 하던가요? 이렇게 오래 당신을 붙잡아둔 이유가 뭔가요?"

"같은 얘기를 계속 되풀이했소. 아무도 관심 없는 보트의 세부 구조에 대해서 말이오. 마개를 열기는 힘든가? 두 구멍의 위치는 정확히 어디인가? 바닥짐은 무엇인가? 바닥짐이 옮겨졌을 때 보트의 안정성에는 어떤 변화가 있는가? 여자 혼자서 바닥짐을 옮길 수 있는가? 선실 문은 단단히 닫혀 있었는가? 문을 열려면 얼마나 되는 수압이 필요한가? 나는 그야말로 돌아버리는 것 같았소. 하지만 참았소. 문 옆에 앉은 당신을 본 순간 나는 내가 할 일을 기억해냈소. 당신이 그렇게 기절해버리지 않았다면 난 끝까지 버티지 못했을 거요. 당신 덕분에 정신이 번쩍 난 거지. 무슨 말을 해야 할지 정확히 알 수 있었소. 난 끝까지 조사관의 눈길을 피하지 않았소. 그 여위고 까다로운 얼굴과 금테를 두른 코안경을 응시했지. 아마 죽는 날까지 그 얼굴을 잊지 못할 거요. 여보, 난 지쳤소. 아무것도 보이지도, 들리지도 않을 정도로 피곤하오."

그는 창가 의자에 앉아 몸을 앞으로 굽히고 손으로 얼굴을 감싸 안았다. 나는 그 옆에 가서 앉았다. 채 몇 분이 지나지 않아 프리스가 로버트와 함께 찻상을 들고 나타났다. 매일 반복되는 질서 정연한 의식이 시작되었다. 테이블을 펼치고 눈처럼 흰 테이블보를 깔고 은제 찻주전자가 놓이고 물 주전자는 램프 불 위에 올라갔다. 스콘, 샌드위치, 세 가지 케이크가 차례로 차려졌다. 재스퍼는 찻상 가까이 앉아 꼬리로 바닥을 탁탁 쳤다. 기대에 찬 눈빛으로 나를 바라보면서 말이다. 그 어떤 일이 일어나더라도 일상의 절차는 변함없이 반복되고 우리 모두 먹고 자고 씻는 일을 되풀이하다니 참으로 재미있지 않은가. 나는 생각했다. 어떤 위기가 닥치더라도 일상의 습관은 망가지지 않는다. 나는 맥심의 잔에 차를 따랐다. 그리고 창가 자리로 가져갔다. 그에게는 스콘을 주고 나는 버터 바른 빵을 집었다.

"프랭크는 어디 있죠?"

"교회에 갔소. 나도 가야 했지만 일단 당신한테 온 거요. 일이 어떻게 되었는지 모르고 계속 기다리고 있을 당신이 걱정스러웠거든."

"교회는 왜요?"

"오늘 저녁에 해야 할 일이 있소."

나는 잠시 의아한 눈으로 맥심을 바라보다가 불현듯 깨달았다. 레베카를 매장하려는 것이다. 시체 안치소에서 레베카를 데려와 교회 지하 묘지로 옮기는 것이다.

"6시 30분에 하기로 했소. 프랭크, 줄리언 대령, 주교 외에는 아무도 모르오. 근처에 서성대는 사람도 없을 거요. 어제 정해진 일이오. 어차피 판결과는 상관없으니까."

"당신은 언제 가야 하죠?"

"6시 25분에 교회에서 만나기로 했소."

나는 말없이 차를 마셨다. 맥심은 스콘에 손도 대지 않았다. "아직도 너무 덥군." 그가 중얼거렸다.

"폭풍이에요. 비는 겨우 몇 방울씩만 내리고 있고요. 더위가 가시지는 않을 거예요."

"래니언을 떠날 때 천둥이 치더군. 하늘은 시꺼멓게 변했고. 대체 왜 비가 내리지 않는 걸까?"

새들은 모두 나무에 숨은 모양이었다. 하늘은 여전히 깜깜했다.

"당신이 또 나가지 않았으면 좋겠어요." 내가 말했다.

그는 대답하지 않았다. 극도로 피곤한 모습이었다.

"내가 돌아온 다음에 이야기를 마저 합시다. 할 일이 아주 많지 않소? 처음부터 다시 시작해야 하오. 난 당신한테 최악의 남편이었으니까."

"그렇지 않아요! 절대 그렇지 않아요!"

"이번 일은 다 잊고 다시 시작합시다. 우린 할 수 있소. 당신과나 둘이니 혼자 있는 것과는 달라요. 우리가 함께라면 과거는 더이상 상처를 입힐 수 없소. 아이도 낳아야지." 그는 시계를 보았다. "6시 10분이군. 이제 가봐야겠소. 오래 걸리지는 않을 거요. 한 시간 반이면 충분하겠지. 지하 묘지로 내려가야 하오."

내가 그의 손을 잡았다. "저도 함께 갈래요. 전 괜찮아요. 함께 가게 해줘요."

"아니, 당신이 가는 걸 내가 원치 않소."

그는 방에서 나갔다. 집 앞을 떠나는 차 소리가 들렸다. 그는 가버렸다.

로버트가 찻상을 치우러 들어왔다. 다른 날과 똑같았다. 일상은 변하지 않는 것이다. 맥심이 래니언에서 돌아오지 못했다면 어땠을까. 그랬다면 로버트는, 엄숙한 얼굴로 빵 부스러기를 작은 솔로 털어내고 테이블을 접고 있는 로버트는 어떻게 행동했을까?

로버트까지 나가버리자 서재는 아주 조용했다. 나는 교회에 모여 문을 열고 지하 묘지로 내려가는 사람들의 모습을 상상했다. 난 지하 묘지에 가본 적이 없었다. 입구만 보았을 뿐이다. 지하 묘지는 어떻게 생겼을까. 관들이 죽 늘어서 있을까? 맥심의 아버지와 어머니도 거기 있겠지. 실수로 거기 들어간 여자의 관은 어떻게 될까. 아무도 찾지 않은 외로운 시신, 비와 파도에 망가졌던 그 시신의 주인은 누구였을까. 레베카도 그 지하 묘지에 자리를 잡겠지. 주교가 장례미사를 집전하고 맥심, 프랭크, 줄리언 대령은 옆에 서 있는 건가? 재는 재로, 먼지는 먼지로 돌아가리라고 읊겠지. 레베카는 더 이상 실재하지 않는 것 같았다. 선실 바닥에서 발견된 순간 가루가 되고 만 것이다. 지하 묘지에 누운 것은 레베카가 아니라 먼지일 뿐이다.

7시 직후부터 비가 내리기 시작했다. 처음에는 아주 가늘게 소리 없이 내려 비가 내리는 줄도 몰랐다. 그러다가 점점 더 굵고 강해졌다. 수문이 열려 물이 쏟아져 내리는 것처럼 찌푸린 하늘에서 세차게 비가 내렸다. 나는 서재 창문을 열어두었다. 그 앞에 서서 신선한 공기를 마음껏 들이마셨다. 손과 얼굴에 빗방울이 튀었다. 잔디밭도 보이지 않을 정도로 빗줄기가 굵었다. 빗방울이 창 위를 지나는 낙수 홈통을 두들겼고 테라스의 돌바닥에서 마구 튀어 올랐다. 더 이상 천둥은 치지 않았다. 비는 이끼와 흙, 검은 나무껍질 냄새를 풍겼다.

빗소리 때문에 프리스가 들어온 줄도 몰랐다. 옆에 다가와 섰을 때에야 알았다.

"죄송합니다만, 마님. 드윈터 씨가 언제 들어오시는지 모르시나요?"

"좀 있으면 들어올 거예요."

"드윈터 씨를 찾아온 손님이 있습니다." 프리스가 잠시 머뭇거렸다. "뭐라 말씀드려야 할지 모르겠습니다만, 꼭 드윈터 씨를 만나야 한다고 고집을 부리는군요."

"누구신데요? 프리스가 아는 사람인가요?"

프리스가 곤혹스러운 표정을 지었다. "네, 마님. 한때 여기 자주 오셨던 분입니다. 그러니까 돌아가신 드윈터 부인이 살아 계실 때지요. 파벨이라는 분입니다."

나는 창가 자리에 앉아 창문을 닫았다. 쿠션에도 빗방울이 튀어 있었다. 나는 고개를 돌려 프리스를 보았다.

"제가 파벨 씨를 만나는 게 좋겠군요."

"알겠습니다, 마님."

나는 벽난로 앞 양탄자에 가서 섰다. 맥심이 돌아오기 전에 파벨을 보내버리고 싶었다. 그에게 무슨 이야기를 해야 할지는 몰랐지만 두렵지는 않았다.

잠시 후 프리스가 파벨을 안내하며 서재로 들어왔다. 파벨은 전과 비슷한 모습이었지만 조금 더 뻔뻔스럽고 조금 덜 단정한 느낌이었다. 그는 늘 모자를 안 쓰고 다니는 바람에 머리카락이 햇빛에 바라고 피부가 검게 타 있는 부류의 사람이었다. 두 눈은 시뻘겋게 충혈된 상태였다. 술을 마시고 왔나 싶을 정도였다.

"맥심이 없어서 미안합니다. 언제 돌아올지 모르겠어요. 내일 아침에 약속을 하고 사무실에서 만나시는 편이 좋겠군요."

"전 얼마든지 기다릴 수 있습니다. 또 그리 오래 기다릴 필요는 없을 거라는 생각도 드는군요. 들어오면서 식당을 보았더니 맥스 식기가 준비되어 있던걸요." 파벨이 대답했다.

"일정이 좀 바뀌어서요. 오늘 밤 집에 돌아오지 않을지도 모릅니다."

"도망간 모양이군, 그렇죠?" 파벨은 보기 싫은 미소를 지었다. "제게 당신 말은 그렇게 해석되는군요. 하긴 이런 상황이라면 도망이 최선의 방법이겠지요. 구설수는 피하는 게 상책이니까."

"무슨 말씀이신지 모르겠네요."

"아, 그러신가요? 설마 내가 당신 말을 그대로 믿을 거라 생각지는 않으시겠지요? 자, 부인께서는 기분이 나아지셨나요? 오늘 오후에 그렇게 기절하는 모습을 보니 마음이 아팠습니다. 제가 달려가 부축하려 했지만 이미 구원자가 나섰더군요. 프랭크 크롤리 자신도 구원자 역할을 충분히 즐기는 듯했고요. 집까지 크롤리 차를 타고 왔겠지요? 제 차에는 앉지도 않으려던 분이 말입니다."

"왜 맥심을 만나시려는 건가요?"

파벨은 테이블에 손을 뻗어 담배를 집었다. "제가 한 대 피워도 괜찮겠지요? 별 탈 없는 게 맞나요? 새색시의 몸 상태는 아무도 모르는 거라."

그는 라이터 너머로 나를 바라보았다. "지난번에 본 이후 좀 더 어른스러워지신 것 같군요. 그동안 뭐 하고 지내셨나요? 프랭크 크롤리와 정원을 산책하셨을까?" 그는 둥근 담배 연기를 뻐금뻐금 피워 올렸다. "프리스에게 위스키와 소다수를 좀 가져오라고 해주시면 고맙겠습니다."

나는 말없이 벨을 울렸다. 그는 소파에 걸터앉아 다리를 흔들었고 입가에는 예의 기분 나쁜 미소를 머금었다. 로버트가 들어왔다. "파벨 씨에게 위스키와 소다수를 가져다드려요."

"잘 있었나, 로버트?" 파벨이 말했다. "정말 오랜만이군. 아직도 케리스 소녀들의 마음을 후리고 있나?"

로버트의 얼굴이 빨개졌다. 그는 몹시 당황하며 흠칫 나를 바라보았다.

"괜찮아. 난처하게 만들진 않을 테니. 어서 뛰어가서 위스키를 가져오도록 해."

로버트가 나갔다. 파벨은 큰 소리로 웃으면서 바닥에 함부로 담뱃재를 떨었다.

"내가 로버트를 데리고 나간 적이 있었지요. 레베카랑 5파운드 내기를 걸었거든요. 물론 내가 이겨서 돈을 챙겼어요. 그리고 내 평생 제일 신나는 저녁 시간을 보냈지요. 로버트가 얼마나 요란하게 재미를 보던지! 여자 보는 눈이 탁월하더라니까요. 그날 밤 제일 예쁜 아가씨를 차지했지 뭡니까."

로버트가 쟁반에 위스키와 소다수를 받쳐 들고 돌아왔다. 여전히 빨간 얼굴이었고 몹시 어색해했다. 파벨은 위스키소다를 만드는 로버트의 행동 하나하나를 미소와 함께 바라보더니 의자에 등을 기대고 큰 소리로 웃어댔고 휘파람으로 노래 구절을 흥얼대기도 했다. 그러면서도 로버트에게서 눈길을 떼지 않았다.

"이 노래 기억하지? 그렇지? 자네는 아직도 황갈색 머리를 좋아하나, 로버트?"

로버트가 어설프게 미소를 지어 보였다. 보기가 딱했다. 파벨은 더 큰 소리로 웃었다. 로버트가 뒤돌아 나갔다.

"불쌍한 놈, 그다음에는 아마 그런 경험을 못 했을걸요. 늙다리 프리스한테 꽉 매여 있으니, 쯧쯧."

그는 위스키소다를 마시면서 방을 둘러보았고 흘끔흘끔 내 쪽으로 눈길을 던졌다.

"난 맥스가 저녁 먹으러 오지 않는다 해도 별 상관이 없겠는걸요. 부인 생각은 어떠신지?"

나는 대답하지 않았다. 그저 뒷짐을 지고 벽난로 앞에 서 있을 뿐이었다. "준비해둔 저녁을 낭비할 필요 없이 나한테 대접하면 되지 않겠어요?" 그는 머리를 한쪽으로 기울이고 여전히 미소 지은 채 나를 바라보았다.

"파벨 씨, 무례하게 굴고 싶지는 않습니다만, 매우 피곤하군요. 오늘 하루가 퍽 힘들었거든요. 왜 맥심을 찾아오셨는지 말씀하실 수 없다면 여기 계속 앉아 계실 필요는 없을 듯합니다. 아까 말씀 드린 대로 내일 아침에 사무실에서 만나십시오."

그는 소파에서 몸을 일으키더니 한 손에 술잔을 든 채 내 쪽으로 다가왔다. "아니, 아니지요. 그렇게 매몰차시면 안 되지요. 저 역시 퍽 힘든 하루를 보냈습니다. 절 두고 자리를 떠나지는 마십시오. 사실 전 위험하지도 않고 피해도 입히지 않는 사람이거든요. 맥스가 이미 제 얘기를 부인께 했을 것 같은데요?"

나는 이번에도 대답하지 않았다. "부인께서는 제가 사악한 늑대라고 생각하시죠? 하지만 그렇지는 않습니다. 아주 평범하고 선량한 놈이죠. 부인께서는 이런 상황에서 훌륭하게, 완벽히 훌륭하게 행동하고 계십니다. 모자라도 벗어서 경의를 표하고 싶군요." 위스키 소다 때문인지 이제 그는 발음조차 불분명했다. 괜히 그를 만나겠다고 나섰다는 생각이 들었다.

"부인께서는 여기 맨덜리로 오셔서 저택을 관리하고 한 번도 본 적 없는 사람들 수백 명을 만나며 맥스의 기분을 맞추고 있지요. 다른 사람들이 뭐라고 하든 상관 안 하고 그저 자신의 방식으로

503

요." 파벨은 허공에 대고 팔을 흔들었다. 그리고 약간 휘청하는 듯 하더니 빈 잔을 테이블에 놓았다. "정말 훌륭하지요. 기가 막히게 훌륭해요. 알다시피 지금 벌어지는 상황은 내게도 몹시 충격적이지요. 이루 형언하지 못할 정도로. 레베카는 내 사촌이었어요. 내가 정말 좋아하는 사람이었고."

"네, 알고 있어요. 충격을 받으시는 것도 당연합니다."

"우리는 함께 자랐지요. 늘 잘 맞는 친구였어요. 같은 걸 좋아하고 같은 걸 재미있어했지요. 세상에 나보다 더 레베카를 좋아하는 사람은 없을 겁니다. 물론 레베카도 날 좋아했고. 그러니 충격을 받을 수밖에요."

"네. 그러셨겠지요."

"맥스는 대체 앞으로 어떻게 할 작정일까? 난 바로 그걸 알고 싶어요. 그 빌어먹을 심리가 끝났으니 편안하게 지내면 된다는 건가? 내가 그걸 두고 볼 것 같아요?" 파벨은 더 이상 미소 짓지 않았다. 그는 내 쪽으로 몸을 굽혔다. 목소리는 점점 커졌다.

"정의의 심판이 내려지도록 할 거요. 자살이라고? 맙소사! 그 늙다리 바보 조사관은 결국 재판관이 자살이라는 결론을 내리게 하더군. 당신이나 나나 이건 자살이 아니라는 걸 알잖아요?" 그는 한층 내게 가까이 다가와서 천천히 덧붙였다. "그렇지 않은가요?"

서재 문이 열리더니 맥심이 들어섰다. 프랭크도 뒤따라왔다. 맥심은 그대로 멈춰서 파벨을 노려보았다. "대체 여기서 뭘 하는 거요?"

파벨이 주머니에 손을 찔러 넣고 뒤로 돌았다. 잠시 머뭇거리는 듯하더니 미소를 지었다. "사실은 맥스, 오늘 오후의 심리에 대해 축하 인사를 하러 왔네."

"당장 이 집에서 나가시오. 아니면 나랑 프랭크가 끌어내줄까?"

"잠깐, 잠깐만. 그렇게 서둘 건 없지." 파벨은 다시 담뱃불을 붙이고 소파에 걸터앉았다.

"내가 하는 말을 프리스가 듣게 되는 건 원치 않을 텐데? 문을 닫지 않으면 아마 그렇게 될 거요."

맥심은 움직이지 않았다. 프랭크가 가만히 문을 닫았다.

"자, 그럼 들어봐, 맥스. 자넨 무사히 빠져나온 셈이지? 기대보다 훨씬 쉽게 말이야. 그래, 나도 오후에 그 현장에 있었지. 자네도 날 봤을 거야. 처음부터 끝까지 자리를 지켰으니까. 그 중요한 순간에 자네 부인이 기절하는 것도 봤네. 뭐, 비난할 생각은 없네. 정말 아슬아슬하게 진행되었어. 질문이 어디로 튈지 모르는 상황이었으니까. 그리고 결국은 자네한테 유리한 쪽으로 결말이 났지. 판결을 내린답시고 앉은 그 머리 나쁜 놈들한테 자네는 전혀 유감이 없을 것 같군, 그렇지? 내 눈에는 그렇게 보여."

맥심이 파벨에게 다가섰다. 파벨은 한 손을 들어 올렸다.

"잠깐 더 기다리게. 아직 말이 안 끝났으니까. 아마 맥스 자네도 내가 원하기만 하면 상황을 전혀 다르게, 즉 자네한테 불리하게 만들 수 있다는 걸 알겠지? 아니지, 그냥 불리한 게 아니라 위험하다고나 할까?"

나는 벽난로 옆 의자에 앉아 팔걸이를 손으로 꼭 움켜쥐었다. 프랭크가 다가와 내 의자 뒤에 섰다. 여전히 맥심은 움직이지 않았다. 그의 시선은 파벨에게 고정되어 있었다. "아, 그런가? 파벨 자네가 어떻게 상황을 위험하게 만들 수 있는지 궁금하군."

"이것 봐, 맥스. 자네와 자네 부인 사이에는 비밀이 없는 것처럼 보이네. 크롤리도 마찬가지 입장인 것 같고. 그러니 마음 편히 얘기하겠네. 모두들 나와 레베카의 관계를 알고 있겠지? 우린 연인이었어. 그건 부정할 수 없는 사실이네. 지금까지 난 다른 바보들과 마찬가지로 레베카가 배를 타다가 물에 빠져 죽었고 그 시체는 에지컴에서 발견되었다고 믿어왔지. 물론 그 사고는 내게 크나큰 충격이었어. 그래도 난 생각했지. 과연 레베카가 선택할 만한 죽음이었다고. 살았을 때 그랬듯 죽으면서도 투쟁했다고." 그는 잠시 말을 멈추고 우리 세 사람을 번갈아 바라보았다. "며칠 전 신문을 보니 잠수부가 레베카의 보트를 발견했고 선실 안에는 시체가 있었다고 나오더군. 도무지 이해할 수 없었어. 레베카와 함께 배를 타고 나간 사람이 있다니? 난 당장 여기 내려왔어. 케리스 근처 여관에 숙소를 정했지. 댄버스 부인과도 만났는데 선실 속의 시체가 바로 레베카라고 말해주더군. 그때도 난 첫 번째 시체 확인이 실수였고 레베카는 우연히 선실에 갇혀버린 거라 생각했지. 그러다가 오늘 심리를 지켜본 거야. 그 기술자 놈이 증언하기 전까지는 모든 게 순조로웠지, 그렇지 않나? 하지만 그다음에는? 자, 맥스, 보트 바닥 판자에 뚫린 구멍에 대해, 또 활짝 열린 마개에 대해 자네가 해야 할 말은 무엇이지?"

"오후에 그렇게 오랫동안 하고 또 했던 말을 지금 다시 반복해야겠나? 자네도 증언과 판결을 다 들은 것으로 아는데? 조사관과 판사가 결론을 내리지 않았나?"

"어떤 결론? 자살이라는 결론? 레베카가 자살을 했다고? 자, 내가 하고 싶은 말은 이제부터야. 여기 레베카가 보낸 쪽지가 있네. 이런 게 있을 줄은 몰랐겠지? 레베카가 마지막으로 보낸 거여서 간직해뒀지. 읽어줄 테니 들어보게. 아마 관심이 있을 걸세."

그는 주머니에서 종이쪽지를 꺼냈다. 한쪽으로 기울어진 필체, 눈에 익은 그 필체가 얼핏 보였다. 그가 읽기 시작했다.

아파트에서 몇 번 전화했는데 통화가 안 되는군. 난 맨덜리로 돌아갈 거야. 오늘 밤에는 해안의 돌집에서 잘 생각이야. 너무 늦게 이 쪽지를 받지 않았다면 차를 몰고 뒤따라와줘. 문을 열어둘게. 해야 할 말이 있어. 가능한 한 빨리 만났으면 해. 레베카.

그는 다시 쪽지를 주머니에 넣었다. "자살을 작정한 사람이 쓸 것 같은 내용은 아니지 않나? 난 새벽 4시쯤 집으로 돌아가 이 쪽지를 받았지. 그날 레베카가 런던에 온다는 걸 몰랐어. 그랬다면 당연히 만났을 텐데. 운명의 장난으로 나는 그날 밤 늦게까지 파티에 가 있었던 거야. 새벽 4시에 쪽지를 읽었을 때 난 맨덜리까지 여섯 시간을 운전해서 가기에는 이미 늦었다고 생각했어. 그래서 일단 침대에 누웠고 나중에 전화하려고 했지. 그리고 12시에 전화했더니 레베카가 물에 빠져 죽었다고 하더군."

그는 계속 맥심을 노려보았다. 우리는 모두 말이 없었다.

"조사관이 오늘 오후에 이 쪽지를 읽었다면 맥스, 자네 입장에 서는 일이 좀 꼬였겠지?"

"글쎄, 왜 아까 그 자리에서 조사관에게 쪽지를 전하지 않았나?"

"이봐, 진정하게. 벌써 흥분할 필요는 없어. 난 자네를 박살 내고 싶지 않아. 물론 자네가 내 친구였던 적은 한 번도 없지만 그렇다고 악한 감정은 없네. 미인과 결혼한 남자는 다 질투를 느끼게 마련 아닌가? 그러다가 결국 오셀로가 되어버리는 경우도 드물지 않고. 그걸 비난할 생각은 없어. 가련하게 생각할 뿐이지. 난 사회주의자 기질이 좀 있어. 어째서 남자들은 여자를 나눠 갖지 못하고 죽여버리는지 이해가 안 간단 말일세. 사실 그 두 가지에는 차이도 없는데 말이야. 재미 보는 거야 똑같지. 미녀는 자동차 타이어처럼 닳는 존재가 아니거든. 오히려 쓰면 쓸수록 더 좋아지지. 자, 맥스, 난 이제 가진 카드를 다 펼쳐 보였네. 우리가 합의를 못 할 까닭은 없어. 난 돈이 풍족한 사람은 아니야. 도박을 너무 좋아해 그럴 수가 없었지. 하지만 뒷돈이 없다고 기가 죽거나 한 적은 없어. 한 해 2, 3천 정도만 있다면 그럭저럭 살 수 있을 것 같아. 두 번 다시 자네를 괴롭히진 않겠네. 그건 하늘에 대고 맹세하지."

"좀 전에 이 집에서 나가라고 했지. 두 번 말하지 않게 해주게. 내 뒤쪽이 출입문이야. 직접 열고 나갈 수는 있겠지."

508

"잠깐만, 맥심. 그렇게 쉽게 말할 문제는 아니야." 프랭크가 끼어들더니 파벨에게 말했다. "당신 생각을 알겠소. 당신 말대로 자칫하면 상황이 꼬여 맥심이 괴로움을 당할 수 있겠군. 자기 일인 만큼 맥심은 감정이 앞설 수 있어. 그래 당신이 제안하는 금액은 정확히 얼마인가?"

맥심의 얼굴이 하얗게 변하면서 관자놀이에 푸른 혈관이 튀어나왔다. "이 문제에 관여하지 말게, 프랭크. 이건 온전히 내 일이야. 난 이런 식의 협잡에 말려들 생각 없어."

"자네 아내가 교수형 당한 살인범의 미망인이 되어 손가락질을 당하며 살게 하고 싶진 않을 거라 생각하는데." 파벨이 이죽거리며 내 쪽을 보았다.

"내가 그런 소리에 겁먹을 것 같나, 파벨? 잘못 봤어. 난 자네가 어떤 짓을 하든 아무 상관 없어. 저기 안쪽 방에 전화가 있지. 내가 줄리언 대령에게 전화해 오시라고 부탁해줄까? 대령은 치안판사니 자네 얘기에 관심을 가질 것 같군."

파벨이 맥심을 바라보더니 껄껄 웃었다. "훌륭한 배짱이야. 하지만 나한테는 안 먹히지. 줄리언 대령에게 전화를 걸 리가 없으니까. 나한테는 맥스, 자네를 교수형 시키기에 충분한 증거가 있거든."

맥심은 천천히 방을 가로질러 안쪽 방으로 들어갔다. 딸각하고 수화기를 드는 소리가 들렸다.

"어서 말려요! 제발!" 내가 프랭크에게 말했다.

프랭크는 내 얼굴을 흘낏 보고는 안쪽 방으로 급히 들어갔다.

맥심의 목소리, 침착하고 냉정한 목소리가 들려왔다. "케리스 17 부탁합니다."

파벨은 안쪽 방 출입문을 응시했다. 잔뜩 긴장한 얼굴이었다.

"나가 있게." 맥심이 파벨에게 하는 말이었다. 그리고 잠시 후 "줄리언 대령이십니까? 드윈터입니다. 네, 네, 압니다. 그런데 지금 이쪽으로 좀 와주실 수 있을지요? 네, 맨덜리로 오시면 됩니다. 급한 일입니다. 전화로는 설명드리기 어렵군요. 하지만 도착하시면 바로 다 말씀드리겠습니다. 이렇게 괴롭히게 되어 죄송합니다. 네, 감사합니다. 그럼 곧 뵙지요."

맥심이 방으로 돌아왔다. "줄리언 대령이 곧 온다고 하는군." 그는 창가로 가서 창문을 활짝 열었다. 여전히 세찬 비가 내리고 있었다. 그는 우리에게 등을 돌린 채 차가운 공기를 마셨다.

"맥심." 프랭크가 조용히 그를 불렀다. "맥심."

맥심은 대답하지 않았다. 파벨은 큰 소리로 웃으며 다시 담배를 집어 들었다. "교수형을 당하고 싶어 안달이라면, 뭐 어쩌겠나. 내게는 어차피 피차일반이야." 그는 테이블 위에서 신문을 집어 들더니 다리를 꼬고 앉아 한 장 한 장 넘기기 시작했다. 프랭크는 안절부절못하며 나를 보다가 맥심을 보다가 했다. 그리고 내 옆으로 다가왔다.

"어떻게 방법이 없을까요?" 내가 속삭였다. "나가서 줄리언 대령이 들어오지 못하게 하는 건 어떨까요?"

맥심이 여전히 등 돌린 채 창가에서 말했다.

"프랭크는 이 방에서 나갈 수 없어. 내가 혼자서 일을 처리할 거요. 줄리언 대령은 이제 10분만 있으면 도착하게 되오."

우리는 모두 입을 다물었다. 파벨은 계속 신문을 읽었다. 빗소리 외에는 사방이 고요했다. 비는 쉬지 않고 강하게, 단조롭게 내렸다. 나는 한없는 무력감을 느꼈다. 내가 할 수 있는 일은 하나도 없었다. 프랭크가 할 수 있는 일도 없었다. 책이나 연극에서 보면 이럴 때 권총을 꺼내 파벨을 쏘아 죽이고 그 시체를 벽장에 감추곤 하던데. 하지만 서재에는 권총이 없었다. 벽장도 없었다. 우리는 평범한 사람들이었다. 이런 상황은 상상도 못 해본 평범한 사람들. 맥심에게 다가가 무릎을 꿇고 파벨에게 돈을 줘버리라고 애원할 수도 없었다. 그저 자리에 앉아 주룩주룩 내리는 비를 바라보고 등 돌리고 선 맥심의 뒷모습만 속절없이 바라볼 뿐이었다.

빗소리가 너무 커서 차 소리도 듣지 못했다. 도착했는지도 몰랐는데 줄리언 대령이 프리스의 안내를 받아 서재로 들어섰다.

창가에 있던 맥심이 돌아섰다. "안녕하십니까? 다시 만나게 되었습니다. 금방 오셨군요."

"그렇습니다. 급한 일이라고 하시기에 당장 출발했지요. 다행히 차도 편한 곳에 대놓은 상태였고요. 날씨는 그리 좋다고는 할 수 없군요."

대령은 파벨을 흘낏 본 뒤 내게 다가와 악수하고 맥심에게 고개를 끄덕였다. "그래도 비가 와서 다행입니다. 너무 오래 무더웠죠.

이제 좀 상쾌해지겠군요."

나는 나도 알아듣지 못할 인사말을 중얼거렸다. 대령은 손을 비비면서 우리를 한 사람씩 번갈아 보았다.

"그저 한담이나 하자고 이렇게 오시게 했다고는 생각지 않으시겠지요. 이쪽은 잭 파벨, 죽은 아내의 사촌입니다. 두 분이 구면이신지 모르겠군요."

줄리언 대령이 고개를 끄덕였다. "얼굴이 낯이 익군요. 전에 여기서 만났던 모양입니다."

"아, 잘되었습니다. 자, 어서 시작하게, 파벨." 맥심이 말했다.

파벨이 소파에서 일어나더니 신문을 테이블에 내려놓았다. 대령을 기다리는 10분 동안 술은 다 깬 모양이었다. 걸음걸이도 안정되어 있었다. 더 이상 히죽거리지도 않았다. 하지만 전개되는 상황이 전혀 달갑지 않고 더욱이 줄리언 대령과의 만남은 예상치 못한 일인 듯했다. 어떻든 그는 커다란 목소리로 말을 시작했다. "자, 대령님, 단도직입적으로 말씀드리겠습니다. 제가 여기 온 이유는 오늘 오후 심리의 판결에 수긍할 수 없기 때문입니다."

"그런가요? 그건 당신이 아니라 여기 계신 드윈터 씨가 해야 할 말인 것 같은데요."

"아니, 그렇지가 않습니다. 저한테도 분명히 말할 권리가 있지요. 레베카의 사촌으로서만이 아니라 레베카가 계속 살았다면 남편이 되었을 사람으로서."

줄리언 대령은 깜짝 놀란 표정이었다. "아, 그런가요? 알겠습니다. 드윈터 씨, 이 말이 사실인가요?"

맥심이 어깨를 으쓱해 보였다. "전 처음 듣는 얘깁니다."

줄리언 대령은 두 사람을 번갈아 보았다. "자, 파벨 씨, 대체 문제가 뭡니까?"

파벨은 잠시 대령을 바라보았다. 머릿속에서 무언가 계획을 세우려는데 아직 그렇게까지는 정신이 똑바르지 않은 모양이었다. 그는 천천히 외투 주머니에 손을 넣어 레베카의 쪽지를 꺼냈다. "이건 레베카가 그 배를 타고 나가기 몇 시간 전에 쓴 쪽지입니다. 읽어봐주십시오. 그리고 이런 쪽지를 쓴 사람이 자살을 결심할 수 있다고 생각하시는지 말씀해주십시오."

줄리언 대령은 안경집에서 안경을 꺼내 쓰고 쪽지를 읽었다. 그리고 쪽지를 파벨에게 돌려주었다. "그럴 수는 없을 것 같군요. 쪽지 내용으로 봐서는 그렇습니다. 하지만 정확히 무슨 얘길 하고 있는지 모르겠습니다. 아마 그건 당신이나 드윈터 씨가 아시겠지요?"

맥심은 아무 말 하지 않았다. 파벨은 줄리언 대령을 보면서 손가락으로 쪽지를 배배 꼬았다. "제 사촌은 그 쪽지에서 분명히 약속을 하고 있지 않습니까? 할 말이 있으니 그날 밤 맨덜리로 와달라고 구체적으로 부탁했지요. 정확히 어떤 말을 하려 했는지는 알 수 없습니다만 그건 문제의 핵심이 아니지 않습니까? 레베카는 그날 저와 약속을 했고 혼자서 절 만나기 위해 해변의 돌집에서 밤을 보낼 작정이었던 겁니다. 배를 타고 나간 사실 자체는 놀랄 것이 없습니다. 런던에서 하루를 보내고 왔으니 한 시간 정도 기분 전환이 필요할 수 있었겠지요. 하지만 신경쇠약에 걸린 여자가 발작하듯 선실에 구멍을 뚫고 스스로를 수장시키는 일이 가능하다고 보십니까? 아니지요. 단연코 아닙니다!" 파벨은 얼굴이 붉게 상기되었고 마지막 말은 고함 소리에 가까웠다. 그런 태도는 결코 유리한 것이 못 되었다. 줄리언 대령의 입가에 살짝 주름이 잡힌 걸 봐도 그랬다.

"제 앞에서 흥분하시는 건 전혀 도움이 되지 않습니다. 지금 전 오늘 오후에 심리를 주재했던 조사관도 아니고 판결을 내린 판사도 아닙니다. 그저 이 지역 치안판사일 뿐이지요. 물론 저는 최선을 다해 당신, 그리고 드윈터 씨를 돕고 싶습니다. 당신은 사촌인 레베카가 자살한 것을 믿지 못하겠다고 합니다. 하지만 보트 기술자의 증언을 우리와 함께 똑똑히 듣지 않으셨습니까? 마개가 열려 있고 구멍이 뚫려 있었다고요. 자, 이제 핵심에 도달했군요. 그럼 대체 이 모든 상황을 당신은 어떻게 설명하시겠습니까?"

파벨이 천천히 고개를 돌려 맥심을 쳐다보았다. 여전히 손가락으로 쪽지를 배배 꼬면서 말이다. "레베카는 그 마개를 열지 않았고 바닥에 구멍을 뚫지도 않았습니다. 레베카는 절대 자살했을 리가 없습니다. 제 의견을 물으셨으니 대답해드리겠습니다. 레베카는 살해되었습니다. 살인자가 누구냐고 물으신다면 저기 미소까지 띠고 창가에 서 있는 저 사람이라고 알려드리지요. 레베카가 죽은 후 1년도 기다리지 못하고 오가다 만난 처녀와 결혼한 자요. 자, 저기 살인범이 있습니다. 맥시밀리언 드윈터. 저자를 잘 보십시오.

충분히 교수형을 당할 만한 얼굴 아닌가요?"

파벨은 큰 소리로 웃기 시작했다. 과장되고 바보스러운, 술꾼의 웃음이었다. 레베카의 쪽지는 아직도 그의 손가락 사이에 있었다.

24

그가 그렇게 웃어댄 게 다행이었다. 붉어진 얼굴에 충혈된 눈으로 손가락질을 해댄 것이 다행이었다. 비틀거리며 서 있던 것도 다행이었다. 그 모두가 줄리언 대령에게 반감을 불러일으켜 우리 편에 서게 만들었기 때문이다. 대령의 얼굴에 혐오감이 떠오르고 입술이 빠르게 움직였다. 줄리언 대령은 파벨을 믿지 않았다. 그는 우리 편이었다.

"이 사람은 취했군요. 자기가 무슨 말을 하는지 모르는 모양입니다." 대령이 말했다.

"내가 취했다고? 아니, 그건 아니지. 당신이 치안판사에다가 대령이라고 하지만 난 그런 것에는 눈도 꿈쩍 안 한답니다. 내 뒤에는 법이라는 게 버티고 있으니까요. 이 나라에는 당신 말고도 다른 치안판사들이 얼마든지 있죠. 나름대로 머리에 든 게 있는 사람들, 정의가 무슨 뜻인지 아는 사람들 말입니다. 기껏 몇 년 군에 복무하다가 밀려난 주제에 가슴에 메달을 걸고 으쓱대며 돌아다니는 치들하고는 다르지요. 맥스 드윈터는 레베카를 살해했습니다. 내가 증명해 보이겠습니다."

"잠깐만요, 파벨 씨." 줄리언 대령이 조용히 말했다. "당신도 오늘 오후에 심리에 참석하지 않았소? 당신 얼굴을 거기서 본 게 기억나는군요. 판결이 그토록 부당하다고 생각했다면 왜 그때 재판정에서 조사관에게 직접 말하지 않은 거죠? 왜 그 편지를 법정에 제출하지 않은 거요?"

파벨이 대령을 노려보다가 큰 소리로 웃었다. "왜냐고요? 그러고 싶지 않았기 때문이죠. 이리로 와서 드윈터를 좀 괴롭히고 싶었거든요."

"바로 그래서 제가 전화를 드린 겁니다." 맥심이 창가에서 앞으로 한 걸음 나서며 말했다. "대령님이 오시기 전에 우리는 이미 파벨의 말을 들었습니다. 그래서 제가 같은 질문을 했죠. 어째서 조사관에게 의문을 제기하지 않았느냐고요. 그랬더니 자기는 돈이 많지 않고 2, 3천 정도만 마련해주면 두 번 다시 저를 괴롭히지 않겠다고 하더군요. 여기 있는 프랭크와 제 아내도 똑똑히 들은 얘기입니다. 확인해보십시오."

"정확히 그렇게 말했습니다. 이건 단순한 협잡질이 틀림없습니다." 프랭크가 말했다.

"그렇군요. 하지만 문제는 이 협잡질이 그리 단순하지 않다는 데 있습니다. 아주 골치 아픈 상황을 야기할 수 있지요. 결국 협잡 꾼이 감옥에 간다 해도 말입니다. 때로는 결백한 사람까지도 감옥에 가게 됩니다. 우리는 그런 일을 피하고 싶습니다. 파벨 씨, 당신이 내 질문에 제대로 답할 만큼 제정신인지 모르겠군요. 사안과 상관없는 얘기를 늘어놓지 않으신다면 더 빨리 일을 진행할 수 있겠습니다. 자, 방금 당신은 드윈터 씨에게 중대한 혐의를 씌웠습니다. 그 혐의를 뒷받침할 증거가 있습니까?"

"증거라고요? 젠장, 무슨 증거가 더 필요하다는 거요? 배에 뚫린 구멍이 충분한 증거 아닌가요?"

"물론 아닙니다. 드윈터 씨가 그 구멍을 뚫는 장면을 목격한 증인을 데려오지 않는다면 증거가 될 수 없지요. 증인이 있습니까?"

"증인 따위는 필요 없지요. 당연히 드윈터가 뚫었으니까. 대체 다른 누가 레베카를 죽이려 했겠소?"

"케리스의 인구는 충분히 많습니다. 집집마다 돌아다니면서 물어보시면 어떨까요? 저 같으면 그렇게 하겠습니다. 드윈터 씨에게 불리한 증언을 해줄 증인을 거기서 구하지 못한다면 더 이상 떠들지 않는 게 좋을 겁니다."

"아, 알겠습니다. 드윈터 씨 손을 들어주겠다 이거군요. 드윈터 씨 편에 서시겠다고요? 뭐, 집에 드나들면서 함께 식사하는 사이이니 그러기도 하시겠지요. 이 동네에서 드윈터 씨는 대단한 분 아닙니까? 맨덜리 소유주이니까. 이 한심한 속물 같으니라고."

"파벨 씨, 말조심하는 게 좋을 겁니다."

"나 정도는 얼마든지 눌러버릴 수 있다고 생각하는 거겠지요? 내가 감히 소송을 하지는 못할 거라고 여기겠지요? 좋소, 그럼 증거를 대겠소. 드윈터는 나 때문에 레베카를 죽인 거요. 우리가 연인 사이라는 걸 그는 알고 있었지요. 그리고 질투에 불탔어요. 레베카가 해변의 돌집에서 나를 기다린다는 걸 알고는 그날 밤 그리로 가서 죽여버린 겁니다. 시체를 보트에 싣고 바다로 나가 가라앉혀버렸고요."

"그럴듯한 이야기군요, 파벨 씨. 하지만 역시 증거는 없어요. 그걸 증언할 증인을 찾아오면 당신 얘기를 진지하게 받아들이겠습니다. 나도 해변의 그 돌집을 압니다. 소풍하기 좋은 곳이지요? 드윈터 부인은 그 집에 보트 관련 용구를 넣어두었지요. 그 해변에 방갈로 몇십 채가 죽 늘어서 있는 상황이라면 당신 주장이 설득력을 가질지도 모르겠습니다. 그렇다면 누군가는 사건을 지켜보았을 가능성이 크니까요."

"잠깐만요, 그날 밤 혹시 드윈터 씨를 본 사람이 있을지도 모르겠습니다." 파벨이 천천히 말했다. "그래요, 가능성이 꽤 크죠. 확인할 만한 가치는 있어요. 내가 증인을 데려오면 여러분은 뭐라고 하실까요?"

줄리언 대령이 어깨를 으쓱했다. 프랭크가 묻는 듯한 눈길을 맥심에게 던졌다. 맥심은 말이 없었다. 그저 파벨만 바라보고 있었다. 갑자기 파벨의 말뜻이 무엇인지 분명해졌다. 누구 얘길 하고 있는지가 말이다. 나는 순간적으로 공포에 휩싸였다. 파벨의 말이 옳았다. 그날 밤 사건의 목격자가 있었던 것이다. 토막토막 끊어진 문장들, 정신 나간 바보가 생각 없이 내뱉는 말로만 여겼던 단어들이 떠올랐다. '여자는 바다로 갔어. 다시 돌아오지 않지?' '아무 말 안 했어.' '조각조각 갈라지는 거야. 지금쯤이면 물고기들이 다 먹어치웠을 거야. 그렇지?' 벤이 알고 있었던 것이다. 살짝 돌아버린 벤이 모든 것을 지켜보았던 것이다. 맥심이 혼자 보트를 끌어내고 구명정을 끌어 내리는 모습을 목격한 것이다. 내 얼굴에서 핏기가 가시는 것이 느껴졌다. 나는 의자 쿠션에 등을 기대었다.

"늘 해변에서 시간을 보내는 미친놈이 하나 있지요. 항상 그 근처를 헤매고 다니는 놈이에요. 거기서 레베카를 만날 때 자주 보았어요. 숲에서 자기도 하고 날이 춥지 않으면 해변에서도 잠을 자지요. 머리가 돈 놈이니까 나서서 말하지는 않겠지만 그날 밤에 뭘 보았는지 캐물으면 돼요. 그놈이 상황을 보았을 가능성이 아주 큽니다."

"그가 누구지요? 지금 이 사람이 무슨 얘길 하는 겁니까?" 줄리언 대령이 되물었다.

"벤 얘기를 하는 겁니다." 다시 한번 맥심을 바라보면서 프랭크가 말했다. "우리 영지 소작인의 아들이죠. 하지만 정신이 온전치 않으니 증인이 되기는 어렵습니다. 태어날 때부터 바보였습니다."

"그게 무슨 상관이란 말이야?" 파벨이 목소리를 높였다. "그놈한테도 눈이 있다고. 자기가 본 걸 기억할 테고. 네, 아니요, 대답만

하면 그만이잖아? 이제 슬슬 겁이 나시는 모양이군? 자신만만했던 게 아니었나?"

"그 사람을 데려와 확인해볼 수 있을까요?" 줄리언 대령이 물었다.

"물론 가능합니다." 맥심이 대답했다. "얼른 벤의 어머니 집에 다녀오면 되니까요. 프랭크, 어서 로버트에게 그렇게 지시하게."

프랭크가 머뭇거렸다. 그는 힐끗 내 쪽을 바라보았다.

"자, 어서. 이 일을 빨리 마무리 지어야 하지 않겠나?" 프랭크가 방을 나갔다. 나는 다시금 명치끝이 아파왔다.

몇 분 후 프랭크가 돌아왔다. "로버트가 내 차를 가져갔네. 벤이 집에 있다면 아마 10분 안에 도착할 걸세."

"이렇게 비가 내리니 분명 집에 있을 겁니다." 파벨이 껄껄 웃으며 맥심을 노려보았다. "내가 그놈 입을 열게 만들어드리지요." 파벨의 얼굴은 시뻘겋게 달아올랐다. 흥분한 탓인지 땀도 흘렸다. 이마에 땀방울이 맺혔다. 나는 그의 목깃 위로 목살이 불룩 튀어나온 모습을, 그래서 귀가 목깃 바로 위에 붙어 있는 모습을 바라보았다. 그는 머지않아 추악한 모습으로 변할 것이었다. 벌써 망가지기 시작했다. 그는 또다시 담배를 집어 들었다. "당신들은 여기 맨덜리에서 다 한통속이잖아? 누가 누구를 무너뜨리거나 하는 일은 없지. 치안판사조차도 마찬가지고. 물론 여기서 새색시는 예외로 해야지. 어떤 아내가 남편한테 불리한 증언을 하겠어? 크롤리도 같은 상황이야. 진실을 말하면 직장을 잃게 될 테니. 게다가 그의 마음속에는 나에 대한 악감정도 있거든. 크롤리, 자네는 레베카와 별 재미를 보지 못했지? 그러기에는 정원 산책로가 너무 짧았나? 하지만 이번에는 훨씬 쉽겠어. 새색시가 기절할 때마다 기꺼이 자네의 듬직한 팔에 몸을 맡길 테니까. 그 남편이 첫값을 치르게 되면 또다시 자네 팔이 필요하게 되겠군."

다음 일은 순식간에 일어났다. 얼마나 순식간인지 맥심이 움직이는 것도 보지 못했다. 어떻든 다음 순간 파벨이 비틀거리다가 바닥으로 쓰러졌다. 맥심은 그 옆에 서 있었다. 토할 것 같은 기분이었다. 파벨에게 한 방 먹여서 맥심이 오히려 타락하는 것 같았다. 내가 모르는 새에 그런 일이 있어났다면 좋았을 텐데. 내가 그 자리에 있지 않았다면 좋았을 텐데. 줄리언 대령은 말이 없었다. 침착한 표정이었다. 그는 남자들에게서 돌아서더니 내 곁으로 왔다.

"부인께서는 위층으로 올라가시는 편이 좋겠습니다." 대령이 조용히 말했다.

나는 고개를 저었다. "아니에요, 그렇게 하지 않을래요."

"저 사람은 무슨 말이든 지껄일 수 있는 상태입니다. 부인께서 방금 보신 광경도 그리 아름답지는 않았고요. 물론 남편분께서 하신 행동은 당연합니다만 부인께서 지켜볼 일은 아니지요."

나는 대답하지 않았다. 파벨이 천천히 일어섰다. 그는 힘들게 몸을 가누면서 소파에 앉아 손수건을 꺼내더니 얼굴을 닦았다.

"마실 것을 좀 주시오. 마실 것을."

맥심이 파벨을 쳐다보았다. 프랭크가 방에서 나갔다. 우리 모두 말이 없었다. 프랭크가 쟁반에 위스키와 소다수를 받쳐 들고 왔다. 그리고 둘을 섞어 위스키소다를 만들어서 파벨에게 건네주었다. 파벨은 동물처럼 꿀꺽대며 마셨다. 입에 잔을 가져다 대는 모습이 왠지 육감적이고 무시무시했다. 입술을 대고 마시는 모습도 묘했다. 맥심이 한 방 먹인 턱에는 검붉은 자국이 생겨났다. 맥심은 아까처럼 창가로 가서 뒤돌아섰다. 줄리언 대령은 맥심을 바라보고 있었다. 가슴이 두방망이질을 쳤다. 대체 대령은 왜 저런 눈으로 맥심을 보는 걸까? 혹시라도 의심하기 시작한 걸까?

맥심은 그저 바깥만 쳐다보았다. 비는 여전히 기세 좋게 내렸다. 빗소리가 방을 가득 채웠다. 파벨은 위스키소다를 다 마시고 빈 잔을 테이블에 올려두었다. 숨소리가 거칠었다. 그는 우리를 쳐다보지 않고 발밑의 마룻바닥에만 눈길을 주었다.

안쪽 방에서 전화벨이 울렸다. 나는 흠칫 놀랐다. 프랭크가 전화를 받으러 갔다.

프랭크가 바로 돌아와 줄리언 대령에게 말했다. "따님께서 전화하셨습니다. 집에 돌아와 저녁을 드실 수 있는지 알려달라는군요."

줄리언 대령이 손을 내저었다. "어서 식사를 하라고 전해줘요. 언제 갈지 알 수 없다고." 그는 시계를 보았다. "하필이면 이런 때 전화를 하고 그래." 그가 투덜거렸다.

프랭크가 안쪽 방으로 가서 말을 전했다. 나는 전화를 걸어온 대령의 딸에 대해 생각했다. 골프를 친다고 했지. 그 딸은 여동생에게 말하지 않을까. '아빠가 우리 먼저 먹으래. 대체 거기서 뭘 하시는 거지? 스테이크가 뻣뻣해질 텐데.' 대령 가족의 일상을 우리가 깨버린 셈이었다. 저녁 식사를 망친 것이다. 맥심이 레베카를 죽이는 바람에 말이다. 나는 프랭크를 바라보았다. 그의 얼굴은 창백했다.

"로버트가 돌아왔군요." 프랭크가 줄리언 대령에게 말했다. "이 창문에서 길이 보이거든요."

프랭크는 홀로 나갔다. 파벨이 머리를 들었다. 이어 벌떡 일어서서 문 쪽을 바라보았다. 그 얼굴에 추악한 미소가 흘렀다.

문이 열리고 프랭크가 들어왔다. 그리고 뒤를 보며 조용히 입을 열었다. "자, 벤, 드윈터 씨가 담배를 좀 주고 싶으시다는군. 무서워할 건 없어."

벤이 엉거주춤 안으로 들어왔다. 손에 방수모를 들고 있었다. 머리카락이 하나도 없었다. 누군가 다 밀어버린 것이다. 모자를 벗으니 다른 사람 같았다. 왠지 오싹한 모습이었다.

밝은 전등 불빛 때문에 놀란 모양이었다. 그는 작은 눈을 깜박거리면서 멍하니 방 안을 둘러보았다. 그가 내 쪽을 보았을 때 나는 살짝 미소를 지어 보였다. 아니, 미소라기보다는 입술을 움직였다고 하는 편이 정확할 것 같다. 그는 나를 알아보지 못한 듯 그저 눈만 깜박거렸다. 파벨이 그에게 다가가 마주 보고 섰다.

"자, 그동안 어떻게 지냈지?"

벤이 그를 보았다. 얼굴 표정에 변화가 없었다. 대답도 없었다.

"내가 누군지 알고 있지, 그렇지 않나?"

벤은 그저 두 손에 쥔 모자를 비틀기만 했다. "으어?"

"자, 담배를 주지." 파벨이 담뱃갑을 쥐여주었다. 벤이 맥심과 프랭크를 바라보았다.

"괜찮으니 원하는 대로 가지게." 맥심이 말했다.

벤은 네 개비를 뽑아 양쪽 귀에 두 개비씩 꽂았다. 그러고는 다시 모자를 비틀며 서 있었다.

"내가 누군지 알지, 그렇지 않나?" 파벨이 다시 물었다.

벤은 대답하지 않았다. 줄리언 대령이 다가갔다. "조금만 참으면 집에 갈 수 있어, 벤. 아무것도 걱정할 필요 없어. 그저 몇 가지 물어볼 게 있어서 오라고 했을 뿐이야. 자, 파벨 씨를 알아? 아는 사람이야?"

벤이 고개를 저었다. "처음 봐." 그가 중얼거렸다.

"이 바보, 멍청한 놈!" 파벨이 소리쳤다. "날 봤잖아! 내가 해변의 돌집, 드윈터 부인의 돌집에 가는 걸 봤잖아! 그렇지 않아?

"아니, 난 아무도 못 봤어." 벤이 대답했다.

"거짓말쟁이! 작년에 드윈터 부인과 숲을 지나 해변으로 내려가던 나를 보지 못했단 말이야? 창문으로 엿보던 걸 우리가 붙잡아 혼내줬잖아?"

"으어?"

"참으로 믿을 만한 증인이군." 줄리언 대령이 차갑게 내뱉었다.

파벨이 벤 주위를 왔다 갔다 했다. "미리 손을 써놓은 거야. 이 바보를 누가 미리 만나 시킨 거라고. 이놈은 나를 수십 번도 더 봤어. 아! 이걸 보여주면 기억하려나?" 그는 뒷주머니에서 지갑을 빼내 1파운드 지폐를 꺼내 벤의 눈앞에 대고 흔들었다. "이제 내가 기억나? 누구인지 알겠어?"

벤이 고개를 저었다. "처음 봐." 벤이 프랭크의 팔을 잡았다. "저 사람은 날 정신병원에 집어넣으러 왔어?"

"아니야." 프랭크가 대답했다. "걱정할 것 없어, 벤."

"정신병원에는 가기 싫어. 거긴 끔찍해. 난 집에 있을 거야. 난 아무 짓도 안 했어."

"우리도 알아, 벤." 줄리언 대령이 말했다. "자네를 정신병원에 집어넣으려는 사람은 없어. 자, 이 사람을 전에 한 번도 보지 못한 게 분명한가?"

"보지 못했어, 한 번도."

"드윈터 부인은 기억하나?" 대령이 다시 물었다.

벤은 의심스럽다는 눈초리로 나를 보았다.

"아니, 이분이 아니고 다른 부인이지. 해변 돌집에 늘 가던 분 말이야."

"으어?"

"보트를 타던 부인 기억하나?"

벤이 눈을 깜박거렸다. "가버렸어."

"맞아. 우리도 알아." 줄리언 대령이 말했다. "늘 보트를 타고 나갔지, 그렇지? 그 부인이 마지막으로 보트를 타고 나갔을 때 넌 해변에 있었어? 열두 달 전에 말이야. 보트를 타고 나갔다가 돌아오지 못했던 때 말이야."

벤이 모자를 비틀었다. 그는 프랭크와 맥심을 번갈아 보았다.

"으어?"

"넌 거기 있었잖아, 안 그래?" 파벨이 몸을 굽혔다. "넌 드윈터 부인이 돌집으로 내려가는 걸 봤어. 그리고 그다음에 저기 있는 드윈터 씨가 역시 돌집에 들어가는 걸 봤고. 자, 말해봐. 그다음에 어떤 일이 있었던 거야?"

벤이 몸을 웅크렸다. "아무것도 못 봤어. 난 집에 있었어. 정신병원에는 안 갈 거야. 난 당신을 본 적 없어. 한 번도 없어. 당신과 그 여자가 숲에 있는 것도 못 봤어." 벤은 아이처럼 엉엉 울기 시작했다.

"미친놈, 아무 쓸모 없는 미친놈." 파벨이 천천히 중얼거렸다.

벤이 소맷자락으로 눈물을 닦았다.

"당신의 증인은 별 도움이 안 될 것 같군요." 줄리언 대령이 말했다. "계속해봤자 시간 낭비에 불과할 것 같지 않습니까? 더 질문할 게 있나요?"

"이건 다 작전이야! 나한테 불리하게 짜놓은 작전이라고! 당신들은 다 한패야. 당신들 중 하나가 이 바보한테 돈을 주고 입을 막은 게 틀림없어. 더러운 거짓말이나 늘어놓도록 만든 거야!" 파벨이 고함을 질렀다.

"이제 벤은 집으로 돌려보내는 게 좋겠습니다." 줄리언 대령이 말했다.

"그러지요." 맥심이 대답했다. "벤, 로버트가 자넬 다시 집으로 데려다줄 거야. 아무도 널 정신병원에 보내지 않을 테니 안심해. 로버트에게 부엌에서 먹을 것을 좀 챙겨주라고 하게. 고기든 뭐든 벤이 좋아하는 것으로."

"시킨 대로 잘 해냈으니 돈도 줘야 하지 않겠나?" 파벨이 이죽거
렸다. "하루치 일당은 충분히 받을 만한걸. 그렇지?"

프랭크가 벤을 데리고 나갔다. 줄리언 대령이 맥심을 보았다.
"그 사람은 완전히 겁에 질려 있더군요. 사시나무 떨 듯 온몸을 벌
벌 떨고 말입니다. 누구한테 괴롭힘을 당하는 건 아닐 테지요?"

"그런 일은 없습니다. 남한테 피해를 주는 사람도 아니고요. 언
제든 해변에서 지낼 수 있게 하고 있습니다."

"아하, 왜 안 그러시겠나? 자네가 회초리라도 때려준다면 벤이
당장 날 기억해낼 텐데 말이야. 아, 아니지. 벤은 식사 대접을 받게
된다고 했지? 회초리 맞을 일은 없겠군." 파벨이 말했다.

"벤은 당신의 주장을 뒷받침하지 못하는군요. 그렇죠?" 줄리언
대령이 조용히 말했다. "자, 그럼 우리는 한 발짝도 앞으로 나가지
못한 셈입니다. 드윈터 씨의 혐의를 입증할 증거는 전혀 없으니까
요. 당신이 주장한 살인 동기도 입증되지 않아요. 당신은 자신이
드윈터 부인의 남편이 될 예정이었고 해변의 돌집에서 남몰래 만
났다고 했습니다. 그런데 방금 데려왔던 바보는 당신을 한 번도 보
지 못했다고 하는군요. 당신 자신의 상황조차 입증을 못 하는 것
아닙니까?"

"아, 과연 그럴까요?" 그가 씩 웃었다. 그는 벽난로 앞으로 가서
벨을 눌렀다.

"뭘 하시는 겁니까?" 줄리언 대령이 물었다.

"두고 보시면 압니다." 파벨이 대답했다.

나는 파벨이 무슨 생각인지 짐작했다. 벨 소리를 듣고 프리스가 들어왔다.

"댄버스 부인을 좀 오시라고 하게." 파벨이 말했다.

프리스는 맥심을 쳐다보았다. 맥심이 고개를 끄덕했다.

프리스가 방을 나갔다.

"댄버스 부인은 가정부입니까?" 줄리언 대령이 물었다.

"가정부일 뿐 아니라 레베카와 아주 친한 사람이었지요. 결혼하기 전부터 함께 살았고 사실상 레베카를 키우다시피 했습니다. 대니 아주머니는 벤과는 전혀 다른 증인 역할을 할 겁니다."

프랭크가 방으로 들어왔다. "벤을 무사히 침대로 들여보내셨나?" 파벨이 말했다. "저녁을 먹이고 머리를 쓰다듬어 칭찬해주면서? 하지만 이번에는 그렇게 쉽지 않을 걸세."

"댄버스 부인이 내려오기로 했네. 파벨 말이 증언을 들을 수 있다고 하는군." 줄리언 대령이 프랭크에게 설명했다.

프랭크는 흘낏 맥심 쪽을 보았다. 줄리언 대령도 프랭크의 그 시선을 보았다. 대령의 입가가 굳어졌다. 느낌이 좋지 않았다. 정말로 좋지 않았다. 나는 손톱을 물어뜯기 시작했다.

우리는 모두 문만 쳐다보면서 기다렸다. 드디어 댄버스 부인이 방으로 들어섰다. 단둘이 만날 때면 늘 키가 크고 당당해 보이던 부인이었지만 그렇게 혼자 서 있으니 작고 여위어 보였다. 부인은 파벨과 프랭크, 맥심을 번갈아 보았다. 두 손을 앞섶에 단정히 모으고 문가에 선 채 말이다.

"안녕하십니까, 댄버스 부인." 줄리언 대령이 인사했다.

"안녕하십니까." 부인의 목소리는 평소처럼 차갑고 기계적이었다.

"한 가지 여쭤볼 게 있습니다. 부인께서는 돌아가신 드윈터 부인과 여기 있는 파벨 씨의 관계를 알고 계셨습니까?" 줄리언 대령이 질문을 던졌다.

"두 분은 사촌 간입니다."

"그런 혈연관계를 확인하려는 게 아닙니다, 댄버스 부인. 그보다 더 친밀한 관계인지를 묻는 겁니다."

"무슨 말씀인지 모르겠습니다."

"대니 아주머니, 괜찮아요." 파벨이 나섰다. "대령님의 말뜻을 잘 알고 계시잖아요. 제가 벌써 다 얘기했는데 절 믿지 않아서 그러는 거예요. 레베카와 저는 몇 년 동안 함께 산 것이나 다름없잖아요? 레베카는 절 사랑했고요. 그렇죠?"

놀랍게도 댄버스 부인은 금방 대답을 하지 않았다. 그리고 잠시 파벨을 바라보았다. 그 눈길에는 경멸의 빛이 담겨 있었다.

"그렇지 않습니다."

"아니, 뭐라고? 이런 젠장……." 파벨이 말을 시작했지만 댄버스 부인이 가로막고 나섰다.

"레베카는 당신을 사랑하지 않았어요. 드윈터 씨도 사랑하지 않았고. 그 누구도 사랑하지 않았습니다. 남자들을 경멸했으니까요. 남자들보다 뛰어난 분이었으니 그럴 수밖에요."

파벨의 얼굴이 분노로 일그러졌다. "그게 무슨 소리야? 레베카
는 밤마다 나를 만나러 숲길을 내려오지 않았어? 그래서 대니 아
주머니는 방에서 레베카를 기다리곤 했잖아? 또 런던에서 나를
만나 주말을 보내곤 했잖아?"

"그래서요?" 댄버스 부인의 목소리가 갑자기 높아졌다. "그래서
어쨌다는 거지요? 누구나 즐길 권리는 있는 것 아닌가요? 남자들
을 상대하는 게 그분께는 게임에 불과했어요. 게임 말입니다. 저한
테 그렇게 말씀하셨지요. 우스운 일이라고요. 다시 말하지만 우스
운 일이라고 하셨습니다. 당신도 다른 남자와 마찬가지예요. 그분
께는 웃음거리에 불과한 거죠. 집에 돌아오면 침대 위에 앉아 남자
들을 비웃곤 하셨습니다."

부인이 쏟아내는 말에는 무언가 섬뜩한 느낌이 있었다. 모든 것
을 다 알고 있던 나까지도 흠칫 놀라며 혐오감이 들 정도였다. 맥
심은 얼굴이 새하얗게 질렸다. 파벨은 무슨 말인지 모르겠다는 듯
멍한 시선으로 댄버스 부인을 보았다. 줄리언 대령은 콧수염을 살
짝 잡아당겼다. 잠시 동안 아무도 입을 열지 않았다. 그저 끊임없
이 내리는 빗소리만 들렸다. 갑자기 댄버스 부인이 울기 시작했다.
내가 레베카의 침실에서 보았던 바로 그런 울음이었다. 차마 부인
을 똑바로 쳐다볼 수가 없었다. 나는 고개를 돌렸다. 침묵이 흘렀
다. 빗소리, 그리고 댄버스 부인의 울음소리만 들렸다. 난 비명을
지르고 싶었다. 방을 뛰쳐나가 마음껏 소리를 질러대고 싶었다.

아무도 부인 곁에 다가가 위로하거나 부축하지 않았다. 부인은

계속 흐느꼈다. 영원히 그럴 것 같았지만 서서히 부인이 자신을 수습하기 시작했다. 조금씩 울음소리가 잦아들었다. 부인은 똑바로 선 채 얼굴 표정만 움직였다. 두 손은 검은 드레스를 움켜잡고 있었다. 마침내 부인이 조용해졌다. 줄리언 대령이 낮은 소리로 천천히 물었다. "댄버스 부인, 드윈터 부인이 자살해야만 했던 어떤 동기나 이유를 혹시 아십니까?"

댄버스 부인이 침을 꿀꺽 삼켰다. 두 손은 여전히 옷자락을 움켜쥔 상태였다. 부인이 고개를 저었다. "모릅니다."

"자, 다들 보셨겠지?" 파벨이 유쾌한 어조로 말했다. "불가능한 일이라니까. 댄버스 부인이나 나나 생각이 똑같아. 이미 말했잖아?"

"조용히 해주겠소?" 줄리언 대령이 제지했다. "댄버스 부인에게 생각할 시간을 드리도록 합시다. 상황이 기이하다는 데는 우리 모두 이견이 없습니다. 당신이 가진 쪽지의 진위에도 의문을 제기하지 않겠습니다. 필체가 너무도 분명하니까. 드윈터 부인은 런던에서 몇 시간을 보내면서 파벨 씨에게 쪽지를 써서 남겼습니다. 무언가 할 말이 있다고 하는 내용이었지요. 그 할 말이 무엇인지 안다면 이 상황을 이해할 실마리가 잡힐지 모르겠습니다. 댄버스 부인에게 그 쪽지를 보여주십시오. 뭔가 생각을 해낼지도 모릅니다." 파벨은 어깨를 으쓱해 보이고는 주머니에서 쪽지를 꺼내 댄버스 부인의 발 앞에 던졌다. 부인은 허리를 굽혀 쪽지를 집었다. 그리고 입술을 움직이며 쪽지를 읽었다. 그렇게 두 번을 읽고 난 부인은 고개를 저었다. "모르겠습니다. 그분이 무슨 말씀을 하려고 했던 것인지 모르겠습니다. 파벨 씨에게 말해야 할 중요한 일이 있었다면 당연히 제게 먼저 말씀하셨을 텐데요."

"그날 밤 드윈터 부인을 보지 못하셨지요?"

"네. 제가 외출했습니다. 오후부터 저녁때까지 케리스에 있었지요. 그리고 그랬던 것에 대해 전 스스로를 절대 용서할 수 없습니다. 죽는 날까지 후회할 겁니다."

"그렇다면 댄버스 부인께서는 드윈터 부인이 이 쪽지를 쓸 당시의 심경을 전혀 모르신다는 거죠? 중요한 할 말이 대체 무슨 뜻인지 짐작하실 수 없다는 겁니까?"

"네. 그렇습니다."

"그날 드윈터 부인이 런던에서 뭘 했는지 아는 사람이 있을까요?"

아무도 대답하지 않았다. 맥심이 고개를 저었다. 파벨이 갑자기 말했다. "레베카는 오후 3시에 제 아파트에 와서 쪽지를 남겼습니다. 수위가 레베카를 봤거든요. 그리고 바로 맨덜리로 돌아왔고 이후 바람처럼 사라진 겁니다."

"12시부터 1시 30분까지 미용실 예약이 있었습니다. 그 주 초반에 제가 전화를 걸어 예약을 잡아서 기억하고 있습니다. 분명 12시부터 1시 30분까지였습니다. 머리를 하고 나면 그분은 늘 클럽에서 점심을 드셨습니다. 그날도 틀림없이 그렇게 하셨을 겁니다."

"식사하는 데 30분이 걸렸다고 치면 2시부터 3시까지는 어디에 있었을까요? 그걸 알아봐야겠습니다." 줄리언 대령이 말했다.

"이런, 맙소사! 레베카가 뭘 했는지가 대체 왜 중요하다는 겁니까? 레베카는 자살하지 않았어요. 다른 얘기는 필요 없다고요!" 파벨이 씨근덕거렸다.

"제 방에 드윈터 부인의 일정을 기록한 수첩이 있습니다. 버리지 않고 간직해두었지요." 댄버스 부인이 말했다. "드윈터 씨는 그걸 보여달라고 하신 적이 한 번도 없었고요. 그날 무슨 약속이 있었다면 아마 거기 적어두셨을 겁니다. 그런 면에서는 틀림이 없는 분이었으니까요. 모든 일정을 적어두었다가 끝나는 대로 가위표를 하셨지요. 필요하다고 생각하시면 제가 바로 가져오겠습니다."

"드윈터 씨, 당신 생각은 어떻습니까? 우리가 그 수첩을 봐도 괜찮겠습니까?" 줄리언 대령이 맥심에게 물었다.

"당연하지요. 안 괜찮을 까닭이 있습니까?" 맥심이 대답했다.

다시 한번 대령이 맥심에게 궁금하다는 듯한 시선을 던졌다. 나는 그 시선을 놓치지 않았다. 이번에는 프랭크도 그것을 보았다. 프랭크는 맥심을 바라보고 이어 내 쪽을 보았다. 나는 자리에서 일어나 창가로 다가갔다. 비 내리는 기세가 한풀 꺾여 있었다. 폭우는 지나갔다. 이제 빗줄기는 조용하고 부드러웠다. 어느새 회색빛 저녁 하늘이었다. 어두운 잔디밭에 물이 철철 흘렀고 나무들은 몸을 움츠린 듯했다. 위층에서 어느 하녀가 커튼을 내리고 덧창을 닫았다. 어김없이 일상이 반복되는 중이다. 커튼이 내려지고 구두는 광을 내기 위해 아래로 내려보내지고 화장실 의자에는 수건이 걸리고 욕조에는 물이 채워지는 것이다. 침대보를 걷고 슬리퍼도 의자 아래 가지런히 두겠지. 그런데 우리는 서재에 모여 앉아 말이 없다. 맥심의 목숨이 위태롭다는 것을 알면서도 뭐라 입을 떼지 못한다.

가볍게 문을 여닫는 소리에 나는 뒤돌아섰다. 댄버스 부인이 수첩을 들고 나타난 것이다.

"제 말 그대로입니다." 부인이 조용히 말했다. "일정을 적어두셨군요. 자, 여기가 그분이 돌아가시던 날의 일정입니다."

댄버스 부인이 붉은 가죽 표지의 작은 수첩을 펼쳤다. 그리고 줄리언 대령에게 건네주었다. 다시 한번 대령은 안경을 꺼내 썼다. 대령이 수첩의 내용을 확인하는 동안 긴 침묵이 흘렀다. 그 순간, 대령이 수첩을 살피고 우리는 가만히 서서 기다리고 있던 그 순간이 내게는 그날 저녁의 다른 어떤 시간보다 공포스러웠다.

나는 주먹을 꽉 쥐었다. 손톱이 손바닥을 파고들었다. 차마 맥심의 얼굴을 볼 수가 없었다. 내 심장이 이렇게 쿵쾅거리는 소리를 줄리언 대령이 듣고야 말 거야.

"아!" 대령이 말했다. 손가락은 수첩 한중간에 멈춰 있었다. 무언가 알아낸 것이다. 무언가 끔찍한 일이 곧 일어날 것만 같았다. "그렇습니다. 여기 있습니다. 댄버스 부인 말씀대로 12시에 미용실이라고 적혀 있군요. 그 옆에 가위표를 쳐놓았고요. 그러니까 약속대로 미용실에 갔던 거요. 자, 여기 또 다른 게 있어요. 2시에 베이커라고 써놨습니다. 베이커는 누굽니까?" 대령은 먼저 맥심을 보았다가 그가 고개를 젓자 댄버스 부인 쪽으로 시선을 돌렸다.

"베이커라고요?" 댄버스 부인이 그 이름을 되풀이했다. "베이커라는 분과 알고 지내셨던 것 같지는 않은데요. 전에 한 번도 들어본 적이 없는 이름입니다."

"자, 여길 보십시오." 줄리언 대령이 부인에게 수첩을 넘겨주었다. "직접 확인해보시지요. 베이커라는 이름 옆에 드윈터 부인이 가위표를 쳐놓았습니다. 그러니까 그날 이 사람을 만났던 겁니다."

댄버스 부인은 수첩에 적힌 이름과 그 옆에 쳐진 가위표를 골똘히 바라보았다. "베이커, 베이커라……."

"베이커가 누구인지 알아낸다면 문제의 핵심에 좀 더 다가갈 수 있을 것 같습니다." 줄리언 대령이 말했다. "혹시 채권자에게 시달리거나 하는 일은 없었습니까?"

댄버스 부인이 대령에게 경멸 어린 눈길을 던졌다. "그분께 그럴 일은 절대 없습니다."

"혹시 협잡꾼이었을지도 모르지요?" 줄리언 대령이 파벨을 힐끗 보면서 덧붙였다.

댄버스 부인은 고개를 저었다. "베이커, 베이커라……."

"드윈터 부인을 위협하거나 미워하는 사람, 혹은 드윈터 부인이 무서워하는 사람은 없었나요?"

"그분께서 무서워한다고요?" 댄버스 부인이 되물었다. "그분께서는 누구도, 그 무엇도 무서워하시지 않았습니다. 단 한 가지 걱정하셨던 게 있긴 했지요. 늙고 병들어 결국 죽게 된다는 생각이었습니다. 여러 번 그런 말씀을 하셨습니다. '대니 아주머니, 죽을 때는 빨리 가고 싶어. 촛불이 꺼지듯 순간적으로'라고요. 그래서 사고가 난 후 저는 그나마 자신을 위로할 수 있었습니다. 물에 빠져 죽는 건 고통이 없다고 하니까요. 그게 맞는 말인가요?"

댄버스 부인이 줄리언 대령에게 묻는 듯한 눈길을 보냈다. 대령은 대답하지 않았다. 그는 콧수염을 잡아당기며 머뭇거렸다. 그리고 또다시 맥심을 쳐다보았다.

"이게 다 무슨 난리랍니까?" 파벨이 앞으로 한 걸음 나서면서 말했다. "우리는 완전히 핵심에서 벗어나버렸어요. 베이커가 누구든 무슨 상관이죠? 그가 사건과 어떤 관계가 있다는 겁니까? 스타킹이나 화장품을 파는 상인인 모양이지요. 조금이라도 중요한 사람이었다면 대니 아주머니가 몰랐을 리 없으니까요. 레베카는 대니 아주머니에게는 비밀이 없었거든요."

나는 댄버스 부인을 보고 있었다. 부인은 수첩 여기저기를 뒤적거리는 중이었다. 그러다가 갑자기 탄성을 질렀다.

"여기 뭔가 있습니다. 이 뒤쪽 전화번호부예요. 베이커라는 이름과 0488이라는 번호군요. 교환 번호는 없습니다만."

"대단하군, 대니 아주머니!" 파벨이 말했다. "이제 아주 탐정이다 되었는걸. 열두 달 전에 진작 그러지 그랬어요? 그랬다면 얼마나 좋았을까!"

"베이커의 번호가 나온 셈이군." 줄리언 대령이 말했다. "0488이라. 그런데 어째서 교환 번호를 안 적어두었을까?"

"까짓것, 런던의 모든 교환국에 걸어보면 되지요. 밤새도록 걸어

본들 그게 대수겠습니까? 맥스야 전화 요금에 신경 쓸 사람은 아니고요. 그렇지, 맥스? 자네는 게임을 계속하고 싶겠지. 나도 그러네."

"전화번호 옆에 무슨 표시가 있습니다. 의미 있는 표시인지도 모르겠군요." 줄리언 대령이 말했다. "댄버스 부인, 한번 확인해보시지요. 이건 M 자일까요?"

댄버스 부인이 다시 수첩을 받아 들었다. "그럴지도 모르겠습니다. 평소 필체하고는 좀 다르지만 급하게 갈겨쓰셨다면 이렇게 보일 수도 있겠군요."

"메이페어 0488이군." 파벨이 말했다. "정말 대단해! 난 천재야!"

"그런가?" 맥심이 담배에 불을 붙였다. "당장 확인해봅시다. 프랭크, 어서 메이페어 0488로 전화를 걸어보게."

명치끝의 통증이 너무도 심했다. 그래도 나는 팔을 내려뜨리고 가만히 서 있었다. 맥심은 나를 쳐다보지 않았다.

"자, 어서, 프랭크. 뭘 꾸물대는 건가?"

프랭크가 안쪽 방으로 들어갔다. 우리는 기다렸다. 잠시 후 그가 되돌아왔다. "이리로 전화를 걸어올 겁니다." 조용한 목소리였다. 줄리언 대령은 뒷짐을 지고 방을 앞뒤로 오가기 시작했다. 아무도 입을 열지 않았다. 4분쯤 지나 전화벨이 울렸다. 신경을 거스르는 단조로운 벨 소리였다. 프랭크가 달려가 받았다. "메이페어 0488입니까? 죄송합니다만 거기 베이커라는 분이 살고 계신가요? 아, 알겠습니다. 실례가 많았습니다. 제가 가진 번호가 틀린 모양입니다. 감사합니다."

딸깍하고 수화기를 내려놓는 소리가 들렸다. 그는 방에서 나와 말했다. "메이페어 0488에는 이스틀리 부인이라는 분이 살고 있습니다. 그로스베너라고 하는군요. 베이커라는 이름은 들어본 적이 없다고 합니다."

파벨이 낄낄 웃었다. "좋아, 좋아. 어디든 해보자고. 자, 우리 탐정님, 다음 M은 어디인가요?"

"뮤지엄으로 해보지요." 댄버스 부인이 대답했다.

파벨이 맥심을 쳐다보았다. 맥심이 말했다. "어서 걸어보게."

똑같은 상황이 다시 반복되었다. 줄리언 대령은 방을 앞뒤로 오 갔다. 5분이 흐르고 전화벨이 울렸다. 프랭크가 받았다. 안쪽 방문을 열어놓았으므로 프랭크가 전화 테이블 앞에 허리를 구부리고 선 모습이 보였다.

"안녕하십니까? 뮤지엄 0488입니까? 혹시 거기 베이커라는 분이 살고 계신지요? 아, 그렇습니까? 실례지만 지금 전화를 받는 분은 누구십니까? 수위라고요? 알겠습니다. 아니, 괜찮습니다. 주소를 좀 주시겠습니까? 네, 아주 중요한 일입니다." 프랭크가 말을 멈추고 우리 쪽을 돌아보았다. "찾아낸 것 같습니다."

오, 하느님, 이건 아니에요. 베이커를 찾지 못하도록 해주세요. 그가 이미 죽은 사람인 것으로 해주세요. 나는 문 안쪽 프랭크의 모습을 쳐다보았다. 프랭크는 갑자기 손을 앞으로 뻗어 종이와 연필을 집어 들었다. "여보세요? 네, 지금 말씀하시면 됩니다. 철자를 좀 불러주시겠습니까? 감사합니다. 그럼 안녕히 계십시오." 프랭크가 종이 한 장을 들고 되돌아왔다. 맥심을 사랑하는 프랭크가 말이다. 자기 손에 든 종이가 그날의 그 모든 악몽과 맞바꿀 만한 증거라는 것을 모른 채. 자신이 주소를 받아쓴 그 종이가 맥심을 등 뒤에서 찌르는 단검이나 다름없다는 것을 모른 채.

"블룸즈버리가에 있는 건물의 수위가 전화를 받았소. 사람이 살지 않는 건물이고 낮에는 의사 진료실로 쓰이는 곳이라고 합니다. 베이커는 거기서 일했던 의사인데 6개월 전에 일을 그만두고 떠났다고 합니다. 하지만 찾을 수는 있겠군요. 수위에게 집 주소가 남아 있었습니다. 제가 종이에 받아 적은 게 바로 그 주소입니다."

25

　그 순간 맥심이 나를 바라보았다. 그날 저녁에 처음으로 내 쪽을 본 것이다. 그 눈길에서 나는 작별의 의미를 읽었다. 마치 떠나가는 배 위에서 항구에 선 나를 내려다보는 듯한 눈길 말이다. 그의 곁에, 그리고 내 곁에 많은 사람들이 있고 어깨를 건드리기도 하겠지만 우리 눈에는 아무도 보이지 않는 것이다. 바람도 세고 거리도 멀기 때문에 우리는 무슨 말을 하거나 서로의 이름을 부르거나 하지 않는다. 배가 항구를 떠날 때까지 그는 내 눈을, 그리고 나는 그의 눈을 그저 바라보는 것이다. 파벨, 댄버스 부인, 줄리언 대령, 그리고 종이를 손에 든 프랭크까지도 우리는 그 순간 다 잊었다. 2초 남짓한 그 시간은 온전히 우리 둘만의 것이었다. 다음 순간 맥심이 시선을 돌렸고 프랭크에게 손을 내밀었다.

"잘됐네. 자, 주소가 어디인가?"

"런던 북쪽의 바넷이라는 곳이군." 프랭크가 맥심에게 종이를 넘겨주었다. "하지만 전화번호는 없으니 전화는 걸 수 없겠네."

"잘하셨습니다, 크롤리 씨." 줄리언 대령이 말했다. "자, 그럼 댄버스 부인, 이제는 뭔가 생각나는 점이 없을까요?"

댄버스 부인은 고개를 저었다. "드윈터 부인께서는 의사를 만날 일이 전혀 없었습니다. 건강한 사람이 그렇듯 그분도 의사를 믿지 않으셨지요. 손목을 삐셨을 때 딱 한 번 케리스에서 필립스라는 의사에게 간 적이 있습니다. 베이커라는 의사 선생은 제가 한 번도 들어본 적이 없군요."

"대체 뭘들 하는 겁니까?" 파벨이 나섰다. "베이커가 누구인지가 왜 중요하지요? 단서가 되는 사람이라면 대니 아주머니가 모를 리 없습니다. 아마 새로운 머리 염색법, 아니면 피부 관리법을 개발한 작자겠지요. 레베카는 그날 아침 미용사에게서 주소를 받아 점심을 먹고 난 후 그냥 한번 가본 것 같습니다."

"아닙니다." 프랭크가 대답했다. "당신 생각은 틀린 것 같군요. 베이커는 돌팔이가 아니랍니다. 뮤지엄 0488의 수위는 그가 유명한 부인과 전문의라고 말하는군요."

"흐음." 줄리언 대령이 콧수염을 잡아당겼다. "드윈터 부인에게 뭔가 문제가 있었던 모양입니다. 그런데 댄버스 부인에게까지 아무 말을 안 했다니 참으로 이상하군요."

"레베카는 너무 여위었지요." 파벨이 말했다. "여러 번 그런 말을 했지만 레베카는 웃어넘기기만 했어요. 몸이 가벼워야 좋다면서요. 아마 체중 관리 때문에 간 게 아니었을까요? 베이커 의사 선생과 식사 관리 문제를 의논한 거죠."

"이게 가능한 얘기라고 보십니까, 댄버스 부인?" 줄리언 대령이 물었다.

댄버스 부인은 천천히 고개를 저었다. 놀라움과 당혹감에서 벗어나지 못한 표정이었다. "도무지 이해할 수가 없습니다. 베이커 의사 선생이라니, 전혀 모르는 사람입니다. 어째서 제게 말씀을 안 하셨던 걸까요? 제게도 숨기신 이유가 무엇일까요? 제 앞에서는 뭐든 다 털어놓으셨는데 말입니다."

"걱정시키고 싶지 않아서였겠지요." 줄리언 대령이 말했다. "드윈터 부인은 베이커 의사 선생과 약속을 하고 만난 후 그날 밤 맨덜리로 돌아와 부인께 모든 이야기를 다 할 작정이었을 겁니다."

"파벨 씨에게 남긴 쪽지에서," 갑자기 생각났다는 듯 댄버스 부인이 말했다. "해야 할 말이 있다고, 꼭 만나야 한다고 쓰셨지요. 그럼 파벨 씨에게도 그 얘기를 할 작정이셨을까요?"

"아, 잠시 그 쪽지를 잊고 있었군요." 파벨이 말하면서 주머니에서 쪽지를 꺼내 그 부분을 다시 읽었다. '해야 할 말이 있어. 가능한 한 빨리 만났으면 해. 레베카.'

"의심의 여지가 없다고 봅니다." 줄리언 대령이 맥심 쪽을 돌아보며 말했다. "내기라도 걸 수 있습니다. 드윈터 부인은 파벨을 만나 베이커 의사와 나눈 이야기를 전하려 했던 겁니다."

"저도 그렇게 생각합니다." 파벨도 거들었다. "의사와 한 약속, 그리고 쪽지의 내용은 상관이 있습니다. 대체 무슨 일이었을까요? 나한테 무슨 얘기를 하려 했던 걸까요?"

모두의 얼굴 앞에서 진실이 비명을 질렀지만 아무도 보지 못했다. 다 같이 서서 서로의 얼굴을 바라보면서도 이해하지 못했다. 나는 차마 사람들을 쳐다볼 수 없었다. 내가 아는 것을 숨기려면 꼼짝 않고 앉아 있어야 했다. 맥심은 아무 말이 없었다. 그는 다시 창가로 가서 어두운 정원을 내려다보았다. 마침내 비는 그쳤지만 나뭇잎과 창문 위 물받이에서 물방울이 뚝뚝 떨어졌다.

"그걸 확인하는 것은 어렵지 않습니다." 프랭크가 말했다. "여기 의사 주소가 있으니까요. 편지를 써서 작년에 드윈터 부인과 만났던 일을 기억하느냐고 물으면 됩니다."

"순순히 이야기를 해줄지 모르겠습니다." 줄리언 대령이 입을 열었다. "의사들에게는 나름의 원칙이 있으니까요. 특히 진료 내용은 절대 비밀이지요. 드윈터 씨가 개인적으로 만나 상황을 설명하는 게 유일한 방법일 겁니다. 드윈터 씨, 어떻게 생각하십니까?"

맥심이 창가에서 돌아섰다. "저는 뭐든 할 준비가 되어 있습니다." 조용한 목소리였다.

"시간이 충분하다 이건가?" 파벨이 이죽거렸다. "스물네 시간이면 무슨 짓이든 할 수 있지. 기차도 탈 수 있고 배도 탈 수 있고 비행기도 탈 수 있을 걸세."

댄버스 부인이 맥심에게 날카로운 시선을 던졌다. 맥심이 의심

받고 있다는 것을 비로소 알아차린 모양이었다. 그제야 상황을 이해했던 것이다. 부인의 얼굴 표정은 심경을 그대로 드러냈다. 처음에는 의혹이, 다음에는 충격과 증오가, 마지막으로는 확신의 표정이 떠올랐다. 부인의 긴 손가락이 다시금 치맛자락을 움켜쥐었고 혀로 입술을 한 번 핥았다. 그리고 맥심을 응시했다. 한 번도 시선을 떼지 않은 채 말이다. 너무 늦었어. 나는 생각했다. 부인은 우리에게 아무 짓도 하지 못해. 우린 이미 상처를 받을 대로 다 받았는걸. 맥심은 부인의 시선을 알아차리지 못하는 듯했다. 어쩌면 무시하는지도 몰랐다. 그는 줄리언 대령에게 말하고 있었다.

"어떻게 하면 좋겠습니까? 내일 아침에 일어나 바넷의 이 주소로 찾아갈까요? 미리 전보를 쳐서 찾아가겠다고 알릴 수도 있고요."

"혼자 가도록 할 수는 없지." 파벨이 웃어댔다. "나도 같이 갈 권리가 있지 않을까요? 웰치 조사관을 동행시키는 것도 좋을 테고요."

댄버스 부인이 맥심을 그만 노려보았으면. 이제 프랭크도 그 시선을 눈치챘다. 그는 부인을 바라보면서 당황하고 불안해하는 눈치였다. 프랭크는 자기 손에 들린 종이를 흘깃 내려다보았다. 그리고 맥심 쪽으로 눈길을 돌렸다. 어렴풋이나마 그 종이의 의미를 깨달았는지 그는 얼굴이 새하얗게 질려 종이를 테이블에 내려놓았다.

"아직은 웰치 조사관까지 불러올 필요는 없을 것 같습니다." 줄리언 대령의 목소리가 달라졌다. 공식적으로 변했다. 그가 '아직은'이라는 표현을 쓴 것이 마음에 들지 않았다. 대체 왜 그런 표현을 사용하는 것일까? "제가 드윈터 씨와 동행해 모든 상황을 다 지켜보고 함께 돌아온다면 만족하시겠습니까?" 대령이 파벨에게 물었다.

파벨은 맥심을 쳐다보고 이어 줄리언 대령을 보았다. 무언가 열심히 계산하는 듯한 추악한 표정이었다. 푸른 두 눈에는 승리의 빛이 흘렀다. "네, 좋습니다. 하지만 만일을 위해 저도 동행하고 싶은데 괜찮을까요?"

"안 될 것은 없습니다." 줄리언 대령이 대답했다. "유감스럽지만 당신에게도 권리가 있다고 판단되는군요. 하지만 술에 취하지 않은 상태에서만 동행을 허락하겠습니다."

"그 점은 걱정 안 하셔도 됩니다." 파벨이 빙그레 웃었다. "멀쩡한 정신으로 갈 테니까요. 몇 달 안에 맥스에게 유죄를 선고할 재판관처럼 멀쩡한 정신으로 말입니다. 결국은 베이커라는 의사가 내 주장을 뒷받침해줄 것 같군요."

그는 우리를 하나씩 돌아보더니 웃어댔다. 마침내 그도 의사를 찾아가는 일의 중요성을 깨달은 모양이었다.

"자, 그럼 내일 아침 몇 시에 출발할까요?" 파벨이 웃음을 그치고 물었다.

줄리언 대령이 맥심을 보았다. "아침 몇 시까지 준비하실 수 있습니까?"

"언제든 좋습니다."

"9시면 어떨까요."

"네. 9시로 합시다."

"저자가 밤중에 도망가버리면 어쩌지요? 남몰래 빠져나가 자기 차를 몰고 사라지면 그만이지 않습니까?" 파벨이 지적했다.

"제 약속만으로 충분하지 않다는 겁니까?" 맥심이 줄리언 대령에게 물었다. 그리고 처음으로 줄리언 대령이 머뭇거렸다. 그는 프랭크를 힐끗 보았다. 맥심의 얼굴이 붉게 달아올랐다. 관자놀이에서 맥박 뛰는 모습이 보였다. "댄버스 부인," 맥심이 천천히 말했다. "저와 드윈터 부인이 오늘 밤 침실로 가면 바깥에서 문을 잠가주시겠습니까? 그리고 아침 7시에 저희를 깨워주십시오."

"그렇게 하겠습니다." 댄버스 부인이 여전히 맥심을 응시하며 대답했다. 두 손으로 치맛자락을 움켜쥔 채로 말이다.

"그렇게 하면 되겠습니다." 줄리언 대령이 무뚝뚝하게 말했다. "이제 오늘 밤에는 더 이상 할 일이 없는 것 같습니다. 내일 아침 9시에 다시 오겠습니다. 드윈터 씨, 그 차에 저도 함께 탈 수 있겠지요?"

"물론입니다."

"파벨 씨는 본인 차로 따라오시겠습니까?"

"꼭 붙어 따라가겠습니다." 파벨이 대답했다.

줄리언 대령이 내게 다가와 손을 잡고 인사했다. "그럼 안녕히 주무십시오. 저녁 내내 이렇게 괴롭혀드려 뭐라 사과해야 할지 모르겠습니다. 가능하면 남편분이 일찍 잠자리에 들도록 해주십시오. 내일은 힘든 하루가 될 겁니다." 그는 잠시 내 손을 잡고 있더니 돌아섰다. 그러면서도 묘하게 내 눈길을 피했다. 내 뺨에만 시선을 고정하면서 말이다. 대령이 방을 나설 때 프랭크가 문을 열고 전송했다. 파벨은 몸을 굽히고 테이블 위의 담배합에서 담배를 한 움큼 꺼내 자기 담뱃갑에 채워 넣었다.

"남아서 저녁까지 먹고 가라는 인사는 안 하시겠지요?" 파벨이 물었다.

아무도 대답하지 않았다. 그는 담배 한 개비를 물고 불을 붙인 뒤 연기를 내뿜었다. "그렇다면 큰길가의 여관에서 조용한 시간을 보내야겠군. 사팔뜨기 여급을 보면서 말이야. 끔찍한 밤이 될 거야! 그래도 괜찮지. 내일이 기대되니까. 그럼 대니 아주머니, 잘 자요! 맥스 방을 잠가놓는 것, 잊지 말아야 해요!"

그는 내게 다가와서 손을 내밀었다.

나는 겁먹은 아이처럼 두 손을 등 뒤에 감추었다. 파벨은 껄껄 웃으며 허리를 굽혀 인사했다.

"참으로 고약하다고 생각하시겠지요? 저 같은 망나니가 찾아와 저녁 시간을 망쳐버렸으니 말입니다. 괜찮습니다. 앞으로 흥미진진한 일이 기다리고 있으니까요. 신문마다 부인 이야기가 도배될 겁니다. '몬테카를로에서 맨덜리로. 살인자의 어린 신부 이야기' 같은 제목이 달려서 말입니다. 다음번에는 운이 좀 좋기를 바랍니다만."

그는 방을 가로질러 문으로 가면서 창가에 서 있는 맥심에게 손을 흔들었다. "그럼 곧 만나세. 좋은 꿈 꾸라고. 잠긴 문 안에서 편안한 밤 보내게." 여전히 껄껄 웃으며 그는 방을 나갔다. 댄버스 부인도 따라 나갔다. 맥심과 나만 남았다. 그는 여전히 창가에 서 있었다. 내 쪽으로 오지 않았다. 재스퍼가 홀에서 달려 들어왔다. 저녁 내내 바깥에 쫓겨나 있었던 것이다. 재스퍼는 내 치맛자락을 물어뜯으면서 소란을 떨었다.

"저도 내일 아침에 함께 가겠어요." 내가 말했다. "당신 차를 타고 런던으로 함께 갈 거예요."

잠시 동안 대답이 없었다. 그는 창밖만 바라보았다. 한참 만에 "그럽시다"라는 건조한 목소리가 울렸다. "함께 헤쳐나가도록 합시다."

프랭크가 방으로 되돌아왔다. 그는 출입구에 멈춰 서서 말했다. "다들 갔네. 파벨과 줄리언 대령 모두. 막 보내고 오는 참이야."

"알았네, 프랭크." 맥심이 대답했다.

"내가 뭔가 할 일이 없을까? 뭐든 말일세. 누군가에게 전보를 쳐서 미리 알려둘 일은? 할 일이 있다면 밤새우는 것도 문제없어. 베이커란 사람한테 전보를 치겠네."

"아니야. 자네가 할 일은 아무것도 없네. 내일이 지나면 아마 많은 일이 생기겠지만. 때가 되면 처리하도록 하세. 오늘 밤은 우리 둘이서만 지내고 싶어. 자네도 이해해주겠지?"

"그럼, 물론이지."

프랭크는 잠시 머뭇거리다가 인사를 했다. "그럼 편히 쉬게."

"자네도 잘 자게." 맥심이 말했다.

프랭크는 밖으로 나가 문을 닫았다. 맥심이 벽난로 주변 내 곁으로 다가왔다. 내가 두 팔을 활짝 벌렸고 그는 아이처럼 내게 안겼다. 우리는 오랫동안 말이 없었다. 나는 그가 재스퍼라도 되는 양 꼭 안고 가볍게 두드려주었다. 어디선가 다치고 들어와 끙끙거리며 매달리는 재스퍼를 대하듯이 말이다.

"함께 타고 가면 되오." 그가 중얼거렸다.

"그래요."

"줄리언도 안 된다고는 안 할 거요."

"그럼요."

"내일 밤도 함께 보낼 수 있겠지. 당장 스물네 시간 안에 무슨 일이 일어나는 건 아닐 테니."

"그래요."

"요즘은 법이 그렇게 무지막지하지 않지. 사람들도 만날 수 있게 해줄 거요. 시간도 오래 걸릴 거고. 헤이스팅스 변호사에게 부탁을 해야겠소. 최고의 변호사니까. 아니면 버켓도 괜찮고. 헤이스팅스는 내 아버지하고도 아는 사이였지."

"그래요."

"변호사한테는 진실을 털어놔야지. 그래야 일이 쉬우니까. 어떻게 해야 하는지도 판단하기 좋을 테고."

"맞아요."

문이 열리면서 프리스가 들어왔다. 맥심을 살짝 밀어냈다. 나는 똑바로 서서 머리매무새를 다듬었다.

"옷을 갈아입으시겠습니까, 마님? 아니면 바로 저녁을 차릴까요?"

"아니에요, 프리스. 오늘은 갈아입지 않겠어요."

"알겠습니다."

프리스는 문을 닫지 않고 나갔다. 로버트가 뒤따라 들어와 커튼을 내리고 쿠션의 위치를 바로잡고 테이블 위에 놓인 신문과 책들을 정리했다. 빈 술잔도 내갔다. 맨덜리에 온 후 매일같이 봐온 지극히 익숙한 모습이었다. 하지만 오늘은 왠지 특별한 의미가 있는 듯 느껴졌다. 그 몸짓 하나하나가 영원히 기억에 남아 오랜 시간이 지난 후 추억하게 될 것 같았다.

프리스가 들어와 저녁이 준비되었다고 알렸다.

그날 저녁 식사는 세세한 부분까지 다 또렷하게 기억난다. 얼음처럼 차가운 콩소메 수프가 나오고 혀가자미 요리와 양고기 요리가 이어졌다. 달콤하고 상큼했던 디저트 맛도 기억난다.

은 촛대에 꽂힌 새 초들은 아주 길고 가늘었다. 커튼이 내려져 어두운 바깥은 보이지 않았다. 식당에 앉아 잔디밭을 내다보지 않는다는 게 좀 낯설었다. 가을이 시작되는 모양이었다.

서재로 돌아와 커피를 마시고 있을 때 전화벨이 울렸다. 내가 받았다. 비어트리스가 건 전화였다. "올케야? 저녁 내내 전화를 걸었어. 계속 통화 중이더군."

"죄송해요. 그렇게 되었네요."

"두 시간 전에 저녁 신문을 읽었어. 자일스나 나나 판결에 충격을 받았지. 맥심은 뭐라고 해?"

"누구한테든 충격적인 판결이었어요."

"도저히 이해가 안 가. 도대체 왜 레베카가 자살을 했단 말이야? 자살을 할 거라고는 도무지 생각할 수 없는 사람인걸. 뭔가 잘못

된 것 같아."

"저도 모르겠어요."

"맥심은 뭐래? 지금 어디 있어?"

"사람들이 다녀갔어요. 줄리언 대령을 비롯해서 여러 사람들이
요. 맥심은 아주 지쳤어요. 저희는 내일 런던에 가기로 했고."

"아니 대체 왜?"

"판결과 관련된 일 때문이에요. 설명하기가 복잡하네요."

"판결을 뒤집어야 해. 이건 말도 안 된다고. 맥심한테도 좋지 않
아. 벌써 맥심 탓으로 돌리고들 있는걸."

"네."

"줄리언 대령이 뭔가 조치를 취할 수 있을까? 치안판사니까 말
이야. 치안판사가 대체 뭐 하는 존재람. 호리지라는 조사관은 머리
를 잘라버려야 해. 레베카가 뭣 때문에 자살을 한단 말이야? 그건
내 평생 들어본 가장 어이없는 소리야. 그 탭이라는 기술자도 혼을
내줘야 해. 그 구멍이 의도적으로 생긴 건지 아닌지 그가 알게 뭐
람! 자일스는 분명 바윗돌 때문일 거라고 해."

"그 사람들 생각은 다르더군요."

"내가 거기 있어야 했어. 한마디 해야 했다고. 아무도 손을 쓰지
못한 모양이야. 맥심은 화가 많이 났어?"

"몹시 지쳤어요."

"나도 런던으로 가서 힘을 보태야 하는데 그럴 수가 없네. 로저
가 몹시 열이 나서 말이야. 게다가 간호사는 얼마나 멍청한지 도

움이 안 돼. 곁을 떠날 수가 없는 상황이야."

"그러실 필요 없어요. 무리하지 마세요."

"런던 어디로 가는 거야?"

"모르겠어요. 아직 분명치가 않아요."

"맥심에게 최선을 다해 판결을 뒤집어야 한다고 전해줘. 가문의 치욕이니까. 나도 여기 있는 사람들한테 이건 말도 안 되는 소리라고 할 거야. 레베카는 자살했을 리가 없어. 그럴 사람이 아니라니까. 내가 직접 조사관에게 편지를 쓸까 봐."

"이미 늦었어요. 그냥 놔두시는 편이 좋아요. 도움이 안 될 테니까요."

"정말 화가 나서 견딜 수가 없어. 자일스와 나는 그 구멍이 바윗돌 때문이 아니고 의도적으로 뚫은 거라면 공산주의자들 짓이 아닐까 생각해. 온 사방이 공산주의자 천지니까. 그런 짓을 하고도 남을 놈들이지."

맥심이 나를 불렀다. "무슨 얘기가 그렇게 기오? 대체 누님은 뭐라고 떠드는 거야?"

"비어트리스," 내가 다급하게 말했다. "런던에서 전화드리도록 할게요."

"내가 딕 고돌핀 의원을 한번 만나볼까? 맥심보다는 내가 더 잘 아는 사이거든. 자일스와 함께 옥스퍼드를 나왔어. 맥심한테 한번 물어봐줘. 내가 고돌핀 의원과 만나 뭔가 방법을 찾아보면 어떻겠냐고. 공산주의자들 짓이라는 우리 생각에 대해서는 의견이 어떤

지도 물어봐줘."

"그럴 필요 없어요. 아무 도움이 안 될 거예요. 비어트리스, 제발 아무것도 하지 말아주세요. 상황을 나쁘게만 만들 게 분명하거든요. 레베카에게는 어떤 동기가 있었겠지요. 우린 모르지만요. 또 공산주의자들이 보트에 구멍을 뚫을 이유가 어디 있겠어요? 그냥 그러려니 하고 두세요."

비어트리스가 오늘 우리와 함께 있지 않아 얼마나 다행인지. 마침내 하느님에게 감사할 부분이 생긴 셈이었다. 수화기가 직직거렸다. 비어트리스가 '여보세요? 교환! 아직 끊지 마!' 하고 외치는 소리가 들리더니 조용해졌다.

나는 서재로 돌아왔다. 온몸에 기운이 하나도 없었다. 몇 분 후 다시 전화벨이 울렸다. 나는 움직이지 않고 내버려두었다. 나는 맥심의 발치에 가서 앉았다. 계속 전화벨이 울렸다. 나는 꼼짝하지 않았다. 갑자기 벨 소리가 뚝 그쳤다. 벽난로 선반 위의 시계가 10시를 쳤다. 맥심이 팔을 뻗어 나를 끌어 올렸다. 우리는 입을 맞추었다. 한 번도 입을 맞추지 못했던 금지된 연인들처럼 열정적으로. 그리고 절망적으로.

26

이튿날 아침 나는 6시에 깨어나 창밖을 확인했다. 안개가 잔뜩 껴 있었다. 잔디 위에 물방울이 서리처럼 내려앉았고 나무들은 뿌연 대기 속에서 잔뜩 움츠리고 있었다. 서늘하지만 신선한 공기에서 가을이 느껴졌다.

나는 창가에 앉아 장미 정원을 내려다보았다. 간밤에 내린 비로 꽃나무 줄기가 구부러졌고 쭈글쭈글한 갈색 꽃잎들이 땅바닥에 흩어져 있었다. 어젯밤 일들이 꿈속처럼 아득했다. 우리가 겪는 곤란에 아랑곳없이 맨덜리에는 새로운 하루가 시작된 참이었다. 지빠귀 한 마리가 종종걸음으로 장미 정원을 지나 잔디밭으로 가더니 노란 부리로 땅을 쪼아댔다. 또 다른 지빠귀 한 마리도 먹이를 찾느라 바빴다. 할미새 두 마리는 서로의 뒤를 쫓아다녔고 참새들은 무리 지어 쩍쩍거렸다. 하늘 높이 홀로 멈춰 있던 갈매기는 날개를 넓게 펴고 단숨에 잔디밭을 넘어 숲과 행복의 계곡 쪽으로 날아갔다. 정원의 일상은 그렇게 계속 이어질 것이다. 우리의 고민과 불안은 아무 영향도 미치지 못한다. 곧 정원사들이 나타나 잔디밭과 오솔길에 갈퀴질을 하며 올해 들어 처음으로 떨어진 나뭇잎들을 쓸어내겠지. 저택 뒤쪽 마당에서는 양동이가 요란한 소리를 내고 호스에서 나온 물이 자동차를 씻어낼 것이다. 어린 부엌 하녀는 열린 문을 통해 마당의 사내들과 수다를 떨 테고. 뜨겁고 바삭바삭한 베이컨이 고소한 냄새를 풍기리라. 하녀들은 커튼을 젖히고 창문을 활짝 열어 온 집 안에 신선한 공기를 들일 것이다.

개들은 바구니에서 기어 나와 하품을 하며 몸을 쭉 뻗어 기지개를 켠 후 테라스로 나가서 안개를 뚫고 솟아오르는 뿌연 해를 바라보겠지. 로버트가 아침상을 차릴 테고. 갓 구운 스콘, 삶은 달걀, 작은 유리 접시에 담긴 꿀과 잼, 마멀레이드, 소담하게 담은 복숭아, 농장에서 막 따 와 아직도 꽃이 붙어 있는 진보라색 포도송이 등이 선반에 놓이리라.

하녀들은 거실과 응접실을 청소하고 길쭉한 창문을 열어 공기를 바꿀 것이다. 굴뚝에서 연기가 구불구불 피어오르고 가을 안개가 서서히 걷히면서 나무와 둔덕, 숲이 제 모습을 드러내겠지. 계곡 아래 바다는 햇살을 받아 반짝이고 곶의 등대는 듬직하게 솟아 있으리라.

맨덜리는 평화로웠다. 고요하고 아름다웠다. 그 영역 안에 누가 살든, 어떤 문제가 생기고 투쟁이 벌어지든, 아무리 큰 고통과 불편이 있다 해도, 어떤 눈물이 흐르고 슬픔이 차올라도 맨덜리의 평화로움과 아름다움은 끄떡없다. 죽은 꽃은 이듬해면 다시 피고 같은 새들이 둥지를 지으며 같은 나무들이 무성하다. 오래된 이끼 냄새는 계속 대기 중에 머물 것이고 벌은 어김없이 찾아오며 찌르레기와 왜가리는 깊고 어두운 숲속에 둥지를 마련할 것이다. 나비들이 잔디밭에서 즐거운 춤을 추고 거미들은 거미줄을 자아내며 작은 토끼들이 무성한 덤불 사이로 슬쩍 머리를 내밀겠지. 라일락과 인동덩굴이 자리를 지키고 백목련은 식당 창 아래에서 천천히 봉오리를 열리라. 이곳 맨덜리를 망가뜨릴 수 있는 사람은 아무도 없다. 언제까지나 이곳은 숲에 안전하게 둘러싸여 매력을 발산하고 바다는 작은 조약돌 해변을 들락거릴 것이다.

맥심은 아직 자고 있었고 나도 깨울 생각이 없었다. 길고 힘든 하루를 앞둔 상황이었다. 늘어선 전신주와 지나가는 차들이 만드는 단조로운 풍경을 보며 런던으로 향해야 하는 것이다. 결국 종착점이 어디인지는 알 수 없었다. 미래는 예측 불가능했다. 런던 북쪽 어딘가에 사는 베이커라는 사람, 우리와는 일면식도 없는 그 사람이 결국 우리 미래를 좌지우지할 입장이었다. 그 역시 자리에서 일어나 하품을 하고 기지개를 켠 후 출근하겠지. 나는 화장실로 가서 몸을 씻었다. 어젯밤 로버트가 서재를 정돈하는 모습을 보았을 때 그랬듯 몸을 씻는다는 기계적인 일상이 그날만큼은 남다른 의미로 다가왔다. 나는 목욕 스펀지를 물에 담그면서도, 새

수건을 의자에 걸면서도, 편안히 누워 물줄기를 맞으면서도 모든 것이 새삼스러웠다. 방으로 돌아와 옷을 입기 시작했을 때 가벼운 발소리가 문 앞에 와 멈췄고 조용히 열쇠 돌리는 소리가 났다. 잠시 침묵이 흐르더니 발소리는 다시 멀어졌다. 댄버스 부인이었다.

부인은 틀림이 없었다. 어젯밤에 서재에서 방으로 올라온 후에도 같은 소리가 들렸다. 문에 노크를 한다든지 하는 절차는 생략되었다. 조용한 발소리와 열쇠를 돌리는 소리뿐이었다. 그 소리에 나는 현실로 되돌아와 코앞에 닥친 하루를 대면했다.

나는 옷을 다 입고 맥심이 씻을 물을 받았다. 금방 클래리스가 차를 가지고 올 것이었다. 맥심을 깨웠다. 그는 아이처럼 어리둥절한 얼굴로 나를 쳐다보더니 기지개를 켰다. 우리는 함께 차를 마셨다. 그는 씻으러 들어가고 나는 여행 가방을 싸기 시작했다. 런던에서 하루를 묵어야 할지도 몰랐다.

맥심이 선물해준 머리빗, 잠옷과 슬리퍼, 여벌의 옷과 신발을 챙겼다. 옷장 뒤쪽에서 끄집어낸 여행 가방은 참으로 낯설었다. 겨우 4개월 전에 들고 온 가방이었는데도 아주 오랫동안 사용한 적이 없는 듯했다. 가방에는 칼레 세관원이 그어놓은 분필 자국이 아직도 남아 있었다. 옆 주머니에서는 몬테카를로 카지노의 음악회 입장권이 나왔다. 나는 그 입장권을 구겨 쓰레기통에 던졌다. 다른 시대, 다른 세계의 물건 같았다. 침실은 주인이 떠나버린 방 분위기를 풍기기 시작했다. 머리빗이 없는 화장대는 삭막했다. 화장지와 짐표가 바닥에 뒹굴었다. 우리가 빠져나온 침대는 텅 비어 보였다. 욕실 바닥에는 젖은 수건이 던져져 있다. 장롱 문이 활짝 열렸다. 나는 다시 방에 올라올 필요가 없도록 미리 모자를 썼다. 손가방과 장갑, 여행 가방을 문 앞에 나란히 놓고 혹시나 잊은 것은 없는지 방 안을 한 번 둘러보았다. 안개가 걷히고 해가 다시 힘을 얻어 카펫 위에 무늬를 그렸다. 반드시 돌아와 이 방과 만나야 한다는 우스꽝스러운, 설명하기 어려운 감정이 치밀었다. 나는 괜히 방 한중간으로 들어가 입을 쩍 벌린 장롱과 빈 침대, 테이블 위의 차 쟁반을 하나씩 바라보았다. 어째서 그런 것들이 가지 말라고 붙잡는 아이들처럼 느껴지는지 몰랐다. 그 하나하나를 영원히 마음속에 담고 싶었다.

마침내 나는 뒤돌아섰다. 계단을 내려와 아침을 먹으러 갔다. 아직 햇살이 들어오지 않은 식당은 추웠다. 펄펄 끓는 진한 커피와 베이컨이 반가웠다. 맥심과 나는 말없이 식사했다. 그는 자꾸만 시계를 쳐다보았다. 로버트가 무릎 담요와 함께 짐 가방을 홀에 내려놓는 소리가 들렸다. 저택 앞에 차를 대는 소리도 들렸다.

나는 테라스로 나가 섰다. 비가 대기를 깨끗하게 한 덕분에 잔디가 신선하고 달콤한 냄새를 풍겼다. 해가 높이 떠오르면 아주 멋진 날씨가 될 것이었다. 점심 먹기 전에 행복의 계곡을 산책하고 그다음에는 책이며 신문을 챙겨 밤나무 아래에서 시간을 보내면 얼마나 좋을까 싶었다. 나는 잠시 눈을 감고 얼굴과 손에 닿는 따뜻한 햇살을 즐겼다.

맥심이 부르는 소리가 들렸다. 홀로 돌아갔다. 프리스가 코트 입는 것을 도와주었다. 다른 차가 도착하는 소리가 났다. 프랭크였다.

"줄리언 대령은 대문 앞에서 기다리고 있네. 굳이 여기까지 들어올 필요가 있겠느냐면서."

"물론 그럴 필요는 없지." 맥심이 대답했다.

"하루 종일 사무실에 있겠네. 전화하게. 베이커를 만난 후 내가 도울 일이 있다면 바로 런던으로 뒤따라가지."

"알겠네."

"정각 9시군. 시간을 정확히 지켰네. 그럼 잘 다녀오게." 프랭크가 인사했다.

"그래."

"부인께서 너무 피곤하지 않아야 할 텐데 걱정입니다. 긴 하루가 될 것 같군요." 프랭크가 내게도 인사를 했다.

"문제없어요. 다녀올게요." 재스퍼는 내 발치에서 귀를 축 늘어뜨린 채 슬픈 눈으로 서 있었다.

"프랭크, 재스퍼를 사무실에 좀 데려가주세요. 너무 불쌍해 보이네요."

"알겠습니다. 그렇게 하지요."

"자, 이제 떠납시다." 맥심이 말했다. "줄리언 대령을 기다리게 해선 안 되니까."

나는 맥심 옆자리에 올라탔다. 프랭크가 차 문을 닫았다.

"전화하게. 알았지?" 프랭크가 확인했다.

"그래. 걱정하지 말게."

나는 저택을 돌아보았다. 프리스가 로버트를 대동하고 출입구에 서 있었다. 괜스레 눈물이 차올랐다. 나는 얼른 발치에 놔둔 가방에서 무언가를 찾는 척하며 얼굴을 감췄다. 맥심이 차를 출발시켰다. 곧 저택은 뒤쪽으로 사라졌다.

우리는 대문 앞에서 줄리언 대령을 태웠다. 대령은 나를 보자 미덥지 못하다는 듯한 표정을 짓고 뒷좌석에 탔다.

"긴 하루를 보내게 될 겁니다. 부인께서 동행하실 줄 몰랐군요. 남편분은 제가 충분히 보살필 수 있을 텐데요." 대령이 말했다.

"제가 가고 싶었어요." 내가 짧게 대답했다.

그는 더 이상 말이 없었다. 뒷좌석에 편안히 자리를 잡은 그는 맥심을 보며 말했다. "아, 한 가지 말씀드릴 게 있군요."

"어서 하시지요."

"파벨이 교차로에서 우리를 기다리겠다고 했습니다. 하지만 지금 가봐서 없다면 기다릴 필요 없이 지나쳐버립시다. 그자가 없는 편이 훨씬 일이 편할 테니까요. 그 무례한 놈이 늦잠이라도 자면 좋겠군요."

하지만 교차로에 닿자 긴 초록색 차가 이미 기다리고 있었다. 가슴이 쿵 내려앉았다. 분명 시간을 지키지 못하리라 생각했던 것이다. 파벨은 모자도 쓰지 않고 운전석에 앉아 담배를 피우는 중이었다. 그는 우리를 보자 씩 웃으며 손을 흔들었다. 가는 길 내내 나는 한 손을 맥심의 무릎에 두었다. 몇 시간이 흘렀다. 멍한 눈앞으로 길은 끝임없이 이어졌다. 줄리언 대령은 졸다 깨다 했다. 쿠션에 기댄 머리가 축 늘어지고 입은 쩍 벌어져 있었다. 초록색 차는 가까이 따라왔다. 간혹 앞서기도 하고 뒤처지기도 했지만 시야에서 사라진 적은 없었다. 점심을 먹기 위해 길가의 구식 호텔에서 차를 세웠다. 줄리언 대령은 수프와 생선 요리, 로스트비프와 요크셔푸딩으로 이어지는 코스 요리를 먹었다. 맥심과 나는 차가운 햄과 커피로 점심을 때웠다.

파벨도 식당에 따라 들어올 것이라 생각했지만 그는 길 맞은편의 카페에 차를 세우고 창가 자리에서 우리를 지켜보았다. 그리고 우리가 다시 출발한 지 3분이 지났을 때 뒤에서 나타났다.

3시쯤 런던 외곽에 들어섰다. 피곤해졌다. 교통 체증과 소음이 두통을 일으켰다. 런던은 더웠다. 지치고 먼지 나는 8월의 거리 풍경이었다. 생기 없는 나무들에 나뭇잎이 겨우 매달려 있었다. 폭풍우는 맨덜리에만 불었던 것인지 런던에는 비 온 흔적이 전혀 없었다.

사람들은 면직 옷을 입고 걸어 다녔고 남자들은 모자를 쓰지 않았다. 쓰레기 종이, 오렌지 껍질, 발바닥, 그리고 마른 풀 타는 냄새가 났다. 버스들이 천천히 무겁게 움직였고 택시들은 기어 다녔다. 코트와 치마가 몸에 쩍쩍 달라붙는 것 같았다. 스타킹이 피부를 파고들었다.

줄리언 대령이 똑바로 앉아 창밖을 보았다. "여긴 비가 안 왔군요."

"그렇군요." 맥심이 대답했다.

"비가 꼭 와야 할 것처럼 보이는데 말입니다."

"그렇군요."

"파벨을 따돌리지 못했네요. 아직도 바로 뒤에 그 차가 있으니."

"그렇습니다."

도시 외곽의 상점가는 혼잡했다. 지친 모습의 여자들이 우는 아이를 유모차에 태워 밀면서 진열창을 구경했고 행상들이 고래고래 소리 지르며 호객을 했으며 화물차 뒤에는 어린 꼬마들이 매달려 있었다. 사람이 너무 많고 너무 시끄러웠다. 공기까지 희박한 듯 가슴이 답답했다.

런던을 통과하는 길은 끝이 없을 것 같았다. 마침내 시내를 벗어나 북쪽으로 접어들 즈음에는 머리가 깨질 듯 아팠고 눈에서도 확확 열이 올라왔다.

맥심은 얼마나 피곤할까. 걱정스러웠다. 이미 낯빛이 창백했고 눈 아래 검은 그림자가 생긴 상태였다. 하지만 맥심은 아무 말도 하지 않았다. 줄리언 대령은 연신 하품을 해댔다. 몇 분마다 한 번씩 커다랗게 입을 벌리고 큰 소리로 하품을 한 뒤 한숨을 내쉬는 것이다. 견디기 힘든 불편한 마음이 되었다. 뒤돌아보며 그만 좀 하라고 고함을 쳐버리고 싶은 생각이 굴뚝같았다.

런던 북쪽에 다다르자 줄리언 대령이 주머니에서 지도를 꺼내 바넷으로 가는 길을 안내하기 시작했다. 표지판 하나 없는 길이었지만 갈림길이 나올 때마다 대령은 정확히 방향을 가리켰고 맥심이 조금이라도 머뭇거리면 바로 차창을 내리고 행인에게 길을 물었다.

바넷에 도착한 다음에는 몇 분마다 차를 멈추게 하고 행인에게 물었다. "로즐랜드라고 불리는 집이 어디인지 아십니까? 은퇴하고 최근에 이곳으로 온 베이커라는 의사 선생 댁인데요." 질문을 받은 행인은 자리에 멈춰서 잠시 고개를 갸웃거리다가 대답하곤 했다.

"베이커 선생이라고요? 전 그런 분은 모르겠습니다. 저 교회 근처에 로즈 코티지라 불리는 집은 있습니다만, 거기에는 윌슨 부인이 사시죠."

"아니요, 저희가 찾는 곳은 로즐랜드입니다. 베이커 선생이 사는 곳이지요." 줄리언 대령의 말이 끝나면 우리는 다시 조금 더 가다가 유모차를 끌고 가는 아주머니 앞에 선다. "로즐랜드가 어디인지 아시나요?"

"죄송합니다. 여기 온 지 얼마 안 되어서요."

"혹시 베이커 선생이라는 분을 모르시나요?"

"데이비슨 선생님은 아는데요." "아니요, 저희가 찾는 분은 베이커 선생입니다."

나는 맥심을 바라보았다. 몹시 지친 모습이었다. 입을 굳게 다물고 있었다. 뒤에서는 먼지를 뒤집어쓴 파벨의 차가 따라왔다. 결국 그 집을 알려준 것은 우편배달부였다. 담쟁이에 뒤덮인 네모진 집, 대문에 아무 명패도 없는 집, 우리가 두 번이나 지나쳤던 집이었다. 나는 기계적으로 가방에 손을 뻗쳐 얼굴에 분을 두드렸다. 맥심이 길가에 차를 세웠다. 그 집 대문 앞까지 차를 끌고 들어가지 않고 말이다. 우리는 잠시 말없이 앉아 있었다.

"자, 드디어 도착했군요." 줄리언 대령이 말했다. "5시 12분입니다. 차를 마시는 중에 불쑥 들이닥칠 상황이니 조금 기다립시다."

맥심이 담뱃불을 붙였다. 그리고 내게 한쪽 손을 맡겼다. 말은 한마디도 없었다. 줄리언 대령이 지도를 다시 펼쳐 보느라 부산했다.

"런던을 바깥쪽으로 돌면 바로 올 수 있었군요. 그럼 40분은 절약했을 겁니다. 처음 3백 킬로미터 정도는 잘 왔지요. 하지만 치스윅부터 시간을 잡아먹었군요."

심부름꾼 소년이 자전거를 타고 지나갔다. 길모퉁이에서 버스가 섰고 여자 둘이 내렸다. 어딘가의 교회에서 시계가 15분을 쳤다. 파벨은 차 밖으로 나와 기대서서 담배를 피우고 있었다. 나는 아무런 감정도 느끼지 않았다. 그저 자리에 앉아 주위의 사소한 것들을 지켜볼 뿐이었다. 버스에서 내렸던 여자 둘이 길을 따라 걸어갔다. 심부름꾼 소년은 모퉁이를 돌아 사라졌다. 참새 한 마리가 길 한가운데 내려앉아 무언가를 쪼아 먹었다.

"베이커라는 의사 양반은 정원 가꾸기에는 소질이 없는 모양입니다." 줄리언 대령이 말했다. "덤불이 담장보다 더 높이 자랄 판이군요. 아래쪽에서 쳐줘야 하는데요." 그는 지도를 접어 다시 주머니에 넣었다. "은퇴해서 살 집으로는 좀 어울리지 않는 것 같습니다. 대로에 붙어 있는 데다가 다른 집들에서 훤히 내려다보이는 위치이니. 나라면 질색이겠는데요. 아마 근처에 좋은 골프 코스가 있는 모양입니다."

그는 잠시 조용하더니 이윽고 차 문을 열고 내렸다. "자, 드윈터 씨, 이제 가볼까요?"

"전 언제든 좋습니다."

맥심과 나도 차에서 내렸다. 파벨이 우리 쪽으로 다가왔다. "대체 뭘 이렇게 뜸을 들이는 겁니까?"

아무도 대답하지 않았다. 우리는 어색한 무리를 지어 그 집의 대문 앞길로 들어갔다. 집 뒤쪽에 테니스를 치기 위한 잔디밭이 있었다. 공 치는 소리가 들렸다. 어느 소년이 고함을 질렀다. "포티-피프틴! 대체 뭘 하는 거야? 공 치는 법을 아예 잊어버렸어?"

"이 집 사람들은 차를 다 마신 모양입니다." 줄리언 대령이 말했다.

그는 맥심을 바라보며 잠시 주저하더니 이윽고 초인종을 눌렀다.

초인종 소리가 멀리서 울렸다. 한참 동안 반응이 없었다. 마침내 어린 하녀가 나왔다. 네 사람이나 서 있는 모습을 보고 하녀는 깜짝 놀란 표정을 지었다.

"베이커 선생 댁입니까?" 줄리언 대령이 물었다.

"네, 들어오십시오."

하녀는 왼쪽 문을 활짝 열었고 우리는 안으로 들어갔다. 응접실이었다. 여름에는 별로 쓰지 않는 방인 모양이었다. 벽에는 어느 여인을 그린 평범한 초상화가 걸려 있었다. 베이커 선생의 부인일까? 나는 얼핏 생각했다. 의자와 소파에 덮어놓은 커버는 아주 새것이었다. 벽난로 선반에는 둥근 얼굴로 웃고 있는 남학생 둘의 사진이 놓였다. 방 한구석 창가에는 커다란 라디오가 자리를 잡았다. 전선이 길게 늘어졌고 안테나가 삐죽 튀어나왔다. 파벨은 초상화를 유심히 들여다보았다. 줄리언 대령은 불 꺼진 벽난로 앞에 서 있었다. 나와 맥심은 창밖을 내다보았다. 나무 아래 접이식 의자가 놓였고 여자의 뒤통수가 보였다. 테니스 코트는 반대편에 있는 모양이었다. 소년들이 외치는 소리가 들렸다. 스코티시테리어 종의 늙은 개 한 마리가 몸을 긁었다. 5분 정도를 그렇게 기다렸다. 내가 아닌 다른 사람이 되어 자선 모금을 부탁하러 방문한 듯한 기분이었다. 이전에 미처 몰랐던 묘한 기분이 들었다. 아무 감정도, 아무 고통도 없는 상태였다.

문이 열리면서 남자 한 명이 들어왔다. 중키에 얼굴이 길었고 턱 끝이 날카로웠다. 황갈색 머리가 회색으로 반쯤 세었다. 플란넬 셔츠에 검푸른 상의를 입었다.

"기다리시게 해서 죄송합니다." 조금 전에 하녀가 그랬듯 그도 네 명이나 되는 우리 일행을 보고 약간 놀란 표정이었다. "뛰어 들어와 씻어야 했거든요. 좀 전까지 테니스를 치고 있었습니다. 자, 앉으시겠습니까?" 그가 나를 보았다. 나는 가까운 의자에 앉았다.

"이렇게 불쑥 찾아와 죄송합니다, 베이커 선생님." 줄리언 대령이 입을 열었다. "정중하게 사과드립니다. 제 이름은 줄리언입니다. 이쪽은 드윈터 씨, 드윈터 부인, 그리고 파벨 씨입니다. 아마 최근에 신문에서 드윈터라는 이름을 보셨을 겁니다."

"아!" 베이커 선생이 탄성을 질렀다. "그렇군요! 보았던 것 같습니다. 무슨 심리가 열렸지요? 제 아내가 열심히 읽더군요."

"결국은 자살이라는 판결이 내려졌습니다." 파벨이 나섰다. "한마디로 말도 안 되는 판결이지요. 드윈터 부인은 내 사촌이고 아주 친한 사이였습니다. 절대 그런 짓을 저지를 사람이 아닙니다. 그럴 만한 동기도 없고요. 이렇게 찾아온 것은 드윈터 부인이 죽은 날 어째서 당신을 찾아왔는가를 알기 위해서입니다."

"자네는 가만히 있게. 나와 줄리언 대령이 알아서 할 테니." 맥심이 말했다. "베이커 선생님을 자네 뜻대로 몰아가지 말고." 맥심이 조용히 말했다.

맥심은 베이커 선생 쪽으로 돌아섰다. 미간에 주름이 생겨났지만 입술에는 여전히 예의 바른 미소를 머금고 있었다. "죽은 제 아내의 사촌이 판결에 불만을 가지고 있습니다. 아내의 수첩에서 선생님 이름과 옛 진료실 전화번호가 나왔기에 이렇게 찾아오게 되었습니다. 아내는 런던에서 보낸 마지막 날 오후 2시에 당신과 약속을 해 만났던 것으로 보입니다. 좀 확인해주실 수 있을까요?"

베이커 선생은 흥미진진하게 이야기를 듣다가 맥심의 말이 끝나자마자 고개를 저었다. "대단히 죄송합니다만 뭔가 잘못 아신 모양입니다. 드윈터 부인을 만났다면 제가 분명히 기억할 겁니다. 하지만 평생 그런 분은 진료한 적이 없습니다."

줄리언 대령이 전날 밤에 수첩에서 찢어낸 부분을 꺼내 보여주었다. "자, 여길 보십시오. 베이커 2시, 라고 적혀 있습니다. 전화번호도 있고요. 뮤지엄 0488."

베이커 선생이 뚫어져라 종이를 바라보았다. "이상하군요. 참으로 이상합니다. 말씀대로 번호는 정확합니다."

"혹시 당신을 만나면서 가짜 이름을 댔던 것은 아닐까요?" 줄리언 대령이 말했다.

"아, 그럴 수도 있습니다. 아마 그러셨나 봅니다. 그 역시 이상한 일이긴 하지만 말입니다. 별로 권할 만한 일이 아니지요. 저희 의사들을 그렇게 못 믿는다니 참으로 유감스럽습니다."

"진료 기록부를 가지고 계십니까?" 줄리언 대령이 물었다. "예의가 아닌 걸 알지만 워낙 상황이 상황인지라 그렇습니다. 당신과 만났던 일이 뒤이은 사건, 즉 자살과 틀림없이 관련 있다고 생각하거든요."

"살인입니다." 파벨이 정정했다.

베이커 선생은 눈썹을 치켜세우고 맥심에게 묻는 듯한 시선을 보냈다. "물론 충분히 이해합니다. 힘닿는 한 도와드리겠습니다. 잠깐만 기다려주시면 제가 가서 기록을 찾아 가져오겠습니다. 지난 한 해 동안의 진료와 처방 기록은 다 남아 있으니까요. 담배라도 피우고 계시지요. 셰리주를 권하기에는 시간이 좀 이르지요?"

줄리언 대령과 맥심이 고개를 저었다. 파벨은 한잔 부탁할 생각이었던 모양이었지만 베이커 선생이 바로 방을 나가버렸다.

"점잖은 분인 것 같습니다." 줄리언 대령이 말했다.

"어째서 위스키소다를 권하지 않았을까요?" 파벨이 말했다. "위스키는 감춰두는 모양이군요. 별로 좋은 사람 같지는 않아요. 도움이 안 될 것 같은데요."

맥심은 말이 없었다. 여전히 바깥에서 테니스 치는 소리가 들렸다. 개가 짖었다. 조용히 하라고 개를 야단치는 여자 목소리도 들렸다. 한가로운 여름날 풍경이었다. 두 아들과 테니스를 치고 있던 베이커 선생을 우리가 방해한 것이었다. 벽난로 선반 위에 놓인 유리 상자 속 황금 시계가 째깍거렸다. 제네바호를 찍은 그림엽서도 보였다. 스위스에 사는 친구를 둔 모양이었다.

베이커 선생이 들어오더니 가지고 온 커다란 서류철과 파일함을 테이블에 놓았다. "작년 한 해 동안의 기록을 가져왔습니다. 이리로 이사 온 후에는 들여다볼 일이 없었지요. 아시다시피 전 6개월 전에 진료를 그만두었거든요." 그는 서류철을 펼쳐 페이지를 넘기기 시작했다. 흥분한 기색이 역력했다. 곧 기록을 찾아내겠지. 이제 시간문제일 뿐이다. "7일, 8일, 9일, 이건 아니지." 그가 중얼거렸다. "12일이라고 하셨지요? 그리고 2시라고요? 아, 여기 있군요!"

우리는 아무도 움직이지 않았다. 그저 베이커 선생의 얼굴만 바라보았다.

"12일 오후 2시에 댄버스 부인을 만났군요."

"댄버스 부인이라고? 이런……." 파벨이 입을 열었지만 맥심이 가로막았다.

"가짜 이름을 사용했군요. 어쩐지 그럴 것 같았습니다. 그럼 이제 제 아내를 진료했던 내용이 기억나십니까?"

베이커 선생은 이미 파일함을 뒤지는 중이었다. 그의 손가락이 D라고 쓰인 부분을 헤치고 있었다. 그리고 곧 찾아냈다. 자기가 쓴 기록을 살펴보던 의사가 천천히 말했다. "네, 댄버스 부인을 진료했던 일이 이제 기억납니다."

"키가 크고 마르고 아주 미인이었는데 맞습니까?" 줄리언 대령이 확인했다.

"네, 맞습니다." 의사가 대답했다.

그는 기록을 손에 들고 맥심을 쳐다보며 말했다. "이건 물론 직업윤리에 어긋나는 일입니다. 환자의 상태는 절대 비밀이지요. 하지만 부인께서 이미 사망하셨고 극히 예외적인 상황이 발생한 만큼 예외로 인정할 수 있다고 생각합니다. 부인께서 자살한 동기에 대해 제가 뭔가 말씀드릴 수 있으리라 생각하시는 거지요? 가능할 것 같습니다. 댄버스 부인이라고 이름을 밝힌 그 환자는 몹시 병든 상태였습니다."

그는 말을 멈추고 우리를 하나씩 돌아보았다.

"아주 잘 기억하고 있습니다. 여러분이 말씀하신 날짜보다 일주일 앞서 처음으로 진료를 받았습니다. 증상을 말하기에 엑스레이 사진을 찍었지요. 12일은 엑스레이 검사 결과를 확인하는 날이었습니다. 지금 그 사진은 여기 없지만 제가 상세히 적어두었습니다. 제 진료실에 서서 사진을 들고 있던 부인 모습도 기억납니다. '전진실을 알고 싶어요. 부드럽게 표현한다거나 위로하는 건 싫습니다. 전 준비가 되었으니 솔직하게 말씀해주십시오'라고 말하시더군요." 그는 다시 서류로 눈길을 돌렸다.

나는 기다리고 또 기다렸다. 도대체 왜 빨리 말을 끝내고 우리를 보내지 않는 걸까? 어째서 우리는 의사만 바라보며 이렇게 앉아서 기다려야 할까?

"부인께서는 그렇게 진실을 요구했고 전 알려드렸습니다. 어떤 환자들에게는 그편이 더 좋은 법이지요. 괜히 복잡하게 말해봤자 좋을 게 없거든요. 댄버스 부인인지 드윈터 부인인지 하여튼 그 부인은 거짓말에 속아 넘어갈 분이 아니더군요. 여러분도 그 점을 이해해주시기 바랍니다. 부인께서는 침착했습니다. 전혀 충격을 받지 않더군요. 이미 그렇게 짐작하고 있었다고 말씀하셨습니다. 그리고 진료비를 내고 나갔지요. 그게 마지막이었습니다."

그는 파일함을 닫고 서류철도 덮었다. "제 진단 소견은 이랬습니다. 그때는 통증이 경미한 수준이었지만 곧 견디기 어렵게 될 것이고 서너 달 후에는 모르핀을 맞아야 한다고요. 이미 수술할 때가 지났으므로 다른 방법이 없었습니다. 그저 모르핀을 맞으면서 기다릴 수밖에 없는 상태였지요."

아무도 입을 열지 않았다. 벽난로 위의 시계가 째깍거렸고 소년들이 테니스를 쳤다. 하늘에서 비행기 지나가는 소리가 났다.

"겉으로 보기에는 완벽하게 건강한 분이었습니다. 좀 마르고 창백하긴 했지만요. 안타깝긴 해도 뭐 어차피 모든 여성들이 그렇게 마르고 창백하기를 원하죠. 하지만 환자라면 이야기가 다릅니다. 통증은 날이 갈수록 더 심해질 것이고 말씀드린 대로 서너 달 후에는 모르핀을 맞지 않고는 견딜 수 없는 지경이 되었을 겁니다. 엑스레이 사진에는 자궁의 기형도 나타났던 것으로 기억합니다. 아이를 낳을 수 없는 상황이었지요. 물론 그것은 병과는 전혀 상관없는 증상입니다만."

줄리언 대령이 입을 열어 폐를 끼친 데 대한 사과와 모든 정보를 제공해준 데 대한 감사 인사를 했던 것이 기억난다. 그는 이렇게 말했다. "저희가 알고 싶었던 것을 다 알려주셨습니다. 진료 기록 사본을 하나 얻을 수 있다면 대단히 큰 도움이 되겠습니다."

"그거야 얼마든지 해드리겠습니다." 의사가 대답했다.

모두 자리에서 일어섰다. 나도 일어나 베이커 선생과 악수를 했다. 그리고 그를 따라 홀로 나왔다. 홀 맞은편 방에서 여자 하나가 내다보다가 우리를 보자 쑥 들어갔다. 위층에서 누군가 수도를 틀었는지 물소리가 요란했다. 스코티시테리어 종 개가 마당에서 들어와 내 발뒤꿈치 냄새를 맡았다.

"대령이나 드윈터 씨에게 사본을 보내드리면 될까요?"

"다시 생각하니 아마 필요 없을 것 같습니다. 혹시 필요하다면 저나 드윈터 씨가 편지를 드리겠습니다. 여기 제 명함을 남겨두겠습니다." 대령이 말했다.

"도움이 되었다니 기쁩니다." 의사가 답했다. "드윈터 부인과 댄버스 부인이 같은 사람일 거라고는 꿈에도 몰랐습니다."

"당연히 그러셨겠지요." 줄리언 대령이 말했다.

"아마 런던 쪽으로 가시겠지요?"

"네. 그럴 것 같습니다."

"그럼 저 건물 앞에서 좌회전하시고 교회에서 우회전하십시오. 그다음에는 곧바로 직진하시면 됩니다."

"감사합니다."

우리는 밖으로 나와 차 쪽으로 갔다. 의사가 개를 끌고 집으로 들어갔다. 문 닫히는 소리가 났다. 길 끝에서 외다리 남자가 아코디언으로 〈피카르디의 장미〉라는 곡을 연주하기 시작했다.

27

우리는 차 앞에 가서 섰다. 몇 분간 아무도 입을 열지 않았다. 줄리언 대령이 담뱃갑을 꺼내 모두에게 권했다. 파벨은 낯빛이 회색으로 변했고 부르르 떨었다. 아코디언을 켜던 남자는 연주를 멈추고 모자를 든 채 우리에게 다가왔다. 맥심이 2실링을 주었다. 남자는 다시 본래 자리로 돌아가 다른 곡을 연주하기 시작했다. 교회 시계가 6시를 쳤다. 파벨이 말문을 열었다. 무심한 목소리였지만 얼굴은 여전히 회색빛이었다. 그는 우리를 쳐다보지 않고 시선을 손가락 사이 담배로 떨어뜨렸다. "암이라는 건 전염성인가요?"

아무도 대답하지 않았다. 줄리언 대령이 어깨를 으쓱해 보였다.

"상상조차 못 했습니다. 모두에게 비밀로 했군요. 심지어 대니 아주머니에게까지도. 이게 무슨 끔찍한 일이란 말입니까? 레베카가 그런 병에 걸리리라고는 누구도 예상 못 했을 겁니다. 여러분, 술 한잔 마시고 싶지 않은가요? 제 생각은 완전히 틀렸습니다. 기꺼이 인정합니다. 암이라니! 오, 하느님!"

그가 차에 몸을 기대고 두 손으로 눈을 가렸다. "저 아코디언 켜는 작자에게 좀 조용히 하라고 해주십시오. 저 소리 때문에 미칠 것 같군요."

"우리가 여길 떠나는 편이 더 간단하지 않을까?" 맥심이 말했다. "운전할 수 있겠나? 아니면 줄리언 대령이 대신 운전하는 게 좋겠나?"

"잠깐만 기다려주십시오." 파벨이 중얼거렸다. "전 괜찮습니다. 이해를 못 하시는군요. 이건 제게 하늘이 무너지는 충격이나 다름없습니다."

"이봐, 정신 차리게." 줄리언 대령이 말했다. "정 힘들면 저 집으로 다시 들어가 베이커 선생에게 도움을 청하지 그러나. 의사는 쇼크 상태일 때 뭘 어떻게 해야 할지 알 테니까."

"아, 당신들은 다 멀쩡하군요." 파벨이 똑바로 서서 줄리언 대령과 맥심을 노려보았다. "더 이상 걱정할 게 없다 이거군요. 맥스는 완벽하게 방어해낸 셈이니까. 베이커 선생은 공짜로 얼마든지 자살 동기를 증명해줄 테니까. 또, 대령 당신은 이제 한 주에 한 번은 맨덜리로 초대받아 저녁 식사를 하면서 즐거워하겠군요. 맥스 첫아이의 대부도 서게 되겠지요?"

"이제 차를 타야겠군요." 줄리언 대령이 맥심에게 말했다. "출발

합시다."

맥심이 차 문을 열었고 대령이 올라탔다. 나도 조수석에 올랐다. 파벨은 여전히 차에 기대어 움직이지 않았다. 줄리언 대령이 엄격한 목소리로 말했다. "당장 아파트로 돌아가 침대에 들어가시오. 운전은 천천히 하고. 그러지 않으면 여러 사람을 치어 죽여 감옥에 가게 될 거요. 또 경고해두지만 두 번 다시 눈앞에 나타나지 마시오. 치안판사로서 나는 케리스와 주변 지역에 당신이 나타날 경우 가만히 있지 않을 거요. 협잡은 썩 좋은 행동이 아니지, 파벨. 우리는 협잡꾼을 어떻게 다뤄야 할지 알고 있다오. 자네한테는 가혹하게 보이겠지만."

파벨이 맥심을 바라보았다. 어느새 낯빛이 제대로 돌아왔고 입가에는 예의 불쾌한 미소가 감돌았다. "맥스, 자네는 정말 운이 좋군. 자기가 이겼다고 생각하겠지? 하지만 아직은 아냐. 난 다른 방법으로 자네를……."

맥심이 시동을 걸었다. "더 하고 싶은 말이 있나? 다시 볼 일은 없을 것 같군."

"아니, 더 이상 붙잡지 않겠네. 가보게." 파벨이 말했다. 그는 여전히 미소 띤 얼굴로 물러섰다. 차가 앞으로 미끄러졌다. 모퉁이를 돌 때 돌아보니 그는 여전히 그 자리에 서서 손을 흔들며 껄껄 웃고 있었다.

차 안의 우리는 한참 동안 말이 없었다. 줄리언 대령이 입을 열었다. "저자는 아무것도 할 수 없을 겁니다. 미소 짓는 거나 손 흔드는 거나 다 허풍이지요. 저런 치들은 다 똑같아요. 이제는 판결에 대해 단 한 마디도 할 수 없게 되었습니다. 베이커 선생의 증언이면 충분하니까요."

맥심은 대답하지 않았다. 그의 얼굴을 흘낏 쳐다보았지만 표정이 없었다. 줄리언 대령이 말을 이었다. "처음부터 저는 베이커 선생에게서 답이 나올 거라 생각했습니다. 가명으로 진료 예약을 한 것이나 댄버스 부인한테 감춘 것을 보면 드윈터 부인도 처음부터 짐작을 했던 모양입니다. 뭔가 잘못되었다는 걸 안 거죠. 참으로 안타까운 일입니다. 그렇게 젊고 아름다운 부인이 결국 스스로 목숨을 끊을 수밖에 없었으니 말입니다."

우리는 대로로 접어들어 달렸다. 전신주, 버스, 덮개가 없는 스포츠카, 작은 집들이 나타났다가는 사라지면서 마음속에 무늬를 그렸다. 언제까지나 잊지 못할 무늬였다.

"드윈터 씨도 전혀 모르셨던 일이겠지요?" 줄리언 대령이 물었다.

"전혀 몰랐습니다."

"많은 사람들이 병을 무서워하지요. 특히 여자들이 그렇습니다. 부인의 경우도 그랬던 모양입니다. 다른 모든 면에서는 용감했지만 병 앞에서는 그렇지 못했군요. 고통을 겪기 싫었던 거죠. 결국 죽음으로써 고통을 피한 겁니다."

"그런 것 같습니다."

"런던의 의사가 자살 동기를 증언해주었다고 제가 조용히 소문을 내는 편이 좋겠습니다. 엉뚱한 소문이 나지 않도록 말입니다.

당신이 직접 떠들고 다닐 수는 없으니까요. 드윈터 부인이 어떤 상황이었는지 사람들이 알게 된다면 지금의 소란은 금방 가라앉을 겁니다."

"네. 그게 좋겠군요. 감사합니다."

"참 사람들은 이상도 하지요. 별별 소리를 다 지어내거든요. 이제 와서 별문제가 생길 것 같지는 않지만 그래도 미리 방지하는 게 좋지요. 하여튼 무슨 일만 터졌다 하면 다들 터무니없는 억측을 내놓곤 하니 큰일입니다."

"네."

"맨덜리와 영지 쪽에서야 당신과 크롤리 씨가 설명을 하면 될 것이고 전 케리스 사람들을 맡겠습니다. 딸애한테도 말을 해야겠군요. 그럼 그 또래 젊은이들이 허튼 소문을 퍼뜨리지 않을 테니까요. 더 이상 신문기자들에게 시달리지 않아도 되니 다행입니다. 아마 하루 이틀이면 다들 조용해질 겁니다."

"네."

우리는 런던 외곽으로 들어섰다.

"6시 30분이군." 줄리언 대령이 중얼거렸다. "이렇게 하면 어떨까요? 제 누이가 세인트존스우드 근처에 삽니다. 저는 거기 들러 오래간만에 얼굴도 보고 저녁도 얻어먹은 다음 패딩턴 역에서 마지막 기차를 탈까 싶군요. 두 분이 함께 가셔도 대환영일 것 같습니다만."

맥심이 망설이며 흘낏 나를 보았다. "말씀은 감사합니다만 저희는 따로 움직이는 편이 좋겠습니다. 프랭크에게 전화도 걸어야 하고 볼일이 좀 있어서요. 어딘가에서 조용하게 식사를 하고 다시 출발했다가 중간에 어디서든 하루 묵을까 싶습니다. 양해해주십시오."

"물론 이해합니다. 그럼 저만 누이 집 근처에 좀 내려주시겠습니까? 애비뉴가의 갈림길에서 내려주시면 됩니다."

대령의 누이 집에 도착하자 맥심은 대문 앞에 차를 세웠다. "어떻게 감사해야 할지 모르겠습니다. 오늘 고생 많으셨습니다. 제 고마운 마음을 알아주시리라 생각합니다."

"저 역시 기쁩니다. 베이커 선생이 알려준 사실을 진작 알았더라면 상황이 여기까지 오지도 않았을 겁니다. 뭐, 이제는 다 지나간 일이니까 잊읍시다. 나빴던 기억은 어서 떨쳐버리십시오. 앞으로 파벨 때문에 머리 썩힐 일은 없을 겁니다. 혹시라도 그가 다시 나타난다면 저한테 말씀만 하십시오. 제가 혼을 내주겠습니다." 대령이 외투와 지도를 챙겨 차에서 내렸다. 그리고 시선을 비끼면서 말했다. "저 같으면 얼마간 떠나 있겠습니다. 휴가를 갖는 거죠. 해외로 가는 편이 좋겠군요."

우리는 아무 말도 하지 않았다. 줄리언 대령이 지도를 만지작거렸다. "이때쯤이면 스위스가 아주 아름답습니다. 딸애들 방학에 맞춰 간 적이 있었는데 정말 좋았지요. 산책만 해도 즐거워진답니다." 대령이 머뭇거리면서 헛기침을 했다. "조금 시끄러워질 가능성이 있어서 그럽니다. 파벨 때문도 아니고 뭐 한두 사람 때문도 아니지요. 보트 기술자가 정확히 무슨 말을 했는지 모르는 사람들이 소문을 전하고 퍼뜨리다 보니 그렇습니다. 어이없는 일이지요. 하지만 왜 눈에서 멀어지면 마음도 멀어진다고 하지 않습니까? 이러쿵저러쿵 떠들 대상이 사라지면 소문도 잦아들지요. 그게 세상 이치입니다."

그는 마지막으로 자기 물건을 다 챙겼는지 확인했다. "이제 다 되었군요. 지도, 안경, 지팡이, 외투, 다 있습니다. 자, 그럼 두 분 안녕히 가십시오. 힘든 하루를 보내셨습니다. 너무 지치지 않으셨기를 바랍니다."

그가 대문으로 들어가 계단을 걸어 올라갔다. 창가에서 누이인 듯싶은 여자가 미소 지으며 손을 흔들었다. 우리 차는 골목을 빠져나와 모퉁이를 돌았다. 나는 등받이에 기대 눈을 감았다. 드디어 둘만 남았다. 긴장된 상황은 끝났다. 형언할 수 없는 안도감이 밀려왔다. 곪은 상처가 터진 것처럼 말이다. 맥심은 여전히 말이 없었다. 그가 내 어깨에 팔을 둘렀다. 차는 혼잡한 길을 달렸지만 내겐 아무것도 보이지 않았다. 버스와 택시가 빵빵거리는 소리, 대도시의 웅성거리는 소리가 들렸지만 나는 그 일부가 아니었다. 나는 시원하고 조용한, 평화로운 곳에서 쉬고 있었다. 더 이상 우리 둘을 괴롭히는 것은 없었다. 우리는 위기를 극복한 것이다.

맥심이 차를 세웠다. 눈을 떠보니 소호의 좁은 거리, 식당이 잔뜩 늘어선 곳이었다. 나는 멍한 눈으로 주변을 둘러보았다.

"당신은 완전히 지쳤소." 맥심이 짧게 말했다. "속도 비었고. 뭘 먹으면 기분이 나아질 거요. 나도 그렇고. 여기 들어가 저녁을 먹읍시다. 프랭크에게 전화도 걸고."

우리는 차에서 내렸다. 식당은 텅 비어 있었다. 지배인과 웨이터 한 명, 계산대의 여직원 한 명이 있을 뿐이었다. 어둡고 시원했다. 우리는 오른쪽 구석에 자리를 잡았다. 맥심이 주문을 했다. "파벨이 술을 한잔하고 싶다고 했지. 나도 그렇소. 당신한테도 필요할 거요. 당신은 브랜디를 마시는 게 좋겠소."

뚱뚱한 지배인은 미소 짓는 얼굴이었다. 우선 빵이 나왔다. 겉이 딱딱하고 아주 바삭했다. 나는 허겁지겁 먹기 시작했다. 브랜디소다는 부드러웠고 몸을 따뜻하게 만들었다. 마음까지 편안해졌다.

"저녁을 먹고 천천히 출발합시다." 맥심이 말했다. "저녁에는 추울 거요. 가다가 어디서든 하루 묵읍시다. 내일 아침에 맨덜리로 가면 되니까."

"그래요."

"줄리언 대령의 누이 집에 가서 저녁을 먹고 밤 기차로 내려가고 싶었소?"

"아뇨."

맥심이 술잔을 비웠다. 눈이 더 커진 듯했고 눈가에는 검은 테가 생겨났다. 창백한 얼굴과 대비되어 검은 테는 한층 더 진해 보였다.

"줄리언 대령이 진실을 눈치챈 것 같소?"

나는 내 안경 너머로 맥심을 바라보았다. 대답은 하지 않았다.

"분명 알았을 거요. 분명히." 맥심이 천천히 말했다.

"그렇다 해도 절대로 아무 말 안 할 거예요. 절대로."

"그야 그렇겠지."

그는 지배인에게 다시 술을 시켰다. 우리는 어두컴컴한 구석 자리에서 말없이 평화롭게 앉아 있었다.

"레베카는 의도적으로 거짓말을 한 거요. 마지막 허세였지. 내가 자기를 죽이게 만들고 싶었던 거요. 모든 것을 다 내다보았겠지. 그래서 마지막 순간에 웃어댔던 것이고. 죽으면서도 그렇게 웃은 데에는 이유가 있었던 거야."

나는 침묵했다. 그저 브랜디소다를 마셨을 뿐이다. 이제 다 끝났다. 다 정리가 되었다. 더 이상 아무것도 중요하지 않다. 맥심의 얼굴이 또다시 창백해질 일은 없다.

"마지막으로 한 방 먹인 셈이지. 가장 멋진 한 방이었소. 지금도 나는 레베카가 이긴 게 아닌가 하는 생각이 드오."

"그게 무슨 말이죠? 어떻게 레베카가 이겼다는 말이에요?"

"나도 모르겠소. 나도 모르겠소." 그는 두 번째 잔을 비우고 자리에서 일어섰다. "프랭크에게 전화를 걸고 오겠소."

나는 자리에 앉아 있었다. 곧 웨이터가 생선 요리를 가져왔다. 바닷가재였다. 아주 뜨겁고 맛이 훌륭했다. 나도 브랜디소다를 한 잔 더 마셨다. 편안하고 기분이 좋았다. 걱정할 것은 하나도 없었다. 나는 웨이터에게 미소를 지어 보이고는 프랑스어로 빵을 더 주문했다. 왜 군이 프랑스어를 썼는지는 나도 모르겠다. 식당은 조용하고 다정한, 행복한 분위기였다. 맥심과 나는 함께이다. 모든 것이 끝났다. 다 정리가 되었다. 레베카는 죽었다. 더 이상 우리를 괴롭히지 못한다. 맥심 말대로 우리에게 마지막 한 방을 먹인 것이다. 이제는 더 이상 어쩌지 못할 것이다. 10분쯤 지나 맥심이 자리로 돌아왔다.

"프랭크는 어때요?" 내 목소리가 멀리서 울리는 듯 느껴졌다.

"괜찮소. 4시부터 사무실에서 눈 빠지게 전화를 기다렸다고 하더군. 다 설명해주었소. 안심하고 기뻐하더군."

"그랬겠지요."

"한데 이상한 일이 일어났소." 맥심이 미간에 주름을 잡으며 천천히 말했다. "댄버스 부인이 사라졌다는군. 자취를 감추었다고 하오. 아무 말 없이 있다가 하루 종일 방을 정리하고 짐을 쌌다는 거요. 4시쯤 역에서 사람이 와서 짐을 가져갔고. 프리스가 프랭크에게 전화를 걸어 알렸고 프랭크는 부인을 당장 사무실로 내려오게 하라고 했다고 하오. 하지만 아무리 기다려도 오지 않았다는군. 내가 전화 걸기 10분쯤 전에 프리스가 다시 전화를 걸어왔대요. 6시 10분경에 댄버스 부인을 찾는 장거리 전화가 왔기에 부인 방으로 연결했다고, 하지만 30분쯤 지나 방으로 가보았더니 텅 비어 있었다고 말이오. 아무리 찾아도 부인의 모습은 보이지 않았고, 떠난 것 같다고 말을 하오. 아마 숲길로 나간 모양이오. 대문에서 문지기는 보지 못했다고 하니."

"잘된 일 아닌가요? 어차피 부인을 내보내야 하는 상황이잖아요. 아마 부인도 그 상황을 예상했겠지요. 어젯밤 부인의 표정이 왠지 그랬어요. 전 차 타고 오면서도 내내 그 생각을 했는걸요."

"뭔가 예감이 좋지 않소. 좋지 않아요." 맥심이 말했다.

"부인은 아무 짓도 하지 못해요. 잘된 일이에요. 장거리 전화는 분명 파벨이 걸었겠지요. 베이커 선생이 한 이야기를 전했을 테고요. 줄리언 대령이 협잡꾼 운운했던 말도 했을 거예요. 이제 부인이든, 파벨이든 감히 우리를 못살게 굴지 못해요. 치안판사가 직접 나설 텐데요."

"난 협잡질을 생각하는 게 아니오."

"그럼 뭐요? 두 사람이 뭘 할 수 있죠? 줄리언 대령이 말한 대로 해야 해요. 다 잊어요. 더 이상 생각하지 마요. 다 끝났으니까. 무릎 꿇고 신에게 감사 기도만 올리면 돼요."

맥심은 대답하지 않았다. 멍하니 앞을 바라보았다.

"음식이 다 식겠어요. 여보, 어서 들어요. 뭘 먹으면 기분이 나아질 거예요. 당신은 완전히 지쳐버렸어요." 난 맥심이 내게 했던 말을 반복했다. 나 자신이 더 강해진 느낌이었다. 이제 내가 그를 보살펴야 했다. 그는 지쳤고 창백했다. 나는 거뜬히 회복되었으니 이제 그를 회복시킬 차례였다. 하지만 피곤하고 배고픈 것이 문제일 뿐 걱정할 것은 없었다. 댄버스 부인은 가버렸다. 우리는 그에 대해서도 신에게 감사해야 했다. 모든 일이 순조로웠다. 아주 순조로웠다. "어서 들라니까요." 내가 되풀이했다.

미래에는 모든 것이 달라질 것이었다. 나는 하인들 앞에서 부끄러워하거나 주눅 들지 않을 것이다. 댄버스 부인이 가버렸으니 집 안 관리하는 법을 차근차근 배워야 했다. 부엌의 주방장과도 직접 만나야 한다. 하인들은 날 좋아하고 존경할 것이다. 댄버스 부인이 본래 없었던 양 곧 모든 질서가 잡힐 것이다. 영지 일도 배워야 한다. 프랭크에게 다 설명해달라고 할 테다. 프랭크는 나를 좋아한다. 나도 그가 좋다. 실무를 다 익혀야지. 농장도 관리해야 한다. 농사 일이 어떻게 진행되는지 알아야겠지. 직접 정원을 가꿀 수도 있을 것이다. 시간이 가면서 한두 가지는 바꾸어야지. 거실 창으로 내다보이는 피리 부는 조각상, 그건 마음에 들지 않는다. 멀리 치워버려야겠다. 조금씩, 조금씩 해나가야 할 일이 산더미처럼 많다. 손님들이 와서 머무는 것도 좋다. 손님방에 꽃을 꽂아두고 간식을 마련해주는 일은 재미있으니까. 아이들도 낳아야지, 당연히 아이들도 낳아 키워야 한다.

"다 먹었소?" 갑자기 맥심이 말했다. "난 더 못 먹겠군. 커피만 한 잔 마셨으면 좋겠소. 아주 진한 블랙커피를 주시오. 계산서도 가져오고." 그가 지배인에게 말했다.

왜 서둘러 떠나야 하는 것인지 의아했다. 식당 안은 편안했다. 등받이에 머리를 기대고 앉아 느긋하게 미래를 생각하고 싶었다. 아주 오랫동안이라도 앉아 있을 수 있었다.

나는 맥심을 따라 식당에서 나왔다. 하품이 나왔다. 차로 걸어가면서 그가 말했다. "여보, 담요가 있으니 뒷좌석으로 가면 당신은 차에서도 잘 수 있지 않을까? 쿠션도 있고 내 코트도 있으니까."

"가다가 하룻밤 묵으려던 것 아니에요? 길가의 호텔에서요."

"그러려고 했소. 하지만 바로 맨덜리로 가고 싶군. 당신이 차에서 잠잘 수만 있다면 말이오."

"잠은 잘 수 있지요."

"지금이 7시 45분이니까 바로 출발하면 2시 30분쯤 도착할 거요. 길에 차가 많지 않을 테니."

"당신이 너무 피곤할 텐데요. 무리예요."

"아니야. 난 괜찮소. 어서 집에 가고 싶어. 뭔가 잘못되었소. 집에 가야 하오."

그의 얼굴에 불안한 빛이 감돌았다. 이상했다. 그는 차 문을 열고 뒷좌석에 쿠션과 무릎 담요를 놓았다.

"뭐가 잘못되었다는 건가요? 뭘 걱정하는 거예요? 다 끝났잖아요."

그는 대답하지 않았다. 나는 뒷좌석에 웅크리고 누웠다. 그가 담요를 덮어주었다. 생각보다 훨씬 더 편안했다. 나는 머리 밑에 쿠션을 베었다.

"괜찮소? 불편하지 않소?"

"아니, 아주 좋아요." 내가 미소를 지었다. "금방 잠들 것 같아요. 저도 호텔에 가기 싫어요. 그보다는 이렇게 누워 집으로 가는 게 좋겠어요. 해 뜨기 한참 전에 도착할 테니까요."

그가 앞좌석으로 가서 시동을 걸었다. 나는 눈을 감았다. 차가 움직였고 나는 좌석 스프링이 가볍게 움직이는 것을 느꼈다. 얼굴을 쿠션에 댔다. 차의 진동은 규칙적이었다. 눈을 감자 수많은 이미지가 떠올랐다. 봤던 이미지, 알았던 이미지, 잊고 있던 이미지 등등. 모두가 한꺼번에 뒤섞였다. 밴호퍼 부인의 모자에 달려 있던 깃털, 프랭크 집 식당의 딱딱한 의자, 맨덜리 서쪽 방의 넓은 창문, 진홍빛 드레스를 입고 가장무도회에 왔던 부인의 미소, 몬테카를로 근처 길에서 본 시골 처녀.

잔디밭을 뛰어다니며 나비를 쫓는 재스퍼도 보였고 접이식 의자 옆에서 귀를 뒤로 젖힌 채 누워 있던 베이커 선생 집의 스코티시테리어 개도 보였다. 오늘 의사 집을 알려준 우편배달부, 내가 앉을 의자를 닦던 클래리스의 엄마, 고둥을 손에 들고 미소 짓는 벤, 차를 마시고 가라고 권하던 주교 부인. 내 침대의 시원한 욧잇과 해변의 조약돌 감촉이 느껴졌다. 숲속 고사리, 젖은 이끼, 떨어진 진달래 꽃잎 향기가 났다. 나는 자다 깨기를 반복했다. 눈을 뜨면 맥심의 뒷모습이 보였다. 저녁이 밤으로 바뀌었다. 지나가는 차들이 불빛을 밝혔다. 마을의 집들도 커튼을 내리고 불을 켰다. 나는 다시 잠이 들었다.

맨덜리의 계단이 보였다. 댄버스 부인이 검은 드레스를 입고 꼭대기에서 나를 기다리고 있다. 내가 올라가는 사이에 부인은 아치형 복도를 지나 사라져버린다. 아무리 찾아도 없다. 문 안쪽에서 나를 바라보는 부인의 얼굴이 보인다. 내가 비명을 지르자 그 얼굴은 다시 사라진다.

"몇 시예요? 몇 시죠?" 내가 물었다.

맥심이 나를 돌아보았다. 어두운 차 속에서 그의 얼굴이 희디희었다. "11시 30분이오. 절반 넘게 왔소. 다시 자요."

"목이 말라요."

다음 마을에서 차를 세웠다. 주유소 남자가 자기 아내가 깨어 있으니 차를 끓여줄 수 있다고 했다. 우리는 차에서 내렸다. 나는 저린 팔다리에 피가 통하도록 몸을 움직였다. 맥심은 담배를 피웠다. 추웠다. 주유소의 열린 문으로 찬 바람이 들어왔고 주름진 지붕이 흔들렸다. 나는 몸을 떨며 외투 단추를 채웠다. "추운 밤이군요." 주유소 남자가 석유 펌프를 돌렸다. "오늘 오후부터 날씨가 확 달라졌습니다. 여름도 끝난 모양입니다. 곧 난롯불이 그리워지겠네요."

"런던은 덥더군요." 내가 말했다.

"그랬나요? 하긴 거긴 늘 날씨가 고약하죠. 아무래도 바다가 가까우면 새벽마다 바람이 심하니까요."

그의 아내가 차를 내왔다. 쓴맛이 났지만 아주 뜨거웠다. 나는 고마운 마음으로 허겁지겁 차를 마셨다. 맥심은 벌써 시계를 보고 있었다.

"이제 가야 해요. 11시 50분이오." 나는 마지못해 주유소를 나왔다. 차가운 바람이 얼굴에 부딪쳤다. 하늘에 별이 총총했다. 구름은 실처럼 가늘었다.

우리는 다시 차에 올랐다. 나는 뒷좌석에 누워 담요를 덮었다. 차가 움직였다. 나는 눈을 감았다. 나무 의족을 한 외다리 남자가 아코디언으로 연주하던 곡조가 머릿속에 떠돌았다. 프리스와 로버트가 서재로 차를 가져왔다. 정문의 문지기 여자가 내게 까딱 고 개를 숙여 보이고는 뒤돌아서 아이들을 불러댔다. 해변의 돌집 안 에 있는 모형 배와 그 위에 두껍게 쌓인 먼지, 그리고 거미줄이 보 였다. 지붕을 두드리는 빗소리와 파도 소리도 들렸다. 행복의 계곡 으로 가고 싶었다. 하지만 계곡은 없고 숲만 무성했다. 나무와 관 목만 무성해 컴컴했다. 부엉이가 울었다. 달빛이 맨덜리의 창문들 을 비춘다. 정원에는 30센티미터, 아니 60센티미터나 되는 쐐기풀 이 무성했다.

"맥심!" 내가 고함을 쳤다. "맥심!"

"자, 괜찮아요. 나 여기 있소."

"꿈을 꾸었어요."

"무슨 꿈이었소?"

"모르겠어요. 모르겠어요."

다시 잠으로 빠져든다. 이번에는 거실에서 편지를 쓰고 있다. 초 청장을 발송하는 것이다. 두꺼운 검은 펜으로 쓴다. 하지만 써놓은 초청장을 보니 작고 네모진 내 글씨가 아니다. 길쭉길쭉하고 한쪽 으로 기울어진 필체이다. 나는 그것들을 치워버린다. 벌떡 일어나 창가로 간다. 창문에 비친 얼굴은 내 얼굴이 아니다. 피부가 희고 아주 예쁜 얼굴, 검은 머리털이 탐스러운 얼굴이다. 그 눈이 웃는 다. 입술이 벌어진다. 창문에 비친 그 얼굴이 나를 노려보며 웃어 댄다. 다음 순간 그 여자는 자기 침실의 화장대에 앉아 있고 맥심 이 머리를 빗겨준다. 빗질을 하면서 머리를 두껍게 땋는다. 뱀처럼 보인다. 그는 그렇게 땋은 머리 두 갈래를 양손에 쥐고 웃으면서 자기 목에 감는다.

"안 돼요! 안 돼! 우리는 스위스로 가야 해요. 줄리언 대령이 우리는 스위스로 가야 한다고 했어요!"

맥심의 손이 얼굴에 닿는다. "무슨 일이오? 왜 그래요?"

나는 일어나 앉아 머리를 흔들었다.

"잘 수가 없어요."

"두 시간 정도 잤소. 1시 45분이오. 이제 6킬로미터만 가면 래니언이오."

아까보다 더 추웠다. 나는 검은 차 속에서 몸을 떨었다.

"당신 옆자리로 갈래요. 3시에는 도착하겠네요."

나는 조수석으로 옮겨 앉아 앞을 바라보았다. 그의 무릎에 내 손을 올렸다. 이가 딱딱 부딪쳤다.

"당신 춥군."

"그래요."

언덕길이 나타났다. 잠시 내리막길이 나오고 다시 오르막이었다. 별도 사라졌는지 캄캄했다.

"몇 시지요?"

"2시 20분이오."

"재미있어요. 저 언덕 너머에서 벌써 새벽이 시작되는 것 같아요. 하지만 시간이 너무 이르지 않아요?"

"방향이 틀렸소. 저긴 서쪽이니까."

"알아요. 그러니까 재미있는 거죠."

그는 대답하지 않았다. 나는 계속 하늘을 보았다. 점점 밝아지는 것 같았다. 태양이 떠오르는 듯 붉은 기가 돌았다. 붉은 기는 조금씩 퍼져갔다.

"오로라는 겨울에 보이는 거지요? 지금 같은 여름에는 안 보이지요?"

"저건 오로라가 아니오. 저건 맨덜리요."

나는 흘낏 그를 돌아보았다. 그의 눈을 바라보았다.

"맥심, 맥심, 저게 뭐죠?"

그가 속도를 냈다. 차는 오르막길을 거의 다 올라간 상태였다. 래니언은 이제 발밑에 있었다. 왼쪽에는 가느다란 은빛 강줄기가 흘렀다. 9킬로미터 떨어진 케리스로 가면서 점점 더 넓어질 강줄기였다. 이제 맨덜리로 가는 길이 펼쳐졌다. 달이 없었다. 머리 위쪽 하늘은 완전히 깜깜했다. 하지만 지평선은 깜깜하지 않았다. 불꽃처럼 선명한 붉은빛이었다. 소금기 섞인 바닷바람과 함께 불탄 재가 날아왔다.

결국 승리한 사람은 누구일까

세상천지에 혈연 하나 없이 하녀와 마찬가지 생활을 하던 '나'
는 어느 날 잘생기고 돈 많은 귀족 남성을 만난다. 서로에게 호감
을 느낀 두 사람은 서둘러 결혼을 하고, 부유한 노부인을 돌보며
월급을 받던 '나'는 그림엽서에 등장하는 멋진 저택의 안주인으로
변신한다. 하지만 '나'는 '영원히 행복하게 사는' 대신, 사고로 죽었
다는 전 부인이 여전히 지배하고 있는 공간과 사람들 속에서 고통
스럽게 비교당하면서 살기 시작한다.

흔한 신데렐라 이야기로 시작해 점차 치밀한 심리소설로서의
본색을 드러내는 『레베카』는 중반 이후부터 전 부인의 죽음에 얽
힌 미스터리가 하나둘 밝혀지는 범죄 추리소설로 변모해간다. 아

마 바로 이것이 『레베카』가 오랫동안 다양한 형태로 사랑받아온 이유가 아닐까 싶다. 1930년대에 출간된 『레베카』는 영화, 연극, 라디오 및 텔레비전 드라마로 여러 차례 각색되었다. 가장 유명한 각색 작품은 1940년에 스릴러의 거장 앨프리드 히치콕 감독이 만든 영화이다. 로런스 올리비에, 조앤 폰테인, 주디스 앤더슨 등 당시 최고의 배우들이 주연을 맡은 영화는 그해 아카데미 최고작품상을 수상했다. 그 밖에 『자메이카 여인숙』, 『프렌치맨 크릭』, 「새」 등이 영화로 제작되었는데 평단과 대중의 호평을 동시에 끌어내어 대프니 듀 모리에의 명성을 한층 드높여주었다.

'최고의 이야기꾼'이자 '서스펜스의 여왕'이라는 찬사를 받는 대프니 듀 모리에의 오싹한 상상력은 특히 단편소설에서 극대화되었다. 「새」, 「사과나무」, 「푸른 렌즈」 등은 독자들을 공포와 충격으로 몰아넣은 대표적인 작품들이다. 듀 모리에의 전기를 쓴 마거릿 포스터는 '대중소설의 모든 기준을 만족시키면서도 정통 문학으로서 손색이 없다'며 '팝과 예술의 경계에 선 작품들'이라 평가하였다.

1938년에 출판된 『레베카』는 대프니 듀 모리에의 다섯 번째 소설이자 그녀가 남긴 가장 유명한 작품이다. 남편을 따라 이집트 알렉산드리아로 갔을 때 대부분의 내용을 썼다고 한다. 발간 후 4년 동안 영국에서만 28쇄를 거듭했고 미국과 유럽에서도 베스트셀러가 되었다. 초판 발행 후 80년이 흐른 지금까지 한 번도 절판된 적이 없는 것으로 유명하다.

『레베카』에는 두 여자, 한 남자, 그리고 저택 한 채가 등장한다. 소설의 주요 배경인 맨덜리 저택은 아주 중요한 역할을 하는데, '나'의 눈에 비친 저택의 화려한 모습, 그 안의 규칙적인 일상, 그리고 그 저택을 지키는 댄버스 부인까지 모든 것이 죽은 레베카에게 지배되고 있기 때문이다. 오싹한 분위기, 어두운 공포, 그 안에 감춰진 비밀 등 맨덜리 특유의 분위기가 고딕 문학의 특성을 분명하게 보여준다. 소설 속 장소를 설정하는 감각이 탁월하다는 찬사를 듣는 작가의 장기가 십분 발휘된 덕분이다.

맨덜리의 모델이 된 것은 영국 남서쪽 끝단 콘월 해안의 메너빌리 저택이다. 듀 모리에는 어렸을 때 메너빌리를 보고 매료되어 언젠가는 거기 살 거라고 입버릇처럼 말했다고 한다. 그리고 마침내 세계적인 베스트셀러 작가가 된 1943년, 듀 모리에 부부는 25년간 임차 계약을 맺고 메너빌리로 들어갔으며 계약이 만료된 이후에도 떠나지 못하고 그 인근에 살았다.

『레베카』에는 사랑, 살인 미스터리, 고딕 색채가 뒤섞여 있다. 불행한 삶을 사는 신사가 한참 나이 어린 아가씨를 만나 결혼하고 그로 인해 절망에서 빠져나온다는 이야기는 언뜻 『제인 에어』를 떠올리게 한다. 전형적인 영국 연애소설을 닮은 모습이기도 하다. 하지만 레베카의 죽음을 둘러싼 미스터리가 서서히 풀려가는 정교한 플롯과 마지막 반전은 이 작품이 여느 연애소설과는 전혀 다르다는 사실을 다시 한번 상기시킨다.

『레베카』는 소설로 읽기에도, 영화나 뮤지컬로 감상하기에도 부족함이 없는 작품이다. 특히 영화나 뮤지컬로 미리 접한 독자들이 소설을 펼쳐 든다면 비교하며 읽는 맛이 쏠쏠할 것이다.

영화는 대체로 원작 소설의 범위를 벗어나지 않았지만 몇 가지 차이가 있다. 우선 레베카가 맥심의 총에 맞는 대신 발을 헛디뎌 사고사하는 것으로 바뀌었다. 이는 맥심이 총을 쏘았다면 마땅히 죄의 대가를 치러야만 한다는 할리우드 제작사 측의 의견 때문이었다고 한다. 다음으로 원작에서는 아무도 모르게 종적을 감추는 댄버스 부인이 영화에서는 스스로 지른 불길에 갇혀 최후를 맞는 것으로 나온다. 또한 불타는 저택 앞에서 맥심과 '나'가 만나는 해피 엔딩으로 이야기가 마무리된다. 댄버스 부인의 죽음으로 과거를 떨쳐버린 부부가 행복한 삶을 지속해나갈 수 있으리라는 할리우드식 결말이다. 사람들 눈을 피해 유럽 곳곳을 떠돌고 여전히 맨덜리의 악몽에서 벗어나지 못한 채 살아가는 원작 속 부부의 모습과는 사뭇 다른 것이다.

2006년 오스트리아 빈에서 초연된 뮤지컬 〈레베카〉는 대부분 영화의 각색을 따르고 있다. 극작가 미하엘 쿤체가 각본과 작사를, 작곡가 실베스터 르베이가 음악을 맡았다. 뮤지컬에서 눈에 띄는 것은 한층 당당해진 '나'의 모습이다. 하인들을 시켜 레베카의 가구와 장식을 모두 치워버리는 장면이 대표적이다. 기껏해야 댄버스 부인이 짜놓은 메뉴를 한 차례 거부하는 데 불과한 원작 소설의 '나'에 비해 훨씬 과감하다. 사랑으로 모든 것을 극복했고 앞으로도 행복하게 살 수 있으리라는 마무리 곡에서도 여주인공의 당당함이 드러난다. 영화와 마찬가지의 해피 엔딩이다. 또 다른 흥미로운 장면은 겉으로는 신사 숙녀인 체해도 내면은 통속적이고 점잖지 못한 영국인을 비꼬는 골프장 모습이다. 독일 극작가의 손에서 각색된 탓에 영국인에 대한 은근한 비판이 원작보다 훨씬 강도 높게 들어간 것으로 보인다. 뮤지컬에서 한 가지 아쉬운 점은 맨덜리 저택 자체가 풍기는 위압적이고 오싹한 분위기가 상대적으로 덜 부각되었다는 것이다. 무대에서 실연되는 공연인 탓에 어쩔 수 없었으리라 생각한다.

『레베카』에 등장하는 두 여자, 즉 죽은 첫 부인 '레베카'와 살아 있는 두 번째 부인 '나'는 여러모로 대조적이다. 죽은 첫 부인이 빼어난 외모에 에너지 넘치는 사교계 귀부인이라면 두 번째 부인은 여학생 이미지를 벗지 못한 소심하고 왜소한 여성이다. 두 부인은 저택에서 사용하는 방도, 좋아하는 풍경도, 취향도 극명하게 다르다. 하지만 첫 부인의 이름 '레베카'가 작품의 처음부터 끝까지 등장하며 심지어는 제목으로까지 사용되는 반면 두 번째 부인은 끝내 이름 없는 존재로 남는 것을 보면 두 여자의 우열 관계는 명확하다. 레베카는 죽었으되 결코 잊히지 않는 존재이고 '나'는 살았으되 그 어떤 영향력도 발휘하지 못한다. 맥심의 두 부인 중 결국 승리한 사람은 누구일까? 영화나 뮤지컬에서는 '나'이지만 소설에서는 레베카라고 봐야 할 것 같다. 레베카는 악녀로만 보기 어렵다. 시대가 요구하는 순종적 아내상을 마음껏 조롱한 인물, 모든 남자들의 숭배를 받았지만 누구에게도 고개 숙이지 않는 당당한 인물로도 이해할 수 있기 때문이다. 작품이 출간된 1938년 독자들의 시선과 오늘날 독자들의 시선은 충분히 다를 수 있다. 이렇게 나름의 시각으로 등장인물들을 재조명하는 것도 『레베카』를 읽는 색다른 재미가 되지 않을까.

옮긴이 **이상원**

서울대학교 가정관리학과와 노어노문학과를 졸업하고 한국외국어대학교 통번역대학원에서 석사와 박사 학위를 받았다. 현재 서울대학교에서 기초교육원 강의 교수로 글쓰기 강의를 하고 있으며, 저서 『서울대 인문학 글쓰기 강의』와 번역서 『살아갈 날들을 위한 공부』 『아버지와 아들』 『콘택트』 『시간을 정복한 남자, 류비셰프』 『독서의 탄생』 『성서 그리고 역사』 『나는 왜 거짓말을 하는가』 『유린되고 타버린 모든 것』 등이 있다.

레베카

지은이 대프니 듀 모리에
옮긴이 이상원
펴낸이 김영정

초판 1쇄 펴낸날 2013년 3월 18일
개정판 1쇄 펴낸날 2018년 8월 15일
개정판 14쇄 펴낸날 2024년 8월 31일

펴낸곳 (주)**현대문학**
등록번호 제1-452호
주소 06532 서울시 서초구 신반포로 321(잠원동, 미래엔)
전화 02-2017-0280
팩스 02-516-5433
홈페이지 www.hdmh.co.kr

ⓒ 2018, 현대문학

ISBN 978-89-7275-906-5 03840